tapes

tapes

Andrea Tovar

Para mi Car,

porque empiezas esta nueva etapa preciosa de descubrirte a ti, al otro, el amor, el mundo entero. So glad I met you; y cuando te apetezca empezamos a curar juntas para seguir hacien-do maravillas.

Sofia,

Primera edición: diciembre 2019

www.andreatovar.org

Quién edita: Medusita
C/Dr. Bové 100 subsótano
08032, Barcelona

Quién maqueta: Juanma Samusenko

ISBN: 978-84-121400-0-2
Quién imprime: Ulzama
Dónde: España

A mis padres biológicos de sangre y amor:
sin vosotros no sería nada, como cantaba Amaral.

A mis padres adoptivos de té y arte:
sin vosotros no sería nada, como cantaba Amaral.

Per molt que ara no ho vegis clar
darrera tot els núvols grisos
hi fa sempre un sol radiant

Paul Vallvé

uno

1

Los títulos son importantes

Tal como ordenaste, doña Metomentodo, acabo de abrir una nueva carpetita en el pecé que he comprado en el MediaMarkt usando mi descuento de empleada, a pesar de que no puedo –en absoluto– permitírmelo.

Me he quedado pensando. ¿Cómo la titulo? Los títulos son importantes. Por ejemplo, si el Titanic se hubiera llamado el Pulgarcito, no habría sido lo mismo. Imagínate al Pulgarcito naufragando en mitad del Índico. Jack y Rose se habrían partido la caja. Aunque murieran. Qué ridículo, morir a bordo del Pulgarcito. Qué predecible, también.

Supongo que si estoy escribiendo esto es por eso. Porque la muerte es algo ridículo y predecible.

O sea, para seguir con la metáfora, si navegas a bordo del Pulgarcito, pues obviamente vas a palmar pronto. Es ridículo, pero predecible.

Que mi padre muriera hace tres meses es justo eso. Ridículo. Predecible.

Un título.

No sé. No soy muy lista. No tengo un cerebro brillante. Si así fuera no sería empleada del MediaMarkt *–¡yo no soy tonto!* Sí, sí eres tonto, por pasar aquí las mañanas libres de los findes en lugar de quedarte en la cama retozando desnudo con tu esposa, subnormal, la vida es breve- y no correría el riesgo diario de morir de un ataque epiléptico. Me cuesta mucho trabajar ahí, la verdad sea dicha. Intento mirar al suelo casi todo el rato, camino con la cabeza gacha, como si me diera vergüenza llevar ese polito rojo y esa chapa identificativa con mi nombre: olalla. Me gusta escribirlo en minúscula por la simetría: letra redonda, letra espigada, letra redonda, letras espigadas, letra redonda. Uf. Qué paz. En los pasillos del MediaMarkt no pasa eso. Los productos están ordenados y tienen letreros pequeños, letreros medianos, letreros grandes, letreros gigantes, de diferentes colores según ofertas y promociones, patatín, patatán; pero el problema fundamental es que hay tantos letreros y tantos colores que, joder, ataque epiléptico.

La abuela Otilia tiene ataques epilépticos. Algo así. De pronto se queda blanca y le sale un poquito de espuma por la boca. Es bastante terrorífico. Me preocupa haberlo heredado. Tengo unos genes de mierda. No soy muy lista, mi padre –claramente- tampoco lo era y ahora está muerto, mi abuela es una jodida epiléptica. La quiero mucho, pero mierda. Joder.

Mi madre es algo más lista, o eso pensaba. Ahora no lo tengo tan claro. Ella sí sabe titular: Olalla. Es profe de lengua y literatura. Olalla es la forma antigua para Eulalia. Significa «bien hablada». Je. ¿Nos reímos ya? Yo, bien hablada. Ok. Claro que sí.

En fin, sus buenas intenciones tenía Berta. Berta es mi madre. A los adultos prefiero llamarles por su nombre de pila, aunque sean mis progenitores, porque antes que títulos son seres humanos.

Supongo.

Según Berta, Olalla, además de ser «bien hablada» también «necesita ser amada» y «tiene mucha energía». Es decir, que todas las Olallas hablamos de puta madre, necesitamos ser amadas y tenemos mucha energía.

Lo tercero, seguro. Lo segundo, a saber. Según tú, doña Metomentodo, es así. Ese es mi problema fundamental, que no me siento amada, sueltas, y luego extiendes la mano para que apoquine los setenta pavos, y por si fuera poco me mandas esta chorrada de deberes. Cómprate un pecé, abre una carpeta, empieza a grabarte.

Así que aquí me hallo, diciendo estas paridas delante de mi propia imagen en la pantalla. Como terapia.

Es raro mirarse.

Si te miras mucho rato deja de tener sentido. Mis ojos, ¿no están un poco separados? La nariz, ¿está torcida? La boca, ¿eso es una boca? Tengo los labios finísimos.

Y así con todo.

En el MediaMarkt lo ordenamos como debe ser; con mi cara no hay nada que hacer. Es mejor no mirarse tanto, ¿no es cierto? Pero Berta se ha empeñado en que ordenara de una vez. Doña Metomentodo, tú vas a contarme qué coño me pasa en el cerebro.

—En el corazón —dice Berta, tocándome la teta izquierda con delicadeza para indicar dónde está el corazón. Es muy lista, la tía.

Sin embargo, tengo que reconocerlo: en el instante ínfimo en que me toca, cuando me roza la piel y siento su calor... me siento un poco mejor. Ya está. Es lo máximo que voy a decir al respecto, señoría. Doña Metomentodo, no vas a sacar más de mí. Ríndete.

Me has mandado estos deberes porque yo te pagaba religiosamente los setenta pavos, para tener contenta a Berta, pero no soltaba prenda. Me quedaba callada mirándote porque eso es más interesante que mirarse a una misma. ¿No? Mi cara, qué pereza. Cada día frente al espejo. No tiene nada de interesante. Pero tú, doña Metomentodo, eres bastante flipante. Tienes unos dientes chiquititos y unas orejas de soplillo que te dan un aspecto de ratona cojonudo. Y tus títulos, cuántos títulos. Llenarían el pasillo de marcos del MediaMarkt.

Antes no trabajaba en una tienda de electrónica. Este año he sido recepcionista de un museo. Nada más y nada menos que el Museo de

Arte Contemporáneo de Barcelona. El MACBA. Son las siglas, que van en mayúscula. La última A es de BA-rcelona. Es para que sea más cómodo pronunciarlo. Lo consiguen, es comodísimo. La lengua se adapta a veces a este tipo de cosas. Berta lo decía siempre. Corrige las cacofonías, ahorra. La lengua es amable.

El MACBA es el lugar donde se reúnen más skaters por metro cuadrado del país, en la rampa de acceso que les sirve para practicar. Yo me he follado a casi todos y puedo corroborarlo: la lengua es amable.

No estoy orgullosa de ello.

Un poco sí.

Pues eso. Que al titular he pensado, porque no soy muy lista, hum, cómo se dice «cintas» en inglés. Tapes, he pensado. Como «tapas», catalanizado. Los catalanes hablan con la boca en forma de e. Yo vivo en Barcelona. Vivo. Vivía. Vivo. Lo que sea. Y me ha hecho gracia, porque cuando entré a trabajar al MACBA yo no tenía ni idea de arte, tampoco es que sepa mucho ahora, pero la Neus me hizo el favor de enchufarme y se me dio bastante bien hasta que, bueno, hasta que me echaron hace tres meses porque papá se murió. Justo a la vez. Como pa' no estar aquí en la loquera, ¿eh, Metomentodo? Y luego pasó lo de Nacho. Ignacio. Nacho. Ignacio. Lo que sea. Así que setenta pavos y a grabarse delante del ordenador nuevo, otros doscientos napos, y suma y sigue como si yo fuera rica o mi padre nos hubiera dejado un puto euro y no una cuenta pendiente con media ciudad.

Je. ¿Nos reímos ya?

Decía que había entrado a trabajar al MACBA y me rodeaba de japoneses guays, que son los únicos que viajan por el mundo entero, y aprendía movidas sobre el significado oculto de algunos bloques gigantes de hierro y tal.

A veces incluso me conmovía, de verdad. Con el arte. Una vez hubo una expo de una artista –a Berta le habría encantado, ese feminismo tan porque sí, tan vacío de objeto- que me hizo llorar en una esquina durante mucho rato. Más de los quince minutos que duraba el turno de cada grupo.

La cosa es que habilitaron una sala y la pusieron oscura, oscura, no se veía nada. Daba miedo al principio. Pero entonces el ojo se acostumbraba a la falta de luz y empezaba a ver. Unas pintitas blancas y brillantes. Que de pronto. Formaban. Galaxias.

En serio. Podías acercarte y eran como hilos que se conectaban y trazaban figuras. Y tu ojo se había hecho tanto, tanto, a la oscuridad que llegabas incluso a ver a los demás compañeros, los visitantes. Estabais todos ahí bajo las galaxias flipándolo muchísimo, como en un viaje de tripi o lo que fuera. La pieza artística se llamaba «La oscuridad de los amantes». Buen título.

Es raro porque cuando mi padre murió y yo salí a emborracharme tuve un sueño. Despierta. Me lo imaginé ahí, flotando en el MACBA. No en el MACBA, no en la sala, sino… en las galaxias. Imaginé que los puntitos de luz, las pintitas brillantes, hacían una constelación con su cara. Su cara sonriendo. Una de hace tiempo. Una cara que hacía mucho que no veíamos.

Bueno. Decía que cuando entré en el MACBA no tenía ni idea de arte. Y un día, conversando con la jefa, dije «Tapies», así como suena, en lugar de «Tapias», que es como se pronuncia «Tapiès». Y quedé como una imbécil. Con mi acento sureño. La Neus se rio por lo bajini. A los catalanes esas cosas les importan mucho. Más desde que la calle está llena de esteladas. No hay más que divisiones por doquier.

Imagino que por eso es importante que haya piezas como esta donde el ojo se acostumbre y repare con especial potencia en el ser humano de al lado. Pero yo qué sabré. Soy solo una sureña inculta con un polito rojo y una etiqueta con mi nombre en minúscula. Si lo viera Berta, mi madre, la profe de lengua y literatura, se enfadaría mucho.

Me he acordado de la historia de «Tapies» y, no sé, se parece a «tapes» si lo pronuncias tal cual, españolizado, no «teips». Y las tapas son españolas y, bueno, son entrantes pequeños de los que vas picando. Y estas cintas van a ser un poco eso. Solo bazofia que se me vaya ocurriendo. No tengo más aspiraciones al respecto, aunque doña Metomentodo sí. Tú quieres que me suelte y que diga mis verdades. Que hable, que desembuche. ¡Desembucha, bastarda!

Mi padre se ha muerto, ya en serio, y yo estoy mal. Dices eso, que estoy mal.

Yo, en cambio, solo siento nada.

O sea, quiero decir que no siento nada.

Si pienso en mi padre... creo que ya llevaba mucho muerto.

Por eso creo que esto es inútil.

El único motivo por el que lo estoy haciendo es por Nacho. Ignacio. No sé cómo llamarle ya. Depende de si me ama o no. En realidad tampoco sé si me importa que me ame. Pero desde que llegué al Pinar es lo único en lo que puedo pensar.

Me he quedado atrapada aquí. Quiero volver a Barcelona. Quiero volver atrás. Salir del MediaMarkt y fichar en el MACBA. Que nada de esto haya pasado. Tres meses. Nacho, Ignacio, Nacho, Ignacio. Doctor Jekyll y Mr. Hyde. ¿Me ama, no me ama? Y voy deshojando margaritas y mirando sin mirar, como dice Shakira en los altavoces JBL de última generación que han colocado en cada esquina de la tienda, junto a las cámaras de vigilancia. ¿Quiere follarme, no quiere follarme? Sí, no. Nacho, Ignacio. Qué tienes en la cabecita, Nacho. Díselo a mami. A mí, quiero decir a mí. A Olalla, todo en minúscula, cariño.

Supongo que soy como tú, doña Metomentodo, pero en versión civil. Holi, soy su dependienta de MediaMarkt, le resuelvo la vida y le hago descuento en el iPod.

Todo para no pensar en
eme
i latina. Con tilde.
Setenta euros.
Olalla
Letra redonda
Letra espigada

Letra redonda
Letra espigada
Letra espigada
Letra redonda

Doña Metomentodo, ya he sido buena por hoy. ¿Vale? Me he soltado aquí un ratito. Seguro que cuando nos veamos en persona va mejor. Seguro que con esta gilipollez me he desatascado. *¡Cuando haces pop ya no hay stop!* Seguro que ahora papá resucita y Nacho llama a mi puerta y se arrodilla con una caja de terciopelo granate de matrimonio y Peni llora de alegría y de envidia y Berta me pone la mano en la teta izquierda y la abuela Otilia echa espumarajos de alegría por la boca.

Tapes.

Los títulos son importantes.

Pero nunca se me ha dado muy bien titular. Si se me diera bien algo no estaría haciendo esto. Tendría un barco lleno de putas, *boats and bitches*, e iría rumbo a las Maldivas en este preciso instante. Nacho me comería el coño en proa veinticuatro siete y luego jugaría con nuestros hijos al parchís mientras yo me tomo el quinto martini. No sé si esta fantasía tiene sentido. Perdón. No soy muy lista. Ya lo he avisado. Por eso preferiría no hacer esto y no tener que verme la cara irremediablemente irregular mientras digo estas tonterías.

2
La verdad es: chupitos y mierda

Mientras me grababa la primera tape tenía un poco de mala hostia. Lo sé porque cuando eso sucede me arde la garganta, como si hubiera una bola de fuego lista para dejar a cualquiera sin cejas. Estaba bastante enfadada por el hecho de haber gastado tanta pasta en esta estupidez.

Pero ha sido raro, digo, porque he salido a fumar –sé que no es bueno para la bola de fuego y esas cosas, pero me calma en plan psicológico, no en plan físico-, esta vez sin nada de aliño, cero por ciento verde canuto, como aconsejas tú, doña Metomentodo, y a mitad de cigarrito he tenido la necesidad de venir aquí, al escritorio con vistas al patio donde la abuela Otilia hace punto, y seguir.

No sé. Yo misma me he dicho, no, Olalla, tranqui, déjalo para mañana. Lo mismo hay que cuidar las dosis y no darse un atracón de verdades.

Y al pensar esto me he acordado de mi padre y he imaginado las verdades atragantándole la garganta, bloqueándole el esófago, saliéndole por la nariz para acabar ahogándolo con ternura en su descanso eterno. Fin de la fiesta.

Así que la bola de fuego se ha hecho más grande y he venido aquí otra vez, frente a mi nuevo pecé y mi nueva carpeta digital, para grabarme otro video.

Mi cara es igual que hace un rato. Pero algo ha cambiado.

Es la idea absurda de que a mi padre le ahogaron las verdades. Es tan tonta, esta idea. Pero no se me va de la cabeza. Ha empujado incluso a Nacho. Un poco, no muchísimo. Mi padre muerto por sus verdades. Yo necesito sacar las mías, volcarlas. De momento no quiero morir. No es que me importe mucho estar viva. Si Nacho me quisiera, un poco más seguro, pero tampoco tanto.

Así que vamos a ser claros.

Las verdades: mi padre era un gilipollas.

Y vamos a comenzar por el principio: cuando me lo dijeron no supe qué hacer. Así que me tomé un chupito. Es lo que hago cuando no sé qué hacer.

No me dijeron que mi padre era gilipollas, eso ya lo sabía yo de antes.

De pequeña no lo sabía. Lo adoraba bastante. Me llevaba de pesca los veranos que pasábamos en esta casa del Pinar, la del abuelo Ramón y la abuela Otilia. Entonces el abuelo Ramón estaba vivo y la abuela Otilia no tenía ataques, o yo no los recuerdo. Berta leía plácidamente en su butaca de mimbre y se rizaba continuamente el mechón de al lado de la oreja. Una vez, otra vez. Mi hermana Peni ha heredado eso, yo la epilepsia. Eso sospecho.

Peni no soporta que la llame Peni y los títulos son importantes, pero Penélope es muy largo para una hermana pequeña. Berta lo eligió por La Ilíada. No me he molestado en leer La Ilíada, aunque me figuro que es un personaje chungo; de historia de amor, probablemente. Cuando bautizas a un hijo le estás dando su vida entera compacta, en plan acordeón, y lo único que va a hacer ese hijo es abrirlo e intentar hacer música con ese despropósito que es el acordeón, pero le saldrá más bien un chirrido que jamás sonará en los altavoces JBL del MediaMarkt.

Mi padre antes era majo, era papá, y Berta era mamá y Otilia era la abue y Penélope, en fin, Penélope siempre ha sido Peni. A ella no le gusta porque suena a pene. Es curioso esto también: los penes le encantan. Son prácticamente lo único que le quita el sueño desde que era una cría. Eso y los reality shows. Un pene cada vez. Peni es muy fiel.

Los buenos tiempos.

Pero luego pasó que se divorciaron porque papá era un gilipollas y solo se convirtió en mi padre, y luego en nada.

Me refiero, doña Metomentodo, a que es complicado seguir llamando papá a un señor que compra cocaína en el mismo sitio que tú. Que se lía con tus amigas del colegio, o con tus enemigas del colegio. Que se repeina con gomina y se pone collares ajustados en la garganta, justo en la nuez, donde se le atascaron las verdades y le mataron.

Una muerte a bordo del Pulgarcito es absurda, pero una muerte por tu propia mierda, por tu vómito, es todavía más tonta. ¿No? Y predecible. Absurda, ridícula, predecible. Eso pasó a ser mi papá, mi padre. Un yonki putero. Un muerto. Sobredosis de verdad.

Así que cuando me dijeron eso, cuando me confirmaron que mi padre era gilipollas del todo, que no había manera de repararlo, yo no pude hacer otra cosa. Me pedí un chupito. Abandoné la recepción del MACBA, sorteé a los skaters sin enumerar a cuántos me había tirado de los que estaban esa tarde haciendo piruetas, crucé hasta el Niko, pedí un chupito.

Supongo que esta es la primera verdad.

Hace tres meses recibí un triste WhatsApp. Ni siquiera la formalidad del SMS de antaño, que costaba dinero. Esto es gratuito. Era Peni: «papá» –ella le sigue llamando papá, sigue haciéndose la manicura y depilándose el vello del chichi con láser para ver si así encuentra a alguien mejor, un buen pene que la rescate de la mierda donde nadamos todos, chapoteando, esperando nuestro momento para hundirnos en pleno Índico- «ha fallecido».

Es fácil decirlo así. Fallecer no es morirse, mucho menos matarse. Suena más elegante.

La esquela en el periódico y todo lo demás, las rosas, el ataúd carísimo, más que este pecé, las lecturas de la Biblia en las que no cree nadie, solo la abuela Otilia, aunque en realidad ni siquiera ella. El hecho de que solo asistieran camellos al funeral y que yo los conociera a todos.

Sus amigos no vinieron. Nadie quiso venir porque fiaron a mi padre y no les devolvió una perra. Ahora tenemos que pagar nosotras. Sus pecados. Tenemos que endeudarnos y currar como perras para saldar las deudas de las mierdas que cada día cagaba y contra las que nosotras nos defendíamos malamente, como podíamos.

Yo puse seiscientos kilómetros de por medio, pero ¡ahí estaba otra vez!, en mitad del Raval pidiendo un chupito en horario laboral. *Papá ha fallecido*. El gilipollas de mi padre se ha matado haciendo el gilipollas, que es lo único que sabe hacer. Ya no pesca, ahora solo se mete cosas por la nariz. Ya no tiene nariz. Quizá a estas alturas solo le quede el tabique de hueso. Y aunque el mío parece torcido aquí, frente a la pantalla, el suyo era muy recto y bonito.

Esa es la verdad. Segunda verdad. Una de las verdades que yo tengo que decir para que no me asfixien: mi padre era un gilipollas que no paraba de cagarla. Pero tenía un tabique precioso. Seguro que su calavera no le hace justicia.

Podría haberme comprado una de esas grabadoras de hace mil años para la tarea que me encomendaste, doña Metomentodo, pero los tiempos han cambiado. Para el psicoanálisis, en cambio, las cosas siguen igual. Mientras yo callaba y te escrutaba, tú solo escupías términos técnicos. Decías, por ejemplo, «transferencia». La misma palabra que se usa para los movimientos de dinero. Transferencias de cash, transferencias de cuerpos.

Dices que el hecho de que yo prefiera hablar de Nacho o me niegue a decir nada en absoluto -solo porque me entretuviera más meter los deditos en su barba espesa que revolcarme en el vómito de mi padre-, tiene que ver con una transferencia. No puedo recibir amor de papá, o sea que lo busco en skaters, en camareros de barba poblada. Como él no me lleva ya a pescar, intento que Nacho se enamore de mí y me pida matrimonio.

Si Nacho me pidiera matrimonio, no estoy segura de qué diría. Puede que me diera la risa o un ataque epiléptico.

Doña Metomentodo, no entiendes que esto no va de transferencias. Se parece más a los sudokus, en todo caso.

Una forma de pasar el rato.

Nacho estaba siempre ahí, durante estos tres meses. Poniendo cafés y retirándolos. Yo era la única clienta, junto con algunos guiris del Pinar, que le pedía chupitos a deshoras. Por eso se fijó en mí, porque soy visiblemente española, e intentó enmendarme. No es el primero, tampoco será el último.

Me sirvió un café en lugar de otro chupito a las ocho de la mañana, cuando me recogía de fiesta del único pub de la urbanización costera.

Él abría el chiringuito y desplegaba los toldos. Me gustó mirarle mientras sus músculos se movían haciendo círculos con la manivela para taparme el sol. Los rayos me cegaban, había olvidado las gafas oscuras de diva. Para los after vienen muy bien, pero el Pinar no tiene de eso. Ni raves ni afters. No hay jóvenes desfasados, únicamente niños de papá con camisas rosas. Los guiris siguen mejor la fiesta. En sus países les chapan pronto, las dos o las tres de la mañana máximo. Aquí les dejamos que se despendolen. El otro día escuché una noticia en la tele: los hospitales están a tope. Algunos guiris solo necesitan dormir unas horas.

Dormir.

Me gustaría dormir.

Como no puedo dormir, miro a hombres descorrer toldos, apretar manivelas. Sus músculos, decenas de músculos con nombres técnicos desconocidos, se activan, sudan.

Las cosas siguen igual para el psicoanálisis. Los cuerpos cambian, pero siempre tienen igual número de músculos desconocidos.

Nacho era diferente.

Se hacía llamar Ignacio en el bar para granjearse un respeto que ni siquiera profesaba por sí mismo.

Aun así nadie le llamaba Ignacio. Yo lo hacía de vez en cuando.

A veces entre tanta taza sucia uno se olvida de quién es. Que me lo digan a mí, con el polo rojo. No de pija; de asalariada. Pobre. He encontrado este trabajo en MediaMarkt para ayudar a pagar las deudas de la droga de mi padre, las que le mataron, y porque Berta insiste en que no estoy en condiciones de volver a mi vida. Barcelona está demasiado lejos. Precisamente, insisto yo. No insistas, responde ella.

Se hacía llamar Ignacio, pero era Nacho. Llano, sencillo, directo, por mucho que a él le jodiera eso. Los snacks de los mexicanos. No hay mexicanos en el Pinar. Ingleses a raudales. Yo no sé hablar muy bien inglés, pero el alcohol es el idioma universal. Berta, apúntate esa. Emborracha a tus alumnos y te entenderán a las mil maravillas.

Nacho tenía un compañero de trabajo que se llamaba Vicente. Entre los dos se pasaban los veranos tórridos taza para arriba, taza para abajo. Nacho me sirvió un café y yo protesté.

—Te he pedido un vodka doble.

Él guiñó los párpados. No había necesidad: el sol ya estaba oculto tras el toldo descorrido.

—Te vendrá mejor un café doble.

Qué osadía. Vaya camarero más incompetente. Nada que ver con los del Niko. También me los he follado. Sonreí.

Mojé la magdalena en el café y me la zampé con gana.

Muchas veces he evaluado este gesto: si él fuera mala persona, como se empeñaba en recordarme, jamás habría robado una magdalena para mí. Le habría dado igual si esa chiquilla había bebido mucho o poco. ¿Qué más le daba, a fin de cuentas? Una desconocida al borde del coma etílico. Pues vaya novedad. ¿Le interesaba despoblar los hospitales? ¿Era un posicionamiento político?

No. Nacho me quería. No a primera vista, no todavía, pero Nacho luego se enamoró de mí. Por mucho que pretendiera darle vueltas a lo simple y complicarlo innecesariamente: Nacho me quería. Solo tenía miedo de quererme. Punto.

Le pregunté a Vicente, más adelante en el verano, si pensaba que Nacho era buena persona. Era una manera indirecta de preguntarle si estaba enamorado de mí, aunque él no fuera consciente.

—No lo sé —se encogió de hombros—. Yo creo que sí. Se esfuerza cantidad en aparentar lo contrario.

—Eso creo yo también —me encogí de hombros.

Da gusto cuando alguien te da la razón. A pesar de que no tenga ni idea de a qué está respondiendo en realidad.

Doña Metomentodo, tú discrepas. Esto me pone de los nervios. Solo hablamos de Nacho y nunca tienes cosas agradables que decir al respecto. Entonces no me queda otra que poner punto en boca y callar para siempre.

Para ti no existen las buenas o malas personas. No te importa si Nacho es de las primeras y mi padre de las segundas. Solo hablas de transferencias. Hasta ahora he anotado en la mente –mientras miraba con verdadero interés esas orejas de soplillo y esos dientes de ratona–:

Síndrome de estrés postraumático.
Trastorno límite de la personalidad.
Abuso de sustancias estupefacientes.
Conducción temeraria.
Disociación emocional.

Conducta obsesiva.
Ligera ninfomanía.
Adicción al drama.
Narcisismo autodestructivo.

Ya.
Y eso que no digo ni pío, doña Metomentodo.
Ah.
Negación, negación, negación. Evasión de la realidad.

Señora, disculpe, ratoncita, disculpe, mi padre se ha matado con su propio vómito. ¿Cómo lo llevaría usted? Yo estoy divinamente. Dadas las circunstancias. Mire a mi Peni: por culpa de gente de su calaña, se toma una pastillita de la felicidad al día, con el Colacao. Todavía es una niña. ¿Cuál es la diferencia entre otro vodka doble a trago y sus pastillitas con prescripción médica? Ninguna. Bueno, sí: que Peni es una esclava de su sistema médico y yo soy libre de hacer lo que me salga del coño.

Follarme a quien quiera, drogarme cuanto quiera, beber lo que quiera. Soy joven y soy libre. A usted eso le jode, doña Metomentodo. Mire sus títulos. Yo soy Olalla. La armonía más grande de mi título reside en la simetría de las letras. Nada más que eso. No soy universitaria ni posgraduada ni hostias. Nada más que la hija de un yonki muerto, de una profe feminista, la nieta de una epiléptica muy graciosa y la hermana de una chiquilla perdida a la que también habéis absorbido. ¿Es eso lo que queréis hacer conmigo? ¿Quitarme mi libertad, mis seiscientos kilómetros de distancia salvavidas?

No lo vais a conseguir.

Puede que esté aquí, grabando y siendo obediente.

Sin embargo, la única razón por la que esto está sucediendo se llama Nacho.

Es nombre de snack, lo rellenas de guacamole o de salsa chili, de lo que quieras. En sí mismo es neutro, pero puedes convertirlo en aquello que te apetezca. Y yo tengo hambre, doña Metomentodo. Tengo ganas de hincarle el diente pero bien. Los aperitivos hasta ahora me han sabido a poco.

Mientras siga aquí haciendo estas tonterías podré tener la oportunidad de bajar a por otro chupito y que él, si los astros están de mi parte, vuelva de dondequiera que esté y me lo cambie sin preguntar por un café con magdalena. Tan solo estoy esperando el momento propicio.

Peni dice que Venus está a punto de entrar en conjunción con Marte. Se lo dijo a Berta, no a mí, conmigo está enfadada.

No sé qué cojones significa eso, pero ella asegura que es el clima astrológico preciso para que ocurra la magia. Después Urano retrogradará hacia Virgo y se establecerá una rutina diferente e imprevisible. Me viene bien un poco de magia y un poco de imprevisibilidad. Lo de mi padre fue tan ridículo y predecible que, en fin. La vida se ha vuelto algo tonta, de pronto. Y así es más fácil sentirse tonta. Más tonta aún.

Mientras tenga un objetivo seguiré flotando. En la mierda que cagaba mi padre a su paso. Ahora se pudre en un cementerio cercano, el tabique blanco resplandeciente y barrido por la coca, los peces boqueando en las orillas putrefactas.

¿No es mejor pensar en enroscar los dedos en una barbita? Dígamelo usted, doña Metomentodo. Dígame si no es mejor eso.

3
Al borde del desmayo

Por Dios bendito, qué cansada estoy.

Eso me dijo la abuela Otilia nada más abrazarla, al llegar de Barcelona.

Ella estaba sentada delante del ataúd abierto de mi padre, su hijo, velando como las mujeres de antaño.

Yo no lo miré directamente. El cadáver. No tenía fuerzas aún. Estaba resacosa y me había chupado siete horas de tren.

Yo también estaba cansada. Muy cansada.

La frase ha vuelto a mí varias veces a lo largo del día de hoy y ahora la repito, bajito, mientras Peni duerme. Se le han caído las rodajas de pepino de las cuencas. Le he cogido una y le he pegado un bocado. Estaba recalentada. La he vuelto a dejar en su sitio. Le he quitado los auriculares de los oídos y me he acercado uno. Los auriculares se los regalé yo. Valen nueve noventa. Descuento de empleada.

Son rosas. Estaba escuchando una meditación de Youtube. Mindfulness para dormir.

Tú eres el universo entero. Tú contienes todas las cosas. Eres válido, eres digno. Estás bien tal y como estás. Todo está bien.

Mi hermana necesita pastillas y rodajas de pepino y meditaciones con voces de guachupinos, como las pelis dobladas de Disney, para conciliar el sueño. A mí me va mejor en la guerra contra el insomnio desde que me duelen los riñones de estar de pie en la tienda. No sueño apenas; al menos me desplomo en la cama.

Hablo bajito para no despertarla. Compartimos habitación, tal como hacíamos de crías. Los estantes están llenos de nuestros dibujos, trofeos de natación, diplomas de cursos estivales.

En unas semanas Peni empezará el curso en la universidad. Conocerá a otro chico y olvidará a Vicente. Con suerte, volverá a hablarme pronto.

Estoy tan cansada que podría desmayarme. Eso estaría bien.

Por Dios bendito.

Al acabar mi turno en el centro comercial he conducido lentamente hasta el Pinar. Las carreteras nacionales que unen las urbanizaciones costeras se van vaciando, no hay casi tráfico. Ya no me apetece acelerar y meterme en las rotondas sin comprobar si viene alguien por la izquierda. La zona de guiris con el único pub, que tiene un aire a Miami en plan Levante costa, se ha quedado desangelada. Los rótulos grandes de neón apagados. Los supermercados de chinos veinticuatro siete han chapado.

La brisilla fresca está aquí. Las primeras lluvias de septiembre.

En lugar de acelerar hacia el chalet de la abuela Otilia, he dado un rodeo hacia el puerto. He aparcado sin problemas y he paseado arrastrando los pies. Me gusta que huela a petróleo y que los marineros sigan faenando. Quién sabe qué estarán haciendo. Ya nadie saca el barco. Están atracados pacíficamente, blancos, moviéndose apenas al vaivén de las olas.

Siempre que paso por ahí busco con la mirada. Rastreo a Nacho y su barba, pero no aparece. Se ha ido y no ha dicho adónde. Yo sigo esperándole. A lo mejor un día aparece tras la barra del chiringuito del puerto, le pido un chupito, me sirve un café y todo vuelve a empezar, y todo se borra, y todo permanece.

Me he detenido un segundo frente a las carpas de acero donde reparan motos de agua. El sol ya estaba oculto, la luna asomaba en cuarto menguante. O creciente. Nunca sé cuál es cuál. Hay tantas cosas que no sé que a veces me quedo sin aire.

Pero sí sé una cosa. Sé que justo ahí, en las carpas de acero donde reparan motos de agua, Nacho me tendió, me bajó las braguitas y me besó con devoción. Abajo. Mucho rato. Tanto rato, con tanta dulzura, que se me cayó la cabeza sobre el capó del coche. Tenía el cuello en tensión y ni siquiera me había dado cuenta. Estaba mirando cómo lo hacía, memorizando el roce de los pelitos de su barba contra la cara interna de mis muslos. Quería recordar bien cómo se estaba rindiendo. Pero no pude hacerlo. En lugar de pensarlo, mi cuello decidió destensarse y relajar la cabeza. Cerré los ojos y lo sentí. Simplemente sentí su lengua pasando. Tanta dulzura. Tanto rato.

No me lo esperaba. Había ido a la barra a tocar los cojones un rato, como de costumbre, a charlar sin parar con Vicente, a tratar de conseguir alcohol, a intentar convencer a Nacho de que fuéramos a su apartamento en los bloques del Mirador.

—Tú vives solo —le decía—, llévame contigo.

Nacho estaba fregando los platos del mediodía. La música de los 40 Principales nos martilleaba los oídos. Él bajó el volumen con los dedos llenos de espuma de Fairy.

—No.

—Venga, por fi —le decía—, llévame contigo. No te vas a arrepentir —con sonrisa picarona.

—Claro que nos vamos a arrepentir —contestó él, muy serio.

Me quedé pasmada. Él, en cambio, se quedó en silencio un segundo y apoyó las manos llenas de espuma sobre las mías. Me impactó mogollón ese roce repentino. Estuve a punto de apartarlas, pero no lo hice. Las mantuve fijas y conseguí aguantarle también la mirada.

—No —dije, haciendo acopio de toda la fuerza de voluntad de que disponía, que no era mucha—. No nos vamos a arrepentir.

Yo respiraba entrecortado. Me acojonaba la posibilidad. Esa es la verdad, otra de las verdades que tengo que soltar. Es fácil presionar, pedir, martillear. Lo fácil es rezar. Lo difícil es abrir los brazos para recibir.

Él suspiró. Me pareció que en ese momento estaba valorando, quizá de nuevas también, la opción real de concederme los deseos.

Retiró las manos y se las limpió en el delantal. Luego se lo desabrochó sin apartar la vista, testeándome. Yo me entretuve admirando su cara. De ahí saqué la seguridad para no salir corriendo. Si pudiera cambiar ahora mismo el reflejo de esta pantalla que me graba por otro cualquiera del mundo entero, elegiría el suyo. Sin dudarlo. Querría ver su cara ahora mismo. No tengo ni una foto que me permita recordarlo, el tío pasa de las redes sociales.

Debería haber tensado un poco más el cuello para agarrarlo bien en mi memoria.

Si no me equivoco, tenía algunas arruguitas fijas en la frente e incluso patas de gallo, de cuando se reía. Debió reírse más en otro momento de su vida, porque ya no tanto. Conmigo se reía a veces, pero hacía fuerza para evitarlo. Cada risa que se le escapaba era una victoria, yo me sentía inmensamente feliz. Me he metido muchas cosas en el cuerpo en los últimos tiempos, pero ninguna como su risa. Ha sido la droga más potente que he catado. Lo juro. Esto doña Metomentodo no lo entiende. Se llamará sudoku o transferencia, pero para mí que se llama amor.

También llevaba el pelo cortado a cepillo y una onda en el flequillo espeso. Tenía mucho pelo. Por todo el cuerpo. Le subía en líneas ascendentes por las mejillas, como un ejército que se disipa conforme se acerca a las tropas enemigas.

Sus dientes eran irregulares, igual que mi cara entera, doy fe. Tengo un lado de la cara totalmente distinto a la otra mitad. Pero en sus dientes había una armonía difícil de explicar. Una ortodoncia cualquiera le habría desgraciado la boca. Esto siempre quise decírselo y jamás me atreví. Habría sonado muy cursi.

Quería haberle dicho que, fuera lo que fuera que ocultara, aquello que le hiciera sentirse tan indigno en general, con tan pocas ganas de abarcar cosas nuevas, incluyéndome a mí... bueno. Yo lo quería. Lo quería porque lo quería a él, por completo. Me gustaban sus irregularidades. Sus manchas. Las de la cara, por el sol, y las del incisivo lateral, por la falta de lácteos. Intuía que sus padres no le habían cuidado como es debido. Los míos tampoco, pero cuando era pequeña lo hicieron bien, me parece. Tuve papá y tuve mamá. ¿Y Nacho? Nacho estaba solo, aparentemente. Y no hacía nada por dejar de estarlo. Lo había asumido.

Él apoyó el delantal hecho un ovillo en la encimera, abandonó los platos a medio fregar. Desapareció en las cocinas unos minutos y reapareció rodeando la barra que nos separaba. Sin volver a mirarme, me agarró por la fuerza la mano aún húmeda, yo brinqué del taburete y cogí mi bolso a duras penas, lo seguí, renqueante, y cuando por fin me hice a su ritmo decidí mantener la distancia. Prefería sentirme así, como una chiquilla que obedece, antes que ponerme a su altura y que pareciera que caminábamos a la par, porque entonces quizá me soltaría la mano: ya no tendría sentido que me la cogiera. ¿No? Sí, prefería conservar el tacto de sus yemas sobre mis palmas. Me cogía la mano como un novio, no como un padre. Yo miraba al suelo igual que hago en el MediaMarkt, solo que descalza, solo que avanzando por un suelo sucio de restos de petróleo en el paseíllo hacia el puerto desde el chiringuito. En realidad, cuando no levanto la cabeza es porque la visión me abruma. Es igual en los dos casos. Por motivos diferentes.

Apenas un minuto para llegar ahí, al recoveco tras las carpas de acero donde reparan motos de agua. Un coche, un cuatro por cuatro aparcado enseñándole el culo al mar. En la penumbra apenas insinuada, frente a un público posible, Nacho me levantó en volandas, me apoyó el culo en el capó y las piernas en el guardabarros.

—Oh, Ignacio... —le reprendí. Siempre hago bromas de mierda cuando la cosa se pone intensa. Él no se rio. Casi nunca se reía.

Mi corazón latía fuerte. Iba a darme fuerte.

Su determinación no mentía.

Y en cambio, sí.

Me puso una mano detrás del cuello y otra en la tripa y me tendió en el capó con suavidad.

Luego me bajó las braguitas del bikini, las guardó en el bolsillo de sus bermudas y se agachó a la altura de mi sexo.

Aquí no puedo decir coño.

Hay veces que las cosas que ocurren son tan delicadas que te da miedo romperlas si las dices muy alto. Despertaría a mi hermana Peni y destruiría el único recuerdo que tengo de Nacho que aún no se ha difuminado por las dudas posteriores.

Yo quise mirarlo, y no pude.

Pero cerrando los ojos vi mejor.

Vi las galaxias. Las pintitas de luz. Ni rastro de la cara de mi padre.

Ahora, ni rastro de Nacho. Se ha ido. No ha dicho adónde.

Pero eso... eso es peor que una droga. Las drogas te dan bajona cuando pasa el subidón químico. A veces se te quitan las ganas de vivir durante un par de días.

Pero eso... esto. Esto que se te queda por dentro.

Nacho, doña Metomentodo... para mí Nacho... es como saber que puedes tener el universo dentro y... y ya está. No tenerlo. Porque para tenerlo necesitas una lengua amable, unos labios que, en lugar de abalanzarse sobre un trozo de carne fresco, se deleitan en tus pliegues.

No puedes obligarle a hacerlo si el propietario de esa lengua y esos labios no quiere y desaparece.

Nacho me besó la entrepierna antes que la boca. Pero cuando me besó la boca, en otras ocasiones, fue igual o mejor. Si una pudiera correrse solo con un beso, pues eso. Si pudiera caérseme el cuello hacia atrás con el roce de su lengua recorriéndome los labios, así, de pie, tal cual, pues eso. Me habría desnucado varias veces este verano.

En estas cosas he pensado cuando me he detenido ante las carpas de acero inoxidable. En eso y en el frío que está empezando a hacer y en lo cansada que estoy. Y en que puede que no esté tan cansada por la cantidad de horas de pie en el MediaMarkt. Y en que las carpas de acero inoxidable están un poco oxidadas.

Nos he visto ahí, juntos. He visto cómo yo explotaba y él me tapaba la boca para que no hiciera ruido, cómo volvía a colocarme las braguitas, cómo se esfumaba, caminando lento, justo después. Dejándome ahí sentada, maravillada y vulnerable, aún convulsionando. Me fumé un cigarro sin aliño, ya había flipado suficiente. Me quedé ahí hasta que la noche se cerró en sí misma y me envolvió y resolví caminar hacia el chalet de Otilia.

Solo que en realidad no he visto nada de eso, porque las carpas de acero inoxidable un poco oxidadas estaban vacías.

No había nada que ver. Solo imaginar. Recordar. Sin capós de cuatro por cuatro, sin motos de agua que reparar. Los barquitos flotando sin propósito.

Ausencias. ¿Dónde está Nacho?

Apenas unos metros más allá, en el embarcadero, papá me llevaba a pescar.

—¿Qué es esto, papi?

—Un cangrejo.

—¿Y por qué se mueve de lado?

—Porque es un cangrejo.

—Pero va de lado a lado.

—Así caminan los cangrejos.

Mi padre tampoco era muy listo. Pero no sé si eso se podía explicar mejor.

Algunas cosas no se pueden explicar bien. Por mucho que lo intentes.

Por Dios bendito.

Qué cansada estoy.

Giré la cabeza.

Sonreí a la abuela Otilia, respiré hondo y giré la cabeza.

Ahí estaba mi padre, rodeado de coronas de flores carísimas, en un ataúd carísimo. Deudas y más deudas.

Pero su nariz seguía siendo preciosa. Quién sabe si lo seguirá siendo.

Le habían quitado el collar pegado a la tráquea. Así podría respirar mucho mejor. Sin embargo, su pecho ya no se movía.

Le habían vestido con un traje oscuro y una camisa blanca. Me habría gustado que le pusieran su camisa vaquera descolorida de los veranos. Estaba muy guapo, tan moreno ya a principios de junio.

Alguien le había maquillado los pómulos. Qué idiotez. Me costó no reírme un poco. No conseguí recordar el nombre del especialista que se dedica a eso. En mi opinión, es el peor trabajo del mundo. Peor que el MediaMarkt. Por otro lado, será una rutina muy estable y tranquila. Los clientes no pueden quejarse, eso ya es bastante.

Mi padre ya no iba a poder quejarse nunca más. Ni nosotras de él. Ya no teníamos derecho a hacer tal cosa.

«Tus hijas que te quieren».

«Tu mujer que te recuerda».

Ni sus hijas le queríamos, ni su mujer lo era ya.

Con todo, Berta le recuerda.

Y quizá nosotras, Peni y yo, también le queramos. Ojalá que no, pero puede que sí. A lo mejor no al gilipollas con la gargantilla, pero sí al papá que me enseñaba a pescar cangrejos con la red. Y a este hombre maduro y atractivo sin copas de whisky en la mano ni bolsitas de coca en la solapa del traje, pues puede que también.

4
Lo necesario en la vida

El problema fundamental de la muerte es que mueve los pilares, arranca los cimientos, agita los muebles como un terremoto.

En pleno seísmo de Ikea la gente sonreía como si nada.

Y yo que me siento en un váter sin darme cuenta de que es un váter. En uno de esos apartamentos completísimos en treinta y cinco metros cuadrados. Solo que los suecos no tienen en cuenta que aquí, en España, los caseros ni siquiera nos los dan compactos en el piso. Suelen tener unas vigas absurdas que hacen impracticable la división del espacio. Y aún así, en fin. Quién puede vivir en ese lugar. En la práctica. Quién puede no asfixiarse en tan poco espacio.

Y un chico que me sonríe y yo que miro hacia atrás, hacia el plato de ducha. ¿Es a mí? Sí. Es porque estoy en un váter. Con la tapa bajada. Parece que estoy cagando o algo. Le hace gracia. Él no lo sabe, pero solo intento respirar. La cabeza me da vueltas igual que cuando miro hacia arriba en el MediaMarkt. No tiene sentido que trabaje en una gran cadena para ir a gastar la pasta en otra gran cadena. El chico me sonríe y es guapo, supongo. Quizá podamos tener hijos aquí, ducharlos en esta ducha ínfima. Cagar mientras el otro se cepilla los dientes.

Estoy hiperventilando. Me doy cuenta de que estoy hiperventilando. En un váter de Ikea.

Habíamos ido a acompañar a Peni, iba a ser un día de mujeres al poder y feminismo activo entre muebles de ensueño y perritos calientes por un euro. Peni quiere independizarse de Berta y mudarse con unas amigas al centro de la ciudad, o sea, a tres minutos de la casa de Berta. La que era antes mi casa. Día de mujeres porque la abuela Otilia se había empeñado en acompañarnos. Yo misma me había empeñado en acompañarlas, aunque Peni sigue sin dirigirme la palabra. Precisamente por eso.

Ikea siempre me ha hecho ilusión.

Hace apenas un año estaba sola recorriendo el laberinto y metiendo en el carrito lo imprescindible para mi viaje a Barcelona: un solo ticket, de ida, sin más planes, solo huir. Era la primera vez que me sentía adulta y autónoma, me miraba en los espejos y me parecía que mi cara era muy regular. Mira a esa chica en chándal, mira cómo anota precios en su libretita con el lápiz corporativo, tan chiquitín para reducir gastos. Economía a pequeña y gran escala.

No sé por qué me he puesto así. Hiperventilando en el váter de Ikea. Ha sido un golpe de conciencia. Los caris paseaban, la abuela Otilia les llama así, los caris de fin de semana, que van a Ikea a llamarse caris y a figurarse su vida juntos. Cari, mira qué monada. No, cari, de eso ya tenemos.

Nos dan risa, los caris, pero entonces he entendido que nunca voy a ser una cari.

Nacho no me quiere y nunca me ha querido.

Mi padre tampoco me quería y ahora está muerto.

Yo tengo una lista de trastornos que doña Metomentodo ha enunciado.

Puede que esté mal, después de todo.

Este ha sido el pensamiento antes de hiperventilar.

No estoy bien.

Me habría gustado que a Nacho le importara, y me gustaría que a Peni también le quedara espacio entre sus emociones químicamente reguladas para mirarme un rato, por mucho que yo no lo merezca porque no dejo de cagarla, por mucho que la cagara con Vicente. Y que Berta fuera otra vez mamá y no me mandara a una loquera para delegar la tarea, que me abrazara solo otro poco. Una piel, sí. Por qué no. Lo mismo eso cura más que las pastillas. Que estas tapes.

La abuela Otilia es fuerte, pienso, para recomponerme. Le han dado mil parraques más fuertes que este mío en el váter de Ikea, pienso, con el culo en la tapa mientras un chico me sonríe y yo no quiero que me sonría él, quiero que me sonría Nacho. Me gustaría, pienso, que Nacho apareciera por la esquina de este apartamento de treinta y cinco metros cuadrados y que trajera un par de bolsas del Mercadona, otra gran cadena, porque solo somos eso, esclavos de las grandes cadenas, consumidores y asalariados, y que abriera una lata de Coca Cola y la llevara a mis labios secos de ansiedad para regularme los niveles de azúcar, que luego me cogiera en brazos y me acunara –dos pasitos- en la cama matrimonial, encajada junto al salón y la cocina y el amago de comedor, y se tumbara conmigo mientras todas nuestras pertenencias nos rodean y nos miran, estáticas, firmando quiénes somos. Nosotros, como individuos perfectamente integrados. Nosotros, como caris dignos.

Odio a los caris. La abuela Otilia y yo nos reímos de ellos.

Pero en el fondo los envidio.

No entiendo cómo la abuela Otilia es capaz de reírse de los caris y de despreciar el Sálvame, y aun así estuvo casada con el abuelo Ramón durante más de cincuenta años. Hasta que él la palmó de un cáncer de vejiga. Ahí fue cuando mi padre empezó a soltarse.

Soltar. Verdades. Su matrimonio. Anudarse la gargantilla y repeinarse con gomina.

Si Nacho no ha querido salvarme, si no ha querido más que lamerme de vez en cuando, por rendición, por concesión a la pesada, quién lo va a hacer.

Puede que si yo he querido salvar a Nacho de su silencio y su soledad haya sido tan solo porque necesito que alguien quiera salvar a alguien.

Este abandono. Este silencio. Esta ausencia.

Yo hiperventilo en el váter y los caris siguen centrados en sus vidas, haciendo cuentas como yo antaño, planeando juntos lo que van a ser.

Yo quise ser algo, por mí misma, una vez no hace mucho. Tenía esperanzas en que ese tren de billete único me llevaría a algún lugar. Y lo hizo, me parece. Me llevó a muchos lugares. Solo que luego tuve que volver. Por mucho que huyas…

Empaqué poco y en seguida conocí a la Neus, que llevaba trotando el mundo sola muchos años para sus veinticinco, algo más jovencita que yo pero mayor que Peni, tan adorable, y había acabado en Barcelona, cerca de Reus, Neus de Reus, yo siempre atenta a las coincidencias a ver si así saco algo en claro, un sudoku, una fe, una esperanza. Ella tenía una vacante en el apartamento de cuarenta y tres metros cuadrados de Gràcia y yo fui a verlo y me quedé la habitación. Era mía, un espacio mío. Once metros cuadrados. Aún es mío, aún me espera. Solo que ahora no sé cómo pagarlo, voy a perderlo. Estoy haciendo malabarismos con los ahorros del MACBA, con los nuevos del MediaMarkt y con lo que saqué antes de irme a Barcelona trabajando en el salón de estética de una familia china, los Yun. Nunca jamás he visto un negocio tan sucio. Comían de tuppers y se ponían a limar uñas acto seguido, con los bebés en brazos. Las clientas volvían quejándose porque les habían salido hongos en los dedos. Nos querían cobrar la pomada. En la farmacia de al lado se forraban por los hongos de los Yun. Ocurría a menudo. Yo no los pillé. Los hongos. Sé pintar detalles alucinantes. Me concentro un montón y las horas pasan, una tras otra. Es parecido al arte del MACBA, solo que aquí las pinturas son mías y yo no soy nada artista. Pero relaja. Como los Warhammers. ¿Ves, doña Metomentodo? Sería una novia fantástica. Quizá no sea una cari, pero sé lo que son los Warhammers. Algunos hombres valoran eso. Además, follo bien. Quiero decir que sé cómo moverme, si me dejan hacerlo. Meneo las caderas. Con Nacho no pude exhibirme, me paró en seco y solo me abrazó. Nos quedamos una eternidad abrazados, hasta que se le bajó la erección dentro de mí. Se me empañaron los ojos de emoción, para qué negarlo. Esto va de decir verdades. Llevo el pelo largo y oscuro, ahora estoy morena, tengo el cuerpo delgado y los pechos bastante grandes, pero no caídos, aún no. Me da mucho gusto cuando me los agarran y se los meten a la boca. Los dos. A la vez. Y cuando me los amasan como haciendo pan en la granja escuela. Procuro no mirar los de la abuela Otilia para no imaginar cuál es su final, pero de momento mis tetas funcionan. Quizá no sea una cari, pero podría serlo. Un algo. Una cariño. Cariño suena bien. Me emociona también cuando la gente me llama cariño.

Yo no he nacido para vivir esquivando la muerte en rotondas, para esperar un ataque epiléptico, para beber chupitos doblados en lugar de cafés. Me cago en la puta de oros.

Puede que ese gesto mínimo… puede que lo haya agrandado y tú tengas razón, Metomentodo. Que alguien me sirva un café en lugar de un chupito. Me quiere, casémonos, concluye Olalla. Claro que sí. Ese chico que me ha mirado sonriendo, ese chico quiere que este apartamento de treinta y cinco metros cuadrados sea nuestro, mío y suyo. No es que le haga gracia que esa chica aparente estar cagando en un lugar público: es que me ama.

Si alguien me ama, me alejo.

El amor no existe.

Mi padre está muerto.

Antes de morirse no se preocupó por hacerme feliz. Ni tremendamente infeliz.

Dejamos de pescar cangrejos.

La gente se muere.

Antes de morirse se muere. Incluso.

Y aquí los caris, paseando. Los números de su cuenta bancaria son las únicas cuentas que les interesan. Cuántos cojines con estampado de flores pueden adquirir. Cuántos floreros para flores de plástico. Cuántos plásticos con olor a flores.

Yo me he venido abajo, si no me equivoco, frente al pasillo de los platos. De ahí he ido directa al váter.

Cuántos platos. Qué variedad de platos. Platos de todos los colores. Y además, de muchas formas. Había hasta cuadrados, aunque sabe Dios bendito que los platos suelen ser redondos. Los quería todos, a mogollón, sin elegir. No iba a poder tener ni uno. Tantos platos, tan bonitos. ¿Dónde iba a ponerlos? ¿En Barcelona, en el Pinar? ¿Dónde está mi casa? ¿Por qué alguien iba a querer nada distinto a esto, a Ikea? ¿Por qué no conformarse con una vida llena de platos bonitos? ¿Por qué a mi padre le supo a poco? ¿Por qué abandonó a mi madre, convirtiéndola en Berta, una feminista superviviente con un discurso manido? ¿Qué se le había perdido a mi padre en los bares y en la noche? ¿Fue culpa del abuelo Ramón y de su cáncer de vejiga? ¿Tendría que haberle educado mejor la abuela Otilia? ¿Por qué Nacho no me quiere? ¿Por qué no quiere quererme? ¿Me quiere? ¿No me quiere? ¿Podría convertirme en una cari?

¿Qué coño hago aquí? ¿Por qué no me vuelvo ya mismo a Barcelona, a lo que aún es mi casa, mis once metros cuadrados? ¿Por qué no mandamos a tomar por culo las deudas de mi padre, aceptamos la herencia a beneficio de inventario, como dijo el abogado, o la rechazamos, que le den a la herencia de mierda, solo ataques epilépticos, que les follen a todos, me reinvento, dejo de ser Olalla Cárceles Sáez y me convierto solo en Olalla, Ola, O, punto?

Hiperventilo.

Pues claro que hiperventilo.

Lo mismo estoy mal.

Y es irrelevante que Nacho esté bien o mal. Y no importa nada si le amo o solo estoy haciendo transferencias.

Lo cierto es que estoy en números rojos.

Pero aún podría comprar al menos un par de platos, si quisiera.

5
Hola desde el inframundo

Al terminar de correr casi me da un parraque oficial. Casi me da un parraque corriendo, y mira que precisamente estaba haciendo ejercicio físico siguiendo tu consejo, Metomentodo, para reducir la probabilidad de que me diera un parraque por ansiedad. Por unas cosas o por otras, destino final: parraque.

Hacía mucho que no me calzaba las zapatillas de deporte. Años. Me ha dado flato, el aire no entraba en la caja torácica aunque hinchara las aletas de la nariz como una negra, sudaba tanto que las axilas me bañaban los bíceps. Qué ascazo. No sé cómo a la gente le pone cachonda hacer deporte. He aguantado veinticinco tristes minutos y he llegado avergonzada a la puerta del chalet de la abuela Otilia, deseando beberme cuarenta litros de agua fresca.

Pero el parraque real ha sido cuando me he encontrado a Vicente, con sus tatus en el pecho y en los brazos y su pelo rizado y su bigotito.

—¿Qué coño haces aquí? —le he dicho, resollando.

Él estaba fumando un cigarro sentado en el bordillo de enfrente, con la vista clavada en nuestra casa. Al verme ha soltado una carcajada, me ha hecho un repaso por las mallas de cuando Berta era joven, la camiseta de publicidad de charcuterías Martínez y la coleta llena de boñigas. No iba nada glamurosa, para ser honestos.

—¿Ahora eres *runner*?

—Me lo ha aconsejado mi psicóloga. —¿Ves, Metomentodo? Hablo de ti con mis amigos—. Endorfinas naturales, colega. No la mierda que os metéis los jóvenes.

—¿Quieres una calada?

—Claro que no.

Me moría por una calada. Con los pulmones así de abiertos el humo tenía que sentar de puta madre. Al final he accedido, con cuidado de que Peni no nos viera.

—He venido a ver a tu hermana.

—Mi hermana no quiere verte.

—¿Y a ti?

—No tiene más remedio, vivimos juntas.

—Digo si te puedo ver a ti —ha sonreído y yo he puesto una mueca y le he dado un puñetazo en el búho que lleva en tinta en el hombro, es un búho horroroso—. Es coña. Pero no me voy a ir hasta que salga.

He soltado el humo con la sensación orgásmica más maravillosa del puto planeta.

—Pues ánimo. ¿Llevas provisiones? ¿Saco de dormir, esas cosas?

Él se ha reído. No deberíamos estar riéndonos juntos, he pensado. Como nos vea Peni, me asesina en sueños. Menos mal que ella es la que duerme y yo no, podré evitar la debacle.

Ya estaba yéndome a la entrada cuando me he girado.

—Oye…

—No, Olalla.

—Si no te he dicho nada aún.

—No preguntes. No puedo contarte nada.

—¿Por qué no?

—Claramente, porque se ha ido para que tú no sepas más de él.

Eso me ha dolido. No voy a mentir. Más que el flato y que los pulmones.

Hay que salir a correr más a menudo solo por esa calada maravillosa.

—¿Cómo estás tú?

—Genial —he respondido, sujetándome las caderas—, capeando el temporal. Ya sabes.

—Olalla —ha sentenciado él, apagando el cigarro bajo la chancla. Cuando un chico dice mi nombre se me va la puta cabeza. De verdad. Todas las tonterías que hago vienen después de un Olalla. Debe ser cosa de los títulos—, olvídate de Nacho. Bastante tienes con lo tuyo.

Yo he contenido las lágrimas. Un truco: cuando te dan ganas de llorar, si miras al cielo se reabsorben. Nunca falla.

—Si no hubiéramos... tú y yo... A lo mejor...

—No sé, Olalla. Lo mismo estaba esperando que pasara para tener la excusa perfecta. Para alejarse, ¿sabes?

—Pero tú dijiste que no era malo.

—No creo que sea malo. Creo que está roto.

Ahí he soltado una de mis carcajadas lacónicas, marca de la casa.

—¿Y quién no lo está?

Y he empujado la puerta dándole a la situación un final dramático digno de película.

Al entrar al salón he sorteado a la abuela Otilia que seguía haciendo punto frente a la tele encendida pero en mute, le he dado un beso en la frente, ella me ha preguntado si he comprado mangos, le he respondido que no me ha encargado mangos, ella ha resoplado, le he prometido que mañana le compro mangos, y he ido directa hacia la cocina donde Peni examinaba la nevera con cara de pocos amigos.

—¿Buscas mangos? Está Vicente fuera.

Ella ha fingido no oírme, como de costumbre. Como de costumbre desde que entró al apartamento de Vicente tras la cena porque se le habían olvidado las llaves, las de nuestra casa, pero el subnormal de

Vicente le había dado una copia de las suyas en gesto de buena fe, por lo visto, como paso siguiente en su relación absurda. Peni tenía que volver a casa de la abuela Otilia porque se le había olvidado también tomarse la pastilla, y ya era tarde y yo dije de beber una última copa; solo estaba triste porque al final Nacho no había venido, ya estaba desapareciendo otra vez, cuanto más cerca más lejos, y el despecho y la gana y la tristeza, mucha tristeza, y entonces Peni nos encontró desnudos en el sofá, a Vicente y a mí.

Porque en realidad Vicente había querido follarme desde el minuto uno; yo iba a darle por el culo al chiringuito pero solo porque tenía el ojo puesto en Nacho desde el minuto uno.

Un triángulo dramático, o un cuadrado errante; en realidad a Vicente quién sabe quién le interesaba. Peni era la madre perfecta de sus hijos, una muchachita de veintipocos a la que seducir, rubia y encantadora, con la manicura siempre perfecta, un tiarrón de más de treinta como él; lo mismo Peni andaba buscando un papá, ¿no doña Metomentodo? Lo mismo no tenemos derecho a enamorarnos y a que nos pique el chichi, todo lo hacemos por un papá ausente y muerto.

Bueno, Peni y Vicente eran medio novios, o eso pensaba ella, porque Peni es una niña y le encanta sufrir por amor. Y hace cosas de adulta para las que no está preparada. Como las mamadas. Como tomar pastillas antidepresivas.

Lo sé. Sé que es una putada. Lo que le hice. No tengo ninguna excusa, nada a mi favor. Estoy rota. Me declaro culpable, señoría.

Me bato en retirada. Otro día sin que mi hermana reconozca mi presencia en el universo. Quiero que Peni me perdone. Vicente es majo, pero es un capullo. No quiere nada, ni con ella ni con nadie. Está sentado frente a nuestra casa porque es septiembre y la playa se está vaciando y se aburre. Su amigo Nacho se ha evaporado.

Nacho sí es diferente, Nacho no es como él, ni como nadie.

—Nacho —le dije al día siguiente, atusándome un mechón de pelo como hace Berta continuamente—, te tengo que confesar una cosa.

—No hace falta. Tú y yo no somos nada.

Puñetazo en la mandíbula. Joder. El aire, no entra.

—¿Lo sabes ya?

—¿El qué?

Me quedé ahí con cara de póker. *Poker face.* Lady Gaga.

—Hace buen día —siguió él, sin prestarme atención—, ¿por qué no te das un bañito en el mar?

Así lo dijo. Un bañito. En diminutivo irónico. A mí me van a explicar, a estas alturas, lo que es el sarcasmo. Nacho estaba jodido porque su amigo Vicente había entrado en mi cuerpo. Porque me amaba. Porque no quería amarme.

Después de eso no volvió a tocarme. No me contestaba los WhatsApps. No me cogía el teléfono. Me atendía como a otra clienta más, una guiri del Pinar. Podría haberme muerto en su cara y le habría sudado la polla ampliamente, quiero decir. Nada de compasión. Si le hubiera pedido un chupito doble de vodka, pues ok. Nada de cafés dobles. A eso me refiero.

Que me digan si no le reventó vivo que me tirara a Vicente.

Y yo, pues sí, pues que me pongan las esposas ahora mismo porque lo merezco, pero me alegré incluso. Tal era el grado de desesperación que sentía por saber qué sentía Nacho, que hasta su desprecio manifiesto me servía de combustible.

Peni quedaba de vez en cuando con Vicente para «hablar las cosas», seguro que lo había leído en alguna revista o se lo había aconsejado Berta; Berta también empezó a mirarme raro, pero no lo decía, forzaba una sonrisa, pensaría que yo era la oveja negra sin remedio; la abuela Otilia sí me sonreía con sinceridad, pero ella está zumbada, claro, y se pasaba el día con el maldito punto, así que me quedé sin aliados. Vicente no me hacía ascos, podría habérmelo seguido follando entre conversación seria y conversación seria con mi hermanita Peni, la verdad sea dicha, esto va de decir verdades. Los tíos así te los ponen una vez y luego nunca paran, se lían hasta con tus amigas del cole, con tus enemigas incluso. Qué consejo le iba a dar Berta a mi hermana Peni, si son las dos igual de estúpidas.

Yo no soy estúpida.

¿Vale?

Seré una zorra, pero es solo porque estoy desesperada. Porque quiero un cari. Un cariño. Quiero que mi cariño sea Nacho. Nacho me quería, no me quería, me quería, no me quería, y yo todo el día venga a deshojar margaritas. Shakira. Pues eso.

Ni siquiera me corrí con Vicente. ¿Es un atenuante? Espero que sea un atenuante, señoría. Doña Metomentodo.

No soy adicta al drama. De verdad que solo quiero… no, no quiero que me coman el coño en una proa. Ni ir a comprar muebles a Ikea.

Más bien solo quiero dormir una siesta. Quiero que Nacho me abrace, que esté dentro de mí y no me deje moverme ni lucirme, que solo me abrace cuando esté dentro de mí y que nos fosilicemos así.

Que por qué le quiero, Metomentodo. Esa es una buena pregunta.

Pues le quiero porque es diferente. Porque está roto. Porque estamos todos rotos.

A mí no me funcionan bien los pulmones, ni las piernas, ni el órgano que cause el flato. Ni la cabeza, ni el corazón. Queremos así, arrastrándonos por el fango. De vez en cuando alzamos la cabeza y sonreímos al sol. La única diferencia es que algunas personas son valientes y lo reconocen. El resto fingen. No me gusta la gente que finge.

Yo quiero a Nacho porque escogería su risa como politono en plenos dosmiles. ¿Es suficiente? Porque cuando me mira con la cabeza gacha y sonríe, con las cejas inmensas tapándole los iris, quiero convertirme en un Playmobil y mudarme a su bolsillo. Porque me haría un bocadillo de Nacho y me lo comería a cachitos durante todo el día. Porque si fuera él en lugar de Vicente el de ahí fuera, saldría pitando en este instante, a tomar por culo tú, mi terapia, estas tapes, este mundo entero, y saltaría encima de él y lo asfixiaría en un beso de koala.

Porque Nacho está roto y no quiero siquiera repararlo.

Solo quiero quedarme así, a trozos, a su lado.

Lo mismo un día los recomponemos juntos y hacemos un puzle sin sentido. Eso es lo que de verdad me gustaría.

Las verdades.

Huelo a sudor. Estoy mirando por la ventana a ver si se produce algún movimiento.

Esto me recuerda a los pretendientes de la antigüedad remota, o sea, cuando papá intentaba conquistar a mamá. Se repiten patrones: el chico malo a por la chica buena. El abuelo Ramón solía decirle que no se la merecía. A mi madre. Mi padre se empeñó y aquí estamos nosotras, Peni y yo, primero yo, luego Peni. La abuela Otilia siempre ha preferido a mi madre antes que a mi padre, que era su propio hijo. Por qué, si no, íbamos a estar en casa de su ex suegra pasando el verano de duelo. O no, a ver. Que es raro de cojones. Es raro un rato. Un rato de raro.

Nada, cero movimiento. Las hojas de las plantas del jardín se mueven con la brisilla, nada más. Vicente se habrá ido. Quiero salir a mirar pero huelo a sudor y además Peni se haría el harakiri de forma elegante para no reventarme la cabeza a hostias. Tendría que redoblar sus raciones de Mindfulness de Youtube, y eso sí que no.

Así que me voy a meter a la ducha.

Pero antes de eso, voy a hacer una llamadita.

Articulo el mecanismo ese de llamada desde número privado. Me siento muy quinceañera. Tecleo en el buscador: ene, a, ce, hache, o.

Pulso la tecla verde.

Silencio.

Un tono.

Dos tonos.

Tres tonos.

—¿Sí?

Callo.

—¿Hola?

Ay, su voz. Directa del inframundo. Me parece estar viéndolo. Joder, quiero meterme su voz dentro, junto con su polla. Me llena por dentro.

—¿Quién cojones es?

Se me escapa una risita, me tapo la boca con la mano, pero no sé si he llegado a tiempo de apartar el auricular.

—¿... Eres tú?

—Qué pregunta tan absurda —contesto, no puedo evitarlo—, ¿quién va a responder que no a eso, Ignacio?

—Eres tú —resopla. ¿Se está riendo? ¿O está enfadado? ¿Indignado, quizá? Ves, doña Metomentodo, es un sudoku vivo este chico—. ¿Qué coño quieres?

Pienso que eso le he preguntado a Vicente hace un rato, cuando lo he visto en la puerta de casa, o algo parecido. Un triángulo amoroso-erótico-festivo de gente rota con intenciones dudosas. Un cuadrado cojo. Solo Peni sabe lo que quiere. O no. No tiene ni idea de lo que quiere, pero cree que sí lo sabe.

—Quiero muchas cosas. Quiero... quiero dejar de trabajar en el MediaMarkt, me aturden tantas novedades, no les da tiempo a sacar un modelo de tablet que en seguida hay uno mejor en el mercado. Quiero dinero para un crucero, te puedes venir si quieres. Y para platos. Hay cantidad de formas de platos, ¿sabes?, incluso cuadrados, y yo los quiero todos. O no, no lo sé. Quiero...

—Olalla.

—Quiero —contesto, limpiándome la frente frenéticamente con el dorso de la mano, y tomando todo el aire de la habitación y de la casa y del inframundo, bajito añado—: que vuelvas.

6
Feliz no aniversario

Vale. Imagínate la típica peli de instituto americano, ¿lo tienes, Metomentodo? La pardilla campeona de la liga de matemáticas, el quarterback del equipo de rugby. La freak que recita a Shakespeare con el aparato en los dientes, el follardo que no deja chichi sin explorar.

Esos eran mamá y papá.

Creo que ya es hora de que diga su nombre. Se llama, aba, se llamaba –atención–: Juan de Dios. Juande. Un poco ridículo. Como su muerte. Como parte de su vida.

Vale. ¿Lo tienes? Juande y Berta.

Mi madre llevaba siempre una trenza negra muy larga. Papá era rubio, rubio español, de esos rubios que se convierten en tono rata con los años y que solo se reactiva en verano, al pescar cangrejos en el embarcadero con su hija mayor. Pero eso viene después.

Por entonces papá se estaba liando con una amiga de mamá, aunque este dato es irrelevante. En esa época no se liaban del todo, les gustaba llegar vírgenes al matrimonio. En lugar de ir de discotecas y meterse eme, salían a guateques a bailar. Papá bailaba fatal, pero bailaba. Aba. Papá hacía cualquier cosa para seguir siendo popular. A mamá se la sudaba lo de ser popular, o eso fingía.

Pero resulta que el más popular se fijó en su trenza.

0 de la trenza, así porque sí. El primer día ella se temió que le estuvieran haciendo bullying, cuando no existía siquiera el bullying. En esa época no había móviles ni macrodiscotecas ni eme ni bullying. Puede que fueran tiempos mejores. Los buenos tiempos antes de nuestros buenos tiempos.

Berta prefirió convencerse de que había sido un error, para no estresarse. Pero el segundo día, pam, otro tirón de trenza. Juande pasaba de largo como si nada. Como si aquella trenza le perteneciese, como si fuera una especie de saludo matutino.

Para el tercer día Berta se preparó una réplica en toda regla. Se infundió ánimos la noche entera: le iba a explicar a ese tío que ella no era chica de tironcito de trenza, que fuera a tirarle a otra de la trenza. Con ella no iban esas chorradas. Ella era una tía seria que lloriqueaba con Shakespeare. Qué era eso de tirarle de la trenza a una chica así. Juande se había equivocado de objetivo.

Y cuando fue a replicarle ante el tirón ya casi habitual, que esta vez tuvo lugar mientras ella pagaba un café para llevar a las puertas del instituto público, él le sonrió.

Ella nunca había visto una fila de dientes semejante y unos ojos claros que brillaran más. Aquí tenemos el momento pasteloso romance, cuando Cupido les dispara con la flecha y los pobres desgraciados entienden que tienen que estar juntos para siempre, esperar a que inventen Ikea y comprar millones de platos y aspirar a convertirse en un par de caris.

Por supuesto todos sabemos, doña Metomentodo, que la historia no acaba bien. Pero no hemos llegado aún a ese momento. Por ahora, todo son colores pastel, azules, amarillos, dignos de una tape de Super 8. ¿Vale?

—Qué haces esta tarde —le dice Juande, que no es muy listo, y eso implica que la originalidad le escasee. Ni falta que le hace, con esos ojos bailongos como sus caderas errantes.

—Estudiar —contesta la empollona de Berta, con su pila de libros pegada al pecho para ocultar las tetitas turgentes de adolescente—, tengo un parcial mañana.

—Ah, sí, yo también —empatiza él, usando indiscriminadamente su arma más potente, lo de los dientes blancos—, ¿me ayudas?

—No tengo tiempo —contesta ella, férrea. Tiene su discurso preparado y no piensa renunciar a él. Se aferra más a los libros—. Además, no me gusta que me tires de la trenza. Es un gesto muy machista, ¿sabes?

—¿Machista? —se extraña Juande, que nunca ha oído mencionar tal cosa. El machismo lleva muchos siglos ya inventado, lo que pasa es que aún no es *mainstream*, su uso no se ha extendido ni menean pancartas del *#metoo* en manifestaciones violetas.

—Sí. El hecho de que me tires de la trenza sin miramientos es rasgo de una sociedad heteropatriarcal. No me conoces de nada. No te he dado mi consentimiento...

—¿Tengo que pedir tu consentimiento para tirarte de la trenza?

Mamá, o sea, Berta, se queda patidifusa.

—Por supuesto que sí.

—Oh, de acuerdo —él se inclina sobre ella, baja la voz en plan secreto del Pentágono—: ¿puedo tirarte de la trenza?

Berta, ahora, está ojiplática. Esa palabra me encanta. A mí, a Olalla, la primera hija de estos dos papanatas. También me gusta esa palabra. Mamá, o sea, Berta, me ha inculcado el amor por las palabras. Y el odio también. Odio la palabra chorizo, por ejemplo.

—¿Por qué motivo, a ver?

Juande, o sea, papá, se pone pensativo. Su neurona y media trabaja a toda velocidad. Estamos en el año mil novecientos ochenta y algo. La gente lleva cardados. Mi madre no, mi madre lo lleva liso y recogido en una trenza de raíz. Es discreta. Pasa de las modas. Mi padre lleva hombreras. Su padre, el abuelo Ramón, suele llamarle maricón. Ese es el nivel.

—Porque me gusta hacerlo.

Para Berta no es suficiente. Espera a que complete su argumento.

—Supongo que es como tirar de la cisterna —aduce papá.

Para Berta eso es demasiado. Se gira para irse, camina a paso ligero. Espera en secreto que él la detenga, que la agarre por el brazo y le obligue a quedarse y le sonría así otra vez. Está derritiéndose por dentro, le da vueltas la cabeza y siente ganas de cagar de nervios, pero no lo reconocería aunque le arrancaran con alicates las uñas de los pies. El momento Cupido suele traer complicaciones fisiológicas. Los médicos no darían abasto si tuvieran que atender a los millones de afectados diarios. Una auténtica epidemia.

Juande no sale corriendo tras ella, él no hace esas cosas, es Juande Cárceles. Si silba aparece una jauría de mujeres dispuestas a desollarse entre ellas con tal de recibir una de esas sonrisas que cotizan al alza. Juande no sabe que esa mujer se llama Berta Sáez y que ella no hace esas cosas, ella no permite que le tiren de la trenza ni se hace agua al ver unos piños blancos. Ninguno de los dos sabe nada del otro. Sin embargo, son lo suficientemente jóvenes como para que eso no importe nada. Su juventud y falta de experiencia es lo que va a permitir que el agua y el aceite se mezclen y nazcamos nosotras.

A partir de ese momento, Berta intentará salvar a Juande y Juande se esforzará al máximo por que Berta le salve.

El abuelo Ramón se sentirá complacido partiendo el filete de emperador y empujando las verduras con el cuchillo en la primera cena en casa de los Cárceles, la primera presentación oficial de la primera novia seria. El abuelo Ramón sentirá que por fin su empresa de químicos tiene un digno sucesor, que quizá su hijo se redima. Aún le funciona bien la vejiga, hace pis con regularidad, no tiene cáncer. La abuela Otilia ya ha tejido la mayoría de mantas, tapetes y manteles de la casa con su punto incansable. Todavía no han creado el Sálvame, pero se traga lo que den en el par de canales de la tele, siempre con el volumen desactivado. La abuela Otilia solo quiere compañía y Berta está dispuesta a convertirse en la nuera que ella desea.

Berta es la quinta de ocho hermanos. Nadie le hace ni puto caso, vaya. Su familia es de bien, es del Opus, tienen dinero y un apellido corriente pero conocido en la ciudad. Los Sáez tienen contactos y pasta. No están dispuestos a renunciar a una de sus hijas, aunque no sepan ni de cuál de ellas se trata. Los padres de Berta no tienen ni idea de que ella lloriquea leyendo a Shakespeare y jamás han ido a verla recitar en jornadas literarias de los bares del centro, pero Berta es más que Berta: es una Sáez.

En la primera cena de la parejita en la familia Sáez, en cambio, comen solomillo de buey con patatas asadas, pero nadie se siente complacido. La marabunta de hermanos de Berta hace bromas estúpidas sobre el nuevo noviazgo y los padres tuercen el morro. Una vez que han acabado de comer, invitan con poca sutileza a Juande a abandonar la casa. Luego invitan con poca sutileza a Berta a dejar de ver a ese impresentable.

Berta es una chica obediente, pero ha descubierto una cosa nueva: debajo de esa fila de dientes blancos hay una lengua deliciosa. En serio. Es deliciosa. Y lo que es peor: intuye un punto de luz más abajo, en el pecho de ese chico.

Echa mano de todas sus novelas de Jane Austen y se convence de que la cura del impresentable es, sencillamente, un amor perpetuo e ilimitado. Firma un pacto con el diablo para distanciarse de la familia del Opus. Se aleja de Dios en nombre del amor mismo, así que siente que se acerca por primera vez a un Dios de verdad, uno en el que le apetece creer, no ese castigador del Antiguo Testamento.

Berta se aleja de los Sáez y se integra en los Cárceles poco a poco. El broche definitivo llega cuando ella, además de la lengua carnosa y del punto de luz, descubre la mezcla divina de ambos en un lugar situado anatómicamente más abajo. Hola. Ahí es cuando entro yo en escena. Mamá se queda embarazada de papá y eso sí que no, sin sagrado matrimonio por medio no, nanay de la China.

Estamos en el año mil novecientos noventa y yo estoy a punto de nacer. Papá y mamá se han mudado a la casa de veraneo de los abuelos Cárceles, aquí, en el Pinar, mientras no consigan un piso barato en la ciudad. Papá busca trabajo y mamá no quiere redecorarla, le parece bien que esté llena de tapetes, manteles y mantas de punto. Juande se siente abrumado e ilusionado a partes iguales ante mi inminente nacimiento.

El día que yo nazco, hola mundo, se me enrosca el cordón umbilical en el cuello y estoy a punto de morir. Justo antes de decir hola voy a decir adiós. Los médicos practican una cesárea por otros motivos relacionados con el útero de mamá, que ha sido mi casa durante nueve meses y me ha engordado unos cuatro kilos doscientos gramos, y me salvo. Hola. Olalla ha llegado.

El día que yo nazco Juan de Dios Cárceles llora tanto, tan fuerte, que Berta Sáez se convence de que lleva a Dios dentro, en el corazoncito, está segura de haber acertado, así que también se echa a llorar. Me abrazan con los restos del líquido amniótico, me besan el cuello libre, sin ataduras, y se quedan así, juntos, conmigo. Una trinidad encarnada.

A Peni la tendrán muchos años después para intentar fijar las piezas. Con el cuarteto no se rompe nada, ya estaba roto. La realidad se ha impuesto, los colores amables de las cintas del Super 8 han desaparecido y han llegado los tonos sepia, los blanco y negro.

Sin embargo, antes de eso ha pasado otra cosa. Entre la primera conversación post-tirones de trenza y mi llegada al mundo.

Y es que Juande ha seguido tirando de la trenza. Sin consentimiento ni nada.

Lo que Berta anhelaba en secreto, lo que Juande hacía por inercia, sin tener claro sus motivos, sin poder explicarlo a nadie. Una mañana tras otra, un buenos días natural, pam, tirón de trenza, breve.

El pelo va creciendo y él sigue tirando.

Ella cada vez se esmera más en peinarse porque ahora a alguien le importa su trenza, aunque sea en ese ratito tan corto, apenas unos segundos. En la cafetería, en el pasillo del instituto, en el patio, en la calle de camino a clases, en los pupitres.

Así Berta, que al principio estaba indignada por la hegemonía masculina, el imperio falocéntrico y las injerencias del hombre sobre el segundo sexo, Berta que ha leído mucho a la Woolf y a la Beauvoir; se descubre esperando ese toque de gracia diario. Se sorprende sonriendo y sintiendo cómo se derrite, ahora, su corazón. Se descubre fantaseando de noche. Probando acondicionadores para el pelo y escondiéndolos en el armario de la habitación para que sus quinientas hermanas no se lo gasten. Comprando colonias y rociándolas en las raíces. Saneando sus puntas abiertas.

Quiere tener el mejor pelo posible, una cabellera envidiable. Algo que convenza de que esa trenza aleatoria merece la pena. Más que toda la jauría de cheerleaders de instituto americano, las que la chupan en la primera cita y tal. En realidad este discurso es tope machista pero ya digo que en esos tiempos no tenían ni guarra de lo que quería decir la igualdad de sexos. Ahora tampoco lo tenemos muy claro, pero investigamos más.

Anyway, un día Juande falta a clase.

Nadie sabe los motivos, Berta tampoco. No han vuelto a cruzar palabra desde aquel primer día, pero han mantenido su código compartido, un poco en plan telégrafo, del tironcito.

La verdad es que el abuelo Ramón le ha pegado una paliza a su hijo Juan de Dios por ser un yonki. Todavía corrían los años ochenta y no había eme pero sí coca. A mi padre le pirraba la coca.

La cosa iba paralela. Quiero decir que a un ser humano le puede encantar la coca y una trenza limpia y perfumada. Las dos cosas. A la vez. Paralelas.

El abuelo Ramón ha encontrado la cocaína en una bolsita y le ha pegado una paliza a su hijo Juande, le ha dejado un ojo morado, le ha partido el labio e incluso el tabique ese precioso que siempre ha tenido. La abuela Otilia ha dejado de hacer punto para tener el primer parraque oficial y por eso se ha detenido la paliza, para atenderla. En caso contrario, quizá lo habría matado a hostias. Esa es otra de las verdades, puede que una de las que mató a mi padre.

Juande ha faltado al instituto. Más tarde diría que se había caído con la bicicleta, nadie se lo creería, pero como es el capitán del equipo de hockey, o de rugby americano, la gente pensaría que se había metido en una pelea monumental para salvaguardar el honor de una mujer o algo por el estilo. Se volvería aún más popular. Porque a los chicos guapos nadie los escucha. La gente los envidia y los desea, fin. No pueden tener problemas ni nada. Si aparecen con la cara descompuesta, los demás rezan por que no se le joda la cara pro futuro, o por que se les joda la cara pro futuro. Depende de la envidia o la devoción. Ya está.

Berta sí que sabría la verdad. La sospecharía.

Porque al volver con la cara partida, él ya no le tira de la trenza.

Ella se indigna igual que al principio, pero luego se preocupa.

Y un día decide ella abordarle mientras él está en un banco fumándose un canuto, haciendo pellas. Ella le gira la cara con cuidado y él hace un puchero. Es el único día, antes de mi hola mundo, en que eso sucede. No las suelta, las lágrimas, mira hacia arriba y se reabsorben. Ha aprendido a reprimirlas. Es mejor dejarlas dentro.

Yo le diría –y doña Metomentodo, estarías de acuerdo conmigo- que quizá se equivoque, que hay que soltarlas. ¿No? Las verdades, las lágrimas. Para que no te ahoguen en tu propio vómito.

Pero claro, yo aún no existo y no puedo aconsejar a nadie.

Y el pasado, pasado está y no hay Dios que lo modifique.

Ahí están en el banco, Berta y Juande, Juande y Berta.

Y Berta ve sus ojos y su cara descompuesta y le parece precioso. Humano, precioso.

Así que ella agarra la punta de su trenza, a estas alturas le llega por la cintura, y la coloca encima del pecho, ofreciéndosela.

Y él sonríe sin dejarle ver la fila de dientes, porque está demasiado desanimado para ser tan optimista y vivaracho, pero con lentitud agarra la trenza y da, no uno, sino tres tironcitos.

En adelante, esos tres tironcitos significarían «te-quie-ro». Mi madre era ya una loca de la lengua y literatura, y es fan de las sílabas.

Supongo que no solo he heredado los parraques y la epilepsia todavía sin manifestar de la abuela Otilia. También me gustan las sílabas, como a mi madre, y las palabras. Aunque no soy muy «bien hablada», pero sí «tengo energía». Y puede que también necesite «ser amada».

Te-quie-ro, ya no en la trenza, porque mamá se cortaría el pelo a lo chico en el embarazo, a saber por qué, sino en la mano. Te-quie-ro, al dar el «sí, quiero» en la iglesia. La mitad de las banquetas vacías, las de los Sáez. Los Cárceles y los amigos de los Cárceles. Suficiente.

Esta es la historia de mi papá y de mi mamá.

Hoy es importante recordarla porque hoy sería el aniversario de ese día, el del «sí, quiero», conmigo hecha una bola bebé en los brazos de la abuela Otilia. Un matrimonio en pecado, pero a mí no me parece que hubiera ningún pecado. Más bien había luz de Dios entrando a través de las cristaleras de la capilla. En ellos. En Juande. Juan de Dios. Mi papá.

Como los onces de septiembre eran importantes para nosotros antes incluso de que cayeran esas torres en Nueva York cargándose la esperanza de un montón de estudiantes de instituto americano, y los celebrábamos repitiendo esta historia frente a una hoguera, de acampada en la montaña, la familia unida por el aniversario de papá y mamá, con bocadillos de salchichón –pero no de chorizo, que lo odio- envueltos en papel albal, con Peni hecha una bebé bola y más adelante, cuando salíamos a jugar juntas y a cazar animales, véase bichos de bola y hormigas mutantes… hoy le he llevado el desayuno a la cama a Berta.

He preparado tostadas, una pila de tostadas, a ella no le gustan las tortitas y yo no sé hacerlas. Le he rayado tomate y le he puesto un bloque de mantequilla y otro de mermelada en un plato, para que unte una salada y una dulce de postre. Le he preparado un café con leche muy generoso con dos de azúcar, a ella le gusta así. Berta es sencilla para los desayunos, para la vida también. No pide casi nada, solo un libro que leer. Se regala entera el resto del tiempo. A sus alumnos, a su ex suegra, a Peni, a su ex marido muerto.

Y hoy estará triste porque recordará la trenza que ya no tiene. Y las acampadas que ya no haremos.

Y además, sabrá que esto no se debe a que papá se ahogara con su vómito y ella no pudiera salvarlo. Estará triste porque se acordará de que fue él quien decidió romper la trinidad, el cuarteto, la familia.

Una chica se acercó a la abuela Otilia. Era mucho más joven que Berta.

En el funeral, entre los camellos que me saludaban con un gesto de cabeza sin atreverse a darme el pésame, como si yo estuviera a punto de correr la misma suerte y en parte fuera culpa de ellos; esta chica agarró las manos de la abuela Otilia con intensidad y, con los ojos llenos de lágrimas, le dijo, con la voz entrecortada, le dijo, que lo sentía mucho. Mucho, mucho. De verdad, muchísimo. Que le habría gustado conocerla, entre emperador y verdura, pero que no había dado tiempo.

Por eso he preparado un buen desayuno para Berta. Hoy es once de septiembre. Cada uno llora sus pérdidas. Ellos los americanos, nosotros los Cárceles Sáez.

Lo he colocado en una bandeja, la más bonita de las que tiene la abuela Otilia, y encima he extendido un tapete bordado para tapar lo fea que es la bandeja más bonita. He puesto la bandeja en el suelo, en la rendija de ventilación de la puerta de la habitación matrimonial donde Berta duerme sola. No quería despertarla. Aunque se le iban a enfriar el café y las tostadas.

Además, antes de irme al MediaMarkt –llegaba tarde a mi turno, se me han quemado las tostadas y he tenido que hacer otras-, le he escrito una nota, aunque no he sido muy elocuente, no me salía nada. Yo tampoco soy muy lista. Berta las guarda siempre, las notas. Le encantan las palabras, más si son manuscritas:

«Para mamá,
feliz no aniversario».

AAG
Rendirse es un verbo pronominal

Las auténticas tapes están en mi cabeza.

Clasificadas en diferentes apartados –nostalgia, sexo, risas, dolor, amargura, ira, liberación–, puedo pulsar la tecla de reproducir cuando me plazca. Incluso para recuerdos inventados. Puedo revivir los tirones de trenza, la pesca de cangrejos, el vómito de papá y el cunnilingus de Nacho.

El problema fundamental es que estas cosas ya no van a volver a pasar. Nunca más.

Tengo una sensación rara en estos aires de cambio de clima de septiembre. Me da la sensación de que todo tiene que ver con el tiempo.

Todo es un problema de tiempo, de la capacidad de generar recuerdos nuevos. De las oportunidades de compartir que aún quedan.

La gente decide lo que hace con su tiempo, pero nunca es plenamente consciente de lo que acarrea. Por ejemplo, cuando el abuelo Ramón se murió de cáncer de vejiga, mi padre explotó y decidió invertir su tiempo a plena capacidad. La muerte del abuelo le destapanó y eso provocó que dejara a mi madre. Nuestra familia se partió para siempre. La elección de mi padre borró del futuro un montón de acampadas. Y quizá, de forma indirecta, me empujó a mí a las drogas y el alcohol y el sexo y esa lista de complicaciones que tú, doña Metomentodo, relatas una y otra vez. A mí, a Peni. Nos marcó con hierro candente.

Cuando Nacho decidió desaparecer, una semana después de enterarse de lo que había ocurrido en casa de Vicente, eliminó del panorama una posibilidad. De redención. Mutua. Dicen que atraes lo que eres, o que recibes el amor que proyectas. Pues yo he recibido indiferencia y complicaciones. Pero no estoy segura de haber ofrecido eso. Yo también estoy cagada, es obvio. Aun así, solo he dado pasos hacia delante para encontrarme con él. Me parecía que eso iba a merecer la pena.

Con las tapes de Nacho en mente, una y otra vez en modo bucle, me pregunto si ha merecido la pena. Si aún me quedaba entereza en el alma, si es que eso existe, para que me la pisotearan un poco más. Me pregunto si el amor es esto. Padres que abandonan, padres que se mueren. Chicos que te ignoran, chicos que huyen.

Se lo confesé. Me costó mucho, pero lo hice.

—Quiero que vuelvas —le repetí.

El número oculto era para que me cogiera el teléfono. De haber visto mi nombre, no habría contestado. Pero creo que le alegró que llamara. Eso me pareció, eso quise creer.

Y Nacho, qué hizo.

Nacho me colgó.

Nacho: simple, directo, fácil, rápido. Sin huella. Como si nunca hubiera existido. Como si nunca hubiéramos existido.

No sé cuánto pisoteo puedo tolerar.

Soy la primera que pisotea, lo tengo en cuenta. Hago propósito de enmienda diario, cocino desayunos y finjo que no me marea el MediaMarkt. Ahorro para pagarte, doña Metomentodo, y a los acreedores de la herencia yacente, hago los deberes. Salgo a correr para generar endorfina natural. Tengo la bolsita de maría guardada en el cajón, sin tocarla. Estuve a punto de abocarla por el váter y tirar de la cadena, que es antigua, como la trenza de mamá. Intento no joderlo todo, a veces lo hago. Soy insegura. No soy muy lista. Me follo a gente. Necesito ser amada. Me llamo Olalla y la simetría de mis letras es la única estabilidad que conozco desde hace mucho.

Me pregunto si el amor no es que te rescaten de vez en cuando.

Me pregunto si es culpa mía, que no veo lo bueno. Lo que se me da. Si soy yo, que proyecto algo turbio y recibo cosas turbias. No es mi intención. No quiero hacer daño a nadie.

Joder. Estoy llorando un poco.

Doña Metomentodo, tú dices que tengo que aceptar la muerte de mi padre y el rechazo de mi amor, o lo que sea, para empezar el duelo. Que estoy en negación. No, no y no. Que solo estoy prolongando el sufrimiento.

Rendirse es muy difícil.

Berta me enseñaba lengua y literatura. No da clase en el mismo instituto al que yo iba, pero ampliaba mis lecciones en casa. No se fiaba de la competencia de mis profes, y hacía bien, porque ninguno conseguía inculcarme interés, no como Berta.

Hoy he caído en que «rendirse» es un verbo pronominal. Los usos del «se» solían aparecer en los exámenes. El «se» reflexivo, peinarse. A uno mismo. Curarse. A uno mismo. El «se» recíproco, amarse. Entre dos, el uno al otro. Pero amarse también puede ser reflexivo. A uno mismo.

A diferencia del reflexivo y el recíproco, el «se» pronominal no implica complemento indirecto. Solo señala que el verbo necesita ese «se» por huevos para significar cosas. Rendirse: no existe rendir. Puede existir, pero significa otras cosas. Rendir pleitesía, por ejemplo, quiere decir dar. Dar algo, servir. Pero rendirse es una acción que sale de uno, necesita el se, necesita que uno decida rendirse. Rendirse significa, según el diccionario –voy a buscarlo con mi nuevo pecé, estas son las bondades de nuestro milenio que las antiguas grabadoras no facilitan–:

verbo pronominal
(**rendirse**)
Someterse al dominio o voluntad de alguien o algo, dejando de oponer resistencia.
"el caballo acaba por rendirse a la destreza del jinete; tuvo que rendirse ante la evidencia"
2.
(**rendirse**)
Fatigarse mucho o quedarse sin fuerzas.
"se rindió tanto que tuvo que acostarse un rato"

Y me parece que, en mi caso, rendirse abarca las dos definiciones.

Vale, papi, tú ganas. Querías estar muerto, pues ya lo estás. Querías estar muerto para nosotras, lo conseguiste. Dejaste de felicitar los cumples. Te borraste del mapa. Puede que estuvieras traumatizado por las palizas del abuelo Ramón, pero no has hecho nada por romper la cadena de mierda. Te cansaste de intentarlo, aunque lo cierto es que Berta lo hacía todo. Te has ahogado en ella. Nosotras tenemos que romper la cadena. Ser mejores eslabones.

Vale, Nacho, Ignacio, como quieras, tú ganas. Estoy sin fuerzas. Sé que he sido un grano en el culo, lo siento. Sé que te he hecho daño, bueno, eso no lo sé, pero me lo imagino, lo siento. No soy perfecta, soy lo opuesto a eso. No soy muy lista. No tenía mala intención cuando te buscaba. Creía haber visto algo en ti. Ya no sé si tenía razón. Lo mismo era justo que tú siguieras solo, puede que yo errara y tú no. La verdad es que estoy jodida. Rota. Y tú no tienes intención de repararme. Repararse, juntos. Recíproco.

Los matices de los verbos son importantes. Los verbos son las acciones, trascienden las ideas. Son la vida que vemos más allá de los títulos. Es qué haces con esos títulos y con esas ideas, doña Metomentodo. Los matices de los verbos tienen que ver con las interrelaciones entre personas.

Pero qué sabré yo, no soy muy lista. Solo escucho. Lo que me decía mamá para ampliar las lecciones de lengua y literatura. Escucho y observo, eso es todo. Así es como sobrevivo sin títulos bajo el brazo. Aprendo a hacer la manicura con los Yun, esquivo los hongos, consigo once metros cuadrados en Gràcia, una recomendación de la Neus para el MACBA, me instruyo vagamente en arte para no volver a decir «Tapies» en lugar de «Tapias» cuando hable de «Tapiès». Y me sigo equivocando, digo tapes en lugar de «teips». Me gusta pensar, a veces, que en nuestros errores y debilidades hay algo bello. Que espera. Ser descubierto.

Yo quería descubrirte, Nacho. Y a ti, papá, a ti solo quería asesinarte. Ya lo has hecho tú por mí.

Al final he conseguido liar más la madeja. A Peni la arrastré hacia Vicente, aunque acababa de salir de una relación complicada con el último, Ricardo, al que yo llamaba Richi solo por joder, para darle el aire choni. Ricardo no la trataba muy bien. Al principio sí, luego no. Él la dejó y ella se medicó. La medicación no se debe siquiera a la muerte de papá, aunque quién sabe si esto no es mentira. Puede que tú, doña Metomentodo, tengas razón con todos tus títulos y una cosa sea siempre producto de otra.

Fui hacia el chiringuito la tarde siguiente a mi primera fiesta, en cuanto se me pasó un poco la cogorza gracias al café doble de Nacho, y me llevé a Peni conmigo. Le dije que íbamos a ponernos al día como buenas hermanas, hacía siglos que no hablábamos. Peni se colocó una túnica blanca y se recogió la melenita rubia en una coleta. Llevaba un poco de eye-liner azul, casi imperceptible. Estaba preciosa.

—Me alegro de que hayas venido a pasar el verano con nosotras. Aunque sea en estas circunstancias —me dijo mi hermana pequeña, durante el paseo de ida. Yo le di un puñetazo flojo en el hombro y luego me sentí estúpida. Peni es capaz de decir esas cosas sin que le tiemble la voz. Es una maravilla.

Nos sentamos la una frente a la otra y Vicente se amasó las manos. Yo aún no lo conocía, pero faltaba poco para que nos presentáramos todos. Nacho iba a lo suyo, estaba ocupado. Echaba miraditas de soslayo que yo cazaba el vuelo. Vicente esperó a que cayera el sol y la terraza con vistas al Mediterráneo se despejara un poco. Luego se acercó a nosotras y se puso a hacer bromas imbéciles sin quitarle el ojo a mi hermana pequeña.

Peni fue el cebo. Yo me fijé en Nacho, arrastré a Peni. Vicente se fijó en Peni, arrastró a Nacho. Como Peni era aburrida y Nacho era pasota, Vicente y yo acabamos sofocando el ansia el uno en el otro. Una única noche.

Para los verbos recíprocos se necesitan dos personas con igual intención. Para los verbos reflexivos, con uno mismo basta.

El problema real es que no sabemos estar solos. Pasar el tiempo a solas. Entender qué necesitamos en lugar de enredarnos en estas ecuaciones. Trinidades divinas. ¿Estaban mis padres listos para casarse tan jóvenes, de penalti? Cuadrados errantes. ¿Alguno de nosotros tenía claro qué quería?

Yo intenté descifrarlo, por mí que no se diga. Fui a Ikea hace un año para hacer una lista de enseres imprescindibles. ¿Qué te llevarías a una isla desierta? Pues igual. ¿Qué te llevarías a un viaje sin retorno a una ciudad a seiscientos kilómetros de la tuya? Se reveló que poco.

Me fui de Ikea con las manos vacías.

Los caris se cargan de cosas. Pasan los findes en el MediaMarkt en lugar de echando polvos estratosféricos con personas que ya les tienen pillada la medida del punto G. Son cosas que no entiendo. Es posible que se deba a que nunca he tenido novio. Lo único que me apetece es que alguien localice mi punto G con los ojos cerrados. Si tuviera eso, me daría igual lo demás. Beso sapos, no a ver si encuentro al príncipe travestido, sino por si alguien da por arte de magia con mi maldito punto G. Yo sola no lo encuentro. Temo ser defectuosa. Sin herencia ni nada, nadie a quien echarle la culpa. Defectuosa yo. Olalla, sin paz ni punto G. Sin botoncito de apagado.

No me fue mal. La Neus me recibió con bastante ímpetu. Incluso me localizó el punto G en una noche tonta de vinos y risas. La paletilla de Olalla había llegado a la gran ciudad y ahí cualquier cosa podía ocurrir.

No fue siempre tan dinámico, pero en general Barcelona fue bien. Tenía citas Tinder, pasaba el rato arrastrando a derecha e izquierda en la pantalla. En plan reflexivo, sin arrastrar a nadie. Cuando no me atraía ninguna presa, bajaba a dar una vuelta por los bares de alrededor. En el Pinar no hice más que repetir la jugada. No veía diferencia entre un bar de barrio catalán y un chiringuito de Levante costa.

La cosa es que sí había diferencia.

Mi primera cita Tinder, la que desencadenó el festival de pollas, fue un australiano llamado Jeremy. Era tan guapo que parecía un cantante de One Direction de los que le gustan a mi hermana. Mi hermana ve videos en Youtube sin parar. Le encantan los videoclips. Cuando se hace la permanente, la suelo pillar bailando con el mango del cepillo frente al espejo en plan micrófono. Hace playback. Le gustaría ser una superstar. Me pregunto si los chicos que la dejan, como el Richi, saben esas cosas sobre ella. Yo las sé y aun así le hago daño.

Un día Peni me puso un video. Aparecía una chica de orígenes multiculturales, no sé de dónde, una concursante del programa Fama, el reality de Canal+ de baile. No podemos verlo en directo porque no tenemos dinero para esos lujos. Mi padre dejó de pasar la pensión hace muchísimo. Pero nos queda pasta para WiFi.

Antes de que me fuera a Barcelona, Peni me enseñó este video de la chica bailando. Estaba defendiendo su nominación injusta: su pareja la había arrastrado, eran las normas del programa. La canción se llamaba Two Weeks y la chica se movía de una manera extraordinaria, su pelo larguísimo se bamboleaba en direcciones opuestas a las de su cintura. Aplaudí cuando acabó. Yo no suelo aplaudir, ni siquiera hago caso a Peni cuando me enseña esas tonterías de Youtube. Ahora me moriría por que quisiera compartir algo de eso conmigo.

Un segundo, doña Metomentodo. Voy a reproducir el video de fondo mientras sigo hablando. Le he dado a máxima calidad, de 1080p.

Bien. La concursante empieza tumbada, rendida en el suelo. Luego se pone en pie y arranca ovaciones, incluida la mía en estéreo.

—Qué pasada, Peni.

Ella sonrió, satisfecha.

—La echaron en esa gala.

—¿Cómo? —me alarmé—. No es posible.

Peni alzó las cejas, satisfecha de haber atraído mi atención.

—Solo nos queda —hablaba de nosotros, del público— una coreo suya —y de ella como una gran artista—. La primera expulsada del programa parecía la ganadora.

Me embajoné un montón.

—Pero —Peni acudió al rescate, no le gustan los finales tristes—, la buena noticia es que Dua Lipa la contrató justo después de eso. Se está hinchando a hacer tours mundiales con una cantante famosa. ¿Lo entiendes? —le chispeaban los iris claros, herencia de mi padre—, si no hubieran echado a esta chica injustamente, no habría podido ir a los castings de Dua Lipa y no la habrían cogido. Cuando los del programa llamaron a los expulsados para hacer la típica repesca, adivina quién no se presentó.

—Joder, ella.

Peni asentía con gesto de negra, esa chulería de negra.

—Joder, ya te digo. La tonta de Paula Vázquez dijo, ay, qué pena, no podemos contar con ella, porque está bailando para fucking Dua Lipa.

—Yeah —contesté, hermanándome a tope con Peni y con la concursante expulsada—. Oye, ¿Paula Vázquez se mete speed?

Peni se encogió de hombros.

—Nunca sabes lo que viene después de la tormenta.

Claro.

Después de la tormenta. Siempre llega la calma. Lo decía Alejandro Sanz, que también suena a menudo por los altavoces del MediaMarkt. Creo que la sabiduría está escondida en cualquier parte. En los dichos populares sobre todo.

Rendirse en la tormenta. Dejar de ajustarle las cuentas a Dios en plena tempestad.

Jeremy, el autraliano, fue un match. Todavía no me explico por qué.

Mandó un mensaje directo:

Hey. You are exactly my kind of girl. Let's go to a hotel and fuck all night.

Me lo pensé. Un poco. No demasiado.

Yo era una paletilla abriéndose al nuevo mundo.

Lo más probable es que hubiera enviado ese mensaje de forma masiva. La que piqué fui yo. Y fui. Era más feo en directo que en las fotos, pero seguía pareciendo uno de esos ídolos de Peni. Aquello no era amor, pero el sexo recíproco es mejor que el reflexivo. Carne. Solo carne. Sin ojos. Era una buena terapia. Mejor que esta, permítame decir, doña Metomentodo. La carne es intercambiable. Da igual si se llamaba Jeremy o Jonas. Pero entre Nacho e Ignacio hay un abismo.

Quién sabe cómo distinguimos. Lo que atraemos, si es que tenemos algún papel en lo que recibimos del universo. Si lo que recibimos está marcado por lo que damos y a su vez esto está marcado por lo que recibimos, ¿cómo se interrumpe la cadena de mierda para, en lugar de flotar, llegar a algún destino medio aceptable?

Aprender a remar. Sí, puede que de eso se trate.

Puede que lo que diferencie la carne de lo humano sea eso: si tiene ojos. A mí me gustaban los de Nacho. Me daba igual cómo coño se llamara. Lo llamaría de todas las formas posibles.

Pero si ni siquiera me gusta mirar mis propios ojos, ¿cómo puedo esperar que alguien se fije en ellos?

Voy a mirarme un buen rato ahora. En la pantalla. Me voy a quedar en silencio.

Rendirse es un verbo pronominal. Y lo único que tenemos es tiempo.

Todavía no sé qué significan estas ideas, no soy tan lista.

Pero voy a descubrirlo.

Silencio.

8
A mí nunca me han querido

—Olalla.

Era mi abuela. Había levantado la vista del molde por primera vez en todo el verano. Ahora que había refrescado, se había echado por los hombros una chaquetita de punto. Hecho por ella, cómo no.

—Qué.

—Ven aquí.

—Estoy ocupada.

No estaba ocupada. Solo estaba dando al botón de actualizar en mi correo electrónico, a ver si recibía algún e-mail. O sea, a ver si Nacho me había escrito. Desde que pasaba de mis WhatsApps y de cogerme el teléfono, incluso con número oculto, había empezado a mandarle e-mails contándole cosas random. La dirección la conseguí en la ficha de trabajadores del chiringuito. Vicente hizo la vista gorda. Después de lo que había pasado, nos convenía tenernos contentos y tranquilos el uno al otro. Él seguía tratando de reconquistar a mi hermana, o lo que fuera que tramase.

—Me da igual. Ven.

Suspiré. Quiero decir que rebuzné.

—Joder, Oti. Si te preocupa que se hayan acabado ya los mangos...

—Los mangos estaban asquerosos, Ola. Odio la fruta que no está madura.

—Madura qué es, blanda o dura. Nunca lo distingo.

—Pues blanda. No va a ser dura. Dura o madura.

—Madura tú —le contesté, de risas. La abuela Otilia no se rio.

—Escucha —echó mano a sus tetas caídas, como las mías pero cien años más viejas, y sacó del canalillo dos pastillas cilíndricas bien sobadas—, métete esto al gozne.

—El gozne qué es.

—No empieces.

—Qué es esto, Oti.

—Es pasiflora, hierbaluisa y valeriana.

—¿Quieres matarme?

—No, de eso ya hemos tenido bastante.

Me quedé helada. Era la primera vez que alguien bromeaba sobre la muerte de mi padre, precisamente por intoxicación de drogas. No sabía si reírme. Cuando me pongo muy nerviosa, a veces me río. Me salió una risita imbécil y me llevé la mano a la boca para censurarla.

—No quiero esta mierda, Oti.

—No es mierda. Te va a venir genial para echarte una siesta.

—No pretendía echarme ninguna siesta.

—¿Nunca? Es domingo.

—Quizá más tarde.

—Pues tómatelas ya. No te creas que hace efecto fulminante.

Me las metí a la boca. Tragué sin agua. La abuela Otilia frunció el ceño. La llamo la abuela Otilia para diferenciarla de la abuela Gracia, pero a la abuela Gracia nunca la he conocido. Berta no ha querido.

—Ahora, si no vas a dormir, llévame a dar una vuelta.

La abuela Otilia tenía el chichi marchoso, doña Metomentodo. No le apetecía más punto, estaba hasta el chichi de hacer punto. Llevaba demasiadas décadas sentada delante de la tele en mute. Se sabía la programación de memoria, aunque nunca la escuchaba y apenas la veía. Sólo de refilón, con el rabillo. No le quedaban formas de ganchillo por inventar ya. No le quedaba una superficie corporal o inmaterial por cubrir. Estaba todo bien cubierto. Aun así, no había servido de nada. No había conseguido proteger a nadie. Su marido: muerto. Su hijo: muerto. Nosotras éramos las mujeres de refilón, las que le habían tocado por el rabillo. Era hora de ocuparse de los seres vivos. Y de dar un paseo.

Caminamos en las calles desiertas de la urbanización. Hay algo inexplicablemente desolador en la playa en invierno. Atrae y repele por igual. Solo beneficia a los cuerdos y a los puros de corazón y alma. Y limpia y depura si aún hay esperanza de limpieza y depuración. En caso contrario, aniquila y extermina.

Es por el silencio.

El rumor de las olas, el agitar de las ramas. Estos ruidos se oyen más por el silencio. Incluso las ardillas que mordisquean piñas. La maleza y los chalés desertados de las clases pudientes. Los edificios con minúsculos apartamentos como el de Nacho, enlatados esperando que alguien les abra las ventanas, los párpados. Esos lugares vacíos que aguardan con paciencia su turno y que son violados más tarde, engordados como hígados de pato hasta explotar, y luego otra vez expoliados, saqueados, abandonados, cerrados a cal y canto.

El chiringuito seguía abierto. Los camareros trabajan todo el año porque siempre hay guiris. Pero su labor cada vez es más pausada conforme se acerca el frío. El frío del Pinar es húmedo, por eso parece más frío. Se mete en los huesos. A estas alturas del año la abuela Otilia ya se habría quejado de que no quiere seguir aquí, que prefiere marcharse a la ciudad. Habría hecho maletas igual que los demás veraneantes. Pero nadie se atreve a moverse. Hasta que Berta y Peni no empiecen las clases, una a darlas y otra a recibirlas, parece que ninguna de las cuatro va a abrir la boca.

Caminamos en este silencio y yo tenía estos rumores en la cabeza. La abuela Otilia no se cogió de mi brazo, obligándome a arquearlo, hasta que su dignidad no quiso torcerse. Es muy orgullosa para esas cosas, se niega a aceptar que sus tetas tienen cien años más que las mías.

Vicente nos vio y nos ayudó a bajar las escaleras hasta la terraza. La abuela Otilia se dejó porque prefiere rozarse con un chico guapo antes que quedarse a dos velas, con todo lo digna y orgullosa que es y con todo lo centenarias que son sus tetas.

—Desprecio profundamente a ese chico —musitó cuando él, deshecho en sonrisas, fue corriendo a servirnos un par de tés con limón. La abuela Otilia me había obligado a pedir té con limón. Yo, en defecto de un carajillo, me tenía que conformar con la Coca-cola de rigor. Pero el té con limón era demasiado.

—No lo parece.

—Nunca dejes que te vean las cartas, Ola.

Sonreí.

—¿Dónde está tu chico despreciable?

Reí.

—A saber.

—¿Cómo? ¿No lo sabes? —se extrañó ella—. Por eso sigues aquí.

Me mordí el labio.

—En realidad, no lo sé. Eso pensaba, pero ya no estoy tan segura.

Vicente nos sirvió las tazas. Les soplamos un poco para que el vapor caliente nos subiera hasta la nariz. Recordé el calor de hacía apenas unas semanas. Las de principio de verano. Quién nos iba a decir que en tan poco tiempo estaríamos deseando ese calor. Siempre ocurre lo mismo: verano tras verano, nadie aprende. Se nos olvida. Reseteamos. Eternamente sorprendidos, indignados y maravillados con la misma mierda. Cíclico. Todo es cíclico.

El calor.

Mi padre había muerto cuando empezaba a apretar el calor. Aún era soportable, las moscas y los mosquitos no se cebaban por las tardes, en las siestas sin pasiflora, hierbaluisa y valeriana. Uh. Me iba haciendo efecto ese par de pastillas que habían manado de los pechos de la abuela Otilia. Qué relax, el mar. Qué gusto, nadie paseando por la orilla.

Nacho y yo. Yo en la barra, cada tarde, para tomar el café de rigor. Doble. Lo pedía yo, en ocasiones bromeaba. Si no puede ser un chupito... y me encogía de hombros. Él se reía. Por entonces no tenía ni idea de lo difícil que era eso, de la gran proeza que suponía. No me ponía medallas aún. Solo disfrutaba de cómo se le guiñaban los ojos y de cómo su rostro cobraba sentido. Las arrugas, las patas de gallo. Como si el puzle de su cara se recolocara en el sitio preciso: ah, ahora sí. Este es él. Él de verdad.

Así que me volví un poco adicta a ese momento de complicidad. Me pasaba la mañana planeando qué decirle por la tarde.

—¿A que no sabes qué? En el súper, una señora se ha confundido de carrito. Ha pagado todas mis cosas.

—Mira, cuando venía para acá he visto a un chaval que iba haciendo pompas con el chicle. Y al mirarme, se le ha explotado en la cara.

—Mi hermana Peni, en lugar de poner pasta de dientes en el cepillo, ha extendido la crema para hemorroides de mi abuela Otilia.

Qué puedo decir. Algunas cosas me las inventaba, otras eran ciertas. Pero sí es verdad que comencé a prestar más atención. Cada día, más atención. La vida volvía y la muerte de mi padre se difuminaba porque cada mínima cosa era susceptible de una pequeña historieta para mi objetivo, siempre anclado en el chiringuito. Era libre y me gustaba. Era yo quien me sentaba y lo analizaba, quien le contaba cosas, quien esperaba la recompensa de su cascabel.

Pero también es cierto, porque lo mismo todo es cierto a la vez, hasta las mentiras, que lo que más me interesaba era alegrarle el día a ese desconocido.

No a cualquier desconocido.

A ese. Desconocido.

Y lo más importante.

Que así. Quizá. Dejara de serlo.

No creo en Cupido, a pesar de la historia de Juande y Berta. Quizá precisamente por eso. Voy a cumplir treinta años en tres años. Nunca me ha atravesado con su flecha. Mamones, uno tras otro. Nunca he tenido vendas en los ojos. Nunca.

Pero esto era distinto.

Ya lo he dicho muchas veces, hostia. Doña Metomentodo, tú no me escuchas, igual que no me escucha... nadie. Igual que él no lee mis mensajes, ni los de texto ni los de paloma mensajera. A nadie parece importarle que Cupido haya aparecido o que Nacho me necesite. Incluso más de lo que me necesito yo.

Me estoy quedando sin fuerzas y lo único que pienso es en ayudarle a él. Estoy ahogándome en esa orilla cenagosa cuando el mar es amplio y está lleno de peces. ¿Por qué sigo aquí?

La abuela Otilia me miraba con curiosidad, esperando que añadiese algo. No sabía qué decir. Así que dije lo que se me estaba pasando por la cabeza.

—A mí nadie me ha querido nunca.

Ella se quedó seria un segundo. Luego se puso en pie con dificultad, Vicente hizo amago de ir en su ayuda, pero no le dio tiempo: la abuela Otilia me soltó un sopapo en la cara, una hostia tan grande, con el reverso de la mano, que me cruzó sin miramientos la mirada, y de ella pasé a contemplar el muro de piedra que contenía los edificios y que trazaba el perímetro de seguridad de la propia arena, para que no avanzaran y le comieran terreno. Al final será el mar lo que se coma la playa, y luego, a los edificios.

La abuela Otilia volvió a sentarse con cuidado.

—No vuelvas a decir eso.

Asentí con la cabeza. Me froté la mejilla, estaba caliente.

—Por qué dices eso, a ver —primero pegar y luego preguntar. Cuando iba a abrir la boca para replicar, ella siguió. Era una pregunta retórica—. ¿Sabes lo que hizo tu abuelo cuando naciste?

Negué con la cabeza.

—Fue corriendo al banco a abrirte una cartilla de ahorro. Ya te la has gastado, por supuesto, pero eso fue lo que hizo. Pensar en tu futuro. Ni siquiera tenías presente y ya estaba pensando, el abuelo Ramón, en tu futuro. El hecho de que ahora te dé igual qué hacer con él no quita que a tu abuelo Ramón le preocupara.

Asentí con la cabeza.

—¿Y sabes qué hizo tu abuela Otilia? Pues se puso a hacerte todos los conjuntos de bebé. Todos. Rosas, azules, por si te gustaban los colores de los niños. Fuiste un poco machorra, de cría. A mí me daba igual, sabes. Puedes hacer lo que te dé la gana. A mí nunca me va a importar si prefieres las pelotas o las muñecas. Ya me entiendes.

Asentí con la cabeza. Ahora las lágrimas estaban calientes en los precipicios.

—¿Y sabes qué hizo tu padre?

—Sí. Sí lo sé.

Se hizo un silencio breve.

—Durante los últimos meses de embarazo, aquí en la casa del Pinar, yo los miraba. Mi Juande hablando a una barriga. Berta estaba cansada de él, se ponía los cascos del walkman para no escucharlo más. Por eso me hace gracia ver a Peni con sus auriculares por toda la casa, igualita que su madre. Y tu padre... te contaba de todo. Todo, te lo explicaba todo, te lo contaba todo. Lo que había pensado, lo que había visto, lo que se le había ocurrido a un amigo. Berta sabía que no eran más que tonterías, de hecho, cuanto más conocía el contenido de su cabeza más distante se le veía. Puede que ella prefiriera al chico silencioso y taciturno, no al lelo abierto en canal. Yo soy su madre, era su madre, pero eso no te convierte en tonta. ¿Comprendes? Bueno, el caso. Tu padre. Te contó todo lo que sabes del mundo. Antes de que vinieras a él.

Las lágrimas calientes cayeron en la taza de té con limón caliente. Miré hacia otro lado para sorberme los mocos. Me topé con la mirada indiscreta de Vicente. Busqué otro lado donde mirar. Había una maceta de flores llena de hormigas. Pensé, eso servirá.

—Ahora escúchame bien, jovencita —la abuela Otilia me agarró del brazo—: tienes que olvidarte de todo lo que te dijo tu padre. ¿Me estás entendiendo? Claro que sí me estás entendiendo. Tú eres lista. Tú no eres tu padre.

Dejé que este mensaje calara mientras observaba el camino de hormiguitas cargando por trozos un pedazo gigante de pan duro.

9
Mejor me voy yendo

La movida, doña Metomentodo, es que me despierto esta mañana y está lloviendo. Una puta barbaridad. Caen unos gotones brutales y el cielo está muy cubierto. Digamos que si papá estuviera en el Cielo y no en el Infierno, sería su domingo de resaca.

Me pregunto si en los domingos de resaca se acordaba de nosotras. Si se hacía otra rayita para olvidarnos rápido.

En cualquier caso, la ventana estaba abierta y las cortinillas ondeaban. Quise quejarme a Peni, pero ni rastro de Peni. Su cama, que se apila contra la pared opuesta a la mía, en direcciones contrarias –como si quisiera alejarse lo máximo de mí-, estaba vacía. Y por una vez, no había remetido las sábanas ni las había alisado con la palma de la mano.

Así que me pongo en pie, taciturna, y doy traspiés. Se me erizan los poros de las piernas al contacto con las losas del suelo. Esta casa es fría. A mediados de septiembre no es nada agradable.

Le pregunto a la abuela Otilia dónde está la gente y me dice que se han ido al médico. Sin excursiones feministas, solo Berta y Peni en el médico. Le pregunto qué pasa y me dice que ya me contarán ellas. No sé si preocuparme, pero no me da tiempo: voy a mirar la hora en el teléfono para comprobar lo tarde que llego a mi turno en el Media-Markt y me llega un e-mail.

En el remite pone Ignacio no sé qué. Arroba hotmail punto com. Lo primero que pienso, extrañamente, doña Metomentodo, es que hotmail está pasado de moda. Le he mandado decenas de e-mails, pero no había caído hasta entonces. Pienso que si das un correo con esa dirección no te contratan en ninguna parte. Por mucho enchufe de la Neus, no habría ido a ninguna parte sin mi gmail. Es raro que piense en esto cuando el corazón está saltando a la comba en mi pecho. Late tan fuerte que no me extrañaría nada que la teta se saliera de su eje y fuera a jugar al patio con las de la abuela Otilia.

Un correo de Ignacio.

Dios bendito.

Qué cansada estoy.

Lo abro, ay Dios bendito.

Y a que no sabes qué, doña Metomentodo.

El correo está vacío.

En blanco.

Nada por aquí, nada por allá.

Al principio espero que cargue, quizá sea una imagen y no se envía todavía, no lo recibo, no lo pillo, lo mismo es culpa de mi teléfono.

Inserto el polito rojo en el agujero correspondiente al cuello, empiezo a lavarme los dientes pero desisto, me llevo el cepillo, escupo la pasta por la ventanilla del coche, quito la radio, doy al botón de actualizar, casi choco con otro coche, estoy volviendo a la conducción temeraria, retrocediendo en mi proceso de sanación; llego al centro comercial. Atiendo a una guiri muy roja, no sé cómo consiguen mantener el nivel de rojo con este clima tan adverso, me he mojado el pelo sin darme cuenta, está lloviendo a mares, la encargada me reprende, dice que me haga una coleta, no recuerdo qué me ha pedido la guiri, qué quería, intento escaquearme hacia el almacén porque solo pienso en actualizar página.

Hacia mediodía acepto, tras comprobar mi correo gmail en diferentes ordenadores de la empresa, que Nacho, el puto Nacho, me ha enviado un puto correo en blanco desde su cuenta hotmail.

Eso ha hecho.

Y me entra un poco de mala hostia. Otra vez la bola de fuego en la garganta.

Se me acerca un adolescente granudo y me habla en inglés. Por qué aquí solo hay colonizadores, a ver. Por qué ni un solo nacional. Por qué cree que tengo que conocer su idioma. ¿Es el idioma universal, de verdad, el inglés? Yo creo que es un idioma impuesto, Metomentodo. Yo creo que el chino está más extendido porque hay más chinos. Yo creo que el español es más popular porque se habla en muchísimos países. Yo no quiero hablar en inglés.

Le contesto en español:

—Qué.

El chico, desconcertado,

—*I would like to...*

—Cómo —le increpo.

—*I said I would like to...*

—No te entiendo —miento. Él está cada vez más apurado.

Tengo la sensación de que le voy a pegar una hostia. Por suerte, doña Metomentodo, no tienes que incluir «arrebatos de violencia transitoria» en mi historial de loca. La encargada me toca el brazo, me aparta hacia el almacén otra vez. Llama al idiota de Pedro para que atienda al crío, Pedro es un pelota de mierda. Y a mí me dice, hey, Olalla, ya está bien, qué mosca te ha picado. Las moscas no pican, quiero decirle, pican los mosquitos. Cuando los matas, están llenos de sangre. Cuando están llenos de tu sangre da mucho gusto matarlos, o no. Eh. Piensas, venganza. Tu sangre por la mía. Sí o no.

Así que lo hago, doña Metomentodo, me quito el polito rojo, me quedo en sujetador. Le doy a la encargada el polito con la chapa de olalla todo en minúsculo, mi máxima simetría. Y me voy.

Salgo de allí.

He perdido el trabajo.

Eso significa, doña Metomentodo, que no voy a poder pagarte. Ni a ti ni la herencia yacente de mi padre. Se acabó la terapia.

¿Lo pillas?

Y vengo para acá, de vuelta a casa, en tetas.

Los consumidores fanáticos del centro comercial miraban mis tetitas bambolearse, mi corazón seguía de jarana, pero esta vez me recorría un alivio parecido a las bocanadas de aliento después del chicle de menta. El de seguridad hace amago de detenerme, pero le sonrío y se queda estupefacto. En un momento mejor quizá le habría dejado mi número, no hay tiempo para eso.

Conduzco. Subo la radio.

Vuelvo a casa.

Solo que esta no es mi casa. Ni las cortinas ni los trofeos de natación son ya míos siquiera. Yo no tengo que estar encerrada aquí, con tres mujeres de diferentes generaciones y grados de locura. Doña Metomentodo, yo no estoy loca. Yo estoy hecha polvo. Necesito cortar la cadena de mierda. ¿Lo pillas? Cuanto más tiempo siga en el Pinar, más síntomas tendré. ¿Lo pillas, doña Metomentodo? No tengo que esperar a nadie. Nadie tiene nada para mí aquí. Son mensajes en blanco. ¿Lo pillas?

Imagínate que eres una náufraga, doña Metomentodo, y estás a la deriva siglos, muerta de sed, bebiendo agua del mar y figurándote que son chupitos dobles. Te estás volviendo cucú. Cada vez haces más tonterías. Intentas agarrarte a cualquier tabla, aunque esté oxidada, aunque las astillas te pinchen los brazos y sangres y tu sangre atraiga a los tiburones. Y a los mosquitos, de paso.

Y de pronto llega una botella. Es una Heineken verde. Ojalá estuviera llena, pero se habría hundido. No, está vacía. Está vacía y lleva un mensaje. Un papel. Descorchas la botella, tu primera conexión con el mundo en tanto tiempo. A ver si por lo menos antes de morir conectas con alguien.

Y ese mensaje está en blanco.

¿Es una broma?

¿Es una puta broma?

No, este no es mi lugar. Agarro tres o cuatro cosas: una camiseta, dos pantalones cortos, el neceser, este ordenador, las libretas. La abuela Otilia está haciendo punto en el porche, bajo el toldo, no se moja. Ella está bien tejiendo cosas para cubrir superficies. Es su ilusión de seguridad.

Ella lo entenderá. Si me despido de ella, no lo voy a hacer.

Salgo a hurtadillas por la puerta trasera. Camino y camino y camino hasta la parada de autobús, bajo la lluvia. Del Pinar iré a la estación de tren de Alicante, y de allí cinco horas hasta Barcelona. Caigo en que no llevo camiseta. Saco la única que tengo en la mochila. Me la pongo. Es mejor viajar con pocas cosas. Se me está empapando. Voy a acabar resfriada.

Aquí estoy, en el tren.

Lo gracioso, doña Metomentodo, es que cuando iba por Castellón, hace una media hora, me ha llamado Berta.

—¿Dónde estás? Te estamos esperando para comer.

—Me voy. Me he ido.

—¿Qué quieres decir?

—Que estoy en el tren.

—¿Dónde?

—En Castellón.

—Vuelve ahora mismo.

—No. No puedo —me lo pienso—. No quiero.

—Estás huyendo, Olalla.

Oigo jaleo por detrás. Es Peni, está chillando. Le arrebata el teléfono a Berta y me dice muy fuerte –tanto que tengo que apartarlo–:

—¡Tienes que venir aquí!
—Qué más te da, Peni. Llevas semanas sin mirarme.
Ella vacila.
—Ahora todo ha cambiado.
—Ah, sí. Por qué, a ver.
—Porque estoy embarazada.

Y ese, doña Metomentodo, es el ciclo de la mierda. ¿Lo ves? Berta, Peni. Juande, Olalla.

Y antes, Ramón y Otilia. Y los otros abuelos sin nombre.

¿Ves por qué tengo que irme? Es cuestión de supervivencia. Nos estamos ahogando en la mierda, doña Metomentodo. Tú no puedes limpiarla. Es imposible que lo hagas. No me meto con tus habilidades profesionales; simplemente es un hecho. Eres incapaz de corregir décadas de errores. Error tras error tras error tras error.

No sé qué decirle a Peni.

Vamos por Castellón, estamos a punto de llegar a la zona bonita de la Costa del Sol. Cuando el tren pasa tan cerca del mar, cargándose la Ley de Costas, es precioso. Mucho mejor que en las playas del Pinar, la verdad.

No sé qué decirle a Peni, así que no le digo nada. Nada que le sirva.
—Lo siento mucho, Peni.
Ella solloza.
—Tienes que volver.
—No puedo —digo. Me lo pienso otra vez, con ella es más difícil, pero añado—: No quiero.
Ella solloza más.
—¡Siento haberte tratado mal! ¡Es que tú me habías tratado mal! ¡Pero tienes que volver, Oli, no sé qué hacer!
—No te disculpes, Peni —me limpio las lágrimas con el dorso de la mano, casi pegándome un puñetazo en la cara—, soy yo quien te debe las disculpas. Y ahora me tienes que disculpar tú a mí. Porque yo tengo que irme, ¿lo entiendes? Tengo que llegar a Barcelona. Ahora

mismo es lo único que puedo hacer. Me lo debo. ¿Lo entiendes, Peni? No sé si lo entiendes porque no lo entiendo ni yo, no todavía.

Todavía no lo entiendo, no, doña Metomentodo, pero pronto voy a llegar a Sants y allí lo entenderé todo mejor.

dos

10
Pulsar el boton de delete

Que estaba yo pensando, como antigua empleada de una multinacional experta en tecnología y por tanto, aunque indirectamente y con rodeos; experta en tecnología yo misma, que sería muy fácil y agradable pulsar el botón de delete.

Borraría de un plumazo estos meses. Estos años. Volvería a empezar de cero, o me plantaría en el mismo punto con la memoria suprimida. Como el fogonazo de los Men in Black.

Estoy en una casa ajena. A mi lado dormita un chico que no conozco, va pasadísimo. Tiene los músculos muy marcados y bastante vello corporal. Se ejercita de lo lindo, es escalador en sus ratos libres. También tiene un gato y un perro. Se llevan bien, contra lo que pudiera pensarse por cultura popular de dibujos animados.

Estoy aquí porque ya no tengo mis once metros cuadrados. Mi habitación está alquilada.

—Subarrendada —especificó la Neus cuando llegué. Se estaba liando un porro en ropa interior, arrebujada en el sofá con un chico que alargó la mano hacia mí, hola, soy Markus—. Necesitaba la pasta. Por eso está aquí Markus también.

—¿Markus duerme en el salón y...?

—Y Diana duerme en tu habitación, sí.

—Diana.

—Diana es una arquitecta valenciana que está aquí haciendo una residencia de artistas en La Escocesa. Va a escribir un libro sobre la incidencia del espacio público en las relaciones no heteronormativas del siglo XXI.

A Markus le dio la risa. Yo no tenía ganas de reírme, estaba demasiado cansada.

—¿Y dónde duermo?

La Neus se encogió de hombros.

—Tendrías que haberme avisado, cachorrita.

La Neus es más pequeña que yo y se permite llamarme cachorrita. ¿Ves, doña Metomentodo? Una indecencia.

—¿Qué tal tu viejo?

—¿Mi padre?

La Neus asiente.

—Mi padre murió. Volví a casa porque mi padre murió.

La Neus chista, como diciendo joder qué putada. Markus dice lo siento con acento eslavo.

—Ven, siéntate, fuma. Quédate con nosotros. En un par de horas vamos a la fiesta de unos colegas. A lo mejor allí te enteras de algo.

No me enteré de nada, pero antes pude acicalarme un poco. La Neus me pidió las llaves de vuelta y a cambio me permitió ducharme haciendo uso de mi gel, mi champú, mi acondicionador y esas cosas. Las cajas con mis enseres personales estaban apiladas junto al recibidor, no tenían nada escrito en ellas. Nada de Olalla. Las miré con algo de nostalgia y con cierto apego enfermizo: tenía ante mí las únicas certezas, lo único que me pertenecía.

Después de ponerme bragas limpias y un vestido largo, de pintarme la raya del ojo y pasarme un cepillo por el pelo, se me ocurrió llamarte a ti, doña Metomentodo. Dejé un recado para avisar de que no iba a la sesión de esa tarde porque me había ido. Y que, si te parecía bien, seguiría con esto de las tapes, aunque no me tienes que dar permiso porque el pecé lo he comprado yo. Que no me estaba yendo mal del todo. Que me encontraba mejor. Que me estaba acostumbrando al tono de mi voz y a la irregularidad de mi cara. Que estaba empezando a aceptar los ángulos impropios y las redondeces púberes del rostro adulto. Cada uno de los resquicios cedidos por la adolescencia. Que estaba aprendiendo a expresarme, o eso me parece.

La secretaria dijo ok, pero no apuntó el conjunto de razones: solo fin de la terapia, sigue con las tapas. No, las tapes, le corregí. Estoy en Barcelona, sigo con los videos. Dile que si quiere se los mando por e-mail, pero gratis. Ok, dijo la secretaria. Supongo que no entendió una mierda.

No me enteré de nadie que buscase compi de piso, no. La fiesta se celebraba en el Hangar, por Poblenou, el conjunto de fábricas abandonadas. Tocaron grupos de lesbianas decoloradas y miramos ilustraciones coloridas, pinchadas con chinchetas por las paredes. Luego fuimos de after a casa de un tío portugués que llevaba ropa de mujer y una barba larguísima, como esa que ganó Eurovisión. A Peni le habría encantado. ¿Conchita, se llamaba? Yo evitaba dirigirme a él por si la cagaba y había que tratarla de ella. A mí me da cosa preguntar hasta si prefieren el trato de usted o el tuteo. Contigo, doña Metomentodo, con usted nunca estoy segura de qué elegir.

Después de las copas y las rayas ajenas, me senté en una esquinita del sofá, en ese apartamento de Sant Gervasi con decoración hardcore punk, y me concentré en no llorar con la vista fija en el techo. Lo único que se me venía a la cabeza era el vientre hinchado de la Peni del futuro, casi extraterrestre, y luego el vientre hinchado del Vicente del futuro, casi extraterrestre, y callos domingueros, y paellas de marisco en el chiringuito del Pinar. Y así, de refilón, Nacho en la boda, con un esmoquin tan desfasado como su cuenta hotmail. Tan triste, la boda de mi hermana, a sus veintipocos. El órgano resonando en las columnas de la iglesia. Nadie tiene fe. Y todo era culpa mía, de su hermana mayor, de veintimuchos. Me vería forzada a firmar como testigo de algo que no quería haber presenciado. No quería testificar aquello. ¿Quién iba a llevarla al altar? No nos quedaban hombres en la casa. Berta se había ocupado de que no conociéramos a la otra mitad de la familia, que a lo mejor no estaba tarada a pesar de su religiosidad ferviente.

Era lo único en que podía pensar, en la soledad de Peni, en mi compulsión suicida para que me acompañara al chiringuito, en mis ganas de cazar a Nacho, en los jueguecitos dolorosos del verano.

Me he follado a mi cuñado. Solo podía pensar en ese tipo de cosas.

Pero no me corrí.

Atenuante.

Querido sobrino barra a, yo me follé a tu padre, pero no me corrí.

Atenuante.

A seiscientos kilómetros de su epicentro, el verano se antojaba de pronto un recuerdo lejano e inverosímil, pero seguía fresco y estaba a punto de parir las peores consecuencias. Así que los besos robados y furtivos, los escasos atardeceres con los costados juntos en la orilla del mar, incluso aquella vez que nos quedamos tumbados en la cama de Nacho examinándonos las pupilas, cuando yo tuve la sensación de que podía sumergirme en su mar cenagoso; todo eso se convirtió en bilis en mi garganta y temí morir ahogada como mi padre; no por las verdades, sino por la amargura de un pasado inmodificable.

Me estaba poniendo filosófica en pleno Sant Gervasi, en un salón con decoración hardcore punk, y no era lo más indicado. Un chico me ofreció una cerveza y acepté. Llevaba una gorra muy chula.

Es este chico que tengo al lado.

Salimos a tomar el aire, que en el sur quiere decir darse el lote pero en las ciudades cosmopolitas significa drogarse; yo rechacé sus drogas y me lancé a sus labios.

Sin embargo, a mitad de beso me aparté. Fue como si el contacto con su lengua me diera una descarga eléctrica. No, más bien como si hubiera probado la ponzoña venenosa de las serpientes venenosas. No es que me imaginara los labios de Nacho, o que el eco de su carne mullidita y la barba crispada delataran al impostor que tenía enfrente, con la visera de la gorra chocándome contra la frente. No, no es que al acostarme en el colchón a su lado solo pudiera ver los rastros definidos de la ausencia mórbida de Nacho. No es que su pene tuviera una línea de puntos en el aire para recortar las formas deseadas, las de otro pene. No es que el pene de Nacho fuera el mejor que he probado, pero sí el que mejor me encajaba.

A veces, doña Metomentodo -¿sigues ahí?- encuentras un pene que es una pieza de puzle.

Y encaja.

No hay más que decir al respecto.

Quizá me cure aquí, pero no creo. De momento, lo único que he hecho es pernoctar.

Tengo que volver a buscar un lugar, un hueco, un espacio donde existir. La consecuencia inmediata de estos meses ha sido esa: he perdido mi espacio en el mundo.

Aunque a lo mejor, pienso, mirando hacia los lados, al gato y al perro que nos observan desde el suelo, a mi no-amante –los chicos del nuevo milenio son muy comprensivos con eso del consentimiento aunque lo retires a mitad de polvo; están concienciados a tope con lo del feminismo, Berta estaría orgullosa; menos mi nuevo cuñado, que ha preñado a mi hermana, seguro que porque no le apetecía ponerse una goma y le dijo yo controlo, no te preocupes nena, yo controlo, jodido John Travolta-, los vinilos de grupos hardcore punk y los restos de drogas varias y vasos de plástico vacíos; lo mismo este hueco que me había hecho en plena capital catalana tampoco era un espacio digno de ser vivido. Lo mismo puedo aspirar a algo mejor que once metros cuadrados. Y ahora, que el reducto de las cajas de cartón donde ni siquiera está mi nombre escrito.

De pronto echo de menos mi chapa del MediaMarkt. Por lo menos ahí estaba mi nombre escrito en su máxima simetría.

Sin embargo, te diré, doña Metomentodo, que hay problemas acuciantes, como es obvio. Pero también una sensación extraña al pasear por estas calles, al llegar a la que pensaba que era mi casa, sin saber todavía que ya no lo era.

Hace un año, cuando me planté en idéntica posición, con el pelo más corto y la cabeza hirviendo de hiperactividad, era una pollita. No sabía qué paradas de metro y qué autobuses y dónde estaban las calles. Ahora lo sé. Puedo ubicarme, tengo recursos. Dinero en el bolsillo. Bueno, no en el bolsillo, en la tarjeta de crédito. Ya no voy a pagar las deudas de otros o las mías por encargo de otros. Cero terapia, cero herencia, como dije antes. Este dinero me pertenece y va a construir algo hasta que encuentre otro curro y otra casa; un espacio mejor, que me satisfaga. No empiezo de cero, empiezo de uno, de dos, de tres.

Y lo importante, quizá, es que no me he follado a este chico de al lado que va tan pasado que ni oye mi discurso, justo a su lado. Lo importante es que a mitad de polvo he parado y punto. No me he bebido quince copas, no me he metido quince rayas, no he follado quince minutos.

Estoy aceptando el pesar, doña Metomentodo. Estoy flotando en el río de mierda.

Y esto es un cambio leve que me libera.

Las cosas están así. No hay botón de delete.

Si pudiera lo pulsaría, claro que sí. O claro que no.

Claro que no lo pulsaría. Porque si lo hiciera, jamás habría vuelto aquí con esta sensación: la de que, a pesar de lo que diga Berta, yo no estoy huyendo de ninguna parte hacia ningún lado.

Hace un año sí, hace un año mi padre estaba vivo y se mataba poco a poco y no quería presenciarlo. Pero le hemos enterrado, y gracias al Cielo y al Infierno, la persona que maquilla a los muertos le ha quitado la gargantilla del cuello. Eso me da mucha paz. Está pudriéndose con su tabique nasal perfecto, vale, pero tiene el cuello al aire. No corre el aire en la tumba, vale, pero ya está bien de ponerle pegas a este razonamiento. No se puede sacar mucha positividad a la muerte, ¿de acuerdo? El caso es que está muerto y yo ya no huyo de él. Si huyo de su rastro o de los vivos que lo llevan a cuestas, bueno. Yo creo que no lo hago. Simplemente no quiero construir en una parcela contaminada. Con el subsuelo podrido. ¿Es eso algo que reprocharme?

Quiero construir aquí, unos cuantos metros de más, en una parcela depurada. ¿Tiene eso sentido?

Por eso he evitado las quince copas, rayas, minutos de sexo. No por tu lista larguísima de síntomas, doña Metomentodo. Simplemente porque quiero que lo próximo que se meta en mi cuerpo sea algo que me depure. Que depure mi parcela. ¿Tiene eso sentido?

Para mí sí. ¿Y para vosotros, perrito y gatito? Os lleváis bien aunque no tengáis por qué hacerlo. Vivís en paz y armonía. ¿Veis a muchas mujeres desfilar por aquí? Las mujeres que pasan, ¿son todas distintas? ¿Sabéis lo que es el amor, lo habéis visto encarnado en vuestro dueño y un cuerpo femenino, al aparearse? Nosotros, los del nuevo milenio, lo fingimos a menudo. Pero estaría bien experimentarlo de veras, ¿no creéis? Se puede amar a un perro siendo un gato, claro. Lo importante no es amar, sino el compromiso de seguir amando. Vuestra habilidad para convivir. El hecho de que no veáis las diferencias de especie, tan notorias, cuando os echéis un vistazo.

Yo soy una hembra humana y ahora me coloco mi vestido negro y me voy pitando de aquí. Tengo cajas que recoger, apartamentos que ver, cuentas que hacer, entrevistas que solicitar y un futuro que construir.

11
Limpio el trastero

No sé ni cómo he llegado hasta aquí, pero he llegado.

He bajado los tres pisos de escaleras hasta un subsótano del barrio del Carmel. Es un bajo de orientación norte; no llega mucho sol, pero a cambio hay un patio interior con algunos arbolitos.

De once metros cuadrados he pasado a cuarenta; cinco más que los de Ikea. Distribuidos en un único espacio para que yo lo module como quiera, y un baño y una cocina chiquititos.

Es un trastero.

He bajado los tres pisos con varias bolsas. La primera llena de productos de limpieza. Lejía, pronto atrapapolvo, bayetas, estropajos, gel para el WC. El tipo de cosas que nunca he comprado en mi vida. Me he puesto música en el pecé y una camiseta vieja, me he hecho un moño y he frotado, desinfectado, barrido, aclarado durante horas. He acabado roja del esfuerzo como un langostino guiri, feliz como hacía tiempo que no.

La siguiente bolsa estaba llena de alimentos. Comida fresca, carne, pescado, huevos, verdura, leche. He llenado los estantes que aún rezumaban a aroma del ácido limón del limpiacristales –no tenía claro con qué se trataban los estantes-.

Este trastero es mío.

Aún no tiene muebles. Mi casera ha prometido el WiFi. El resto es cosa mía. Eso significa que tendré que visitar Ikea. Pero la Neus tiene un colchón de sobra, acaba de cambiar el suyo. Va a traérmelo en un ratito. La Neus de Reus es una emporrada con exceso de confianza y poca concentración en la vida, lo mismo se pone a explorarte las bragas que se olvida de que tu padre se ha muerto, pero a veces es útil. Es buena, solo es despistada. Ni siquiera se corta bien el pelo, lleva trasquilones por doquier.

Ha sido muy extraño, el proceso para llegar hasta aquí.

Hice una búsqueda de pisos en idealista y fotocasa, concerté algunas citas. Me encontré con habitáculos sin ventanas, con apartamentos gigantes y desolados compartidos por más extraños de lo deseable. Me pateé los barrios del Raval, Sant Antoni y Poble Sec, donde hay robos y redadas de narcotráfico cada dos por tres, de Gràcia, que cada vez está más cerrado en sí mismo con calles peatonales, el Ghòtic, de precios altísimos. Desesperada, acabé desplazando el cursor hacia Horta-Guinardó, ese lugar remoto en la montaña que hay detrás del Parc Güell. Tampoco me gustó la casa que ofrecían; era una habitación compartida con una familia de madre musulmana y padre onubense. Eran encantadores; pero tenían un bebé chillón que prometía muchas noches de insomnio.

Me marché. Exhausta, decidí pasear entre los palacios de Gaudí, esquivando japoneses con sus cámaras réflex.

Acunada por los compases de un violinista callejero, tomé asiento en la tierra y compré una Coca-cola a un vendedor ambulante. Las burbujas de jabón salían del aro de un circense y explotaban cerca de mi nariz.

Simplemente, no sé, respiré. Ese aire con partículas de polvo volando, la gente que paseaba sin más propósito en sus vacaciones tardías de finales de septiembre. Los compases de la música.

Lo hice, por fin: lloré.

Primero una lágrima, luego cientos. No era un llanto amargo, no solo; lloré todos los tipos de llanto que existen. El compungido a hipidos, el callado, el de puchero, el de risa. Lo bueno de Barcelona es que no te mira nadie casi nunca. Puedes llevar una mofeta como fular y apenas te juzgaría nadie.

Al final del llanto me sentí afortunada, de una forma confusa y ridícula. Pensé que tenía suerte de estar ahí y me sentí fuerte por haberlo conseguido. La cadena de mierda que me ataba se volvió real y muy amenazante, me había cubierto las muñecas y los tobillos de veras. Y yo había conseguido escapar, de esa forma tan primaria y absurda en el MediaMarkt; aunque fuera sin despedirme. Con la cantidad de eslabones que me ataban, todavía pude permitírmelo. La abuela Otilia me lo había dicho: olvida todo. Empieza de cero. Ella tenía razón. Y Berta, bueno, Berta seguía enamorada de mi padre. Nunca había dejado de estarlo, se había cruzado de piernas a cualquier otro intruso que pudiera ofrecerle un trato digno. Y Peni, en fin. Peni quería lo que quieren todas las adolescentes y jovenzuelas, o sea, conseguir al príncipe a lomos del caballo blanco. El feminismo es una realidad, pero los cuentos de Disney son más antiguos y han hecho callo.

¿Y yo? ¿Yo también quería a mi príncipe y me lo había inventado?

Al llegar a esa parte del razonamiento paré de pensar. No me apetecía enturbiar la claridad del día fresco. Pensé todo está bien, de verdad que sí. Ya encontraré algo. En la calle no me voy a quedar, pensé. A las malas convenzo a la Neus de que me deje dormir con ella, o le pego un toque a los camareros del Niko. Intentaré que no lo tomen como augurio de sexo, pediré favores, solo eso. Un favor de amigo. Y si no tengo amigos, debo procurar hacer amigos.

¿Sabes lo más gracioso, doña Metomentodo? Ni siquiera me corro. No fue solo con Vicente. En general. No me corro.

Por eso es tan llamativo que con Nacho sí lo hiciera. En el capó, y otras veces en su cama. Una vez me corrí en cuanto me metió los dedos en el cuerpo, de extranjis, en el cuarto de empleados del chiringuito. Me había encerrado ahí para un besito rápido, él estaba de buen humor. En esa época se estaba planteando las cosas, me parecía, y yo luchaba con el impulso de desaparecer, como hizo él al final, porque no me sentía preparada en el fondo para ese amor con mayúscula que estaba a punto de entrar en mi vida. No huí, me quedé, porque soy valiente. A fin de cuentas, soy tan valiente, doña Metomentodo, como para quedarme. A explorar el amor, o a darle una oportunidad, justo después de perder a mi padre, acojonada como estoy con el conjunto de cosas. Si lo he inventado, si he hecho transferencias: llámalo como quieras. Pero no lo siento así. Yo con Nacho me corría. Tenía unos orgasmos muy coloridos y ricos en matices. Se multiplicaban por mil, con respecto a la sensación solitaria de la mano.

No, no soy frígida y no tengo problemas fisiológicos. Sola me corro. En compañía no.

Solía pensar que nunca había follado lo suficiente para coger confianza, no con un mismo individuo. Y cuando estoy con alguna pareja esporádica me da cosa pedir lo que necesito. Digamos que soy una kamikaze que se lanza al ruedo una y otra vez para acabar obteniendo lo mismo: nada.

Con Nacho, en cambio, no hicieron falta ecuaciones complicadas. No pensé en cómo encajarnos. Nacho era tan apabullante, para mí, que no podía hacer más que rendirme. Me corría. Una vez, dos veces. Solo con el contacto de sus labios en un beso rápido del cuarto de empleados, con la yema de sus dedos rozando mis paredes, solo con eso ya me corría.

Me gustaría decir que me arrepiento de haber arrastrado a Peni a este jueguecito, con lo que conlleva: un bombo. Pero tengo que ser honesta: aunque supiera las consecuencias, no sé si lo desharía. Si pulsaría el botón de delete. Creo que los recuerdos con Nacho, breves y efímeros y todo eso, son los mejores que tengo desde que pescaba con mi padre los cangrejos en el embarcadero.

Sí, lloré por estas cosas. Pero no de pena, lloré de agradecimiento. Plantada en pleno Parc Güell, con la ciudad gigante y ordenadita en cubículos rectilíneos a mis pies, con el mar de fondo y los barcos navegando, con el Montjuïc al otro lado y los aviones que no se chocaban contra la cima, lloré y lloré porque esas cosas siguen existiendo: la vida que se desenvuelve, que nos vapulea y nos pone de rodillas, pero también nos da esos momentos. Los de los cangrejos, los besos rápidos que desembocan en dedos rápidos que desembocan en estallidos de colores.

Lloré, no porque Nacho no me quiera, sino porque sé que me quiso.

Y, en fin, en ese momento fue cuando se me acercó una señora con un sayo largo de colores. Iba arrastrando los bajos, le miré los pies con las uñas perfectas, una pedicura impecable, enfundadas en unas sandalias con broches de piedras preciosas falsas.

—¡Bueno!

Alcé la vista.

—¿Estás bien?

La señora me invitó a un botellín de agua, aunque seguía con la lata de Coca-cola. Dimos un paseo en silencio hasta que me arranqué a hablar. Yo me fijaba en las piedras de colores de las fachadas de Gaudí, en lo verde enredado en las columnas que parecían accidentes geográficos más que obras de arquitectura. Tuve la sensación de que la abuela Otilia la había mandado, o que mi propia abuela se había encarnado en ella, porque me recordó a cuando bajamos a la playa juntas cuando ella hizo una pausa en el punto.

Le conté algunas cosas, que buscaba piso, que venía del Pinar, que mi padre había muerto, que mi hermana estaba embarazada, que el chico que me gustaba había desaparecido.

Ella escuchó con paciencia, sonriendo de vez en cuando, mirándose la pedicura perfecta con las manos entrelazadas en la espalda. Éramos igual de altas, aunque la señora rondaría los sesenta y muchos.

—Bueno. Por lo demás no puedo hacer mucho —dijo, al final—. Pero tengo un trastero que quizá te sirva. Temporalmente.

Así fue como llegué hasta aquí.

Después de un té en su casa, que está justo encima de la mía. El edificio pertenece a su familia, que era rica. Todo lo rico que puede ser alguien del Carmel, porque es un barrio proletario que construyeron los xarnegos: emigrantes como yo, del sur, al llegar a Barcelona. No podían pagar los precios céntricos y construyeron aquí de cualquier manera.

La señora se llama Amelia Talavera y me dijo que los suyos eran de Jaén, pero que ella había nacido en Cataluña, que el vecino del primero era su hermano pero estaban peleados, no se hablaban, y el del lazo amarillo gigante en el porche también, pero tampoco se hablaban, y así.

Habían heredado un edificio en un barrio discreto y algo de metálico. Por eso ella se permitía vivir de… pitonisa. Eso me dijo, la tía. Amelia Talavera, pitonisa. Bueno, ¿no has visto mis anuncios en la tele?, preguntó. No tengo tele, me excusé. Bueno, yo te pongo una. No hace falta, le respondí, tengo mi pecé. Puedo ver videos. Bueno, eso será cuando te instale el WiFi, dijo ella.

Me sentí bien. El té caliente bajaba hasta el estómago, me gustaban las vistas del barrio en las alturas de la ladera, tan parecidas a las que ofrecía el Parc Güell pero hacia el otro lado, en la línea norte hacia Mataró. Estábamos en la cima del mundo, sí, y los aviones no chocan en estos lugares. Su casa titilaba y tintineaba en baratijas y cacharros de colores.

Me echó las cartas.

—Baraja y saca tres.

De esta guisa estuvimos mucho rato. Hice todas las preguntas que quise, una detrás de otra.

Me informó de que Nacho había huido porque yo le suponía un cambio de vida radical. Que él prefería esperar un futuro utópico sin pisar el presente. Que el contacto conmigo era un quiebre, una especie de fractura en su modus operandi. Que lo mismo su pasado era doloroso, sí, pero era un cobarde que prefería quedarse ahí en lugar de intentar limpiarlo.

Limpiar. Me dieron muchas ganas de limpiar.

Me decía más cosas, pero la interrumpí para ir a comprar estos productos de limpieza. Tenía mucha necesidad de limpiar.

Ahora espero a la Neus. Estoy recostada en el suelo frío, al contacto con las losas de color amarronado, miro el techo blanco. Pienso: «mi legítima porción de mundo». Eso pienso. Que esto es mío. De nadie más.

No se oye nada, hay un silencio sordo. Ni un pitido de coche. Ni un ulular de pájaro. Ni una rama agitada.

Es un silencio como el de la muerte, pero sabe a vida. Por primera vez, sabe a vida. Es un silencio que no castiga, solo promete. Promete una cama, el colchón que la Neus va a traerme en un rato. Y promete una especie de paz, un sosiego. Un lugar para descomponerme viva, para desgarrarme. Puedo pegarme cabezazos contra estas paredes, dejar manchas de sangre en la capa de pintura blanca. Puedo hacerme el amor tres veces al día, puedo ver videos de la concursante expulsada de Fama, puedo respirar, solo respirar, sin temer morir atragantada en cualquier momento. Puedo comer lo que desee, beber lo que desee, o dejarme morir de inanición. Puedo invitar a quien quiera, puedo no invitar a nadie. Puedo mirar esas hojas del patio indefinidamente, quedarme congelada, en piedra, solidificada. Puedo ver cómo pasan las estaciones, una tras otra, en este patio. Puedo encender las luces o no hacerlo y quedarme en la oscuridad absoluta. Este trastero es mío. Está limpio. Es mío. Lo he limpiado yo.

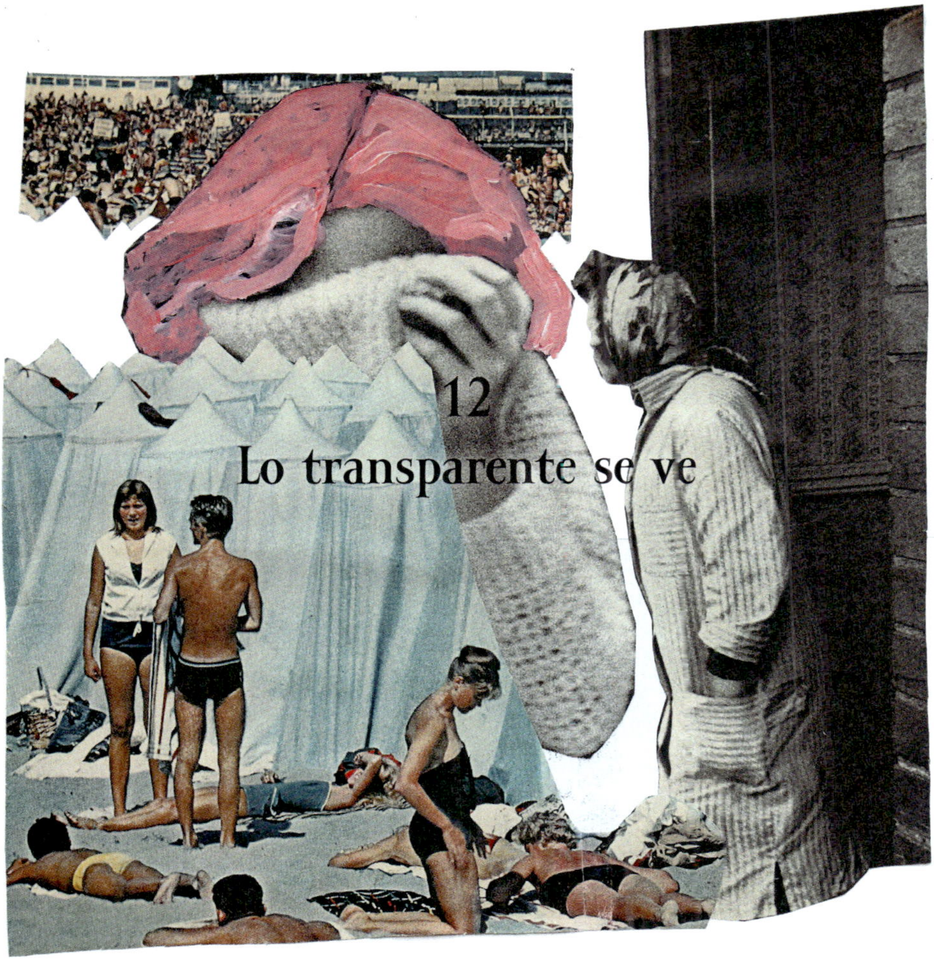

12

Lo transparente se ve

Últimamente no te hago caso, Metomentodo, porque los días transcurren así: gasto mis ahorros en comida, compro decoración barata de los chinos, pego stickers por las paredes y en la nevera, tomo un té con Amelia Talavera, me enseña que los diamantes son dinero y buena suerte, que los corazones son eso, corazones, que los tréboles son trabajo y que las picas son problemas. Me enseña que la intensidad de los números marca el resultado, que las uniones de las cartas y su posición lo especifican, me enseña a vaciarme para entender. Me enseña a entender.

Hacemos predicciones de futuro al caer la tarde.

Luego llego a casa, porque ya es una casa aunque no tenga muebles, ceno y me acuesto en el colchón viejo de la Neus.

Es entonces cuando sueño.

Sueño que papá se muere y es papá. Sueño con su cara sonriente y su barba de dos días. Con sus dientes blancos en una sonrisa floja, con su verruga en el cuello. Sueño con su garganta y la tráquea. Sueño con su olor. Echo de menos su olor. Al final ya no olía así. Solo había un recuerdo leve, oculto tras el humo.

Me despierto sudada, pero nunca de sobresalto. Los sueños acaban siempre en la muerte y en el golpe devastador. Nunca deja de serlo. Devastador. No me sobresalto, con todo. Parece que una parte de mi cerebro ha aceptado que eso ha ocurrido y se lo comunica a la otra parte, que sigue a tontas y a locas fingiendo que no.

El cinco significa la muerte.

Amelia prefiere interpretarlo como un gran cambio.

Me salen muchos cincos.

Muchas muertes.

Muchos grandes cambios.

He ido a Mercadona en peregrinaje por una cuesta muy pronunciada. La bajada no costaba. Las bajadas son fáciles, aunque no lo parezca. A mí me ha costado mucho rendirme. Supongo que me daba miedo que no hubiera fondo. Me da miedo que no haya fondo.

Las subidas cuestan más. Era consciente de ello a cada paso que daba por la calle larguísima, cuánto me va a costar subir este trecho que ahora desciendo. La cantidad de cosas que tenía que hacer aún, sin parar de acomodarme y siempre faltaba algo, una bombilla, una fregona, unas pinzas de depilar. Estaba sola, estoy sola, eso es lo que quería, eso es ¿lo que quiero?

En los pasillos abarrotados de gente me lo planteaba. Soy invisible. Nadie me conoce. Esto es liberador normalmente, pero no ahora, no hoy. Eso pensaba. Soy invisible. Nadie me ve. Caminaba con lentitud, metía productos en la cesta, me quedaba mirando los estantes una eternidad. Como si las etiquetas tuvieran alguna respuesta. Una comparativa de precios que me revelara algo.

Con esa parsimonia he acabado comprando más de lo que necesitaba. Quería llevar muchos tés a Amelia Talavera. Iba cargada hasta los topes y al salir ya me faltaban fuerzas.

He buscado un banco y me he sentado.

A veces pasan cosas de pelis. Al levantar la cabeza, llorosa, he visto su cara.

No era un sueño, era real. No había muertes, solo grandes cambios.

Era su cara. Tal como ya no la recordaba apenas.

—Hola, desastre.

Se había recortado la barba y aun así era gigante e hirsuta. Llevaba una camiseta blanca. Eso era lo único que veía mientras parpadeaba fuerte y me quedaba sin aliento. Nacho estaba enfrente de mí, en mi barrio, en mi ciudad elegida.

He roto a llorar. Como una cría, de nuevo. Lloraba, lloraba. Hipaba. Los hombros se me movían y el pecho se me descomprimía, explotando en una nube de humo de colores. Él ha tirado de mí, yo no respondía, él ha hecho fuerza para levantarme por las axilas. Me ha abrazado con una intensidad inexplicable. Me apretaba, apretaba más, más, más. Hundía su barba en mi cuello y entre bocanadas de aire yo aspiraba su aroma, era un olor tan familiar como podría haber sido el de papá, pero este era real y era distinto, estaba en mis fosas nasales en presente. Sin vaticinios de cartas. Nunca hacía caso a Amelia Talavera cuando me hablaba de corazones, por mucho que saliera la K de vez en cuando.

Ahí estaba mi K de corazones. Abrazándome hasta que mi llanto se ha apagado del todo y he caído en una risa floja muy absurda. Me sorbía los mocos y bajaba la cabeza, avergonzada.

—Oye.

—Qué.

—Estoy aquí.

—Ya te veo.

Él ha sonreído y me ha cogido a horcajadas.

—Lo siento —me ha susurrado.

Un koala enredado en un mastodonte. Rodeados de bolsas blancas de Mercadona en mitad de un parque a principios de octubre. Una mañana tibia y una plaza con algún transeúnte y algún vagabundo.

—Yo también —le he dicho, aunque no sabía qué era lo que sentía.

—¿Te ayudo?

He amenazado con volver a llorar y él me ha hecho el sonido que se hace a los bebés y a las personas a las que uno quiere para calmarlas.

—Sí, por favor.

Hemos emprendido la subida juntos. Las bolsas apenas pesaban. Él bromeaba sobre eso, qué llevas aquí, un cadáver descuartizado, por qué has comprado desatascador de tuberías, falta mucho o qué, te voy a regalar una moto para que no te pongas en forma.

Yo no sabía quién estaba a mi lado, si Nacho u otro desconocido que había ocupado su cuerpo.

Lo mismo me estaba volviendo loca, quizá siguiera soñando y ese día no hubiera comenzado aún. Pero podía sentirlo y tocarlo, estaba a un palmo de distancia. Si era un sueño, bueno. Que siguiera siéndolo.

Me ha dicho que había venido con Peni. Que era una sorpresa, a medias. Que luego me explicarían. Que Peni estaba de compras por el centro. Que habían acordado que él me buscaría en la dirección que le había anotado ella en un papelito. Que se había perdido un par de veces. Que una señora muy exótica con una bata de colores le había informado de que los únicos sitios que frecuentaba estos días eran el chino y el supermercado. Que había ido a buscarme primero al chino. Luego al supermercado.

—Voy a tener que darme una ducha en tu casa, si no te importa. He sudado como un cerdo.

—Los cerdos no sudan, ¿lo sabías? ¿Os vais a quedar conmigo?

—Si no es problema…

—No cabemos —me he reído—, pero me apetece mucho. De verdad. Me apetece mucho.

—Vale, pero no llores otra vez.

—No estoy llorando —he dicho con las lágrimas cayendo, la nariz congestionada y la boca abierta para respirar.

Hemos colocado la comida y los productos en los estantes. Nacho tiene un gel y un champú y una esponja nueva y hasta un cepillo de dientes y una toalla extra que he ido adquiriendo progresivamente, en mis excursiones despistadas. A veces no sabemos por qué hacemos las cosas, pero sirven de algo. Me parece. Es como si lo previéramos. Haciendo cuna para que lleguen los polluelos. No sé.

Está dentro, en el baño. Yo estoy frente a la puerta. Se habrá desnudado, le he explicado cómo funciona el grifo, qué tiene que hacer para no empapar la alfombrilla porque el plato de ducha es muy pequeño y él es muy grande.

Con Nacho dentro, mi casita parece un experimento para pigmeos. Me siento una niña que juega a ser adulta. Pero me gusta cómo queda aquí. No puedo parar de llorar. Está aquí. Al otro lado de la puerta.

Podría desnudarme y entrar con él.

Pero la verdad es que no quiero ni rozar su piel por si se desvanece al contacto con el agua, por si nos disolvemos y nos traga el desagüe.

Estoy fuera, al otro lado de la puerta, escuchando cómo cae el chorro e imaginando cómo resbala por su cuerpo.

Creo que con esto me vale.

De verdad.

Con esto me vale.

13
Problemas con el agua caliente

Ha amanecido temprano.

Temprano para mí.

La casa se ha convertido en un campo de minas, Metomentodo. Porque es una casa, ya no es un trastero. Y ahora hay un sinfín de colchones y futones por el suelo. Hay que llevar cuidado de no pisar una cabeza o un brazo. O una barriga donde se estén gestando una cabeza y unos brazos, aunque sea en una dimensión microscópica.

Lo pequeño también existe.

Existen, por ejemplo, de una manera nueva y poderosa, los poros de la nariz perfecta de Nacho. Y unos pelos enquistados en la zona del bigote. Incluso me ha parecido apreciar una mancha de nacimiento gigante debajo del ejército de púas que cada cierto tiempo hacía amago de atacarme. Yo me apartaba y buscaba cobijo en la esquina de la cama, pero no conseguía conciliar el sueño.

Ha sido entonces cuando he reparado en que dormía. Me refiero a que uno de los problemas era ese, Metomentodo: el insomnio. El cansancio. Y he estado durmiendo bien aquí, sola, soñando muertes, cincos, acunada por las ramas de los arbolitos de fuera y los pajaritos y esas cosas que recuerdan a Blancanieves. No quería un ejército de púas, sino uno de enanitos que me ayudaran a seguir arreglando la casa.

Quiero una casa, no una barba.

Agotada, he decidido darme una ducha y preparar café para todos. Porque ahora no soy solo yo, ahora somos todos.

Los disturbios de la ciudad se han desatado desde que recayó la sentencia donde condenan a pena de cárcel a los presos políticos del movimiento independentista catalán. La gente se está sentando en mitad de la carretera, los policías disparan pelotas de gomas y dejan ciega a la gente. Son pelotas de goma, pero hieren igual. Son solo sentadas pacíficas, pero interrumpen el tránsito.

Berta llamó. Dijo: ni se os ocurra salir de casa, Otilia y yo estamos viendo las noticias y es peligrosísimo. Peni, sonriente porque antes de que estallara la revolución le había dado tiempo a hacer compras en tiendas de ropa que no podía encontrar allá abajo en el sur, y no tenía interés en visitar museos o iglesias, le aseguró que mi barrio era muy tranquilo, que incluso había unos bunkers de la guerra civil donde podíamos refugiarnos. Nacho se rio. Está muy feliz, se ríe a menudo. Nunca se había reído tanto de cosas que no tienen gracia. Me molesta. Me pincha con sus púas risueñas.

Ellos dos compraron vino en el paki y Peni dijo lléname la copa, que total, y Nacho se rio a pesar de que no tenía ninguna gracia que Peni quisiera beber porque total. Porque total, ya ha pedido cita con el doctor para que le saquen a mi futuro no-sobrino. Para eso ha venido. ¡Sorpresa!

En plena guerra civil vamos a tener que coger un autobús y rezar por que nadie se siente delante, bajar al centro donde tenemos prohibido ir por decisión de mami, y procurar que Peni no se convierta en mami. Y por tanto, yo no en tita. Y por tanto, Vicente no en papi.

Eso estaría bien, imagino, en un plano teórico. Pero me pincha. Me pinchan las púas.

Necesitaba una ducha caliente por este frío que se está metiendo definitivamente. Nos va desechando la camiseta de manga corta, las bermudas, las chanclas. Nos empuja con sutileza hacia las botas y las cazadoras. En cuanto parpadeemos un par de veces, volveremos a llevar esos plumones y las bufandas y los gorros. Una cosa que me gusta mucho de Barcelona y que nadie se puede cargar, ni los residentes ni los visitantes, es eso: el clima. Mucho más coherente que en el sur, que en mi lugar de nacimiento. En Barcelona las estaciones existen. Durante el mes de octubre llueve muchísimo y parece que la lluvia limpia los restos de alcohol y desenfreno del verano.

Este verano ha habido alcohol y desenfreno, pero sobre todo, una tristeza infinita. Un descontrol nada divertido.

Necesito que llueva.

Por eso me he metido en la ducha.

Normalmente sale agua caliente y yo regulo hasta que está como a mí me gusta, tampoco me había dado cuenta de la suerte que tenía a ese respecto. Dormía bien, en mis vacaciones autoconcedidas, me daba una ducha templada y tomaba café soluble. Pocas cosas, las suficientes. Luego seguía comprando. Eso he estado haciendo estas pocas semanas. Y ya no puedo hacerlo, porque de alguna forma, como si el calentador hubiera intuido que no iba a tener suficiente potencia para tres, o cuatro, o casi cuatro, o uno tachado de esos cuatro; ha dejado de funcionar.

El café sí estaba caliente. Me lo he preparado tiritando y me he quedado mirando a los dos, o tres, o casi tres, o uno tachado, que dormitaban todavía en los futones y los colchones.

Qué hacéis aquí, he pensado.

Quiero decir, Metomentodo, que hay médicos que practican abortos en el sur, por muy tercermundistas que seamos en otras cosas.

Peni lo quería hacer a escondidas de Berta. Pero Berta es feminista desde antes de que existiera el feminismo. Ella decidió tenerme a mí, pero podría no haberlo hecho. Está a favor del aborto. Llevaba pancartas en manifestaciones e incluso se habrá sentado delante de algunos autobuses para proteger los derechos de las niñas como Peni. ¿Por qué esconderse de ella?

Si lo único que yo quería era la barba de Nacho, ¿por qué ahora me parecen púas? ¿Por qué aprecio lo que hay debajo? Manchas y pelos enquistados. Antes no estaban. Un brillo celestial cubría su imagen, destilando piedras preciosas y estrellas caídas del cielo. Las veo. Ahora veo sus manchas.

Yo quería saber todo de él, y esto es lo que hay: poros. Pelos infectados. Manchas. ¿Qué está haciendo aquí?

—Acompañar a tu hermana —me dijo—. Me siento responsable de alguna forma, no sé por qué. Supongo que porque Vicente no iba a querer apoyarla en este proceso.

—¿Está en contra? —pregunté cuando él se secaba el pelo abundante con la toalla. Quizá me gastó toda el agua caliente en la ducha que se dio y que tan alegremente le concedí.

—No lo sabe.

—¿No lo sabe?

Vicente es un capullo. Pero no se merece no saber que van a matar a su hijo. Sé que suena dramático dicho así, pero qué otra cosa es, a fin de cuentas. Impedir su nacimiento. ¿Qué hizo mi padre, sino eso? Se mató. Puede que no lo hiciera a posta, pero eso hizo, hostia. Dejó de existir. Eso es lo que van a hacerle a mi no-sobrino. O sobrina. Aún no tiene sexo, y no quieren que lo tenga. Él pagará el pato del descuido. O ella. Podríamos ser cualquiera de nosotros. Podría haber sido yo, si a Berta le hubiera dado por ahí, con lo joven que era.

Y yo ahora quiero vivir porque quiero amueblar esta casa.

—Es su cuerpo, Olalla. Tiene derecho a hacer lo que considere con él.

—También es su hijo. O hija. De Vicente.

Nacho arqueó la columna de pronto.

—No digas eso.

—¿No quieres que diga la verdad?

Él guardó silencio y me dio la espalda. Tenía los pocos músculos tensos. Tiene muy poca musculatura. Pensé que los huesos son lo que soporta esa masa endeble, y que sin ellos nos convertimos en un despropósito de órganos y sangre sin rumbo ni destino. Pensé que él tiene muy pocos músculos y que se le ven los huesos, casi se le transparentan. Pensé en lo poco bronceado que está todo el año a pesar de haber trabajado en un chiringuito.

—¿Qué haces aquí? —volví a preguntarle.

Me parece que tengo derecho, yo, a preguntar esas cosas. Igual que él ha hecho tantas otras veces. ¿Qué coño quieres? ¿Qué haces aquí? Tú y yo no somos nada. Puedes hacer lo que quieras. No me des explicaciones.

Todos tenemos derechos. A impedir la vida, a vivir la vida. A morirnos, a desaparecer. A amueblar trasteros hasta convertirlos en casas.

Tenemos derecho al agua caliente. A caminar sin pisar cabezas o tripas. Tenemos derecho a que alguien se afeite si nos pincha su barba. Tenemos derecho a agarrarnos a las barbas cuando lo necesitemos de verdad, si, por caso, estamos ahogándonos en un río de mierda. Tenemos derecho a esas cosas. Todos. Yo también.

—Te mandé un e-mail.

Me reí. Suelo reírme cuando la situación es muy absurda también.

—Estaba en blanco.

—No estaba en blanco.

—¿Lo escribiste con tinta invisible?

—No.

—¿Qué decía el e-mail? ¿Me explicabas por qué habías desaparecido? ¿Me decías que siempre me amarías y que volverías corriendo a cogerme en brazos, a la salida del Mercadona? ¿Me pedías perdón por no haber querido consolarme por la muerte del imbécil de mi padre? ¿Me contabas la verdad de tu vida, eso que tanto te escuece y que te callas siempre? ¿O me confesabas que en realidad te la pelo, que siempre te la he pelado? ¿Me avisabas de que ibas a venir a Barcelona porque te venía bien un viajecito, un cambio de aires, que hacía mucho que no viajabas y, como eres un paleto que todavía usa hotmail, Cataluña te parece lo más lejos que puedes llegar, ahora que quiere convertirse en un país independiente?

Pensaba que iba a irse, a pegarme o a destruir alguno de los colchones o futones, a falta de más muebles.

Lo que hizo don Ignacio, doña Metomentodo, fue abrazarme. Me abrazó y se calló. Y yo me quedé ahí, encajada en el hueco de su clavícula, aplastada por la barba espesa que se me clavaba en las mejillas.

Esperé a que respondiera. Es lo normal, ¿no? Todos tenemos derecho a las respuestas.

Pues no. No dijo nada más.

De verdad.

Se vistió, me acarició la barbilla, sacó una rebanada de pan de mi armario perfumado con limpiacristales, se untó mi mantequilla ligera fácil de untar y dio un bocado gigante que consumió la mitad de golpe. Luego se quedó pensativo mirando los arbolitos agitarse en el viento leve. Quise quitarle las ramas del horizonte, son mías, quise hacerle vomitar mi pan. Estaba convencida de que en su mente no circulaba más que tinta invisible.

Ahí lo entendí, y ya no pude dejar de entenderlo: Nacho no tenía nada dentro. No ocultaba nada. No había explicaciones grandilocuentes ni misterios irresolubles. No necesitaba que yo lo salvara. Nacho no tenía discurso ni doble personalidad. No era Ignacio o Nacho. Solo era un Nacho con pretensiones de Ignacio. Quizá alguna heridita del pasado, pero quién no. Las suyas eran bandera de su inacción, y a quién le importaba cuáles fueran. Quién tenía energía o ganas de remendárselas o de colorearlas. Yo, desde luego, ya no. Me pareció increíble que alguna vez hubiera querido hacer eso, Metomentodo.

Esta noche he tratado de acordarme del cunnilingus en el puerto para ver si podía aferrarme a su pecho y volver a notarlo mullido. Pero siempre ha sido un saco de huesos. Transparente. ¿Por qué no lo vi? ¿Por qué estuve tan ciega? Fue solo la tinta invisible lo que me pegó la patada en el culo, el golpe en la tráquea definitivo. Y en Mercadona, a la salida, bueno. Solo me pesaban las bolsas, ¿sabes, Metomentodo? ¿Sigues ahí, o ya hablo sola del todo? Yo sigo enviándote estas tapes, pero dado que no te pago has dejado de prestarme atención. Digo que me pesaban las bolsas. A veces uno tiene derecho a que le ayuden con las bolsas. Vino esa cara, esa cara apareció, y era la misma que en mis quimeras. Y me subí como un koala a esa imagen. Pero esa imagen es aire, vacío, nada. No hay nada detrás. Solo poros y manchas y pelos enquistados. Como cualquier ser humano. Todos tenemos derecho a nuestras manchas, imagino. Solo que ahora yo tengo derecho a no explorar las suyas.

14
Problemas con la llama caliente

Lo mismo nos hemos pasado con el calor.

El calor, este calor infernal en plena urbe, en pleno otoño. Este calor que rezuma del asfalto, que derrite contenedores.

No es la isla de calor, ya no es verano. Ahora somos pequeños diablos que han tomado las calles. Ellos. Ellos han tomado las calles.

No son solo los de los cócteles molotov o los de los chalecos antibalas. Bajo sus ropajes y accesorios, son todos lo mismo. Carne, hueso. Esa masa endeble que sigue sosteniéndose y creando caos.

En las noticias los llaman de varias formas, leemos los titulares en el móvil con el WiFi que me instaló Amelia Talavera. «Los independentistas protestan contra la sentencia del Supremo». «Masas de secesionistas se enfrentan a la policía en las calles». «Catalanes contra el Estado».

Se equivocan. No son ni unos ni otros. Todos somos lo mismo. Sangramos. Incendiamos. Hacemos daño.

—¿Será seguro bajar al centro hoy? Tenemos la cita con el doctor.

Mi hermana Peni está en el hospital.

El ingreso no ha sido voluntario. Aunque previera tener otro tipo de intervención, ha acabado en una bien distinta.

Yo he vuelto a casa con Nacho porque los médicos nos han dicho que no cabíamos. No había espacio en los quirófanos y en las salas de urgencias. Por suerte, las ambulancias acampaban por cada rincón de la ciudad, con las sirenas a máximo volumen. Las llamas. La visión del mismísimo inframundo. Dentro de la tierra, sobre la superficie. No sé ya ni dónde estábamos.

Estábamos por Urquinaona. Íbamos en autobús, los tres. Peni se atusaba el mechón como hace Berta, estaba nerviosa y necesitaba un referente, yo nunca lo he sido. Por mucho que se haya esforzado, yo no he sido un modelo. Mi padre tampoco lo ha sido. Así que nos aferramos a Berta. Los tres. Peni necesitaba a mi madre, no su autorización para practicarse el aborto. Escapaba de ella como una niña rebelde. Y yo, ¿yo escapaba de ella también?

A seiscientos kilómetros, los tres bajábamos al centro en bus. Cuando de pronto se detuvo en seco. Había una aglomeración de gente en Gran Vía. Nos hicieron bajar, el trayecto era imposible, la calle estaba cortada. Se veían ya las llamas resplandeciendo. El primero que se percató fue Nacho, que miraba entretenido por la ventana como el turista paleto que es en el fondo. Igualito a los japoneses del MACBA, con sus calcetines altos y sus cámaras caras, que ahora se esconden en hoteles cinco estrellas.

El infierno en la calle.

Las hileras de fuego derritiendo el plástico de los contenedores. A la mierda el reciclaje. La gente enfurecida, salivando. Los policías repartiendo hostias con la porra a diestro y siniestro, protegiéndose con el escudo. De plástico. Ese plástico no se derretía. Llevaban cascos, nosotros no.

—La clínica está justo enfrente —lloriqueaba Peni.

—Tenemos que largarnos de aquí —lloriqueaba yo, que por más titulares que hubiera leído no conseguía comprender qué coño pasaba.

—Vamos a la clínica. Tu casa está muy lejos. Allí estaremos más seguros.

No sé quién dijo eso. Cuál de ellos dos propuso el plan perfecto, pero le hicimos caso.

Atravesamos la muchedumbre cogidos de la mano como quien se abre paso en un concierto abarrotado. Yo estaba cagada de miedo, Metomentodo, de verdad lo digo. Íbamos a pasar por las llamas callejeras para llegar a la clínica. Intentábamos no morir para poder matar a otro ser vivo.

Y en esas, nuestra cadena humana se rompió. Perdimos a Peni.

Según contamos luego a los médicos y a los enfermeros y más tarde a los medios, Peni recibió un empujón de un policía. Eso la llevó directa a las llamas de los secesionistas.

Son dos bandos y cada uno quiere una cosa. Pero cuando nos dimos la vuelta, mi hermana Peni -neutra, sureña y joven- ardía.

—Todo pasó muy rápido —repetía yo sin cesar a quien preguntara.

Muy rápido: Nacho la sacó, se quitó la chaqueta, le golpeó el cuerpo con ella para reducirla a cenizas. A mí me dieron ganas de apartarlo para que no le pegara, aunque sabía bien que no le estaba pegando. En ese momento se detuvo la pelea masiva. Quizá incluso se abrió un poco el cielo para que mi padre mirara a través de las columnas de humo, y el abuelo Ramón se asomara por detrás para cotillear. Puede que eso les sirviera para hacer las paces, ese acercamiento forzoso. Puede que su recoveco entre las nubes se tragara las hogueras. El fuego seguía crepitando, pero ya no nos lo parecía. Se hizo un silencio relativo. Puede que solo fueran los oídos ensordecidos.

Las ambulancias se dieron prisa porque estaban cerca, atentas. Se llevaron a Peni. Nos subimos con ellos porque, al parecer, yo gritaba descontrolada.

—Cálmate —me susurraba Nacho—, cálmate—. Y me hacía ese ruidito que se hace a los niños y a las personas que uno quiere en general, ese ruido con las eses, una nana.

Mi hermana Peni, tan guapa, siempre con la piel de porcelana, estaba extendida sobre una camilla y tenía media cara hirviendo. Su ropa había sido abrasada por una colilla gigante y le había dejado huecos que enseñaban eso mismo, la piel a tiras.

La piel a tiras.

Componiendo extraños dibujos.

Hemos vuelto a casa de madrugada. He tenido que abandonar a mi hermana Peni. Estaba inconsciente.

—Está inconsciente, no te preocupes —decían los médicos y los enfermeros.

Nadie entendía que era peor eso. Irse así. Mientras ella dormía.

Durante el verano lo hacía mucho, lo de quedarme mirando cómo descansaba. La envidiaba pero no deseaba despertarla por nada del mundo. Las pastillas, las meditaciones de Youtube, sus auriculares rosas, las rodajas de pepino recalentado. Nuestros premios por las paredes en casa de la abuela Otilia. Mi hermana Peni, con su ex novio Ricardo, el Richi, con sus concursantes de Fama expulsadas en la primera Gala, la que me decía con los ojos brillantes que esa chica aún no lo sabía, pero de no haber sido por eso nunca habría podido irse de gira con Dua Lipa. Mi hermana Peni, sin hacerme caso, sin hablarme durante meses por haberme acostado con Vicente, su nuevo novio. Mi hermana Peni con su eye-liner azul diciéndome que se alegraba de que pasáramos el verano juntas aunque fuera en esas circunstancias, con el mar de fondo, del mismo color que su eye-liner. Mi hermana Peni que olvidaba sus pastillas y yo que me follaba a su nuevo novio. Mi hermana Peni llorando al teléfono, vuelve, estoy embarazada, te necesito. Ahora todo ha cambiado. Eso decía, vuelve, ahora todo ha cambiado.

Y yo llorando y diciendo, no, Peni, tengo que irme. Me tengo que ir por mí. ¿Lo entiendes, Peni? Yo todavía no lo entiendo. Pero lo entenderé.

Y ella que viene. Viene aquí. Dice que de compras y a abortar. Las dos cosas. Como si una fuera igual que otra. Y ella que mira alrededor con una envidia muy sana en los ojos, ella sí ve este trastero como una casa, ve lo mismo que yo mientras Nacho sonríe por sus vacaciones. Le hace tanta ilusión ser independiente, mudarse con sus amigas al centro de la ciudad para empezar otro curso de la universidad, mudarse en el futuro más lejos, igual que su hermana Olalla; que está segura de que no quiere ese bebé. Peni jugaba con bebés de mentira, de plástico. Del plástico derretido en las calles. Pero ahora no quiere jugar más. Tiene ganas de tomarse en serio. Por eso va de compras a tiendas que no hay abajo, en el sur, y pide cita en el ginecólogo sin su madre al lado. Peni intenta crecer y traerme un regalo. Porque yo me he ido.

Ese regalo está a mi lado, en esta casa. Es un regalo que ya no quiero. Pero ahora mismo lo necesito.

Porque no soporto esta oscuridad. Este ulular de sirenas a lo lejos, esta lejanía del hospital. Oigo el viento y huelo a humo. Si cierro los ojos, veo el crepitar de las llamas. Tengo un nudo en todas las partes del cuerpo, las que no se ven. Me da miedo morir ahogada. Me da miedo la muerte y la vida después de la muerte, y las quemaduras, y me da miedo que mi padre no nos estuviera mirando desde ninguna parte, o que nos haya castigado por nuestra travesura. Estamos descontroladas desde que él se fue. A dónde coño se fue.

Nacho ha venido. No quiero a Nacho, pero ahora mismo lo necesito.

Y no me lo pienso: bajo la mano hacia su pantalón. Su polla duerme. Tiene la polla de tamaño estándar. Es perfectamente capaz de engendrar vida. Ni muy grande, ni muy pequeña. Encaja. La ciudad arde en mi mirada y empieza a arder en mi mano. Se la cojo, la muevo. Empieza a despertarse. Arriba y abajo. Se la cojo entera, con las dos manos. Le masajeo los huevos. Me incorporo, en esa posición no puedo, me hago daño en los codos. Su polla está despertándose antes que él. Se está levantando antes que él. Él empieza a musitar algo, no lo escucho, sigo sorda del estrépito. Estoy ocupada haciendo que se levante del todo. Buenos días, buenas noches. Ya está erguida, quiere algo. Yo le voy a dar lo que quiere. Los brazos de esa polla me echan hacia atrás, pero la polla sigue erguida. Me la meto dentro, no me cuesta porque soy una persona de mierda, Metomentodo, y he lubricado en mitad de la guerra. Las llamas en mi mente. Cierro los ojos, los vuelvo a abrir. No sé dónde mirar. La tengo dentro, resoplo, cierro los ojos otra vez. Echo el cuello hacia atrás y me quito la camiseta, no llevo nada debajo. Mis pechos son más jóvenes que los de la abuela Otilia, por lo menos cien años. Estoy desnuda y ardo en llamas. Echo el cuello hacia atrás igual que hice en el capó de ese coche, en el puerto. Ahora no muero de amor, solo muero. Estoy llena, estoy vacía. Me muevo. Me muevo y me caen las lágrimas por los lados. La boca de esa polla dice algo, no lo escucho. Estoy sorda. Ciega. Muda. Me han amputado. He hervido. Me han masacrado. Estoy lastrada. Estoy incompleta. Me he llenado. Me muevo. Me muevo adelante y atrás, arriba y abajo. Lloro, pero no hago ruido. Las manos de esa polla que me intentaban apartar hace un momento de pronto me agarran. La cintura, el pecho. Me amasan el pecho como he hecho yo con sus pelotas. Me lo amasan, lo agarran. Unos dientes los muerden, los succionan, los lamen, una boca los acoge. Las manos me aprietan el culo, me dan un cachete, quiero que me dejen la piel roja, en llamas. Estoy en llamas, lubrico, me derrito, me restriego sobre una superficie rugosa, unos pelitos como los de los estropajos. Es una nana, una nana que no me susurra nadie, una nana para fregar las ollas. Me quitan la suciedad y nos ensuciamos. Sudo, todo mi cuerpo lubrica. Esa polla me está llenando, pero ya ni la siento. Hay un cuerpo debajo del mío que late, que pugna por decidir, que intenta participar, pero ahí no hay nada. Solo estoy yo, prendiéndome fuego. Del roce voy a arder en cualquier momento. Me voy a prender fuego a lo bonzo. Una boca busca la mía y aprovecho, la muerdo, muerdo los labios, chupo la sangre. Paso la lengua por donde pillo, la paso por la cara, por el cuello, por los oídos, por las manos, chupo los dedos, pero no voy a chupar esa polla porque no voy a salir de aquí. Me voy a quedar aquí a vivir, aquí, en esta montaña rusa hacia arriba, voy a explotar en fuegos artificiales, voy a subir hasta el Cielo, voy a tomar el té con papá entre las nubes. Voy a hacer que llueva, sí, que llueva en el Cielo, que apague el fuego de las calles y deje las cicatrices de plástico derretido sobre el asfalto. Voy a brincar sobre los socavones y voy a detener la guerra. Voy a hacer que llueva confeti. Voy a hacer que llueva.

15
Esta lloviendo

Pues eso.
Que está lloviendo.

16

Las verdades: el e-mail en negro

—¿Qué es esto?

—¿Qué haces? ¡Deja eso!

—¡No! Venga, tonta, no me pegues. Explícame por qué tienes todos estos videos con tu careto.

—No quiero. ¿Sabes lo que es la privacidad? ¿Qué haces olisqueando en mi pecé? Quita de ahí. ¿Estás grabando? Dios santo, espero que hayas cogido mi ordenador para sacarte un billete de vuelta.

—¿Por qué hay tantas grabaciones aquí? Solo sales tú.

—Sí, y ahora tú. Madre mía. ¿Por qué no paras de hacer el imbécil? Tenemos que ir al hospital. Está lloviendo a cántaros. Haz algo de provecho y busca rutas de buses que todavía operen hasta Barceloneta, o llama a un puto taxi, Nacho, por favor.

—Iba a mirar las noticias y me he encontrado con esto.

—Así, por casualidad, ¿no? Has abierto Internet y has acabado en una carpeta secreta que pone «Tapes».

—No, estoy en la aplicación de la cámara. ¿Tienes una carpeta secreta que se llama «Tapes»? ¿Por qué se llama así?

—Es una larga historia. No tenemos tiempo.

—¿Es esto lo que haces cuando te escondes para hablar sola? Te escuché el día que llegué, cuando me duchaba y la otra mañana... y anoche también, ¿no? Pensaba que estabas haciendo videollamada con tu madre o algo.

—Déjalo ya, no estoy de humor.

—Oye, tú mejor no te vistas y vamos a follar así, con esto en marcha. Luego podemos verlo. Estás más guapa sin nada encima.

—Hace frío, se me están congelando los pezones.

—Sí, joder, se ha metido el frío de golpe, ¿eh? ¿No tienes ganas de que te haga entrar en calor?

—Suéltame, va. No. No tengo ganas.

—Anoche lo pasamos bien.

—Bueno.

—Pensaba que no ibas a tocarme.

—¿Nunca más?

—Sí.

—Es lo que debería haber hecho. No tocarte nunca más.

—¿Por qué estás enfadada conmigo, Olalla?

—No estoy enfadada contigo. Mi hermana está en el hospital abrasada viva, no sé si sigue teniendo un bebé en el cuerpo. Berta aún no sabe nada y Vicente tampoco...

—Vicente. Ya. ¿Son para él todos estos videos que te grabas? ¿Se los envías?

—¿Qué?

—¿Son videos guarros?

—¿Qué coño dices, Nacho?

—Nada.

—Y si lo fueran, ¿a ti qué te importa?

—Nada.

—Nada, nada. Pues salte ahí fuera, que nadar puedes un rato. Nos vamos a inundar con tanta lluvia.

—No tiene gracia. Siempre haces bromas de mierda.

—Ah, ¿pero me escuchas? Pensaba que hablaba sola. A lo mejor por eso tengo que hablar con un puto ordenador.

—Claro que te escucho.

—Sí, pero ¿te importa? Lo que digo, lo que hago.

—¿A qué te refieres?

—No sé, Nacho. Has venido aquí a jugar a Superman, y mira por dónde, nos ha salido el tiro por la culata.

—¿A jugar a Superman? He venido a acompañar a tu hermana.

—¿Y qué más te da si me toco y le mando videos a Vicente? Si te da igual que me lo folle en su casa. Y tú ni apareces para follarme. Solo apareces ahora, para jugar un rato a Superman. Y fíjate, fíjate qué bien nos ha salido vuestra excursión.

—Eh, eso no ha sido culpa mía.

—Qué pesadilla. Por fin me alejo de ti, ¿y tú qué haces? ¡Tú te acercas! Has tenido muchas oportunidades, ¡muchas, hostia!, para...

—¿Para qué? Dilo.

—¡Para quedarte! ¡Para detener este puto drama!

—Olalla... ¿estás llorando? No llores. Ven.

—No. No quiero. No debería haberte tocado, ni anoche ni nunca más. No debería haberte abierto las puertas de mi casa...

—Mujer, llamarla «casa» es un poco pretencioso...

—¡Es una casa! ¿Ves? Tengo paredes y techo y suelo. Aunque me hayas gastado el agua caliente. No estoy de coña, ahora no, por una vez en mi puta vida que...

—Ola.

—No, ¡no me hagas calmarme como a una imbécil! ¿Me vas a tararear una nana? ¿Otra vez? Casi prefiero que te pongas debajo entonces, calladito y debajo, en el colchón. Venga, desnúdate. Vamos a grabarnos follando. Luego lo subimos a YouPorn y nos hacemos de oro.

—Para. No te quites la camiseta.
—¿No? ¿Ya no te apetezco? Quizá alguien como Peni te va más. Espera, ¿te va alguien en absoluto? ¿O solo tienes espacio para ti mismo? ¡Vamos, responde, para variar! ¿No te gustan mis tetas?
—Sí que me gustan.
—Eres desesperante. No te soporto. ¿Quieres saber qué es eso, esos videos? Son mi terapia. Se los envío a mi psicóloga, aunque ya ni me responde, igual que tú. En las sesiones no hablaba de nada. De nada más que de ti, por supuesto. Venga a hacer predicciones y conjeturas. ¿Qué sentirá Nacho? ¿Qué pensará Nacho? ¿Qué habrá cenado Nacho? ¿Por qué no me coge el teléfono? No estoy bien, ¿no te das cuenta?
—Claro que me doy cuenta. ¿Por qué crees que me fui?
—¿Te fuiste porque yo estaba mal? Vaya, eso ni se me había ocurrido. Qué considerado por tu parte. Gracias.
—Olalla, para un momento. Estate quieta. Me fui porque...
—Ya no quiero saberlo.
—Sí que quieres. Calla y escucha. Sé es muy difícil para ti, pero te lo pido por favor. Estate quieta. ¿Vale? Dame aunque sea un minuto. Dos minutos, cinco. Mira, tenemos hasta contador en el video.
—Para eso.
—No, así lo dejo grabado y luego lo vuelves a ver. Por si ahora no me entiendes bien. Yo no sé explicarme. Mira, Olalla. Yo...
—¿Tú qué? Yo...
—¿Ves? Tú, tú, tú. Tú venías, tú te ibas. Debías haberte visto este verano. Ahora tienes mejor pinta, pero hace unos meses tenías la mirada llena de lágrimas. Y no las soltabas. Ibas como un torbellino de acá para allá, te lo juro. Riéndote hiperactiva con los ojos llenos de lágrimas duras. Y el imbécil de Vicente te seguía la corriente. Te emborrachabas por las esquinas, salías sola de fiesta. Estaba preocupado por ti. Pero sí, estaba más preocupado por mí. Eso es verdad. Cuando... yo... cuando te quedabas callada... no ocurría a menudo, pero a veces lo hacías. Y entonces es como si... el aire se volvía muy

pesado. Como de cristal. Se iba a romper en cualquier momento y nos iba a matar a los dos. No sé ni lo que estoy diciendo, pero esos... trozos de vidrio... Escucha. Joder, no sé hablar. Qué complicado es esto. Te escuchaba, escuchaba el latido de tu corazón. Pero qué estoy diciendo. Yo estoy solo. He estado solo siempre. ¿Sabes qué hago aquí? Mi madre se murió. Sé lo que quiere decir eso. Sé como reacciona uno. Yo era más joven cuando la perdí, pero si hubiera ocurrido ahora habría reaccionado exactamente igual que tú. Entonces me metí en una relación larguísima, no la quería, no estaba enamorado de ella, era una chica de mi clase, pero era mejor que nada. Mejor que la soledad esa, que corta mucho. ¿Sabes? Mi padre dejó de hablar conmigo, con nosotros. No me recogía del cole. Se le olvidaba. Mi madre se murió en el parto de mi hermano. Él la mató. Sé que no está bien decirlo así, yo también he hecho terapia, mucha, no eres la única. No debería decir eso, pero después de tanta terapia sigo pensando lo mismo. Que fue culpa suya. Mi hermano también hizo terapia y ahora es un ingeniero brillante y tiene un novio fantástico y un perrito y quieren adoptar un bebé y todo eso.

—¿Por eso obligas a la gente a que te llame Ignacio? ¿Tienes complejo de inferioridad con tu hermano?

—¿Cómo? Déjame seguir, por favor, no me interrumpas. A ver, nosotros no somos una familia. Yo tampoco pude hacer mi propia familia. Cuando llegó el momento de comprometerse con la chica esta, con anillos, desaparecí. Es lo que hago, yo desaparezco. Lo siento, Olalla. Nunca he dejado de estar solo y me encantaría, me habría encantado, dejar de estar solo contigo, pero tú estás sola. Tú por dentro estás sola y ya está, yo no te sirvo de nada. No hasta que dejes de estar sola. No llores.

—No estoy llorando.

—Ven.

—No. ¿Qué haces aquí entonces? Ya estaba sola y me iba de puta madre.

—Te dije la verdad. Estoy aquí porque tu hermana me llamó y me pidió que la acompañara. Mi madre se murió dando a luz a mi hermano y, es una mierda que lo diga, pero no es justo. Tener bebés si uno no quiere o no puede. Lo de tener bebés porque sí es una mierda. Las cosas hay que hacerlas bien.

—¿Eso es todo?

—Y… porque te echaba de menos.

—Pero qué cojones…

—No te rías de mí. Te ríes de mí todo el rato. Solo porque tengas esa soledad en los ojos… Eso no significa… Escucha, escúchame, para de llorar. Ven aquí que te abrace. ¿Por qué te ríes si estás llorando? O no, vale, como prefieras, quédate ahí si quieres. Pero es que Olalla, cuando te quedabas en silencio… cuando te veía borracha, ida, mirando al mar o a mí… Yo quería estar ahí, contigo. Pero los cristales nos iban a matar a los dos. Y me diste la razón y te follaste a Vicente. Sí, eso hiciste, te lo follaste. Al único amigo que tengo, al novio de tu hermana. Ya sé que no tenían nada serio, pero no… No tienes derecho a ir por ahí follándote a la gente. A veces tú y yo… no follábamos. Hacíamos otra cosa.

—¿Eso escribiste en el e-mail en blanco?

—Más o menos.

—¿Lo borraste todo?

—No era mi intención, pero quizá lo hice. Lo reescribí muchas veces. No sé explicarme. Soy un desastre.

—Yo también lo soy.

—Ya lo sé. Pero tú, ahora mismo, eres más desastre que yo.

—Y una mierda.

—Mírate, Olalla. Estás medio desnuda moqueando en un trastero, muerta de frío. Tienes el ordenador repleto de videos con tu cara. Y ni siquiera te masturbas en ellos.

—No es gracioso. No tienes ni puta gracia. Eres un paleto. Y no es un trastero. Es mi casa. Es mi puta casa.

—Perdona. Yo no…

—Estoy muerta de frío porque tú querías follarme. Con mi hermana en el hospital y esta lluvia...

—Fuiste tú la que anoche...

—¿Sabes qué? Está muy bien, o sea, siento lo que le pasó a tu familia, es una putada. Yo al menos disfruté con mi padre una temporada. Pescamos cangrejos. Lo siento de verdad. Pero tú no estás limpio como una patena. Yo habría...

—Tú habrías qué. Dime. ¿Me habrías reparado?

—¡Sí! ¡Porque eso es lo que hace la gente! ¡Repararse unos a otros! ¡Estamos jodidamente rotos, todos! ¡Y hacemos el gilipollas mientras tanto hasta que alguien nos detiene en seco, nos mira a los ojos sin cagarse de miedo por esos cristales, qué cojones, qué puta metáfora es esa! Hasta que alguien... ¡nos ayuda con las bolsas del súper! ¡Si querías irte, haberte ido! ¡No vuelvas si quieres irte! ¿Es eso lo que ves aquí, en mi casa? ¿Un trastero? Pues me he pasado semanas limpiando y comprando las cosas con las que te limpias el culo, las cosas que comes y luego cagas. Yo te he ofrecido, tú no has querido. Ya es tarde. Ya no quiero saberlo. Lo siento, o sea, siento que estés más jodido que yo incluso. Pero ¿sabes qué? Ahora vas a coger mi pecé, vas a detener la grabación y te vas a sacar un puto billete de vuelta a tu vida. Que te vaya bonito. Gracias por todo

—Olalla...

—¡Qué!

—¿Te acuerdas de cuando te serví el café doble con la magdalena? El día que nos conocimos.

—Sí.

—No llores más. Yo me voy, no te preocupes. Siento... lo siento. Pero no siento eso. Ese momento. Sonreíste como una niña. O sea, sé que intentabas seducirme con tu cara de seducción. Te sale fatal, que lo sepas. Pero mojaste la magdalena en el café y te chorreó por la barbilla y luego te limpiaste con el dorso de la mano. Eso lo hacía mi madre, es de los pocos recuerdos que tengo de ella. No llores. Ya que me voy, te digo todo lo que ponía en el e-mail. Quizá lo borré sin querer, pero lo escribí tantas veces que me lo sé de memoria. Te decía que no me interesaban tus anécdotas, sé que te las inventabas todas. Eso del paracaidista que se había estrellado contra las rocas en la cala de al lado. Lo de tu madre que eructaba en las comidas de etiqueta y decía «uy, un provechito». Me daban igual, solo me gustaba mirarte gesticulando. Hablas con la boca muy abierta y cuando cuentas esas cosas, lo de los cangrejos con tu padre en el embarcadero, o cuando me abrazas, no como anoche, anoche no fue eso, cuando me abrazas en la oscuridad, o cuando abres los labios porque estás a punto de llegar al orgasmo, cuando se te hincha ahí abajo... Eso es lo peor, Ola. Por eso me van a matar los cristales. Yo nunca he querido a nadie. No quería quererte a ti porque me ibas a destrozar. Yo estoy solo. A ti te irá bien estar sola, lo sé, tú lo sabes. En la soledad he aprendido a manejarme, se está bien ahí al final, ya lo verás. Pero no podía pensar en Vicente dentro de ti porque él nunca ha entendido que necesitabas cafés y no chupitos dobles. Y magdalenas. No quiero cuidarte, Olalla, no. Porque si empiezo a cuidarte nunca voy a querer parar de hacerlo. Esos son los cristales. Lo siento, por todo, porque no me sé explicar bien. Ya ves que mando e-mails en blanco y me he estado mordiendo las palabras todos estos meses para no decirte nada. Para no decírtelo. Que te quiero. Pero no quiero quererte. Y supongo que en esa lucha a veces ganaba una parte y otras gana otra. Es lo último que necesitas ahora, a un Ignacio en tu vida...

—Tú eres Nacho. No Ignacio.

—¿Estás sonriendo?

—¿Estás llorando tú?

—Mejor vamos a parar esto.

tres

17
Bufé libre y destino

Otra vez esa sensación, esta vez frente al bufé libre de la cafetería del hospital. La misma que en el MediaMarkt, la misma que en Ikea.

Pero esta vez es diferente.

Quiero decir que aquí están las manchas. Nadie las colorea ni las retoca con Photoshop en el catálogo. Nadie es un cari aquí. Aquí son cariños, son de verdad. Nadie fuerza una risita conveniente. Los que hacemos cola para colmar el plato tenemos estas caras largas, y es lógico. Acompañamos a familiares ingresados, a amigos queridos que están pasándolo mal. Nos da igual qué plasta depositar sobre el recipiente. No limpiamos las boquillas de los refrescos por si pillamos alguna bacteria: si la pillamos al menos estamos en el sitio adecuado. Dónde mejor que aquí para curarnos. En el Hospital del Mar. Frente al Mediterráneo, al lado de la Barceloneta.

Es donde trajeron a Peni.

Cuando elegí al azar dos mejunjes y me los metí a la boca me sorprendí. Tenía mucha hambre. Me rugían las tripas y ya ni las oía, con el estruendo de... de todo lo demás.

Me senté en una mesa solitaria y engullí con más velocidad de lo que cabría esperar. Una señora mayor me sonrió con compasión desde una esquina. Le devolví la sonrisa llena de comida. Se me acercó un médico atractivo con un porvenir excelente.

—¿Puedo invitarte a algo?

Miré desde abajo. Tenía un hoyuelo en la barbilla. Una barbilla de culo. Parecía Johnny Bravo. A Penny le habría encantado.

—No, gracias —contesté, todavía con la boca llena de comida—. Estoy servida.

Se alejó con fastidio. Los cubiertos no me hacían falta, continué con los dedos.

Una vez que hube acabado levanté la cara y me acaricié la panza como si mi bebé fuera esa bazofia de hospital. Me topé con la tele encendida, en mute como a la abuela Otilia le gusta. Era el anuncio de Amelia Talavera, tarot. Pitonisa Amelia, llame al nueve cero dos patatín, gastos de llamada patatán, ella con las estrellas y los planetas de fondo en un panel cutre. Sonreí. Amelia Talavera, mi casera, o mi trastera, sabía bien el futuro y cobraba por ello. Estaba en la pantalla pequeña, hecha una profesional.

Peni tenía, Peni tiene, una marca muy profunda que le recorre desde la mejilla derecha hasta bien entrado el cabello. El fuego se ha comido sus raíces. La carne todavía sigue fresca, no se ha convertido en costra. El resto de su rostro de niña sigue intacto, plácido y aterciopelado. Esas pestañas se han abrasado, las otras no. Son largas y rubias como el pelo de mi padre en verano.

Cuando despertó en mitad de la primera noche, Peni gritó más que yo en la ambulancia de camino al hospital. Tanto que le dieron dos calmantes para que se durmiera. Hasta que tengan lista una psicóloga para atenderla, como tú, Metomentodo, han decidido suministrarle los ansiolíticos por intra venosa. Yo no estaba ahí porque no había hueco para mí. Estaba restregándome contra Nacho, prendiéndome fuego a lo bonzo como mi hermanita.

Me pasé el día esperando a que despertara y a la vez rezando por que no lo hiciera. No sabía qué decirle. Nunca sé qué decirle a Peni.

Su bebé está bien. Está vivo, intacto.

No sé si es buena o mala noticia. Yo se lo comuniqué a los médicos.

—¿Dice usted que la paciente, su hermana, está encinta?

Una periodistucha husmeaba y me pareció que lo oía, anotó algo en la libreta con disimulo y se dio la vuelta. Les dije a los facultativos eso y que tomaba antidepresivos. No sabía cómo afectaría al feto, al no-feto, y a mi propia hermana. He oído que las pastillas interaccionan entre sí y se hacen amiguitas o enemiguitas. Yo misma lo he comprobado a veces.

—¿Encinta? Ya nadie usa esa palabra.

Me acordé de Berta. Quise llamarla, pero tampoco sabía qué decirle. Me pareció justo que fuera Peni quien lo hiciera, la que le contara lo que considerara oportuno.

Puede que solo me escudara en ese pensamiento para evitar la responsabilidad de lo que había ocurrido.

Me acordé de Otilia. Quise cubrir a Peni en tapetes de punto.

Aunque me temo que ni eso la habría salvado del fuego. Igual que no salvó a mi padre de su vómito de verdades.

—Disculpe, ¿es usted la hermana de la chica que ardió?

Otra vez la periodistucha en la salida del hospital. Me acordé de Daenerys Targaryen, la que no arde. Quise tener dragones, a Dracaerys, para quitármela de encima.

Era joven y parecía apurada por conseguir alguna declaración. Gruñí por toda respuesta. Quise tener unas gafas negras de diva para desaparecer en un after, para esconderme de los paparazzi.

—¿Tiene algo que decir? ¿Cómo sucedió? ¿Cuál es el estado de la joven? ¿Y su bando político? ¿Era una manifestante?

Gruñido.

—Por favor —suplicó, tocándome la mano Me detuve de pronto y la miré por encima de las gafas oscuras de diva que no tenía. Imploraba algo, dame algo, algo que llevarle a mi jefe, mi familia entera tiene hambre, por favor, necesitamos comer de ese bufé horrendo, tú tienes la tripa llena, me van a echar si no me dices algo.

—Eh... Supongo que, después de todo... Eh... la vida... la vida es un bufé.

Me subí las gafas negras que no tenía y me marché de allí.

Volví a casa haciendo dos trasbordos. Rodeé el centro, que seguía en llamas como si nada, y miré las columnas de humo verticales y el mar antes de volver a la montaña. El mar también seguía como si nada, no me decía nada, del mismo modo en que no me dijo nada durante el verano. El mar siempre es el mismo. Está callado de cojones en ese rumor repetitivo, sabio y altivo, reservándose sus verdades inexpugnables.

En la montaña la oscuridad se había comido el barrio. Pero en la ladera las lucecitas parpadeaban. Provenían de los cuadrados de las ventanas. Los edificios diseminados, las casitas, las chabolas, los chalés adosados, las ruinas. Cada uno con su lucecita. Parecían la galaxia de la exposición del MACBA o mis orgasmos con Nacho.

No quise volver a casa, pero ya estaba en casa. En nuestro edificio, el de los Talavera y ahora los Cárceles Sáez. La Cárceles Sáez. Lo tenía frente a las narices y no quería estar sola, así que pulsé el botoncito de Amelia.

De pronto su casa ya no me parecía un sinfín de cacharros titilantes. Eran estatuillas y grabados de varios materiales decorados con esmero, distribuidos estratégicamente en vitrinas de cristal. Si lanzara una piedra en esta casa, los trozos de vidrio nos matarían a las dos, pensé.

Pensé en Nacho y quise bajar a ver si seguía en el trastero. En mi casa. Mirando las ramas de los arbolitos y comiéndose mi pan y limpiándose con mi papel del culo.

—¿Un mal día?

—Un mal año.

Amelia sonrió. Encendió una lámpara de las antiguas, de esas de colores, y me invitó a tomar asiento en un sillón de terciopelo granate. Apoyé la espalda y reposé los brazos en el resposabrazos. Todo en ella era de colores: sus uñas, sus anillos, sus cachivaches, sus lámparas. Sus cartas, en cambio, eran rojas y negras.

—Una mala vida —proseguí—. ¿Puedes comprobar si tengo mal de ojo encima, por favor?

—¿Qué ha pasado? —preguntó—. Espera, no me lo digas. Baraja.

Barajé.

—Escoge tres.

Escogí tres.

—Hum —dijo. Las tres primeras letras de «humo»—. Picas, picas. Y corazones. Parece que se está abriendo un cráter en tu vida, ¿o no?

Me quedé mirándola con la misma curiosidad con la que te miraba a ti, Metomentodo, en nuestras primeras citas amorosas. Tus dientes de roedor y tus orejas de soplillo, tus títulos, tus alardes, tus notitas. Siempre diagnosticando, siempre poniendo títulos. Los títulos, para ti, eran lo más importante. El contenido te daba más bien igual. Miré a Amelia con la misma curiosidad, pero con un sentimiento distinto. Sus arrugas me parecían amables. Tenía ganas de verle las manchas, la piel en carne viva, las costras. Quería abrirle la nevera para oler sus tuppers de comida rancia. Lo podrido de la madera. Los bichos que acampaban en las esquinas del techo. Pensé en sus órganos, lo que no veía. La cantidad de caca que tendría en los intestinos, retenida gracias a su voluntad de no soltarla, a los esfínteres obedientes. Pensé en su corazón latiendo al compás, en los pulmones que se abrían y cerraban, en la sangre que corría por las venas y en el páncreas, en el bazo, en los riñones, en el hígado. No somos solo una masa de carne endeble sujeta por unos cuantos huesos. Seamos mullidos o duros, somos personas. Cuando perdemos un trozo de piel, un mechón de pelo, ¿qué cambia? Eso solo un trocito del envoltorio. Y sufrimos. Peni chilló como una descosida. Peni se ha cuidado el envoltorio más que nadie. Llenamos las vitrinas con estatuillas. Las estatuillas se pintan con devoción. Cuidamos el envoltorio con devoción.

No sabía qué decir, así que dije lo único que se me ocurría.

—La vida es un bufé.

Qué misteriosa frase. Cuando suelto cosas que no entiendo me quedo maravillada y horrorizada a un tiempo. ¿Qué habría pensado la periodista de mí? ¿Habría conseguido darle una exclusiva, algo en que pensar? ¿Cenaría su familia algo caliente gracias a mi frase?

—¿Eso crees?

Me encogí de hombros.

Amelia también apoyó la espalda y reposó los brazos en el reposabrazos, pero no apartó las cartas.

—Bueno, en mi opinión hay platos que son del agrado de unos y no de otros.

—Es bazofia —la corté—. Nos la comemos igual, pero es bazofia.

—Bueno, no siempre. Hay auténticas delicias por ahí. ¿Has probado las bravas del bar del final de la calle? Se llama El Delicias. Es muy famoso.

—Las del Niko eran congeladas.

—Bueno, estas no lo son. Tienes que probarlas. No serás del barrio hasta que no hayas probado las bravas del Delicias.

Me encogí de hombros otra vez.

—Qué más da de dónde sea.

—Bueno, importa bastante.

El acento de Amelia Talavera era hipnótico. Digno de una buena pitonista. Hablaba con la e, como los catalanes. Claro, ella era catalana. Tapes. Para ella tapes no quería decir nada más que tapas. Sin dobles connotaciones. Claro.

Carraspeó. Inspiró hondo para ordenar su discurso. Yo la observaba con mucha curiosidad y absoluto desinterés.

—Bueno, digamos que la vida es un bufé libre. Puedes coger de esto o de lo otro y metértelo al buche. Pero tú, por ser tú, encontrarás un plato más sabroso que otro. ¿No es cierto? Hay bravas que son deliciosas, objetivamente, para todos. Siempre habrá alguien a quien no le gusten las patatas, pero siempre que te gusten las patatas, apreciarás unas bravas deliciosas. Las congeladas son patatas, pero no tienen nada que ver. Hay calidades en cada plato. No todo es lo mismo.

—No te sigo.

—Bueno, ya me seguirás. ¿Sabes lo que hago yo con las cartas y las bolas de cristal? Yo trabajo con el destino.

—El destino. Suena a Disney. A Camela.

—El destino es que tú, por ser Olalla Cárceles Sáez...

—Te has aprendido mis apellidos.

—Bueno, están en tu contrato de alquiler. Cuando quieras me lo firmas.

—¿Un contrato a mi nombre? —eso me hizo ilusión, para qué negarlo. Tibia, tenue, pero ilusión.

—Bueno. El destino es que tú, por ser tú, prefieras las bravas antes que, no sé, el calamar plancha. Y seas más feliz comiendo bravas que calamares. Una vez que sabes que te gustan las bravas, claro que puedes comer calamares. El bufé está abierto para ti, pero hay platos preferidos. Tuyos. Tu destino es ser buena comedora de bravas.

—Sigo sin pillarte.

—Bueno. Imagino que sueles hacer la misma compra en el súper, con algunas variaciones. A eso me refiero. Para mí es una mezcla de voluntad y destino. Yo te digo cuál es tu destino, qué está ocurriendo, qué ocurrirá, qué debería ocurrir. Luego haces lo que quieras con esa información.

—¿Y qué ocurre?

—Pues picas y corazones. Ya sabes lo que quiere decir. Te he enseñado bastante en nuestras lecciones a la hora del té.

Amelia me enseñó a vaciarme para entender. Me había dejado bastante vacía.

—Sí, me has enseñado cómo mancharme los dientes con la teína —bromeé.

—Bueno. ¿Qué tal con el chico que te buscaba? Es muy apuesto.

Sonreí.

—¿Apuesto? Ya nadie usa esa palabra —contesté—. De hecho, tengo que irme. Gracias por la charla. No he entendido nada, pero no es culpa tuya. Es que no soy muy lista.

Ella sonrió también, con esa sonrisa pícara que yo tan ensayada tenía, aunque Nacho me hubiera desvelado que no era nada sexy. Amelia era una pitonisa regulera. Porque me miraba con la complicidad de uy, vas a echar un polvo con el chico apuesto; y no tenía ni idea de que Peni estaba en el hospital.

Bajé las escaleras hasta el trastero. Nacho no estaba. Ya lo sabía. Por eso no quería bajar las escaleras.

Se había llevado sus cosas.

Incluso las mías: el cepillo de dientes que le di, por ejemplo, ¿era suyo o mío?

Se lo había llevado igualmente.

Me senté en el escritorio y repasé la carpeta secreta de Tapes. Puse nuestro video, de apenas siete minutos, en bucle. Horas y horas.

Entonces decidí mandarte esto que ahora te envío, Metomentodo. Es lo último que te remito. El video donde sale Nacho y donde salgo yo. Los dos. En la pantalla. Perdona mi desnudez parcial y los comentarios socarrones. Es solo para que sepas que nosotros hemos existido. Existimos. Y hemos estado juntos en el mismo espacio-tiempo. Y nos hemos dicho cosas y nos hemos callado otras y hemos llorado, los dos, y nos hemos reído, los dos, y también hemos follado y hemos hecho el amor. Nacho no lo dice en el video, pero hemos hecho el amor. Le daba vergüenza decirlo, pero lo dijo. Sin decirlo. En nuestros silencios también nos hemos dicho cosas.

Solo quiero que lo sepas, Metomentodo. Para que repases tu lista de diagnósticos como he hecho yo con mis tapes y reevalúes algunas cosas, si te place. Eso de las transferencias y tal.

Puede que te creas que nos queremos. Que nos quisimos. Que no queremos querernos.

O que no te lo creas.

Sabes, Metomentodo, la vida es un bufé. Elegimos qué meternos al buche, qué llevar dentro. Qué queremos pensar. Qué queremos hacer. Aun así, cada uno tiene sus preferencias, sus inclinaciones. Hay platos preferidos.

Pero hay algunas cosas que son objetivas, aunque sean muy subjetivas. ¿Sabes, Metomentodo?

Por ejemplo según Amelia Talavera, que no es psicóloga pero sí pitonisa, las deliciosas bravas del Delicias.

18
Una buena manicura de enredadera

Iba yo cargada de bolsas, para variar, cuando me topé con la marabunta de periodistas. Como si la periodistucha se hubiera multiplicado por esporas o algo así. Había por lo menos quince. Llevaban micrófonos que me estrellaban contra la nariz, iPhones de última generación, tabletas de descuento del MediaMarkt. Ninguno hizo amago de ayudarme. Solo querían cosas de mí.

Me aferré al contenido de mis bolsas de plástico para que no me las arrebataran y cerré el puño con el bicho de bola dentro. No demasiado, no quería matarlo. Me hacían preguntas sin parar, en desorden, y yo solo pensaba en el bicho de bola que acababa de cazar y procuraba abrir la rendija de ventilación entre los dedos para que no se asfixiara.

Me deshice de ellos a empujones y subí a la primera planta. Crucé los pasillos asépticos, me aposté frente a la cama de Peni. Estaba desplomada, sin ganas de seguir respirando. Giraba la cara hacia el lado quemado para que no se le viera. Le reprendí.

—No hagas eso, te han dicho que es mejor que la herida se airee. Ya te han quitado las vendas.

—Voy a ser fea toda mi vida.

Vacilé. Me era difícil decirle estas ñoñerías, pero las necesitaba. Casi tanto como el contenido de mis bolsas.

—Tú siempre vas a ser guapa. Has sido la niña más guapa de todos sitios. De tu clase, del colegio entero, del instituto. Seguro que eres la más guapa de la uni. Llevabas loquito al Richi, ¿te acuerdas? —me abstuve de mencionar el final de su relación y a Vicente, por posibles represalias.

Nada. Ni amago de una sonrisa.

—Te he traído una cosa. En realidad muchas, pero esta es la más principal —continué, incansable.

Extendí la mano abierta y el bicho de bola salió correteando y acabó en el regazo de mi hermana.

—¡Cuidado, que no se escape!

Nada. Ni una reacción. La cara girada hacia el lado del quemado, casi rozando la almohada. No podía permitirlo. Se le iban a incrustar las micropartículas de las sábanas, las bacterias, o algo peor. Se podía meter por ahí cualquier agente nocivo e infectarle las heridas.

—No he encontrado hormigas mutantes abajo. He rastreado las palmeras de enfrente de la playa. Tendrás que ayudarme cuando salgamos de aquí.

Nada. El bicho de bola se revolvía para escapar. Lo atrapé de nuevo, se replegó sobre sí mismo en caparazón, lo coloqué en la mesilla y puse el vaso de la merienda de Peni bocabajo, después de acabarme el culillo de zumo envasado.

—¿No estás bebiendo? El zumo es bueno para la salud. Te he traído helado.

Le alargué la tarrina y la cuchara. Era de straciatella, su preferido. Lo cogió de mala gana, retiró el envoltorio y se puso a mordisquearlo.

—¿Has hablado ya con Berta? —pregunté con tacto.

—Es mamá, no Berta. Deja de llamarla Berta. Eso no te hace mayor.

—¿Has hablado ya con mamá? —cedí.
—No.
—¿Por qué?
Silencio castigador. Peni intentaba comer el helado con la cabeza girada. Se estaba manchando la barbilla sin querer, no acertaba en el recorrido de la cuchara hacia el orificio de la boca.
—¿Quieres ver qué más te he traído?
Aunque no habíamos mencionado a Vicente, aquella situación me recordaba mucho a los tiempos recientes en que me había follado a su novio y no quería ni mirarme.
Pero ya habíamos pasado página. Habían ocurrido cosas.
—¿No? Vale.
Mi técnica funcionaría. La curiosidad, ah, bendita curiosidad. Peni no era tan fuerte para no doblegarse. En el momento en que Peni volviera la cabeza con curiosidad, yo estaría ocupada en el baño.
—Ahora vengo. Discúlpame —musité, misteriosa.
Agarré la maquinilla de afeitar y me dirigí al aseo. La enchufé y la puse al cero. Calculé la distancia precisa en mi cuero cabelludo con respecto a la raya central y la accioné. Inspeccioné el reflejo del espejo. Como era de esperar, Peni había girado el cuello y sujetaba su helado de strataciella en alto, en plan estandarte. Me fijé en su expresión de pánico mientras yo me llevaba por delante un mechón largo, oscuro, pulcro y lacio. Más o menos era la misma cantidad que Peni había perdido. Recogí los pelos y los tiré en el váter, y luego, de la cadena.
—¿Pero qué has hecho?
—Seguir la nueva moda. ¿Has visto? Somos gemelas. Ahora, ¿quieres ver lo que tengo en el resto de bolsas?
A pesar del golpe de efecto de la maquinilla de afeitar, esa otra había sido mi idea magistral. El período con los Yun me había enseñado cómo hacer auténticas obras de arte en una dimensión microscópica, más o menos del tamaño del feto del vientre de mi hermana.
Cuando fui a visitarla y la encontré despierta, con el pómulo aún entero abrasado por las lágrimas calientes, la piel enrojecida en todas

direcciones, me acordé de cuánto apreciaba Peni una buena manicura. El láser en las ingles, esas movidas. A Peni conseguían reanimarla más que todos los medicamentos del mundo.

Salí directa hacia la primera perfumería que localizaba el Google Maps en mi teléfono. Adquirí lima, cortacutículas, base fortalecedora, un kit con varios tonos y pinceles muy finos. Me estaba quedando sin dinero, pero aquello era asunto de vida o muerte.

Dibujé enredaderas de flores en sus diez uñas.

Mi hermana Peni tenía las manos más bonitas del hospital, de Barcelona, del país –fuera cual fuera-, del mundo. Puede que su cara se hubiera puesto irregular, vale, hasta que sanara no se podía hacer mucho más. Lo de la ceja perdida y tal. Le habían aconsejado un injerto con la piel del culo, ella había rehusado. Cara culo. Pero yo le había regalado, gracias a las prácticas con los Yun, unas manos sanas, sin hongos bajo las uñas, y diez dibujos de enredaderas.

El bicho de bola agonizaba en el vaso de cristal y yo no me resolvía a liberarlo. Le pinté también un puntito casi inapreciable, negro. Representaba el bicho de bola. El que cazábamos en los camping de aniversario de nuestros padres.

Al acabar, Peni se esforzaba por no sonreír. Tenía la panza llena de un bebé y un helado de strataciella, y ahora además una manicura impoluta en lo externo. Mi obra maestra, lo mejor que había diseñado hasta la fecha. A lo mejor yo no servía para las K de corazones, no con los novios, pero sí podía darle algunos corazones a mi hermana.

—Tarde o temprano tendrás que llamar a Berta. A mamá.

—Y tú a Nacho.

Bajé la cabeza. Estaba tapando los botes de pintura. Inhalé profundo y lo solté.

—Nacho se ha ido.

—¿Otra vez?

—¿Qué quieres decir?

—¿Ha vuelto a desaparecer? ¿De qué va?

—No exactamente.

Peni me miraba, expectante. Joder. Así, con media cara al descubierto, no podía negarle un cotilleo. Eso también le daba la vida.

—Hablamos. El otro día. En mi casa.

—¿Y?

—Y... nada. No lo sé.

—¿Os enrollasteis?

—Un poco. Más bien... nos sinceramos.

—¿Te lo dijo?

—¿El qué?

—Que te quiere.

Entorné los párpados.

—Es obvio que te quiere —siguió mi hermanita. De verdad, parecía otra. Hablando de temas de amor y moviendo las uñas para que se le vieran, tapándose el rostro a intervalos con esos aspavientos—. Hasta un ciego lo vería.

—Nos dijimos muchas cosas, sí. Después nos enrollamos un poco. Y me vine a verte.

—¿Sin él?

—Sí.

—¿Por qué?

—Porque le dije que tenía que hacer esto sola. Él opina igual. Que estoy sola, que tengo que estar sola.

—Eso es una tontería —sentenció mi Peni, tajante—. Los que se aman no pueden estar separados.

Me reí. Mi hermana no tenía ni idea de la vida, aunque estuviera -todavía- albergándola en su interior. Lo mismo el período de fertilidad más fuerte coincide con el de máxima inocencia porque, en cuanto nos damos cuenta de las trampas del amor y la mente, nos rajamos en todo compromiso. Ella seguía creyendo en las cosas, en el amor. En la vida, seguro que sí. Con un simple soplo se había reanimado bastante. No sonreía todavía, pero había tiempo. Peni estaba viva. Podía lograr que sonriera. Mañana le conseguiré una hormiga mutante, me dije.

—Si te rapas la cabeza no vas a tener nada serio, ni con él ni con nadie. Te queda fatal. Podrías haberte rapado una parte entera al menos, no dejarte ese comido horrendo.

—Peni, déjate de gilipolleces tú también. No somos perfectos, ninguno de nosotros. Sabes que mamá se tira eructos en las comidas de etiqueta y dice, «uy, un provechito». Y la abuela Otilia tiene ataques epilépticos. Y mira a papá...

—¡Oli!

—¿Qué?

—Le has llamado papá.

Se le habían inundado los ojos de lágrimas. A Peni. Un arroyo en pleno solar calcinado. Su agua se me contagió y sentí el escozor del desahogo. Juntas, cazando hormigas mutantes, bichos de bola.

Fue entonces cuando liberé al insecto que agonizaba. Escapó rápido hacia el box de al lado, donde un viejecito continuaba pidiendo a quien quisiera escucharle un simple yogur de manzana.

No me dejaban pernoctar allí por la saturación del Hospital del Mar. Pero invertimos bien el tiempo. Fui a la máquina de marranerías y compré muchísimas barritas de chocolate, patatas fritas, cacahuetes, refrescos, piruletas; toda la mierda sabrosa que encontré. Me recosté al lado de Peni. En su cama, me dejó hueco. Justo en el lado indemne. Comimos en silencio y vimos un programa en la tele pública, uno que no reflejaba el horror de la política. Solo preguntas y respuestas tontas de cultura básica. De vez en cuando alguna de las dos voceaba la solución correcta con ímpetu o se equivocaba entredientes. A veces ver la tele con el volumen activo es mejor. Tenía que decírselo a Otilia.

—¿Por qué no quieres hablar con mamá? —inquirí en la pausa publicitaria.

—Porque me da vergüenza —contestó—. Y tú, ¿por qué no la has llamado?

—Porque me da vergüenza —contesté—. ¿Por qué te da vergüenza a ti?

—Porque he venido aquí a abortar sin consultarle.

—A veces puedes hacer cosas por ti misma, sin su aprobación ni su permiso.

—¿Por qué te da vergüenza a ti?

—Porque he fallado. Como hermana mayor. Soy la peor hermana mayor del mundo.

—Eres la mía. Eres mi hermana mayor.

Me fui cuando me echaron.

Tenía el corazón blandito como los corazones de las piruletas que nos habíamos zampado. Rosa tierno, chicle mórbido.

En mi nube volví a topar con la marabunta de periodistas ávidos.

Alcé el cuello, levanté la barbilla, saqué pecho. Las tetas gigantes, herencia de la abuela Otilia. Estaba a punto de tener el ataque epiléptico, el primero oficial y controlado, que ahora reviso en Youtube. Lo han subido a la plataforma, el link aparece en los periódicos digitales más relevantes. El País, La Razón, La Vanguardia.

—¿Queréis una declaración? —pregunté, desafiante. Parecía Rihanna, Beyoncé, Eminem. No necesitaba gafas oscuras con esa chulería de negra. Peni estaría orgullosa—. Pues ahí va.

Antes de hablar me acordé de ti, Metomentodo, que ya no recibes mi mensajes. Porque no te los envío. Porque antes no los veías. Me has dejado sola porque no te pago y ya no te interesa. Pero no me importa. Me has dejado también una cosa, una especie de… legado. Puede que la terapia haya servido para algo. Esos setenta lereles que tan contenta cogías, hambrienta como los periodistas.

Y es que he aprendido, no a vaciarme, sino a llenarme. De palabras. Las suelto frente a mi pecé del MediaMarkt y luego las escucho. Ahora sé cómo es mi cara, sus imperfecciones, qué frases repito más. Sé cómo articular un discurso, sé cómo explicarme. Sé cuándo entiendo y cuando dejo de entender. Y sé que si lo dejo reposar unos días, lo entiendo mejor.

Yo me he convertido en mi psicóloga. Te he sustituido.

No te necesito.

Gracias por esta idea tan idiota que tuviste un feliz día de nulo psicoanálisis tradicional.

Frente a los objetivos de cámaras y los micrófonos solo imaginé que estaba haciendo esto. Las tapes. Ahora conocía el tono, los gestos precisos para recalcar con énfasis. Las pausas, los silencios. Las expresiones de gravedad y las de ligereza. Solo tenía que hacer una tape frente a esa gentuza.

Me aclaré la garganta. Y empecé.

—Mi hermana. Penélope Cárceles Sáez se llama, apunten bien, porque es mi hermana y tiene un nombre y unos apellidos. Mi hermana no es de ningún bando. Ni proindependentista ni antindependentista, ni le importa una soberana mier... un soberano rábano nada de lo que está sucediendo. No empatiza con un lado ni con otro. Apenas sabe qué ha pasado. Igual, me atrevería a decir, que el noventa y nueve por ciento de la población. Exceptuando a los dirigentes, por supuesto, que son los que manejan el cotarro sin que nos enteremos de nada. El pueblo paga sus despropósitos. Mi hermana es poco menos que adolescente, tiene veintipocos años. Lleva una vida sencilla en el sur y está estudiando en la facultad. Había venido a visitarme. Nada más que eso. De pronto se vio arrastrada por los forcejeos y la empujaron a las llamas. No tenemos claro quién fue, pero ¿qué más da? Como resultado, tiene quemaduras de tercer grado repartidas por todo su joven cuerpo. Incluida la mitad de la cara. Ha perdido una ceja y parte de la cabellera. Así, ¿ven mi cabeza? Le llega hasta aquí, más allá de la frente. Mi hermana piensa que nunca la van a mirar igual, porque está en esa edad en la que esas cosas importan. A decir verdad, a todos nos importa lo que aparentamos. La carátula. Defendernos. Los títulos... Las banderas. Lo que han hecho ustedes con su lucha, encarnizada en ambos bandos, es dejarnos en carne viva. A ella. A mí, a los neutros. Están sembrando el horror con sus discursos y sus armas blancas y no tan blancas. Con su inacción política y su acción callejera. Es una vergüenza. Deberían ustedes avergonzarse. Yo siento vergüenza como ciudadana, me da igual de dónde: de mi barrio, de esta ciudad, de este país, sea el que sea, de este planeta. No sé adónde va a parar mi voto. A la basura en llamas, sí. Es curioso que lo que arda sea nuestra mier... nuestros desperdicios. Los desechos. Así que, si no les importa, prefiero reservar las energías, no para atenderles a ustedes, sino para tratar de animar a mi hermana. Penélope Cárceles Sáez, se llama, apunten. No iban a parar ustedes hasta conseguir una mártir, pues aquí la tienen. Ese es su nombre. Penélope. La chica más guapa del mundo entero.

19
La piel a tiras

Ahora la cara de Peni es como una ciudad arrasada después de una erupción traviesa de volcán. Como el Vesubio cuando fosilizó a aquellos dos amantes abrazados en el suelo. Un lugar de ceniza que se acaba convirtiendo en atracción turística, que causa horror a los visitantes y fascinación morbosa. Tiene todos los ingredientes para el caldero: la burbuja de pimentón reventando, la espuma blanca del caldo, las costras requemadas de verduras.

La mía, en cambio, es absolutamente regular. Ahora cada cosa está donde debe estar. Ni los labios son muy finos ni los ojos están tan separados ni la nariz tan torcida. Me reconozco. Una Olalla universal, de todos los tiempos. Que se ha arrastrado a lo largo de los años hasta llegar a este punto. Frente al espejo de mi casita-trastero.

Sin embargo, a mí también se me está desprendiendo la piel.

Berta me ha dicho que no me preocupe, que es por el cambio climático. No el global, sino el de estación. Con el frío los arbolitos del patio pierden las hojas –caducas- mientras otros, más elevados, conservan las suyas –perennes-. Las personas, sin embargo, somos más parecidos a los animales. Serpientes en letargo.

Frente al espejo y tras la ducha me he arrancado con asombro una capa de piel muerta, gigante, que me recorría desde el pómulo a casi la barbilla. Berta me ha dicho que no pasa nada, que con una hidratante de farmacia bastará.

Lo que tienen las madres es que se preocupan igual por una ciudad arrasada tras el Vesubio que por una serpiente cualquiera.

Deduje que había sido culpa del agua caliente de la ducha. Estaba casi hirviendo. Porque, ya cansada de darme lavados exprés y acabar con hipotermia, acudí a mi casera y pitonisa para consultarle sobre el desperfecto.

—¿Has probado a apagar y encender el calentador?

Así de sencillo.

A veces las cosas son así de sencillas, creo.

Nacho no me había agotado el agua caliente. Es que el calentador había dejado de funcionar. La tecnología punta del MediaMarkt funciona a las mil maravillas hasta que su obsolescencia programada nos la arrebata. En cambio la tecnología del Paleolítico, de cuando los xarnegos alzaron este barrio en la montaña para escapar de los encarecidos precios del centro, deja de funcionar. A veces. En estos casos solo hace falta detener y reanudar. Eso es todo.

Las personas no podemos hacer eso. Nos quedamos pegados a las situaciones, sin botón de delete. Yo me he quedado pegada a papá con su caña de pescar y a Nacho en el aparcamiento junto a las motos de agua.

Lo brillante: peso, lastre. Basura.

Luego llega alguien cabreado y prende fuego a la basura.

El propio clima nos avisa. Nos desprendemos de la piel.

Nos regeneramos, con o sin cicatrices, según la violencia.

Este es el modo en que cambiamos los humanos.

—¿Te parece bonito que tenga que enterarme de lo que le ha ocurrido a mi hija a través de la caja tonta?

Berta sonaba enfadada. Mi cara regular salía en todos los medios de comunicación, ya no solo periódicos digitales. Las tertulias diseccionaban mis palabras, una por una, con más interés científico que el de la propia Metomentodo –ya no me dirijo a ti porque ya no eres mi espectadora. Únicamente yo soy mi espectadora-. Los titulares se hacían eco de la noticia. Algunos contenían erratas. Siempre he pensado que, o los escriben con mucha prisa, o dejan la tarea a algún becario inexperto. «La hermana de la chica que ardió habla por fin», y escriben «habla» así: *ahbla.*

Por fin hablo. Hablo por fin. *Ahblo.*

—No, mamá. Lo siento. Mucho. Por todo.

Silencio al otro lado de la línea. Silencio relativo, se oía a Otilia:

—Pregúntale si está comiendo fruta.

—¿Dura o madura? —sonreí yo.

—¿Qué? —respondió Berta. Mamá. Se había quedado en silencio porque nunca la llamaba mamá.

—Nada. Lo siento —recalqué. Con una vez no era suficiente—. Creí que era Peni la que debía contártelo.

—Ya he hablado con ella. —Silencio significativo—. ¿Vas al hospital?

—Sí, he vuelto a casa para ducharme y cambiarme.

—Hay muchísimos periodistas en la puerta.

—¿De mi casa?

—No, Olalla. Del hospital. Lo estamos viendo en directo. Hablan de Penélope como si fuera una mártir, cada uno de su bando. ¿Qué vas a decirles?

—Ya les dije mucho, ¿no crees?

—Hablaste muy bien.

Silencio. Mío.

—Estoy orgullosa de ti —remató mamá.

Se me empañaron los cristales.

—Mamá, se me está cayendo la piel —le confesé entonces—. No es tan grave como lo de Peni, pero se me cae a tiras. Puede que me haya pasado con el agua caliente, lo mismo me he abrasado la cara.

—Es el cambio de estación —sentenció ella, que como buena madre, lo sabe todo de todo y es mejor médico que los médicos licenciados–, cómprate una hidratante de farmacia.

—Que coma mangos —se escuchó a Otilia de fondo, aunque no sabía de qué estábamos hablando.

—Olalla. Lo que le pasó a Penélope. No fue culpa tuya.

—Sí que lo fue.

—No.

—Sí —estaba llorando en silencio. Silencio. Aprendí pronto a masturbarme en silencio, a correrme en silencio, a llorar en silencio—. Nos avisaste de que no fuéramos al centro de la ciudad.

—Penélope quería ir, no tú. Ella tenía esa cita con el médico.

Silencio.

—Me pregunto por qué no contáis con vuestra madre para esas cosas —siguió—. Para esas cosas estoy.

Pensé en que mi madre había pagado a doña Metomentodo para no hablar de esas cosas conmigo. A lo mejor –idea nueva-, le había pagado precisamente porque sabía que conmigo no podía hablar de esas cosas.

—Me gusta que me cuentes lo de tu piel. Cómprate la hidratante y me dices si te funciona. Si no, pediremos cita en el dermatólogo. Tendremos que ir igualmente, por Penélope. ¿Cómo tienes la casa? ¿Necesitas algo?

Me limpié los mocos con la manga.

—No, mamá, está bien. Tengo aún pocas cosas, pero la iré llenando de muebles.

—¿Necesitas muebles?

—No, mamá, no te preocupes.

—Vamos a ir para allá. En un par de días estaremos allí.

—Perfecto.

Mamá nunca había venido a verme. Se me hacía raro evocarla aquí, en Barcelona. A la vez me ilusionaba.

—Cuida mucho a Penélope. Como tú sabes.

—Mamá —se me hacía tan raro decirlo como a ella escucharlo, seguro—, ¿por qué la llamas Penélope y no Peni? ¿Es que te gusta demasiado La Ilíada?

—La Odisea, cariño.

En mi familia siempre repetimos las mismas historias. La de papá tirando de la trenza a mamá, la presentación oficial en las familias, la boda. Una y otra vez, las sabemos de memoria. Yo misma sabía el significado oculto de mi nombre, aunque no lo entendiera. Pero con Peni estaba totalmente equivocada.

No es un personaje de La Ilíada, sino de La Odisea. Sí, es una historia de amor. En eso no erraba. Y a la vez sí erraba: más bien es una historia de lealtad.

Penélope es la esposa de Odiseo, el rey de Ítaca. Odiseo se va a la guerra de Troya y ella lo espera durante más de veinte años. Una cola kilométrica de amantes que se tocan pensando en Penélope, y ella erre que erre, que quiere esperar a su Odiseo.

Con la excusa de tejer algo para el suegro, Laertes, se pasa el día haciendo punto como la abuela Otilia y les dice a todos mirad chicos cuando acabe mis tareas ya buscaré otro maromo, entonces será vuestro momento estelar. Y por la noche deshace lo que ha tejido. Para prolongar la espera.

Penélope era fiel a su ceniza, a su basura quemada. Le habrían tenido que desgarrar la piel a tiras para que dejara de querer lo que quería, que no era ni más ni menos que lo que le pertenecía: su marido.

Pero yo me equivocaba. Mamá no bautizó así a Peni por eso.

Era por Ítaca.

Me recitó el poema al teléfono. A mamá siempre le han encantado los poemas, se los sabe de memoria. No sé por qué relatamos continuamente las mismas historias cuando hay tantas otras que narrar.

—Cuando emprendas tu viaje a Ítaca / pide que el camino sea largo / lleno de aventuras, lleno de experiencias.

»No temas a los lestrigones ni a los cíclopes / ni al colérico Poseidón, / seres tales jamás hallarás en tu camino, / si tu pensar es elevado, si selecta / es la emoción que toca tu espíritu y tu cuerpo. / Ni a los lestrigones ni a los cíclopes ni al salvaje Poseidón encontrarás, / si no los llevas dentro de tu alma, / si no los yergue tu alma ante ti.

»Pide que el camino sea largo. / Que muchas sean las mañanas de verano / en que llegues -¡con qué placer y alegría! / a puertos nunca vistos antes. / Detente en los emporios de fenicia y hazte con hermosas mercancías / nácar y coral, ámbar y ébano / y toda suerte de perfumes sensuales, / cuantos más abundantes perfumes sensuales puedas. / Ve a muchas ciudades egipcias / a aprender, a aprender de sus sabios.

»Ten siempre a Ítaca en tu mente. / Llegar allí es tu destino.

»Mas no apresures nunca el viaje.

»Mejor que dure muchos años / y atracar, viejo ya, en la isla, / enriquecido de cuanto ganaste en el camino / sin aguantar a que Ítaca te enriquezca.

»Ítaca te brindó tan hermoso viaje. / Sin ella no habrías emprendido el camino.

»Pero no tiene ya nada que darte.

»Aunque la halles pobre, Ítaca no te ha engañado. / Así, sabio como te has vuelto, con tanta experiencia, / entenderás ya qué significan las Ítacas.

Peni, la que se depila las ingles con láser y se pone mascarillas y rodajas de pepino. Peni, la que hace playback con los cepillos del pelo. Peni, la que llama papá a alguien que ni le felicita los cumpleaños. Peni, la que se vuelve a ilusionar con una manicura de enredadera. La que caza bichos de bola. Peni es Penélope. La mujer de Odiseo. E Ítaca es suya.

Cuando los padres nos bautizan, nos dan la vida entera en un acordeón. Y nosotros la desplegamos intentando hacer música.

El acordeón ya lleva la música dentro. Solo hay que aprender a pulsar las teclas adecuadas.

Así que lloré en el auricular olvidándome del silencio, y mamá me oyó en la distancia y se sintió, por una vez en mucho tiempo, conectada conmigo.

—Cuídate tú también, hasta que llegue yo para cuidar de ti. Nos vemos pronto, Olalla. Cariño.

No tenía nada que ver con el WiFi de Amelia Talavera, o quizá sí. Pero mamá supo que era todavía mi mamá y que también ella había acertado al bautizarme.

20
Abran paso

Apártense, apártense, quítense de en medio, estoy buscando a mi hermana, son ustedes sanguijuelas, es que no ven que necesito pasar.

Eso me había preparado para decir al sortear a la jauría de reporteros frente al hospital. Llevaba en el bolso el parche que Peni me había pedido y estaba considerando seriamente comprarme esa moto que Nacho sugirió. En transporte público pasan dos cosas: 1) huele a sobaco, inmundicia; 2) tardo casi una hora en llegar a cualquier parte. El barrio es agradable pero está a tomar por culo. Esa es la realidad.

Me tocaba lidiar con los paparazzi y me sentía extrañamente contenta. Teniendo en cuenta las circunstancias. A saber: 1) mi hermana estaba ingresada; 2) Nacho había desaparecido.

—Bueno, ¿para qué quieres un parche?

—Mi hermana lo necesita.

—¡Bueno! ¿Y eso?

La buena de Amelia Talavera solo ponía la tele para ver su propio anuncio. No se había enterado de nada. Ni siquiera de que, a partir de que lo de Santa Peni fuera de dominio público, se habían detenido provisionalmente los disturbios callejeros.

—¡Bueno! —estaba eufórica ahora que sabía que su vida ya no corría peligro—. ¡Habéis detenido la guerra!

Hum, pensé. Las tres primeras letras de «humo». Hemos detenido la guerra. ¿Hemos detenido la guerra?

Amelia Talavera rescató un parche de un disfraz de pirata que había comprado a su sobrino, el hijo del hermano independista con el que no se hablaba, cuando tenía unos once años. El sobrino ya había cumplido los veintiocho. Estaba algo raído, pero serviría.

—A ver si me lo presentas, a tu sobrino —le dije, picarona. Estaba picarona, a saber por qué. No tenía motivos, en absoluto, para sentirme dichosa.

—Bueno, ¿y tu galán apuesto?

Uh. Mi apuesto galán. Mejor no tocar ese tema.

—Mejor no tocamos ese tema. ¡Me llevo el parche! ¡Gracias, Amelia!

—¡Bueno! ¿Funciona el agua caliente!

—¡Sí! ¡Hasta se me está cayendo la piel, de lo caliente que sale!

—¡Bueno, eso son las picas! ¡Debajo hay corazones! ¡Es el gran quiebre!

Puta loca. Me estaba chillando en mitad de la calle, de su portal a la parada de autobús. Los parroquianos del bar de enfrente, jubilados ociosos con palillos en la boca, se nos quedaron mirando. Amelia los saludó con la mano. Le devolvieron el saludo afectuosamente. Qué mona es esta Amelia Talavera, pitonisa a tiempo completo.

Un parche, quería mi hermanita. Me había mandado un mensaje:

«Tráeme un parche. XOXO».

«Para qué. CHOCHO».

«Para el ojo. Luego te cuento. Date prisa. Ven antes de las 5. Es importante».

Mi hermana no estaba ciega ni tuerta, pero en fin. Quién le iba a decir que no a esa cara hecha un Cristo.

Mamá había mencionado que los papparazzi me comerían en la entrada del Hospital del Mar y yo iba preparada para contrarrestarles, igual que ella cuando se pasó la noche en vela detallando la retahíla de argumentos falocéntricos contra el tirón de trenza de mi padre. Lamentablemente, no había ni un alma. Ni siquiera la periodistucha inicial que me había suplicado una exclusiva. Nadie. Algo contrariada, proseguí mi camino. Estaba esperando al ascensor para subir a la primera planta –tanto transporte público me agotaba- cuando escuché jaleo en el comedor. Bajé.

La visión fue abrumadora.

Decenas, ¿centenas?, de personas. Batas blancas, chaquetas vaqueras. Cámaras, iPhones –cada uno de los dispositivos electrónicos que yo vendía antes, sí, saltémonos esa parte-, micrófonos, muchos. En un semicírculo, apostados en las banquetas y sillas y ¡hasta en las mesas! que normalmente se usaban para comer. Las señoras del bufé, con la redecilla en el pelo y el delantal y todo, encaramadas a cajas apiladas para ver.

¿Qué había que ver?

En un pequeño escenario, mi pequeña hermana. Ya no parecía tan pequeña.

Llevaba la bata azul de ingresada y una gabardina negra encima. Era su última compra, la más reciente, del día que Na... -¡ups, cómo pincha decir su nombre!-; que él y yo estuvimos juntos y Peni estuvo en el centro. Yo le había llevado una maleta con su ropa, imaginaba que sería para cuando recibiera el alta y pudiéramos cazar hormigas mutantes en las palmeras de la Barceloneta. Pues no. Peni lo había adelantado. Gabardina negra, coleta recogida. Sentada muy recta con las manos cruzadas. Esperando.

—¿A qué estamos esperando? —chilló un reportero.

Ella se acercó al micrófono que habían dispuesto, al lado de un botellín de agua.

—A que venga mi hermana. Llegará a las cinco.

Levanté la mano instintivamente. Peni me vio.

—Ya ha llegado. Esta vez ha sido puntual —sonrió al estilo de Lady, no Gaga sino Di, frente a un grupo de huerfanitos.

Caminé agachada, evitando las balas, entre los setos para no molestar, pero me acordé de que nosotras habíamos detenido la guerra y me erguí.

—¿Lo tienes? —me susurró al oído.

—¿El qué? ¿Qué está pasando?

—El parche, tontaina —otra vez esa sonrisa. Se lo entregué—. Está un poco ajado. Tendremos que hacer algo con él. —Y se lo puso dejando suelta la cuerda para que no le apretara las heridas. Luego volvió a inclinarse frente al micro y dijo algo que jamás olvidaré, ni siquiera cuando se me caigan las tetas como a Otilia—: Vale. Damas y caballeros, podemos comenzar.

Joder.

Mi hermana hablaba, se emocionaba, narraba. Sin ningún entrenamiento de tapes había conseguido ser toda una diva. Sentada en segunda fila del escenario, yo la miraba embelesada. Su cara ya no semejaba una ciudad devastada, sino un sabio imperio con mil historias contenidas. Peni sorteaba bien las cuestiones incisivas del conflicto político –de las que ella no sabía absolutamente nada- y atacaba justo a la fibra emocional. No exageraba, no se excedía en ningún punto. Era magnífica. Mi hermana era una celebridad.

De hecho, como más tarde me explicó, el parche era mera excentricidad. Por una vez que soy famosa, me dijo, voy a aprovechar. Estas oportunidades suceden solo una vez en la vida. Tendremos que hacerle un poco de DIY para dejarlo mono. Va a ser mi distintivo. Hay que caracterizarse bien para perdurar. Mira a Lady Gaga con su vestido de filetes de carne cruda, sus latas de Coca-cola como rulos. Inolvidable, un icono.

Increíble.

Todo iba a pedir de boca, como la seda entre gusanos de seda, y entonces la periodistucha tuvo que hablar.

—Disculpe, señorita Penélope. ¿Es cierto que está usted embarazada?

Maldita arpía. Sí que había puesto la antena en nuestra conversación privada médico-familiar sobre la paciente. Hubo un revuelo mayúsculo. Santa Peni, la mártir, la primera víctima del conflicto, estaba además embarazada. El fruto de su vientre sería la solución a las diatribas nacionalistas. El Redentor.

—¿Ha sufrido algún daño el feto? —continuó la periodistucha, dando por hecho que sí lo estaba. Encinta.

Pude oír las mentes del resto de periodistas suplicando que sí. Carne fresca.

Peni se puso nerviosa. Se clavaba la manicura de enredadera en las palmas. Yo la observaba, preocupada, planteándome si intervenir o no, si mandar al carajo a esa impresentable. Pero mi hermana siguió férrea en su posición diplomática. En seguida volvió a enderezarse y comentó:

—El bebé está perfectamente. Estamos esperándolo con ilusión.

Alucinante.

La vi tocarse la tripa, masajeársela. Desde aquella intervención hasta el final de las entrevistas no pararía de hacerlo.

Inquieta por si aquello formaba parte de la pantomima, me concentré en los reporteros. Entre el gentío, en una esquinita de la barra del bufé, me pareció ver a un Nacho diminuto. Agucé la vista.

Era imposible, ese chico no llevaba barba.

Me estaba volviendo loca. Puta loca.

—¿Y su hermana? —no concedía tregua, la periodistucha—. La está apoyando mucho, ¿no es así? Hemos visto que se ha rapado la cabeza justo en el sitio donde usted ha perdido… parte de la cabellera. ¿Está usted al tanto de que en Twitter el hashtag *#rápateneutro* es trending topic? Incluso ha habido algunas personas que han hecho lo mismo que ustedes. ¿Son conscientes de que los partidos políticos han concertado la primera reunión conjunta para negociar las bases de un acuerdo? Lo que le ha ocurrido es una tragedia, señorita Penélope, pero están ustedes haciendo Historia. ¿Qué pronóstico tienen sus lesiones? ¿Piensa demandar a la Generalitat, a los manifestantes, a los mossos? ¿Dónde está el padre del bebé? ¿Y su familia?

Peni se giró hacia mí y sonrió más. Al menos Peni había vuelto a sonreír. La parte achicharrada se movió creando circuitos nuevos en su cara. Estaba empezando a sanar un poco. Un poquito.

Me indicó con la mano que me aproximara, con ese gesto de acércate, vamos, deprisa. Yo estaba a sus órdenes, sí señora, lo que usted desee.

Vaya jefa. No entendía nada, pero ya se sabe que yo nunca he sido muy lista.

—¿Ves, Oli? —susurró.

—Sí, veo. ¿Y tú, ves? Con el parche.

Se rio como una tonta. Como una tontaina.

—¿Ves lo que pasa? Nunca sabes qué viene después de la tormenta.

Se parafraseaba a sí misma. Eso me había dicho al ver el video de la concursante expulsada de Fama. La que luego contrató Dua Lipa para su gira.

Era su momento. Todos los objetivos centrados en ella. Su momento estelar.

Mi Peni. Puta loca. Con su parche de pirata.

21

Llegan los nuevos viejos muebles

Peni se había empeñado en aquello de construir su propia imagen. Me hablaba del personaje de Marilyn, la Monroe, y de Greta Garbo y un sinfín de bellezas que habían vuelto locos a los hombres. Pero el parche le fallaba, tenía que ser aún más reconocible.

Me mandó al chino más cercano y me hizo comprar cosas para el DIY, que por cierto, significa hazlo tú mismo: *Do It Yourself*. Yo soy experta en Yun y experta en chinos de barrio, por lo que no me costó trabajo coser un mosaico de lentejuelas y borlas en esos dos centímetros cuadrados de parche. Al terminar, mi hermana no podía ver por un ojo, pero ese ojo brillaba más que todas las luces de mi barrio juntas de noche.

Aquello no era suficiente. Las masas de periodistas requerían al padre de la criatura. Las revistas rosas se habían ofrecido a pagar generosamente un reportaje familiar. Ofrecían una cantidad absurda, en términos de astronomía, por las primeras fotos del bebé. Ya estaban programándolas y a Peni se le acumulaba el trabajo antes del alta.

Necesitaba otras dos cosas: al padre del bebé y un asistente. Mejor todo en uno.

Mamá no tardó en llegar a Barcelona, pero no aterrizó; hizo el trayecto en furgoneta. Cuando me había hablado en plural refiriéndose al viaje, yo había intuido que se trataba de la abuela Otilia, pero de ella solo llegó una caja de mangos y una notita con letra grande y temblorosa:

«ESTÁN DUROS. CÓMETELOS CUANDO SE PONGAN MADUROS. TU ABUELA QUE TE QUIERE, OTILIA RAMÍREZ BLANCO».

Le faltó poner su DNI y su dirección postal. Como si tuviera dudas para reconocer al la remitente, a cuál de las dos abuelas. Yo solo tenía a la abuela Otilia.

No, mamá no había recorrido la costa Mediterránea con la abuela Otilia, sino precisamente con Vicente. El padre de la criatura, que sería mi sobrino o sobrina, y ahijado o ahijada: y además su recién estrenado asesor, el relaciones públicas de Peni.

—Queremos que seas la madrina —dijeron, con los dedos entrelazados como si aquella unión fuera sólida, estable, capaz de albergar vida y de construir, ya fuera puentes entre políticos o viviendas familiares—. ¿Aceptarás?

Ninguno de nosotros profesa una fe particular, ni en Dios ni en los santos, aunque la abuela Otilia Ramírez Blanco finja a ratos que sí. Yo no era la más adecuada para acoger a un nuevo creyente.

Así lo expuse.

—Bah, pamplinas.

Así contestó Peni.

—¡No se hable más! —zanjó Vicente—. ¡Brindemos por la madrina!

Vicente ya no me echaba ojeaditas impropias de un cuñado. Ni siquiera parecía reconocer en mi cuerpo el rastro del pecado conjunto. Lo máximo que hizo fue tocarme el rastro de pelo de un milímetro que crecía en mi calva.

—Hay muchísima gente que se está rapando, igual que vosotras. ¿Debería hacerlo yo, tesoro? Para las entrevistas.

—Oh, no lo sé. ¿Tú qué crees, Oli?

Oli no podía creer todo aquello. Ya no tenía que ver con si soy más lista o más tonta, es que era de locos. De putos locos.

Para alejarme de la locura me excusé: habría de ocuparme de algunas gestiones. Iba a comprarme una moto.

—¿Tienes dinero para una moto?

Mamá me reprochaba no aportar al caudal hereditario en negativo, pero era ella quien había decidido aceptar la herencia repleta de deudas, no yo. Había tenido que pedir la baja en el instituto para acompañar a su hija. Por su falta de líquido, estaba pasando las semanas en un apartamentito alquilado. Peni había recibido el alta y de momento no había cobrado por ninguna entrevista, así que convivían los tres en ese cubículo algo cutre. Mamá no se quejaba, pero conforme avanzaban los días se le notaba más harta.

—Es lo último que me queda, sí.

—¿Y después?

—Buscaré trabajo, imagino. De camarera, de recepcionista. De puta —sonreí.

—No digas «puta». Se llaman «trabajadoras del sexo» —terció mamá.

—No puedes ser puta, Oli. Estamos en el punto de mira. Sería un escándalo que perjudicaría mucho nuestra carrera. ¿O la beneficiaría? ¿Tú qué crees, tesoro?

Y el tesoro opinaba.

Le traía helados de strataciella, le cazaba bichos de bola, hasta hormigas mutantes. Ante ese panorama, normalmente yo habría resoplado y recelado y maquinado asesinatos, si no fuera por ese rostro beatífico, ese aura de paz imperturbable que rodeaba la silueta de mi abrasada hermanita. Vicente era un peón en su tablero, pero lo trataba como a su rey. Quizá fuera su rey. Peni seguía creyendo en esas cosas.

Fuera como fuere, ella vivía su plenitud. Y a mí me tocaba ir hacia la mía.

—¿Puedo acompañarte a comprarla? —inquirió mamá.

—No es necesario.

—Por favor —suplicó, cabeceando ligeramente hacia los tortolitos—. Acepta, por una vez en tu vida, la ayuda de alguien. Además tengo que darte lo que he transportado en la furgoneta. Por eso vinimos en furgoneta y no en avión o en tren. Por eso tardamos más en llegar. Por eso estuve siete horas intensísimas a solas con mi querido yerno...

—Lo sé, lo sé.

No sabía qué era lo que había traído para mí. Mamá no dejaba de repetirlo y nunca era el momento: Vicente quería esperar horas y horas entre japoneses con réflex para visitar la Sagrada Familia; Peni quería buscar ropita para el bebé en las tiendas del centro, rosa y azul, porque a saber, ahijado o ahijada, qué sorpresa, qué emoción, Otilia protestaba al teléfono diciendo que la ropa no se compraba, la ropa se tejía; los dos tenían una revisión ginecológica o curas de las quemaduras.

Accedí.

Compré una scooter rebajada de color gris perla y un par de cascos. Solo necesitaba uno, pero a mamá le hacía ilusión acompañarme en moto.

—No voy en moto desde... ¡Desde mi juventud!

Probablemente solo la había llevado en moto el macarra de Juande.

Fuimos volando por las calles asfaltadas, dejando atrás el mar y empinando las grandes avenidas en dirección a la montaña, ella chillándome las direcciones con el GPS en la mano hasta se le cayó el teléfono en una frenada brusca. Se bajó riendo, cogió el móvil y se lamentó llorando de risa:

—¡Se ha roto!

Yo me reía también.

—¡Qué raro! ¿No? ¡Pues coge el mío! ¡Date vidilla, que se pone el semáforo en verde!

—¡No hay tiempo para usar el tuyo! ¡Tendremos que llegar por intuición!

Pide que el camino sea largo y lleno de aventuras.

Ítaca era lo de menos.

Le enseñé la casita a mamá y calenté una lasaña de verduras congelada en el horno. Luego compartimos un piti, hacía también mucho que ella no probaba una calada, seguramente la última se la había ofrecido el macarra de Juande. Se animó y fumamos.

—¿Dentro de casa? —exhaló el humo como si estuviéramos metiéndonos crack a escondidas—. Déjame abrir por lo menos la ventana.

Era su viaje de estudios de mil novecientos ochenta y uno. Aproximadamente. Pronto empezaríamos a contarnos las guarradas que nos hacían los chicos –a ella solo el macarra de Juande- cuando íbamos borrachas.

Después de dormir una siesta juntas en el colchón de la Neus, fuimos en moto hasta la furgoneta, que estaba aparcada en una zona pública. A mamá le jodió mucho tener que mover la furgo, seguro que le quitaban el sitio y tenía que buscar otro de pago. Pero dejó de refunfuñar pronto, parecía ilusionada por enseñarme el contenido del maletero.

A esas alturas ya era bien consciente de que me había traído desde el Pinar un montón de muebles cubiertos con una sábana. Eso, o un animal de compañía gigante y anestesiado que rebotaba contra las paredes del vehículo en las curvas.

—Lleva cuidado —le dije—. Yo conduzco mejor que tú, ¿eh?

—Ya quisieras.

La luz se fue alejando poco a poco mientras nosotras descargábamos los muebles. Amelia Talavera se asomó, enfundada en su bata de colores, y nos ofreció ayuda.

—No te molestes. Esta es mi madre, Berta.

Las dos mujeres se dieron la mano con cautela y cordialidad, examinándose entre ellas.

—Encantada. Ya me ha contado mi hija que usted la cuida divinamente.

—Bueno, y ella a mí. Me trae un montón de tés diferentes.

—Y es usted... ¿vidente?

—Bueno, pitonisa.

Mamá, por dentro, estaba en lucha abierta. Sus cejas escépticas apuntaban hacia el fondo de su nariz en forma de punta de flecha. Recé por que no la liara parda.

—Estoy deseando que me lea usted la mano —mis plegarias habían sido escuchadas—. O lo que sea que usted haga —mis plegarias habían sido escuchadas a medias, en un eco lejano.

Un escritorio, una silla, un taburete, una mesita de comedor, un sillón de lectura, una cómoda, una alfombra, una lámpara de pie, un mantel, unos cubiertos, unos vasos, unos platos, una tostadora, una batidora, un juego de sábanas, un juego de toallas, una estantería.

Eso había transportado mi madre. Seiscientos kilómetros.

Desde la casa de mi padre.

Mamá me lo contó compartiendo otro piti y un poco de vino del paki, el que habían comprado Na... -¡ay!- y Peni. Cuando Peni no iba a ser mamá ni yo tita. Ni madrina.

—Tu padre vivía con una mujer. Mucho más joven que yo. Estuvo en el funeral, ¿la viste? Tuvo la osadía de darle el pésame a la abuela Otilia. Quería haber comido con ella, unas verduras, un emperador, no sé qué le diría. ¿Te lo puedes creer? El apartamento era de él, lo pagaba tu padre. No pagaba vuestra pensión ni sus deudas, pero el apartamento sí lo pagaba. La casa, obviamente, no es nuestra. Pero nos hemos quedado con su contenido. La mujer lo ha reclamado y nuestro abogado ha conseguido que se quede a dos velas —sonrió satisfecha y exhaló el humo del cigarro—. El abogado me aconsejó venderlo para cubrir algunos agujeros, pero he pensado que esto era más adecuado. Te he traído lo más importante, es lo más caro. Podrás ahorrarte un montón de dinero.

No estaba segura de qué sentir rodeada de muebles que había tocado mi padre. Quizá se había metido rayas en el escritorio. O se había follado a esa mujer mucho más joven que mamá en el sillón. Por no hablar del juego de sábanas, o el de toallas.

—Gracias. ¿Esto es todo?

—Casi —dijo mamá, metiéndose la mano en la cazadora y dejando el pitillo entre los labios carnosos, mucho más carnosos que los míos. El humo se le metía en los ojos guiñados y le daba aspecto de jugadora de póker—. Aquí está. Esto es para ti. Ya le he dado el suyo a Penélope.

—Lo veo luego, cuando te marches.

—Como prefieras.

Mamá no se marchó.

Se quedó a dormir conmigo en el colchón de la Neus, rodeada de los muebles viejos de mi padre. Yo no podía pegar ojo con aquellos cachivaches mirándome fijamente.

Cuando no pude aguantarlo más me puse en pie. Agarré el pecé, el tabaco y el sobre que me había entregado mamá y salí al patio.

He estado mirando estas cosas inanimadas aquí fuera. Los arbolitos desnudos que reverdecerán en algún punto del año. La oscuridad de la noche, las luces de la montaña. He estado fumando y viendo el humo salir de mis pulmones. Ya no los siento calcinados. He estado inspirando y espirando, solo eso. Espirando.

Es de noche en el Cielo también. En realidad, es de noche aquí porque es de noche en el Cielo.

Abro el sobre.

Es lo que imaginaba. No hay que ser muy lista para pillarlo: muebles en la furgoneta, fotografías en el sobre. A mi padre no le gustaba escribir, no se le daban bien las palabras. Era más de acciones. De verbos. Y en una etapa del pasado, esos verbos eran recíprocos, no solo reflexivos.

Somos él y yo.

Estamos en una mesa de restaurante barato, con la boca manchada de salsa de tomate, frente a un amasijo de espagueti.

Estamos asando una brocheta de nubes de chuchería en una hoguera de camping.

Estamos unidos en un abrazo, yo dormida en su pecho, él llevándome al coche y haciendo el gesto de silencio a la cámara.

Estamos en mi fiesta escolar, yo disfrazada de flamenca con cara de pocos amigos, él orgulloso levantándome la falda de lunares.

Estamos en el sillón de lectura que ahora está en mi casa, él durmiendo y yo hojeando un cómic, sentada en sus rodillas.

Estamos preparando una tarta para el cumpleaños de Peni, mordisqueando arándanos y repartiendo las capas de bizcocho.

Estamos dándonos un beso. Yo aferrada a su cuello, su cuello sin gargantillas, estampándole un beso en los labios, los dos con los párpados muy abiertos, muertos de admiración, queriendo recordarnos así para siempre. Fijarnos en la retina para siempre.

Papá y yo.

Papá apaga las luces del Cielo y entonces es de noche.

Luego las enciende y es de día.

22
Las mejores bravas

—Pues ya me diréis qué estamos celebrando.

Nos hallábamos los cuatro –Vicente, mamá, Peni con su parche de lentejuelas y borlas, y yo–, o los cinco, contando a mi futuro ahijado barra a, dispuestos alrededor de una mesa cuadrada en un restaurante bonito en la Plaza Real. Mi hermana me había mandado un mensaje explícito, a su manera:

«Cena a las 19.30h. Estamos de celebración. Ponte guapa. XOXO».

«CHOCHO», le contesté.

—¿Alguna otra exclusiva que hayáis cerrado? —pregunté, sirviéndome ensalada de bogavante y apurando la copita de vino blanco.

—No, tontaina —Peni sonreía. Sonreía a menudo.

—Por cierto, tesoro, puede ser buena idea que contemos la historia al completo, con las partes oscuras. A lo mejor así damos más sustancia a la cosa —Vicente mordisqueaba sus alitas de pollo con salsa romescu.

—¿Qué partes oscuras? —quiso saber mamá.

—Lo de que me lié con tu hija —dejó caer Vicente—, con Olalla, me refiero —aclaró, entre risas—. Qué fuerte que me haya liado con tus dos hijas, ¿no?

Peni hinchó las aletas de la nariz. Le habría cabido una alita de pollo entera.

—¿Y eso por qué íbamos a contarlo a los medios, tesoro? —tenía las mandíbulas tan apretadas en la sonrisa que me sorprendió que las palabras lograran salir.

—Por lo de la paternidad. Si me lié con las dos, ¿de quién es el hijo que esperamos?

Mamá y yo nos miramos aguantando la risa. Peni no se unió a nosotras, estaba avergonzada.

—Pues tuyo, imbécil. Estoy embarazada yo, no tú. En todo caso, habría que dudar del padre.

Vicente tardó unos segundos en darse cuenta de su grado de imbecilidad.

—Ah, claro, es verdad —rompió en carcajadas sonoras llenas de pollo—. Me he liado. ¡Yo solo, no con vosotras! En todo caso, Olalla estaría embarazada de Nacho. Por probabilidad. ¿Has hablado ya con él, tesoro? Para que sea el padrino del bebé.

Se me atragantó el bogavante.

—No, tesoro —Peni estaba cada vez más incómoda pero seguía sonriendo. Había practicado bien la diplomacia en las mil entrevistas que le habían hecho.

—Deberíamos ir a la salida del trabajo —Vicente miró el reloj—. Su turno acaba en un rato. Puede que nos dé tiempo a llegar.

Me palmeé el esternón para que el bogavante pasara. Peni enrojeció y, ahora sí, me miró directamente con espanto.

—Oli. Lo siento.

—¿Está aquí?

—¿Quién? —preguntó Vicente, que no paraba de zampar lo que encontraba—. ¿Me pasas las bravas, suegra?

Mamá le pasó las bravas, pero antes me sirvió unas cuantas en el plato. A pesar de ser una ocasión importante, estábamos cenando de tapas. «Tapes», decía en el menú catalán.

—Quién va a ser, Vicente. Nacho. ¿Está en Barcelona?

—Sí, claro. Estuvo contigo hace unas semanas.

—Pensé que se había ido.

—¿No os habéis visto? —Vicente parecía francamente sorprendido. Luego se palmeó la cabeza para que le pasaran las ideas—. Ah, sí, claro. Me dijo que no te comentáramos nada.

—Que no me comentarais qué.

—Oli...

—Peni —la aniquilé con la mirada. Su ojo solitario se posó en la servilleta que yacía sobre las rodillas. Se palmeó el vientre, algo abultado ya, para que a mi ahijado barra a se le pasara el disgusto.

—No volvió al Pinar —terció mi hermana—. Compró un billete y fue a la estación con sus cosas, pero no pudo marcharse. Se buscó un trabajito por aquí. Vino a visitarme al hospital después de la rueda de prensa, me llamó antes para hacerlo en un hueco en el que tú no estuvieras. No está enfadado contigo ni nada, decía que no era... el momento. No quería que te sintieras presionada, ni agobiada, ni esas tonterías. Ya le dije yo que los que se aman no pueden estar lejos. Como has estado pegada a mí como una lapa, la verdad es que nos hemos visto poco —sonrió intentando granjearse mi compasión—. Comparte piso con unas quinientas personas por el Raval. Zona peligrosa, dice él. Hay putas en su edificio.

—¿De veras? —se preocupó mamá—. No se dice «putas», sino «trabajadoras del sexo». Nacho no debería vivir en esas condiciones...

—¿Dónde trabaja? —interrumpí.

Peni vaciló. Se llevó una patata brava a la boca. Entonces reparé en las de mi plato: tenían buena pinta. Probé una y la rumié con precisión.

—En un bar.

—En qué bar.

Las bravas estaban buenas, pero eran congeladas. Se notaba a la legua. La lengua es amable. Tragué y solté un resoplido de satisfacción.

—En el Anoux. Está cerca de…

—Sé dónde está —me puse en pie—. Si me disculpan ustedes, tengo que…

—¡Espera! —dijo mamá.

—¡Espera! —dijo Peni—. Aún no te hemos dado la noticia.

—¿Más noticias?

Peni cabeceó.

Mamá, en cambio, se levantó y me recogió el pelo en una trenza lateral.

—Estás preciosa —terció, sujetándome los brazos—. Ahora ve adonde tienes que ir.

Por lo visto, la periodistucha había contactado con Peni porque yo no atendía mis redes sociales. La apatía de Nacho por comunicarse con el mundo virtual se me había contagiado. Muy mal, negaba Peni con la cabeza, tienes que estar disponible y aprovechar el tirón. Este tipo de cosas solo pasan una vez en la vida.

La periodistucha que había conseguido la exclusiva del embarazo, y por tanto había forzado indirectamente a Peni a tener el bebé, estaba muy interesada en mis «dotes como oradora». Según el mensaje que le había enviado, y que mi hermana me enseñó para que me creyera lo que decía y dejara de pensar que era una broma mala que querían gastarme, el discurso frente a las cámaras, que seguía siendo viral, mostraba mi capacidad de análisis y mi habilidad para extraer conclusiones.

Su periódico se llamaba Hoy y querían ofrecerme unas prácticas. Remuneradas. Ofrecían poco, pero eran remuneradas. Mamá se ofreció a sacrificarse en caprichos para cubrir gastos de la casita, estaba muy contenta de que por fin me centrara. Nada de trabajos de camarera, soltó satisfecha. A partir de ahora serás periodista.

Yo no he estudiado nada porque nunca he sabido qué estudiar.

No se me da mal hacer manicuras o poner copas. Incluso aprendo de arte si tengo que hacerlo. Pero unas prácticas en un periódico... Eso era mucha tela. Mucha tela que cortar.

Intenté no pensar en ello de camino al Anoux. Me abroché el casco y puse la moto en marcha. Recorrer Barcelona a pie era distinto de hacerlo en moto, pero ya conocía el sentido de las calles principales y podía apañármelas sin el GPS.

El bar donde trabajaba Nacho –madre mía, Nacho trabajaba en Barcelona, llevaba un mes ahí haciéndole visitas clandestinas a mi hermana cuando yo me iba a ducharme, a abrasarme la piel en la ducha- estaba muy cerca del Niko. Aparqué y me cubrí la cara con la trenza larga que albergaba todo el pelo que aún quedaba después de raparme. Toqué la zona desierta, preocupada por si mamá había mentido, como buena madre, y estaba fea; y Peni tenía razón, tan fea para que Nacho no me quisiera nunca más.

Y al verlo tras el cristal, apostado en la barra sirviendo copas, lo entendí.

Nacho ya me había visto.

Con la cabeza rapada, quiero decir.

Era él, el chico entre el público de la rueda de prensa del hospital. Ni siquiera se había escondido. Es que yo no lo había reconocido.

Se había afeitado la barba.

Así, los dos calvos en cierto modo, nos quedamos frente a frente.

No se sorprendió mucho de verme.

—Un chupito doble de vodka.

Sonrió. Se le veía la boca más grande sin los pelos alrededor. Incluso tenía mentón. Qué rara era su cara. Se me iba a hacer difícil acostumbrarme.

Y cómo no, sacó una taza de café. La llenó hasta el borde y puso un platito debajo. Con una magdalena.

Sonreí. Tomé asiento en el taburete y, callada, mojé la bollería hasta que se empapó por completo. Le di un mordisco y me chorreó por la barbilla, pero no me limpié con el dorso esta vez. Mi barbilla era la de siempre, siempre había estado al aire. La suya no.

Sonreímos.

—¿Cuándo acaba tu turno?

—En media hora. ¿Me esperarás?

—Por esperarte un rato más no pierdo nada. Llevo meses esperándote.

—¿En serio?

—Sí —lo pensé un poco y lo hice—. Encantada —extendí la mano—, me llamo Olalla.

—Yo soy Nacho —me apretó la mano. Tiró de ella hasta acercarme lo suficiente, por encima de la barra, para darme un beso en los labios. Con lengua. Deliciosa. El mar. El mar en su boca. Los secretos del mar, pacífico o tormentoso, estaban ahí, velados—. Mejor nos saludamos así.

—Te voy a llevar a un sitio.

—¿Me vas a llevar?

—Sí. Yo a ti. Me he comprado una moto. Para no ponerme en forma. Soy un desastre. ¿Sabes que ni siquiera subía a pie el único piso en el hospital?

Nacho rio. Rio igual que en el chiringuito del Pinar, pero mejor. Esto sí tenía gracia. Rio abiertamente, sin luchar contra la risa, echando incluso el cuello un poquito hacia atrás.

—¿Sabes qué? Yo tampoco. Subía en ascensor.

—La tecnología está ahí para facilitarnos la vida, ¿no?

—La tecnología… y otras cosas.

Nacho me miró. Con amor. Así me miró y así lo tengo que decir. Uno frente al otro, con el cráneo pelado, con el mentón pelado, mirándonos con amor. Sin miedo, sin reservas, sin precaución. Con decisión, con entrega, con compromiso.

El tiempo de cocción había transcurrido. Estábamos listos para la degustación.

Porque ya no estábamos solos.

—No te fuiste.

—No.

—Pero te fuiste.

—Sí —se desabrochó el delantal—, y creo que voy a irme otra vez. Soy yo el que no puede esperar media hora.

Sus brazos alrededor de mi cintura, yo conduciendo. Los dos cascos. La ciudad nueva, grande, lista para explorar.

Sabía dónde iba a llevarle desde el principio. Desde antes de saberlo, incluso.

Y no me arrepiento.

De nada.

—Queremos…

Le cerré el menú y se lo devolví al camarero.

—Queremos una ración de bravas —pedí amablemente.

En la portada de la carta se leía «El Delicias».

23
Querido ahijado barra a

Querido ahijado barra a:

He pensado que era buena idea dirigirte a ti la última tape. Dentro de poco voy a andar muy ocupada y no voy a tener tiempo de hacer más. Ni ganas. Me parece que ya no las necesito.

Por ahora preferimos no saber tu sexo. El sexo es complicado a veces. En otras, como anoche, como esta mañana, es una... delicia.

Tú vas creciendo en el bombo de tu madre, tu mamá, que es mi hermana pequeña. Es tan pequeña que se me hace duro tomar conciencia de que va a ser eso, tu mamá. No me gusta la idea de que abandone los estudios, pero ella asegura que tiene todo lo que siempre ha querido. Quizá sea yo la que los retome, qué paradoja. Los estudios. Quién sabe. Me alegro por ella. Papás felices dan hijos felices. Más ahora, que el abogado que se ocupa de la herencia de tu abuelo está repartiendo demandas para todo quisque, por lo que le pasó a tu mamá. Van a ganar un montón de pasta, no te faltará de nada. Incluso han convocado a tus padres a una reunión en la Moncloa y otra en la Zarzuela. Qué cosas, ¿eh? Tendrás una foto en el salón con el presidente y los reyes. No estarás tú, pero sí, porque estás dentro del bombo. Creciendo. Se te van formando los órganos internos y te conviertes en una personita.

Espero que, seas lo que seas, independientemente de tus títulos -príncipe o princesa, plebeyo o plebeya-, seas feliz. No todo el rato, eso es imposible. Pero feliz en general, tirando para arriba en la línea de la estadística.

Tu bisabuela Otilia se pelea cada día con tu mamá para que le deje tejerte toda la ropa. La estrenarás en cuanto tengamos que cubrirte el cuerpecito, dentro de unos seis meses y pico, y la llevarás hasta que te mueras, o hasta que se muera ella. En algún momento te morirás, tú, Otilia y yo, y todos, pero no es tiempo de pensar en eso. Primero tienes que nacer, y luego, que vivir.

No sabes la de cosas que te esperan. Los primeros besos, las primeras caídas en el triciclo. Va a ser muy emocionante.

He estado pensando en qué decirte, por aquello de que esta es la última tape de mi terapia. Recibí ayer un e-mail de mi psicóloga, doña Metomentodo. Solía dirigirme a ella en los videos. Solo decía: «Te doy el alta. Espero que tu hermana esté bien». Me reí en voz alta. Parece que me ha escuchado, después de todo.

La buena noticia es que tu madrina no está loca. No completamente, al parecer.

Y que tu mamá está bien.

Tendrás más suerte con tu padrino que con tu madrina. Eso seguro. No sé tanto de él, no te creas, pero me enamoré perdidamente –literal- de su barba en cuanto la vi.

Se la ha afeitado y me he dado cuenta de que no era su barba lo que me gustaba. Aferrarme a sus pelitos para capear el temporal, ese tipo de movidas, no era lo que me atraía de él. Era su risa. Y te juro que se ríe mucho, mucho más que cuando lo conocí. Y que la sonrisa se le ve más sin esa mata de pelo. Ojalá se ría igual, o más, para cuando tú estés entre nosotros. Le he pedido a tu padrino que me enseñe todo, ahora sí quiero verlo: sus manchas de nacimiento, las marcas de varicela. Incluso el sarro de los dientes irregulares. Puede que tus padres quieran corregirte la dentadura, pero intentaré evitarlo. Te lo prometo.

No te puedo prometer muchas cosas. Solo tengo un contrato de arrendamiento a mi nombre y una promesa de contrato en prácticas en un periódico que se llama Hoy. Con Hoy tengo bastante. Ya veremos Mañana.

Pero la casa está amueblada. Con la herencia familiar.

Mañana nacerás tú, en sentido metafórico, y eso nos está poniendo a todos muy alegres. En cuanto tenga algo de pasta te abriré una cartilla en el banco. Es lo que hizo tu bisabuelo Ramón cuando yo entré en el útero de tu abuela Berta. Me lo gasté en tonterías, me habría venido bien ahorrarlo.

No seas como yo. Soy impetuosa y a veces me flaquea la fe.

Supongo que lo único que puedo aconsejarte es una cosa: ríndete.

Y que lo único que puedo prometerte es que no te contaré nada.

Me explico en seguida, espera.

Ríndete. Ya mismo. Al alimento triturado que entra en tu cuerpo a través del cordón umbilical. A los líquidos formando tu sistema lentamente. Ríndete al aire cuando salgas fuera, deja que penetre en tus pulmoncitos. Llora, chilla, grita, gime. No te reprimas, nunca, casi nada. Duda y desconfía de quien quiera ponerte títulos. No eres nada más que tú, sin sexo ni complicaciones.

Ten siempre claro que te querremos sin importar lo que hagas o lo que digas, aunque a veces te queramos mal porque estamos mal hechos, por bien que ya tengamos formados los órganos internos.

Si tienes eso claro te saltarás mucho sufrimiento. Quizá nunca tengas que hacer esto de las tapes. Aunque no ha ido tan mal. Nunca se sabe qué viene después de la tormenta. Eso me lo enseñó tu mamá. Tu mamá se impregna de cultura popular y es buena creando iconos y llevando parches, reinventándose y contestando a preguntas de la tele basura. Es buena, tu mamá.

Ríndete a lo que venga y confía. Siempre. En ti mismo barra a, en lo que te traiga el clima. En ocasiones tendrás ganas de meterte bajo el colchón y hacerte un ovillo. Vale. Yo lo haré contigo. Si quieres. Esperaremos juntos barra as a que pase el temporal y comeremos porquerías mientras tanto. No estás solo. Barra a. Nunca.

No te contaré nada. Nada de lo que sé sobre la vida. Más que nada, porque no soy muy lista, no sé casi nada. O quizá sí, quizá soy un poco lista y sé algunas cosas. He conseguido unas prácticas remuneradas gracias a un video viral, ¿cuántos becarios al borde de la treintena pueden vanagloriarse de eso hoy en día? Cuando tú seas mayor no habrá videos virales, habrá robots haciendo nuestros trabajos y microchips implantados en el cerebro. Ni siquiera sabrás qué son los pecés. Este formato se quedará obsoleto como las tapes, las cintas de grabación. Pero lo antiguo se recupera y surgen cosas nuevas. Cosas nuevas como tú.

No te contaré nada porque quiero que lo descubras por ti mismo barra a. Quiero que juegues con la tierra y te la metas a la boca y que corramos hacia ti chillando para que la escupas. Quiero que experimentes con juegos de mentira y juegos de verdad. Que conformes tu propia pirámide de valores. Que elijas tus platos del menú.

Pero te llevaré a pescar cangrejos.

Eso seguro.

Y si no te gusta pescar cangrejos, más vale que finjas que te encanta.

Te lo advierto.

Como madrina no sé si estaré a la altura. Ningún adulto lo está, esa es la verdad. Las verdades. Yo, por ejemplo, me follé a tu padre. Perdón. Aun así, eres cien por cien hijo de Peni. Penélope. Te lo juro.

Pero lo intentan. Lo intentamos. A veces incluso nos sale bien la jugada. Suele ocurrir cuando somos sinceros. Cuando nos acordamos de querer más que odiar al prójimo.

Ay, pequeño barra a, no sé cómo explicártelo.

Lo bien que me han amado estas últimas horas. O semanas. O meses. Quizá la vida entera y no sabía verlo. Estaba ciega de un ojo, como tu mamá. Aunque ella ve perfectamente. Solo tiene unas cicatrices muy chulas, muy atractivas, en la cara. Ya verás cómo te encantan.

Tú eres el bebé redentor y contigo se acabarán los conflictos. No cargues con ese peso, es absurdo que lo hagas. La mayoría de veces decimos cosas solo por emitir sonidos. Los humanos seguiremos peleándonos aquí abajo en la Tierra mientras tu abuelo Juande se toma el té con Dios y se mea de la risa al ver las paridas que hacemos y decimos, y entonces llueve.

No sé si tu padrino y tu madrina estarán juntos cuando nazcas. Estaremos juntos para sostenerte, el día de tu bautizo y en adelante, porque a los bebés hay que darles nombres. Su vida entera replegada, como un acordeón. Para que ellos la desplieguen.

Me refiero a juntos, juntos. Si nosotros tendremos otros bebés a los que bautizar cuando tú vayas creciendo, si habrá un «nosotros». De momento somos Olalla y Nacho, y es suficiente, créeme que eso ya es mucho. Es mejor que ir rumbo a las Maldivas, *boats and bitches.*

Bebés como tú, para que jueguen como tú. Y contigo. Hace un rato, tu padrino se ha tomado algunas licencias al... llegar. Al orgasmo. Varias veces. Decía que merecía la pena. Ahora iré a la farmacia para remediarlo. A la farmacia donde compré la crema hidratante que me recomendó tu abuela Berta. Es excelente, ya se me ha regenerado la piel. Hay que fiarse de los demás. Y saber aceptar ayuda.

Verás, a tu padrino le daba alergia crecer. Hacerse mayor. A tu madrina un poco también. Pero esto que tenemos, esto que hemos tenido en la casita con muebles viejos y nuevos, no sabe a eso. Sabe a otra cosa. A descanso, a paseo por el barrio, a compras rápidas para cocinar lento. Sabe a abrazo y a película y a libros en silencio. ¿Sabes lo que te quiero decir?

Claro que no, aún no sabes nada. Nada de mucho. Pero no temas, estamos todos igual que tú. Lo único que cambia, mientras estamos vivos, es la compañía que nos hacemos unos a otros.

Parlons live

Collection **Parlons...**
dirigée par Michel Malherbe

Dernières parutions

Parlons alsacien, 1998, R. MULLER, JP. SCHIMPF
Parlons islandais, 1998, S. BJARNASON
Parlons jola, 1998, C. S. DIATTA
Parlons francoprovençal, 1999, D. STICH
Parlons tibétain, 1999, G. BUÉSO
Parlons khowar, 1999, Érik LHOMME
Parlons provençal, 1999, Philippe BLANCHET
Parlons maltais, 1999, Joseph CUTAYAR
Parlons malinké, 1999, sous la direction de Mamadou CAMARA
Parlons tagalog, 1999, Marina POTTIER
Parlons bourouchaski, 1999, Étienne TIFFOU
*Parlons marathi,*1999, Aparna KSHIRSAGAR, Jean PACQUEMENT
Parlons hindi, 1999, Annie MONTAUT et Sarasvati JOSHI
Parlons corse, 1999, Jacques FUSINA
Parlons albanais, 1999, Christian GUT, Agnès BRUNET-GUT, Remzi PËRNANSKA
Parlons kikôngo, 1999, Jean de Dieu NSONDE
Parlons téké, 1999, Edouard ETSIO
Parlons nahuatl, 1999, Jacqueline de DURAND-FOREST, Danièle DEHOUVE, Éric ROULET.
Parlons catalan, 2000, Jacques ALLIÈRES.
*Parlons saramaka,*2000, D. BETIAN, W. BETIAN, A. COCKLE, M.A. DUBOIS, M. GINGOLD.
Parlons gaélique, Patrick Le BESCO, 2000.
Parlons espéranto (deuxième édition, revue et corrigée), 2001, J. JOGUIN.
Parlons bambara, I. MAIGA, 2001.
Parlons arabe marocain, M.QUITOUT, 2001.
Parlons bamoun, E. MATATEYOU, 2001.

Fanny de SIVERS

PARLONS LIVE

Une langue de la Baltique

L'Harmattan
5-7, rue de l'École-Polytechnique
75005 Paris
France

L'Harmattan Hongrie
Hargita u. 3
1026 Budapest
HONGRIE

L'Harmattan Italia
Via Bava, 37
10214 Torino
ITALIE

Du même auteur :

— *Analyse grammaticale de l'estonien parlé*, G. de Bussac, Clermont-Ferrand, 1969.

— *Les préfixes lettons du verbe live*, Berger-Levrault, Nancy, 1971.

— *Les emprunts suédois en estonien littéraire*, Bibliothèque de l'Association pour le Développement des études finno-ougriennes n° 1, Akademiai Kiádó, Budapest, 1974.

— (éd.) – I. *Structuration de l'espace dans les langues de la Baltique Orientale*, SELAF, Paris, 1978.
– II. *Organisation de l'espace habité,* SELAF, Paris, 1984.

— (éd.) – *La main et les doigts dans l'expression linguistique*, I. et II., SELAF, Paris, 1979 et 1981.

— (éd.) – *Questions d'identité*, Peeters-SELAF, Paris, 1989.

— *Parlons estonien, Une langue de la Baltique*, l'Harmattan, Paris, 1993.

ISBN : 2-7475-1337-8

CARTE TERRITOIRE DES LIVES

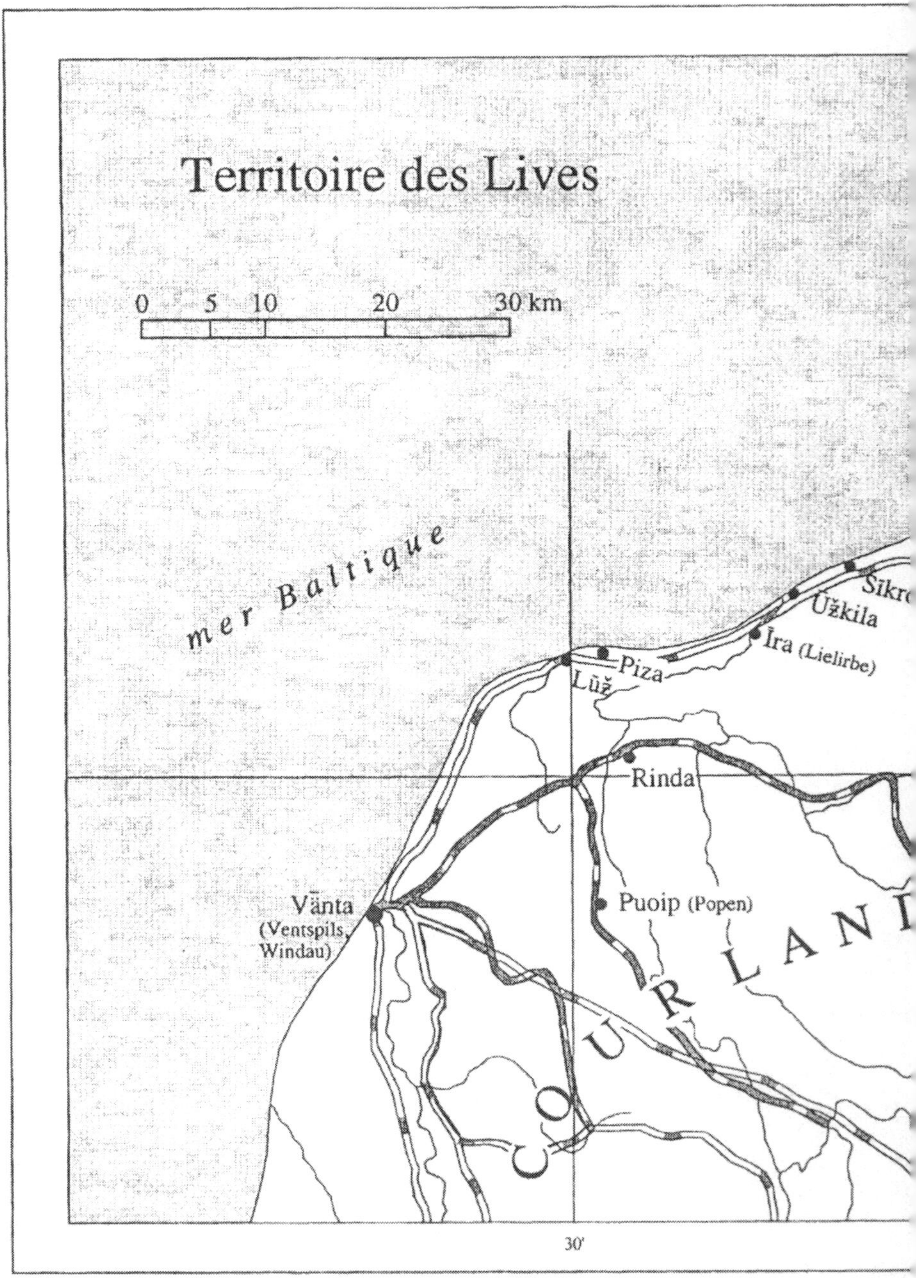

Territoire des Lives
0 5 10 20 30 km
mer Baltique
Šikr
Ūžkila
Īra (Lielirbe)
Piza
Lūž
Rinda
Vänta
(Ventspils,
Windau)
Puoip (Popen)
COURLAND
30'

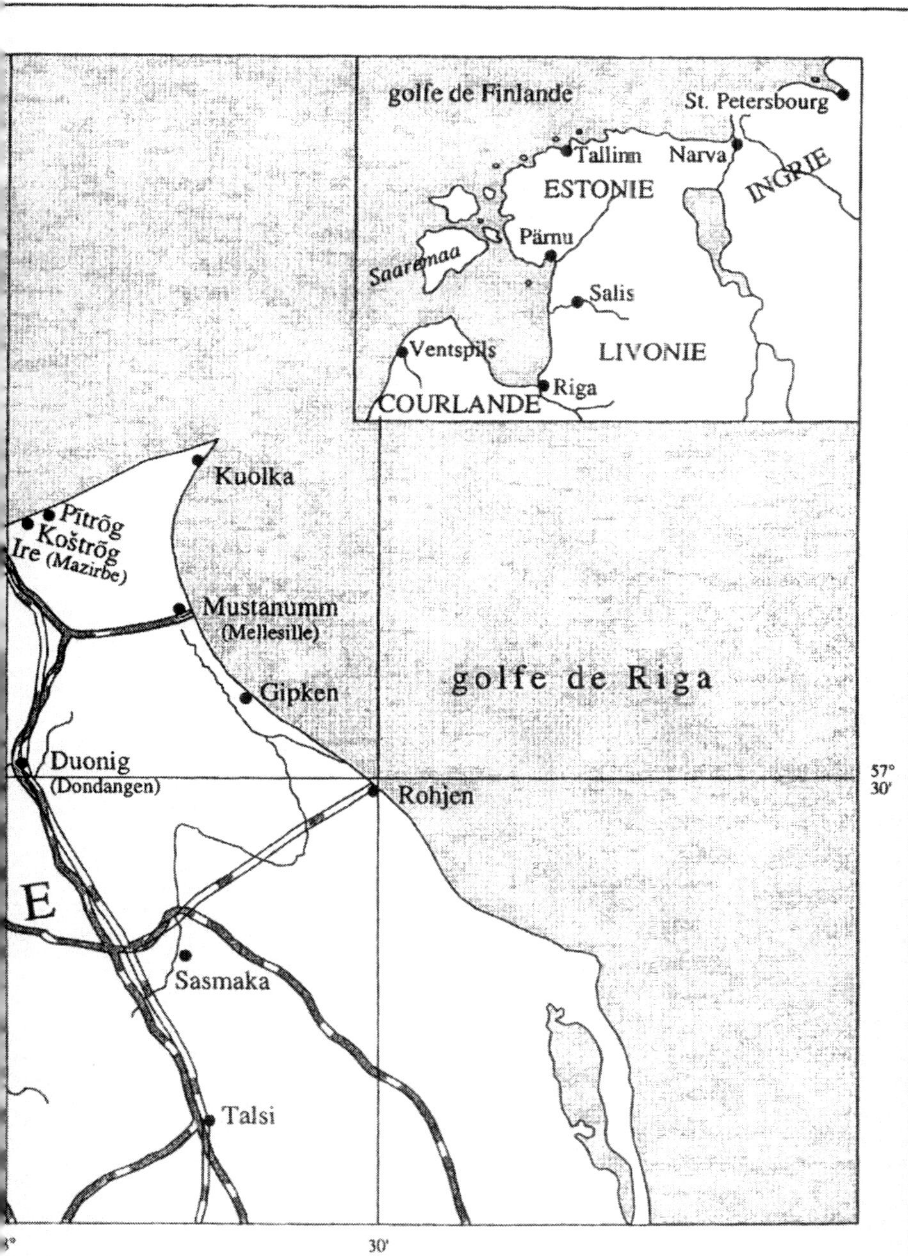

golfe de Finlande
St. Petersbourg
Tallinn
Narva
ESTONIE
INGRIE
Pärnu
Saaremaa
Salis
Ventspils
LIVONIE
Riga
COURLANDE
Kuolka
Pītrõg
Koštrõg
Ire (Mazirbe)
Mustanumm
(Mellesille)
Gipken
golfe de Riga
Duonig
(Dondangen)
Rohjen
57°
30'
E
Sasmaka
Talsi
30'

PRÉFACE

Évaluant à 14 locuteurs actifs et une vingtaine de sympathisants la communauté d'expression live, Eduard Vääri évoquait en 1996, dans sa contribution aux Mélanges Fanny de Sivers, le processus tragique de déclin et de mort des langues qu'illustre ce destin. Il formulait ainsi le dilemme qui se pose aux linguistes :

> « [faut-il] s'attacher exclusivement à sauver pour la postérité les composantes principales de l'héritage live » ou « enhardir les derniers survivants de cette originale ethnie (...) à conserver, voire à développer leur langue et son expression culturelle ? »[1]

Chère est la langue live au cœur des ouralistes : langue mineure au sein de cette famille amie, les langues fenniques de la région baltique, le live ne dispose pas comme le finnois et l'estonien d'une vigoureuse tradition d'écriture, mais il jouit d'un intérêt marqué pour ses contacts avec le letton. Dès le 19e siècle, plusieurs des grands noms de la finno-ougristique européenne sont associés à son étude. Le Finlandais A.J. Sjögren et l'Estonien F.J. Wiedemann recueillent et publient, sous l'égide de l'Académie des Sciences de Saint-Pétersbourg, une importante documentation. E.N. Setälä scrute en marge de ses traités de grammaire finnoise les dialectes des Lives de Courlande, relayé par son compatriote Lauri Kettunen. Des deux États frères, seuls les Estoniens ont accès au terrain durant la période soviétique : les Professeurs de Tartu, Paul Ariste puis Eduard Vääri, y

---

[1] « Les Lives et la langue live », in *Contacts de langues et de cultures dans l'aire baltique - Contacts of Languages and Cultures in the Baltic Area - Mélanges offerts à Fanny de SIVERS*, Uppsala, Acta Universitatis Upsaliensis, coll. Uppsala Multiethnic Papers, 39, 1996, p. 253-264.

conduisent différentes missions. Les Suédois ne sont pas en reste, qui archivent la parole des immigrés : Julius Mägiste, un ancien de Tartu lui aussi, poursuit à Lund son œuvre de fenniste.

Fanny de Sivers, bientôt, reprend le flambeau. Son départ précoce de l'Estonie natale l'a conduite, à l'issue d'un long périple, à Paris où elle s'est formée à la linguistique ; chercheur au CNRS, fonctionnaliste avec André Martinet, c'est à Mägiste qu'elle soumettra finalement sa thèse sur *Les préfixes lettons du verbe live* (1967).

Le présent ouvrage, laissé en sommeil durant 40 ans, actualise sa visée profonde : élaborer, avec l'étude interdisciplinaire du patrimoine de la Baltique, une ethnogrammaire qui rende justice à ce qu'il est dans les langues d'identité et de culture.

Des langues fenniques mineures, on avait esquissé jusqu'ici la grammaire et le vocabulaire, sur la base surtout de textes folkloriques qui, constitués de récits plus que de dialogues, sont jugés parfois de nos jours inaptes à l'étude pragmatique[2]. Fanny de Sivers n'exclut pas ces textes du début du 20e siècle : convaincue par sa longue expérience que les structures impromptues, redécouvertes par la linguistique moderne, n'émergent pas uniquement du dialogue, elle centre son étude sur des textes, à tonalité folklorique certes, mais débridés par une parole naturelle en diable (lequel joue, on le sait, un rôle non négligeable dans la tradition populaire). L'Histoire du Vieux Zuonkõ, recueillie en 1925 par Kettunen, en est un témoin d'élite.

---

[2] Voir Johanna Laakso, «Contribution of the small Finnic languages to the research on areal and general linguistics », Actes du Colloque International *L'émancipation linguistique et culturelle des minorités nordiques – The Linguistic and Cultural Emancipation of Nordic Minorities*, Paris, 22-24 mars 2001, à paraître.

Les variations sur le « un peu tard, trop tard et quand même pas trop tard » échangées entre un vieux paysan cabochard et l'instituteur du village n'ont, côté argumentation, rien à envier aux stéréotypes du dialogue moderne adjacent, pièce obligée d'un manuel destiné aux apprenants.

Est-ce à dire qu'un tel corpus permettrait d'étudier le comportement langagier d'une minorité, ou les « alternances codiques » dont se nourrit aujourd'hui la sociolinguistique ? Certes non, mais ce n'est à l'évidence pas là l'objectif.

En nous faisant profiter de sa longue pratique – près d'un demi-siècle – de parlers populaires exotiques, peu connus et pourtant si proches – ne s'agit-il pas de la Région Baltique ? – en nous brossant le portrait d'une langue qui est une « mine de renseignements pour ceux qui s'intéressent au bilinguisme et aux contacts de langues » (p. 20), dans un style alerte voire impertinent vis-à-vis des excès de la spécialisation (« les plaisanteries de la palatalisation »), F. de Sivers nous met en mains les clefs d'une énigme : la survie d'une langue tant de fois condamnée par son atavisme et par l'Histoire aréale. Les choix de l'auteur sont clairs : elle ne fera qu'esquisser l'évolution de la langue (une tendance analytique compensée par quelques innovations casuelles), préférant nous délecter de sa convivialité dans le labeur, de ses kyrielles de joyeux jurons jaillis d'un substrat de mythes et de croyances. Ce faisant, F. de Sivers ne répond pas, il est vrai, à la question alternative initialement posée par son collègue en livologie (« faut-il... ou... ? »). Elle fait mieux : elle livre, pour présager implicitement la résurrection de la langue, les preuves au quotidien de sa vitalité.

Lisez ce livre, pratiquez la « gymnastique des alternances », découvrez les secrets du « translatif-comitatif », savourez la sagesse et l'humour d'un parler multimillénaire – et rejoignez la cohorte de ses nouveaux locuteurs.

M.M. Jocelyne Fernandez-Vest

Quartier latin, avril 2001

INTRODUCTION

LE LIVE ? OU PLUTÔT LA LIVONIE

Qui en France a entendu parler du peuple live ? Qui d'entre nous sait que la palette linguistique de notre vieille Europe comporte aussi une petite langue live parlée quelque part dans la région de la Baltique ? Quelques spécialistes, sans doute, qui s'intéressent aux traditions populaires ou aux particularités des langues peu connues et peu étudiées.

La Livonie, par contre, est présente dans nos livres d'histoire et dans les encyclopédies. On y apprend qu'elle se trouve au bord de la mer Baltique, au Nord de la Lituanie, et que sa « vraie » histoire a commencé au 13e siècle avec l'arrivée des Allemands qui ont colonisé le pays et converti les populations autochtones au christianisme. On dit ensuite qu'il y a eu le vaillant évêque Albert de Buxhoevden qui a fondé la ville de Riga en 1201, les chevaliers Porte-Glaive et le fameux Ordre Teutonique qui a semé la terreur partout où il passait.

En fait, c'est un peu plus compliqué et même beaucoup plus, quand on prend la peine de suivre de près les événements.

L'affaire commence avec le moine missionnaire allemand Meinhard qui apparaît à l'embouchure du Daugava (all. Düna) en 1184 avec l'intention d'apporter aux païens la foi chrétienne. Mais comme cela se produit souvent dans des cas analogues, l'évangélisation inspire le commerce et en même temps les convoitises territoriales des ordres militaires de sorte que bientôt l'on constate une confusion totale entre ce qui est à César et ce qui est à Dieu.

L'évêque Albert avait créé l'ordre des Porte-Glaive pour convertir *manu militari* toutes les tribus récalcitrantes. Celui-ci fut remplacé en 1237 par l'Ordre Teutonique qui à son tour céda ses pouvoirs et ses fonctions à sa filiale appelée « Ordre Livonien » .

Le pouvoir politique était partagé entre l'évêque de Riga et l'Ordre qui s'entendaient assez mal : chacun avait ses ambitions et ses vues sur l'administration des territoires conquis. Il y avait aussi, bien entendu, des difficultés avec les voisins, particulièrement avec le duché de Lituanie et les Slaves orientaux. Après l'introduction de la Réforme en 1522, la Livonie est rapidement morcelée : les Danois mettent la main sur la Courlande et achètent l'Estonie. Les Russes attaquent en force. Devant leur invasion en 1557, l'évêque de Riga se voit obligé d'appeler au secours Sigismond (Zygmunt) II Auguste, roi de Pologne, le dernier des Jagellons, qui, évidemment, profite de l'occasion pour annexer la Livonie ou ce qui en reste.

Toute la deuxième moitié du 16e siècle est dominée par la guerre de Livonie (1558-83). Les Russes, les Suédois, les Danois, les Polonais, les colons allemands eux-mêmes, tout le monde s'y met. La Suède se fait remarquer particulièrement tout le long du 17e siècle. Finalement, avec le traité de Nystad (en finnois Uusikaupunki) en 1721, la paix russe s'abat sur la région. La Livonie devient une province de l'Empire.

En 1918, à la création des républiques indépendantes d'Estonie et de Lettonie, on ne parle plus de la Livonie. La Livonie a cessé d'exister.

En survolant l'histoire mouvementée de la Livonie, il n'est pas facile de voir clair dans les découpages successifs de son territoire.

Au début, les Allemands appelaient « Livonie » les quelques kilomètres carrés sur la côte où ils avaient débarqué et rencontré les premières communautés lives. Ensuite, ils utilisaient le même nom pour désigner tous les territoires qu'ils occupaient. C'était pratique et paraissait même justifié, puisque les populations qui y habitaient se ressemblaient toutes – comme l'explique le chroniqueur Henri – de sorte que les Allemands ne savaient pas toujours contre qui ils se battaient : il leur arrivait même de massacrer leurs alliés qu'ils confondaient avec leurs adversaires !

La Livonie des origines englobait donc tous les territoires de la Baltique orientale du golfe de Finlande jusqu'à la frontière lituanienne. Dans les livres d'histoire, on l'appelle « Vieille Livonie », en allemand Alt-Livland. Mais comme nous l'avons vu, avec les Danois et les Suédois, on commence à identifier les composants de ce conglomérat d'ethnies et de langues bien différentes. On découvre la Courlande, l'Estonie et ensuite les Latgales et d'autres tribus balto-slaves. Mais quelquefois il paraît bien difficile de tracer avec exactitude leurs frontières.

Il n'y a jamais eu de royaume de Livonie, malgré quelques tentatives des envahisseurs pour créer une unité politique autonome. Mais il y a eu l'Ordre de Livonie, la guerre de Livonie, la province de Livonie de l'Empire russe et la noblesse livonienne qui s'est mise au service des tsars. Et, il y a eu Jules Verne avec son « Drame en Livonie ».

La Livonie garde sa place dans l'histoire du Nord et de l'Est européens.

ET LES LIVES DANS TOUT CELA ?

La Livonie est, en principe, le pays des Lives. Avant la colonisation, les Lives habitaient sur toute la côte du golfe de Riga (appelé aussi « golfe Live » ou « golfe de Livonie »), au Nord jusqu'au fleuve Salatsi (en letton Salaca), à l'Est jusqu'au cours supérieur du Düna-Daugava et à l'Ouest jusqu'à l'actuelle ville de Ventspils (all. Vindau).

Selon l'estimation d'Eduard Vääri, le grand spécialiste des questions lives, la Livonie comptait au 13e siècle environ 30 000 habitants. Ils étaient probablement plus nombreux que les Lettons, et peut-être aussi nombreux que les Estoniens du Sud et les habitants de l'île de Saaremaa toute proche. Au 19e siècle il n'y en a plus que – approximativement – 2 000. Le recensement soviétique de 1959 en trouve encore 200, et dans les années 70, on n'en parle plus. Pourtant les chercheurs finno-ougristes les ont rencontrés et ils ont recueilli des récits passionnants et des traditions populaires. La « Livonie » s'était concentrée dans les 14 villages de la côte courlandaise, dans la presqu'île de Domesnäs.

Que s'était-il passé ?

Évidemment, beaucoup d'entre eux ont été massacrés. Car les combats commencèrent chez eux, et au début, les Lives étaient assez seuls à s'opposer à l'envahisseur. Malheureusement, il n'y avait pas cette belle unité balte dont les hommes politiques rêvent à notre époque !

« La soumission créa pour les Lives une situation économique et spirituelle très difficile. Ils avaient plus que les autres souffert de la guerre : leurs voisins s'étaient tenus prudemment à l'écart, et les batailles avaient eu lieu surtout en territoire live. Ils furent ensuite décimés par la peste et perdirent plusieurs de leurs chefs. Les Lives furent contraints par la force à participer à la lutte des Croisés contre les Estoniens, leurs terres arables furent distribuées aux étrangers, les Lives devinrent taillables et corvéables à merci. Beaucoup de villages se vidaient de leur population, de la population masculine en particulier, et les conquérants profitaient de cette situation pour y implanter des Latgales et des Semgales. Ceux-ci étaient préférés à cause de leur docilité… » (Ed. Vääri)

Par conséquent, les Lives qui avaient survécu aux massacres et à la peste se sont assimilés assez rapidement aux tribus baltes, excepté les habitants des villages de Courlande, restés, grâce à leur situation géographique, à l'écart du remue-ménage général.

En tout cas, tous les vaincus ont été asservis de la même façon, et les chercheurs futurs pourront toujours discuter les motivations exactes du fait que les Lives se sont lettisés et que les Lettons ne se sont pas livisés.

Les drames du 20e siècle faillirent liquider tout ce qui restait de ce malheureux peuple. Les Soviétiques verrouillèrent la côte live, tout contact avec le monde extérieur fut interdit, toute activité culturelle également. Officiellement, le peuple live ne devait pas exister.

Toutefois, vers la fin de l'Empire soviétique, les petits peuples de la Baltique pouvaient à nouveau respirer un peu. On découvrit encore 14 locuteurs natifs de live ! Mais en même temps, quelques Lettons se rappelaient que leurs ancêtres étaient Lives. Et actuellement, on constate un phénomène époustouflant : une partie de la Lettonie est en train de se liviser ! On organise des cours de live, on chante en live, on essaie de raviver les traditions populaires lives. Des étudiants lives inscrits à l'Université de Tartu en 1998 pour y apprendre l'estonien racontent que, actuellement, être Live est très bien vu en Lettonie, et déjà plus de 200 citoyens de la République de Lettonie se prennent pour des Lives. Si cette évolution continue, on pourra bientôt parler de la résurrection miraculeuse d'un peuple finno-ougrien que l'on croyait mort depuis longtemps.

UNE LANGUE ORIGINALE ET ASTUCIEUSE

Le live est une langue finno-ougrienne, comme l'estonien, le finnois et le lointain hongrois. Il fait partie du groupe des langues finnoises de la Baltique dites aussi balto-finnoises ou, aujourd'hui, fenniques. Selon certains chercheurs, le live et l'estonien du Sud ont été les premières langues à se séparer de ce que l'on appelle le proto-fennique de la Baltique récent (voir Tableau 1). Il paraît en tout cas évident que le live est très proche de l'estonien du Sud. Et le cas de l'estonien du Sud est assez curieux : on le classe en général parmi les « dialectes du Sud », mais en fait, par son vocabulaire et sa grammaire originale, il se distingue tellement de l'estonien littéraire – basé sur les « dialectes du Nord » – qu'on tend de nos jours à lui accorder le « statut » de langue.

L'appartenance du live au groupe méridional des langues fenniques est déjà signalée par la présence de la voyelle centrale **õ** qui est attestée en estonien, mais pas en finnois. On constate aussi l'absence de l'harmonie vocalique, mais également une simplification de l'alternance vocalique ou consonantique, qui complique considérablement l'apprentissage du finnois et de l'estonien. Quand on peut, il faut simplifier, n'est-ce pas ? Ainsi, le live a supprimé aussi des voyelles finales peu utiles et des éléments vocaliques à l'intérieur du mot, là où le locuteur a tendance à les « avaler » quand il parle plus ou moins vite.

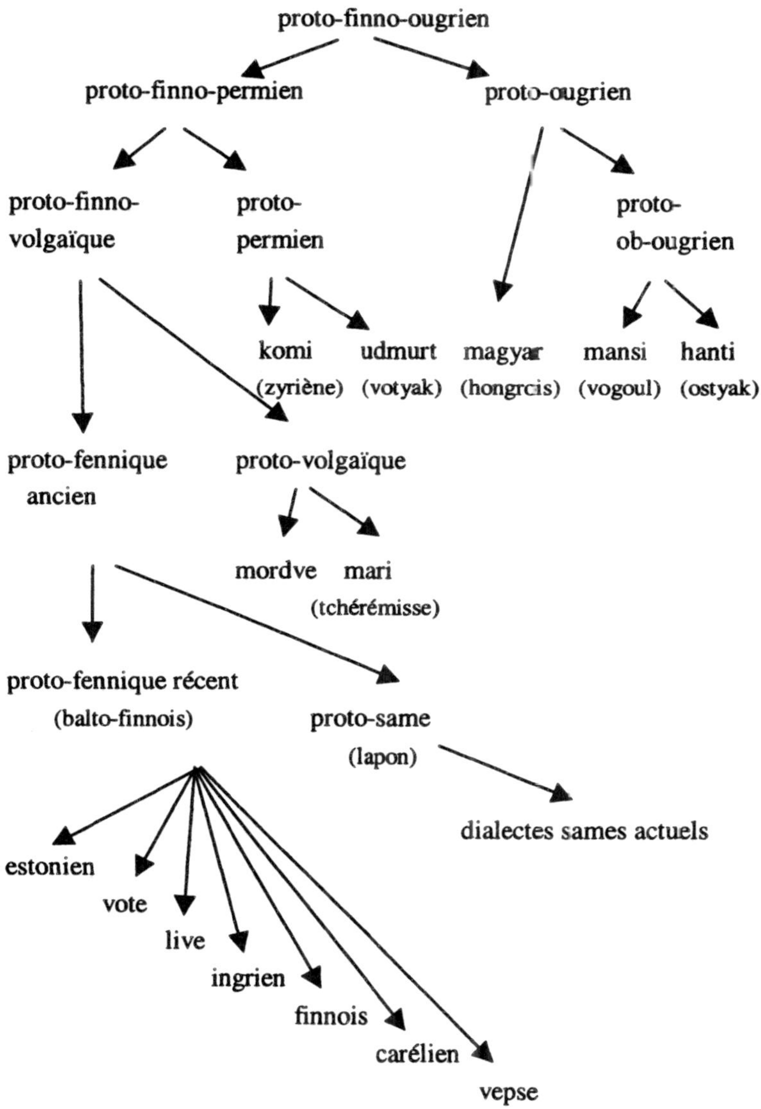

Tableau 1. L'évolution des langues finno-ougriennes

reproduit et traduit de Valev Uibopuu, *Meie ja meie hõimud*, Eesti kirjanike kooperativ, Lund 1984.

Le trait le plus remarquable de la prononciation live se définit comme coup de glotte tel qu'on l'entend aussi en danois (*stød*) : un élément vocalique est coupé en deux, ce qui permet aussi de distinguer entre une diphtongue et une simple suite de voyelles. Le plus souvent, il remplace le **h** ancien qui a disparu.

Le live constitue une mine de renseignements pour ceux qui s'intéressent au bilinguisme et aux contacts de langues en général. Ayant vécu parmi les lettophones pendant des siècles, les Lives ont su s'approprier et adapter à leur système linguistique une quantité d'éléments lettons – donc indo-européens – qui enrichissent non seulement le vocabulaire, mais aussi les possibilités grammaticales. Ainsi, par exemple, l'adoption des préfixes du verbe letton offre au verbe live le moyen d'ajouter à son contenu sémantique toutes sortes de nuances que les langues voisines sont obligées d'exprimer avec des locutions adverbiales. Et l'intégration est parfaite ; si l'on ne savait rien du letton, on pourrait imaginer qu'il s'agit d'une invention authentiquement live !

OSER L'ÉCRIRE…

Les langues à tradition orale doivent un jour ou l'autre, pour survivre dans le monde moderne, passer à l'écrit. Or elles n'ont au départ ni alphabet ni orthographe officiels. Les chercheurs du 19e siècle qui ont commencé à transcrire des textes oraux lives les ont littéralement noyés dans la traditionnelle transcription finno-ougrienne : chaque mot est couvert de signes, il y en a au-dessus, en-dessous et au milieu, car on essaie de noter toutes les nuances de la prononciation du locuteur. L'analyse phonologique a permis de « nettoyer » certaines images graphiques, et au début du 20e siècle, lorsqu'on a édité les premiers livres de lecture et périodiques en langue live, on est arrivé à créer une écriture raisonnable.

Le dictionnaire live le plus important, celui le Lauri Kettunen *(Livisches Wörterbuch mit grammatischer Einleitung*, Lexica Societatis Fenno-Ugricae V, Helsinki 1938), présente un alphabet de 55 signes. En finno-ougriste consciencieux, l'auteur a noté toutes les variantes qu'il a pu percevoir, de sorte que la lettre **a** par exemple apparaît sous cinq formes. En fait, on peut se contenter d'un alphabet simplifié tel qu'il apparaît dans les textes édités pour le lecteur live : a, b, d, e, f, g, i, j, k, l, m, n, o, p, r, s, š, z, ž, t, u, v, ä, õ.

Évidemment, chaque communauté exprime ses petites nuances – les savants distinguent entre les parlers occidental et oriental –, mais ces différences sont minimes et variables d'un locuteur à l'autre. Il n'est pas indispensable de s'y arrêter.

Le tableau des voyelles est simple :

	postérieures	*centrale*	*antérieures*
fermées	**u**		**i**
		õ	**e**
ouvertes	**a**		**ä**

Pour un locuteur français, il faut rappeler que la lettre **u** se prononce **ou** et que le tréma sur **ä** indique qu'il s'agit en fait d'un **ê** beaucoup plus ouvert que, par exemple, dans **même**.

Pour le reste, il n y a pas de problème, excepté le cas de la voyelle centrale **õ**. Dans les textes scientifiques on utilise un **e** renversé chargé de signes diacritiques. La voyelle centrale, caractéristique des langues fenniques du Sud, est facile à prononcer, quand on a appris l'estonien. Pour la réaliser, on commence par dire **o**, et tout en continuant à dire **o**, on met les lèvres en position de **e**. Il en sort un son presque guttural. Les linguistes l'appellent « **e** postérieur ».

Comme l'accent principal tombe sur la première syllabe de mot, celle-ci peut utiliser toutes les richesses de la gamme vocalique. Dans les syllabes suivantes, on ne rencontre que les voyelles fermées (**i** et **u**) et les voyelles ouvertes (**ä** et **a**), et assez rarement **e**, comme dans **kure** « diable ». La centrale domine en position finale où elle se définit souvent comme « voyelle réduite ». Comme on le sait, en parlant plus ou moins vite, le locuteur a tendance – probablement dans toutes les langues du monde – à « avaler » les parties non accentuées de son discours. Ainsi donc, la voyelle centrale accueille les restes de la voyelle en train de s'évanouir et se « prononce » quelquefois presque comme le **e** muet en français ! Parmi les diphtongues, les combinaisons voyelle + **i** et voyelle + **u** sont les plus fréquentes.

Ici, on pourrait saisir l'occasion pour plaider la cause du coup de glotte, noté ' dans la littérature finno-ougrienne et supprimé dans les textes récents. En effet, le coup de glotte coupe en deux la mélodie de la voyelle. C'est un trait original de la prononciation, qui paraît, dans la plupart des cas, assez superflu. Que le « *chien* » soit **pi'ņ** ou **piņ**, cela revient au même. Par contre, dans des mots où il a remplacé un phonème disparu, il prend valeur phonologique, ex. **juodõ** « boire » / **ju'odõ** « diriger » ; **pallõ** « prier » / **pa'llõ** « brûler » ; **tiedõ** « savoir » / **ti'edõ** « faire ». On voit aussi qu'il peut servir à distinguer entre les diphtongues et les simples groupes vocaliques. Rappelons-nous que le live n'utilise pas la lettre **h** ! Évidemment, on peut aussi considérer qu'il existe partout des homonymes et que la forme **tiedõ** peut tout simplement avoir deux significations. (Comparez en français « le vol ». Qu'est-ce que c'est ? Un déplacement aérien ou un geste indélicat dans un porte-monnaie étranger ?) De toutes façons, le coup de glotte varie souvent selon le locuteur et quelques chercheurs, tel l'ethnologue Oskar Loorits, ont avoué qu'ils ne l'entendaient pas toujours. Mais il constitue quand même l'un des traits caractéristiques de cette langue, ainsi que son intonation légèrement chantante qui rappelle le suédois. Il nous faudrait des linguistes-poètes pour nous expliquer les liens que peut créer la mer Baltique avec ses vagues et ses tempêtes !

Si nous ne voulons pas considérer le coup de glotte comme une consonne, on peut dire que la liste des consonnes ne propose rien de spectaculaire :

occlusives sourdes	p		t		k
occlusives sonores	b		d		g
fricatives sourdes		f	s	š	
fricatives sonores		v	z	ž	j
nasales	m		n		
latérale			l		
vibrante			r		

Toutes les voyelles et toutes les consonnes peuvent être brèves et longues. La consonne longue en position intervocalique est géminée :
saddõ « tomber », **räppi** « sale », **pallõ** « prier » etc. Pour marquer la longueur des voyelles, on a adopté le trait letton : **lǟlam** « difficile, pénible », **brūt** « fiancé », **kīlma** « froid », **rōda** « fer », etc.

Ce trait de la voyelle longue lettone ajoute à l'orthographe live une petite note exotique, surtout quand on le voit sur un mot aussi typiquement fennique que **mō** « terre, pays », écrit en estonien et en finnois *maa*.

LES PLAISANTERIES DE LA PALATALISATION

La palatalisation est un phénomène qui donne à une consonne la « couleur » de **i**, c'est-à-dire que l'articulation de la consonne voisine de **i** glisse dans la région antérieure du palais. C'est un détail qui n'est pas bien perçu par tous, et pour découvrir l'endroit exact où cet élément « **i** » se manifeste, il faut une oreille très fine. Ainsi, par exemple, il peut même y avoir des linguistes qui n'entendent pas la différence entre *mat'* /mat^{y}/ « mère » en russe et *matt* /ma^{y}t/ « tapis » en estonien. De ce fait, pour limiter les complications, plusieurs écritures omettent de la signaler.

Les Lives semblent tenir à leur palatalisation. Ils la signalent dans l'écriture en mettant une cédille sous la consonne palatalisée (tandis que la transcription traditionnelle finno-ougrienne utilise un petit trait vertical sur la consonne concernée ou à côte de celle-ci).

La cédille est évidemment d'origine lettone, mais si le letton l'associe uniquement à **g**, **k**, **l**, **n**, le live palatalise – comme l'estonien – **l**, **n**, **r**, **s**, **t**. Il convient de noter ici l'importance du **r** palatal, rare en estonien standard, mais assez spectaculaire en estonien du Sud.

Que se passe-t-il avec les autres consonnes ? Il est difficile d'y répondre, puisque aucun d'entre nous n'a entendu le parler du début du 20e siècle. Mais le dictionnaire de Kettunen note aussi un **k** palatalisé : **brāķ** « désapprouver, blâmer » du letton *brāķēt*... Donc on peut supposer que les mots d'emprunt peuvent garder leur palatalisation originale.

Il est intéressant de voir que le letton emploie les consonnes palatales assez souvent en position initiale : *ņemt* « prendre », *ķilda* « querelle », etc. Pour les langues fenniques, c'est un procédé assez inhabituel. Toutefois, on trouve chez Kettunen, par exemple **lip** « fanion ; pièce de raccommodage » qui s'oppose à **ļip** « queue de mouton ; talon de chaussette » du letton *ļipa*.

Le « pouvoir » de la palatalisation sur l'écriture apparaît surtout avec les géminés : **neļļõz** « quatrième », **piņņõd** « les Finnois », **paşşõ** « convenir », **tõţţi** « grand-père, vieil homme », etc.

Il y a aussi des groupes consonantiques où tous les composants peuvent apparaître avec une cédille, par exemple **vaņţļõ** « regarder » que quelques auteurs notent **vaņţlõ** ou **vaņtļõ**. Actuellement, on a tendance à simplifier : **vaņtlõ**.

On peut se demander ici quelles sont les conditions réelles d'une palatalisation. Peut-on prononcer **neļlõz** avec un **ļ** palatalisé à côté d'un **l** non-palatal ? Si vous vous sentez très fort en phonétique, vous pouvez essayer de séparer les consonnes du groupe **ntl** de **vaņţļõ** et de varier la prononciation. Si vous y parvenez…

En tout cas, il existe des textes où les signes de palatalisation restent absents – et c'est bien plus simple ainsi – mais ceux-ci constituent quand même un élément décoratif irremplaçable pour les textes lives. Et si un jour, vous réussissez à composer des poèmes en live, ne lésinez pas sur les cédilles !

I. LA GRAMMAIRE

A. LE NOM : UNE DÉCLINAISON RAISONNABLE

Pour vous faire plaisir, disons tout de suite que le live ne connaît pas d'article et qu'il ne s'encombre pas de problèmes de genre. Là où c'est vraiment important, le masculin et le féminin s'expriment déjà dans le nom. **Ārga** « taureau » est un mâle, **niemõ** « vache » est une femelle. C'est évident, non ? Par conséquent, on peut se passer de toutes ces distinctions grammaticales qui font peur au débutant.

1. Le nominatif qui nomme

Tout nom a d'abord la vocation nominative, c'est-à-dire, il nomme les choses et les êtres. On le trouve comme entrée dans les dictionnaires. En live, il est le plus souvent mono- ou bisyllabique, à terminaison vocalique ou consonantique.

Comme les Lives n'ont pas d'Académie pour fixer les formes et surveiller l'évolution de la langue, on rencontre dans les textes de nombreuses variations surtout vocaliques, par exemple, **juva~jõva** « bon », **õbbi~ibbi** « cheval », **lebbõ~läbbõ~lõbbo** « à travers », **kõlbõ~kilbõ~külbõ** « convenir, pouvoir servir à ». Ces variations se produisent surtout dans la première syllabe du mot qui porte l'accent principal. Quant à la centrale **õ**, la plus fréquente en position finale, elle se prononce – quelquefois d'une façon imprécise qui rappelle le **e** muet en français – ou ne se prononce pas. On entend donc **tämpõ** ou **tämp** « aujourd'hui », **ulz** ou **ulzõ** « dehors », **tul min jūr** ou **jūrõ** « viens chez moi », etc. Pour garder une certaine cohérence visuelle, on peut préférer les formes que l'on trouve comme entrées dans le grand dictionnaire de Kettunen.

Cette instabilité vocalique constitue l'une des curiosités de la langue live. « Très souvent il importe peu », constate Sjögren, « qu'une voyelle soit utilisée ou non ». La centrale õ en position finale est évidemment la plus instable. Et Sjögren propose ici une explication qui mériterait d'être méditée par d'autres linguistes : c'est le rythme de la langue qui détermine l'utilisation des voyelles. L'énoncé live est en général trochaïque (une syllabe accentuée + une syllabe non-accentuée). Vous qui voulez apprendre le live, devenez poète, faites vous bercer par cette prose rythmée, et vous verrez comme les choses deviennent simples !

En regardant les consonnes finales, on remarquera la fréquence de **z** (s sonore). Ce **z** apparaît d'abord dans des mots d'origine fennique comme **vȭrõz** « étranger, inconnu » (est. *võõras*), **lāmbaz** « mouton » (est. *lammas*), **kitsaz** « étroit, restreint » (est. *kitsas*), **lāiskõz** « paresse » (est. *laiskus*), **kovalõz** « intelligence » (est. *kavalus*, « astuce, ruse »)

Ce **z** final s'est accroché à beaucoup d'autres mots fenniques où il n'a en principe rien à voir : **luomõz** « animal » (est. *loom*), **kōvaz** « bouleau » (est. S. *kõiv*), **kūzõz** « sapin » (est. *kuusk*), **paganõz** « païen » (est. *pagan*, dans les jurons aussi *paganas*), **ukaz** « fier » (est. *uhke*). On peut penser que c'est l'influence lettone qui a semé des **-z** un peu partout, car le letton utilise cette consonne très souvent en finale, surtout dans les noms masculins, que l'on conserve ou non dans les emprunts. Le mot letton *draugs* « ami » donne ainsi trois variantes en live : **droug**, **drougõ**, **drougõz**.

Tableau 2. Les « cas grammaticaux »

Pour vous permettre	d'y voir clair dans la terminologie utilisée par les grammairiens, voici la liste des « cas » du live :
Nominatif	le mot pour « nommer » ; on le trouve comme entrée dans les dictionnaires
Génitif	marque surtout une possession, mais utilise le plus souvent la forme nominative
Datif	un cas qui « donne » ou « prend » ou « situe »
Partitif	cas de l'objet direct, correspond en général à l'accusatif des langues indo-européennes
Cas locaux internes :	
Illatif	« dans, en » : indique un mouvement dirigé vers l'intérieur d'un objet
Inessif	« dans, en », comme position
Élatif	« de, de l'intérieur », mouvement de sortie
	Illatif→ [Inessif] →Élatif « dans »
Cas locaux externes :	
Allatif	mouvement : « vers, à »
Adessif	position, situation : « à, chez, sur »
Ablatif	mouvement à partir de quelque chose, séparation : « de »
	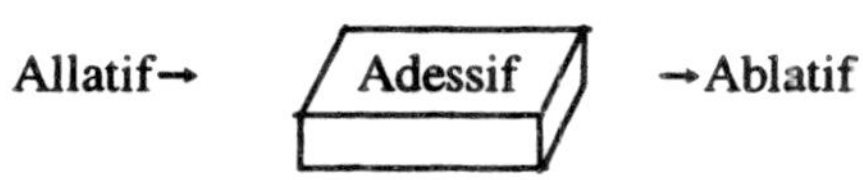 « sur »
Translatif/Comitatif	indique une transformation : « en » ou « avec »
Instructif	répond à la question « de quelle façon ? par quel moyen ? »

2. *Les cas grammaticaux*

Bien que la réalité soit quelque peu différente, les grammairiens annoncent pour le live douze cas grammaticaux (voir Tableaux 2).

3. *La gymnastique des alternances*

Les grammaires traditionnelles ont l'habitude de distinguer entre les langues flexionnelles – telles que les langues indo-européennes – et les langues agglutinantes qui utilisent des affixes pour organiser leur déclinaison. Les langues finno-ougriennes feraient partie de ce dernier groupe. Or, en fait, elles sont également flexionnelles, puisqu'elles peuvent modifier le radical de certains mots. Cette modification s'appelle « alternance » et le live n'y échappe pas.

Prenons ici les exemples donnés par Eduard Vääri dans sa monographie. Pour faciliter la compréhension, marquons le degré fort dans les groupes consonantiques par : – il est évident que l'orthographe actuelle n'est pas toujours très précise :

tt/t	**kattõ** « couvrir » /**katab** 1. et 3.p.
pp/p	**ļeppõ/ļepa** « aune » (partitif/nominatif)
kk/k	**rikkad** « les riches » /**rikaz** « riche »
zz/z	**pezzõ/peza** « nid » (partitif/nominatif)
ž̦ž̦/ž̦	**až̦ž̦õ/až̦a** « chose » (partitif/nominatif)
mm/m	**immõ** « sucer » /**imub** 1. et 3.p.
nn/n	**kannõ/kana** « poule » (partitif/nominatif)
ll/l	**pallõ** « brûler » /**palab** 1. et 3.p.
rr/r	**karrõ/kāra** « poil » (partitif/nominatif)
jj/j	**aijjõ** « pousser, chasser, courser »/**ajab** 1.et 3.p.
vv/v	**sovvõ/sova** « bâton » (partitif/nomiatif)
t:s/ts	**mõt:sõ** « forêt » (partitif)/ **mõtsad** « les forêts »
ţ:š/ţš	**voţ:šõ** « chercher » /**voţšub** 1. et 3.p.

k:s/ks	**ok:sõ/oksa** « branche » (partitif/nominatif)
p:s/ps	**lipsõ** « traire » /**lipsab** 1. et 3.p.
p:t/pt	**lop:tõ** « finir, terminer » /**loptab** 1. et 3.p.
s:t/št	**as:tõ** « marcher, aller » /**aštab** 1. et 3.p.
r:b/rb	**var:bõd** « orteils »/**vārbaz** « orteil »(sg)
r:d/rd	**par:dõd** « bords » (bateau, avion) /**pārdaz** « bord » (sg)
r:g/rg	**ur:gõ/ūrga** « ruisseau » (partitif/nominatif)
n:d/nd	**ran:dõ/rānda** « rive, côte, plage » (partitif/nominatif)
r:z/rz	**var:zõ/vārza** « poulain » (partitif/nominatif)
m:b/mb	**lam:bõd** « les moutons » /**lāmbaz** (sg)
l:g/lg	**võl:gõ/võlga** « dette » (partitif/nominatif)
l:m/lm	**sil:mõ/sīlma** « œil » (partitif/nominatif)
r:n/rn	**pär:nõ/pārna** « tilleul » (partitif/nominatif)

Malheureusement, ce n'est pas tout. Les voyelles longues et les diphtongues se permettent aussi des variations qualitatives et quantitatives. Par exemple :

āiga	« temps »	part.	**ai:gõ**
vēna	« havre ; Daugava »	illat. sg.	**vei:nõ**
puoga	« fils »	part.	**poi:gõ**
tie	« travail »	part.pl.	**tēḑi**
lēba	« pain »	part. pl.	**lei:bõ**
jou:dõ	« pouvoir »	1.et 3.p.	**jōdab**
täuž	« plein »	pl.	**tǟ:dõd**
sēņ	« champignon »	part.	**sient**
ēl	« voix »	part.	**ield**

etc.

Pour être sûr de trouver les formes qui conviennent on peut toujours consulter le dictionnaire de Kettunen, bien que certains linguistes le considèrent comme « vieilli ».

4. *Un génitif sournois*

Le tableau des « cas » place le génitif tout de suite après le nominatif. C'est le cas qui exprime l'appartenance, la possession, l'origine.

En live, on ne le distingue pas formellement du nominatif. Il prend sa fonction en position épithétique, c'est-à-dire devant le nom à compléter ou à définir :

épithète + NOM

nīn « château » + **izand** « seigneur » =
« le seigneur du château »
izand « seigneur » + **nīn** « château » =
« le château du seigneur »

C'est d'une simplicité admirable. Toutefois, il ne faut pas se réjouir trop tôt. Historiquement, le génitif est un cas important, et il tient à se manifester même là où le locuteur l'a presque éliminé. Parmi les mots les plus fréquents, nous trouvons des formes génitivales bien différentes des nominatifs, par exemple :

keiž	« main »	gén.	**käd**	(cf. est. *käsi*, gén. *käe*)
kēļ	« langue »	gén.	**kiel**	
mer	« mer »	gén.	**mier**	
täm	« chêne »	gén.	**täm**	
ukš	« porte »	gén.	**uks**	
läpš	« enfant »	gén.	**laps**	
õbbi	« cheval »	gén.	**õbbiz**	
punni	« rouge »	gén.	**puniz**	

À noter aussi que l'archaïque **-n** finno-ougrien apparaît dans quelques composés comme **siemnaiga** « repas » (= temps de manger) et dans des expressions comme **sie rō um izan** « cet argent est au père », où **izan** peut être interprété comme un génitif – (l'argent) du père – ou plutôt comme un datif – (appartient) au père (cf. finnois *se raha on isän*, voir aussi les pronoms.)

Dans ce cas précis, on ne voit évidemment pas très bien la différence entre le « génitif » et le « datif ».

Mais le jeu de ce -**n** peut mener bien plus loin.

5. *Le datif – puisqu'il faut en parler*

Dans les langues indo-européennes, le datif constitue un pilier de la grammaire traditionnelle. En finno-ougrien, on le remplace le plus souvent par les cas locaux externes. Mais ceux qui étudient l'évolution des langues sont fascinés par cette consonne -**n** prolifique et les spécialistes expliquent que son origine doit se trouver dans l'ancien locatif en -**na** tel qu'il se manifeste encore en finnois, ex. *kotona* « à la maison ».

Mais cette forme montre aussi un aspect « essif » : exemple live **lapsõn vo|ts** « étant enfant », finnois *lapsena ollessa* ; live **tieran** « en bonne santé », finnois *tervenä*.

Ensuite, on peut trouver des exemples dans lesquels on peut parler du datif-génitif ou du génitif-datif : **ānda mäddõn leibõ** « donne nous (= à nous) du pain » ; **min tidarõn um brūdgana** « ma fille (= à ma fille, de ma fille est) a un fiancé » ; **mõ-mīez kisub rāndalizõn õrnõd sȃlgast mõ** « l'homme de la terre (Letton) arrache à l'habitant de la côte (Live) ses vêtements ». N.B. ! **sȃlgast mõ** « du dos par terre ».

Il s'agit donc d'un « cas » passe-partout qui peut se définir comme locatif, essif, adessif, allatif, ablatif, génitif... et qui pourrait même avoir des liens avec l'instructif et le comitatif. Quel « cas » prétentieux !

Il faut encore signaler la fréquence de ce -**n** dans des expressions adverbiales de temps, par exemple **täm ȭdõn** « ce soir », finnois *tänä ehtoona*, expression qui rejoint curieusement le letton – **tan vakaran**, **miki|pȃvan** « à la Saint-Michel », **pivapȃvan** « dimanche » (= sacré jour), **katriņõdõn** « le soir de la Sainte-Catherine », **jõņpȃvan**

« à la Saint-Jean, le jour de Saint-Jean ». Mais l'adessif en -l conserve quand même ses droits : **täm uondžõl** « ce matin », **siel aigal** « en ce temps là » etc.

6. « Être » pour « avoir »

Ces deux verbes sont indispensables pour exprimer les situations et les événements de la vie quotidienne. Mais le live peut s'arranger avec un seul. Grâce à son datif !

Pour dire ce qu'il a, le locuteur live utilise le verbe **vōlda** « être » :

minnõn um rō « j'ai de l'argent (à moi est de l'argent) »

u täddõn um aim ? « avez-vous une famille ? (= est-ce que à vous est (une) famille) ? »

amad lindudõn um nana « tous les oiseaux ont un bec (= à tous les oiseaux est (un) bec) »

min vanbistõn attõ kuolm puogad « mes parents ont trois fils (= à mes parents sont trois fils) »

kengšepan äb uo ūtõ kängõ « le cordonnier n'a pas de chaussure neuve (= au cordonnier n'est pas (de) chausssure neuve) »

Il est intéressant de noter que ce schéma datif + **um** « est » ou **attõ** « sont » qui remplace le verbe « avoir » est attesté aussi dans les langues voisines : « j'ai » se dit en estonien *minul on* (*minul* adessif de *mina* « je, moi »), en finnois *minulla on* (également avec un adessif), en russe *u menja est'* « chez moi est », en letton *man ir* – avec le datif comme en live !

Par cette formule, le letton se distingue du lituanien et du vieux prussien qui sont pourtant ses proches parents. Toutefois, encore aux 15e et au 16e siècles on trouvait dans la poésie populaire lettone l'expression *es turu* au sens de « j'ai ». Mais aujourd'hui, le verbe *turēt* signifie « tenir ». Il est peut-être sage de tenir ce que l'on a…

7. Le partitif et l'objet direct

Le partitif opère avec un élément consonantique qui peut le mettre en conflit avec le pluriel. C'est la terminaison **-t** qui apparaît aussi comme **-ta**, **-da**, **-tõ**, et qui est incontournable dans le nominatif pluriel : **kala** « poisson », pl. **kalad**, **õbbi** « cheval », pl. **õbbist**.

Le partitif en **-ta -da** est une forme finnoise très ancienne et il se maintient là où il le peut :

sēņ	« champignon »	part.	**sieņt**
ēļ	« voix »	part.	**ielt**
sõzar	« sœur »	part.	**sõzart**
eņtš	« soi-même »	part.	**eņtšta**
keiž	« main »	part.	**kätta**
nai	« femme »	part.	**naista**
sie	« ceci »	part.	**sieda**
vēiž	« eau »	part.	**vieta**
tuļ	« feu »	part.	**tūlda**
meŗ	« mer »	part.	**mierda**
mīez	« homme »	part.	**mieštõ~miest**
rišting	« être humain »	part.	**ristingtõ~ristingt**
tõvaz	« tempête »	part.	**tõvastõ~tõvast**

Comme nous avons remarqué au début de ce paragraphe, dans certains paradigmes il peut y avoir collision entre le **t** du partitif et son « homologue » du pluriel. La force du partitif se concentre alors à l'intérieur du mot, et **kala** « poisson », au pluriel **kalad**, donne au partitif **kallõ**. Le tableau des alternances (p.30) donne un bon aperçu de ce procédé.

Le partitif – comme son nom l'indique – prend une part de quelque chose sans toucher à la totalité de l'objet concerné. On peut « manger DU PAIN », mais aussi « un pain entier » ; « du pain » s'exprimerait donc au partitif.

En live, on dit par conséquent, **ma sieb leibõ** (part. de **lēba**), **ma tõb ūdõ leibõ** « je veux faire du pain », non pas le pain dans sa totalité, mais juste ma ration à moi. Par contre, dans le « Notre-Père », on demande à Dieu une quantité bien précise : **mäd päuviz lēba** (nom.-gén.) **ānda mäddōn tämpō** « donne-nous notre *pain quotidien* ». Ni plus ni moins.

En finnois et en estonien, le complément d'objet direct jongle avec le nominatif, le génitif – appelé quelquefois « accusatif » – et le partitif. Le live a simplifié le système : en général, l'objet total est au génitif, l'objet partiel au partitif. Logique n'est pas ? Il est intéressant de comparer les exemples en live et en finnois présentés chez Kettunen :

Live :	Finnois :
ta vōtab sie ōbbiz (gén.)	*hän otta täman hevosen* (gén.)
« il prend ce cheval »	
ta vōtab ne ōbbist (nom.gén.)	*ota ne hevoset* (nom.)
« il prend ces chevaux »	
vōta sie ōbbiz (gén.)	*ota se hevonen* (nom.)
« prends ce cheval »	
ala vōta sie ōbbiz (gén.)	*älä ota sita hevosta* (part.)
« ne prends pas ce cheval »	

Ceci ne veut pas dire que le partitif soit absolument banni chez un objet aussi « total » qu'un cheval : sous l'influence du voisin estonien, on peut y avoir quelques variations... Mais en général, on peut constater que le live est ici plus simple que ses frères fenniques.

8. Le pluriel et le partitif à part

La marque du pluriel est **-d~t** :

– **d** s'ajoute à un élément vocalique, par exemple **kala** « poisson », pl. **kalad**, **keiž** « main » – irrégulier comme la plupart des mots ultra-fréquents – pl. **kädud**, **lāmbaz**

« mouton », pl. **lambõd**, **sidam** « cœur », pl. **sidamõd**, **pū** « arbre », pl. **pūd**.

– **t** se trouve après consonne : **õbbi** « cheval », pl. **õbbist** (N.B. part. **õbist**, une petite différence quand même!) **nai** « femme », pl. **naist**, **läpš** « enfant », pl. **lapst**.

Comme le nominatif pluriel couvre aussi le génitif pluriel, la forme **lapst** convient à plusieurs expressions différentes :

lapst attõ skūolsõ « les enfants sont à l'école » (inessif de **skūol**)

lapst skūol um kougõn « l'école des enfants est loin »

Le datif ajoute son **-n** (~**õn**) au nominatif-génitif pluriel : **puogadõn** « aux fils », **lindõdõn** « aux oiseaux », **lapstõn** « aux enfants », **õbbistõn** « aux chevaux », **jumaldõn** « aux dieux ».

Le partitif a dû s'inventer une forme en **-i** qui s'ajoute, pour éviter tout équivoque, au **-d~t** du pluriel :

pūdi (**pū** « arbre »), **pēdi** (**pā̈** « tête »), **kaļdi** (**kala** « poisson »), **kaņdi** (**kana** « poule »), **sigdi** (**siga** « cochon »), **muņdi** (**muna** « œuf »), **poigdi** (**puoga** « fils »), **laiģi** (**lōja** « bateau »), **okšti** (**oksa** « branche »), **suķti** (**suka** « bas, chaussette »).

Cet élément **-i** peut aussi apparaître seul, par exemple **siļmi** (**sīlma** « œil »), **nēmi** (**niem** « vache »), **tēģi** (**tēģ** « étoile »), **kēļi** (**kēļ** « langue »), **sūŗi** (**suŗ** « grand »), **läpši** (**läpš** « enfant ») ; mais peut aussi utiliser des variantes **-di**, **-idi**, par exemple. **nimidi** (**nim** « nom »), **nīnidi** (**nīn** « château »), **lōdidi** (**lōda** « table »), **võridi** (**võrõs** « étranger, visiteur »), **izandidi** (**izand** « seigneur »), **sõpkidi** (**sõpkõd** « bottes »).

Parmi les autres cas de la liste de la déclinaison, le translatif-comitatif suit le modèle du datif, c'est-à-dire il prend le nominatif pluriel et y accroche sa terminaison

-ks~õks, tandis que les cas locaux font bande à part avec le partitif.

9. Le translatif-comitatif avec quelques ambiguïtés

Le translatif indique en principe une transformation, un passage d'une situation à une autre. Le comitatif signale un accompagnement, on le traduit en français le plus souvent à l'aide de la préposition « avec ». On peut se demander comment le live a fait pour mettre les deux ensemble.

La terminaison du translatif est en estonien *-ks* et en finnois *-ksi*. Le comitatif s'est développé à partir d'une postposition qui signifie « avec ». Le finnois utilise encore la postposition *kanssa*, l'estonien l'a déjà transformée en suffixe *-ga*.

Le live se contente donc d'un seul signifiant -ks~õks, que l'on interprète selon le contexte. Si l'on dit : **ta võtab naisõks**, il faut évidemment traduire : « il (la) prend pour femme », c'est-à-dire « il l'épouse » (cf. estonien *naiseks*, finnois *naiseksi*). Par contre : **perimīez voļ naisõks Rīgõs** veut bien dire que « le patron était à Riga avec sa femme ».

Avec les verbes qui prêtent à un certain équivoque, il faut bien s'accrocher au contexte pour saisir le sens de l'énoncé, par exemple **īedõ** « rester » et « devenir » ; **lǟdõ** « aller » et « devenir » :

ma ei rujaks Rīgõs « je suis resté avec le malade à Riga » ou « je suis tombé malade à Riga »

ta lǟb punizõks « il devient (tout) rouge » ou « il s'en va avec le rouge » (avec un Bolchevik ?)

C'est bien amusant. Que serait une langue sans les jeux de mots ?

10. « Cas » locaux ou éléments de dérivation ?

La grammaire distingue entre les cas locaux internes et externes, entre l'intérieur des objets et leur surface en indiquant le mouvement et la position. En estonien, ce petit système fonctionne très régulièrement. Le live en a raboté une partie, et notamment des cas externes qui ne se combinent plus avec tous les paradigmes.

CAS INTERNES – Illatif, Inessif, Élatif

L'illatif semble être le plus fréquent de tous les cas locaux. Dans quelques paradigmes, on peut faire le rapprochement avec l'estonien **-sse** : **mōzō** (**mō** « terre »), **pūzō** (**pū** « arbre »). [Quelquefois, la forme employée rappelle le partitif : **käddō** (**keiž** « main », part. **kätta**), **mierrō** (**mer** « mer », part. **mierda**)].

Mais le plus souvent, le partitif peut aussi remplir le rôle de l'illatif : **tubbō** (**tuba** « chambre »), **sīlmō** (**sīlma** « œil »), **sounō** (**souna** « étuve, sauna »), **mōtsō** (**mōtsa** « forêt »), **oukkō** (**ouk** « trou »), **kuoţţō** (**kuoţ** « sac »).

L'inessif se termine par un **-s** (**tubas** « dans la chambre », **ouks** « dans le trou ») et l'élatif par - **st(ō)** (**tubast** « (sortir) de la chambre », **oukst(ō)** « du trou »).

CAS EXTERNES – Allatif, Adessif, Ablatif

Ces cas existent, et il faut les connaître. Ils sont courants avec certains mots, par exemple **mō** « terre, campagne », **lova** « lit » :

ta lǟb mōlō	« il va à la campagne »
ta jelab mōl	« il vit à la campagne »
ta tulab mōld~mōldō	« il vient de la campagne »
läpš lǟb lovvōl	« l'enfant va au lit (=sur le lit) »
läpš magub loval	« l'enfant est couché sur le lit »
läpš nūzōb lovald	« l'enfant se lève du lit »

Mais il est difficile de les intégrer à la déclinaison régulière, puisqu'ils ne sont pas utilisés avec tous les mots. Prenons ici le tableau de Vääri :

	Singulier		Pluriel	
nom.	**sug** « parent »	**jālga** « pied »	**sugud**	**jālgad**
gén.	"	"	"	"
dat.	**suggõn**	**jālgan**	**sugudõn**	**jālgadõn**
tr.-c.	**suguks**	**jālgaks**	**sugudõks**	**jālgadõks**
part.	**suggõ**	**jalgõ**	**sugdi**	**jalgi**
iness.	**suks**	**jālgas**	**sukši**	**jālgis**
élat.	**sukst**	**jālgast**	**sukšti**	**jalgšti**
illat.	**suggõ**	**jālgõ**	**sugži**	**jalgži**
adess.	-	**jālgal**	-	-
ablat.	-	**jālgald**	-	-
allat.	-	-	-	-
instr.	-	-	-	**jālgiņ**

L'instructif est un cas archaïque qui se manifeste très rarement et que l'on peut par conséquent classer avec les éléments adverbiaux, de même certains cas externes isolés, comme par exemple le **-l** dans les noms propres : **ma lǟb Sīkrõgõl** « je vais à Sīkrõg », **ma voļ Īras Lepstõl** (exemple cité par Kettunen) « j'étais à Ira chez la famille Lepste ».

Faut-il regretter les cas externes ? En fait, leurs fonctions ont été reprises en grande partie par le datif et la compréhension n'en souffre pas. Avoir huit cas au lieu de douze, et souvent seulement sept lorsque le génitif ne se distingue pas du nominatif, c'est quand même une économie appréciable !

11. Le numéral très fennique

Celui qui a appris le finnois ou l'estonien ne devrait avoir aucun problème de calcul en live. Les chiffres se reconnaissent facilement. Qui ne saurait pas compter en finnois *yksi, kaksi, kolme...* et en estonien *üks, kaks, kolm*, etc. ?

Voici les numéraux cardinaux en live :

1 – **ikš**, 2 – **kakš**, 3 – **kuolm**, 4 – **nēļa**, 5 – **vīž**, 6 – **kūž**, 7 – **seis**, 8 – **kādõks~kōdõks**, 9 – **īdõks**, 10 – **kim**

Il est à noter que la vraie numération se termine avec le « sept » magique ; « huit » et « neuf » se réfèrent déjà à la dizaine : **kādõks** = 10 – 2, et **īdõks** = 10 – 1. La plupart des langues connaissent des bizarreries de ce genre. Que dire par exemple de notre « quatre-vingt-dix-neuf » à la place de « nonante-neuf » de nos amis Belges ?

Après la première dizaine, on entame la seconde :

11 – **ikštuoistõn** (« un de la deuxième »),
12 – **kakštuoistõn** (« deux de la deuxième »), etc.

Les dizaines ont une construction très régulière :

20 – **kakškimdõ**, 30 – **kuolmkimdõ**, 40 – **nēļakimdõ**, etc...

Pour aller plus loin :

100 – **sada**, 200 – **kakš sada**, 300 – **kuolm sada**,
400 – **nēļa sada**...

1 000 – **tuontõ**, 2 000 – **kakš tuontõn**

1 000 000 – **miljon** (néologisme !)

Le numéral est un nom qui se décline normalement. Pour vous orienter dans ces exercises, donnons ici le tableau complet de **ikš** « un » :

nom.	**ikš**	tr. c.	**ītkõks**
gén.	**īd**	illat.	**īdõ**
dat.	**īdõn**	iness.	**īts**
part.	**īttõ**	élat.	**ītst**

Si le numéral doit indiquer un nombre d'êtres ou d'objets, il est suivi d'un nom au partitif : **kuolm rištingt**

« trois personnes » (**rišting** « homme, être humain ») qui représentent donc trois unités d'un grand ensemble que l'on appelle « humanité » ; **käddõn um vīž suormõ** « la main a cinq doigts » (part. de **suorm** « doigt ») – juste cinq de tous les doigts qui existent, etc.

Mais la déclinaison change le numéral en adjectif : **īd õbiz rattõd** « la voiture tirée par un seul cheval (= d'un cheval – deux génitifs – voiture) » ; **kõtsõ kielsõ** « en deux langues » (deux inessifs) ; **luomõz nēļa jālgaks äpardub, mikš sis rišting kād jālgaks äb või äpardõ** « l'animal se trompe avec (ses) quatre pattes, pourquoi l'homme ne se tromperait-il pas avec (ses) deux jambes » (l'épithète devant le translatif-comitatif est au génitif).

Comme la forme est au singulier, mais le sens au pluriel, on peut laisser le verbe au singulier ou le mettre au pluriel :

kakš vaimõst kivvõ jõvist äb jovat « deux pierres tranchantes ne peuvent pas bien moudre » (**jovat**, 3.p. pl. de **juovõ** « moudre »)

Īdõ kõrandõz kakš perimiestõ äb või (ou **äb võit**) **vōlda** « dans une propriété il ne peut pas y avoir deux patrons » (**või** sg., **võit** pl. de **võidõ** « pouvoir »)

Les numéraux ordinaux présentent des variantes parmi lesquelles vous pouvez choisir celles qui vous plaisent :

1 – **ežmi** « premier », 2 – **tuoi** « deuxième », 3 – **kuolmi, kuolmõz**, 4 – **neļļi, neļļõz**, 5 – **vīdi, vīdõz**, 6 – **kūdi, kūdõz**, 7 – **seismi, seismõz**, 8 – **kādõksmi, kādõksmõz**, 9 – **īdõksmi, īdõksmõz**, 10 – **kimi, kimmõz**, 11 – **ikštoistõni, ikstoistõnõz**, 12 – **kakštoistõni, kakštoistõnõz**, 20 – **kakškimdi, kakškimdõz**, 21 – **kakškimdõ ežmi**, 30 – **kuolmkimdi, kuolmkimdõz**, 40 – **neļakimdi, neļakimdõz**, 100 – **sadali, sadaz**, 200 – **kādsadali, kādsadaz**, 1 000 – **tuonti, tuontõz**, etc.

12. *Trois pronoms complémentaires*

A) Au nominatif singulier, les **pronoms personnels** ressemblent aux formes correspondantes en estonien. Après, il faut se méfier !

Singulier

	« je »	« tu »	« il, elle »
nom.	**mina~ma**	**sina~sa**	**täma~ta**
gén.	**mīn**	**sīn**	**täm**
dat.	**minnõn**	**sinnõn**	**tämmõn**
tr.c.	**minkõks**	**sinkõks**	**tämkõks**
part.	**mīnda**	**sīnda**	**tānda**
iness.	**mins**	**sins**	**täms**
ou	**minšõ**	**sinšõ**	**tämšõ**
élat.	**minst**	**sinst**	**tämst**
ou	**minstõ**	**sinstõ**	**tämstõ**
illat.	**minnõ**	**sinnõ**	**tämmõ**

(éventuellement avec la terminaison **-z**)

Pluriel

	« nous »	« vous »	« ils, elles, ceux-la »
nom.	**mēg**	**tēg**	**ne**
gén.	**mäd**	**täd**	**nänt**
dat.	**mäddõn**	**täddõn**	**näntõn**
tr. c.	**mätkõks**	**tätkõks**	**näntkõks**
part.	**mēḑi**	**tēḑi**	**nēḑi**
iness.	**mēšši**	**tēšši**	**nēšši**
élat.	**mēšti**	**tēšti**	**nēšti**
illat.	**mēži**	**tēži**	**nēži**

On constate que la 3. personne au pluriel n'est rien d'autre que le pronom démonstratif **se** qui peut se substituer aussi à **täma** :

algõ se pois võtag sieda neitstõ, se um läiska « que ce garçon ne prenne pas (pour femme) cette fille, celle-là est paresseuse »

B) Voici donc le **pronom démonstratif**, au singulier, bien entendu, puisque les formes du pluriel ont déjà été présentées avec les pronoms personnels :

nom. **sīe~se** « ce, ceci, celui-ci, celle-ci »
gén. **sīe~se**
dat. **sīen**
tr. c. **sīeks~sīekõks**
part. **sīeda**
iness. **sīes~siessõ**
élat. **sīest~sīestõ**
illat. **sīezõ**

Ici, on peut noter la forme adessive que l'on classe parmi les adverbes : **siela** « ici ».

C) **Le pronom réfléchi** – **iž** « soi même » est très fréquent dans les récits populaires : « moi-même, toi-même, lui (elle)-même, soi-même :

	Singulier	Pluriel
nom.	**iž**	**iž**
gén.	**eņtš**	**eņtš**
dat.	**eņtšõn**	**eņtšõn**
tr. c.	**eņtšõks**	**eņtšõdõks**
part.	**eņtšta**	**eņtšidi**
iness.	**eņtšõs**	**eņtšis**
élat.	**eņtšõst**	**eņtšist**
illat.	**eņtšõ(z)**	**eņtšiz**

L'utilisation de **īž~entš** est assez vaste. Au départ, il s'agit bien d'un pronom réflechi : **minnõn eņtšõn um vajag** « moi-même, j'ai besoin de… » (= à moi à (moi) même est nécessaire) ; **mēg īž sōm pǟgiņ kaļdi** « nous-mêmes (nous) attrapons beaucoup de poissons ». Mais le pronom réfléchi exprime aussi la possession, il remplace souvent la forme génitivale du pronom personnel :

ma sīeda kūliz eņtš izast « je l'ai entendu de mon père »

kalamīez tuļ eņtš lōjaks « le pêcheur vint avec son bateau »

jema ka jo kougōnd tūndiz eņtš kudtōd puŗŗidi « la mère reconnaissait déjà de loin les voiles qu'elle avait tissées (= ses tissées voiles) »

jōņ l̄āb eņtš riekkō « jean suit (= va) son chemin »

Le possessif **eņtš** peut quelquefois éviter des équivoques. Par exemple les esprits de la mer sont gênés par l'ancre jeté dans leur domaine ; ils passent aux hommes le message suivant : **las vōtagid eņtš ankar nänt kīndōks aldō jara** « qu'ils enlèvent leur ancre qui se trouve sous leur seuil », c'est-à-dire l'ancre qui appartient aux hommes sous le seuil appartenant aux habitants de la mer.

On peut noter ici que la forme **īž~eņtš** s'emploie aussi dans des expressions adverbiales telles que : **sīd īž** « ici même », **täm eņtš ie** « cette même nuit », **ne jelabōd eņtšōks** « ils vivent (ou travaillent) seuls » (à noter que **eņtšōks** est au singulier ; après le verbe au pluriel, on pourrait attendre le pluriel **eņtšōdōks** « avec eux-mêmes, entre eux-mêmes »).

13. « Les autres »

Ce qui se situe en dehors des pronoms que nous venons de voir est désigné comme :

— **mū~mūnda**, pl. **munt** « autre, quelqu'un » – « les autres, quelques uns »

mū kōrd « une autre fois », **mūnda kōrd** « quelquefois »

mū pivapāvan « dimanche prochain (= autre dimanche) »

mū (ou **mūnda**) **kartab rõkando rāndakieldo** « quelqu'un a peur de parler live (= la langue du littoral) »

mūnda rišting sōb pakant kõzizõks « quelques gens se mettent facilement en colère (= quelque homme devient vite furieux) »

mūdi um mierssõ, mūdi um mõtsõs « quelques uns sont en mer, quelques uns sont dans la forêt »

mūḑi mēḑi lekš randõ, munt mīed tuļtõ krūogõ « quelques hommes (= des hommes) allaient à la plage, les autres venaient à la taverne »

Les expressions avec **mū** semblent varier à l'infini :

mū mūḑi « les uns les autres »

mū mū tagan « l'un après l'autre », qui peut se dire

iks mū « un autre »

mūn-āigast « l'année prochaine »

mūssõ kuožis « a quelques endroits »

mumu « l'un l'autre »

ne munt « ces autres »

En mettant ensemble les uns et les autres, on obtient :

— **ama** « tout », **amad** « tous », part. pl. **ämdi**

amad attõ kuonnõ « tout le monde est à la maison » (= tous sont à la maison)

Jumal tiedõb ammõ « Dieu sait tout »

amiņ pǟviņ « pour des journées entières »

amnämniz « tout ensemble »

La forme **ama** fonctionne aussi comme signifiant du superlatif : **sūr** « grand », superlatif **ama sūr** « le plus grand ».

14. Ceux que l'on appelle encore « indéfinis »

— **jega** « chacun » , part. **jeggõ** (est. *iga*, fi. *joka*)

jega ikš « chacun »

jega pǟva « chaque jour »

jega kõrd « chaque fois »

jegas irks « à chaque instant »

jega kõrandõn voļ eņtš sõna « chaque ferme avait son sauna »

À **jega ikš** « chacun » s'oppose :

— **mittikš** « personne, aucun » (de la particule négative **mittõ**)

mittikš äinagi « pas un seul »

mittikš äb tieda mis mūppõ līb « personne ne sait ce (qui) viendra demain »

mittīdõn ma ab tie mingist slikţõmt « je ne fais de mal à personne (= à personne je ne fait quelque mal) »

Il n'est pas facile d'évaluer une quantité. Les expressions avec **ikš** « un » ne présentent pas d'équivoque. Mais que signifient « plusieurs » et « beaucoup » ?

— **mitmõd rouž** « quelques gens » ou « plusieurs personnes »

— **mit** « beaucoup » (estonien *mitu* « plusieurs »)

mit kõrd ma tämkõks sai kubbõ « beaucoup de fois je l'ai rencontré »

— **pa̋giņ** « beaucoup » (dérivé de **pa̋** « tête »)

pa̋giņ roušti « beaucoup de gens », **pa̋giņ sõņdi** « beaucoup de mots » ; **pägindõn voļ la̋lam** « pour beaucoup (de gens) c'était difficile »

— **set** « plusieurs, beaucoup »

set verštõ « plusieurs verstes » ; **set tuontõ** « plusieurs milliers », **set rištingtõ** « plusieurs personnes, beaucoup de gens » ; **setmõd sõnad minnõn äb uottõ tuntõbõd** « beaucoup de mots ne me sont pas connus »

Il faut signaler qu'il existe aussi un **set** qui signifie « seulement ». On peut donc avoir **set sada āigastõ** « seulement cent ans » qu'il ne faudra pas confondre avec un **set** très accentué dans la locution **set sada āigast** « beaucoup de siècles » ou plutôt, pour éviter l'équivoque : **set set saddõ āigastõ** !

15. Les interrogatifs

Les interrogatifs aident à former des questions, mais ils fonctionnent aussi comme pronoms relatifs. En étudiant les textes existants, on est troublé par la multitude de variantes possibles.

Pour vous donner un tableau plus ou moins cohérent de ces éléments particulièrement fréquents dans le parler de tous les jours, nous avons choisi les formes que l'on semble rencontrer le plus souvent.

KIS ? et **MIS** ? « QUI ? et QUOI ? »

	QUI ?	QUOI ?
nom.	**kis**	**mis**
gén.	**kīen~kīnga**	**mis**
dat.	**kīen~kīngan**	**mīen**
tr. c.	**kienkõks**	**mikš~missõks**
part.	**kīeda~kīenda**	**mida**
iness.	**kīes~kīessõ~kingas**	**missõs**
élat.	**kīest~kīestõ~kīngast**	**missõst**
illat.	**kīezõ~kīngazõ**	**missõz**

Quelques exemples :

kis um sā̈l ? « qui est là ? »

kīen kädstõ sa said rōdõ ? « de qui (= de la main de qui) as-tu reçu de l'argent ? »

kīeda sa vodlōd ? « qui attends-tu ? »

skuţk kis kūlōb jemmõ « la fillette qui obéit à sa mère (= qui écoute (sa) mère) »

mis sa tõd ? « que veux-tu ? »

se laggõz mis um saddon mõzõ « cette poutre qui est tombée par terre »

MINGI ? « LEQUEL, DE QUEL GENRE ? »

nom.	**mingi**
gén.	**mingiz**
dat.	**mingizõn**
tr.c.	**mingaks~mingizõks**
part.	**mingist**
iness.	**mingizõs**
élat.	**mingist**
illat.	**mingizõs**

mingi mīez ? « quel homme ? »

mingist pūst(õ) ? « de quel bois ? »

mingizõz kilas um skuol ? « dans quel village existe-t-il (une) école ? »

mingi āiga līb tämpõ ? « quel temps fera-t-il aujourd'hui ? »

À noter les curiosités comme **mingi äb-mingi** « toutes sortes de » : **ta vejub mingiži äb-mingiži kaļd̦i** « il attrape toutes sortes de poissons ». **Mis äb-mis** constitue une autre variante de la même expression. Le live aime bien doubler ses mots. On verra un phénomène semblable chez les post- et prépositions.

KUMMIT ? « LEQUEL DES DEUX ? »

kummit nēšti ? « lequel de ces (deux là) ? »

kummis tariļ se um ? « à qui (des deux) est cette assiette ? »

Le même mot peut répondre à la question :

kumbid ou **molmõd** se traduit « les deux, tous les deux » :

nänt kumbitõn um vada « ils ont tous les deux (= à eux tous les deux) un filet », ou **nänt molmõdõn...**

molmõs kilksõ riekkõ « des deux côtés de la rue »

MITS ? « COMBIEN ? »

mits kõrd ? « combien de fois ? »

mits kīela um ? « quelle heure est-il (= combien l'heure est) ? »

MITMÕZ ? « LEQUEL, LE COMBIEN ? »

mitmõz glõz brandiļt um nuojuodõd ? « combien de verres d'eau-de-vie ont déjà été bus ? »

mitmõz kū um jōņpǟva-kū ? « quel mois est le mois de la Saint-Jean ? »

Au pluriel, il n'est plus question de... question ! Ici, on traduit (comme en estonien *mitmed*) « quelques uns, plusieurs » :

mitmõd rouž āttõ sǟl kǟnõd « plusieurs personnes sont allées là-bas »

mitmõd sīlmad-ōrõnd voļtõ mustad « quelques serviettes (= linges des yeux) étaient sales »

KUS ? « OÙ ? »

En principe, ce petit mot connaît trois cas : inessif et illatif **kus** et élatif **kust**. En fait, c'est surtout le verbe qui exprime la direction du mouvement ou la position :

kus sa uod ? « où es-tu ? »

kus sa lǟd ? « où vas-tu ? »

kust sa tulad ? « d'où viens-tu ? »

Comme en français, n'est pas ?

En position épithétique, on peut le traduire « quel ? » :

kus kōrantõs ? « dans quelle ferme (ou propriété) ?»

16. Les postpositions déclinables

Les langues fenniques sont riches en postpositions. Celles-ci servent surtout à décrire la position et les mouvements des objets dans l'espace et dans le temps, et pour être précises, elles se servent des cas locaux que nous avons vus au § 2 de ce chapitre. Comme nous l'avons constaté, le live a sensiblement réduit sa panoplie de cas locaux, mais avec les postpositions, les cas externes, plus ou moins oubliés ailleurs, refont surface et s'associent quelquefois aux cas internes.

Voyons comment se traduit le mouvement d'approche, la position, la séparation :

— **jeddõ** « devant » (est. *ette*, fi. *eteen*)

pan gardīnõd läbud jeddõ « mets les rideaux aux (= devant les) fenêtres »

jedsõ~jets (inessif) (est. *ees*, fi. *edessä*)

nīn jedsõ um joug « devant le château il y a (= est) (une) rivière »

jeds suoddõ « avant la guerre »

jedstõ « de devant ; pour » (est. *eest*, fi. *edestä*)

tul uks jedstõ jara « écarte-toi de la porte (= viens de devant la porte définitivement) »

sīlma sīlma jedst « œil pour œil »

Toutes les trois formes sont fréquentes dans des locutions adverbiales :

jeddõ võttõ « entreprendre (= devant prendre) »

jeddõ pānda « presenter (= devant mettre) »

ristõ jeddõ eitõ « se signer (= la croix devant jeter) »

ta lekš jeds gīlgõm « il allait d'abord (= avant, devant) se baigner »

jetstõ jara ! « ôte-toi de là ! (= de devant parti) »

jema vostis kriŋgiļi kuolm rubiļ jetstõ « la mère a acheté des bretzels pour trois roubles »

— **tagan** « derrière ; après » (fi. *tagana*)

perimīez istab lōda tagan « le patron s'assoit derrière la table »

taga « derrière » (position) (est.*taga*, fi. *takana*)

perimīez istab lōda taga « le patron est assis derrière la table »

tagand « de derrière » (est. *tagant*, fi. dial. *takanta*)

perimīez tuļ lōda tagand ulzõ « le patron sortit de derrière la table »

Il convient d'attirer l'attention sur l'expression « derrière la table » que l'on rencontre dans l'espace de la Baltique et aussi en Russie. Elle s'explique par l'organisation de la maison d'habitation : la table se trouvait au fond de la pièce principale, en face de la porte d'entrée. La personne qui entrait voyait les gens de la maison « derrière la table » :

drougõd tultõ min tagan « les amis sont venus me chercher (= sont venus après moi) »

Évidemment, l'utilisation adverbiale est toujours possible. Par exemple **naggõri um īent tagan** « il en reste des pommes de terre (des pommes de terre sont restées après) ».

— **pǟlõ ~pǟl** « sur » (est. *peale*, fi. *päälle*)

pan tēkõna lōda pǟlõ « mets la théière sur la table »

ta lekš tõrg pǟlõ « il alla au marché »

minnõn um väggi priekõ sīe putkõ pǟlõ « j'ai une grande joie à cause de cette fleur (= sur cette fleur) »

pǟl « sur » (position) (est. *peal*, fi. *päällä*)

pǟ pǟl « sur la tête »

ta um kǟnd mier pǟl kuoigidi lōpõmõs « il est allé sur la mer piller les bateaux »

sie mīez krūogõst tultsõ is pīl jālgad pāl « cet homme en sortant de la taverne ne se tenait (plus) sur (ses) jambes »

pāldõ~pāldõst « de, de dessus » (est. *pealt*, fi. *päältä*)

sie sadab katuks pāldõ mōzõ « cela tombe du toit (= de sur le toit à terre) »

kūona kārgõb kiuv pāldõ dīkõz « la grenouille saute de la pierre dans l'étang »

L'utilisation adverbiale de ces formes est courante, par exemple :

tämmõn tulab irm pālõ « il prend peur (= à lui vient la peur dessus) »

pāl umat ougõļd « là-dessus sont les fruits »

pāldõ äb võī nādõ ku se ruja um lālam aŗštõ « de l'extérieur (= de dessus) on ne peut pas voir que cette maladie est difficile à guérir »

— **ala** « sous » (est. *alla*, fi. dial. *ala*)

piņ lekš lōdan ala « le chien est sous la table »

allõ, « sous » (est. *all*, fi. *alla*)

piņ um lōdan allõ « le chien est sous la table »

mō um voruks allõ « le champ (= terre) est sous le blé (i.e. on y a semé du blé) »

aldõ~aldõst « de dessous » (est. *alt*, fin. *alta*)

pū aldõ tulab sūr suž ulzõ « un grand loup sort de dessous de l'arbre »

Toutes ces postpositions sont attéstées en fonction adverbiale :

tul ala « descends », **allõ um pāgiņ roužti** « en bas il y a beaucoup de monde »

ta tulab aldõst ilspeḑḑõ « il vient d'en bas vers le haut »

— **jūr(õ)~jūrõz** « chez » (est. *juure*) < **jūr** « racine »

tul min jūrõ « viens chez moi »

vol lēmõst päp jūrõ « il fallait aller chez le pasteur »

siz ma kāibiz tīessõ jūrõ « alors j'ai porté plainte au tribunal (= chez le tribunal) »

jūssõ, mais aussi **jūs** et **jūrs** (cf. est. *juures* iness. de *juur* « racine »)

jema jelab lapst jūssõ « la mère habite chez les enfants »

štantsi jūssõ « à la gare »

tämmõn um jõva pȧ oppimiz jūrssõ « il est doué (= a bonne tête) »

jūst « de chez » (est. *juurest*, élatif de *juur* « racine »)

nai um urgõn mie jūst jara « la femme a fui de chez son mari »

pūol verštõ krūogõ jūst « une demie verst de la taverne »

L'emploi adverbial de ces formes semble être très fréquent, car elles marquent une présence spatiale et temporelle :

sȧl um ikš vȭrõz jūssõ « là, il y a un étranger (qui est) présent »

ala pan kätta jūr « ne le touche pas (= ne mets pas la main là-dessus) »

ni um tund lõinakstāiga jūrõ « alors le midi est arrivé (= est venu ici) »

tämmõn um tutkam jūssõ « s'en est fini pour lui (= à lui est la fin présente) », c'est-à-dire « il va mourir »

— **sizzõl~sillõ** « dans, vers l'intérieur » (fi. *sissälle*)

ne panbõd sie neitst rattõd sillõ « ils mettent cette jeune fille dans la voiture »

kazaköz pand mierrõ sillõ « le cosaque courut dans la mer (dedans) »

sizal « dans, à l'intérieur » (fi. *sissällä*), surtout adverbial

ta um sizal « il est dedans »

sizald « de l'intérieur » (fi. *sisältä*)

las ajagõd ne tsigiņid sǟlt pȭzõd sizald ulzõ « qu'ils chassent ces tsiganes (de l'intérieur de ces buissons) dehors »

sizald poddõ « de l'intérieur être malade », c'est-à-dire « avoir mal à l'estomac »

17. Le problème de l'oreille et du côté

On peut se demander sous quel angle nous regardons ce qui se passe à côté, à nos côtés.

En estonien, on s'oriente selon l'oreille : *maja kõrval on tall* « à côté de la maison il y a l'écurie » (= sur l'oreille de la maison ; *kõrval* adessif de *kõrv* « oreille »). En finnois, on trouve des syntagmes comme *vieressä*, inessif de *vieri* « bord, côté » et *kyljessä* inessif de *kylki* « côté, flanc ». Ce dernier se rencontre aussi en live : **kilg** « côté » qui donne la série des prépositions inessives et les adverbes correspondants.

— **kilgõ** « à côté » (illatif)

ta istiz min kilgõ ou adverbialement **minnõn kilgõ** « il s'est assis à côté de moi »

kilgsõ (inessif)

Abrig-mõ um piški kōla Sōrmõ kilgsõ « Abruka est une petite île à côté de Saaremaa »

kilgstõ (élatif)

läpš nūzõb jema kilgstõ un istab tuoiz rai pǟlõ « l'enfant se lève du côté de la mère et s'assoit sur une autre chaise »

Les adverbes :

kilgõ astõ « se mettre à côté (de quelqu'un) »

kilgsõ um būod « à côte il y a (une) boutique »

kilgstõ tul kõima rattadõks « du côté vint le voisin avec (sa) voiture »

Mais la cohabitation avec les Estoniens a laissé quelques souvenirs de « l'oreille » qui sont encore présents dans les textes avec leurs formes adessivales :

— **kūoral** et **kūorrõl**, adessif de **kūora** « oreille », et l'ablatif **kūorrõld**. Les exemples sont relativement rares :

kät kūoral juodõ « guider par la main »

ta pīlõb kūorrõl « il se tient à côté »

poissõd un neitst istabõd kūorrõld « les garçons et les filles sont assis les uns à coté des autres »

En tout cas, il ne faut pas se compliquer la vie : l'affaire de l'oreille est amusante, mais peu utile dans notre contexte.

18. Les postpositions : le permis de jouer

Une langue à tradition orale laisse au locuteur une merveilleuse possibilité de jongler avec les éléments grammaticaux. Il ne faut pas oublier que les expressions s'organisent selon un certain rythme : dans un contexte donné, il est préférable de raccourcir quelques mots, dans d'autres on sent qu'une forme allongée apporterait une nuance agréable ou soulignerait mieux le message souhaité. De ce fait, les postpositions aussi connaissent toutes sortes de variantes que la tyrannie du purisme n'a pas encore supprimées. Nous l'avons déjà vu dans le cas de **sizzõl** « dans, vers l'intérieur » qui peut se dire aussi **sillõ** ou **sil** ; **pǟlõ** et **pǟl** « sur » (mouvement ou position) se confondent souvent comme s'il s'agissait d'un seul cas grammatical, et l'ablatif **pǟldõ** (mouvement séparatif) peut s'adjoindre encore la terminaison élative **-st**, ce qui donne un syntagme quelque peu surréaliste **pǟldõst** mais que l'on comprend fort bien. L'élatif ajouté à l'ablatif semble renforcer le sens de la séparation. On dit que **kõt-kõrdin kieuš pidab** « une corde double résiste ». C'est sans doute le même argument qui justifie aussi la variante inessive pour **pälõ – pälõz**.

On peut aussi remplacer un mot par un autre. Par exemple, la postposition **jeds(õ)** que l'on peut utiliser comme préposition (**jeds suoddõ** « avant la guerre) peut laisser sa place à la préposition **jedmõl** ou **jedlõm** (cf. est. *eemal*, fi. *edemmällä* « plus loin ») : **jedmõl suoddõ**, **jedmõl taļšpivdi** « avant Noël ».

Quand on regarde les non-déclinables – la postposition **kouttõ**, « par, à travers » et les postpositions **leb** « à travers » et **pids** « le long de, par, à travers » – on peut se demander si leur emploi apporte quelques nuances sémantiques ou si elles sont choisies selon le goût du locuteur. En tout cas, on ne saurait pas traduire **mõtsa koutõ**, **leb mõtsa** et **pids mõtsõ** autrement que « à travers la forêt ».

La possibilité de s'exprimer selon ses préférences personnelles ajoute au charme de la langue live.

19. Les postpositions non-déclinables

Il n'y en a pas beaucoup. Nous avons déjà parlé de :

— **kout (õ)** ou, si vous préférez – **kouţi** « par, à travers » (est. *kaudu*, fi. *kautta*)

> **mõtsa koutõ** « à travers, par la forêt »
> **nõra mīez läb kila koutõ un lōlab** « l'idiot déambule dans le village et chante »
> **iza sūr-veļki broutšiz kõgiņ passouļ koutõ** « le frère de papa voyageait longtemps de par le monde »

— **sõnõ** « jusque » (mot attesté dans certains dialectes estoniens et finnois)

> **ma lǟb Kuolka sõnõ** « je vais jusqu'à Kuolka »

tāta min glōz aigõ sōnõ « remplis mon verre jusqu'au bord »

ma voļ nōvõ sōnõ jara nuomuoţšõn « j'étais mort de fatigue (= jusqu'à la mort épuisé, ayant eu de la peine) »

Sur l'axe vertical, on peut l'utiliser avec les formes élatives : **mōst sōnõ** « jusqu'à terre » (élatif de **mō** « terre »). Et, en parlant du temps, on peut quand même lui ajouter la terminaison élative **-st**, ce qui donne **sōnõst** : **jōņpǟvast sōnõst meg jelam tässa** « depuis la Saint-Jean, nous vivons ici ».

— **pēḑõn~pēḑ~peḑḑi** « vers, en direction de » (cf. fi. *päin*)

lǟdõ Kuolka pēḑõn « aller vers Kuolka »

allõ-pēḑõn « vers le bas »

ulz-pēḑõn « vers le bas »

jeddõ-pēḑõn « en avant ; dans le futur »

À noter l'expression très courante **lǟdõ jedspēḑõn** « partir, s'en aller, continuer son chemin » :

li jedspēḑõn « va-t-en »

20. Prépositions – postpositions

— **immõr** « autour » (est. *ümber*, fi. *ympäri*)

Ce qui est « autour », est en principe aussi « devant » et « derrière », la position de **immõr** traduit cette réalité : **tara um tuban immôr** « la clôture est autour de la maison » et on peut **daņţsõ immõr pū** « danser autour de l'arbre ». Notons aussi les expressions adverbiales telles que :

pǟ lǟb immõr « la tête (me) tourne (= va autour) »

lainõd viskist lōja immõr « les vagues renversèrent le bâteau »

kīer õbiz immõr « retourne le cheval »

— **vailõ** « entre », allat. de **vait** (est. *vahele*) adessif **vail**, ablatif **vaildõ** ou la forme redondante **vaildõst**

vail õbbist = õbbist vail « entre les chevaux »

vail Sīkrõg un mäd kila « entre Sikrõg et notre village »

vail Pētõr un Andrõks um sūr vait « entre Pierre et André il y a une grande différence »

mäd vail mingist kīvõ äb uo « entre nous il n'y a pas de dispute »

À noter que les formes externes n'empêchent pas d'utiliser aussi les cas internes : **sõrmõ un mäd rānda vaissõ um ka mier-kurk** « entre Saaremaa et notre littoral il y a aussi un isthme ».

— **vastõ** « contre ; en face » (est. *vastu*, finnois *vastoin*, *vastaan*)

se um jõva grip vastõ « c'est bon contre la grippe »

kalad ma vaidõb vastõ joudi « les poissons, je les échange contre la farine »

ne nurgist vastõ izzõ « ils ronchonnaient contre le pére »

ida um låndõn vastõ « l'est se trouve en face de l'ouest »

vastõ õuvõ « contre courant »

vastõ ȭdõgtõ « vers le soir »

Si l'adverbe conserve le sens de l'outil grammatical – par exemple **vastõ jellõ** « habiter en face », **vastõ lådo** « aller à l'encontre, aller chercher » – il peut aussi s'ajouter d'autres nuances, par exemple **ta sai palka vastõ nēļa lattõ påvas** « il reçut comme salaire approximativement quatre lattes par jour ».

— **pierast** « après ; pour ; selon » (élatif de **piera** « bout, extrémité », est. *pärast*, fi. *pierästä*)

pierast siemnāigõ « après le repas »

rõ pierast « pour de l'argent »

sie daņtš um minnõn jālga pierast « cette danse me convient (= est pour moi selon (mon) pied) »

— **pids, piddõz** « le long de, par, à travers » (est. *pidi*)

En estonien c'est une postposition, en live surtout une préposition ; dans les deux langues, à la base du syntagme se trouve le partitif :

est. *merd pidi*	live **pids mierda**	« par la mer»
est. *teed pidi*	live **pids riekkõ**	« par la route »
est. *randa pidi*	live **pids rāndõ**	« le long du littoral »

kūs štundõ me broutšismõ pids miniḑi « nous roulions pendant six heures parmi les mines »

L'utilisation postpositionnelle de ce mot semble être assez rare. On trouve par exemple **nim piddõz** « selon le nom » pour **nim pierast**.

— **pūol** « vers, du côté de » (est. *pool*)

kuod pūolõ « vers la maison »

kūs pūols ? « de quel côté ? »

tūola pūol Kīnõmõd « de l'autre côté de Kihnu »

min pūolst sa võid lǟdõ « en ce qui me concerne, tu peux partir »

En fait, **pūol** est un substantif qui signifie « moitié, demi », mais sa terminaison en **-l** lui permet de s'introduire parmi les postpositions apparentées aux cas locaux externes.

Ajoutons à ce paragraphe encore l'illatif de **piera** « bout, extrémité » qui peut servir à varier les expressions avec **pierast** :

— **pier~pierrõ** « après, d'après »

pierrõ siemnāigõ « après le repas »

pier suoddõ « apres la guerre »

pierrõ vīmõ « apres la pluie »

ta um iza pierrõ kazzõn « il a grandi (= poussé) a l'image de son père »

21. Les prépositions à vocation terminative

Deux prépositions qui désignent des mouvements peuvent créer des expressions « enveloppantes » selon le schéma préposition-substantif – forme illative de la préposition donnée, qui indique que le mouvement désigné par la préposition arrive à son terme :

— **leb~lebbõ** « par, à travers » (est. *läbi*, finnois. *läpi*)

kaş īeķiz leb läb ulzõ « le chat sauta par la fenêtre dehors »

ta lekš leb mõtsa « il allait par la forêt »

mais

ta lekš leb mõtsa lebbõ « il traversa la forêt (= il alla par la forêt à travers) »; c'est-à-dire, l'endroit où la personne allait se trouvait de l'autre côté de la forêt, en dehors de la forêt.

ta ailiz leb vīed lebbõ « il courut à travers l'eau à travers » (il ne s'arrêta donc pas avant d'arriver sur la terre sèche)

Cette préposition donne naissance à des expressions adverbiales avec l'adessif/allatif – **lebbõl** – et avec l'instructif – **lebin** :

ama lebbõl « partout »

lebbõl kīen ou **kīen lebbõl** « par qui »

lebbõl lebbõl « pêle-mêle »

leb lebin « tout à fait, sans trier, en vrac »

ne mīšti sǟl kaļdi leb lebin « ils vendaient là des poissons en vrac »

— **iļ** « par dessus, sur ; pendant » (est. *üle*, finnois. *yli*)

ta īekiz il tara « il sauta par-dessus la clôture »

lēdõd lekštõ mäddõn iļ pǟ « les balles nous passaient au-dessus de la tête »

kure rabub tämmõn iļ pǟ « le diable lui donnne un coup sur la tête »

tul iļ pivad « viens pour (la durée des) fêtes »

mag iļ īe « dors pendant une nuit »

La forme illative de cette préposition fonctionne d'abord comme adverbe :

vīm lǟb iļļõ « la pluie cesse (= va de l'autre côté) »

La forme « enveloppante » s'utilise surtout en parlant du cheminement par-dessus ou à travers les eaux :

ma breḑiz iļ joug iļļõ « je pataugeai à travers le fleuve (pour arriver sur l'autre rive) »

lǟdo iļ ūrga iļļõ « traverser le ruisseau (aller par dessus le ruisseau de l'autre côté) »

22. Les prépositions : un clin d'œil au letton

La grammaire live a emprunté au letton deux prépositions : **bäz et pa**.

— **bäz** « sans », se combine avec le partitif :

bäz mīnda « sans moi »

bäz rōdõ « sans argent »

bäz tiedõ « sans travail »

bäz tīetõ « sans nouvelles »

bäz uidõ « sans vergogne »

Dans le passé, le locuteur a utilisé aussi le mot fennique *īlma*, (est. *ilma*, fi. *ilman*). Mais cette préposition était sans doute trop importante dans les relations économiques avec les voisins lettons pour pouvoir garder son signifiant originel. Pour réussir dans les affaires, il faut bien prouver que l'on n'est privé de rien. Il est évident que **bǟz joudõ un bǟz rōdõ äb sō midagid** « sans la force et sans l'argent on n'obtient rien ».

— **pa** est une préposition extrêmement fréquente en letton. On peut la traduire « sur ; vers ; par ; à travers ; à ; pendant » etc.

Elle est même utilisée dans une expression que les Lives ont dû entendre assez souvent : **pa, pa** ! « attends, un instant ! » Le locuteur live l'a adoptée dans des locutions lettones comme par exemple **pagalam** « perdu, fini, passé, mort » :

rō voļ pagalam « l'argent était dépensé (était fini) »

se mīez voļ pagalam « cet homme était mort »

paveltō « pour rien, inutilement » (lt. *velti*)

pavissam « tout à fait, entièrement » (lt. *pavisam*)

Il est à noter que l'accent se situe ici sur la deuxième syllabe.

Ensuite, on l'emploie comme adverbe au sens quelque peu équivoque : « un peu – un peu trop – trop » :

pa sūr « un peu grand » ou « trop grand »

pa siņņi « un peu bleu, bleuâtre »

Comme préposition, elle sert à identifier le nom :

mis se pa bīlda um ? « qu'est-ce que c'est comme image ? »

Mais le plus souvent, on la combine avec le translatif :

ằrga ei pa rīštingōks « le taureau s'est transformé en homme »

se izand tul pa voštajiks « ce monsieur venait en tant que acheteur »

voi sa äb tō min jūrō pa puoššōks tūlda ? « ne veux-tu pas venir chez moi comme valet ? »

Nous avons vu au § 9 comment le translatif et le comitatif se sont confondus. Eh bien, c'était peut-être amusant, mais cela ne pouvait pas durer. Pour éviter des malentendus, le locuteur s'est servi d'un petit élément passe-partout letton qui arrange bien les difficultés de la communication.

23. Les adverbes de localisation : ici et là !

En énumérant les postpositions qui s'apparentent aux cas locaux, nous avons découvert aussi leur utilisation adverbiale. À cette liste on peut ajouter les suivants, indispensables à la conversation courante :

— sīdõ ou tǟnõ « ici, par ici, vers ici »

sīd~ siņ ou täs~tässa « ici »

sīdž ou täst~tästa « d'ici »

— sīnõ~sīnõz « là, vers là-bas »

sǟl ou tuola « là »

sǟldõ « de là »

Les trois cas locaux qui définissent la direction du mouvement, sont bien attestés, mais leur utilisation semble être laissée à la fantaisie du locuteur. Il paraît évident que « ici » et « là » en estonien (*siin* et *seal*) et en finnois (*tässä* et *tuolla*) ont inspiré les différentes formes que l'on rencontre dans les textes. Donc, si vous partez à Riga, vous pouvez dire : ma broutšõb täst Rīgõ ou sīdž Rīgõ « je vais d'ici à Riga ». Et si vous vous trompez de formule casuelle, ce n'est pas grave : on vous comprendra !

— ulz~ulzõ « dehors » est apparenté au finnois *ulkona*.

Cet inessif est bien plus fréquent que l'élatif-ablatif uldõ~uldõst « de dehors » et l'adessif ullõ « (position, situation) dehors » :

puškud attõ uldõst tubbõ tuodõd « les fleurs ont été apportées de dehors dans la maison »

ullõ pūgub kīlma tūļ « dehors souffle un vent froid »

võta pūnga kabatst ulzõ « sors ton porte-monnaie de ta poche (= de la poche dehors) »

lǟdõ ulzõ « aller dehors , sortir »

lassõ ulzõ « laisser sortir »

īekõ ulzõ « sauter dehors »

viskõ ulzõ « éjecter », etc.

— **kougõn** « loin » (est. Sud. *kaugen*, finnois *kaukana*)

Suom um kougõn « la Finlande est loin »

kougõnd « de loin »

ne attõ tunnõd kougõnd « ils sont venus de loin »

— **ležgõl** « près, proche » (est. *lähedal*, finnois *lähella*)

mäd aizbroutšõmi voļ ležgõl « notre départ était proche »

ležgõld « de près »

kilalist kougõnd un ležgõld « des visiteurs de loin et de près »

24. La comparaison des « adjectifs »

« Adjectif » est un terme de la grammaire classique. En finno-ougrien, et aussi en live, on ne se complique pas la vie avec la distinction formelle substantif/adjectif. En fait, certains noms montrent un comportement plutôt « adjectival », c'est-à-dire, il se mettent en position épithétique et ils se « comparent ». Ce schéma est simple :

Positif	Comparatif	Superlatif
Knaš « beau »	**jo knaš** « plus beau »	**ama knaš** « le plus beau »
piški « petit »	**jo piški** « plus petit »	**ama piški** « le plus petit »
sūr « grand »	**jo sūr** « plus grand »	**ama sūr** « le plus grand »

ēriņd um jo sūr äb ku siļk « le hareng est plus grand que la sardine »

kalad tulbõd jo aigõ « les poissons viennent plus près de la côte (= à plus côte) »

La particule **jo** vient évidemment du letton où elle peut signifier « très » comme **väggi~väggõ** en live. Et la formule **jo....jo** opère aussi en live :

letton : *jo lielāk... jo labāk* live : **jo sūr jo param**

« plus c'est grand, mieux c'est »

Le comparatif letton s'est introduit aussi en live : **labak** et **labakõm** pour **param** :

tämmôn um labakõm mō « il a une terre qui est meilleure »

ma labak äb kīt « je ne le dis pas mieux »

labak um klibaks daņtšõ äb ku mulkizõks rõkandõ « il est préférable de danser avec un boiteux que de discuter avec un imbécile »

Les irréguliers les plus fréquents sont :

— **jõva** « bon » **param** ou **labak, labakõm** « meilleur » **ama parim** ou **parim** « le meilleur »

— **pāgiņ** « beaucoup » et **mit** « beaucoup, plusieurs » (est. *mitu*)

pāgiņ roušti « beaucoup de gens »

pāgiņ sõņdi « beaucoup de paroles »

mit kõrd ma tämkõks sai kubbõ « beaucoup de fois je l'ai rencontré »

Le comparatif connaît un foisonnement de variantes : **emiņ, jemiņ, emmit, jemit, jemitõn**... tout ceci pour dire « plus »

jemiņ sa äb sō « tu n'auras pas plus »

Le superlatif se forme avec le comparatif :

ama emiņ « le plus, la plupart »

ama emiņ mēšti um lutar-usksõ « la plupart d'entre nous sont de confession luthérienne »

On constate que « beaucoup » et « plusieurs » se confondent souvent. D'ailleurs, où se situe la limite entre ces deux quantités ? En tout cas :

— **set** (est. *setu*) peut se traduire des deux façons :

set sada āigastõ « plusieurs ou beaucoup de siècles (= cent ans) »

setmõz kuožõs « à beaucoup d'endroits »

Comme le live aime bien la redondance, **set** peut se doubler et augmenter ainsi son poids sémantique : **set-set** se traduit donc « beaucoup beaucoup », c'est-à-dire « énormément ».

Et la particule comparative **jo** peut aussi intervenir pour remplacer éventuellement le comparatif **emiŋ** :

> **lõja ȭriksōb enţšta vizzõ jo kūja pǟlõ** « le bateau s'ensable plutôt vers l'endroit sec »

B. LE VERBE

Le verbe se conjugue et nous y trouvons les trois personnes (voir le paragraphe des pronoms) au singulier et au pluriel, comme en français.

Mais en français, on dit par exemple *je parle*, *tu parles*, *il parle* – la première et la troisième personnes utilisent la même forme, et la deuxième se distingue uniquement par le -s de l'écriture. Et cela paraît normal. Or, en live, nous avons :

1. **ma rõkandõb**, 2. **sa rõkandõd**, 3. **ta rõkandõb**, c'est-à-dire, la première et la troisième personnes sont formellement identiques, et dans le contexte finno-ougrien, on trouve cela plutôt bizarre. Il est intéressant de se rappeler que les histoires facétieuses estoniennes, pour se moquer du seigneur qui en général est d'origine allemande ou scandinave et maîtrise mal l'estonien, montrent que ce seigneur détesté parle de lui-même à la troisième personne – *ma räägib* au lieu de *ma räägin* – ce qui le rend hautement risible. On peut imaginer que les Estoniens se sont moqués aussi de leurs voisins lives qui ne « savaient pas » s'exprimer correctement !

1. Le présent-futur

Comme l'estonien et le finnois, le live considère que le futur fait partie du présent et qu'il n'est pas nécessaire de lui offrir une forme verbale spéciale.

Regardons comment se présente la conjugaison de **luggõ** « lire », **kītõ** « dire », **sõdõ** « obtenir » :

Sg.	1. ma lugub « je lis »	ma kītõb « je dis »	ma sõb « j'obtiens »
	2. sa lugud	sa kītõd	sa sõd
	3. ta lugub	ta kītõb	ta sõb
Pl.	1. mēg luggõm	mēg kītõm	mēg sõm~sõmõ
	2. tēg luggõt	tēg kītõt	tēg sõt~sotõ
	3. ne luggõbõd	ne kītõbõd	ne sõbõd

Comme le pronom « on » n'existe pas en live ni le passif-impersonnel tel que nous le rencontrons en estonien, la troisième personne du verbe peut bien les remplacer, par exemple, **kītõb** (sans le pronom **ma** ou **ta**) peut se traduire « on dit, on raconte » ou « il est dit… ».

2. *Le passé*

Le passé simple se présente de la façon suivante :

Sg.	1. ma lugiz « je lisais »	ma kītiz « je disais »	ma sai « j'obtenais »
	2. sa lugist	sa kītist	sa said
	3. ta lugiz	ta kitiz	ta sai
Pl.	1. mēg lugizmõ	mēg kītizmõ	mēg saimõ
	2. tēg lugistõ	tēg kītistõ	tēg saitõ
	3. ne lugistõ	ne kītistõ	ne saitõ

Évidemment, si quelqu'un parle très vite, il peut « avaler » la terminaison -õ du pluriel !

3. *Le verbe essentiel : « être »*

Les formes du passé que l'on définit comme « parfait » et « plus-que-parfait » opèrent avec le verbe **võlda** « être » qui de toutes façons peut être considéré comme le verbe numéro un. Comme il remplace aussi le verbe « avoir » du français (voir I A 6), il domine par sa fréquence tous les autres dans la conversation courante :

Sg. 1.	**ma um~uob** «je suis»	Pl. 1.	**mēg uom~uomõ** «nous sommes»
2.	**sa uod**	2.	**tēg uot~uotõ**
3.	**ta um~uob**	3.	**ne umat~umatõ, at~atõ~attõ**

La multitude des variantes de la troisième personne pluriel peut nous affoler. Il paraît toutefois, que le néo-live préfère la forme **attõ**.

En ce qui concerne le singulier, la forme **uob** est sans doute plus « régulière », mais **um** a son charme, il nous rapproche de l'estonien du Sud – *om* – , il est plus court, on peut facilement l'agglutiner aux pronoms, par exemple **sem lǟnd kuodai** « celle là est rentrée (= est allée) à la maison » pour **se um lǟnd**..., **tam ädagõn jara** « il est effrayé » **pour ta um ädagõn**...

Le passé ne s'encombre pas de tant de variantes. Il peut y avoir quelques hésitations au sujet des cédilles de palatalisation, mais une seule par mot devrait quand même suffire.

Sg. 1.	**ma voļ** « j'étais »	Pl. 1.	**mēg voļmõ** « nous étions »
2.	**sa voļd**	2.	**tēg voļtõ**
3.	**ta voļ**	3.	**ne voļtõ**

4. Les temps composés : parfait – plus-que-parfait

Avec le verbe **võlda** « être » on peut « alimenter » les catégories de la grammaire indo-européenne mentionnées ci-dessus. En fait dans les descriptions, les temps composés remplacent souvent le passé simple, car ils sont... plus simples ! Il suffit de connaître bien la conjugaison de **võlda** et ajouter des participes dits actifs en **-nd** et **-n**.

Il faut noter que les monosyllabes se terminent en **-nd**, par exemple ; **vond** et **sõnd** « obtenu », **sīend** « mangé » et les polysyllabes en **-n**, par exemple, **luggõn** « lu », **kītõn** « dit », **rõkandõn** « parlé » :

ta um vond võrõ-mōl « il a été à l'étranger » (= au pays étranger)

ma voļ luggõn pāgiņ rōntidi « j'avais lu beaucoup de livres »

Mais le participe est en principe un nom et il se décline. Et, par conséquent, au pluriel – il se met au pluriel ! On dit donc :

mēg uom vonnôd « nous avons été »

ne voļtõ luggõnõd « ils avaient lu »

On trouve des analogies en finnois, tandis que l'estonien ne change pas la forme participiale des temps composés.

5. Le verbe de négation

En finnois, la négation est un verbe qui se conjugue normalement. L'estonien en a gardé une seule forme qu'il emploie au singulier et aussi au pluriel. Le live se rapproche ici plutôt du finnois, mais il sépare nettement le singulier du pluriel. Au singulier, les suffixes pronominaux du verbe principal tombent, tandis que le pluriel conserve ses terminaisons habituelles.

Présent de **vōlda** « être »

Sg. 1. **ma äb uo** « je ne suis pas »	Pl. 1. **mēg äb uom** « nous ne sommes pas »
2. **sa äd uo**	2. **tēg ät uot~uotõ**
3. **ta äb uo**	3. **ne äb uotõ**

Par conséquent, on dit aussi : **ma äb uo luggõn** « je n'ai pas lu », **sa äd uo luggõn** « tu n'as pas lu », **mēg äb uom luggõnd** « nous n'avons pas lu », etc.

Présent de **luggõ** « lire »

Sg. 1. **ma äb lug** « je ne lis pas »	Pl. 1. **mēg äb luggõm** « nous ne lisons pas »
2. **sa äd lug**	2. **tēg äd luggõt**
3. **ta äb lug**	3. **ne äb luggõt**

Passé de **võlda** « être »

Sg. 1. **ma iz uo**	Pl. 1. **mēg iz uom**
« je n'etais pas »	« nous n'étions pas »
2. **sa ist uo**	2. **tēg ist uot**
3. **ta iz uo**	3. **ne iz uot**

Passé de **luggõ** « lire »

Sg. 1. **ma iz lug**	Pl. 1. **mēg iz luggõm**
« je ne lisais pas »	« nous ne lisions pas »
2. **sa ist lug**	2. **tēg ist luggõt**
3. **ta iz lug**	3. **ne iz luggõt**

6. Le conditionnel

Ce qui précède suffit déjà à construire une conversation courante basée sur des réalités quotidiennes. Mais la grammaire offre au locuteur encore d'autres moyens pour nuancer ses messages.

Le signifiant du conditionnel est **-ks-** comme en estonien. Prenons ici comme exemple **võlda** « être » et **luggõ** « lire » :

Sg.	1. **ma volks** « je serais »	**ma luguks** « je lirais »
	2. **sa volkst**	**sa lugukst**
	3. **ta volks**	**ta luguks**
Pl.	1. **mēg volksmõ**	**mēg luguksmõ**
	2. **tēg volkstõ**	**tēg lugukstõ**
	3. **ne volkstõ**	**ne lugukstõ**

La négation est régulière : **ma äb volks** « je ne serais pas », **mēg äb volksmõ** « nous ne serions pas », **ma äb luguks** « je ne lirais pas », **mēg äb luguksmõ** « nous ne lirions pas », etc.

7. L'impératif : donner des ordres ou laisser faire

L'impératif s'adresse en général à la 2. personne : toi, fais ceci, vous, faites cela. En live toutes les personnes sont concernées, mais pour les 1. et 3. personnes on fait appel à la particule **las~laz** dérivée du verbe **laskõ** « laisser, admettre, faire » qui contient plusieurs nuances sémantiques et permet ainsi de jouer avec différentes intérprétations.

Voyons ce que cela donne avec **võlda** « être » et **luggõ** « lire » :

Sg. 1.	**las ma volg** « que je soie »	**las ma luggõg** « que je lise »
2.	(**sa**) **vol** « sois »	(**sa**) **lug** « lis »
3.	**las ta volg** « qu'il soit »	**las ta luggõg** « qu'il lise »
Pl. 1.	**las mēg volgõd** « soyons »	**las mēg luggõdõd** « lisons »
2.	(**tēg**) **volgid** « soyez »	(**tēg**) **luggigid** « lisez »
3.	**las ne volgõd** « qu'ils soient »	**las ne luggõgõd** « qu'ils lisent »

Évidemment, **lug avīzidi** signifie clairement : « lis les journaux ». Mais **las ta luggõg avīzidi** peut se traduire : « qu'il lise les journaux », « il lui faudra lire les journaux » ou « il peut lire les journaux, s'il le veut », etc.

Quelques exemples tirés du recueil de Kettunen :

ta um pallõn, las ta nūzõg ilzõ « il (l') a prié de se lever (= qu'il se lève) »

nuovīnd mõtsõ mõ-alizd gangstõ ulzõ un laskõn laz ne läkkõd « la jeune fille les a conduits dans la forêt par (un) couloir souterrain et les a fait partir (= et a laissé qu'ils s'en aillent) »

se vana uņţapai um kēratõn sillõ, laz mēldaŗ pangõ sīe pois jo sūrõ skūolõ « ce vieux brigand a écrit là-dedans que le meunier devrait envoyer ce garçon dans une plus grande école »

kēnik tõb las se pois võtag täm tidar pa naizõks « le roi veut que ce jeune homme épouse sa fille (= que ce jeune homme prenne sa fille pour femme) »

sis Maria Pāvlovna tuoi mõļidi, papieri un bleifēderdi, laz ma mõļţõg « alors Maria Pavlovna (m')apporta des couleurs, du papier (= des papiers) et des crayons pour que je puisse peindre (= que je peigne) »

La négation **ala** correspond à l'estonien *ära*. C'est aussi un verbe qui se « conjugue »

Sg. 1.	**algõ ma volg**	**algõ ma luggõg**
	« que je ne sois pas »	« que je ne lise pas »
2.	**ala vol**	**ala lug**
	« ne sois pas »	« ne lis pas »
3.	**algõ ta võlg**	**algõ ta luggõg**
	« qu'il ne soit pas »	« qu'il ne lise pas »
Pl. 1.	**algõ mēg volgõd**	**algõ mēg luggõd**
	« que nous ne soyons pas »	« que nous ne lisions pas »
2.	**algid tēg volgid**	**algid tēg luggigid**
	« ne soyez pas »	« ne lisez pas »
3.	**algõd ne volgõd**	**algõd ne luggõgõd**
	« qu'ils ne soient pas »	« qu'ils ne lisent pas »

Si l'on veut, on peut aussi garder la particule **las**, dans ce cas, le pronom change de place : **algõ ma volg äb-õigi** ou **las ma algõ volg äb-õigi** « que je ne sois pas injuste ». La variation rythmique est remarquable !

8. Dans le futur, peut-être…

Nous avons vu que le présent sert aussi à exprimer le futur :

tämpõ sadab vīmõ, mūpõ sadab lum « aujourd'hui il pleut (= tombe de la pluie), demain il neigera (= tombe de la neige) »

Mais il existe le verbe **līdõ** qu'il n'est pas facile de traduire en francais. Les linguistes le relient à l'estonien dialectal *lee-* et au finnois *lie-*. Kettunen le considère comme « le futur » du verbe auxiliaire **võlda** utilisé surtout comme « potentiel », c'est-a-dire « pouvoir être, faire peut-être », etc. La conjugaison s'effectue au « présent » :

Sg. 1.	**ma līb**	Pl. 1.	**mēg līmõ**
2.	**sa līd**	2.	**tēg lītõ**
3.	**ta līb**	3.	**ne lītõd**

Comment le traduire ? Pour **ma līb**, Kettunen propose – en allemand – « *ich werde* » (je serai) ou « *ich bin vielleicht* » (je suis peut-être), cf. en finnois *minä lieneen*. Vääri donne en russe : « *ja, po-vidimomu, mogu* » (je peux, apparamment).

Dans les textes, on trouve plusieurs interprétations :

tämmõn niemõd attõ jara kaddõnõd, kieņdi sudud lībõd mõzõ mūrdanõd « ses vaches à elle avaient disparu, que les loups avaient probablement dévorées »

sinnõn līb jõvistõ « tout ira bien pour toi (= à toi sera bien) »

ku min kõskõ un kibar līb sinnõn miersī īņõ ; siz līb jega kõrd kaļdi « si tu as avec toi en mer ma pelisse et mon chapeau, alors il y aura chaque fois des poissons »

sinnõn līb tulmõst minnõn īnõ « tu devras venir (= a toi sera venir) ensemble avec moi »

se puoga līb ikš krietnõ mīez « ce fils deviendra un honnête homme »

sinnõn äb lī tappa « tu ne tueras pas (tu n'as pas le droit de tuer) »

eņtš sindiskīel äb lī jara unnõ « on ne doit pas oublier sa langue maternelle (= langue de naissance) »

minnõn līb lēmõst Rīgõ « il faut que j'aille à Riga (= à moi sera aller à Riga) »

Les formes de négation sont :

Sg. 1.	**ma äb lī**	Pl. 1.	**mēg äb līmõ**
2.	**sa äd lī**	2.	**tēg äd lītõ**
3.	**ta äb lī**	3.	**ne äb lītõ**

sie äb lī sinnõn « cela ne sera pas à toi »

Curieusement, **līdõ** produit un impératif qui doit aussi convenir à **lǟdõ** « aller » :

li jedspēḑõn « va-t-en ! » (= va en avant, poursuis ta route et que je ne te voie plus)

C'est quand même plus élégant que de dire « oust » !

li maggõm « va te coucher »

ala li rāndõ « ne va pas à la plage »

À noter que la longueur de **li** impératif dépend du locuteur.

Au pluriel, on dit **ligid** (d'une chanson) :

kõps kīťiz puogadõn : ligid sūrõz mõtsõz

« le lièvre dit à ses petits : allez dans la grande fôret »

9. L'infinitif I et son inessif

Les infinitifs sont des formes nominales du verbe. Ces formes comme **võlda** « être » et **sīedõ** « manger » que nous citons en référence ressemblent au partitif du nom, et ils peuvent apparaître dans les mêmes contextes :

ta āndab saņtõn rōdõ « il donne au mendiant de l'argent » (partitif de **rō** « argent »)

ta āndab saņtõn sīedõ « il donne au mendiant à manger » (infinitif)

Cf. estonien : *ta annab kerjusele raha*
ta annab kerjusele süüa

Cet infinitif peut se mettre à l'inessif comme en estonien :

võlda « être », inessif **volts** « en étant »

lapsõņ volts(õ) « en étant enfant, dans l'enfance »

istõ « être assis », inessif **istõs** « étant assis »

istõz äb väz « en étant assis on ne se fatigue pas »

Kettunen y trouve aussi un « instructif », assez exceptionnel, toutefois, et semblable à l'infinitif nu :

ta tuļ ratstõ « il vint à cheval » (**ratstõ** « aller à cheval) »

ta lekš juokšõ mõtsõ « il alla en courant vers la forêt » (**juokšõ** « courir »)

Les grammairiens définissent cette forme aussi comme « infinitif II ».

10. L'infinitif en -m : verbe ou nom ?

Ces formes en -**m**- apparaissent aussi en estonien et en finnois. Elles se déclinent plus ou moins, et les grammairiens peuvent y chercher des « cas » et des éléments de dérivation. Notons que **kandõ** « porter » donne un « nominatif » **kāndam** « charge, lest » que l'on peut classer plutôt avec les dérivés.

L'illatif est particulièrement fréquent :

tuļ tubbõ, tul siemõ « viens dans la maison, viens manger »

ma lǟb juomõ « je vais boire »

ma akub kēratõm « je commence à écrire »

äma opatiz lapsta luggõm « la mère apprenait à l'enfant à lire »

Quelques autres cas sont attestés :

l'adessif : **bäz luggõmõt** « sans lire »

l'inessif : **ma voļ sǟl nagrõmõs** « j'étais là en train de rire »

l'élatif : **nūz ilzõ maggõmõst** « lève-toi (= léve-toi de l'action de dormir) »

Peut-on parler ici encore du « verbe » ? D'ailleurs, l'élatif cité peut être interprété comme le partitif d'un infinitif supplémentaire ou « *nomen actionis* » que Vääri situe dans une « conjugaison débitive ». Comme c'est une catégorie importante, elle mérite un paragraphe à part.

11. « Il faut... »

Les obligations et les contraintes sont quotidiennes. Et il est très facile de les exprimer grâce au système datif + **um** (voir I A 6) :

minnõn um luggõmõst « il faut que je lise »

mäddõn um tämpõ õriņi piezzõmõst « il nous faut aujoud'hui faire la lessive (= à nous est aujourd'hui (à) laver les vêtements) »

ku neiku vol doktar tagan broutšõmõst « comme s'il fallait aller chercher le docteur (= après le docteur se déplacer) »

ni um võnd lemõst pīpõ smēkõm « maintenant il fallait aller fumer la pipe »

12. Les participes : les utiles et les moins utiles

Traditionnellement, on compte deux participes :

Participe I

– actif en -**b** ou -**bõ** : **uskõb** « croyant » de **uskõ** « croire »
– passif en -**tõb**, -**dõb** : **usktõb** « crédible »

Participe II

– actif en -**n**, -**nd** : **uskõnd**, **uskõnõd** « cru »,
– passif en -**t**, -**d** : **usktõd** « cru, digne de foi »

ma um uskõn « j'ai cru »

sie um usktõd « ceci est cru, on croit ceci »

Par ce qui précède, nous avons vu que c'est surtout le participe II actif qu'il faut connaître. Il fournit des adjectifs que l'on retrouve en position épithétique et il constitue l'élément essentiel des temps composés (voir § 4). Les autres peuvent servir surtout à alimenter la réflexion grammaticale. Par exemple, essayer d'analyser le participe I actif, pour savoir si la forme **uskõb** que nous venons de citer est un participe ou plutôt la 3.p. sg. de **uskõ**. En fait, les coïncidences sont nombreuses, et le locuteur emploie ici volontiers le *nomen agentis* en -ji : uskuji « celui qui croit », lōlaji lind « l'oiseau qui chante », etc. (voir § suivant).

13. « On raconte que... »

Le *nomen agentis* – nom d'acteur – des grammaires devrait avoir une place dans le chapitre de la dérivation : chasser – chasseur, chanter – chanteur, etc.

Mais en live, il constitue une sorte de mode oblique, discours indirect, « *modus relativus* » ou comme on voudra l'appeler.

Le suffixe -ji du live correspond à *-ja* en estonien et en finnois : juodõ « boire », juoji « buveur », est. *jooja*, fi. *juoja*.

Cette forme est utilisée pour remplacer le participe I : oudõ « couver » – oudji kana « la poule qui couve ». Elle peut, évidemment, fonctionner comme substantif ou adjectif :

juojid lekštõ krūogõst ulzõ « les buveurs sortaient de la taverne »

ma äb uo mingi juoji pois « je ne suis pas un garçon qui boit »

L'emploi le plus original de cette forme se réfère à ce que l'on appelle « discours indirect » : « on dit, on raconte, on suppose, etc.». Au singulier, il y a le suffixe -ji pour toutes les personnes, et au pluriel -jid ou –jist :

uomdõ sa lēji (de lǟdõ « aller ») mōŗidi kuoŗŗõm « il paraît (on raconte) que tu iras demain cueillir des baies sauvages »

mēg iz uom paņņijist (de pānda « poser, effectuer ») eksam « on prétend que nous n'avons pas passé l'examen »

Bien que la parenté avec l'estonien et le finnois paraisse ici évidente, on peut se souvenir aussi du letton :

vedējs « conducteur, cocher » a une forme dialectale *vedājs* qui rappelle le live **viedaji** de **vieddō** « tirer, traîner, transporter ».

Quel terrain riche de contacts !

14. Les préfixes lettons du verbe : une foule de nuances disponibles

Enrichir une langue sans que le processus évoque le franglais, par exemple, c'est tout un art. En tout cas, les Lives ont réussi à s'approprier les préfixes du verbe letton qui, dans le contexte donné, font presque oublier leur origine.

Les préfixes sont au nombre de onze et le locuteur live peut les combiner avec presque tous les verbes :

AIZ- exprime le fait de sortir, partir, s'en débarrasser

aiz-broutšō « partir » (**broutšō** « aller, se déplacer »)

aiz-lȭdō « sortir » (**lȭdō** « aller ») et aussi « arriver à destination »

aiz-rōkandō « intercéder » (**rōkandō** « parler »)

AP- « à, sur, autour »

ap-loulō « ridiculiser, se moquer de » (**loulō** « chanter »)

ap-nūškō « renifler de tous les côtés » (**nūškō** « renifler »)

ap-akkō « remarquer, se rendre compte » (**akkō** « attraper »)

ap-vaņtlō « regarder attentivement, examiner » (**vaņtlō** « regarder »)

AT- « re-, en arrière, de retour »

at-jelatō « réanimer » (**jelatō** « animer »)

at-kīerō « convertir » (**kīerō** « tourner »)

at-kītō « répondre ; annnoncer » (**kītō** « dire »)

at-maksō « rembourser » (**maksō** « payer »)

IE- « à, en, dedans »

ie-lãdõ « entrer » (lãdõ « aller »)
ie-mõtlõ « imaginer » (mõtlõ « penser »)
ie-näktõ « indiquer » (näktõ « montrer »)
ie-kutsõ « mobiliser », (kutsõ « appeler »)

IZ- exprime le sens élatif :

iz-arštõ « guérir » (arštõ « soigner, traiter »)
iz-broutšõ « sortir, aller se promener » (broutšõ « aller, se déplacer »)
iz-īedõ « découper » (īedõ « couper »)
iz-jaggõ « distribuer » (jaggõ « partager, diviser »)

NUO- indique en général qu'une action est terminée, définitive :

nuo-īeldõ « voter » (īeldõ « lever la voix »)
nuo-kaitsõ « réussir à dèfendre » (kaitsõ « défendre »)
nuo-kandõ « être capable de porter » (kandõ « porter »)
nuo-kēratõ « mettre par écrit » (kēratõ « écrire »)
nuo-puskantõ « couvrir d'ornements » (puskantõ « orner »)
nuo-rikkõ « démolir, détruire » (rikkõ « endommager, abîmer »)

PA- « un peu, en dessous »

pa-andõ « se soumettre » (andõ « donner »)
pa-kēratõ « souscrire » (kēratõ « écrire »)
pa-nagrõ « commencer à rire » (nagrõ « rire »)
pa-vodlõ « attendre un peu » (vodlõ « attendre »)

PIE- Ce préfixe apparaît surtout dans des expressions traduites directement du letton. Très souvent, il renforce l'action du verbe.

pie-andõ « pardonner » (andõ « donner »)
pie-lõţõ « charger jusqu'au bord » (lõţõ « charger »)

pie-pūtõ « ne pas suffire » (**pūtõ** « manquer »)

pie-siddõ « attacher à quelque chose » (**siddõ** « nouer, lier »)

PÕR- « sur, par-dessus, au-dessus » (letton *par*)

pōr-mõtlõ « réfléchir, méditer » (**mõtlõ** « penser »)

pōr-nustõ « transmettre ; traduire » (**nustõ** « lever »)

pōr-spriežõ « discuter » (**spriežõ** « causer, converser ; décider »)

pōr-sūolõ « saler trop » (**sūolõ** « saler »)

SA- « ensemble »

sa-lǟdõ « se reunir » (**lǟdõ** « aller »)

sa-lōlatõ, variante renforcée de **lōlatõ** « marier religieusement »

sa-siddõ « attacher ensemble » (**siddõ** « nouer, lier »)

sa-tappõ « tuer tout le monde » (**tappõ** « tuer »)

UZ- « sur »

uz-kazzõ « devenir adulte » (**kazzõ** « croître »)

uz-kēratõ « noter ; préscrire » (**keratõ** « écrire »)

uz-rõkandõ « s'adresser à » (**rõkandõ** « parler »)

uz-tiedõ « construire, ériger, » (**tiedõ** « faire »)

À côté des combinaisons standard que l'on rencontre dans la plupart des textes, le locuteur a la liberté de nuancer à sa guise le message qu'il veut transmettre. Ici, la redondance joue un rôle important : les préfixes ne sont pas indispensables, et dans le live des puristes, les adverbes d'origine fennique peuvent bien les remplacer : **sa-lǟdõ** « se réunir » se dit aussi **lǟdõ kubbõ** « aller ensemble ». Mais pour montrer que l'on a réussi à organiser une bonne réunion, on dirait : **sa-lǟdõ kubbõ** !

Le préfixe nuo- est dans beaucoup de contextes l'équivalent de l'adverbe jara, ce qui permet de construire des expressions très fortes :

nuoīedõb pȁ jara « on coupe la tête » (īedõ « couper »)
ta voļ nõvõz sõņõ jara nuomuoţšõn « il était jusqu'à mort épuisé » (muoţšõ « torturer, épuiser »)

Et quel effet cela peut-il faire, si l'on dit de quelqu'un qu'il est jara nuokuolõn ? Kuolõn est « mort ». C'est déjà terrible. En général, on dit plutôt jara kuolõn, ce qui signifie que l'individu en question est vraiment mort, sans erreur possible. L'adverbe jara ensemble avec le préfixe nuo- gonfle encore le fait tragique, et l'on sent que cette mort est tellement définitive que même les trompettes du Jugement dernier n'y peuvent plus rien.

C. LES ADVERBES

1. L'adverbe de la finitude : jara

Justement jara, l'adverbe qui fait concurrence à plusieurs préfixes du verbe. Ce petit mot correspond à *ära* en estonien. « Je m'en vais, je pars » se dit en estonien *ma lähen ära* et en live ma lȁb jara. Il indique que l'action du verbe est achevée, terminée, définitive. Nous avons dèja vu que le verbe « mourir » ne se suffit pas à lui tout seul, mais il faut dire plutôt jara kuolõ. De même, on dit jara upandõ « se noyer ». Jara pallõ signifie donc « brûler de sorte qu'il n'en reste plus rien » et jara sīedõ peut se traduire quelquefois « manger tout », par exemple tout le « pain » (lēba), toute la soupe (zup), etc.

Il signifie aussi la séparation, l'éloignement :

jara võttõ « ôter, enlever »

jara pānda « déposer, mettre de côté »

kuolm verštõ Jälgabõst jara « trois verstes de Jelgava (= plus loin que Jelgava)

Comme il s'agit d'un adverbe très fréquent, le locuteur qui aime jouer avec le rythme de ses expressions, a inventé une variante plus longue **jarandiz** : **mīez lekš pakand jara** ou **jarands** ou **jarandiz** « l'homme partit vite » – quelle est donc la formule la plus jolie ?

L'originalité de **jara** séparatif consiste à prendre comme variante l'adverbe **jedspēḑõn** dans lequel on reconnaît la postposition **jedsõ** « devant, avant », et qui s'apparente à l'expression **jeddõ-pēḑõn** « en avant, dans l'avenir » :

ta viedab rattad jeddõpēḑõn « il tire la voiture en avant »

jeddõpēḑõn sie um mõitis tīemost « dans l'avenir il faut le faire autrement »

Or, **jedspēḑõn** remplace **jara** surtout avec **lǟdo** « aller » et il y semble un peu moins brutal :

li jedspēḑõn ! « va-t-en ! sors d'ici » et... continue ton chemin !

ma tõž mõtsaizandõks rõkandõ, aga ta voļ jõva jedspēḑõn länd « je voulais parler avec le forestier, mais il était déjà parti »

me saimõ sõttõd jedspēḑõn « on nous a fait partir »

2. *Les adverbes de lieu et de temps*

Ces adverbes se forment surtout à l'aide des cas locaux (voir I A 10). Dans le domaine du temps, il est utile de noter aussi les formess suivantes :

ildiņ « tout de suite »

paldiņ « maintenant »

(composé de la préposition **pa** et **ildiņ**)

piga « bientôt » (cf. fi. *pian*)

sis~sīz « alors, à ce moment » (est. *siis*)

mūžõm « toujours » (lt. *mūžam*)
jengõd « souvent »
ōrastõz « rarement »
alds~alz « toujours » (cf. est. *alati*)
jõ~ju~jõba « déjà » (est. *juba*, fi. *jo*)
tämpõ « aujourd'hui »
(est. *täna päev* « ce jour », fi. *täna päivana*)
mūpõ « demain » (**mū** « autre » + **pa̋va** « jour »)
taga-mūpõ « après-demain », **jo taga-mūpõ** « le surlendemain, le jour après l'après demain »
eggiļ « hier » (est. *eile*)
ändist~ändõst (-päva) « avant hier »
(est. *endine*, fi. *entinen* « précédent »)
teiž~tegiž « de nouveau » (fi. *taas*)
kōgiņ « longtemps » (est. *kaua*)
varald~varrõ « tôt »
(ablatif et illatif de **varaz** « matinal »)
uoņdžõl varrõ « tôt le matin » (est. *vara* « tôt »)
obbõ « tard » (illatif de **obaz** « tardif »)

3. Les adverbes de manière

Les éléments casuels permettent de construire également des adverbes de manière :

mõtmõd pa̋l « par hasard, sans faire exprès » (probablement lié à l'adverbe **mõita** « autrement, si non »)

jõva mīelkõks « volontiers, avec plaisir » (translatif de **mēļ** « disposition, opinion, sentiment ») (fi. *mieli*)

vändist « d'une façon tordue, ratée »
(de **vändõ** « tresser », est. *väänama* « tordre »)

Il faut noter aussi :

nei « ainsi, de cette façon » (est. *nii*, fi. *niin*)
jõvagit « bien, assez, suffisamment » (**jõva** « bon ») :
  jõvagit pikka « assez long »
jõvist « bien » (est. *hästi*, fi. *hüvästi*)

minnõn lãb jõvist « je vais bien » ou « j'ai de la chance »

sliktõ « mal » (illatif de **slikt** « mauvais », letton *slikts* < moyen bas-allemand *slicht*) :

minnõn läb sliktõ « cela va mal pour moi »

pistõ « debout » (est. *püsti*, fi. *pystyyn*)

pitkalõs « allongé, par terre » (est. *pikali*, fi. *pitkällään*)

veittõgõd « d'une façon, ou d'une autre » (< **veittõ** « peu »)

(Voir aussi le chapitre des dérivations).

4. Les adverbes de quantité et d'intensité

Quand il faut se restaurer et discuter les conditions de l'hérbergement, il faut d'abord situer le « peu » et le « beaucoup ».

pãgiņ jennõ « beaucoup »

emiņ~jemiņ avec beaucoup de variantes (voir comparaison) « plus, davantage »

veittõ « peu » (est. *veidi*)

veittõm « moins »

jennõ veittõ « plus ou moins »

vel~vēl « encore » (est. *veel*)

killõld~kil « suffisamment, assez » (est. *küllalt*~ letton *diezgan*)

ka « aussi » (est. *ka*)

väggõ~väggi « très ; trop » (est. *väga* « tres »)

väggõ jennõ « trop, excessivement »

pa « trop »

līdzõ « à peine, approximativement » (lt. *lidz*)

piga-taga « presque, approximativement » (est. *pea-aegu* « presque »)

D. LES CONJONCTIONS : ENTRE L'ESTONIEN ET LE LETTON

Les langues finno-ougriennes sous leur forme ancienne ont toujours été allergiques aux conjonctions. On dit les choses simplement, en juxtaposant les phrases, et le locuteur trouve automatiquement le lien entre les différentes parties du discours. Par conséquent, les conjonctions qui se sont établies avec le temps ont quelquefois des origines étrangères. Le live ne fait pas exception.

1. La coordination

La juxtaposition simple des éléments coordonnés apparaît encore dans des récits, par exemple min iza jema veļļõks ne at kȭnõd spēļõmõz « mon père (ma) mère avec (mon) frère ils sont allés faire de la musique » et neitsõd zingõbõd lõlabõd « les jeunes filles chantent » (zingõ < allemand *singen*, live loulõ). En général, on ajoute la copule lettone

— un « et »

Iza un jema « le père et la mère », zingõbõd un lolabõd « chantent toutes sortes de chansons ». En exprimant la négation, äb se substitue à un :

äb tūlda äb sižži « ni feu, ni charbons »

Au début du 20e siècle, lorsqu'on a commencé à publiér des anthologies de textes lives et à éditer un journal Līvli, les acteurs de ce « réveil » culturel ont essayé de supprimer les éléments visiblement lettons de cette langue ; les préfixes du verbe ont été remplacés par des adverbes ordinaires, et la conjonction un « et » a cédé sa place à la copule estonienne *ja*. D'ailleurs, des mots estoniens ont été empruntés surtout pour « délettiser » le live. Le résultat est discutable. On peut quand même dire que l'apport letton si bien adapté au système live constitue justement l'originalité de cette langue.

À côte de **un** « et », le letton a fourni :

— **bet** « mais »

Ici, il est intéressant de noter que la forme ancienne **aga** (« mais » en estonien) signifie en live plutôt « peut-être » :

aga ta tulab « peut-être viendra-t-il »

Mais **aga** peut aussi se traduire « ou » :

nei aga nei « d'une façon ou d'une autre » (**nei** « ainsi »)

kas tulad aga äd ? « viens-tu ou non » ?

— **voi** « ou » (est. *võï*, letton *vai*)

À noter que **voi** comme **vai** en letton introduit aussi l'énoncé interrogative :

iza voi puoga ? « le père ou le fils ? »

mais

voi iza um kuonnõ ? « le père est-il à la maison ? »

2. *La subordination*

La subordination peut s'effectuer par simple juxtaposition de quelques propositions :

nai kītõn nu jõvist um « la femme a dit c'est bien »

ni ma võttiz vodļõz tegiž « alors, je (le) pris (et) j'attendais à nouveau »

Les interrogatifs s'utilisent aussi comme éléments subordinateurs :

se Mustanum nīn um paldiņ vēl nǟdõb jega īd ristingõn kis tõb tǡnda vaņtlõ «ce château de Mustanum est encore maintenant visible pour tout homme qui veut le regarder »

ta vaņtlõz eņtš viļļõ kui täm vīļa um kazzõn « il regardait son blé (pour voir) comment son blé a poussé »

ta um tōnd nā̈dõ mis sā̈l um « elle a voulu savoir ce qui s'y passait (= qu'est-ce qu'il y a là) »

La conjonction de subordination essentielle est :

— **ku** « que ; si ; quand ; comment » (est. *kui* « si, quand »)

ma uskub, ku ta tulab « je crois qu'il va venir »

ku ma volks sā̈l vond, siz ma kītõks « si j'avais été là, je (le) dirais »

ne kizzõnõd ku kīlma oi jūs võib nuokittõ am oukkõzõks « ils ont demandé comment on peut brûler des trous dans sa chemise auprès d'un poêle froid »

— **as~az** « si » (finnois *jos*)

ah, as ma volks rikaz ! « ah, si j'étais riche ! »

En fait, on peut s'arranger pour presque tout dire avec le petit mot **ku** « que » qui ressemble même à la particule française, si l'on parle un peu vite...

II. FORMATION DU VOCABULAIRE

A. LES EMPRUNTS

1. Les traces du fond ouralien

La mémoire linguistique des peuples retient les éléments qui ont joué un rôle essentiel dans leur passé. Chez tous les Finno-ougriens on trouve quelques dizaines de mots qui étaient déjà utilisés par leurs ancêtres lontains, il y a plusieurs milliers d'années, à l'époque où ceux-ci arrivaient encore à communiquer facilement avec leurs voisins indo-européens.

La palme de la popularité revient sans doute à « l'eau » (en live **vēiž**, en estonien et en finnois *vesi*, en hongrois *víz*, etc.) L'eau est essentielle pour vivre, on la met dans le « chaudron » (**pada**) pour préparer les repas. Elle détermine souvent la « place » (**azum**), où l'on s'installe pour vivre et faire son « lit » (également **azum**), et en partant, pour aller camper ailleurs, on y laisse des « traces » (encore **azum**).

L'eau offre aussi la possibilité de voyager, des routes pour traverser le vaste continent eurasiatique. Elle permet donc de connaître d'autres peuples, d'autres civilisations. Les verbes qui ont survécu à cette époque, montrent bien l'importance des échanges entre toutes ces tribus qui se sont cotoyées, par exemple : **vieddõ** « tirer, transporter, conduire », **tūodõ** « amener, apporter », **mīdõ** « vendre », **murdõ** « briser, casser », etc. que l'on retrouve dans la plupart des langues finno-ougriennes.

Et, puis, il ne faut pas oublier les pronoms tels que **mina~ma** « moi, je », **sina~sa** « toi, tu », **täma~ta** « lui, il, elle », **ne** « ils, elles », **kis** « qui », **mis** « quoi », dont les formes mêmes sont plus ou moins identiques dans plusieurs langues et que les spécialistes des étymologies vous expliqueront en détail.

2. *Les emprunts aux Indo-européens*

On admet que les Finno-ougriens ont été en contact avec les Indo-europeens approximativement 3 000 ans avant J.-C. On connaissait surtout les Indo-iraniens tels que les Scythes et les Ossètes. Ces relations ont donné aux peuples finno-ougriens la sympathique « abeille » (en live **miedliņķi**) avec son « miel » (**mēiž**), mais aussi la « guerre » (**suoda**), la « corne » (**sōra**) – qui peut servir à beaucoup de choses, en temps de guerre et en temps de paix : « corne » pour garder le tabac, « manche » de couteau, « anse » de pétrin, « proue » de bateau, etc.

Comme les autres Finno-ougriens, les Lives aussi doivent aux Indo-européens une partie de leur numération, notamment les nombres « sept » (**seis**), « huit » (**kōdōks** = deux otés de dix), « neuf » (**īdōks** = un oté de dix), et « cent » (**sada**).

3. *Les emprunts aux anciens Baltes*

Actuellement, le live utilise une foule de mots lettons. Mais il en a déjà reçu quelques échantillons vers le milieu du dernier millénaire av. J.-C., au moment où les peuples baltes – les Lettons et les Lituaniens – n'avaient pas encore perdu leurs cousins prussiens, exterminés par les Teutoniques aux 13e et 14e siècles.

De cette époque, le live a gardé la « mer » (**mer** comme en français) et le ciel (**tōvaz**) qui est rarement clément sur la côte de la Baltique et qui se manifeste souvent comme « tempête ».

Pour le paysan et le pêcheur on retiendra **jernaz** « petit pois » et **puba** « haricot », **ǟrga** « taureau », **angōrz** « anguille », **veijōz** « écrevisse », **āmbaz** « dent », **kōra**

« poil d'animal, forrure ; couleur », **lūd** « balai », **rattõd** « voiture », **reggõz** « traîneau », **laja** « maigre ; peu salé » **lāiska** « paresseux ».

Il convient d'ajouter l'adverbe **vel** « encore » et le numéral **tuont** « mille ».

4. Un regard vers la Scandinavie

Au dernier siècle avant J.-C., les territoires esto-lives entretenaient des rapports particulièrement étroits avec les peuples germaniques, surtout avec les Scandinaves. On peut penser que les emprunts anciens aux langues germaniques, dont on ne connaît pas l'origine exacte, sont arrivés en général par la côte occidentale de la Baltique. Les échanges commerciaux se réalisaient avant tout avec l'île de Gotland. Les Lives importaient des métaux, dont « l'or » (**kūlda**), **tina** « plomb », le « fer » (**rōda**) pour leurs forgerons dont le travail était apprécié. D'ailleurs, les fouilles des tombes dans la région de Gauja montrent que les artisans lives utilisaient des motifs vikings pour décorer leurs poignées d'épée et les fourreaux. On suppose que de tous les peuples de la Baltique orientale, c'étaient les Lives qui étaient les plus proches des Suédois.

De cette époque, notamment, date « l'épée » (**mȭk**). Mais aussi la « charrue » (**addõrz**), le « clou » (**naggõl**), « l'aiguille » (**nõggõl** ou **nõggõlz**), la « cloche » ou « l'horologe » (**kīela**).

La communication quotidienne a apporté **rānda** « côte, rive, littoral, plage », **kōp** « marchandise » et « commerce », **rō** « monnaie, argent ». **lainõ** « prêter », **rikaz** « riche », **vara** « pouvoir » ou « possession, biens, provisions », **rīdlõ** « engueuler ».

Quel pouvait bien être l'objet de ces transactions et d'éventuelles disputes ? Les vocables suivants peuvent sans doute nous fournir quelques éléments de réponse : **lāmbaz** « mouton », **kana** « poule », **riggõz** « seigle », **kaggõr(z)** « avoine »... Et la « bougie » (**kīndõl**) ne rappelle-t-elle pas que la cire livonienne était convoitée par tous les pays chrétiens avoisinants ?

5. L'apport des Slaves

On sait que les Slaves sont venus du Sud. Au cours du premier millénaire ils se sont installés à côté des Estoniens et des Lives et leur influence a marqué les deux langues fenniques particulièrement dans le domaine religieux : **rišt** « croix », **rištõ** « baptiser », **rištõt-nim** « prénom » (nom de baptême), **rõntõz** « livre », **päp** « prédicateur ; prêtre ; pasteur » **lutar päp** « pasteur luthérien », **krievõ päp** « prêtre orthodoxe (= russe) », **sund** ou **sund-izand** « juge, une personne qui impose sa volonté ».

La « croix » (**rišt**) a donné naissance à une curieuse vision de l'homme en général : « être humain » se dit **rišting** qui se décompose en **rištõt jeng** « âme baptisée ». Cette forme s'est créée probablement au cours des croisades où le païen n'était pas toujours traité comme un être humain.

Pour savoir si un « homme » est chrétien, il faut bien préciser qu'il a été « baptisé » : **rištõt rišting**. Mais au pluriel, les « hommes » sont **ro'už** « gens, peuple », ce qui donne pour « les chrétiens » **rištõt ro'už**. En tout cas, les qualificatifs **rištingli** « humain » et **rištili** « chrétien » restent très proches.

Les Slaves ont donné au live (comme à l'estonien) des termes courants comme **nädiļ** « semaine », **tõrg** « marché, foire », **vǟrõd** « grande porte, portail », et lorsque le pays s'est trouvé sous la « botte » (**sōpkõz**) russe, le live s'est enrichi de **kopik** « kopek » et de **rubiļ** « rouble », même s'il fallait quelquefois « faire des travaux de serf » (**poššõ**) et supporter les inconvénients de la « frontière » (**rubbiž**) et de la « caserne » (**kazarm**), et aussi des « pickpockets » (**karbatšnikad**).

6. La corne d'abondance esto-germano-lettone

Une grande partie du vocabulaire live se retrouve dans le lexique estonien, et particulièrement dans les dialects de l'estonien du Sud. Le prestige de la civilisation allemande et aussi la présence physique des colons allemands ont profondément marqué toutes les langues autochtones. En ce qui concerne le live, il est souvent impossible de dire si un mot allemand a été emprunté directement ou s'il est arrivé par l'intermédiaire de l'estonien ou du letton. Car le letton est évidemment omniprésent et les formes lettones sont facilement adaptables au système phonétique live.

Ces questions d'identification ont été très bien expliquées par Seppo Suhonen dans son étude sur les emprunts récents lettons en live (voir Bibliographie). Si quelqu'un est féru de l'étymologie fennique, il aura intérêt à méditer d'abord le chapître 8 du livre cité.

Pour ne pas nous enfoncer dans le terrain mouvant de ces échanges et influences réciproques, essayons de trouver quelques exemples nettement estoniens, allemands et lettons.

I. L'ESTONIEN

Étant donné que le lexique estonien a été sérieusement analysé, on a déjà établi la liste des mots que l'on peut considérer comme authentiquement estoniens. Prenons la partie de cette liste qui a été publiée dans « Parlons estonien » pp. 82-85 et regardons ce qui en reste en live (les mots correspondants estoniens sont entre parenthèses).

a) Les parties du corps (et les termes qui s'y rapportent)

ig « sueur » (*higi*), **ūļ** « lèvre » (*huul*), **jālga** « pied » (*jalg*), **ibuks**, pl. **ibukst** « cheveux » (*juus, juuksed*), **kēl** « langue » (*keel*), **kukkõrz** « nuque » (*kukal*), **kūora** « oreille » (*kõrv*), **keiž** « main » (*käsi*), **kilg** « côté » (*külg*), **maksa** « foie » (*maks*) – mais en live, il faut ajouter **viza** « dur » (voir ci-après l'explication des « poumons »), **nōgõ** « peau » (*nahk*), **nana** « nez » (*nina*), **pǟ** « tête » (*pea~pää*), **rīnda** « poitrine » (*rind*), **sǟlga** « dos » (*selg*), **sīlma** « œil » (*silm*), **sū** « bouche » (*suu*), **suorm** « doigt » (*sõrm*), **sidam** « cœur » (*süda*), **ver** « sang » (*veri*), **käpa** « patte » (*käpp*), **raza** « graisse » (*rasv*), **tībõz** « aile » (*tiib*).

Il est intéresssant de revenir sur les mots qui manquent :

Le « cerveau » (est. *aju*) n'est en live que « la moelle de la tête » – **pǟ tigmõd**. À noter que **tigmõz** « moelle » est d'origine inconnue.

« Corps, chair » (est. *ihu*) se traduit **leja** et s'oppose à **voza** « viande ». Étymologiquement, **leja** est le même mot que *liha* « viande » en estonien.

Quand un Estonien se met subitement en colère, il peut dire que son « poumon passe par-dessus le foie » (*kops läheb üle maksa*). C'est une acrobatie difficilement réalisable pour un Live, car les poumons et le foie se distinguent pour lui uniquement par leurs qualificatifs : il y a **piemdõ maksa** « foie mou » pour les poumons » et **viza maksa** « foie dur » – le vrai « foie » ! pour signifier le dernier, on dit pourtant aussi **täugõz** (est. Süd *täü*, vepse *tävu*).

« Estomac, ventre » se dit **keja** (est. *keha* « corps ») ou **mag** (est. *magu*).

Ces exemples montrent que, dans le domaine de l'anatomie, la vision des choses n'est pas la même partout.

Tabar live « queue », peut-il être considéré comme une variante du *saba* estonien ? Ce n'est pas sûr. Mais dans les dialectes des pêcheurs estoniens, on nomme ainsi un certain bout de corde, et chez les Finnois on trouve *saparo* « queue » et particulièrement « queue de cochon ».

Le « bec » des oiseaux lives s'est lettisé – **knob** (est. *nokk*). Le « lait » – **sēmḑa** – pose des problèmes d'étymologie qui ne sont pas encore résolus. Il se peut qu'il s'agisse au départ d'une expression enfantine. Et la « plume » – **turgõz** – (est. *sulg*) constitue encore un sujet de discussions savantes.

b) Les relations de parenté

Dans les relations de parenté, le live reste proche de l'estonien. On y trouve donc des mots faciles à reconnaître : **mīez** « homme ; mari » (*mees*), **nai** « femme ; épouse » (*naine*), **iza** « père » (*isa*), **jema** « mère » (*ema*), **läpš** « enfant » (*laps*), **pūoga** « fils » (*poeg*), **veļ** « frère » (est. Sud *veli*), **sizar** « sœur » (est. Sud *sõzar*), **neitst** « jeune fille » (*neitsi*), etc.

« Homme, être humain » – en estonien *inimene*, en finnois *ihminen* – devient en live **rišting** – un être tout à fait à part (voir § 5).

c) La nature, les phénomènes naturels, les plantes et les animaux

Comme la région et les conditions climatiques sont les mêmes pour les deux peuples, il n'est pas étonnant de voir que le vocabulaire aussi est ici approximativement le même :

ovat, pl. **ovatõd** « source » (en estonien, on dit *allikas*, mais la racine *ava-* « ouvert » se retrouve en estonien et en finnois), **ouk** « trou » (*auk*), **our** « vapeur » (*aur*), **ōda** « tombe » (*haud*), **īlma** « monde ; cosmos ; air » (*ilm*), **jeg** « fleuve, rivière » (*jõgi*), **jōra** « lac » (*järv*), **jei** « glace » (*jää*), **kiuv** « pierre » (*kivi*), **kū** « lune ; mois » (*kuu*), **kīlma** « froid » (*külm*), **lum** « neige » (*lumi*), **mō** « terre ; pays » (*maa*), **mõtsa** « forêt » (*mets*), **mäg** « montagne » (*mägi*), **pimdõ** « ténèbres » (*pime*), **saddõ** « tomber (de la pluie, de la neige, ect.) » (*sadama*), **siž** « charbon » (*süsi*), **tuļ** « feu » (*tuli*), **tūl** « vent » (*tuul*), **tēḑ** « étoile » (*täht*), **ud** « brouillard » (*udu*), **vīm** « pluie » (*vihm*).

Toutefois, quelques termes rappellent aussi la parenté avec d'autres familles fenniques : **āiga** « temps » est plus proche de l'estonien du Sud – *aig* – que de l'estonien standard – *aeg* ; **jougõ** « sable », cf. fi. *hiukka* « grain de sable », est. *liiv* ; **lem** « chaud » – est. Sud *lämmi*, est. *soe* ; **sädgõz** « étincelle », cf. est. *säde*, vepse *sädegi* « éclat ».

Le monde de la botanique montre des divergences culturellement intéressantes.

Certains mots lives correspondent clairement aux formes estoniennes : **jūr** « racine » (*juur*), **lada** « sommet, cime » (*latv*, est. Sud *ladu*), **lēḑ** « feuille » (*leht*), **mōŗa** « baie » (*mari*), **oksa** « branche » (*oks*), **mōskõz** « fraise » (*maasikas*), **pēgõz** « noix, noisette » (*pähkel*), **sēņ** « champignon » (*seen*), **gadag** « genévrier » (*kadakas*), **kūzõz** « sapin » (*kuusk*), **pǟrna** « tilleul » (*pärn*), **täm** « chêne » (*tamm*).

On retrouve l'estonien du Sud en **buolgõz** « airelle » (*poolak*, *poolakas*) et **kõuv~kõvaz** « bouleau » (*kõiv*, finnois *koivu*).

Mais « l'airelle » peut se dire aussi à la lettone – **brukliņ**. La « plante » vient directement du letton **stōdõz** (lt. *stads*). Et le « jus » surtout lorsqu'il s'agit d'un jus de fruit, est bien citadin, donc allemand – **zaft**.

Quant à la « pomme », toutes ses variantes sont savoureuses, et c'est probablement à cause de sa popularité qu'elle se voit attribuer beaucoup de noms. En live, on dit **umar** que Kettunen ose comparer à *ümar*, *ümmargune* qui signifie « rond » en estonien. Mais en estonien du Sud on dit *ubin*, en finnois *omena*, et le mot live se retrouve en mordve. Tel quel ! Faut-il en conclure que la meilleure sorte de ce fruit est originaire de la région de la Volga ? Et pourquoi pas ? À cette occasion on peut se demander aussi, comment cela se fait-il que la « pomme » hongroise – *alma* – soit turque !

La baie la plus originale de la région que l'on cueille surtout dans les marécages de Laponie est le *suomuurain* finnois, est. *murakas* (rubus chamaemorus). Le live l'identifie comme **kurg-mõŗa** « baie de la grue », car le marécage est considéré comme le territoire des grues.

Les animaux sont à peu près les mêmes dans toute la région : **īr** « souris » (*hiir*), **kaș** « chat » (*kass*), **piņ** « chien » (*peni*), **rebbi** « renard » (*rebane*), **ūiska** « serpent » (est. Sud *uisk*).

Mais le « lièvre » fait exception. Le Live l'appelle **keps** et certains spécialistes pensent qu'il s'agit d'un mot descriptif (cf. est. *kepsu lööma* « sautiller »).

Les oiseaux ne reconnaissent pas les frontières des hommes : **lind** « oiseau » (*lind*), **kajagõz** « mouette » (*kajakas*), **kurg** « cigogne, grue » (*kurg*), **varikš** « corneille » (*vares*)...

Les poissons aussi semblent être les mêmes pour les Lives et les Estoniens : **kala** « poisson » (*kala*), **ounõz** « perche » (*ahven*), **aig** « brochet » (*haug*), **kiš** « grémille » (*kiisk*), **särg** « gardon » (*särg*).

Parmi les insectes, le « puce » se singularise : **siezõr** en estonien *kirp*, mais dans quelques dialectes finnois – *sonsari* – et en vepse – *sonzar*. Si ces mots sont liés, il faut reconnaître que l'animal en question sait sauter très loin !

d) Les termes les plus courants ayant trait au domaine de la psychologie

jellõ « vivre ; travailler » (*elama* « vivre »), **jeng** « âme ; souffle » (*hing*), **võlda** « être » (*olema*), **kūolõ** « mourir » (est. Sud *kuolema*), **uidõ** « pouvoir » (*võima*), **istõ** « être assis ; s'asseoir » (*istuma*), **maggõ** « dormir » (*magama*), **jeksõ** « se tromper ; errer » (*eksima*), **kaddõ** « disparaître » (*kaduma*), **lǟdõ** « aller » (est. *lähe-*, finnois *lähteä*), **tūlda** « venir » (*tulema*), **nǟdõ** « voir » (*nägema*, pr. l. p. *näen*), **kūlõ** « entendre » (*kuulma*) , **tundõ** « sentir, connaître » (*tundma*), **nǟlga** « faim » (*nälg*), **äda** « détresse, misère, besoin » (*häda*), **tõdõ** « vouloir » (*tahtma*), **nagrõ** « rire » (*naerma*), **viga** « défaut ; mal ; dommage ; erreur » (*viga*), **mur** « souci » (*mure*), **nōļa** « plaisanterie » (*nali*), **rȭm** « joie » (*rõõm*), **ēļ** « voix » (*hääl*), **kutsõ** « inviter » (*kutsuma*), **sõna** « mot , parole » (*sõna*).

Dans cette liste « assez estonienne », il manque la maladie. « Malade » est un mot letton – **ruja**, qui a des liens avec la « faiblesse » dans quelques dialectes estoniens et finnois.

En ce qui concerne la « mort » – *surm* en estonien – elle s'exprime par **kuolimi** qui est proche de l'estonien du Sud, ou en letton – *nõvõ<nāve*.

Enfin, « se tenir, être debout » – **pīlõ** – et la « beauté » – **knaş̌ş̌õm** – appartiennent à la partie originale du vocabulaire live.

e) Les actions physiques

aijõ « pousser ; chasser » (*ajama*), **andõ** « donner » (*andma*), **jūodõ** « boire » (*jooma*), **īedõ** « rester » (*jääma*), **kouvõ** « creuser » (*kaevama*), **kǟdõ** « marcher, fonctionner » (*käima*), **likkõ** « se mouvoir » (*liikuma*), **sīedõ** « manger » (*sööma*), **lūodõ** « créer » (*looma*), **mängõ** « jouer » (*mängima*), **vodlõ** « attendre » (*ootama*), **votšõ** « chercher » (*otsima*), **piezzõ** « laver » (*pesema*), **palatõ** « brûler » (*põletama*), **rikkõ** « abîmer, détériorer » (*rikkuma*), **sōdõ** « obtenir, devenir » (*saama*), **tappõ** « tuer » (*tapma*), **tīedõ** « faire » (*tegema*), **tūodõ** « apporter » (*tooma*), **tīe** « travail » (*töö*), **vieddõ** « tirer, entraîner, transporter » (*vedama*), **viskõ** « jeter » (*viskama*), **võttõ** « prendre » (*võtma*).

Ici, il n'y a que quatre mots qui manquent : est. *algama* « commencer » – en live **irgõ** (est. Sud *ürgämä*), *lõhkuma* « casser, démolir » – en live **pīlpastõ** (est. *pilbas* « copeau »), *lööma* « frapper, battre » – en live **rabbõ** (est. Sud *rabama*) et *soovima* « souhaiter, désirer » – en live **vēļõ** du letton *vēlēt*.

f) Mots relatifs aux qualités et aux relations

jega « chaque, chacun » (*iga*), **se~sīe** « ce, ceci » (*see*), **sāl** « là » (*seal*), **sīņ** « ici » (*siin*), les pronoms personnels, **kōgiņ** « longtemps » (*kaua*), **mušta** « noir ; sale » (*must*), **nūor** « jeune » (*noor*)...

g) Des notions culturelles

Habitat et vie de tous les jours :
katuks « toit » (*katus*), **kuod** « foyer, le chez-soi » (*kodu*), **kila** « village » (*küla*), **nīn** « château fort » (*linn~linnus*), **moizõ** « manoir du seigneur » (*mõis*), **sōna** « étuve, sauna » (*saun*), **ukš** « porte » (*uks*), **äl** « berceau » (*häll*), **līem** « bouillon » (*leem*), **pada** « chaudron » (*pada*), **paņ** « seau » (est. Sud *paŋg*).

Il convient de noter que la « taverne » (est. *kõrts*) devient lettone : **krūogõ(z)** < *kruogs*, et le « lit » (est. *voodi*), en live **lova**, s'apparente à est. *lava* « planche, plateau » que l'on utilise pour dormir aussi en Estonie du Sud.

La « ferme » live est **kōrand** (cf. finnois *kartano*) ou simplement **pāika** « lieu ». NB ! **kōrand** signifie aussi « cour » : **piņ um kōrandōl** « le chien est dans la cour ». La forme *talu* – la « ferme » estonienne – fait naître la classe paysanne : en live, **tal**, pl. **talud** sont les fermiers, les paysans, cf. **izandōd un talud** « les seigneurs et les paysans ». Eh quoi, on est identifié selon ce que l'on possède. C'est ainsi que l'on nomme aussi les familles rurales d'après leur ferme.

Vêtement et éléments de parure

kȭngad « souliers » (*kingad*), **käduks** « manche » (*käis*), **sūormōks** « bague » (*sõrmus*).

La « ceinture » (est. et fi. *vöö*) introduit en live une note humoristique : le mot ancien semble être **vitsa** qui désigne d'abord le cercle métallique autour du baquet ou du tonneau. Une femme moderne un peu coquette ne devrait pas apprécier une telle comparaison. Ceci explique peut-être l'emprunt au letton *josta* > **juost**.

Travail et outils

kimp « liasse, botte, faisceau » (*kimp*), **kuoŗŗō** « cueillir, ramasser » (*korjama*), **kuddō** « tisser, tricoter » (*kuduma*), **kieuž** « corde » (*köis*), **lānga** « fil » (*lõng*), **nōgō** « peau, cuir » (*nahk*), **siepa** « forgeron » (*sepp*), **umblō** « coudre » (*õmblema*), **kērabi** « bigarré, multicolore » (*kirju*).

Dans cette rubrique, nous trouvons un verbe letton – *vērpt* « filer » – **vērbiksō** en live (est. *ketrama*), un mot estonien du Sud *väits* > **veiss** en live, et une expression un peu particulière pour « allumer » – est. *süütama*, mais en live – **iealtō** ou **iekittō**, où l'on reconnaît le préfixe letton *ie-* et le verbe **altō** que l'on ramene à *halu* qui en estonien du Sud signifie « *douleur, passion, désir* ». Quand on « allume » quelque chose, il faut bien préciser l'objet, pour ne pas créer d'équivoque…

Déplacements

ju'odõ « conduire » (*juhtima*), **rada** « sentier, chemin » (*rada*), **ratstõ** « aller à cheval » (*ratsutama*), **lõja** « bateau, navire » (*laev*).

Mais est. *koorem* « charge » est remplacé par **kāndam** de **kandõ** « porter », et *tee* « route, chemin » se dit en live **rek~rīek** (finnois *retki* « voyage, excursion »).

Agriculture et élevage

tara « jardin, clôture » (*tara* et *aed*), **jou** « farine » (*jahu*), **killõ** « semer » (*külvama*), **kindõ** « labourer » (*kündma*), **nizzõ(z)** « froment » (*nisu*), **vikart** « faux » (*vikat*), **volgõd** « paille » (*õled*), **õbbi** « cheval » (*hobune*), **siga** « cochon » (*siga*), **nīemõ** « vache » (*lehm*).

À propos de la « vache », on peut se rappeler le changement **l** > **n** que nous avons constaté déjà dans le cas **nīn** « château », est. *linn* « ville ».

Commerce, mesures

ind « prix » (*hind*), **luggõ** « lire » (*lugema*), **maksõ** « payer » (*maksma*), **mīdõ** « vendre » (*müüma*), **pūoļ** « demi » (*pool*).

Le « nombre » (*arv*) est **lug**, dérivé du verbe **luggõ** « lire ; compter » ; « cher » (*kallis*) se dit **tõurõz** (cf. finnois *tyyris*).

Métaux

õbdõ « argent » (*hõbe*), **tierõda** « acier » (*teras*) ; NB. Le mot live contient **rõda** « fer » (est. *raud*) ; **vašk** « cuivre » (*vask*).

Vie communautaire

Ce paragraphe présente des nuances intéressantes. Aux mots estoniens correspondent : **lešţ** « veuf » (*lesk*), **rouž** « peuple » (*rahvas*), **sug** « race, famille, sexe » (*sugu*), **vȭrõz** « étranger » (*võõras*), **ouv** « honneur » (*au*), **ul** « fou » (*hull*), **äbi** « honte » (*häbi*), **lūotõ** « espérer » (*lootma*), **pālka** « salaire » (*palk*), **pallõ** « prier » (*paluma*), **piettõ** « tromper » (*petma*), **tēriņtõ** « saluer » (*tereta, tervitama*), **tuoiž** « vrai » (*tõsi*), **uskõ** « croire » (*uskuma*), **vȭlga** « dette » (*võlg*).

Ce terme estonien *abielu* « mariage, ménage » est composé de *abi* « aide » et *elu* « vie ». Il s'agit donc d'une assistance mutuelle. La notion du mariage en live est liée à la céremonie religieuse : **lōlatõks**, dérivé de **lōlatõ** « marier à l'église » qui à son tour est dérivé de **loulõ** « chanter » (évidemment, une belle cérémonie implique aussi un accompagnement musical).

« L'oncle » estonien est *onu*, en live plutôt **unkõl** qui rappelle *Onkel* allemand. Le mot vraiment live est **sūr-veļki** « grand-frère », qui va de pair avec **sūr-suşşa** « tante », composé de **sūr** « grand » et **suşşa** « petite sœur », expression probablement enfantine.

« L'esclave » live est letton – **vȁrgõz** < *vērgs*. *Ori* estonien qui signifie le même état se retrouve dans **vōŗa** qui désigne le socle en bois dans lequel on fixe une sorte de torche qui, autrefois, remplaçait la lampe électrique. Ensuite, **vōŗa** signifie aussi un grill pour poissons. Le mot estonien dont on ne connaît pas l'origine, indique-t-il que « l'esclave » est un homme traité comme un objet ?

Le verbe « aider » (est. *aitama*) est en live **äptõ** , dérivé de **ab** « aide » (est. *abi*).

Est. *kade* « envieux, jaloux » donne en live trois variantes : **kad, kaddi, kadli**. Avouons que la troisième sonne presque sympathique, mais en fait, sémantiquement, il n'y a pas de différence.

Le verbe **kītõ** signifie « dire » et « louer » (est. *kiitma* seulement « louer », mais est. Sud « dire, répondre »). **Engõld kītistõ Jumalt** « les anges disaient (= louaient) Dieu ». Comment un **rišting** « homme (baptisé) » peut-il « dire » Dieu sans exprimer son admiration ? Sans le savoir, le paysan live fait de la haute théologie.

Le terme estonien *kosjad* ne signifie pas tout à fait « fiançailles », mais plutôt les préparatifs pour un éventuel mariage (par exemple aller demander la main d'une fille). En live, **kuoʒ̦a** peut être une « recherche » avec intermédiaire. **Ma lāb kuoʒ̦a pāle** « je vais chercher une femme », on peut aussi, quand on est femme soi-même, **kuoʒ̦aks jellõ** « s'occuper à trouver une fille, faire l'entremetteuse».

Pidu « fête » en estonien est une manifestation de gaîté, **piva** « fête » en live peut désigner « le sacré », une « fête liturgique » ou une « sauterie » privée. **Kalamie-piva** « fête du pêcheur » réunit les compagnons du commerce maritime : on y boit, on y chante... Il n'y a rien de sacré !

Ce qui est « faux » est *vale* en estonien et **faļš** ou **faļšig** ou **faļšist** en live – le mot allemand *falsch* avec des terminaisons lives. À noter que les langues fenniques ont tendance à remplacer **f** par **p**, dans le cas donné on s'attendrait à **paļš**, une variante attestée dans le parler dialectal letton. Mais les Lives d'aujourd'hui ont beaucoup voyagé, ils ont appris des langues étrangères, et les sons étrangers comme **f** ne les effraient plus.

En tout cas, cette rubrique montre bien que les ressemblances avec l'estonien sont importantes, toutefois, ceci n'empêche pas d'ajouter une coloration bien particulière.

Temps

āigast « année » (*aasta*), **āiga** « temps » (*aeg*), **kievad** « printemps » (*kevad*), **päva** « jour » (*päev*), **pävaļiki** « soleil » (*päike*), **ȭdõg** « soir » (*õhtu*), **īe** « nuit » (*öö*).

Ici, il n'y à rien à dire, sauf au sujet de « durer » (*kestma*), en live **dūrõ** que l'on peu rapprocher de l'expression familière estonienne *tuurima*, en moyen bas-allemend *düren*.

Les points cardinaux

Les points cardinaux sont plus ou moins les mêmes dans les deux langues. Mais leurs noms ne couvrent pas tout à fait les mêmes réalités :

edel « sud-ouest » en estonien, donne **jedal** « sud » en live; *ida* « est » en estonien, donne **ida** « nord-est » en live, *lõuna* « sud » glisse en live vers le « sud-est » **lõnag** ; *lääs* estonien « ouest » se reconnaît en **lēņtš**, mais pour les Lives, il s'agit bien du « sud-ouest ». Au moins **pūoi** « nord » (*põhi*) semble être un point particulierement fixe pour les deux langues. De toutes façons, pour la population rurale il importe de connaître approximativement les vents et leur orientation, le marin a besoin de plus de précision, et il utilise les termes internationaux : nordwest, nordost, etc.

Terminologie religieuse

irm « peur, crainte » (*hirm*), **im** « merveille, miracle ; merveilleux, admirable » (*ime*), **jumal** « dieu » (*jumal*), **loulõ** « chanter » (*laulma*), **piva** « saint, sacré » (*püha*), **tienu~tiendõks** « remerciement » (*tänu*), **voņ** « bonheur » (*õnn*), **nõu** « conseil » (*nõu*), **tīedõ** « savoir » (*teadma*).

Parmi les divergences, on notera d'abord le cas de **im** « merveille », etc. La variante la plus courante est d'origine lettone – **brīnõm**. Et une « tres grande merveille », une sorte de super-miracle se dit – **imi brīnõm** !

Est. *kiruma* « jurer, pester, maudire » est remplacé en live par **sasuodõ** (du letton *sasuodit*).

En cherchant des termes équivalents à *kummitus* « apparition, fantôme » en estonien, nous avons trouvé toute une tribu d'esprits effrayants : **käm** (origine incertaine), **õmõz~õmiļ~õmõkõl** (letton *āmeglis*, cf. finnois *haamu*), **spūok** (letton *spuoks*, moyen-bas-allemand *spok*), **ärm~ärmõz** (letton *erms*), **ämatõks** (cf. est. *ehmatus* « effroi »).

La famille du « sorcier » (*nõid*) est tout aussi nombreuse : tout d'abord **buŗa** (letton *buris*) ensuite **arbi** (finnois *arpoja*), **raganõz** (letton *ragana*), **tul-lūdõz** (celui qui arrive sur le **lūdõz** « balai »), **võl** (cf. estonien *võlu* « charme, séduction ») **~vil~villi** (qui désigne aussi le dragon).

« L'usage » (*komme*) se définit comme **īrdõks** « habitude » et « la poésie » (*luule*) se compose de **lõlõd** « chants ».

II. L'ALLEMAND

La présence allemande sur la côte de la Baltique y a laissé son empreinte. Les mots d'origine germanique sont nombreux, et dans le cas du live, on ne sait pas toujours, si ces éléments étrangers sont arrivés directement ou par l'intermédiaire du letton. Seppo Suhonen a consacré une étude importante à ce problème (voir références bibliographiques). Ici, il faudra se limiter à citer quelques mots dans lesquels on reconnaît clairement l'origine allemande et surtout les formes bas-allemandes.

On sait que les grands propriétaires terriens sont surtout allemands ou scandinaves, mais ils parlent tous allemand et leur parler contient encore des éléments westphaliens de leurs ancêtres. Les mots qui viennent du château se réfèrent à la situation sociale : **baron** « baron » (*Baron*), **grōf** « comte » (*Graf*), **freilen** « mademoiselle » (*Fräulein*), **fūrman** « cocher » (*Fuhrmann*), **rent** « bail, fermage » (*Rente*), **ērbig** « maison d'habitation dans la grande propriété » (*Herberge*), **taļ** « écurie » (*Stall*), **virstõz** « prince » (*Fürst*), **junkar** « gentilhomme » (*Junker*), **bour-neitst** « fille paysanne » (*Bauer* « paysan »).

Mais tous les Allemands ne sont pas propriétaires terriens ni nobles. La population des villes comporte une foule d'artisans : **dislõr** « menuisier » (*Tischler*), **timmõrman** « menuisier, charpentier » (*Zimmermann*), **būmēstar** « charpentier, architecte » (*Baumeister*), **slaktõr** « boucher » (*Schlächter*, *Slachter*), **potograb** « photographe » (*Photograph*), **skrīvõr** « écrivain » (*Schreiber*), **mōldõr** « peintre » (*Maler*), **bekkar** « boulanger » (*Bäcker*).

Aux artisans se joignent le **būoḑ** « petit magasin, épicerie » (*Bude*) avec son **būoḑnika** « épicier », **andõlmaņ** « commerçant » (*Handelsmann*), **aptēkõr** « pharmacien » (*Apotheker*, *Apteker*) et toute cette « société » – **zeļfšapt** – (*Gesellschaft*) qui s'est donnée pour but de « faire des affaires », **šeftõ** (**šept** « affaire » – *Geschäft*).

Dans ce milieu, le Live trouve des produits que ses ancêtres ne connaissaient pas : **virts** « épice » (*Würze*), **tsukkõr** « sucre » (*Zucker*), **vīn** « vin » (*Wein*), **kaffõ** « café » (*Kaffe*), **kringiļ** « bretzel » (*Kringel*).

Toutes ces activités introduisent aussi des outils et d'autres objets qui sont liés au travail :

bleffēdõr « crayon » (*Bleifeder*), **bleistik** « crayon » (*Bleistift*, *Bleistick*), **dreibenk** « tour » (*Drehbank*, bas-allemand *Dreibank*), **dīmant** « diamant » (*Diamant*),

skrõuv « vis » (*Schraube*), **škērõd** « ciseaux » (*Scheere*), etc.

Dans les relations commerçant-client on découvre aussi des **škeļmõd** « des escrocs » (*Schelm*), et des gens qui aiment « se chamailler » **strīdõ** (*sich streiten*, bas allemand *striden*). Mais il y a aussi des moments agréables, il y a la **šenk** « taverne », et pour se distraire, on peut **daņţšõ** « danser » (*tanzen*, bas allemand *danzen*) et **zingõ** « chanter » (*singen*).

III. Le letton

La langue des voisins fournit d'abord des termes de voisinage : **kaimiņ** « voisin » (*kaimiņš*), **drougõ(z)** « ami » (*draugs*), **leiš** « lituanien » (dial. *leitis*), **krievõz** « russe » (*krievs*), **louk** « champ » (*lauks*), **gatvai** « espace entre deux clôtures » (*gatva*), **tīessõ** « porter plainte, faire un procès » (*tiesāt*), **mõņõ** « tromper » (*mānīt*), **lõpõ** « piller » (*laupīt*), **klietšõ** « hurler » (*kliegt*), **kīvõ** « se disputer » (*ķīvēties*), **kibiļ** « ennui ; difficulté » (*ķibele*), **mīerõ** « paix » (*miers*), **laipnig** « aimable, sympathique » (*laipnīgs*), **broutšõ** « se déplacer » (*braukt*), **tsēņõ** « accueillir » (*cienāt*), **krūog(õz)** « taverne » (*kruogs*), **kuntrakt** « contrat » (*kontraksts*, dial. *kuntraks*), etc.

Le vocabulaire d'origine lettone comporte une grande quantité de termes techniques pour le tissage, le jardinage, la construction de bateaux, de voitures, d'outils de pêcheur et d'agriculteur, les appels d'animaux domestiques, et dans ce contexte de la vie quotidienne, bien entendu, quelques mots de conversation courante qui reviennent constamment, tels que **la~lab** « bon » (*labs*), **labak~labakõm** « mieux, préférable » (*labāk*), **tīššõm** « exprès, intentionnellement » (*tīšam*), **slikt(õ)** « mal, mauvais » (*slikts*), **pagalam** « fini, mort » (*pagalam*), **pavissam** « tout à fait, surtout » (*pavisam*).

Un groupe à part est constitué par les préfixes verbaux que le locuteur utilise abondamment avec presque tous les verbes quelle que soit leur origine (voir I B 14).

Si vous êtes impressionné par la multitude d'éléments lettons, dites-vous que le letton aussi a subi une forte influence fennique !

B. LA DERIVATION ET LA COMPOSITION

1. La dérivation des noms

-ji suffixe qui s'ajoute au verbe pour désigner la personne qui agit :

andaji « donneur » (**andõ** « donner »)

opatiji « professeur, enseignant » (**opatõ** « enseigner »)

kēratiji « celui qui écrit, écrivain » (**kēratõ** « écrire »)

pästaji « sauveur » (**pästõ** « sauver »)

Il s'agit du fameux *nomen agentis* des grammaires classiques qui en live sert aussi à exprimer le discours indirect (voir I B 13).

-li indique l'appartenance à une nationalité, ou ayant une qualité définitive ou passagère :

līvli « Live », **letli** « Letton »

abli « aide, assistant » (**ab** « aide »)

uigali « timide » (**uigõ** « avoir honte »)

-nika (letton *-nieks*, russe *-nik*) définit l'habitant d'une localité, une profession ou une fonction. Assez souvent, ce suffixe apparaît comme une variante de **-li** :

rīgõnika « habitant de Riga » (ou **rīgli** !)

vȭntanika « habitant de Ventspils » (**Vȭnta** « Ventspils »)

diedõlnika « vagabond, vaurien » (**diedõltõ** « mendier »)

patnika ou **patli** « pécheur » (**pat** « péché », **pattõ** « pécher »)
letkielnika « lettophone, letton » (**kēļ** « langue »)
skuņštnika « artiste » (**skuņšt** « art »)
võrgõnika « l'homme de l'équipage qui s'occupe des filets » (**võrgõ** « filet de pêche »)

-ki suffixe des diminutifs :
läpški « petit enfant » (**läpš** « enfant »)
kuţski terme affectif pour **kuţškõ** « chiot »
kaņki « petite poule, poussin » (**kana** « poule »)

-mi suffixe pour marquer l'action :
luggõmi « lecture » (**luggõ** « lire »)
jelami « existence » (**jellõ** « vivre »)
broutšõmi « transport, déplacement, voyage » (**broutšõ** « aller, se déplacer »)

-ks~õks pour dire l'action et le résultat d'une action :
mădõltõks « souvenir » (**mădlõ** « se souvenir »)
verštõks « tremblement » (**verštõ** « secouer »)
naggõrtõks « raillerie » (**nagrõ** « rire »)
piettõks « mensonge » (**piettõ** « mentir ; tromper »)

-m pour des notions plus ou moins abstraites :
jõvam « bonté ; bien moral ou matériel » (**jõva** « bon »)
pimdõm « ténèbres » (**pimdõ** « obscur »)
sieldõm « clarté » (**sieldõ** « clair, lumineux »)

-t pour des qualités :
tõvvit « profondeur » (**tõva** « profond ; authentique »)
kõzzit « mechanceté » (**kõzzi** « furieux »)
vannit « âge, vieillesse » (**vana** « vieux, âgé »)
laigit « largeur » (**laiga** « large »)

-z~õz
kovalõz « intelligence » (**koval** « intelligent ; rusé »)
lāiskoz « paresse » (**lāiska** « paresseux »)

-ib~īb (letton *-ība*)
kovalib « intelligence » (**koval** « intelligent ; rusé »)

vaidzib « nécessité » (**vaidzig** « nécessaire »)

-gõnd ensemble, domaine :

sižgõnd « intestins » (**sižali** « interieur »)

kōzgõnd « noce » (letton *kāzas* « noce, mariage »)

kimgõn « une dizaine » (est. *kümmekond*)

Toutefois, ce suffixe semble être peu productif car **kub** « tas, ensemble » permet d'exprimer beaucoup de réalités analoques : **lõt** « messe, service religieux » donne **lõtli** « fidèle, participant à la messe », et ensuite **lõt-kub** « paroisse », **lõt-kubli** « paroissien ».

2. *Les suffixes adjectivaux*

Bien qu'il n'existe pas de différence essentielle entre le substantif et l'adjectif, certains suffixes traduisent clairement la qualité d'une matière, l'origine d'un objet etc.

-i :

sūoli « salé » (**sūol** « sel »)

tarabi « en bois de noisetier » (**tarab** « noisetier »)

sūoji « marécageux » (**sūo** « marécage »)

kõzzi « indigné, furieux, en colère » (**kõza** « colère »)

sidami « central » (**sidam** « cœur ; centre »)

-liki qualité un peu diminuée :

zirmliki « un peu vieux, un peu gris » (**zirmi** « viellard, cheval gris »)

punliki « rougeâtre » (**punni** « rouge »)

vīrliki « jaunâtre » (**vīri** « jaune »)

-ig (allemand *-ig*, letton - *īgs*) suffixe peu productif :

giftig~giptig « empoisonnant » (**gift** « poison »)

līdzig « semblable, tel » (**līdzõ** « à peine », letton *līdzīgs*)

tsīenig « honorable, digne » (**tsīenõ** « honorer »)

3. *Créer des verbes*

C'est assez simple, au moins pour un certain nombre de mots : on prend un substantif, et l'on ajoute **-ō** :

sūol « sel » – **sūolō** « saler »

pat « péché – **pattō** « pécher »

lōz « billet de loterie – **lōzō** « mettre en loterie »

-tō~stō ajouté au substabtif exprime le sens causatif ou factitif :

līm « colle » – **līmitō** « coller »

kūlda « or » – **kūldatō** « dorer »

ēviļ « rabot » – **ēviļtō** « raboter »

kūja « sec » – **kūjastō** « sécher »

naggōl « clou » – **naggōltō** « clouer »

-kšō :

lora « bla-bla-bla » – **lorikšō** « raconter n'importe quoi »

vērbikšō « filer la laine » < letton *vērpt*

poţikšō « rouspéter, grogner » (terme descriptif)

Pour la création des verbes, il faut tenir compte aussi de toutes les possibilités offertes par les préfixes du verbe letton (voir I B 14).

4. *Les adverbes*

Les expressions adverbiales puisent souvent dans les cas locaux internes et externes (voir I A 10 ss.) : **mōzō** « dans la terre, par terre » (inessif de **mō** « terre »), **käds** « dans la main, en possession » (inessif de **keiž** « main »), **leižgōl** « proche, à proximité » (est. *lähedal*), **pitkald** « longuement » (ablatif de **pitka** « long »), etc.

Un adverbe peut se terminer simplement en **-ō**, ce qui est courant pour les noms : **slikt** ou **sliktō** « mauvais » et adverbe **sliktō** « mal ».

Les suffixes plus ou moins adverbiales sont :

-**stiz~stõz**

lāiska « paresseux – **lāiskastiz** « paresseussement »

ovar « spacieux, large, ouvert » – **ovarstiz** « largement »

tõurõz « cher » – **tõurõstõz** « chèrement »

koval « intelligent, rusé » – **kolvalstiz** « avec ruse »

-**ist**

jõva « bon » – **jõvist** « bien »

ouv « honneur » – **ouvist** « avec honneur, honorablement »

slikt(õ) « mauvais » – **sliktist** « mal »

5. Le préfixe négatif : composition d'inspiration lettone

Pour exprimer le contraire d'une notion, il suffit de la faire précéder de **äb** « non », comme en français « non-dit » « non-agression », etc. :

jõva « bon »

– **äb-jõva** « non-bon », par conséquent « mauvais »

äb-jõva āina « non-bonne herbe »,

c'est-à-dire « mauvaise herbe, ivraie »

õigi « juste »

– **äb-õigi** « injuste »

muoistõb « compréhensible »

– **äb-muoistõb** « incompréhensible »

usk « religion ; foi »

– **äb-usk** « superstition »

Il convient de noter que l'estonien moderne emploie un préfixe *eba-* qui ressemble bien au live **äb** mais qui est uniquement un élément de dérivation (qui n'a donc pas d'existence indépendante) : *õiglane* « juste » – *ebaõiglane* « injuste », *usk* « religion, foi » – *ebausk* « superstition », etc.

On peut penser que cette négation vient du letton qui utilise largement la particule négative *ne* comme préfixe et qui se maintient aussi en live dans les mots d'origine lettone :

nägantib « insolence, turpitude » (*negantība*)
nämierig « inquiet ; rebelle, séditieux » (*nemierīggs*)
nälaima « malheur » (*neleime*) ou
äb-voņ (**voņ** « bonheur » en live)
näjok « laid » (*nejauks*) ou
äb-knaš (**knaš** « beau, joli » en live)

On voit que **äb** et **nä** sont ici équivalents, mais il paraît probable que le préfixe letton ne pourra jamais remplacer la négation **äb** dans les mots lives, car **äb** signifie « non » et **nä~näh** – « oui » ! Curieux jeu de mots, n'est-ce pas ?

6. Les composés nominaux

Dans les mots composés, s'est le dernier élément qui porte le sens principal. Le premier composant peut être souvent considéré comme une épithète.

NOM + NOM

rišt-usk « la religion chrétienne »
(**rišt** « croix » + **usk** « religion »)
tuba-jeddi « vestibule »
(**tuba** « maison » + **jeddi** « espace devant »)
kala-mīez « pêcheur »
(**kala** « poisson » + **mīez** « homme »)
nurm-kana « perdrix »
(**nurm** « champ » + **kana** « poule »)
kōp-liestad « les plies pour la vente, les plies assez grandes »
(**kōp** « marchandise ; commerrce » + **liestad** « plies »)
mikiļ-påva « fete de Saint-Michel »
(**mikiļ** « Michel » + **påva** « jour »)
mikiļ-påva-kū « septembre »
(**mikiļ** « Michel » + **påva** « jour » + **kū** « mois »)

ADVERBE + NOM

jeddõ-viedaji « témoin de mariage »

(**jeddõ** « devant » + **viedaji** « conducteur »)

jeds-zingiji « soliste »

(**jeds** « devant, avant » + **zingiji** « chanteur »)

taga-maks « crédit »

(**taga** « derrière » + **maks** « paiement »)

taga-vara « provisions »

(**taga** « derrière » + **vara** « tresor »)

7. La composition verbale

Le verbe se « compose » en général avec les adverbes. En live, ces éléments restent assez indépendants, cest-à-dire que l'adverbe peut apparaître avant ou après le verbe : **lāˀdõ ulzõ** ou **ulzõ lāˀdõ** « aller dehors, sortir ». Mais dans le schéma sujet + verbe + complément, l'adverbe suit le verbe : **ma lāˀb kuodai** « je vais à la maison, je rentre ».

Plusieurs expressions adverbiales sont sémantiquement liées à un verbe donné de sorte que le locuteur ne sait plus l'analyser :

tāˀdel pānda « remarquer »

(**tēḑ** « étoile ; signe » + **pānda** « mettre, poser »)

käddõ sōdõ « attraper »

(**käddõ**, illatif de **keiž** « main » + **sōdõ** « obtenir »)

lebbõ lāˀdõ « avoir la diarrhée »

(**lebbõ** « à travers » + **lāˀdõ** « aller »)

abbiņi aijõ « raser »

(**abbõnd** « barbe » + **aijõ** « chasser, faire partir »)

jeddõ võttõ « entreprendre »

(**jeddõ** « devant » + **võttõ** « prendre »)

8. *Cap sur les néologismes*

Si la langue live réussit à remonter la pente, c'est-à-dire si les Lives ou leurs descendants lettisés décident un jour de parler et d'écrire la langue de leurs ancêtres, il faudra impérativement compléter le vocabulaire existant. Car la vie évolue et le 20e siècle a fait naître toute une terminologie culturelle et technique qui manque totalement à ces paysans et pêcheurs de la Baltique.

En principe, il ne doit pas y avoir de difficulté majeure pour l'adaptation de cette terminologie. Le live a adapté déjà à son système phonétique beaucoup de formes étrangères, surtout allemandes et lettones, telles que **āndiļ** « commerce » (all. *Handel*), **lūozbōr** « laurier » (letton *lozbēres*), **protses** « procès », **tsentōr** « centre », etc.

Il y aura quelques hésitations au sujet des sons comme **f**, qui est déjà connu, mais qui dans les emprunts plus anciens est remplacé par **p** : **propessōr** « professeur », **prantsuz** « français ». Mais aujourd'hui on dirait **professor** et **frantsuz**, comme on dit **kaffõ** « café » et non pas **kappõ**.

On aura donc des **parlament**, **president**, **aerodrōm**, **demokrātija** et **televīsija**. Et l'on enverra des **faks**, dont on pourra faire le verbe **faksõ**.

Et le live sera une langue européenne comme les autres.

III. PRATIQUE DE LA LANGUE

A. LA CONVERSATION COURANTE

Dans une région où il n'y a ni hôtel, ni théâtre, ni aéroport, la conversation courante ne peut pas être très compliquée. Il y a la « mer » (**mer**) et la « terre » (**mō**), et la route (**rek**) qui mène d'un village (**kila**) à l'autre. La « ville » (**pilsȃt**) est loin, et elle est lettone – *pilsēta*.

Évidemment, si vous étudiez la pisciculture et les problèmes de pêche en général, vous aurez besoin d'une terminologie de spécialiste assez abondante, mais ce domaine très particulier n'intéresse pas le voyageur habituel. Nous nous limitons ici donc à quelques expressions courantes pour montrer notre sympathie pour les Lives et l'intérêt que nous portons à leur langue.

1. Les salutations

En rencontrant un habitant du pays, vous direz **Tēriņtš** « Bonjour» (= « Salut »).

En fait, vous lui souhaitez la bonne santé, car le mot signifie « entier, en pleine santé, intact ». En estonien, on dit *tere* qui est étymologiquement lié à *tervis* « santé ». Quand on a la santé, tout va bien !

Comme la journée se divise en trois parties : matin, soir et ce qui reste entre les deux, on peut saluer de plusieurs façons :

Tēriņtš « Salut »

Jõva uomõg ou **jõvvõ uomõgt** (partitif) « Bonne matinée »

Jõva pȃva ou **jõvvõ pävvõ** « Bonjour »

Jõva ȭdõg ou **jõvvȭ ōdõgt** « Bonsoir »

Comme vous risquez de rencontrer aussi des Lettons, sachez que leurs formules de salutation sont faciles à prononcer :

Labrīt « Bon matin »

Labdien « Bonjour »

Labvakar « Bonsoir »

(À noter que l'accent suit la première syllabe *lab-*).

Quand vous partez, vous pouvez dire :

Nēmiz pǟl « Au revoir »

Īegid tēriņtš « Restez en bonne santé »

Jumalõks « Adieu »

Et l'on vous répondra probablement :

Jõvvõ riekkõ « Bonne route » ou **vondzist riekkõ** « heureuse route »

Si vous commencez à connaître les gens, vous pouvez leur demander :

Kui sinnõn lǟb ? « Comment vas-tu ? » (= comment à toi va ?) ou **kui täddõn lǟb** ? « comment allez-vous ?

La réponse sera probablement :

Tenu, jõvist « Merci, bien » ou **minnõn lǟb jõvist** « je vais bien »

2. *Les présentations*

Pour commencer votre conversation, vous pouvez dire :

Las mēg volgõd tuntõbõd « Faisons connaissance (= soyons connus, connaissances) »

Ma tulab Parīzõst « Je viens de Paris »

– **Prantsuzmõlt** « de France »

Min nim um X « Mon nom est X »

Ka min drougõd attõ parīznikad « Mes amis aussi sont Parisiens »

Ma äb muošta letkieldõ, ma rõkandõb livõkieldo « Je ne sais pas le letton, je parle live »

Pour présenter « Monsieur X « et Madame Y », on suivra l'ordre letton : X **isand** et Y **jemand** (à l'origine, cette terminologie était réservée à l'aristocratie).

Maintenant, on peut poser quelques questions :

Mingi um täd (sin) nim ? « Quel est votre (ton) nom ?

Si vous rencontrez un enfant, demandez-lui :

Kui sīnda nutab ? « Comment on t'appelle ? »

Il sera sans doute impressionné...

Nim « nom » est en général « prénom » et « nom de famille » se dit **līganim** ou **līekõnim**. C'est utile de le savoir, car plusieurs familles lives portent des noms comme Berthold ou Hermann, qui, comme on le sait, sont des prénoms d'origine allemande.

Il est intéressant de connaître aussi le travail (**tie**) des gens que vous rencontrez. Tous les Lives (**rāndalist** « habitants du littoral ») ne sont pas **kala-mīed** « pêcheurs » et tous ceux qui possèdent une **kōrand** « maison, ferme » à la campagne, ne sont pas **talud** « paysans ».

Demandez à votre interlocuteur :

Kus tēg strōdōt ? « Où travaillez-vous ? »

Un kus täd aim jelab ? « Et où habite votre famille ? »

Pour rester en contact, on a intérêt à connaître l'adresse, et éventuellement le numéro de téléphone.

Võì täddõn um telefon ? « Avez-vous le téléphone ? »

Mingi telefon nummõr täddõn um ? « Quel est votre numéro de téléphone ? »

Un täd adres ? « Et votre adresse ? »

Si cette personne travaille, il aura probablement deux numéros : **kuonnõ** («au domicile ») et **tīesõ** (« au travail »).

3. Remerciements, excuses

Le verbe **tiennõ** « remercier » se situe entre les formes *tänama* en estonien et *tencināt* en letton, qui expriment tous la reconnaissance :

Mēg tiennõm « Nous remercions»

Tenu~tienu~tienandõks « Merci »

Tienub iļ « On remercie pour (= sur) »

– **nõv** « le conseil »

– **äbtimizt** « l'aide »

– **kiļļõkutsimist** « l'invitation »

Au sujet des remerciements, il convient de rappeler une vieille formule paysanne qui est encore en cours maintenant, et que l'on utilise en principe en sortant de table : **aitumal~aitjumal** avec l'accent sur la deuxième syllabe, ce qui montre qu'il s'agit ici d'un mot composé. En effet, **ait** est la forme ancienne de **äbtõ** « aider » et **jumal** se traduit « Dieu ». Le remerciement veut donc dire : « que Dieu aide » ou « bénisse ». Selon la bonne éducation ancienne, on le dit en se levant de table, comme dans les familles traditionnelles d'Estonie du Sud – *aituma* ou *aitümä*, formule qui ne rappelle plus la présence de Dieu, mais s'adresse avant tout à la maîtresse de maison qui a préparé le repas.

En se mettant à table ou en entrant à l'improviste dans une maison où les gens sont en train de manger, on disait :

Jatk Jumal « Que Dieu en donne assez »

(cf. en estonien *jatku leiba* « qu'il y ait assez de pain »)

La réponse à un remerciement peut prendre plusieurs nuances :

Võtagid jõvaks « S'il vous plaît (= prenez pour de bon) »

Äb iļ mis « De rien (= pas de quoi) »

Pōlaks~pālaks « Je vous en prie » (conditionnel de **pallõ** « prier » : « je (vous) prierais »), formule aussi respectueuse que notre « s'il vous plaît ».

Pōlaks, tulgid sillõ « S'il vous plaît, entrez (= venez dedans) »

Pōlaks, istagid « S'il vous plaît, asseyez-vous »

Pōlaks, võdlõgid rõz « S'il vous plaît, attendez un peu »

L'excuse s'exprime avec le verbe composé **andõ andõks**, littéralement « donner pour don » (comme en estonien *andeks andma*). Une forme lettisée **pie-andõ** « pardonner » (et **pieandõks** « pardon ») est également attestée.

Āndagid andõks, minnõn äb uo āiga « Excusez-moi, je n'ai pas le temps »

Āndagid andõks, ku ma tēḑi sieggõb « Excusez-moi, si je vous dérange »

4. Manger et dormir ?

Tôt ou tard, vous aurez faim. Vous chercherez un **restoran** « restaurant », **krūog~krūogõz** « taverne » ou **būoḑ** « boutique » où « acheter » (**vostõ**) « à manger » (**sīedõ**).

Minnõn um rōdõ, pāgiņ lattõdi « J'ai de l'argent, beaucoup de lattes (monnaie lettone) »

Ma tōb sīedõ, jūodõ « Je veux manger, boire »

Comme les habitants de la Baltique sont hospitaliers, on vous invitera peut-être à partager le repas de famille.

Tienu, jõva mielkõks « Merci, avec plaisir »

On vous offrira du pain qui est surtout **riggilēba** « pain de seigle » ou **muštalēba** « pain noir ». Car **väldalēba** « pain blanc, pain de froment » est considéré comme **sõja**, notre « brioche ».

Les protéines sont fournies par les « poissons » (**kalad**) et la viande (**voza**), surtout **sigavoza** « porc », **raigavoza** « jambon » et **ȃrga voza** « bœuf », les « œufs (**munad**) le « lait » (**sēmḑa**) et ses dérivés comme le « fromage » (**sõira**), « fromage blanc » (**kuppõn semḑa**), **ildžemḑa** la « crème », etc.

Les légumes les plus populaires sont :

naggõrd « pomme de terre », **nōţõd** « choux », **sīpol** « oignon », **sēņ** « champignon », **pubad** « fêves », **bēţõd** « betteraves, » **jernõd** « petits pois » **borknõz** « carotte ». On les sert souvent sous forme de « potage » **sup~zup** ou **rok** : **kaladzup~kaladrok** « soupe de poissons », **naggõrd-rok** « potage de pommes de terre » **noţõd rok** « soupe de choux », etc.

Pour préparer la viande ou le poisson, on peut le « fumer » **kūjastõ** (ou plutôt « sécher » dans la fumée) ou « rôtir » **ūdõ**. Mais c'est toujours savoureux. Vous pouvez dire :

Maitsebõd jõvist « (Ils) sont très bons, j'aime »

Au sujet d'un objet que vous ne savez nommer, vous demanderez :

Kui se um līvõkielsõ ? « Comment appele-t-on cela en live ? »

Un repas paysan ne comporte pas de dessert. Mais si vous rendez visite à un ami entre les repas, on vous offre des « crêpes » (**pankokkidi**) avec du « miel » (**mieta**), du « sucre » (**tsukkõr**) ou quelques **mōŗad** « baies ».

Pour boire, on vous offre du « lait » (**sēmdõ**, part. de **sēmda**), de la « bière » (**voltõ**, part. de **vol**), de « l'eau » (**vietta** part. de **vēiž**).

Peut-être vous propose-t-on aussi

Ikš glōz brāndiļt « Un verre d'eau-de-vie »

Vous répondrez poliment :

Tienu, ma äb tō. Brāndiļ akub pǟzō. « Merci, je ne veux pas. L'eau-de-vie monte à la tête »

Le temps passe vite :

Ǐeb obbōks « Il fait tard »

Um lēmōst maggom « Il faut aller au lit (= dormir) »

Si vous ne savez pas où aller, vous pouvez demander :

Kust ma sōb mōjīedō ? « Où puis-je trouver un gîte pour la nuit ?

Quelqu'un parmi les gens que vous avez rencontrés vous dira peut-être :

Mäddōn um sūr kōrand, pǟgiņ rūimō « Nous avons une grande maison, beaucoup de place »

Tulgid mäd jūrō « Venez chez nous »

Et peut-être ajoute-t-il :

Tämpō līb sōna « Aujourd'hui il y aura la sauna »

Mais il y aura aussi le « dîner » (**ōdōgist**) et les préparatifs pour la nuit.

Perinai tīeb azumd (ou **lovvō**) « La maîtresse de maison fait le lit » donne les « draps » (**palagōd**), la « couverture » (**dek**), un « oreiller » (**pǟn-alli** « sous la tête »).

Le matin, on vous demandera :

Kui tēg maggistō ? « Comment avez-vous dormi ? »

ou

Kui tēg tundōt eņtšta ? « Comment vous sentez-vous ?

Ensuite, c'est le « petit déjeuner » (**brūokst**) :

Vōi tēg juotō kafōtō vai tējō ? « Buvez-vous du café ou du thé ? »

Et quelle est votre impression ?

Voi täddōn täs tīkub ? « Est-ce que cela vous plaît ici ? »

Bien sûr, la réponse ne peut être que positive :

Nä~näh, väggi jõvist « Oui, très bien »

Et puis, une question presque inévitable :

Kuna tēg broutšõt jedspēdõn « Quand est-ce que vous partez ? »

La réponse dépend de votre programme, par exemple :

Mūpõ – nädiļ perõ – ma broutšõb Rīgõ, un Rīgast Prantsuzmōlõ « Demain – dans une semaine – je vais à Riga, et de Riga en France »

Gardez un bon souvenir de votre séjour au bord de la Baltique, et ne demandez pas en partant :

Kui jen se maksab ? « Combien ça coûte ? »

Mais remerciez tous **ama sidamõst** « de tout cœur » et souhaitez **ammõ jõvvõ** « tout le bien ».

5. Temps et temps

Comme le temps en français, le « temps » live (**āiga**) peut être météorologique ou chronologique. Et il constitue un sujet de conversation important.

Mingi āiga um tämpõ ? « Quel temps fera-t-il aujourd'hui ? »

Mingi āiga līb mūpõ ? « Quel temps ferra-t-il demain ? »

Ce temps peut être **knaş** « beau » ou **äbjõva** « mauvais » ; ensuite, on peut préciser : **lem** « chaud (agréablement) », **kīebõ** « très chaud, caniculaire », ou **kīlma** « froid », ce qui peut vous faire dire :

Minnõn um lem « J'ai chaud » ou **minnõn um kīlma** « j'ai froid ».

Pour connaître la température exacte, demandez :

Mits grōdõ tämpõ um ? Combien de degrés y a-t-il ?

Kakškimdõ grōdõ kīlma « Vingt degrés de froid » (ce qui peut arriver dans cette région)

Sadab vīmõ « il pleut », **sadab lum** « il neige », quelquefois **um ud** « il y a du brouillard ». Mais pour vos voyages, on espère « qu'il y a du soleil » – **pāvaļiki pāistab** « le soleil brille ».

Comme la journée se divise en trois parties, il est facile de savoir qu'il y a un « matin » (**ūomõg**, « le, au matin » **ūondžõl**), la « journée » (**pāva**, « pendant le jour » **pävvõ**) et le « soir » (**ōdõg**, « au soir » **ōdõn**), et aussi la « nuit » (**īe~īez**, « pendant la nuit » **īezõ**). À noter aussi ; **ūondžõl varald** « tôt le matin » et **ōdõn obbõ** « tard dans la soirée ».

Vous avez sans doute une « montre » (**kīela**) pour regarder les « heures » (**stundõd**) passer. Mais il peut arriver que :

Kīela um iend paikõl « La montre s'est arrêtée »

Kītõgid, pālaks, mits um kīela « Dites, s'il vous plaît, quelle heure est-il ? »

Voici quelques expressions utiles :

Kīela um kakš « il est deux heures », **pūol kuolm** « deux heures et demie (= demi trois) », **neļļõnd jagu kād pālõ** « une heure et quart » (= 1 quart sur deux), **ikš stund** « une heure », **pūol stuņdõ** « une demie heure », **kim minūtõ** « dix minutes »...

C'est assez compliqué, comme tout ce qui concerne les chiffres. Si votre interlocuteur vous dit :

Ma tēḑi vodlõb... « Je vous attends... » en précisant l'heure, prenez un bout de papier et faites indiquer par écrit le moment exact !

6. *Un dialogue live à l'aube du 21e siècle*

Eduard Vääri, professeur à l'Université de Tartu et spécialiste du live, a bien voulu nous confier un exemple de conversation, enrégistré dans un village live en été 2000. Ce qui précède vous permettra de déchiffrer ce petit texte vivant. Mais regardez bien l'orthographe : elle est quelque peu différente de celle qui est utilisée dans ce livre. Si elle vous plaît, vous pouvez bien la prendre comme modèle et « corriger » le reste…

Kui sa ni jelad ?

– Jõva pǟva ! Ma tuļ sīnda vaņțļõm, kui sa ni jelad ? Kōgiņ aigõ äb ūo sīnda nǟnd. Būoț jūssõ sa ka äd ūo võnd.

– Mis ma ni jelab. Ma võļ rõški ruja. Jālgad põddõbõd un pǟ lǟb ka immõr. Is tõ kūondõst ulzõ lǟdõ. Lapst ka tuļțõ Vǟntast mīnda vaņțļõm. Nei se vana rišting jelami um. Slikți, ku jelab ikšigiņ.

– No nei ta um. Ma um vēl kūlõn, ku Irel lībõd ougust kūssõ līvõ pivad. Roušt kītõbõd, ku pivad pǟlõ tulbõd kilalist ka Sūomõst, Ēstimõld un Ungarõst. Broutšijid ka Sūomõ un Letmõ prezidentõd. Lǟks ka kūldõm un vaņțļõm, ku mingi võtaks īņe. Jālgiņ jo äb või lǟdõ, ku sõks mašinõks. Sieda ma ka um kūlõn, ku Ēstimō prezident äb līji, rõkandõbõd, ku ta võļļi seļļi ukuz.

– Ma sieda kil äb usk. Võib vȭlda, ku ta um ruja, ta jo ka vanlikki rišting.

– Ma um vel kūlõn, ku Viktor nustaji Līvõd plaga ilzõ. Rouvkuoda jetsõ siz sūrizandõd rõkandõbod, līvõd kūoŗ lõlab un Pouliņ tēriņțõb līvõ kīelkõks kilalizi. Pieŗŗõ vībõd vāņka mierjeman mierrõ, rouvkuodas näkțõbõd filmidi un ȭdõkspūolõn um kontsert. Sǟl lǭlabõd ka kūolkanikad, vǟntanikad un rīganikad. Nūord pierast um ȭdõn vēl bal, sǟl sōbõd amad daņțšõ. Sieda nuord jo tōbõd.

Traduction

Comment vas-tu ? (= Comment toi donc vis ?)

– Bonjour ! Je suis venu te voir, comment vas-tu ? (Depuis) longtemps, (je) ne t'ai pas vu. À l'épicerie (= chez le magasin) (non plus), tu n'as pas été.
– Comment je vais. J'étais un peu malade. Les jambes font mal et la tête tourne aussi. (Je) ne voulais pas sortir de la maison. Les enfants aussi venaient de Ventspils me voir. C'est ainsi, la vie d'un vieil homme. (C'est) mal que (je) vis seul.
– Eh bien, c'est comme ça. J'ai encore entendu qu'il y aurait à Ire au mois d'août (un) festival live. Les gens disent que pour les fêtes il y aura des visiteurs aussi de Finlande, d'Estonie et de Hongrie. Il paraît que les présidents de Finlande et de Lettonie vont aussi se déplacer. (J')irais bien (les) écouter et regarder, si quelqu'un me prenait avec lui. À pied, on ne peut pas y aller ; si l'on pouvait (y aller) avec la voiture. Ceci, je l'ai entendu aussi que le président d'Estonie ne viendrait pas, on raconte qu'il serait bien orgueilleux (= qu'il est un tel orgueilleux).
– Je ne le crois pas vraiment. Peut-être qu'il est malade. Il est aussi un homme assez âgé.
– J'ai encore entendu que c'est Victor qui hisserait le drapeau live. Devant la maison du peuple alors les notables parleront, le chœur des Lives chantera et Pauline saluera en live les visiteurs. Après on portera (une) couronne à la mère de la mer, dans la mer. Dans la maison du peuple on montrera des films et dans l'après-midi il y aura (un) concert. Là chanteront aussi les gens de Kuolka, ceux de Ventspils et de Riga. Pour les jeunes, il y aura le soir encore (un) bal ; là, tous pourront danser. C'est ce que les jeunes veulent.

B. RACONTER DES HISTOIRES

Pour voir comment les Lives racontent les événements de leur vie, nous analyserons ici l'histoire d'un vieux paysan qui a fait fortune d'une façon exceptionnelle – l'affaire du vieux Zuonkõ, telle qu'elle a été enregistrée par Lauri Kettunen *(Untersuchung über die livische Sprache*, voir bibliographie).

Kui vana Zūonkõ um skūolsõ kǟds rikkõks sõnd

1. Zūonkõ vana perimīez, seiskimdõ āigast vannit, lǟnd ikškõrd Dūoņig izand jūr rentõ maksam.
2. Pids riekõ lǟds tam akkõn mõtlõm, kui se võib võlda, ku tämmõn um nei jõn ama iga mūoţšõmõst un jelamõst un ta set nei knappõ sūolõ-leibõ võib nuopiddõ,
3. un Dūoņig baron, kis äb jela mittõ midagist, se võib sīedõ mis ta tõb un jūodõ vīnidi un broutšõ kutšõr (õks) jedsõ jega pǟva patsērõm,
4. un ama nuovada tämmõn vīb peris kopik kubbõ, un tämmõn um rõdõ ku ta äb tīeda kus las pangõ.
5. Ni tam lǟnd nänt mõtkõdõks nīnõ sillõ izand jūrõ, samaksõn rent,
6. un izand um vond väggõ jõva tämmõn vastõ un kītõn, las ta apistag rai pǟl nei kõgiņ, kuntš ta kēratõb rent tǟd.
7. Vana Zūonkõ um mõtlõn, nim kizzõmõst izand kädst, kui se võib võlda.
8. Ni tam kītõn izandõn :
9. Põlaks, algid võttagõd vigaks, ku ma täd kädst īd aǯa kizub.
10. Izand um kītõn : No kis kiz.
11. Tam kītõn : Kui se võib võlda, tsīenig baron izand, kui tēg võitõ nei kievamstõz jellõ, un täddõn um nei jen rõdõ, ku äb tīedat kus pantõ.

12. Mina strōdōb īed pa̋vad leb, un minnōn um set nei uid jedst sūolō-leibō sīedōb.
13. Ni baron um īend punizōks silmštō.
14. Baron um kītōn : Mis ma sin kītōb, sīe tīeb skūol, ma um skūoldōt un sa äd uo skūoldōt.
15. Un kītōn, laz vana Zūonkō läkkō ulz...
16. Vana Zūonkō la̋nd kuodai un mōtlōn eņtšōks : Vodlo, ma la̋b skūolō.
17. Kītōn perinaizōn kuonnō : pan sa ūoņdžōl minnōn leibō kuoţţō valmōks, ma tōb la̋dō skūolō.
18. Perinai mōtlōn, ku vana ta̋nda nagrōb.
19. Aga ūoņdžōl perimīez kizzōn lēbakuoţ un la̋nd skūolō.
20. Koštrōgol set um vond skūol.
21. Sa̋l um ikš vana skūolmeistōr opatōn lapstōn rōntidi.
22. Vana Zūonkō länt sīe jūr un kītōn : Ma tuļ ka skūolō.
23. Skūolmeistōr kītōn : Vanamiez, nim pa obbō.
24. Vana Zūonkō la̋nd kuodai, tund tuoiz ūomōg pa̋va kārgats, la̋nd tagiž skūolmeistōr jūrō un kītōn : Ni tokš äb ūo obbō.
25. Skūolmeistōr kītōn : Drougôz, um pa obbô.
26. Vana Zūonkō tund kuolmōz ūomōg īezō kīela kōtkōks un mōtlōn īž : ni tok äb li obbō.
27. Kloppōn läb tagan. Neitst tīend läb vāldiņ, kizzōn : Kis sa̋l klopub ?
28. Vana Zūonkō kītōn : Ma tuļ skūolō, sem mina.
29. Neitst um kītōn skūolmeistōrōn ; ku vana Zūonkō um jūs, tegiž.
30. Skūolmeistōr vond kil kōzzi, aga mōtlōn, mis las tīegō.
31. Kutson vana Zūonkō sillō, kītōn : Drougōz, sa uod pa vana, sīepierast ma kītiz sinnōn, ku um pa obbō.
32. Sōt eņtš lapst skūolō, sīz līb labakōm, sa äd vōi midagist ieoppō.

33. Vana Zūonkõ lȭnd kuodai taggiž.
34. Pimdõz kuodai lȭdso tämmõn riek pǟl vastõ jaļgi atrabbõn seļļi viza kunkiļ.
35. Tam kȭļõn, mis se um. Vont seļļi piški kuoţ.
36. Tam võttõn ilz un pistõn am poi kabatõ.
37. Lȭnd kuodai un laskõn maggõm.
38. Ūoņdzõl nūzõn ilz, vaņtlõn mis sīez piškõs kuoţs um.
39. Tīend väldiņ. Sem vond rōdõ täuž...
40. Ni vana Zūonkõ vond luštigõl, kītõn perinaizõn : Vāņi, ku skūolsõ kȭtsõ ma sai rikkõks.
41. Perinaizõn um vond sõzar eņtš miekõks Dūonig izandõn taļmeistõrõks.
42. Se sõsar um tund Zūonkõl sēršõm.
43. Perinai um kītõn eņtš sõzarõn, ku täm miez um pǟgiņ rōdõ lieudõn.
44. Sõzar um kītõn eņtš mien, ku vana Zūonkõ um pǟgiņ rōdõ lieudõn.
45. Miez um kītõn izandõn. Izand um sōtõn tuliņ politsei ulz, laz võtag vana Zūonkõn rō jara.
46. Politsei tund Zūonkõl, kizzõn vana Zūonkõ kädst : Sa voļļi lieudõn rōdõ.
47. Vana Zūonkõ um kītõn : Näh.
48. « Kunaks un kus ? »
49. « Sis ku ma skūolsõ kei . »
50. Politsei akkõn nagrõm un broutšõn jara Dūoņigõ taggiž un kītõn izandõn : Se um pietuks, seļļi vana miez – sis ta um rōdõ lieudõn, ku ta um skūolssõ kȭnd.
51. Izand um kutsõn taļmeistõr, pand nuopieksam un kītõn :
52. Tūoista kõrd ala tul min jūr seļļis pietuksrõkkõks.

Reconnaître les formes :
Essai de traduction littérale

Comment / vieux / Zuonkõ (nom de la ferme et de son propriétaire ; chez lez Lives, comme en Estonie du Sud, on attribuait souvent au fermier le nom de sa ferme) / est / dans l'école (iness. de **skūol**) / en allant (iness. de **kẙdõ** « aller ») / riche (transl. de **rikaz**) / devenu (participe II de **sõdõ** « devenir, obtenir »).

1. De Zuonkõ (gén. par sa position) / vieux / propriétaire (**pere** « famille, maisonnée » + **mīez** « homme » = « patron, chef, maître de maison, etc. ») / sept dix (= septante, soixante-dix) / ans / âge / allé (participe II de **lẙdõ** « aller, cheminer ») / une fois / de Dondangen / seigneur / chez (= chez le seigneur de Dondangen) / fermage (part. de **rent** « fermage, rente ») / payer (illat. de **maksõ** « payer »).

2. Le long / la route (part. de **riek**) / en marchant (iness. de **lẙdõ** « aller) / il a (forme contractée de **ta um** « il est, il a ») / commencé (participe II de **akkõ** « attraper, attaquer, commencer ») / penser (illat. de **mõtlõ**), / comment / cela / peut / être / que / à lui / est / si / beaucoup / toute / l'existence / faire des efforts, se fatiguer (élat. de l'infinitif II de **mūoţšõ** « torturer ») / et / travailler / (élat. de l'infinitif II de **jellõ** « travailler », mais aussi « vivre ») / et / il / seulement / si / chichement / sel (part. de **sūol**) / pain (part. de **lēba**) – on considérait le sel et le pain comme base de l'alimentation – / peut / garantir (**piddõ** « tenir », le préfixe **nuo-** ajoute un sens de continuité)/,

3. et / de Dondangen / le baron, / qui / ne / travaille, / fait / ne pas / du tout / celui / peut / manger / que / il / veut / et / boire / des vins (part. pl. de **vīn**) / et / aller (N.B. **broutšõ** signifie « se déplacer en voiture, en bateau, etc. ») / avec le cocher (comit. de **kuţšȭr**) / devant / chaque / jour / se promener /,

4. et / toute / région (letton *novads*) / à lui / porte (de **vīdõ**) / dernier / kopeck / ensemble (illat. de **kub** « tas, ensemble ») / et / à lui / est / de l'argent (part. de **rõ**), / de sorte que / il / ne / sait / où / qu'il le mette (impér. 3.p. de **pānda** « mettre, poser », traduire ici : « où le mettre »).

5. Alors / il est (forme contractée de **ta um**) / allé (participe II de **lȁdõ**) / dans le château (illat. de **nīn**) / dedans / chez le seigneur (**jūrõ**, prép. « chez ») / (a) payé (le préfixe sa- précise qu'il a payé toute la somme, en une fois) / avec ces / pensées (comit. de **mõtkõz** « pensée » ; N.B. Il n'y a pas de congruence avec le transl.-comit. – donc **nänt** et non pas **näntkõks**) / bail, fermage /

6. et / (le) seigneur / a / été / très / bon, aimable / à lui / envers / et / (il a) dit (participe II de **kītõ**) / que (formule d'impér.) / il / s'asseoie (impér. 3.p. de **istõ**) / chaise / sur (= sur la chaise) / aussi / longtemps / jusqu'à ce qu' / il / écrive / de fermage / (le) reçu (part. de **tēḑ** « signe, quittance, reçu »).

7. Vieux / Zuonkõ a / pensé / maintenant il faut (forme contractée de **ni um**) / demander (élat. de l'infinitif II. de **kizzõ**) / (du) seigneur / de la main (élat. de **keiž** « main » ; la « main » a aussi une fonction post-positionnelle, elle signifie la possession, le pouvoir, ainsi, par exemple, on peut se trouver « dans la main de la pluie » – **vimõ käds** – c'est à dire « sous la

pluie » qui vous mouille inévitablement), / comment / cela / peut / être.

8. Alors / il a (forme contractée de **ta um**) / dit (participe II de **kītõ**) / au seigneur :

9. S'il vous plaît (conditionnel de **pallõ** « prier », donc plutôt : « je (vous) prierais ») / ne / prenez (pas) /pour faute (transl. de **viga**) expression **algid võtagid vigaks** peut se traduire « excusez-moi » à laquelle on répond généralement : **äb uo viggõ** « il n'y a pas de mal » / si / je / (de) votre / main (élat. de **keiž** « main », c'est-à-dire « de vous ») / une / chose / demande (de **kizzõ**).

10. (Le) seigneur / a / dit / eh bien / demande / demande.

11. Il a (= **ta um**) / dit : / comment / (cela) / peut / être / honorable (letton *cienīgs*) / baron / Monsieur / que / vous / pouvez / si / facilement / vivre, / et / à vous / est / si / beaucoup / d'argent (part. de **rõ**) / que / ne / savez (pas) / où / (le) mettre.

12. Moi, je / travaille (letton *strādāt*) / les nuits / les jours / à travers, pendant / et / à moi / est / seulement / ainsi / honte / pour (= pour en avoir honte, juste l'indispensable) / du sel / du pain / à manger (participe passif de **sīedõ**).

13. Alors / (le) baron / est / devenu (participe II de **īedõ** « rester ; devenir ») / rouge (transl. de **punni**) / dans le visage (élat. de **sīlma** « œil », ici pour le « visage »).

14. Le baron / a / dit / ce que / je / te (forme abrégée de **sinnõn**) / dis / cela / fait / l'école, / je / suis / cultivé, passé par l'école (**skūoldõ** cultiver, envoyer à l'école) / et / tu / n' / es (pas) / passé / par l'école.

15. Et / (il a) dit / que (impér.) / le vieux / Zuonkõ / aille / dehors…

16. Vieux / Zuonkõ / (est) allé / à la maison / et / (il a) pensé / en lui-même (comit. de eņtš « soi-même ») : / Attends / je / vais / à l'école (illat. de skūol).

17. (Il a) dit / à la fermière (perinai = pere « maisonnée » + nai « femme », en principe l'épouse du perimīez, (voir l.) / à la maison : /mets (impér. de pānda) / toi / au matin (forme adessive de ūomõg « matin ») / pour moi / du pain / dans le sac (illat. de kuoţ) / tout préparé (transl. de vaļmõz « achevé, terminé, prêt ») / je / veux / aller / à l'école (illat. de skūol).

18. La fermière / (a) pensé (participe II de mõtlõ), / que / le vieux / la / taquine (nagro « rire ; se moquer de »).

19. Mais / le matin (adessif de ūomõg « matin ») / le fermier / (a) demandé (participe II de kizzõ) / le sac à pain / et / (est) parti (participe II de lǟdõ « aller ») / à l'école (illat. de skūol).

20. À Koštrõg (pour beaucoup de noms de lieu, on utilise l'adessif) / seulement / a / été / (une) école.

21. Là / a / un / vieux / maître d'école / appris (participe II de opatõ « enseigner ») / aux enfants (dat. pl. de läpš) / l'écriture (part. pl. de rōntõz « livre ; lettre », en général au pluriel – rōntõd).

22. Le vieux / Zuonkõ / (est) allé / celui / chez (= chez celui-là) / et / (a) dit / je / venais / aussi / à l'école.

23. Le maître d'école / (a) dit : / Vieil homme / maintenant (c') est (forme contractée de ni um) / un peu / tard.

24. Le vieux / Zuonkõ / (est) allé à la maison / (est) venu (participe II de tūlda) / le suivant (= deuxième) / matin / (lorsque) le jour / s'est levé (de kargõ « sauter, faire vite, monter ») / (est) allé / à nouveau / le maître d'école / chez / et / (a) dit : / Maintenant / quand même / n' / est (pas) / tard.

25. Le maître d'école / (a) dit / : Ami / (c') est / trop / tard.
26. Le vieux / Zuonkõ / (est) venu / (le) troisième / matin / dans la nuit (iness. de īe) / à / l'heure (**kīela** est « horloge », et « heure » se dit **štund**, mais « quelle heure est-il ? » se traduit « **mits kīela um** ? ») / deux (transl. de **kakš** – ici : « à deux heures du matin ») / peut-être / et / (a) pensé / lui-même / maintenant / donc / (il) ne / sera (pas) / tard.
27. (Il a) frappé (participe II de **kloppõ**) / la fenêtre / derrière (donc : derrière la fenêtre) / la bonne (= jeune fille) / (a) fait (participe II de **tīedõ**) / la fenêtre / ouverte, / (elle a) demandé : / Qui / là / frappe ?
28. Le vieux / Zuonkõ / (a) dit : / Je / venais / à l'école / c'est (forme contractée de **se um**) / moi.
29. La bonne / (a) / dit / au maître d'école / que / le vieux / Zuonkõ / est / ici (pr.) / (postp. « chez » utilisée comme adverbe) / à nouveau.
30. Le maître d'école / (a) été / bien / furieux / mais / (il a) pensé / quoi / qu'il le fasse (**las tīegõ**, impér. 3.p. de **tīedõ**, ici traduire « que faire ? » ou « comment faire »).
31. (Il a) appelé / le vieux / Zuonkõ / dedans, (il a) dit / tu / es / trop / vieux, / pour cela / je / disais / à toi / que / (c') est / trop / tard.
32. Envoie (impér. de **sōtõ**) / tes (de toi) / enfants / à l'école / alors / (il) sera peut-être / meilleur (letton *labak* « meilleur » + comparatif live) / tu / ne / peux / rien / apprendre sérieusement.
33. Le vieux / Zuonkõ / (est) allé / à la maison / (de) retour.
34. Dans le noir (iness. de **pimdõ**) / à (vers) la maison / en allant (iness. de **lȫdõ**) / à lui / le chemin / sur (= sur le chemin), / contre / les pieds (part. pl. de **jālga**),

/ (a) cogné / une sorte de / dur / objet rond (letton *kunkulis*).

35. Il a (contracté de **ta um**) / tâté, / que (participe II de **kōļō**) / cela / est. / (A) été / une sorte de / petit / sac.
36. Il l'a (contracté de **ta um**) / pris (participe II de **vōttō**) / vers le haut, soulevé / et / (il l'a) mis (participe II de **pistō**) / (de la veste) / intérieur (**pōuv** « sein ; poche intérieure ») / dans la poche.
37. (Il est) allé / à la maison / et / (s'est) couché (participe II de **laskō** « laisser, baisser ») / dormir (illat. de **maggō**).
38. Le matin / (il s'est) levé / vers le haut / (il a) regardé / ce (qui) / dans ce (iness. de **sīe**) / (dans) petit (iness. de **piški**) / (dans le) sac (iness. de **kuoţ**) / est.
39. (Il l'a) fait / ouvert / ceci a (forme contractée de **sie um**) / été / de l'argent (part. de **rō**) / plein...
40. Maintenant / le / vieux / Zuonkõ / (a) été / joyeux (il a) dit / à la fermière : / Regarde, / comment à l'école / en allant / je / devins / riche.
41. À la fermière / (a) été / (une) sœur / avec son / mari (comit. de **mīez** « homme, mari ») / (qui était) de Dondangen / au seigneur (= au, pour le Seigneur de Dondangen) / écuyer.
42. Cette / sœur / est / venue / à Zuonkõ / rendre visite (illat. de **sēršō** « visiter »).
43. La fermière / a / dit / à sa / sœur (dat. de **sōzar**), / que / son / mari / a / beaucoup / d'argent / trouvé (participe II de **lieudō**).
44. La sœur / a / dit / a son / mari (dat. de **mīez**), / que / le vieux / Zuonkõ / a / beaucoup / d'argent / trouvé.
45. L'homme (le mari) a dit (cela) / au seigneur. / Le seigneur / a / envoyé / immédiatement / (un) policier / dehors / qu'il (impér.) / prenne (enlève) / au vieux / Zuonkõ (dat.) / l'argent (**jara** – particule séparative).

46. Le policier / (est) venu / à Zuonkõ (adessif pour le lieu-dit), / (il a) demandé / au vieux / Zuonkõ / de la main (question tout à fait personnelle) / tu / aurais (forme de discours indirect, une rumeur) / trouvé / de l'argent .

47. Le vieux / Zuonkõ / (a) dit / oui.

48. « Quand / et / où ? »

49. « Au temps / où / je / à l'école allais ».

50. Le policier / (a) commencé / (à) rire / et / (il est) allé / sorti à Dondagen / de retour / et / (il) dit / au seigneur / c'est / (un) mensonge / un tel / vieil / homme / – alors / il / a / de l'argent / trouvé, / quand / il / est / à l'école (illat. de **skūol**) / allé.

51. Le seigneur / a / appelé / l'écuyer, (il l'a) fait / fouetter (le préfixe **nuo-** semble indiquer la norme du châtiment ; illat. de l'infinitif II de **pieksõ** « battre ») / et / (il a) dit :

52. La prochaine (= deuxième) / fois / ne (impér. négation) / viens / (plus) / moi / chez (= chez moi) / (avec) une telle / histoire de mensonge (**pietuks** « mensonge » + **rõkkõks** comit. de **rõk** « histoire »).

Le chemin de l'école peut conduire à la richesse
(L'histoire du vieux Zuonkõ selon Kettunen)

Zuonkõ, le vieux fermier, âgé de soixante-dix ans, alla un jour chez le seigneur de Dondangen pour payer le fermage. Sur le chemin, en marchant, il commença à penser. Comment est-il possible qu'il ait eu, lui, pendant toute sa vie, tant de peine et tant de travail et qu'il ne puisse s'offrir que très modestement seulement du sel et du pain, tandis que le baron de Dondangen, qui ne fait rien du tout, peut manger ce qu'il veut et boire des vins et partir se promener, le cocher assis devant, tous les jours, et toute la région lui apporte son dernier kopeck, et il a de l'argent, et il ne sait pas où le mettre.

Il est donc allé avec ces pensées au château, chez le seigneur. Il a payé son fermage, et le seigneur a été très aimable avec lui et il lui a dit de s'asseoir sur la chaise pendant qu'il prépare la quittance. Le vieux Zuonkõ a pensé : C'est maintenant qu'il faut demander au seigneur comment cela peut être. Alors, il a dit au seigneur : « S'il vous plaît, ne m'en veuillez pas si je vous demande une chose ». Le seigneur a dit : « Vas-y, demande, demande ». Il a dit : « Comment est-ce possible, estimé Monsieur le baron, que vous pouvez vivre si facilement, et que vous avez tant d'argent que vous ne savez pas où le mettre. Moi, je travaille nuit et jour et j'ai à peine à manger du sel et du pain ».

Alors, le baron est devenu tout rouge et il a dit : « Je te le dis, c'est l'école qui fait ça. Je suis passé par l'école, toi, tu n'es pas passé par l'école ». Et il a dit que le vieux Zuonkõ doit sortir.

Le vieux Zuonkõ est rentré à la maison, et il a pensé en lui même : « Attends, je vais aller à l'école ». Il a dit à la fermière à la maison : « Prépare-moi le matin un sac à pain (un casse-croûte), je veux aller à l'école ». La fermière a pensé que le vieux se moquait d'elle. Mais le matin, le fermier a demandé son sac avec du pain et il est parti à l'école. Il n'y avait pas d'école ailleurs qu'à Kostrõg. Là, un vieil instituteur apprenait aux enfants à lire dans les livres. Le vieux Zuonkõ est allé chez lui, et il a dit : « Moi aussi, je suis venu à l'école ». L'instituteur a dit : « Mon vieux, c'est un peu trop tard ».

Le vieux Zuonkõ est rentré. Il est revenu le lendemain matin au lever du jour. Il est allé chez l'instituteur et il a dit : « Maintenant ce n'est pas tard ». L'instituteur a dit : « Mon ami, c'est un peu trop tard ». Le vieux Zuonkõ est revenu le troisième matin à deux heures quand il faisait encore nuit, en pensant : « Maintenant cela ne peut quand même pas être trop tard ». Il a frappé à la fenêtre. La servante a ouvert la fenêtre et demandé : « Qui est-ce qui frappe ? »

Le vieux Zuonkõ a dit : « Je suis venu à l'école. C'est moi ».

La servante a dit à l'instituteur que le vieux Zuonkõ était à nouveau là. L'instituteur s'est bien mis en colère, mais il a réfléchi pour savoir comment faire. Il a fait entrer le vieux Zuonkõ et lui a dit : « Mon ami, tu es trop vieux, c'est pour cela que je t'ai dit qu'il était trop tard. Envoie tes enfants à l'école, c'est peut-être mieux. Toi, tu ne pourras plus rien apprendre ».

Le vieux Zuonkõ est rentré à la maison. Sur le chemin du retour, dans le noir, son pied a heurté un objet dur, rond. Il l'a tâté. Qu'est-ce que c'est ? C'était un petit sac. Il l'a ramassé et mis dans la poche intérieure du veston. Il est rentré à la maison et il s'est couché. Le matin, il s'est levé et il a regardé ce qu'il y a avait dans ce petit sac. Il l'a ouvert. C'était plein d'argent !

Maintenant, le vieux Zuonkõ se réjouissait. Il dit à la fermière : « Regarde, comme je suis devenu riche en allant à l'école ». La fermière avait une sœur et le mari de celle-ci était au service du seigneur de Dondangen comme écuyer. Cette sœur a rendu visite à Zuonkõ. La fermière a dit à sa sœur que son mari avait trouvé beaucoup d'argent. La sœur a dit à son mari que le vieux Zuonkõ avait trouvé beaucoup d'argent. Le mari l'a raconté au seigneur. Le seigneur a tout de suite envoyé un policier pour qu'il enlève au vieux Zuonkõ cet argent.

Le policier est venu à Zuonkõ. Il a demandé au vieux Zuonkõ : « Il paraît que tu as trouvé de l'argent ? » Le vieux Zuonkõ a dit : « Oui ». – « Quand et où ? » – « Lorsque je suis allé à l'école ».

Le policier a éclaté de rire, il est retourné à Dondangen et il a dit au seigneur : « C'est faux. Un si vieil homme, il a trouvé de l'argent quand il est allé à l'école ».

Le seigneur a appelé son écuyer, il l'a fait fouetter et il a dit : « Une autre fois, ne viens plus me raconter de tels mensonges ».

IV. VOCABULAIRE DE LA CULTURE

1. Les Lives et leurs voisins

L'origine du mot « live » n'est pas très claire. Pline le Jeune mentionne les *levioni* parmi les habitants de l'Europe du Nord. Cette forme a donné des noms comme *Livonia*, *livonicus*, *Lyvones*, *Livoni*, que l'on rencontre pour la première fois chez Saxo Grammaticus (12e siècle) et ensuite dans la *Chronique de Livonie* d'Henri dit « le Letton » (13e siècle), et que l'on retrouve dans toutes les langues européennes : la « langue live » est donc *Livisch* en allemand, *liviska* en suédois, *livski jazyk* en russe, *libiešu valoda* en letton, etc.

Et les Lives, que disent-ils eux-mêmes ?

Eh bien, en se considérant dans le contexte international, ils admettent qu'ils sont **līvõd** ou **līvlist**, quelquefois aussi **līvnikad**. Ou même **lībõd**, en imitant le mot letton **lībieši**. Leur pays s'appelle donc **Līv-mō** ou **Livõd-mō** « la terre des Lives ».

Mais dans la vie quotidienne, ils s'identifient comme **rāndalist** « habitants de la côte » (**rānda** « côte, bord de la mer, littoral ») ou **kalamīed** « hommes du poisson », c'est-à-dire « pêcheurs » (**kala** « poisson » et **mīed** « hommes »). Car leurs villages se situent sur le bord de la Baltique, et les terres agricoles y étant assez mauvaises, leur revenu principal est constitué par la pêche.

Les voisins lettons sont installés surtout à l'intérieur du pays, ils vivent de l'agriculture et on les appelle **mō-mīed** « hommes de la terre » qui parlent la « langue de la terre » : **mō-kēļ**. L'expression adessivale **mōl** que nous traduirions « à la campagne » signifie le plus souvent « chez les Lettons ». Il est intéressant de noter que les voisins estoniens se considèrent eux-mêmes aussi comme *maarahvas* « peuple du pays, de la terre » dont la langue est définie comme *maakeel* « langue du pays, de la terre ». Évidemment, chaque pays a sa terre et sa langue bien à lui ! On voit qu'il s'agit ici d'un terme bien pratique, utilisable dans le monde entier.

Mais les Lettons peuvent être identifiés aussi comme **mägnikad** « hommes de la montagne » et dans ce cas, on ne va plus « à la campagne », mais **mäggōl** « à la montagne ». **Mägud** (sg. **mäg**) « les montagnes » font partie du paysage letton. Il ne faut toutefois pas imaginer que le Live qui va « à la montagne » est obligé de se transformer en alpiniste. Les montagnes en question sont de petites collines, un peu plus hautes que les dunes de sa région que l'on appelle justement **kȭnkad** « collines » ou plutôt **jõugõ-kȭnkad** « collines de sable », c'est-à-dire « dunes ».

On peut dire aussi **leţli** « letton », pl. **leţlist.** Mais comme la langue est un élément d'identification essentielle, on utilise surtout des formes combinées avec **leţ-kēļ** « langue lettone » : **leţkielnika** « sujet parlant letton », **leţ-kīel rouž** « peuple de langue lettone », **leţ-kīel rō** « argent letton (= argent de langue lettone) », etc. La « langue lettone » connaît des variantes amusantes **leţkēļ** ou **lekkiel** et ... **neţkēļ** !

Il est évident que les deux communautés se complètent : les Lives apportent des fruits de la mer, les Lettons fournissent du pain. Mais les relations ne sont pas toujours bonnes, et les jeunes gens lettons qui s'intéressent de trop près aux filles lives ou essaient de participer à une « fête de pêcheurs » – **kalamie pivad** – risquent de prendre des coups.

Par contre, les relations avec les « îliens » – **sōrlist**, habitants de **Sōr-mō** « Saaremaa », la plus grande île estonienne, semblent avoir été très bonnes. Les **sōrlist** étaient des pêcheurs et des navigateurs, ils participaient activement au commerce de la Baltique, et leur langue était plus accessible que le letton indo-européen. Les « îliens » épousaient des Lives et s'installaient quelquefois sur la côte courlandaise. Pour simplifier, on appelait **sõrlist** tous les Estoniens qui parlaient approximativement la même langue. L'estonien est donc défini comme **Sõrmõ-kēļ** « langue de Saaremaa ». Ce terme n'a rien de bizarre, quand on pense que *Saaremaa* est un nom géographique comme son équivalent allemand *Ösel* et que le locuteur live a le droit d'oublier que *saar* signifie « île » en estonien, puisque dans sa langue à lui c'est **kõla** (**Kīnõ kõla** « île de Kihnu »).

Les autres voisins sont moins proches, les **krievõd** « Russes », les **rūoţšli** ou **rūoţšnikad** « Suédois », les **suomlist** « Finnois » – dans la tradition populaire **piņņõd** (à ne pas confondre avec **piņid** « chiens » !)

Quant à la Lituanie (**Leiš-mõ**) et à la Pologne (**Pūoļ-mõ**), on sait approximativement où elles se trouvent, mais c'est déjà un autre monde.

Des **saksad** « Allemands », il y en a bien entendu en Allemagne (**Saksa-mõl**), mais ceux qui se sont installés en pays live au 13e siècle se sont transformés en propriétaires : ils possèdent les terres et les gens qui y vivent. **Saksa** est donc aussi « seigneur » et la corvée que le **saksnika** « serf » lui doit s'appelle **saks-tīe** « travail allemand ». À noter que la racine **saksa** a engendré un vilain mot : **saksik** « vaniteux » ou « une personne qui veut imiter les seigneurs ».

Il y a encore deux groupes ethniques que l'on peut rencontrer sur les routes lives : les **žīdõd** « juifs » et les **tsigiņõd** « gitans » ou **mustad rouž** « gens noirs ». Mais ceux-là ne font que passer.

2. *Le travail, c'est la vie !*

Ou, si vous préférez, la vie, c'est le travail...

Il est évident que dans un pays où il n'y a ni or ni pétrole et que les seigneurs venus de l'extérieur ont exploité pendant des siècles, il a fallu travailler dur pour survivre.

Ainsi donc le verbe **jellõ** signifie « vivre » – comme en estonien *elama* – et en même temps « travailler », de sorte que si l'on dit **Jōņ jelab Rīgõs**, on peut hésiter pour la traduction : « Jean vit à Riga » ou « Jean travaille à Riga ».

Bien entendu, dans le passé, le domicile était en général lié au métier. Actuellement, pour être précis, on peut utiliser le verbe **strōdõ** comme en letton *strādāt* « travailler », ce qui transforme **tīe-mīez** « l'homme du travail » en **strōdnika** « travailleur » (lt. *strādnieks*). On peut aussi utiliser encore la vieille formule finno-estonienne « faire du travail » (fi. *tehdä työdä*), **ti'edõ tīedõ** – expression assez amusante surtout quand on oublie le coup de glotte dans le verbe « faire ».

Le lieu où l'on vit et travaille peut s'appeler **jel**, pl. **jelud** « vie », mais aussi « maison, habitation », bien que « maison » se présente en général comme **tuba** « chambre ». Il est curieux de constater que le terme bien connu dans les langues fenniques *maja* « maison » qui a donné en letton *māja*, n'est pas employé en live.

Tout ce qu'il faut pour vivre, tout ce que l'on possède, peut se résumer par **jelami** qui signifie aussi « vie » et en même temps tous les biens matériels. Quelqu'un qui travaille normalement peut dire que **jelami um jõva**, que sa « vie est bonne », c'est-à-dire que ses revenus sont suffisants, autrement ce serait **slikt** « mauvais ».

L'opposition entre **joutõm** « pauvre » et **rikaz** « riche » se fait remarquer comme partout ailleurs. Le pauvre est méprisé, les proverbes disent qu'il se fait maltraiter même à l'église – **pivas-kuodas** (**piva** « sacré », **kuoda** « édifice »). Ce qui est intéressant c'est que **jõutõm** « pauvre » est quelqu'un qui n'a pas de **joud** « force, pouvoir », qui ne peut donc pas s'imposer, se faire respecter. Peut-être n'est-il pas physiquement capable de travailler comme il faut pour atteindre un niveau de vie acceptable. C'est un mot riche en connotations qui semble avoir impressionné aussi les Lettons qui en ont fait pour leur langue *jauda* « force, pouvoir, aptitude » et *jaudāt* « être capable ».

Dans ce contexte, la « paresse » **lāiskõz** est très mal vue. Quand on fonde une famille, il faut d'abord juger de la capacité de travail de la femme choisie, de même que de l'énergie du cheval que l'on veut acheter. **Knaș nai** « une jolie femme » et **vālda kēv** « une jument blanche » sont sans doute agréables à regarder, mais dans la réalité, elles apportent le « malheur » (**äb-voņ** ou **nälaima**). Car **knașșõm äb tāta maggõ** « la beauté ne remplit pas l'estomac », et la vraie beauté doit être cherchée ailleurs, dans un travail efficace, précisément. Ce qui fait dire à la sagesse populaire que **kīerda neitst um kōrand knașșõm** « une fille active est la beauté d'une ferme ». Il convient de noter que **kīerdõ** ou **kīerda** ne constitue pas seulement un synonyme de **äb-lāiska** « non-paresseux », mais qu'il évoque aussi la rapidité de mouvement.

Pour bien faire, on accepte donc un stress plus ou moins continuel susceptible de tuer toute joie de vivre. Il en résulte une vue assez fataliste sur les grands événements de la vie : **se jelami um neka mier lainõd sizal – tõmbõbõd mierrõ, ētabõd tegiž ulzõ** « cette vie est comme dans les vagues de la mer – (elles vous) emportent dans la mer, (elles vous) jettent à nouveau dehors ».

Incontestablement, la vie est dure, mais le Live ne se plaint pas. Il réagit par une sorte d'humour noir en constatant que la vie est **līti ku piškiz laps serk** « courte comme la chemise d'un petit enfant », **līti un piepaskantõd** « courte et pleine de caca ! »

3. Le centre commercial de la Baltique ?

Le Live est vraiment chez lui dans son **kila** « village ». On ne l'a pas laissé construire des villes. Le terme **nīn** qui apparaît souvent dans les récits et dans les contes et qui rappelle la « ville » – *linn* – des Estoniens, désigne ici éventuellement une bourgade, le plus souvent le « château » avec son « seigneur » – **izand**. Mais dans le passé, il y a eu des villes, il y a eu surtout la « ville » **jālgab** qui a donné en letton Jelgava et que les Allemands appellent Mitau. C'est un mot curieux dont on ne connaît pas l'origine. La recherche a permis de trouver des formes semblables dans les langues scandinaves, et il s'agit toujours d'un endroit accessible, d'un carrefour, d'une clairière dans la forêt, d'une place vide où l'on peut rencontrer d'autres gens, nouer des contacts, échanger des informations et des marchandises, etc. La « ville » live, ne serait-elle pas au début une vaste place de marché, une sorte de foire internationale sur la Baltique ?

On sait que les Lives entretenaient des relations surtout avec les voisins scandinaves, mais aussi avec les Estoniens de Saaremaa, les populations slaves et les Allemands qui venaient déjà au 12e siècle apporter du sel, des métaux, des tissus, et achetaient du bois, de la corne, du cuir et surtout de la cire. **Võ** « la cire » était hautement appréciée. Les **miedļinkist** « abeilles » se sentaient bien dans les forêts lives, et elles ne donnaient pas seulement le « miel » **mež**, mais aussi la précieuse **võ** dont on avait bien besoin dans n'importe quelle **piva-kuoda** « église » européenne. **Kīndiļ** « cierge », **vōstō kīndiļ** « cierge de cire » y font partie du décor. La cire live était très demandée et les chroniques racontent que, pour la peser, on utilisait une mesure spéciale *talentum Lyvonicum*.

Les Lives eux-mêmes étaient bons navigateurs. Un document daté de 1225 précise que la ville de Lübeck a accordé la franchise des droits de douane aux commerçants lives, comme aux Suédois, aux Russes, et à beaucoup d'autres.

L'invasion allemande au 13e siècle met fin aux relations extérieures. Le peuple live est isolé. La « ville » **jālgab** qui avait sans doute vu défiler beaucoup d'étrangers, peut-être même des Sames, puisqu'il y a des éléments sames dans les noms des poissons, devient maintenant une ville allemande. Plus tard, la « ville » se veut lettone, actuellement c'est donc **pilsȧt** (lt. *pilsēta*).

Et à l'embouchure de la **Vēna** qui signifie « port, établissement portuaire », est. *väina*, all. *Düna*, lt. *Daugava* se construit la ville de Riga (live **Rīgõ**) dont le nom s'explique peut-être par le mot live **reid** « rade », car là se trouvait un grand port de pêche sur la « mer Baltique » – **vālda-mer**, littéralement « mer blanche » aussi impressionnante qu'un océan (que l'on dit en finnois *valtameri*) quand la tempête – **tõvaz** – se lève !

Le grand **jālgab** est bientôt oublié et tout marché est tout simplement **tõrg** (est. *turg*, russe *tyrg*), mot qui signifie aussi « prix » (**jõva tõrg** « bon prix ») et la « discussion, dispute » qui s'y produit.

Dans le contexte de la Baltique orientale, il convient de s'arrêter sur un terme d'origine allemande médiévale qui a donné *laat* en estonien et **lōt** en live. En estonien, ce mot signifie « marché important, foire » et aussi « assemblée bruyante » ; en live, il désigne le service religieux de dimanche. **Lōt** vient du mot moyen-haut-allemand *af-lât*

« indulgence », et le paroissien moyen qui n'a jamais été profondément christianisé, a probablement espéré qu'il y trouvera surtout le pardon de ses péchés. **Ma lǟb lõtõl** se traduit donc simplement « je vais à la messe ». Mais à l'église, on rencontrait aussi quelque **iļ-tarali** « voisin » (littéralement : « de l'autre coté de la clôture ») et quelque **kaimiņ** letton (lt. *kaimiņš* « voisin »). Et après le service religieux, on pouvait aller boire un coup dans un **krūog** « taverne », et éventuellement, faire du « troc » **vaidlõmi**. L'état de servitude empêchant d'organiser le commerce, on pratiquait couramment le troc, et **mõnika** « troqueur » qui était en général letton, **mõ-mīez** « homme de la terre », faisait partie du paysage live. En tout cas, le service religieux rassemblait les gens du village, occasionnant beaucoup de bruit, de sorte que, finalement, « service religieux » **lõt** est devenu synonyme de « tapage ».

4. Les noms, les gens et leurs lieux

Il serait intéressant de connaître les noms authentiquement lives, ceux qui avaient cours avant la christianisation du 13e siècle. La Chronique d'Henri ne nous en communique que quelques dizaines. On y apprend les noms des premiers baptisés : Viliendi, Uldenago, Wada, Waldeko, Gerweder, Vietzo. Leurs compatriotes s'appellent Ako, Alo, Kulewene, Dabrel, Ylo, Ymaut, Lembewalde, Ninnus, Uldewene, Vesike, Caupo. Au 13e siècle on écrivait les noms comme on les entendait approximativement. Mais on reconnaît parmi ces formes orthographiées selon les habitudes médiévales des éléments scandinaves tels que Anno, Asso, Ako Gerweder, Wade, etc. Certains noms d'origine scandinave se sont perpétués dans des noms de lieu comme Ascrade et Thoreida, ce qui prouve que la noblesse live était très proche des Scandinaves.

Avec la colonisation allemande, les noms se sont germanisés. Parmi les informateurs de nos grands linguistes qui ont étudié le live, on rencontre des formes purement allemandes comme : Karl, Alfred, Gotthard, Eduard, Berthold, Emilie, Minna.

Les prénoms

En général, les prénoms sont allemands, mais fortement livisés : **Andrõks** (Andreas), **Ougust** (August), **Didrik** (Dietrich), **Pētõr** (Peter), **Jõņ** ou **Jāņi** (Johann), **Kõrli** (Karl), **Bärpõz** (Berthold), **Gust** (Gustav), **Mart** (Martin), **Gǟdõ** (Gotthard), **Brants** (Frantz).

Les femmes s'appellent le plus souvent : **Mari** (Marie), **Katriņ** ou **Trīn** (Katharina), **Lizet** (Élisabeth), **Griet** (Grete), **Lot** (Charlotte), **Elfrēdô** (Elfriede), **Līž** (Lisa), **Poula** ou **Pouliņ** (Pauline), **Natal** (Natalie), **Baba** (Barbara), **Dōrta** (Dorothea), **Billõ** (Sybille), **Agnēz** (Agnes).

L'occupation russe et l'église orthodoxe ont aussi laissé quelques traces : **Nika** ou **Niklou** (Nikolai), **Boris**, **Olga**, **Zofia**.

Les noms de famille

Ils sont d'origine récente. Ils ont été distribués aux paysans de la Baltique au 19e siècle. Chacun était libre de se choisir le nom qui lui convenait. S'il n'avait pas suffisamment d'imagination, c'est l'administration qui décidait et lui attribuait un nom quelconque. Ceci explique probablement le choix de noms bizarres comme par exemple **Šaltjār**, de l'allemand *Schaltjahr* « année bissextile ». Il s'agissait probablement d'une personne née un 29 février !

La plupart de ces noms sont d'origine allemande et se terminent souvent en :

-berg :	Damberg, Veinberg, Zandberg, Kõpberg, Zēberg, Reffenberg, Lindênberg, Frīdõnberg, Švānenberg, Grinberg, Alberg, Norenberg
-son :	Ādõmson, Anderson, Didrikson, Grasson, Mattison
-maŋ :	Ärmaŋ ou Hermann, Gūtmaŋ, Silmaŋ, Feimaŋ, Folmaŋ, Polmaŋ, Fīrmaŋ, Lantmaŋ
-felt :	Grīnfelt, Rōzõnfelt

On reconnaît l'origine allemande aussi dans quelques noms de métier : Dišler (*Tischler* « charpentier »), Fišer (*Fischer* « pêcheur »), Bažbouer (*Bauer* « paysan », probablement de la colline Baža) et des variantes livisées des noms asssez répandus dans la région : Šults, Zībert, Krišjān, Veid(e), Stalt(e), Belt(e)...

Berthold ou Bärtold nous rappelle un évêque du 13e siècle.

On y trouve aussi quelques accents slaves : Ernestovski, Volganski, Kakševič, Lapovič, Lukaševič, Skadin, etc.

Quelques familles portent le nom de leur ferme ou de leur localité. Ainsi, par exemple, les Kīlmeier possédaient la ferme de Kīlma. (Les anciens racontent d'ailleurs l'histoire savoureuse d'un voyageur qui avait été accueilli un soir d'hiver dans cette ferme dont le nom signifie « froid ». On lui avait préparé le lit à côté du poêle bien chauffé. Le matin, il constata qu'une partie de sa chemise avait brûlé. Il est donc rentré chez lui avec une chemise pleine de trous, et les gens furent très étonnés d'apprendre que quelqu'un avait réussi à brûler sa chemise à côté d'un kīlma ōī « poêle froid » – en fait, cela lui était arrivé à côté du poêle de la ferme Kīlma !)

Il y a aussi des localités nommées d'après un personnage qui y habitait ou y travaillait. Lorsque le seigneur de Dondangen offre un bout de terrain à un certain **Polmaņ**, pour que celui-ci y construise une ferme, le lieu lui-même prend le nom du nouvel arrivant. Par contre, le lieu peut aussi fournir un nom de personne, comme en Estonie du Sud. On raconte à Ire que l'ancêtre des **Võlganski** avait construit deux fermes qu'il avait appelées **Võlgansk** (peut-être de **võlgam~võlga-mõ** « place d'embarcation »). Le nom de personne n'est peut-être à l'origine qu'une plaisanterie : la terminaison **-nski** rappelle les notables suffisants de la bureaucratie du tsar ! En estonien, nous avons un exemple semblable : *tegelane* « personnage, acteur » donne dans le langage populaire *tegelinski* « individu orgueilleux, plein de lui-même, qui prend des airs importants ». Le propriétaire de deux fermes avait des raisons de se croire supérieur aux autres villageois !

Les villes les plus importantes sont **Riga** et **Jelgava** – nous en avons parlé...

Ventspils – **Vānta** – constitue actuellement l'entrée du territoire live. Parmi les villages de la côte, sur le chemin de Kuolka (Domesnäs), on rencontre d'abord **Lūž**, anciennement **Lūž-kila** « village de lynx » (**lūš**, lt. *lusis* « lynx »). D'autres agglomérations portent des noms d'animaux : **Ire** (all. Klein-Irben, lt. Mazirbe) et **Īra** (all. Gross-Irben, lt. Lielirbe) ou **Irvekila** où l'on reconnaît la racine *hirve*– « cerf ».

Les rivières **Pītrõg** et **Košt** ont donné les noms de villages **Pītrõg** et **Koštrõg**. Dans **Sīkrõg** est peut-être caché un poisson : **sīg**, (est. *siig*, lt. *sīga*) « *salmo lavaretus* ». Ce qui n'aurait rien d'étonnant pour une agglomération de pêcheurs !

5. Jours, Mois, Fêtes

Dans une semaine (**nädil**), il y a évidemment sept jours :

- **ežõm-pāva** « premier jour, lundi » ou **ežmõspāva**

- **tūoižna-pāva** « deuxième jour, mardi »

- **kūolmõnd-pāva** « troisième jour, mercredi »

- **neļļõnd-pāva** « quatrième jour, jeudi »

- **brēdõg~brēdig** « vendredi » (les anciens se rappellent que le soir de ce jour-là, il fallait arrêter tout travail, un souvenir du sabbat ?)

- **puol-pāva** « demie journée, samedi » (mais aussi « déjeuner » !)

- **piva-pāva** « jour sacré, dimanche »

Le mot **pāva** signifie non seulement « jour », mais aussi « soleil » – actuellement plutôt **pāvalikki**, qui peut remplacer l'horloge quand celle-ci n'existe pas. **Pāva-sidam** « cœur du jour » ou « cœur du soleil » peut se traduire « midi, milieu de la journée » (surtout quand on a envie de faire la sieste – **pāvasidamt maggõ** « dormir le cœur de la journée ») ou « sud, midi ». Comme en français !

C'est le moment d'ouvrir une parenthèse pour les points cardinaux :

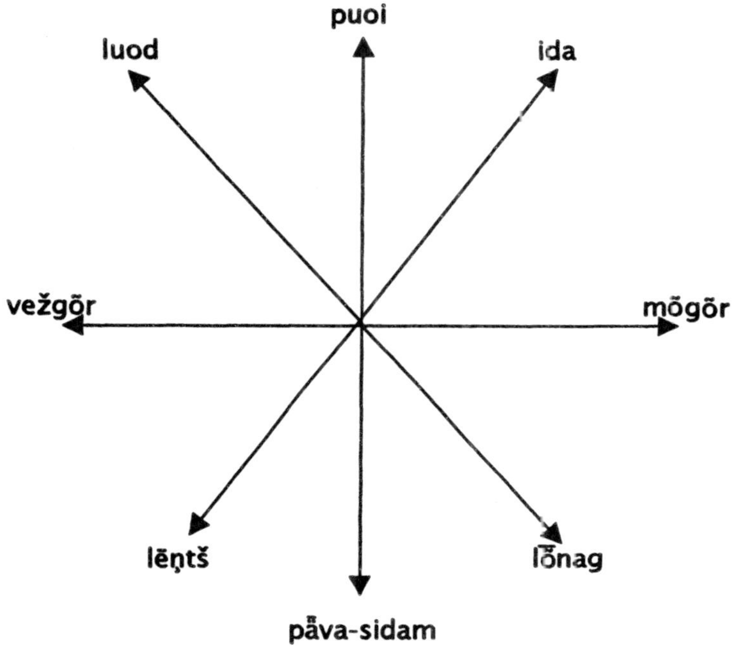

Particulièrement importantes sont les directions **vežgõr** et **mõgõr**. Dans la première on reconnaît **vēiž** « eau » et dans la seconde apparaît **mõ** « terre ». À l'ouest se trouve donc la mer et à l'est le pays, la terre.

Les marins lives qui ont l'habitude de circuler dans les eaux internationales utilisent, bien entendu un vocabulaire professionnel nord, nordost, nordwest, etc.

C'est encore le soleil qui oriente le mouvement : **vastõ päuvõ** « contre le soleil » va de droite à gauche, et **periņ päuvõ** « dans le sens du soleil » – de gauche à droite.

Mais **pǟva** peut aussi marquer un état ou une durée dans le temps : **pişkim/pǟva** « enfance » (**pìški** « petit »), **tīera/pǟva** « santé », **ruja/pǟva** « maladie » (**ruja** « malade »).

1. ūdāigast-kū « mois du Nouvel An »
2. kīņdiļpāva-kū « mois de la Chandeleur »
3. past-kū « mois du Carême »
4. jūrikšpāva-kū « mois de la Saint-Georges » ou kõļim-kū « mois du jus (de bouleau) »
5. mai-kū~līedõ-kū « mois des feuilles »
6. jōņpāva-kū « mois de la Saint-Jean »
7. jōkpāva-kū « mois de la Saint-Jacques » ou āina-kū « mois du foin »
8. mōŗipāva-kū « mois de la Sainte-Marie » (Il s'agit bien de l'Assomption de la Sainte-Vierge. Ce qui prouve que la Réforme n'a pas pu extirper toutes les traditions catholiques) ; mais on dit aussi vīļa-kū « mois du fruit »
9. mikiļpāva-kū « mois de la Saint-Michel » ou sigž-kū « mois de l'automne »
10. vīm kū « mois de la pluie »
11. martpāvā ou mart-kū « mois de Saint-Martin » ou « mois de Martin »
12. taļšpivad-kū « mois des fêtes d'hiver » ou simplement pivad-kū « mois des fêtes »

Les mois (kūd) sont nommés d'après les fêtes importantes qu'ils apportent.

Bien entendu, ceux qui lisent les journaux et écrivent des lettres utilisent couramment la terminologie internationale quelque peu livisée : janvar, februar~febrõar, märts, april, mai, jūni, jūli, august, septembõr, oktobõr, novembõr, detsembõr. Si l'on veut, on peut leur ajouter kū « mois ».

La liste des mois montre que les grandes fêtes chrétiennes sont marginalisées dans l'imagination populaire. La Saint-Jean est bien plus importante que Pâques par exemple que l'on appelle leja-vôtami, (est.

lihavõtted) le jour où l'on « prenait de la viande » c'est-à-dire la fin du Carême. C'est la joie de bien manger qui occulte la Résurrection du Christ.

Certains ethnologues pensent que la fête la plus importante de l'année a été, au début du christianisme, le matin de Pâques, comme dans l'église orthodoxe. Ensuite, sous l'influence lettone, c'est le **jōŋpǟva** qui s'est imposé. Selon la tradition ancienne, ce jour-là on décorait tout ce qui était décorable : les bateaux, les portes, les champs, etc. On mettait des fleurs sur le sapin, on piquait de belles branches d'arbuste dans les sillons. On tressait des couronnes pour tout le monde, aussi pour les animaux, et l'on se promenait le soir en chantant **līgo, līgo**, refrain qui est connu même en Estonie.

Après le dîner, on brûlait quelques vieux bateaux et les jeunes dansaient jusqu'au matin.

Ce fabuleux **Jōŋ** qui arrive à cheval pour voir comment vivent les **jōŋ-lapst** « enfants de Jean » et pour bénir leur bétail et leur champs n'a rien à voir avec le saint historique. Il symbolise une divinité du paganisme letton qui doit garantir la fertilité. Il s'occupe du seigle et des choux, et arrache les orties. Curieusement, les Lettons le prennent pour Dieu. Une chanson live montre bien un aspect amusant de ses fonctions :

> **Jumal lekš pubad tarrõ, kītiz pubadõn** :
> « **Jõuvõ ȭdõgt, pubad-tara,**
> **mingist ēdrõmõd sinnõn at** ? »
> **Pubad kītist** :
> « **Mustad, vāldad, kērabist** »
> Dieu alla dans le jardin des fèves, il dit aux fèves :
> « Bonsoir, jardin des fèves,
> quel genre de fleurs as-tu ? »
> Les fèves dirent :
> « Des noires, des blanches, des multicolores »

En tout cas, c'était le jour le plus heureux de l'année :

Līgo, Jõņ, amad kuožõd ēdrikšõbõd, līgo !

Ligo, Jean, tous les endroits fleurissent, ligo !

Le calendrier se souvient aussi de la Pentecôte (**suišpīvad** d'après Suvisted « fêtes d'été » en estonien – comme **taļš-pivad** « fêtes d'hiver » pour Noël) et de l'Ascension qui devient **rišt-pǟva** « jour de la croix ».

Kīņdļõpäva « la chandeleur » est surtout remarqué par l'intensité du froid qui sévit à cette époque. **Tūgõpǟva** « jour des Cendres » qui précède le **vastalova** « mardi gras » semble passer inaperçu, mais on raconte que pendant la nuit du mardi gras, des femmes se déguisaient, se mettaient des masques et créaient un bon chahut dans le village.

Il faut encore signaler le **kūolõnõdpǟva** « jour des morts » qui se noie dans les brouillards de novembre.

Mais dans la vie de tous les jours, on fête aussi des anniversaires – **sindizpǟva** « jour de naissance », **nim pǟva** « jour du nom ». Et, à cette occasion, on peut « souhaiter du bonheur » – **tarmõ** ou **vēļõ vonnõ** (partitif de **von** « bonheur »). Il est utile de connaître quelques expressions qui aident à créer une ambiance amicale :

Ma tarmõb vonnõ sindizpǟvaks « Je souhaite du bonheur pour (ton) anniversaire »

Sidamõst ammõ jõvvõ « De (tout cœur) tout (ce qui est) bon »

On peut souhaiter aussi :

Pǟgiņ vonnõ Ūdõs Āigastõs « Beaucoup de bonheur pour le Nouvel An »

Vondzist Ūdāigastõ ! « Heureuse Année Nouvelle ! »
ou

Pǟgiņ vonnõ Ūdõs Āigastõs « Beaucoup de bonheur dans l'Année Nouvelle »

Pour toutes les fêtes, on peut dire :

Rīemlizi pivḑi « Joyeuses fêtes »

(**Rīemlizi Talšpivḑi** « Joyeux Noël », etc.)

Ces expressions sont assez nouvelles, comme l'est aussi la réponse calquée sur la politesse européenne :

Tienu ou en letton *paldiez*, **täddõn nei īž** « Merci, à vous de même ».

6. Un temps pour manger et un temps pour boire

Que mange-t-on chez les Lives ?

Un proverbe prétend que pour le pauvre il n'y a pas de choix. Le matin, il mange **naggõrod pīklieštaks** « des pommes de terre avec de la plie salée » et le soir, il se sert **pīklies̆ta naggõrõks** « la plie salée avec la pomme de terre ». Il ignore probablement le « déjeuner » (**lȭnagil**) ou **pūol-pǟva** « (repas de) mi-journée ».

Depuis que la Livonie s'est réduite à **rānda** « côte, littoral », le poisson constitue la richesse principale et aussi l'aliment essentiel des Lives. Tout le monde est plus ou moins **kalamīes** « pêcheur ». En été, on prend des **lieštad** « plies » qui sont d'ailleurs faciles à attraper ; on les sale, on les fume. Et comme leur chair est très appréciée, on les utilise comme monnaie d'échange pour acheter du pain chez les Lettons ou même les faveurs d'un fonctionnaire grincheux.

Liešta est donc le **sõuv-kala** « poisson d'été » par excellence. En automne, malgré les violentes tempêtes, on pêche des **sīlkidi** (**silk** « petit hareng », all. *Strömling*, cf. lit. *silke* « hareng ») et **brētlizi** (**brēdli** « anchois », bas all. *brētling*). Ces derniers étaient négligés jusqu'au jour où des commerçants estoniens ont fait leur apparition sur la côte courlandaise. Les Lives se sont rendu compte que l'on pouvait utiliser ces petits poissons pour en faire les fameux *Tallinna kilud* « Anchois de Tallinn », en russe *kilki*. Même le tsar Pierre I en raffolait !

Parmi les autres poissons qui se faisaient prendre dans les eaux lives, on peut signaler **tūrska** « morue, cabillaud », **oksa-kala** « Gasterosteus » (all. *Stichling*) – petit poisson que les enfants pêchaient pour s'amuser et que l'on donnait quelquefois aux animaux – et **kōma** « turbot », plus rare que **liešta** que l'on gardait pour le Mercredi des Cendres (**tūgõb pǟva**) ; on l'appelait couramment **piva kala** « poisson sacré » ou... « poisson de la fête ». Allez reconnaître les ambiguïtés de la grammaire !

Parmi les légumes, c'est la pomme de terre qui détient la première place puisqu'elle pousse bien, même dans une terre sablonneuse. Elle a usurpé le nom du « navet » – **naggõr** ou **naggõrz** – que les ancêtres mangeaient couramment avant la révolution de Parmentier. Mais il y a aussi **nōtõz** « choux », comme dans toute l'Europe de l'Est, **sīpõl** « oignon », **sīpõ-lōka** « ciboulette » et tous les autres produits de nos potagers.

Sīemn-āiga « repas » et **jūomn-āiga** « boisson » sont deux termes incontournables. En fait, **āiga** veut dire « temps ». **Sīedõ** « manger » et **jūodõ** « boire » sont donc liés au temps, au programme de la journée, peut-être parce que la faim a l'habitude de poindre à certaines heures régulières (cf. all. *Mahlzeit* !). Ces formules donnent quelquefois des expressions amusantes telles que : **kiebiz āigaks um pǟgiņ jūomnāigõ vajag** « pendant le temps chaud on a besoin de beaucoup de boisson » **kiebiz āiga** « temps chaud » et **jūomn-āiga** « boisson ».

Le repas traditionnel se compose souvent de **rok** « soupe, potage » et aussi « purée ; bouillie » : **naggõrd-rok** « potage de pommes de terre », **rīp-rok** « bouillie de gruau assez liquide », **sandrok** « bouillie épaisse, purée » (**naggõrd-sandrok** « purée de pommes de terre »), etc.

Le kukild-rok mérite une mention à part. **Kukiļ** peut être une « miche de pain » **lēba-kukiļ** ou une petite boulette que l'on met dans le potage, pour le rendre plus consistant.

Il ne faut surtout pas oublier le pain (**lēba**), car le **riggi-lēba** « pain de seigle » est aussi un élément de base de l'alimentation, bien que les céréales ne poussent pas suffisamment bien dans le sol live et qu'il faille les acheter chez les Lettons à l'intérieur des terres. Il est essentiel pour nourrir les voyageurs et les marins qui doivent partir de chez eux avec un bon **lēba-kuoţ** « sac à pain ».

À côté du pain ordinaire, on connaît aussi un **appõn lēba** qui a un goût un peu acidulé et en même temps sucré ; le « pain blanc » (**vālda lēba**) et aussi de « froment » (**nizzi**) et « d'orge » (**voddõrz**).

La tradition veut que l'on distribue aux visiteurs, quand ils partent, du **kilalēba** (**kila**, « village ; visite ») qui peut se présenter aussi sous forme de gâteaux ou de friandises.

Un produit alimentaire (**sīedõb-aža**) bien pratique, mais intraduisible en français est **pūtiļ** qui se compose de **appõn sēmḑa** « lait caillé » et **pūtiļ-jo'ud** « farine de **putiļ** » à la base de « l'orge » – **voddõrz**. On mélange les deux, on ajoute un peu de **sūolõ** « sel », et un repas bien nourrissant est prêt ! Un produit analogue existe aussi en Estonie où il s'appelle *kama*. D'ailleurs, tout ce qui se prépare dans la **kuknõ** « cuisine » live, se mange aussi en Estonie du Sud, bien que la « cuisine » elle-même soit d'origine russe (*kuhnja*).

Pour boire, il y a le choix : **vēiž**, « eau », **sēmḑa** « lait » – pour le calcium ! **vol** « bière » – qui **lǟb pǟzõ** « monte dans la tête » et remonte ainsi le moral ; pour se désaltérer le **jūoimi** « petite bière » et pour les grandes occasions un

veggi jūomn-aiga « boisson forte » – **le brāndiļ** notre « eau-de-vie », « vodka » ou « brandy ».

Comme les Lives ont de l'imagination, ils ont même inventé une certaine façon de fumer : **jūodõ pīpõ** « boire (à) la pipe ».

En tout cas, comme dans toute l'Europe du Nord et de l'Est, chez les Lives on boit souvent, bien que le **jūoji** « ivrogne » soit mal vu. Les grandes fêtes, telles que les noces, par exemple, ne se conçoivent pas sans le **brāndiļ**. Et celui qui raconte ce qu'il y a vu termine son récit souvent avec la remarque ironique : « Moi aussi, j'étais là et je buvais tellement » **ku kibar voļ īd kūora pǟl** « que le chapeau se tenait sur une seule oreille ».

7. « Boire » la noce

L'homme et la femme sont destinés à vivre ensemble. Comme chez les Estoniens, le Live « prend femme » – **võtab eņtšõn naizõ** (= prend à lui (une) femme). Mais lorsqu'il l'a « prise », il est **pretsõn** « marié ». Le verbe **pretsõ** « épouser, marier » – en letton *precēt* – indique l'importance des mariages mixtes.

La fille qui ne trouve pas de mari est appelée **vana neitst** « vieille jeune-fille » ou **vana nūor-neitst** « vieille jeune jeune-fille ». L'homme éternellement célibataire obtient le titre de **vana pois** « vieux garçon » ou **vana nūor-mīez** « vieux jeune-homme ». Les deux sont considérés comme méprisables.

Mais comment arrive-t-on au mariage ?

Pour les jeunes, il y avait trois endroits pour se rencontrer : la foire, l'église et le bal. Dimanche soir, en principe, on organisait « les danses » (**daņtšõd**). Et la nuit, n'importe quelle nuit, la fille pouvait accueillir des garçons. Les **īe-juoksijid** « les coureurs de nuit » circulaient dans le village, n'importe quel jour en hiver, et en été, quand les nuits sont courtes, le samedi soir. En été, les filles dormaient dans le « magasin » (**āita**), ce qui facilitait la visite. Et les gens trouvaient cette méthode tout à fait normale. Un proverbe (**kītōb-sōna**) dit :

kis võib neitstõn poissõ kieldõ,

kis võib kaššõn õjõ kielda ?

« qui peut aux jeunes filles interdire les garçons,

qui peut au chat interdire le poêle ? »

(= la place auprès du poêle)

Comme il y avait au début du 20e siècle moins d'obsédés sexuels que de nos jours, on peut supposer que ces relations n'allaient pas très loin. Les jeunes avaient besoin de se parler, de raconter leurs histoires, en dehors du cadre de travail et de la présence des parents. Car une jeune fille devait arriver au mariage étant **sieldõ** « clair (pur) », **riktig neitst** « (une) vraie jeune fille ».

En hiver, quand tout le monde couchait dans la maison, il fallait l'autorisation du père. Pour amadouer celui-ci, on lui offrait un flacon d'eau-de-vie ou un peu de tabac.

À ces relations se mêlent aussi des notes humoristiques. Ainsi, par exemple, un père de famille avait l'habitude de dérober les chapeaux des visiteurs nocturnes, ce qui permettait de les identifier à coup sûr. Or, un matin, il trouva son propre chapeau ! Le garçon avait découvert son astuce…

Il fallait surtout éviter des conséquences visibles de tels rendez-vous nocturnes. Une fille qui se trouvait **lālamd jālgad pāl** – « sur les jambes lourdes, enceinte » – était déshonorée. Mais le jeune homme aussi portait une part de la responsabilité. Très souvent, il était obligé d'épouser la fille en question.

Une jeune fille devait se marier avant l'âge de vingt-cinq ans. Comme en Estonie, le meilleur « temps de mariage » (pretstõb āiga) se situait autour de vingt ans. Les garçons pouvaient être un peu plus âgés.

Koža~kožžimi « la demande en mariage » constitue dèjà une cérémonie impressionnante. Le prétendant (kožanika), le plus souvent accompagné d'un kožali « intermédiaire » qui mène la discussion, se rend chez les parents de son élue. Ceux-ci préparent un repas d'accueil et le jeune homme offre une bouteille de brāndiļ « eau-de-vie ». Ensuite, il demande s'il y a un jeune animal à vendre, une vache par exemple. Lorsqu'on s'est mis d'accord sur le prix, on appelle la fille – eh oui, on ne la vend quand même pas comme une vache ! – pour avoir son avis.

Si tout le monde est d'accord, on paie – selon ses moyens – on donne des cadeaux, et l'on va s'inscrire chez le pasteur (päp). Il y aura nutami « annonce, déclaration » pendant trois dimanches consécutifs : le päp annonce aux paroissiens les noms des futurs mariés. Pendant ce temps, on prépare les mimõd, les cadeaux que l'on distribuait aux invités : gants, bas, chemises de lin, serviettes de toilette, etc.

La « noce » (kõzgõnd) commence le dimanche matin et dure en général trois jours.

Tout d'abord, avant le « mariage à l'église » (lōlatõmõz), tôt dans la matinée, on allait fêter les « fiançailles » (kīldõks) chez la fiancée. Cette cérémonie consistait à poser les mains les unes sur les autres et à chanter. Ensuite, on prenait le brūokst « petit déjeuner », et les brūţõd « les fiancés », c'est-à-dire brūţ « la fiancée ou jeune mariée » et brūdgana « le fiancé », allaient à l'église, souvent à cheval.

Arrivés à l'église, ils descendaient du cheval, et l'on habillait la fiancée pour la cérémonie : une belle robe, **krūonõ pāzo** « une couronne sur la tête » (à noter que selon la tradition fennique, on dit « la couronne dans la tête », comme « les bottes dans les pieds », etc.).

Šlēijõr tagan « une traîne derrière », ou tout simplement beaucoup de rubans multicolores attachés à la couronne, et sur les épaules un **krīzdõg** « châle » élégant, quelquefois acheté à l'étranger que l'on appelait aussi **lōtõ krīzdag**, « châle de messe », puisque les dames lives le mettaient le dimanche.

Les parents n'assistaient pas toujours à la cérémonie religieuse, mais préparaient pendant ce temps-là la fête à la maison.

Toute la démarche est marquée par des gestes païens : en passant par un pont, il fallait jeter un **kōl** « ruban tissé », il fallait empêcher la fiancée de monter sur une jument, on faisait attention aux cierges pendant la cérémonie – si un cierge s'éteignait, il pouvait annoncer la mort précoce de quelqu'un, etc. Devant l'autel pouvait se préparer aussi le rôle du mari et de la femme : il fallait trouver le moyen de marcher sur les pieds de l'autre pour se garantir la position de « pouvoir » (**vālda**) dans le ménage, être le **pa-vāldnika** « décideur » de la famille.

Les relations de domination semblent être essentielles, on y fait allusion encore pendant les repas de noces où la mariée doit essayer de s'asseoir sur le pan du veston de son mari...

On ne parle pas d'amour, bien que cela ait dû exister. Dans les proverbes, on trouve une belle expression :

kis ārmasţ kīlab, se ārmast nītub

« celui qui sème l'amour, récolte l'amour »

et une autre, moins belle :

kus pūtōb ārmastōmi, sāl tulab vastō mārga kard

« où l'amour fait défaut, là on rencontre

(= vient à l'encontre) (une) puanteur du pourri »

Il est quand même troublant de constater que le verbe **ārmastō** « aimer » (le même qu'en estonien *armastama*) a donné naissance à un autre verbe **ārmakstō** qui signifie « faire des économies » et aussi « épargner, ménager », par exemple les chevaux pour qu'ils ne se fatiguent pas outre mesure.

On en arrive donc à un matérialisme, d'autant plus que la dernière forme suggère le terme **maksō** « payer » !

En tout cas, après l'église, on commence « à boire la noce » (**kōzgõnd jūodõ**), d'abord à la maison de la fiancée pour fêter le « départ » (**uzangist**) que l'on « buvait » jusqu'au lundi. Ensuite, on se réunissait chez le marié pour la « grande noce » (**sūr-kōzgõnd**). On y mangeait, on y buvait. On dansait aussi et on organisait des jeux assez compliqués, avec des gestes bien curieux hérités des temps anciens. Par exemple, on voit une belle-mère **nēļa käpa pāl** « à quatre pattes » devant la porte en train de ramasser symboliquement le bonheur du nouveau couple !

Parmi les acteurs des cérémonies, il convient de noter surtout les témoins (**jeddo-viedajid** « les meneurs devant ») et les « maréchaux » (**mōrs-mōrs**), les maîtres de cérémonies, qui placaient les « invités » (**kōznikad**), dirigeaient les danses, servaient à boire.

Évidemment, on buvait beaucoup. Ce qui signifie que l'expression courante **jūodõ kozgiņi** « boire la noce » pour « fêter le mariage » est justifié. Mais on payait pour la boisson : on glissait de l'argent sous la nappe pour que le voisin ne voie pas combien on donne.

Il y avait aussi des profiteurs. On disait de certaines femmes qu'elles avaient « sept estomacs » et qu'elles mettaient en partant du pain dans leurs poches.

Et il fallait faire attention aux « jaloux » (**skoudnikad, skoudigõd**) qui ne supportaient pas la joie des autres. Ils répandaient de la vannure sur le chemin des mariés et essayaient de passer entre eux à l'église pour appeler la malédiction sur leur vie de couple, etc.

Ceux qui n'étaient pas invités se réunissaient derrière la fenêtre de la salle des fêtes. À une époque où il n'y avait pas la télévision, les noces offraient un spectacle grandiose. Il ne fallait pas le manquer.

8. La sagesse populaire entre Dieu et le Diable

La pensée d'un peuple s'exprime avant tout dans les proverbes qu'il crée ou adopte. Le proverbe, c'est la parole qu'il faut dire (**kītõb-sõna**) pour expliquer les événements et appuyer ses arguments. Parmi les proverbes lives on trouve d'abord des expressions qui circulent un peu partout. Si vous avez peur de vous mettre à l'étude du live, on peut vous encourager en disant par exemple : **ama īrgandõks um lȱlam** « tout commencement est difficile ». Vous l'avez déjà sans doute entendu ailleurs. Et un conseil tel que : **vāgiž pīlõ um kūlda** « se taire, c'est de l'or » connaît des variantes dans beaucoup de langues (« le silence est d'or »...).

D'origine proprement fennique sont les proverbes et les locutions concernant les points cardinaux, les changements météorologiques et les fêtes du calendrier. Les gens qui vivent au bord de la mer doivent être particulièrement sensibles aux changements saisonniers. **Tõvaz** ne désigne pas seulement le « ciel », mais aussi la « tempête ». Et il faut savoir que **tūļ un vēiž, ne at ama veggist** « le vent et l'eau sont les plus puissants ». Le vent d'est semble être le plus redouté – les Estoniens et les Votes le savent aussi. Il apporte souvent de la pluie (**vīm**) qui devient une « tombée » (**sad**) pour plusieurs jours. Et le résultat est économiquement grave : on ne trouve plus de poissons. **Mōgōr tūļ vōtab kalad äb set mierstō, bet koušōst ka ulzō** « le vent d'est (**mōgōr** « côté de terre ») sort les poissons non seulement de la mer, mais aussi de la soupière ».

Une bonne connaissance du calendrier permet de prévoir les conditions de travail des « paysans » (**talud**) et des « pêcheurs » (**kalamīed**). Il faut se rappeler par exemple le temps de la Saint-Martin (**Maŗt-pǟva**) : **kūja Maŗt vodlōb kažist aprillō, villō maijō un kuijō lemḑi jūnijt** « un Martin sec attend un avril mouillé, un mai frisquet et un mois de juin sec et chaud ».

Comme les Lives ont beaucoup d'humour et le verbe souvent grivois, on y trouve aussi des formules comme **Maŗt matab, Katriņ katab, Andrōks tulab, kuzub pǟlō** « Martin enterre, Catherine recouvre, André arrive et pisse là-dessus ». Ceci veut dire que la Saint-Martin apporte la neige, qu'il neige encore davantage à la Sainte-Catherine, mais que la Saint-André amène le dégel.

La relative pauvreté de la région favorise une attitude assez matérialiste... C'est le travail (**tīe**) qui compte. **Kis äb tie tīedō, se nälgō sōb nǟdō** « celui qui ne travaille pas (= ne fait pas de travail), va avoir faim (= va voir la faim) » ou **bäz tīedō äb sō sīedō** « sans le travail on ne peut pas manger » ou encore, d'une façon plus pittoresque : **ku äd tō tiedō, siz kariņţ ambōd vaigō** « si tu ne veux pas travailler, accroche (tes) dents au porte-manteau » (voir aussi § 2).

Y a-t-il un secours quelque part ?

La christianisation du 13e siècle a introduit un Dieu compliqué, invisible, inaccessible. Pour pouvoir vivre plus ou moins bien – **pōla Jumalt, kūl izandidi** « prie Dieu, écoute les seigneurs ». Mais quand tout va mal, on ne peut compter que sur soi, car **Jumal illõ, kēzar kougõn** « Dieu là-haut, le tsar au loin ». Et y ajouter une note ironique : **äbt, Jumal, rikast, kil joutõm nei īž jelab** « aide, ô Dieu, le riche, le pauvre se débrouille tout seul (= le pauvre ainsi lui-même vit) ».

Le passé païen a légué d'innombrables « dieux » (**jumalõd**), car la tradition finno-ougrienne admettait que tout être et tout objet avait une « âme » (**jeng**) – un souffle, une respiration, une individualité qui ne disparaissait pas avec la mort. On désignait ainsi aussi les fées, les esprits et tous les êtres surnaturels, en distinguant entre les **jõvad** « bons » et **äbjõvad** « mauvais (= non-bons) » **jēngõd** « esprits ». Rappelons ici que le terme « homme, être humain » – **rišting** – se traduit plutôt « âme baptisée ».

Pour distinguer entre l'âme humaine et l'esprit, le live a emprunté au letton le mot **gara** (lt. *gars*) qui désigne maintenant tous les esprits, les fantômes, etc. : **jõvad un äbjõvad** ou **sliktõd garad** « les bons et les mauvais esprits » dont aussi les **kure-garad** « les esprits du diable ». En tout cas le « temps des âmes (des trépassés) » qui se situe en automne, se dit toujours **jēngõd āiga**.

Les **garad** se mêlent aussi à l'immense foule de **jemad** « mères » et **izad** « pères » qui représentent les forces de la nature et peuvent être utiles à l'homme ou le persécuter : **ud-jema** « mère du brouillard », **tūl-jema** « mère du vent », **mō-jema** « mère de la terre », **jõuvgõ-jema** « mère du sable », **mier-jema** « mère de la mer », etc. De même, **lem-tõţi** « père de la chaleur », **mier-iza** ou **mier-tõţi** « père de la mer », etc.

Pour s'assurer les faveurs de tous ces **jumalõd**, **garad**, **jemad**, etc. on leur apporte des cadeaux, des offrandes. En premier lieu au mier-rouž au « peuple de la mer » (mier-jema, mier-iza~tōţi, appelé aussi kēņig « roi » avec leurs nombreux enfants) qui veille sur les villages lives. On leur verse un verre de vin, on jette quelques gâteaux.

Il est intéressant d'étudier l'utilisation du terme « sacrifice » uppõr également « victime », lt. *upuris*. Ce mot figure en live seulement dans le langage de l'église. L'offrande ou sacrifice aux fées et aux esprits se définit comme zied (lt. *zieds* « fleur », *ziedi* « les premiers fruits, don, offrande »). Zied en live est donc un « don, cadeau » : des œufs, du beurre, du sel, du sucre, du pain, de la bière, etc., mais aussi des bouts de corde, de fil, des rubans, des serviettes, des gants, du tabac, et n'importe quoi. C'est le geste qui compte. Ne dit-on pas dans la Bible (bībõl) : luštigõl āndajit Jumal mīļiņtõb « celui qui donne avec joie, (c'est celui que) Dieu aime » ?

Enfin, on appelle zied aussi le cadeau que l'on peut offrir à son médecin ou à une personne qui vous a rendu service. Tout se tient.

Avec le temps, la mythologie s'oublie, la représentation du monde plus ou moins invisible s'estompe. Il reste peut-être un seul gara qui s'impose : le Diable – kure. Lui, il se rend visible, il circule sur les routes, joue des tours aux gens imprudents, ramasse les âmes et aussi les corps de ceux qui se font tuer dans les bagarres. On l'appelle mušta mīez « homme noir », ōgi mīez « homme gris », quelquefois aussi vana mīez « vieil homme », mais en général, il est jeune et sa couleur est noire. Ce mušta nūor izand « jeune seigneur noir » se déplace dans un carrosse noir tiré par des chevaux, également noirs, comme en Estonie. Dans le brouillard, parmi les ombres de la nuit, surtout quand on sort de la taverne (krūogõz), il faut bien faire attention aux personnes qui veulent vous accompagner ou vous proposent même leur cheval... Lorsque vous vous rendez compte que vous êtes en train de vous égarer dans la forêt ou de vous précipiter tout droit dans un lac, faites un signe de croix, ou dites : **voi Jēzus** ! ou **ak Jumal** ! ou encore **o piţki, o zēviļ, kus mēg lām̄õ** ? « ô foudre, ô soufre, où allons-nous ? » Et le Malin prend la fuite. Ce qui est intéressant c'est qu'il ne craint pas tellement Dieu, mais il a une peur bleue de la foudre.

Les temps modernes ont appris au Diable à opérer avec les questions d'argent. Très souvent, il va trouver une personne seule et lui demande carrément : **voi sa tõd rõdõ** ? « veux-tu de l'argent ? ». Évidemment, en acceptant la proposition, on risque sa peau et son âme. Mais le Live est assez **koval** « rusé », ce qui veut dire « intelligent » pour s'en sortir sans dommages.

Un phénomène diabolique très spécial s'appelle **rõtuļ** « feu de l'argent » qui est quelquefois surveillé par le **rõ-kure** « diable de l'argent » qui peut aussi prendre la forme d'un cosaque par exemple. On voit donc quelquefois, surtout à la Saint-Martin, dans la forêt ou au pied d'une colline, un grand feu. En principe, il faut creuser sous ses flammes pour en extraire une caisse pleine d'argent. Mais en général, personne ne réussit à le trouver, car dans la nuit, on n'ose pas y aller, et le lendemain, on ne retrouve plus l'endroit exact, etc.

La représentation du Diable est liée à l'histoire du pays. C'est un seigneur comme les grands propriétaires terriens qui ont colonisé le pays et réduit en esclavage tous les autochtones, les Lives et les Lettons. On dit que **saksa sīeb kureks ītõ leibo** « le seigneur allemand mange le même pain que le Diable », c'est-à-dire que il partage son pain avec le Diable. Il s'agit donc de la même famille. La couleur noire vient de l'église chrétienne. Le **päp** « prêtre » et « pasteur » porte des habits noirs, il fait souvent cause commune avec le seigneur. C'est souvent un personnage peu recommandable, on l'a déjà vu en **vilkatõks** « loup-garou ».

Certes, le Diable n'inspire pas la sympathie, mais faut-il vraiment en avoir peur ? On dit que **kure nei musta äb uo, mingist tǟnda mõļtõbõd** « le Diable n'est pas aussi noir qu'on le dépeint ». Les Estoniens et les Lettons disent la même chose, à leur façon. Nous avons vu qu'il y a des moyens pour le maîtriser. Un proverbe souligne même son intelligence déficiente : **kuŗe um nei muļki ku saksa sōpkod** « le Diable est aussi bête que les bottes du seigneur allemand ». Et les ennuis quotidiens peuvent le rendre ridicule : **nǟlgaks kuŗe ka sīeb sita-būmbalidi** « avec la faim le Diable aussi mange des bousiers ».

Comme en Estonie, les Lives utilisent le nom du Diable pour former des jurons : **kure võtag** « que le Diable (l')emporte », **kure-tsepitõz** « rôti du Diable », **kurema** (= **kure jema**) « mère du Diable » (= maudit), **koks kure vīnd sīnda** « ô, si le Diable t'emportait », etc.

Au début du 20e siècle, l'étymologie populaire avait trouvé une expression humoristique pour la bicyclette : **kure-rattad** « voiture du Diable ». En effet, « bicyclette » se dit en letton *velosipēds*, ce qui rappelle *velns* « diable » en letton. Ce nom ne conviendrait-il pas aux motos actuelles qui font un bruit infernal dans nos rues ?

9. La mère Marie

Le monde des esprits et des démons ressemble à la société humaine avec ses relations familiales et ses occupations quotidiennes. Sous la mer, il y a des villes et des châteaux, et leurs troupeaux – les fameuses « vaches bleues » (**siņņist niemõd**) – se montrent quelquefois sur la terre ferme.

Mais où que ce soit, c'est l'élément féminin qui prédomine. Les **jemad** « mères » sont bien plus nombreuses que les **izad** « pères », ce qui explique probablement l'adoption de la Vierge Marie – **Mõŗi~Mõŗa** et son introduction dans l'ensemble des **jemad**. En tant que **Mõŗ-jema** « mère Marie » elle peut devenir **mier-jema** « mère de la mer » en transformant les **mier-neitsõnd** en « filles de la mer, ondines » en **Mõŗi-neitsõd** « filles de Marie », etc.

La « mère Marie » remplace quelquefois aussi la **mõ-jema** « mère de la terre » et le **mõtsa-jema** « mère de la forêt » ; dans ce cas, on peut considérer l'herbe comme ses cheveux qu'il faut respecter. Les **Mõŗi-puošid** « garçons de Marie » se tiennent surtout dans l'aire où ils s'occupent du chauffage et du battage du blé. Il ya aussi un **Mõŗi-iza** « père de Marie » qui sert à faire peur aux enfants...

Mais c'est surtout à l'étuve (**sõna**) que Marie se manifeste. L'étuve – le *sauna* finnois – est un endroit important dans la vie de la Baltique : on ne peut pas le considérer uniquement comme l'ancêtre de notre salle de bain. Il servait aussi comme une sorte d'hôpital familial, où l'on soignait tous les maux et où les femmes allaient accoucher.

Marie s'y présente comme **voŋ-jema** « mère du bonheur » ou **mur-jema** « mère du souci » pour aider les gens malades et les femmes en couches. Le motif de **sõna** revient dans une chanson populaire avec plusieurs variantes qui commencent par : **Kus sa lǟd, Mõŗi-neitst, kuldi lūdõ kǟinalõz** ? « Où vas-tu, jeune fille Marie, un balai doré sous le bras ? »

Pour montrer leur respect, les **sõna-rouž**, les gens qui fréquentent le **sõna**, y laissent, en partant, de l'eau, du savon et un **lebdõb-lūdõz** « faisceau de branches de bouleau » (du verbe **lebbõ**, pr. **lebub** « se baigner ») pour que Marie et ses filles puissent se laver à leur tour. À Noël, pendant la nuit de la Saint-Sylvestre et aussi à l'Epiphanie, on leur offrait du pain, des gâteaux, et d'autres friandises.

Marie est en général très belle et bonne, bien qu'il y ait quelques cas où elle se venge. Mais on n'a pas l'habitude de lui adresser des prières. On prie Dieu, et la prière la plus importante, s'appelle **mūs-tǟs** ou **tǟs-mūs** du letton *Mūsu tēvs* « Notre Père », dans le dialecte de Dondangen **tǟs-mūs – mäd tõtõ touvõz**, « Notre Père au ciel », ou encore **Pōţõr** (< latin *Pater*).

Le 19e siècle nous a laissé une version live de l'Évangile de saint Matthieu où nous trouvons le Notre Père tel que les Lives croyants ont dû le réciter. L'orthographe est archaïque, certaines voyelles longues se présentent accompagnées d'un h comme en allemand, mais le texte reste compréhensible :

> Mäd isa, kis sa uod touwis ! püwschtõd las sāgõ sin nim. Las tulgõ sin wālikschtõks mäd juhrõ, sin tāmi las suguhg mā pählõ nei ihsch kui touwõs.
>
> Mäd jega-päwwist leibõ ahnda mädõn tämpõ. Un lask jara mädõn mäd sühd, nei kui mehg entsch sühlistõn nänt sühd jara laskuhm. Un äla wih meidi kehrtamis sisõl, bet pästa meidi jara siest kurehst.
>
> Sinnõn jo um se wālikschtõks un se joud un se ouw iggõks. Amen.
>
> « Notre Père, qui tu es dans le ciel ! Sanctifié que soit ton nom. Que vienne ton règne chez nous, ta volonté qu'elle se fasse sur la terre comme aussi au ciel.

> Notre pain de tous les jours donne nous aujourd'hui. Et efface pour nous nos dettes, comme nous effaçons les dettes de nos propres débiteurs. Et ne nous amène pas dans les troubles, mais sauve nous de ce Diable.»

Eh oui, encore le Diable ! Que signifie donc son nom ? N'est-il pas le cousin de *kuri* estonien « mauvais, méchant » qui évoque le Mal plus abstrait pour un paysan-pêcheur qu'un personnage habillé de noir qui hante son imagination. Le traducteur a trouvé la bonne formule. Et la prière se termine sur des paroles rassurantes : de toutes façons, Dieu est plus puissant :

> « C'est à toi qu'est ce règne, cette force et cet honneur pour tout le temps. Amen ».

Quant à Marie, elle s'est installée dans le monde païen où elle est restée proche du peuple, plus familière que **svēţõ ou svåtõ Mārija** « sainte Marie » des chrétiens orthodoxes.

V. LEXIQUE

LIVE - FRANÇAIS

Ce lexique n'est pas destiné à récapituler tous les termes lives figurant dans les textes et les exemples cités. Il présente seulement une sélection (arbitraire, bien entendu !) de mots de la conversation courante, utilisables aussi dans un milieu urbain.

Pour le choix des formes qui dans le parler courant connaissent beaucoup de variantes (longueurs incertaines, s pour z ou vice versa, etc.), nous avons suivi le grand dictionnaire de Lauri Kettunen, live-allemand (voir la bibliographie).

Il convient de noter pour les spécialistes que ce dictionnaire contient une terminologie particulièrement riche dans le domaine de l'agriculture et de la pêche, on y trouve les outils de jardinage, les éléments qui composent un bateau, les variétés d'animaux de l'étable et de la basse-cour, etc. Comme les peuples finno-ougriens sont en général sensibles au monde sonore, tous les bruits perçus reçoivent un nom, et les notions comme « bavarder, raconter des bêtises » connaissent tellement de variantes qu'il n'est pas facile de faire son choix. À noter aussi, pour les chercheurs futurs, l'abondance des termes scatologiques et pornographiques qui n'ont pas trouvé place dans cet ouvrage.

Les éléments grammaticaux – postpositions, pronoms, conjonctions etc. – ne sont pas repris dans ce lexique. On les trouvera au chapitre I consacré à la grammaire.

Pour chaque mot, nous avons essayé de trouver la forme la plus proche en estonien ou en letton. On verra que les références peuvent quelquefois aller très loin, jusqu'à la Volga des Mordves.

L'alphabet présenté ici est celui de Kettunen, c'est-à-dire que la voyelle centrale õ que les linguistes définissent comme e postérieur est placée après e et non pas à la fin de l'alphabet comme en estonien : a, ā, b, d, e, ē, õ, ȭ, f, g, i, ī, j , k, l, m, n, o, ō, p, r, s, š, z, ž, t, u, ū, v, ä, ǟ.

Les voyelles « longues » à côté des brèves ne sont pas de vraies longues, mais des constituants de diphtongues qui se composent, comme l'on sait, de deux éléments dont l'un est toujours plus appuyé que l'autre. La voyelle accentuée est ici marquée par le signe des longues.

Le coup de glotte (') est marqué exceptionnellement pour distinguer entre deux homonymes.

Les verbes avec un préfixe letton sont présentés de la façon suivante :

– le trait d'union sépare le préfixe et le verbe live
– le trait d'union est supprimé pour les verbes entièrement lettons.

a

ab aide, secours (est. *abi*, fi. *apu*)

tul minnõn abbõl viens m'aider

abbõnd (pl. de **abbõn** poil de barbe) barbe (est. *habe*)

abbini aijõ raser

abli, pl. **-st** celui qui aide, assistant

aga peut-être ; mais ; ou (est. *aga*)

nei aga nei comme-ci ou comme-ça

aiga, pl **-d**, part.sg. **aigõ** littoral, rive, plage, côte ; région

touvõ aiga horizon (= bord du ciel)

kust aigast sa uod ? de quelle région es-tu ?

aigõ, pr. **āigõb** mesurer

aigstiz tôt

aijõ, pr. **ajab**, passé **ajiz** pousser, chasser, inciter, faire (est. *ajama*)

aijo pālo insister

ailõ courir, aller vite

immõr ailõ vagabonder, errer, rôder (est. *aelema*)

aim, pl. **āimõd** famille, maisonnée (est. *hõim* tribu, peuplade, fi. *heimo*)

aim-rouž tous les gens de la maison qui mangent à la même table

airõ, pl. **āirõb** ramer

aizbroutšõ partir (lt. *aizbraukt*)

aizrõkandõ intercéder (lt.*aizrunāt*)

aizvieddõ emporter, enlever (lt. *aizvest*)

aitjumal merci (= que Dieu aide)

akkõ, pr. **akub** attraper, prendre ; commencer (est. *hakkama*)

ak tānda attrape-le

lūnda akub sadam la neige commence à tomber

aldz toujours (est. *alati*)

alg, pl. algõd salaire (lt. *alga*)

pa̋va alg salaire pour la journée

algnika journalier, manœuvre

aļikšõ s'occuper de la superstition (cf. lt. *alīgs* faux)

alli, pl. -st inférieur (postposition ala sous)

am, pl. ammõd chemise ; manteau (est. S. *hame*)

ama, pl.-d, part.pl äm̦di tous (est. dial. *amma*)

kure ammõ tīedab le diable sait tout

amad lekšta maŗŗõl tout le monde allait cueillir des baies

amat profession, occupation, fonction (lt. *amats*)

īdõks amatõ un kimmõz um nǟlga neuf métiers et le dixième est la faim (proverbe)

andõ, pr. āndab donner (est. *andma*)

andõks andõ pardonner

andõļţõ marchander, faire du commerce (cf. all. *Handel*)

angõrz, pl. angõrd anguille (est.*angerjas*)

ap-istõ s'asseoir (ap + istõ s'asseoir ; être assis)

N.B. kurest apistõd possedé du Diable

aplǟdõ traiter ; traîner par-ci par-là (lt. *apiet*)

apmāram à peu près (lt. *apmēram*)

ap-nagro se moquer de ; ridiculiser (ap + nagrõ rire)

appõn aigre, acide (participe de apandõ tourner, fermenter)

appõn sēm̦da lait caillé

ap-rõkandõ calomnier (ap + rõkandõ parler)

aptēk, pl.-õd pharmacie (est.*apteek*)

aptēkõr, pl.-d pharmacien, pharmacie (est. *apteeker*)

ap-voţšõ visiter (lt. *ap* + *voţšõ* chercher)

ta tuļ mīnda apvotšõm il est venu me rendre visite

arm paix, tranquillité (est. *arm* grâce)

āndagid minnõn armõ laissez-moi tranquille

Jumal armõl lǟdõ aller communier à l'eglise (= à la paix de Dieu)

armist grâce ; miséricorde ; pitié
armstiz volontiers, de tout cœur
  ma äbţōb sīnda armstiz je t'aide volontiers
aŗšt, pl. **āŗštōd** médecin (est. *arst*)
aŗštō, pr. **āŗštōb** soigner ; guérir
  pūgijid aŗštōbōd ka sōnadōks les guérisseurs soignent aussi avec des paroles
aru pensée, opinion, compréhension (est. *aru*)
  aru sōdō comprendre
  aru ou **arrō andō** rendre (= donner) compte
astō, pr. **astab** marcher, aller (est. *astuma*)
  astō mōzō descendre (**mōzō** à terre, par terre)
azmōl à la place de (est. *asemel*)
azum, pl. **azmōd** place ; lit ; trace (est. *ase*)
  tiegid azumt préparez le lit
  azum um viza le lit est dur
  lǟdō pids azmidi suivre les traces
  azumnika remplaçant
aẕa, pl. **-d**, part. sg. **aẕẕō** chose (est. *asi*)
  se um min aẕa c'est mon affaire
atbildō répondre (lt. *atbildēt*)
at-maksō rendre (**at** + **maksō** payer)
atraita, pl. **-d**, part. sg. **atraittō** veuf, veuve (lt. *atraitnis*, *atraitne*)
at-riebō se venger (lt. *atriebt*)
at-tūlda arriver (**at** + **tūlda** venir)
atvēļō permettre (lt. *atvēlēt*)
avīz, pl. **-ōd** journal (lt. *avīze*)
āiga, part.sg. **aigō** temps (est. S. *aig*)
  minnōn äb uo aigō je n'ai pas le temps
  tämpō um knaş āiga aujourd'hui il fait beau (= beau temps)
āiga-rōntōd calendrier (= livre du temps)
āigast, pl. **-ōd** année

āina, part.sg. **ainõ** herbe ; foin ; épice ; médicament (est. S. *hain*, fi. *heinä*)
āiraz, pl. **airõd** rame, aviron (fi. *airo*)

ā

ālstar, part. pl. -i soucoupe, petite assiette (cf. fi. *halstari*)
āltar autel
āmbaz, pl. **ambõd** dent (est. *hammas*)
āndõks don (v. **andõ**)
āndiļ commerce (lt. Dn. *andel*)
ānkaŗ ancre (est. *ankur*)
ārga, part. sg. **argõ** lâche, craintif (est. *arg*)
ārmastõ aimer ; avoir pitié ; épargner (est. *armastama*)
ārmaz, pl. **armõd** cher, aimé (est. *armas*)

b

baļk, pl. **baļkõd** poutre (est. *palk*)
bara, pl. **-d**, part./illat. sg. **barrõ** foule, groupe, bande (lt. *bars*)
bariņ en groupe
bekar, pl. **-d** boulanger (lt. *beķeris*)
benk, pl. **bēnkõd** banc (est. S. *penk*)
bēnda, part. sg. **beņdõ** bourreau (lt. *bende*)
bēnig grenier = **tuba-pēļi** le dessus de la maison (lt. *bēniņš*)
bikšõd pantalon, culotte (est. *püksid*)
bikt confession (lt. *bikts*)
bikt jūr lǟdõ aller se confesser
birgiļ citoyen (cf. all. *Bürger*)
birst brosse (est. *pürst*)

boŗ pl. **-id** ver de terre (cf. est. *pori* boue, terre très humide)

borkõnz, pl. **borkõnd** carotte (lt. *burkāns*, est. S. *porknas*)

bōn, pl. **-õd** rail, chemin de fer, train (lt. *bānis*)

ta tuļ bōnõks il est venu par le train

brāndiļ eau-de-vie, vodka (lt. *brandvīns*)

bril, pl. **brillõd** lunette(s) (lt. *brille*)

brī libre ; permis (est. *prii* libre)

minnõn äb uo brī sīedõ vozzõ je n'ai pas le droit de manger de la viande

tämpõ ma um brī aujourd'hui je suis libre, c'est-à-dire je ne travaille pas

brīnõ s'étonner (lt. *brīnīties*)

brīnõm merveille, miracle, chose étonnante ; merveilleux (lt. *brīnums*)

broutšõ aller, rouler, se déplacer (lt. *braukt*)

bruņanika chevalier (lt. *bruņinieks*)

brūdgana fiancé, jeune marié (lt. *brūtgāns*)

brūkliņ airelle (lt. *brūklene*)

brūni brun, marron (lt. *bruns*, est. *pruun*)

brūokst petit déjeuner (est. dial. *pruukost*, lt. *brokastis*)

pōlaks bruokst jūrõ veuillez venir prendre le petit déjeuner (= je vous prierais au petit déjeuner)

brūţ pl. **-õd** fiancée, jeune mariée (lt. *brūte*, est. *pruut*)

bumbier poire (lt. *bumbiere*)

buolgõz airelle (est. *poolakas*)

buŗa pl. **-d**, part. sg. **buŗŗõ** sorcier ; sorcellerie (lt. *burvis* sorcier)

burmēstar maire (bas-allemand *burmester*)

buŗŗõ, pr. **buŗub** ensorceler (v. **buŗa**)

burt, pl. **burtõd** lettre (signe) (lt. *burts*)

buţšiņtõ embrasser (lt. *bučot*)

buvvõ, pr. **buvub** construire (lt. *būvēt*)

būoḑ, pl. **-õd** boutique, magasin (lt. *bode*, est. *pood*)

buoḑnika boutiquier, commerçant, épicier (lt. *bodnieks*, est. *poodnik*)

būokstõb lettre (signe) (cf. all. *Buchstabe*)

bäs-kouņig insolent (lt. *bezkaunīgs*)

bäz-mēļi sans raison, fou

d

daba, part. sg. **dabbõ** nature ; caractère ; qualité (origine discutable)

ama daba um Jumalõst lūodõt toute la nature a été crée par Dieu

jõva dabaks avec de bonnes qualités

daņtš, pl. **dāņtšõd** danse (lt. *dancis*, est. *tants*)

ma läb daņtš pǟl je vais danser (= je vais sur la danse)

daņtšõ, pr. **dāņtšõb** danser (lt. *dancot*)

dek, pl. **dekkõd** couverture (est. *tekk*)

dõŗštõ faire trembler

dõŗžõ trembler (est. *tärisema*)

diezgan assez (lt. Dn. *diezgan*)

diktõ fort ; bruyant (lt. *dikts*)

õŗõ diktõ hurler très fort

ta um diktõ ruja il est gravement malade

dišlõr menuisier (lt. *dišleris*, est. *tisler*)

dīendõr, pl. **-d** fonctionnaire, serviteur (est. *teener*)

valzd dīendõr fonctionnaire d'État

dīenõst service ; service militaire (lt. *dienests*)

doktar, pl. **-d**, part. pl. -i docteur ; médecin

dōršnika jardinier (lt. *dārznieks*)

droudõ menacer (lt. *draudēt*)

drougõz ami (lt.*draugs*)

drudž fièvre (lt. *drudzis*)

drukkõ, pr. **drukub** imprimer (lt. *drukāt*)
druošiņtõ encourager
druoštõ consoler (est. *troostima*)
druşşõ vaillant, courageux (lt. *drošs*)
drūm horrible, épouvantable (lt. *drūms*)
dump tapage (lt. *dumpis*)
dumpnika insurgé (lt. *dumpinieks*)
dūr poing (lt. *dūre*)

rabbõ dūrõks donner des coups de poing (= avec le poing)

dūrõ durer (bas-all. *düren*)

broutšõmi dūrõb kakš - kuolm stuņdõ le voyage dure deux - trois heures

dūš courage ; humeur (lt. *dūša*)

vindõn dūš mauvaise humeur

e

eḑḑi, pl. **-st**, part. sg. **eḑist**, pl. part. **eḑiži** le devant, vestibule, entrée (est. *esine*)

eḑizõst tulab tuban jeddõ, tuban jedst lǟb tubbõ un õi jeddõ du vestibule on vient dans l'antichambre, de l'antichambre on va dans la salle de séjour et dans la cuisine (= devant le pôele, le four)

eḑḑi pūoļ un taggi pūoļ le côté, la partie devant et le côté derrière

eggiļ hier (est. *eile*)
eitõ, pr. **ētab** jeter ; devenir ; fonder ; construire (est. *heitma*)

jeddõ eitõ reprocher

võrgidi eitõ jeter les filets

Rīga um eitõd saksist Riga a été fondée par les Allemands

emriki pl. **-st** araignée (est. *ämblik*)
engõļmaņ Anglais (all. *Mann* homme)
Engõļ-mō ou **England** Angleterre
engõls ange (est. *ingel*)

> **englid-riek** aurore polaire (= chemin des anges)

ertlõ irriter (est. *ärritama*)
ežmi, pl. **-st** premier (est. *esimene*)

> **ežmist sōbõd perristõks** les premiers seront les derniers

ē

ēḑõ s'habiller (est. *ehtima* orner, rendre joli)

> **vizzõ ēḑõ** se mettre les vêtements
> **mōzõ ēḑõ** se déshabiller (**mōzõ** par terre, ici particule separative)

ēḑmõz, pl. **ēḑmõd** vêtement (est. *ehe* ornement, bijoux)
ēdrõm fleur (cf. fi. *hedelmä* fruit)
ēdriksõ fleurir

> **ēdrikšiji pusk** une fleur (plante) qui fleurit

ēļ, gén. sg. **īel** voix ; son ; ton ; (est. *hääl* voix et *heli* son)
ērbig~ēbrig auberge, grande maison (bas-all. *Herberge*)
ēriņ, pl. **ēriņd**, part. sg. **-ņţõ**, part. pl. **–ņdi~ņi** hareng (lt. Dn. *ērens*, est. *heeringas*)
ēstli, pl. **-st** estonien (est. *eestlane*)
ēziļ âne (lt. *ēzelis*, est. *eesel*)

õ

õbbi, pl. **õbbist**, gén. sg. **õbis~õbbiz** cheval (est. *hobu[ne]*)
õbdõ argent (est. *hõbe*)

> **õbdi**, pl. **-st** en argent, argenté

õigõz droit ; justice (est. *õigus*)

õigi, pl. **-st** juste ; vrai
õva courant (cf. fi. *uhota* couler, traverser)
õvatõks arc-en-ciel

ȭ

ȭdõg soir ; ouest (est. *õhtu*, vote *õhtago*)
ȭdõgist dîner, souper

tulgid ȭdõgiži siemõ venez manger le repas du soir

ȭdõks-pūoļi après-midi
ȭdõn au soir

täm ȭdõn ce soir
mūp ȭdõn demain soir

ȭļdõ briller (origine discutable)
ȭn, pl. **-õd** creux (est. *õõnes*)
ȭrõ~ȭrikšõ frotter (est. *hõõruma*)

f

falš faux (all. *falsch*, lt. Dn. *palš*)
fīendõļ~fīeŗdeļ quart (cf. all. *Viertel*)

pūoļ fīendeļ un huitième
kīela um kuolm f. kūž il est six heures moins le quart (l'heure est trois quarts [sur] six)

first prince (*all. Fürst*)
form forme
foŗštad banlieue (all. *Vorstadt*)

g

gadag genévrier (est. *kadak*)

gadag-saksa snob, quelqu'un qui veut paraître, ressembler au seigneur allemand

kis mõtlõb ēņtšta pa saksaks qui se prend (= **mõtlõb** pense) pour un allemand

gaḑḑõ, pr. **gaḑub** avoir l'occasion (lt. *gadīties*)

minnõn äb uo gaḑḑõn sīnõ lādõ je n'ai pas eu l'occasion d'aller là-bas

gais air (lt. *gaiss*)

gais-kuoig avion (= bateau aérien)

gara, part. sg. **garrõ** esprit (lt. *gars*)

geļdõ, pr. **gēļdõb** valoir (lt. *geldēt*)

gift poison (all. *Gift*)

glõibõ sauver (lt. *glābt*)

glõz verre (lt. *glāze*)

glūžõ totalement (lt. *gluži*)

gläbbõ, pr. **gläbub** cacher (lt. *glabāt*)

gõdõ s'occuper de, soigner (lt. *gābdāt*)

vanbizd godõbõd iļ lapst les parents prennent soin de (leurs) enfants

gruma hostilité (lt. *gruma*)

gruņt, pl. **grūntõd** fond, base ; terrain (lt. *grunte*, est. *krunt*)

grämžõ griffer, gratter (lt. *gramžāt*)

guodõ honneur (lt. *gods*)

guoḑig honnête, bien élevé (lt. *godīgs*)

gurbaļi, pl. **-st** triste; étourdi, hébété (est. *kurb*)

guŗkõz concombre (est. *kurk*)

gūoŗštõ peler (est. *koorima*)

ibuks, pl. **ibukst** cheveu (est. *juus*, vepse *hibuz*)
ida, part. sg. **iddõ** nord-est (cf. est. *ida* est)
iddõ, pr. **idub** germer (est. *idanema*)
idgõz, pl. **idõgõd** germe
iedõ (**i'edõ**) couper (origine discutable)
ie-kītõ convaincre (**ie** + **kītõ** dire)
ie-lȁdõ entrer (**ie** + **lȁdõ** aller)
ie-vanastõ ou **ie-villõ** s'habituer (**ie** + **vana** vieux)
īe, pl. **-d**, part. sg. **-dõ**, part. pl. **ēdi~īedi** nuit (est. *öö*, fi. *yö*)

pūol-īe minuit
iļ īe īedõ passer la nuit
täm īezõ cette nuit
īe tīe travail de nuit

īedõ rester ; devenir (est. *jääma*)

īe tēriņtš reste en bonne santé (formule d'adieu)
īe Jumalõks adieu
īedõ (ou **sōdõ**) **rujaks** tomber malade

īekõ sauter (fi. *hyökätä* se précipiter)
īel, pl. **ielõd** rue dans une ville (lt. *iela*)
iga, part. sg. **iggõ** âge, existence (est. *iga*)

kūolõ vannõz iggõz mourir à un âge avancé (= vieil âge)

igab, part. sg. **igabtõ** ennui (est. *igav*)

āiga lȁb igabõks le temps devient ennuyeux ; on s'embête

ikšiggiņ seul (est. *üksi*)
ikštõz quand même, malgré tout
ildi, pl. **-st** haut placé (v. prép. **iļ**)
ildimi ou **iļļimi** supérieur (comparatif de **ildi**)
ildiņ tout de suite
iļ-tara~iļ-tarali voisin (= de l'autre côté de la clôture)

immer-kout environs (cf. est. *ümberkaudu*)
imu désir (est. *himu*)
ind zèle ; énergie (est. *ind*)
ind prix (est. *hind*)
irdõks habitude
irdi habituel, familier
    irdist rouž des gens connus
irgõ, pr. **īrgõb** commencer (est. S. *ürgämä*)
irm peur (est. *hirm*)
irmõz, pl. **irmõd** terrible
    irmõz sūr terriblement grand
irmtõ faire peur
istami seance (v. **istõ**)
istõ, pr. **istab** s'asseoir ; être assis (est. *istuma*)
    vizaz istõ être en prison (= enfermé être assis)
    istlõda, pl. **-d** banc (= planche pour s'asseoir, dans le bateau)
    istmõz~ištim siège
iza, pl. **-d**, part. sg. **izzõ**, part. pl. **ižḑi** père (est. *isa*, fi. *isä*)
    iza-iza ou **vana-iza** grand père
    iza-mõ patrie
izand seigneur ; monsieur (est. *isand*)
izduoḑõ réussir (lt. *izdoties*)
    tīe izduodʲiz le travail est réussi
izi, pl. **-st** paternel ; mâle
iz-lieudõ découvrir (**iz** + **lieudõ** trouver)
iz-piddõ tenir, supporter (**iz** + **piddõ** tenir)
izplītõ gaspiller (lt. *izplītēt*)
iz-umblõ broder (**iz** + **umblõ** coudre)
iz-vaņtlõ paraître, avoir l'aspect (**iz** + **vaņtlõ** regarder, cf. all. *aussehen*)

Ī

īd seulement (< **ikš** un)
īd-līdzig semblable, identique (**īd** + lt. *līdzigs*)
īlgaz, pl. **ilgõd** phoque (est. *hülge-*)
iņõ~īņõz~īņõkst ensemble (< **ikš** un)
    lǟmõ īņõ allons (y) ensemble
īr, pl. **-õd**, part. sg. **-õd**, part. pl. **-idi** souris (est. *hiir*)
īr loyer (est. *üür*)
    jellõ īr pǟle habiter (dans un appartement loué)
    maksõ tõurõst īrõ payer un loyer cher
īrõ donner, prendre en location (lt. *īrēt*)
īrgandõks début, commencement (v. **irgõ**)
īškiz séparément (v. **īž**)
īž même (est. *ise*, est. S. *isi*)
    tän īž, täs īž, sīd īž ici même
    ma īž moi-même
ītõ unir, rassembler
    īt union, association
ītstīd tout le temps, constamment

J

jag, pl. **jagud** partie, ration (est. *jagu*)
    se um min jag c'est ma part
jaggõ, pr. **jagub** partager (est. *jagama*)
jaggimi, pl. **-st**, partage
    jagunika participant
jak, pl. **jakud** veste, cardigan (est. *jakk*)
jakt chasse (est. *jaht*)
jaktõ, pr. **jaktub** chasser
jalgõl en mouvement (v. **jālga**)

jaļgi, pl. **-st** rapide ; pourvu de pattes
salai voļ jaļgi le voleur était rapide
nēļa jaļgi à quatre pattes, pieds
jamdõ gros ; épais (est. *jäme*)
jamdõst~jamdõstiz grossièrement
j. rõkandõ dire des grossièretés
jamstõ mordre (cf. est. *hammustama*)
jatk prolongement (est. *jatk*)
jālga, part. sg. **jalgõ** pied, jambe (est. *jalg*)
nai um lǟlamd jālgad pǟl la femme est enceinte (= se dresse sur les pieds lourds)
vīļa ajab jālga pǟle le blé monte (= se dresse sur pied)
jālgan alli semelle (= sous le pied)
jālgal debout ; prêt
jālganika piéton
jālgiņ à pied
jedal sud (est. *edel* sud-ouest)
jei, part. sg. **jeijõ** glace (est *jää*)
jeiji glacial
jeksõ, pr. **jeksõb** se tromper (est. *eksima*)
jel au moins (lt. *jel*)
kīt jel īd sõna dis au moins un mot
jel, pl. **jelud** maison, édifice ; vie (est. *elu vie*)
pū jel maison en bois
jelai animal (est. *elajas*)
jelami vie ; avoir, biens, richesses
jellõ, pr. **jelab** vivre ; travailler (est. *elama* vivre)
jema, part. sg. **jemmõ** mère ; vieille femme
jemand dame ; madame (est. *emand*)
jemmi, pl. **-st** féminin

jeng, pl. **jēngõd** souffle ; esprit, âme ; défunt (est. S. *eng*)

jēngud īrgõbõd mikļ-pävan un loptõbõd maŗt-pǟvaks le temps des esprits (des morts) commence à la Saint-Michel et se termine à la Saint-Martin

jengõ respirer ; soupirer

jengõd~jengit souvent (cf. *jennõ*)

jennõ (= **pǟgin**) beaucoup

jērnaz pl. **jernõd** petit pois (est. *hernes*)

jõudzõ fort, puissant

jõugõ, part. sg. **jȭgţa** sable (fi. *hiukka*)

rek lǟb pids jõugidi le chemin va par les dunes

jõva, part. sg. **jõvvõ** bon ; juste ; droit (est. S. *hüä*)

võtagid jõvaks s'il vous plaît

jõvas kilksõ du côté droit

jõva mielkõks volontiers

jõva sidamõks de bon cœur

jõvagit ? est-ce possibile ?

jõvam le bien ; avantage ; utilité ; possession

tiedõ jõvamtõ faire du bien

se um min jõvam c'est ma propriété, cela m'appartient

jõvist bien

minnõn lǟb jõvist je vais bien

jobbõ plus tard (< **jo obbõ**)

jou farine (est. *jahu*)

joud, part. sg. **-õ** force (est. *jõud*)

joudõ, pr. **jōdab** pouvoir ; avoir la force ; réussir (est. *jõudma*)

ma äb jōda tūlda tiedõ je n'arrive pas à (je n'ai pas la possibilité de) faire du feu

joug, pl. **jogud** fleuve, rivière (est. *jõgi*)

joutõm pauvre (< **joud**)

jōra, part./illat. sg. **jarrõ** lac (est. *järv*)

julgi, pl. **-st** sûr (cf. est. *julge* courageux)

Jumal Dieu

jumal-arm~jumalōda communion

juobõn ivre (participe de **jūobõ** s'enivrer)

ju'odõ diriger (est. *juhtima*)

juost ceinture (lt. *josta*)

jūodõ, pr. **juob** boire (est. *jooma*)

jūokõ amuser, s'amuser, se moquer de (lt. *joko*)

rāndalist jūokõbõd mōmē̦di les gens du littoral (Lives) se moquent des gens de la terre (Lettons)

jūomn-āiga boisson (< temps de boire)

jūŗ, pl. **jūrd**, part. sg. **jūrtõ**, illat. sg. **jūrõ** racine (est. *juur*)

jämp~jämpli bête, stupide, timbré (est. *jämp*)

k

ka aussi (est. *ka*)

kabal morceau, part, partie, passage (du texte) (fi. *kappale*)

kakš kabalt deux exemplaires

īdõ k. sadab vīmõ tout le temps (sans arrêt) il pleut

kabat poche (lt. *kabata*)

kabat-ōrõn mouchoir (cf. all. *Taschentuch*)

kabat-veis canif

kad, pl. **kadud** jaloux, envieux (est. *kade*)

ne ātõ kadud iļ sie ku min lā̆b jõvist ils sont jaloux à cause de ma chance (sur ce que à moi va bien)

kaddõ, pr. **kadub** disparaître (est. *kaduma*)

jara kaddõn perdu, disparu

kaggõl cou (est. S. *kagel*)

kaggõl-ōrõn cache-nez, foulard

kaggõrz avoine (est. S. *kager*)

kai, part. sg. **kaijõ** dommage ; malheur ; accident (est. dial. *kahi*)

tul-kai incendie

kuoig-kai naufrage

kaibõ accuser, se plaindre (est. S. *kaibõmõ*)

kaijõ, pr. **kajib** nuire, faire des dégâts

siest äb kai cela ne fait rien

kaimiņ, pl. **-õd** voisin (lt. *kaimiņs*)

kaitsõ, pr. **kāitsõb** garder ; défendre (est. *kaitsma*)

kajagõz mouette (est. *kajakas*)

kak pl. **kakud** gâteau (est. S. *kakk*)

kala, part. sg. **kallõ** poisson (est. *kala*)

kala-mīez pêcheur (= homme du poisson)

kaļai forgeron (lt. *kalējs*)

kalp, pl. **kālpõd** valet, domestique (lt. *kalps*)

kana, part. sg. **kannõ** poule (est. fi. *kana*)

kandõ, pr. **kāndab** porter ; supporter (est. *kandma*)

kana kāndab muņḑi la poule pond (= porte) des œufs

kanktõ raide (est. *kange*)

kaņt bord ; direction ; région (est. *kant*)

kus kaņtõ sa lǟd ? dans quelle direction vas-tu ?

lova kaņt bord du lit

kard, pl. **kārdõd** arôme ; parfum ; puanteur (cf. carélien *koaŗita* sentir)

kardzi timide (v. **kartõ**)

kargõ, pr. **kārgõb** sauter ; se lever (est. *kargama*)

pǟva kārgõb le jour se lève

(**pū-**) **kargiji** écureuil

kaŗit, carrosse (lt. *karīte*)

kaŗp, pl. **kāŗpid** petite boîte (est. *karp*)

kartõ, pr. **kārtab** craindre (est. *kartma*)

ma kārtab sīnda~sinstõ j'ai peur de toi (= je crains toi (part.)~de toi (élat.))

kastõ arroser (est. *kastma*)

kaș, pl. **kașșid** chat (est. *kass*)

kazam stature ; figure ; génération (< **kazzõ**)

> **tämmõn um knaș kazam** il a bien poussé, c'est une belle figure
>
> **mäd kazam** notre génération

kazatõ élever (est. *kasvatama*)

kaziņ pl. **-õd** pur, propre ; chaste (est. *kasin*)

kazzõ, pr. **kazab**, passé **kaziz** pousser, croître (est. *kasvama*)

katkõ, pr. **katkub** cueillir, ramasser, arracher (est. *katkuma*)

kațki déchiré, blessé, cassé (est. fi. *katki*)

katoļ~skatõļ catholique (lt. Dn. *kartuol*)

> **katoļi äb uo rāndas suggõ** des catholiques sur le littoral il n'y en a pas du tout

katstõ envier (< **kad**)

kattõ couvrir (est. *katma*)

katuks toit (est. *katus*)

kāika, part. sg. **kaikkõ** bâton (est. *kaigas*, pl. *kaikad*)

kālma, part./ illat. **kalmõ** tombe (est. *kalm*)

> **kālma-tara** cimetière

kāngas, gén. **kangõ** toile ; tissu (est. fi. *kangas*)

kārnaz, pl. **karnõd** corbeau (est. *kaaren*)

kebam~kevam facile (fi. *kevyt*, *kepeä*)

keg, pl. **kegud** coucou (est. *kägu*)

keiž, gén. sg. **käd**, part. sg. **kätta** main (est. *käsi*)

> **käddõ** (illat.) **sōdõ** atteindre, attraper
>
> **jõval käddõl** à droite, **kurrõl käddõl** à gauche
>
> **käd-vaŗž** bras

keja estomac, ventre ; corps (est. *keha* corps)

kem peigne (est. *kamm*)

kemrik les toilettes (est. S. *kemmerg*, lt. Dn. *ķemmerķen*)

kengõ, pr. **kēngõb** se chausser (< **kengmõz**)

kengmõz, pl. **kengmõd** chaussures (est. S. *kengä*)
kenk-sepa cordonnier (est. *kingsepp*)
keppõ coller (lt. *ķepēt*)
keŗžõ être plein de bruit (est. *kärisema* terme descriptif pour rompre, déchirer, etc.)
kēḑ, pl. **kēḑõd** chaîne (cf. est. *kett*)
kēk~kuknõ cuisine (<russe *kuxnja*, est. *köök*)
  kēksõ kīetõb sīemnaigõ dans la cuisine on prépare le repas
kēļ, gén. **kīel**, part. sg. **kīeldõ**, pl. **kīeld** langue (est. *keel*)
  sindi-kēļ langue maternelle (= de naissance)
kēņig, pl **-õd** roi (lt. *ķēniņš*)
kēra, part. sg. **kerrõ** dessin ; lettre (= **burt**) lettre poste ; écriture (est. *kiri*)
kērabi multicolore
kēratõ écrire (est. *kirjutama*)
  kēratõks écriture
  kēratiji celui qui écrit, écrivain, secrétaire
kõla détour (cf. fi. *kela* rouleau, prussien *kelan* roue)
kõlbõ, pr. **kõlbub** convenir, être valable (est. *kõlbama*)
  äb kõlb kuskiž ne vaut rien du tout (= nulle part)
kõps lièvre
kõrd une fois, un jour
  kakš kõrd deux fois
  tūoista kõrd une autre fois
kõrdõl en ordre
  kõrdõl sõdõ réussir, venir à bout
kõza, part. **kõzzõ** colère (cf. est. dial. *kõsa* dispute)
kõzzi, pl. **-st**, part. pl. **kõziži** furieux, en colère ; méchant (< **kõza**)
kõurõ tordu, courbé (est. *kõver*)
kõuv~kȭvaz bouleau (est. S. *kõiv*)
kȭnka, part. sg. **kõnkõ** colline (est. *küngas*)

kȭrda, part. **kõrdõ** rang ; couche (est. S. *kõrd*)

kōt kõrdiņ double, doublement

ni um sin kõrda maintenant c'est ton tour

kȭŗka, part. **kõŗkõ** vaniteux (est. *kõrk* hautain)

kieuž, pl. **kīedõd**, part. sg. **kīeta** corde (fi. *köysi*)

kievad printemps (est. *kevad*)

kik, pl. **kiķid~kikud** coq (est. S. *kikas*)

kik kīrgastõb le coq chante (**kikõri-gī** cocorico)

kila, part./illat. **killõ** village (est. *küla*)

kila-lēba le cadeau que le visiteur apporte (pain, gâteau) ou que l'on donne au visiteur à son départ

kilali pl. **-st** visiteur (< **kila**)

kila-mīez étranger (village, visite + homme)

kilg, part. **kīlgtõ** côté (est. *külg*) (v. postposition)

kīļta sur le côté ; du côté

kiļgi latéral

killõ, pr. **kīlab** semer (est. *külvama*)

ki'llõ, pr. **kilub** sonner (est. *kõlama*)

kilmõ, pr. **kīlmab** geler (est. *külmama*)

kimp désagrément, situation pénible (cf. fi. *kimppu* paquet, botte)

ta um kimpsõ il est embarrassé

kindõ, pr. **kīndab** labourer (est. *kündma*)

kirş̌-mȭŗa cerise (all. *Kirsche* + *mȭŗa* baie)

kist, pl. **kistid** caisse (lt. *kists*)

kistõ, pr. **kistub** s'éteindre (est. *kustuma*)

kizzõ, pr. **kizub** demander, poser des questions (est. *küsima*)

kizzimi, pl. **-st** question

kitsaz, gén. **kitsa** étroit (est. *kitsas*)

kiuv~kiu, pl. **kivid** pierre (est. *kivi*)

kīebõ très chaud, bouillant, brûlant, torride (cf. est. *keev* bouillant)

kīedõ, pr. **kīeb**, passé **kei** (est. *keema*) bouillir

kīela, part. sg. **kiellõ** horloge, montre ; cloche (est. *kell*)

kīela kilub la cloche sonne

kīela rabub la pendule marque l'heure

kīela pīlõb la pendule s'est arrêtée

kīeldõ interdire, défendre ; nier (est. *keelama*)

kīerda~kierdõ, part. sg. **kierdõ** actif, énergique, travailleur (est. *kerge* léger, agile)

kīerõ tourner, se tourner ; traduire (fi. *kiertää*)

kēröd kīerõbõd les roues tournent

minnõn kīerõb sidamtõ j'ai mal au cœur

kīerõ immõr prantsuz-kīel pǟle traduire en français

kīetõ faire bouillir (est. *keetma*)

kīl~kildõks pl. **-d** gage (est. *kihlus* fiançailles)

kīlma, part. **kilmõ** froid (est. *külm*)

kīndaz, pl. **kindõd** gant (est. *kinnas*)

kīndõks seuil (est. *künnis*, vepse *kündüz*)

kīņḑõl, pl. **-d** larme (fi. *kyynel*)

kīņḑõl, pl. **-d** cierge, bougie (est. *küünal*)

kīnḑõl-päva, Kīņdļõpäva Chandeleur

kīntš, pl. **kīndõd** griffe, ongle (est. *küüs*)

kīraz, pl. **kirrõd** hache (est. *kirves*)

kīskõ, pr. **kīskõb** tirer, arracher ; déchirer (est. *kiskuma*)

kītõ, pr. **kītõb** dire ; louer (est. *kiitma* louer)

vastõ kītõ répondre

jara kītõ renoncer, annuler

nei kītõbõs c'est-à-dire

kītõb-sõna proverbe

kīttõ, pr. **kitab** chauffer, brûler (est. *kütma*)

kīv desacord, querelle (fi. *kiivas*, violent, passionné)

kīvõ se quereller

klannõ, pr. **klanub** s'incliner, saluer (lt. Dn. *klāņtõs*, russe *klonit*)

kleit robe de femme (lt. *kleite*, est. *kleit*)

kliba, part. **klibbõ** boiteux (lt. *klibs*)
klūkkõz cygne (? forme descriptive)
knaș beau, joli (? lt. *knasts* bon, agréable)
knașșõm beauté
knep bouton (lt. *knepe*)
knīplouk ail (lt. *kniploks*)
knob bec (lt. *knāba*)
knouššõl, pl. **-d** moustique (lt. *knauslis*)
kok, pl. **kokkõd** cuisinier (est. *kokk*)
kok, pl. **kokid** gâteau, crêpe (est. *kook*)
kougõn loin (est. S. *kaugen*)
kougi, pl. **-st** lointain (cf. *kaukainen*)
kouš, pl. **kõššid** plat creux, écuelle, soupière (est.lt. *kauss*)
kouv, pl. **kõvud**, part. sg. **kouvõ** puits, fontaine (est. *kaev*)
koval intelligent ; rusé (est. *kaval* rusé)
kovalõz intelligence ; ruse ; sorcellerie
kõgiņ~kõgiž longtemps (est. *kaua*)
kõi, pl. **kõid**, part. sg. **kõjõ** cuiller (origine discutable)
kõļ ruban, ceinture (tissée)
kõla, part. sg. **kallõ** île (cf. fi. *Kalla-* dans les noms de lieux)
kõna, part. sg. **kannõ** chope, pot (est. *kann*)
kõp marchandise ; commerce (est. *kaup*)
  kõplõ marchander
  kõp-mīez commerçant, marchand
kõpšõ gratter (cf. est. *kraapima*)
kõra, part. sg. **karrõ** poil (est. *karv*)
kõŗa, part. sg. **kaŗŗõ** troupeau (est. *kari*)
kõrand ferme, établissement ; cour (fi. *kartano*)
  kõrand sidam cour de la ferme (= cœur)
kõŗapaint berger
kõrdiņtõ tenter, égarer (lt. *kārdināt*)

kōŗõ, pr. **kārub** avoir envie (lt. *kārot*)

lapst kōŗõbõd kumpõktidi les enfants ont envie de bonbons

kōrtõz plan, carte (lt. *kārte*)

kōskõ pelisse (est. *kasukas*)

kōzgōnd noce (fi. *kansa-kozgini piddõ, juodõ* fêter, « boire » la noce)

kōtõ perdre (est. *kaotama*)

kōtskiņ à deux (est. *kahekesi*)

kreļļõd collier (perles) (lt. *krelles*)

krēlaz perle (v. **kreļļõd**)

krievõ(z) russe (lt. *krievs*)

Krievõmō Russie

kripški allumette (v. **krīpšõ**)

krīpšõ gratter (? **krīpš** trait, est. *kriips*)

kroukšõ ronfler

krōig col (*krāgis*)

krōjõ économiser (lt. *krāt*)

krūog~krūogõz taverne (lt. *krogs*)

krūz pot (est. *kruus*)

kub, pl. **kubud** tas ; communauté ; réunion (est. *kubu* paquet, liasse)

kubbõ-lēmi réunion, rassemblement

kuddõ, pr **kudub** tisser (est. *kuduma*)

kuijõ, pr. **kūjõb** sécher (est. *kuivama*)

kuijõn rišting (un) homme maigre

kukki, pl. **-st** insecte (origine discutable)

kuod chez soi, foyer (est. *kodu*)

sindi kuod lieu de naissance

kuoda, part./illat. **kuoddõ** maison, édifice (est. *koda*)

piva-kuoda temple (= maison sacrée)

kuodai lǟdõ aller à la maison, rentrer

kuoi, part. sg. **kuoijõ** mite (est. fi. *koi*)

kuoig, pl. **kuoigid** bateau, navire (lt. *kugis*)

kuonnõ à la maison (< **koda**)
kuordõ haut ; distingué (est. *kõrge*)
kuordit hauteur
kuoŗŗõ, pr. **kūoŗõb** cueillir, ramasser, tirer (est. *korjama*)
kuoţ, pl. **kuoţid** sac (est. *kott*)
  strõdõ jõvas kūožõs travailler à une bonne place
kura, part. sg. **kurrõ** gauche (est. fi. *kura*)
  kura keiž main gauche
  kurrõl käddõl à gauche
kurali Courlandais, anciennement aussi Live
Kuramõ Courlande
kure, part. sg. **kurrõ** diable (? **kura**)
kurg, pl. **kūrgõd** cigogne, grue (est. *kurg*)
kurk, pl. **kūrkõd** gorge (est. *kurk*)
kurli sourd (cf. fi. *kuuro*, lt. *kurls*)
kurv panier (lt. *kurvis*, est. *korv*)
kutsõ, pr. **kutsub** appeler ; inviter ; nommer (est. *kutsuma*)
  sīemõ kutsõ appeler à table
  tȭnda kutsub pa muļkizõks on l'appelle idiot
kuţškõ chiot (est. *kutsikas*)
kū, part. sg. **kūdõ**, part. pl. **-ḑi** lune ; mois (est. fi. *kuu*)
kūja, part. sg. **kuijõ** sec, sécheresse (est. *kuiv*)
kūjastõ sécher (est. *kuivatama*)
kūlda, part. **kuldõ** or (est. *kuld*)
kūldatõ dorer
kūldõ, pr. **kūldõb** écouter ; obéir (est. *kuulama*, fi. *kuulla*)
kūldzi obéissant
kūlõ entendre ; obéir (est. *kuulma*)
  lõja is kūl emiņ sapsõ le bateau n'entendait plus la roue du gouvernail (le moteur s'est arrêté)
  kūliji travailleur forcé, corvéable
  kūlõmi corvée
kūmi brûlant (est. *kuum*)

kūodõ tribunal (est. *kohus*)
kūolõ mourir (est. S. *koolma*)

> **kūolõmis pǟl ruja** malade à mourir
> **nälgõ kūolõ** mourir de faim
> **jara kūolõn** mort

kūolimi la mort
kūona, part. sg. **kuonnõ** grenouille (est. *konn*)
kūora, part. sg. **kuorrõ** oreille (est. S. *kõru*)
kūorõkšt~korikšõl l'un à côté de l'autre
kūoŗššõn cheminée (lt. *skurstenis*)
kūoŗtiļ appartement (lt. *kortelis*, est. *korter*)
kūož, part. sg. **kūožõ,** part. pl. **kūožidi** endroit, place, travail (< ? **kuoda**)
kūzõz, pl. **kūzõd** sapin (fi. *kuusi*)
käduks, pl. **-t** manche (est. *käis*) (< **keiž**)
käp, pl. **käpid~käpud** armoire (est. *kapp*)
käpa, part. sg. **käppõ** patte (est. *käpp*)
kärmi, gén. sg. **kärmiz,** part. sg. et pl. **kärmist** mouche (est. dial. *kärmes*)
kärrõd pl. brouette (est. *käru*)
kǟdõ, pr. **kǟb,** passé **kei** aller, circuler, marcher (est. *käimâ*)

> **läpš kǟb skuolssõ** l'enfant fréquente l'école
> **kīela kǟb** la pendule marche
> **ma kei Parīzõz** j'ai été à Paris
> **lebbõ kēji tūļ** courant d'air (= vent passsant à travers)

kǟm~kǟmõz fantôme (? fi. *kähmia* tâter au hasard)
kǟnga, part. sg. **kängõ,** part. pl. **kengi** chaussure, soulier (est. *king*)

l

la~lab bon (= **jõva**) (lt. *labs*)

labak~labakõm meilleur (lt. *labāk*) (= **param**)

ma labak äb kīt je préfère ne pas le dire

lada, part. sg. **laddõ** cime, sommet (est. S. *ladu*)

lagdõ, part. sg. **lagdõ**, part. pl. **lagdidi** vide, sans végétation, désert (est. *lage*)

laggõ, pr. **lagub** séparer ; se séparer ; se défaire (est. *lagunema* se défaire)

ta lagub eņtš naizõst il se sépare de sa femme

jara laggõnõd õrõnd les vêtements défaits

laggõn pǟ la coiffure en désordre (= tête défaite)

laggõz poutre ; plafond (est *lagi*)

laidõr étable (lt. *laidars*)

laiga, part. sg. **lāigõ** large (est. *lai*)

lain~lainõz, pl. **lāinõd~lāņtõd**, part. sg. **laintõ~lāņta** onde, vague (est. *laine*)

laipnig aimable ; sympathique (lt. *laipņīgs*)

laja, part. sg. **laijõ**, part. pl. **laidi** maigre ; minable ; peu salé (est. *lahja* maigre)

laktõ couvrir ; étaler ; arroser (cf. est. *laotama* étaler)

loudõ lagtõ dresser la table

lammõ, pr. **lamub** jurer, gronder (cf. fi. *lamata* abaisser)

mis sa minda lamud ? pourquoi m'engueules-tu ?

lam-sõna juron

laskõ, pr. **laskub** laisser ; tirer ; diriger ; tourner (est. *laskma*)

vāldin laskõ détacher, laisser partir

mõzõ laskõ fusiller

tīrõks laskõ diriger avec le gouvernail

laş, pl. **laşşid** saumon (lt. *lasis*)

lāiska, part. **laiskõ** paresseux (est. *laisk*)

lāiskõz~lāiskandõks paresse

lāmbaz, pl. **lambõd** mouton (est. *lammas*)
lānga, part. **langõ** fil (fi. *lanka*)
leiš, pl. **lēššõd** lituanien (lt. *leitis*)
Leiš-mō Lituanie
leižgõl à proximité (est. *lähedal*)
leja, part. sg. **leijõ** chair (est. *liha*)
lejali charnel
lem, pl. **lemmõd** chaud (est. S. *lämmi*)
tūo lemḑi vietta apporte de l'eau chaude
lemdõm chaleur
lemp imbécile (lt. *lemperis*)
leţ~leţļi letton (est. *läti*)
Leţ-mō Lettonie
lēba, part. **leiba** « pain » (est. *leib*)
lēba-kuķiļ miche de pain
leba-ouk bouche d'enfant (= trou du pain)
lēḑ, pl. **lēḑõd** boule ; balle ; plomb (est. *lood*)
lēd-ētaji mitraillette
lēḑ, pl. **liedõd** feuille (est. *leht*)
papier lēḑ feuille de papier
lēgõr camp (lt. *lēgeris*)
lēņts, gén. **lǟnd** sud-ouest (est. *lääs* ouest)
lõnag sud-est (est. *lõuna* midi)
lȭnagist pl., part. **lȭnagiži** déjeuner, repas de midi
liba-laba~liblaba papillon (est. *liblikas*)
liešta, part. sg. **liesta**, part. pl. **lešti** plie (est. *lest*, lt. *leste*) (le poisson le plus populaire chez les Lives)
lieudõ, pr. **līedab**, passé **līediz** trouver (est. *leidma*)
likkõ, pr. **likub** pousser, se pousser (est. *lükkama*)
lina, part. sg. **linnõ** lin (est. *lina*)
lind, pl. **līndõd** oiseau ; animal sauvage (est. *lind*)
lindõ, pr. **līndab** voler (est. *lendama*)
lind-pala morceau à manger, quand on se lève tôt avant le petit déjeuner

līndōd riek voie lactée (est. *linnutee*)

lipiņţō coller (lt. *lipināt*)

lipsō traire (est. *lüpsma*)

lirka-lorka n'importe comment, en désordre

liškō, pr. **liškub** flatter (lt. *lisķēt*)

livō(z)~libō(z)~līvli live, terme connu probablement par l'allemand et l'estonien ; pour eux-memes, les Lives sont **kuralist** courlandais, **rāndalist** gens de la côte, **kalamīed** pêcheurs

lībi, pl. **-st** live (lt. *lībis*, *lībietis*)

līdō, pr. **līb** devenir ; devoir (fi. potenciel *lie-*) (v.I B 8)

līdzō à peine, à peu près (lt. *līdz*)

līdzig semblable (lt. *līdzīgs*)

līm, part. **līmō** colle (est. *liim*)

līt~līti, pl. **lītōd** court (? fi. *lyhyt*)

lopandōks fin, terme, extrémité (v. **loppō**)

loppō, pr. **lopub** finir (est. *lõppema*)

loppōn usé

loptō, pr. **loptab** terminer (est. *lõpetama*)

loul, pl. **lōlōd** chant ; psaume (est. *laul*)

loulō, pr. **lōlab** chanter (est. *laulma*)

louvōz lion (est. *lõu-koer*)

lova, part. sg. **lovvō** lit (est. *lava* plateau, planche)

tiedō lovvō préparer le lit

lova-dek couverture

lōḑ, pl. **lōḑōd** caisse (lt. *lade*)

lōda, part. sg. **loudō** table ; planche (est. *laud*)

lǟdō lōda jūrō aller à table

lōda-ōrōn nappe

lōḑō~lōţō charger (est. *laadima*)

lōḑig chargement (est. *laadung*)

lōigi déchiré, cassé (est. *lõhki*)

lōja, part. sg. **laijō** bateau, navire (est. *laev* > lt. *laiva*)

lōlaji chanteur (v. **loulō**)

lõlatõ marier à l'église (est. *laulatalma*)
lõlatõks mariage
lõpõ piller (lt. *laupīt*)
lõpiji~lõpnika brigand
lõt service religieux (est. *laat* foire, bas-allemand *avlât*)
lǡdõ lõtõl aller à la messe
tūlda lõtõld venir de la messe
päp pidab lõtõ le pasteur fait le service religieux
lõt-kub paroisse
lug, pl. **lugud** nombre (est. *lugu* histoire)
luggõ, pr. **lugub** compter ; lire (est. *lugema*)
lum, part. sg. **lūnda** neige (est. *lumi*)
lummi tõla un hiver avec beaucoup de neige
luşt plaisir ; intention ; envie (lt. *luste*, all. *Lust*)
luştõ, pr. **luştub** être gai ; avoir envie
minnõn äb luşt strōdõ je n'ai pas envie de travailler
luštig, luştigõl joyeux
lutar luthérien
lū, part. sg. **lūdõ**, part. pl. **lūḑi**, élat. pl. **lušti** os (est. fi. *luu*)
kilg-lū côte
lõga-lū machoire (os du menton)
lū-poddõmi rhumatisme
lūd balai (est. *luud*)
lūod nord-ouest (fi. *luode*)
lūodõ, pr. **lūob** créer (est. *looma*)
lūomõz être créé, animal
kuod-lūomõd animaux domestiques
lūottõ, pr. **lūotõb** espérer (est. *lootma*)
lūottõks espoir
läb, pl. **läbud** fenêtre (est. S. *läbi* ouverture)
läbḑi pelle (est. *labidas*)
vaņtlõ läbstõ ulžõ regarder par la fenêtre dehors

läblõ, pr. **läbud** avoir le temps, prendre le temps (est. *läbema* patienter)

ma iz läb sīedõ je n'avais pas le temps de manger

läpš, pl. **lapst**, part. sg. **lapsta**, part. pl. **läpši** enfant (est. *laps*)

läpš-läpš enfant de l'enfant, petit-fils

se kõrand īeb min lapst lapstõn cette ferme restera à mes petits-enfants

lǟdõ, pr. **lǟb**, passé **lekš** aller ; devenir ; devoir (est. *lähe-*, fi. *Lähteä*)

ne lekšta kuodai ils rentraient à la maison

kui sinnõn lǟb ? comment vas-tu ? (comment à toi va)

pǟvad lǟbõd lītõks les journees deviennent courtes

ni lǟb sīedõ maintenant il faut manger

lǟndz passé : **lǟndz nädiļ** la semaine dernière

lǟlam difficile ; lourd (est. *läila* dégoûtant ; fade, sans saveur)

jelami um lǟlam la vie est difficile

nai um lǟlamõd jālgad pǟl la femme est enceinte (= sur des jambes lourdes)

lǟlamstiz difficilement

m

madal bas (est. *madal*)

madaltõ humilier

mag, pl. **magud** estomac ; ventre (est. *magu* estomac)

mag goût (fi. *maku*)

magḑi savoureux ; sucré (est. *mage* sans sel)

maggõ, pr. **magub** dormir (est. *magama*)

maitsõ, pr. **māitsõb** avoir bon gôut ; essayer (est. *maitsema*)

se sõir minnõn äb maits je n'aime pas ce fromage

ma tōb sīeda maitsõ je veux essayer cela

maks, pl. **-ud** impôt (est. *maks*)

maksõ, pr. **maksab** payer

äb maksa irgõ ce n'est pas la peine de commencer

maksa, foie (est. *maks*)

viza maksa foie (= foie dur)

piemdõ maksa poumon (= foie mou)

maņņõ, pr. **maņub** remarquer (lt. *manīt*)

mar folie (est. *maru* tempête)

marrõ lånd enragé, devenu fou, fou furieux

mattõ, pr. **matab** enterrer (est. *matma*)

mer, gén. sg. **mier**, part. sg. **mīerda** mer (est. *meri*)

mier-lōpiji pirate

mier-mīez marin

miernāiga plage

mier-neitsõd naiades, ondines

mier-ruja mal de mer

merk, pl. **mērkid** signe ; original (est. *märk*)

merk rišting drôle de type

mēļ, gén. **mīel** humeur ; volonté ; mémoire (est. *meel*)

mīelsõ piddõ se souvenir

jõva mīelkõks volontiers

vastõ mīeldõ désagréable, contre la volonté

itsõ mīelssõ d'accord, à l'union

mēldar meunier (lt. *melderis*)

mēstar artisan ; spécialiste (est. *meister*)

mõka, part. sg. **moukkõ** saucisse (est. *mõõgas~mauk*)

mõltsi vert (cf. est. *mõltsas* pivert)

mõra, part. **mõrrõ** tapage (est. *müra*)

mõŗžõ tonner, faire grand bruit (est. *mürisema*)

mõtkõz pensée

mõtlõ penser (est. *mõtlema*)

mõtsa, part. illat. **mõtsõ** forêt (est. S. *mõts*)

mõtsaļi sauvage

mõtsa-lind gibier (aussi **mõtsa-luomõz**)
mõtsa-tika cerf

mȭk, pl. **-d** épée (est. *mõõk*)

miedlinki abeille (**mēiž** miel + **lind** oiseau)

migliki guêpe (< **miedlinki**)

migriki taupe (est. S. *müger*)

mitš coiffe de femme (est. *müts*, lt. *mice*)

mīdõ vendre (est. *müüma*)

mīedõ passé devant (est. *mööda*)
bōn lekš miedõ le train passait

mīeldõ, pr. **mīeldub** plaire (est. *meeldima*)

mīero paix (lt. *miers*)
mīeriņtõ calmer

mīez, pl. **mīed**, part. sg. **mīestõ** homme (est. *mees*)
mīelõ-lēmi mariage (pour une femme)
naiz-mīez homme marié
nūor-mīez célibataire (= jeune homme)

mīļiņţõ aimer (lt. *mīlināt*)

mīr mur (est. *müür*)
mīrnika maçon (lt. *mūrnieks*)

moistõ~muoistõ, pr. **mūoštab** comprendre ; remarquer (est. *mõistma*)

moizõ~moizõd maison, domaine du seigneur (est. *mõis*)
päp-moizõ presbytère
moiznika noble, propriétaire du **moizõ** (est. *mõisnik* > lt. *muižnieks*)

molmõd les deux (est. *mõlemad*)

moţšiņ purée de pommes de terre (mot en commun avec lt. Dn.) ? < **motškõl** tas (lt. *muckulis*)

mō, pl. **-d**, part. sg. **mōdõ**, part. pl. **mōḑi** terre ; pays (est. fi. *maa*)
kindž-mō terre arable
mō-mīez paysan, Letton ; *mō-kurali* Letton de Courlande

mō dōŗžimi tremblement de terre

mō~mōzō par terre, à terre ; **saddō mōzō** tomber par terre

mōli terrestre

mōn-alli souterrain

mōgōr est, coté du pays (est. *maa-kaar*)

mōi, part. sg. **mōjō** hébergement (lt. *māja*)

ta pōlab mōjiedō mäd kōrands il demande un abri pour la nuit dans notre maison

mōjo habiter, loger (lt. *mājot*)

mōļ couleur (est. *maalima* peindre)

mōļtō peindre

mōņ superstition ; sorcellerie (lt. *mānis*)

vōlda mōņōn être superstitieux

mōna casse-croûte, provisions (est. *moon*)

nädiļ mōna des provisions pour une semaine

mōņō tromper ; blâmer (lt. *mānīt*)

mōņika commerçant d'échange ; ami letton (? **mō** terre + **-nika** ou lt. *mājenieks* habitant de la maison)

mōŗa, part. sg. **maŗŗō** baie (est. *mari*)

l̄ādō maŗŗōl aller, cueillir des baies

mōŗiḑi kuoŗŗō cueillir des baies

mōşkō-mōŗa ou **mōškōz** fraise

muitti autrement (v. **mū**)

muļki, pl. **-st** stupide, idiot (lt. *muļķis*) N.B. En Estonie, on appelle **mulk** l'habitant de la région de Viljandi

muna, part. pl. **muņḑi** œuf (est. *muna*)

muna-vālda blanc d'œuf

muna-vīri jaune d'œuf

mundier uniforme (lt. *mundiers*)

mur, pl. **murud** souci (est. *mure*)

muragōl~muragli~murri soucieux, mélancolique

murdō, pr. **mūrdab** casser (est. *murdma*)

muškōz myrtille (est. *mustikas*)

mušta, part. sg. **mustõ** noir ; sale (est. *must*)
mužiņ baiser (est. *musi*)
mužiņţõ embrasser
mū, pl. **munt** autre, autrui, quelqu(un)
muḑi mēḑi lekš kuodai quelques hommes rentraient à la maison
mū mūḑi l'un l'autre
mū pivapǟvan le dimanche suivant
mūnda kõrd une autre fois
mū āigast l'année prochaine
mūndali étranger
mūita, part. **muitõ** douane (lt. *muita*)
mūk, pl. **-õd** moine (lt. *mūks*)
mūod mode, façon (lt. *mode*)
mūokõ torturer, peiner (fi. *muokata* battre, rouer de coups, carélien *muokata* torturer)
mūotšõ torturer (lt. *muocīt*)
mūpõ demain (**mū** + **pǟva**)
tul mūpõ ūoņdžõl viens demain matin
taga-mūpõ après-demain
mūžig éternel (lt. *mūžīgs*)
mäg, pl. **mägud** montagne (est. *mägi*)
mäng, pl. **mǟngõd** jeu (est. *mäng*)
mäng-aža jouet
mängõ, pr. **mǟngab** jouer
mära, part. **märrõ** bruit (est. *märatsema* faire du tapage)
mära um lälam kandõ il est difficile de supporter le bruit
märrõ tiedõ faire du bruit
mǟdlõ, pr. **mǟdlõb** se souvenir ; mentionner (cf. est. *mäletama*)
mǟdõltõks souvenir
āndab mǟdõltõksõks on donne pour souvenir
mǟrgandõ pourrir (est. *märg* humide, mouillé ; liquide)

naggõl clou (est. S. *nagel*, lt. *nagla*)
naggõr(z) pl. **-d** pomme de terre (est. *naeris* navet, carélien *nakris*)
nagrõ rire ; se moquer de (carélien *nakroa*, vepse *nagrda*)
nagrõtõb ridicule
nagõrtõks rire, raillerie
nai, pl. **naist**, part. sg. **näista** femme (est. *naine*)
naizõ, pr. **näizõb** épouser, prendre femme
nana, part. sg. **nannõ** nez ; museau ; bec (est. S. *nana*)
nana-lupat mouchoir
neitst, pl. **neitsõd** jeune fille ; bonne (est. *neitsi* jeune fille, vierge)
neka~neika~neiku comme (est. *nagu*)
jamdi neka ǟrga kaggõl épais comme le cou du taureau
nēmi vue (v. **nǟdõ**)
nēmiz pǟlõ au revoir
nõddõrz faible ; léger (est. *nõder*)
nõggõlz, pl. **nõggõld** aiguille (est. S. *nõgel*)
nõrkkõ, pr. **nȭrkõb** devenir faible, fatigué (est. *nõrk*)
nõržo grogner (est *nõrisema*)
nõu, pl. **nõvud**, part. sg. **nõvvõ** conseil (est. *nõu*)
nõvvõ andõ conseiller
ni maintenant (est. *nüüd*)
nim, pl. **nimud~nimid** nom (est. fi. *nimi*)
liekõ nim nom de famille
nimtõ nommer ; donner le nom
nizzõz, pl. **nizzõd** froment (est. *nisu*)
nīḑõ hair ; envier (lt. *nīdēt*)
mõmīed nīḑõbõd kalamēḑi les paysans (lettons) détestent les pêcheurs (lives)
nīelõ avaler (est. *neelama*)

nīemō, part. pl. nēmi~niemidi vache (est. *lehm*)

nīem-kēļ muguet (= langue de vache)

nīerōz, pl. nīerōd rein (est. *neer*)

nīgōr~nigrōmi dégoûtant (lt.*nīgrs*)

nīn château (est. *linn* forteresse)

nītō faucher (est. *niitma*)

nōgō peau ; cuir (est. *nahk*)

nōļa, part. naļļō plaisanterie (est. *nali*)

ajabōd naļļō ils plaisantent

nōra, part. narrō ondine (lt. *nāra*)

nōŗa, pitre ; plaisanterie (est. *narr*)

nōvō mort (lt. *nave*)

nuo-andō trahir

nuo-lǟdō partir

nuo-mōtlō réfléchir, méditer

nuo-peļļō mériter (lt. *nopelnīt*)

nuo-suggōmi événement

nuo-tīedō envoûter (tīedō faire)

nuo-vandōt maudit (v. vandō)

nuŗm champ (est. *nurm*)

nustō, pr. nustab lever (est. S. *nōsta*)

nuttō, pr. nutab appeler ; aboyer (est. *nutma* pleurer, vepse *nutta* aboyer)

iza mīnda nutab le père m'appelle

kui sieda nutab ? comment appelle-t-on cela ?

piņ nutab le chien aboie

nūoŗ pl. nūord jeune ; frais (est. *noor*)

nūoŗ-mīez célibataire

nūovada district, région (lt. *novads*)

nūrka, pl. -d coin (est. *nurk*)

nūškō, pr. nūškub renifler (fi. *nuuskia*)

nūzō se lever (est. *tōusma*)

nädiļ, part. sg. nädiļţ, part. pl. -i semaine (est. *nädal*)

tulbōks nädiļōks pour la semaine prochaine

sūr nädiļ la Semaine sainte

nägtõ montrer (est. *näitama*)

vodlõ, vodlõ, ma sinnõn nägtõb attends, attends tu vas voir ! (= je te montrerai)

nägtõb exemple, **nägtõbõks** par exemple

nälaima malheur (lt. *nelaime*)

nǟdõ, pr. **nǟb** voir (fi. *nähda*)

nǟlga, part sg. **nälgõ** faim, manque ; avare (est. *nälg* faim)

vied nälga manque d'eau

jūomis nǟlga soif

ta um nǟlgas jūodõ il a envie de boire

nälga rišting homme avare

O

obaz, pl. **obud** retardé, tardif (fi. *huba* peu durable ; mauvais ; vepse *huba* mauvais)

obbõ adv. tard (illat. de **obaz**)

ma jei obbõks je suis arrivé trop tard

īeb obbõks il fait tard

oksa, part. sg. **oksõ** branche (est. *oks*)

okš, pl. **okšid** ours (est. S. *ott*)

opatõ enseigner (est. *õpetama*)

opatõks leçon

oppõ, pr. **opub** apprendre (est. *õppima*)

oppõr victime (lt. *upuris*)

ougõļ~ouglõz fruit (lt. *auglis*)

ouk, pl. **ōkõd** trou (est. *auk*)

oukõ kouvõ creuser un trou

ouki troué

ounõ-mõŗa framboise (lt. *avene*)

our vapeur (est. *aur*)

ouŗõ, pr. **ōŗõb** crier, hurler (cf. est. *karjuma*)

ou(v), part. **ouvõ** honneur, dignité ; rumeur (est. *au*)
outõt rišting un homme honoré ; respecté
ouļi honoré (est. *auline*)
ouv-istim trône (= siège d'honneur)
ovat source (est. fi. *ava-* ouvert)
ovatõ ouvrir (est. *avama*)

ō

ōda, part. sg. **oudõ** tombe (est. *haud*)
ōdõz, pl. **ōdõd** étroit, serré (fi. *ahdas*)
ōrõnd attõ ōdõks īenõd les vêtements sont devenus étroits
ōgi gris (est. S. *hahk*, vepse *hahk*)
ōi, pl. **ōid**, part sg. **ōjõ** poêle (est. *ahi*)
ōi jeddi cuisine (= devant le poêle)
ōļaz, pl. **aļļōd** vert, couleur d'herbe (est. *haljas*)
ōrastõz rarement (est. *harva*)
ōrõn, pl. **-d** vêtement ; tissu (lt. *drāna*)
lōda-ōrõn nappe
sīlmad-ōrõn serviette
ūdõ ōrini faire la lessive
ōv, pl. **-d** blessure (est. *haav*)

p

pada, part. sg. **paddõ** pot, chaudron (est. *pada*)
paḑa coussin (est. *padi*)
pa-galam fini ; mort (lt. *pagalam*)
paganõz païen (est. *pagan*)
pagast commune (lt. *pagasts*)
paint, pl. **painõd** berger (fi. *paimen*)
paistõ, pr. **pāistab** briller (est. *paistma*)
paistõ, pr. **pāistab** enfler (est. *paistetama*)

paizõ, pr. **pāizõb** gonfler (est. *paisuma*)
pāika, part. sg. **paikkõ** lieu ; endroit ; propriété (est. *paik*)
pāina~pāinaji cauchemar, mauvais esprit nocturne (est. *painaja*)
pakand vite ; bientôt (? fi. *pakkanen* grand froid)
palandõks pigeon (lt. *balodis*)
palatõ brûler (est. *põletama*)
paldiez merci (lt. *paldies*)
paldiŋ maintenant (? **pa + ildiŋ** tout de suite)
palkõ, pr. **pālkõb** gagner ; servir (est. *palkama* louer, engager)
 rōdõ palkõ gagner de l'argent
pallõ, pr. **pōlab** prier (est. *paluma*)
 pōlaks s'il vous plaît
pallõ, pr. **palab** être en feu, brûler (est. *põlema*)
paŋ, pl. **pōŋid** seau (lt. *spainis*)
papier, pl. **-d** papier (lt. *papīrs*)
paŗ, pl. **paŗid**, part. sg. **paŗŗõ** canard (est. *part*)
param~parim meilleur (est. *parem*)
 jõva, param, ama parim bon, meilleur, le meilleur
 paramstõz mieux, de préférence
 param astõz ma äb lä̆ il vaut mieux que je n('y) aille pas
parantõ corriger ; soigner (la santé) (est. *parandama*)
paraz qui convient (est. *paras*)
 um paraz āiga lä̆dõ c'est le moment de partir
 paraz tūļ le vent qui convient
part~partī parti (lt. *partija*)
passaka conte, récit (lt. *pasaka*)
passouļ monde (lt. *pasaule*)
pat, pl. **-ud** péché (est. *patt*)
 pattõ tīedõ faire du péché, pécher
 patli pécheur
patīkkõ plaire (lt. *patikt*)

pavissõm particulièrement (lt. *pavisam*)
pālka, part. sg. **palkõ** salaire (est. *palk*)
pālkali employé, ouvrier
pānda, pr. **panab** mettre, poser ; commander, faire faire (est. *panema*)
pānda õbbiz jeddõ atteler le cheval (= mettre devant)
ta panab maggõm il se couche (= met dormir)
pānda tǟdõl remarquer, observer
izand paņ täm strōdõm le patron l'a fait travailler
siz ta paņ juoksõm alors il s'est mis à courir
peri-mīez chef de famille, patron, fermier (est. *peremees*)
peri-nai mère de famille, patronne, fermière
perri dernier (v. **pierrõ**)
pešlinki hirondelle (est. *pääsuke*)
pēgõz noisette (est. *pähkel*)
pēļi supérieur (< postp. **pǟl**)
pēlinika chef, officier
peļi-kēra titre (de livre, de chapitre)
pēţţõ, pr. **pēţub** examiner, faire des recherches (lt. *pētīt*)
põrand plancher (est. *põrand*)
põrm poussière (est. *põrm*)
pȭzõz, pl. **pȭzõd** buissson, arbuste, maquis (est. *põõsas*)
piddõ, pr. **pidab** tenir, porter ; devoir ; penser, prendre pour (est. *pidama*)
sõnnõ piddõ tenir la parole
vizaz piddõ tenir attaché, enfermé
pūol piddõt ōrõnd des vêtements à moitié usés
sa piḑiks oppõm tu devrais apprendre
piḑim (adv.) il serait nécessaire :
täddõn piḑim jo koval volmõ vous devriez (= à vous serait nécessaire) être plus prudent
pie-andõ pardonner
pie-andõks pallõ demander pardon

piedag pin (est. S. *pedajas*)
pie-kītõ annoncer
pieksõ, pr. **-ab** battre (fi. *pieksää*)
pie-nägtõ prouver
pier~pierrõ~pierast plus tard, après (aussi prép.) (est. *pärast*)
pierandõks héritage (est. *pärandus*)
pieza~peza, part. sg. **piezzõ~pezzõ** nid (est. *pesa*) ~
piezzõ, pr. **piezub** laver (est. *pesema*)
piettõ, pr. **pietab** mentir ; tromper
  pietõks mensonge ; tromperie
piga bientôt (fi. *pian*)
piga-taga presque, approximativement
pilk, pl. **pīlkõd** regard
  sīlma-pilks dans un instant, tout de suite
pilkõ, pr. **pīlkub** se moquer (est. *pilkama*)
pilsāt, pl. **pilsātõd** ville (lt. *pilsēta*)
pimdõ sombre, noir (est. *pime* ténèbres ; aveugle)
  pimdõ īe la nuit noire
  pimdõ ristīng un homme qui voit mal
piņ, pl. **-id** chien (est. S. *pini*)
pippõrz poivre (est. *pipar*)
piški, part.sg. **piškist** petit (est. *pisike*, lt. *pīziks*)
  piškim-pāva enfance
pitka, part. sg. **pitkõ** long (fi. *pitkä*)
  pitkali lent
piţki orage (est. *pikne*)
piva, part. sg. **piuvvõ** saint, sacré, fête (est. *püha*)
  piva-kuoda temple ; église
  pivatõ~pivaltõ bénir
pīemdõ mou (est. *pehme*)
pīentõ fin, mince (fi. *pieni*)
pīkstõ presser, écraser, forcer, masser (est. *pigistama*)
pīla, part. sg. **pillõ** nuage (est. *pilv*)

pīlõ être, être debout, se trouver
: **kubsõ pīlõ** rester ensemble
: **ta pīlõb läb jeds** il se tient devant la fenêtre

plaga drapeau (est. *plagu*)
: **livlist plaga um õļaz-vālda-siņņi** le drapeau des Lives est vert-blanc-bleu ; actuellement on préfère **vīri-valda-siņņi**, c'est-à-dire, on prend pour « vert » le mot finnois *vihreä*

pļoppõ bavarder (lt. *pļāpāt*)

poddõ, pr. **podub** faire mal (est. *põdema* être malade)
: **poddõks** douleur

pois, pl. **pūoššid**, part. sg. **puoissõ** garçon ; valet (est. *poiss*)
: **mäd ūž pois um väggõ vana, se vana pois vol jo nūoŗ** notre nouveau valet est très vieux, ce vieux garçon était plus jeune

polakõz adolescent (origine discutable ; y-at-il eu des Polonais au service des Courlandais ?)

post poste
: **poštnika** employé des postes

potiļ bouteille (est. *pudel*)

põļaz, pl. **paļļod** nu, vide, dépouillé (est. *paljas*)

põna, part. sg. **pounõ** sac, sac de voyage, sacoche, cartable (est. *paun*)

põŗ paire (est. *paar*)
: **põriņ** par deux, par paire

põr-eittõ reprocher

põrstõjõ défendre, protéger (lt. *pārstāt*)

põr-tīedõ refaire, retravailler

põrtulkõ traduire (lt. *pārtulkot*)

põţõrd prières, catéchisme (lt. *Pātari* < latin Pater Noster)
: **põţõri luggõ** dire des prières
: **põţõrtõ** gronder (cf. fi. *siunata* bénir et est. *siunama* vitupérer, maudire)

prantsuz français (est. *prantsuse*)
Prantsuz-mō France
praviet prophète (lt. *pravietis*)
preilõn mademoiselle (est. *preili*)
pretsõ, pr. **pretsub** épouser, marier (lt. *precēt*)
priekkõ joie (lt. *Prieks*)
prīestõr prêtre (est. *preester*)
prīš, pl. **prīššõd** allemand (lt. *prūsija*)
propessõr professeur (lt. Dn. *propessors*)
prōvõ essayer (est. *proovima*)
prūš allemand ; prussien ; cancrelat (est. *prussakas* blatte, cancrelat)
puimp pompe (est. *pump*)
punni, pl. **-st** rouge (est. *punane*)
punni-pusk pavot
punliki rougeâtre
puriņtõ secouer (lt. *purināt*)
puskantõ décorer, orner (lt. *puskot*)
puţkõz fleur (lt. *puķe*)
pū arbre (est. fi. *puu*)
pūkki petit arbre
pūdõz propre, clair (est. *puhas*)
pūdõz rānda une plage propre
pūgõ, pr. **pūgub** souffler (est. *puhuma*)
pūmpa, part. sg. **pumpõ** bosse (est. *pump*)
pūmpar bouton (< **pūmpa**)
bikšõd pūmpar bouton de pantalon
ēdrõm pūmpar bouton de fleur
pūoga, part. sg. **poigõ** fils, enfant (est. *poeg*)
kaş pūoga chaton
pūoga-pūoga petit-fils
pūoi, pl. **pūojõd** fond ; nord (est. *põhi*)
tūļ um pūoistõ le vent souffle du nord

kuoig um pūojõ lȭnd le bateau a fait naufrage (= est allé au fond)

pūoļ, pl. **pūold** moitié ; région ; côté (est. *pool*) (v. aussi postp.)

mīet-pūoļ, naist-pūoļ homme, femme

pūoļ-sõņi à peu près, assez

pūol-mēļi simple d'esprit, demeuré

pūoļ-pǡva samedi

Pūoļ-mō Pologne

pūola, part. sg. **pollõ** genou (est. *põlv*)

pūoştõ détruire, dévaster (lt. *postīt*)

lȭdõ pūoštõ se démolir, faire naufrage, aller vers l'échec

mēg lȭm eņtš jelamizõks pūoštõ pour nous, cela va mal finir (nous allons avec notre vie **puoštõ**)

pūstõ essuyer (est. *puhastama*)

pūttõ, pr. **pūtub** manquer (est. *puuduma*)

päp, pr. **päpid** pasteur, orateur, prêtre (est. *papp*)

pǡ, part. sg. **-dõ**, part. pl. **pēḑi** tête (est. fi. *pää*)

pǡ-lū crâne

pǡn-alli oreiller

pǡgiņ beaucoup ; nombreaux (instr. de **pǡ**)

pǡva, part. sg. **päuvõ** jour (est. *päev*)

N.B. **piškim-pǡva** enfance, **ruja-pǡva** maladie

tīera-pǡva santé

pǡva-kargami lever du soleil

pǡvaļiki, part. sg. **pǡvaļikist** soleil

võlda pǡvaļikis kǡds être au soleil

r

rabbõ, pr. **rabub** battre, taper, frapper (est. *rabama* saisir, frapper, étonner)

rabbõ vazarõks taper avec le marteau

kīela rabub la pendule sonne

rada, part. sg. **raddõ** trace, trait, sente (est. *rada*)

līndõd rada voie lactée

raḑlõ, pr. **-b** couper, hacher ; mordre (vote *raḑjoa*)

pūḑi raḑlõ faire du bois

rai, dat. **raijõn** chaise (fi. *rahi* banc)

knõbbõļõks rai fauteuil

lēņõdõks rai fauteuil

raiga, part. sg. **rāigõ** cuisse ; jambon (fi. *raaja*)

raiskõ, pr. **rāiskab** gaspiller (est. *raiskama*)

raza, part. **razzõ** graisse (est. *rasv*, est. S. *rasu*)

ratstõ, pr. **ratstab** aller à cheval (est. *ratsutama*)

rattõd voiture (est. *ratas* roue)

rānda, part./illat. sg. **randa** littoral, côte, rive, plage (est. *rand*)

rāndan-aiga bord de la mer

rāndali habitant du littoral ; Live

rebbi renard (est. *rebane*)

reiz voyage (est. *reis*)

reiznika voyageur (lt. *reizenieks*)

rek~riek, pl. **rekud~riekid** route, chemin (fi. *retki* voyage)

rõda-rek chemin de fer

rentõ louer, donner en location (est. *rentima*)

rēkõ, pr. **rēkub** compter (lt. *rēķināt*)

rēkandõks facture, quittance

rõkandõ parler (est. *rõkkama* retentir ; pousser des cris)

rõkandõ rāndakīelda parler live

päp rõkandõb kanstõr pǟldõ le pasteur parle en chaire

rõk, pl. **rõkud** discours, sermon

rȭm joie (est. *rõõm*)

riddõ, pr. **ridub** ranger, faire le ménage (est. *rida* rang, rangée)

tubbõ um riddõmõst il faut ranger la chambre

riggõz, part. **riggõst** seigle (est. *rukis*)
rikaz, pl. **rikkõd** riche (est. *rikas*)
rikkõ, pr. **rikub** gâter, abîmer (est. *rikkuma*)
riškist baptême (est. S. *ristjatse*)
rišt croix (est. *rist*)

rištõ baptiser (est. *ristima*)

rišting, pl. **rouž** être humain (= âme baptisée, cf. vepse *ristit*, *ristikanz*, carélien *ristikansa* homme)

rišti en travers ; **rišti-rǟšti** en zigzag

rišt-pǟva l'Ascension

rīḑlõ, pr. **rīḑlõb** gronder, faire des reproches (est. *riidlema*)
rīgõnika habitant de Riga (*rīgli*)
rīnda, part. **rindõ** poitrine (est. *rind*)
rīst, pl. **-õd** ustensile (est. *riist* ustensile, outil, etc.)

piezzõ rīstidi faire la vaisselle

rok, pl. **-ud** potage, soupe (est. *rokk*)
roppi grossier, obscène, très mauvais (est. *ropp*)
rõ, part. **rõdõ** argent, monnaie (est. fi. *raha*)
rõda, part. **roudõ** fer (est. *raud*)
rõntõz, pl. **rõntõd** livre ; lettre (est. *raamat*)

āiga-rõntõd, calendrier (livre du temps)

oppõ rõntidi apprendre à lire

rõz~rõški un peu (est. *raas*)
rõuž, part. sg. **rõuštõ** les gens (est. fi. *rahvas*)

pǟgiņ rõušti beaucoup de monde

rõuž lǟbõd (pl.) **tsērõm** les gens vont se promener

ruja, part. sg. **rujjõ** malade, maladie (? fi. *ruja*, *ruju*)

võlda grippõks ruja avoir la grippe

ruja-pǟva maladie, temps de maladie

ruja-sīlma mauvais œil

rumali impur, laid, immoral (est. *rumal* stupide, est. S. indécent)
rūoţšli~ruotšnika suédois (est. *rootslane*)
Rūoţšmõ Suède

räukkõ, pr. **råkub** crier, pleurer très fort, se plaindre, croasser, miauler, etc. (cf. fi. *räykkyä* crier très fort)

S

sadam, pl. **-õd** havre (est. *sadam*)
saddõ, pr. **sadab** tomber (est. *sadama*)
  saddõ mõ tomber par terre
  vīm, lum sadab la pluie, la neige tombe
  saddõ bankrattõ faire faillite
saggõld souvent (est. *sagedalt*)
  vāili sāina mur de séparation
saksa, part. sg. **saksõ** allemand ; grand propriétaire terrien (est. *saks*)
  sakstīe corvée
  saksnika paysan aux ordres du seigneur
Saksamõ Allemagne
sala secret, clandestin (est. fi. *sala*)
salai, pl. **-st** voleur (est. *salgama* nier)
  salandõ voler
sam, pl. **-ud** pas (est. *samm*)
saņt, pl. **saņtõd** mendiant ; boiteux, infirme ; misérable (est. *sant*)
saps, pl. **-ud** volant, gouvernail (est. *saps*)
sa-rõkandõ se mettre d'accord, faire un projet
sa-tīedõ réparer
sāina, part. **saina** mur (est. *sein*)
  uļļi sāina le mur extérieur
serk, pl. **sērkid** chemise (est. *särk*)
sēmda, part. **semdõ** lait (origine discutable)
sēņ, pl. **sīend** champignon (est. *seen*)
sõbra(z) ami (est. *sõber*)
sõir~soira, part. **sõirõ** fromage (est. S. *sõir*)

sõna, pl. **-d**, part. sg. **sõnnõ**, part. pl. **sõndi** mot, parole (est. *sõna*)

tul sõnad formules de sorcellerie pour le feu

ūška sõnad formules contre la morsure du serpent, etc.

kul min sõnnõ écoute ce que je te dis

sõnanika sorcier

sõzar~sizar sœur (est. S. *sõsar*)

sõudõ, pr. **sȭdab** ramer (est. *sõudma*)

sõu(v) été (est. fi. *suvi*)

sõuvvõ en été

sõuvvi estival

sidam, pl. **-(õ)d** cœur (est. *süda*) centre ; intérieur

pǟva sidam milieu de la journée

sidam-Amērika Amérique centrale

tuba sidamõl au milieu de la pièce

tija sidamõks sans avoir bu ni mangé (= avec cœur vide)

ama sidamõst de tout cœur

siddõ, pr. **sidab** lier, nouer (est. *siduma*)

sieggõ, pr. **-ub** mélanger (est. *segama*) ; déranger

ala sieg mīnda ne me dérange pas

sieldõ clair, net, propre (est. *selge*)

sieldõst rõkandõb rāndakīeldõ il parle clairement live

siezõr puce (vepse *sonzar*)

siga, part. sg. **siggõ** cochon (est. *siga*)

siga-rišting salaud

sigž automne (est. *sügis*)

sigžõ sōbõd umard vaļmõks en automne les pommes deviennent mûres

silda, part. **sildõ** pont (est. *sild*)

siļgõ, pr. **sīlgõb** cracher (fi. *sylkeä*)

siļk, pl. **sīļkõd** petit hareng (est. *silk*)

sindõ, pr. **sīndõb** naître (est. *sündima*)

sindõ-kēļ langue maternelle

sindõ-päva anniversaire

siņņi, gen. sg. **siņiz**, part. sg. **siņist** bleu (est. *sinine*)

sipriki fourmi (est. *sipelgas*)

siškõ, pr. **siškab** piquer (est. S. *süskmä*)

sižgõnd intestins (est. *sisikond*)

sī dette ; délit ; cause (est. *süü*)

se äb uo min sī ce n'est pas ma faute

sīli coupable

sīedõ, pr. **sīeb**, passé **sei** manger (est. *sööma*)

laz tȫnda sudud sīegõd que les loups le mangent

sūrstõ sīemist īeb jamdõks la goinfrerie rend gros

sīemn-āiga repas, mets

siga sīemn-āiga nourriture du cochon

sīemgõz semence (est. *seeme*)

sīettõ nourrir, alimenter (est. *söötma*)

sīlma, pl. **-d**, part. sg. **silmõ** œil ; maille (est. *silm*)

pitkad sīlmadõks regard affamé, avide

siļmi piezzõ se laver le visage

sīlmad-mūodõ apparemment

sīlmad-ōrõn serviette de toilette

sīlma-pilk un moment, un instant

sīpõl oignon (est. *sibul*)

skuņšt art (lt. *skunste*)

skuţk, pl. **skuţkid** petite fille (lt. *skuķe*)

skūol école (lt. *skols*)

kǟdõ skūolssõ fréqueneter l'école

skūol-meistõr instituteur

skūolnika èléve

slikt, pl. **sliktid** mauvais (lt. *slikts*)

sliktõ lǟdõ aller mal, finir par l'échec, etc.

mingist sliktõmt ma äb tie je ne fais rien de mal

smēkõ fumer (lt. *smēķēt*)

sogdõ aveugle (est. *sõge*)
sõudõn kala poisson fumé
sõdõ, pr. **sõb**, passé **sai** obtenir, recevoir ; devenir (est. *saama*)
sīnõ sõdõ arriver là-bas
sīedõ sõdõ obtenir à manger
piekstõd sodõ recevoir une raclée
sõņ traîneau (est. *saan*)
sõna, part. illat. **sounõ** étuve, sauna (est. *saun*)
sõpkõz botte (est. *saabas*)
sõra, part. sg. **sarrõ** corne ; anse (est. *sarv*)
sõtõ envoyer (est. *saatma*)
sõu fumée (est. S. *sau*)
spēļõ jouer (un instrument) (lt. *spēlēt*)
ta spēļõb klavīeridi il joue du piano
piškist-spēļõd violon
spitškõz allumette (russe *spička*)
spīegiļ miroir (lt. *spiegelis*)
sprēḑik sermon, oraison (lt. *sprēdikis*)
stõstõ raconter (lt. *stāstīt*)
strīdõ se quereller (lt. *strīdēties*)
strõdõ travailler (lt. *strādāt*)
strõdnika travailleur, ouvrier
stuņd, pl. **stuņdõd** heure (lt.*stunda*)
sug, pl. **-ud** parent ; parenté ; espèce (est. *sugu*)
suggõ devenir, naître, se faire
sug-mīez parent (homme)
sug-nai parent (femme)
suka, part. sg. **sukka**, part. pl. **sukţi** bas (est. *sukk*)
sulli, pl. **-st**, part. sg. **sulist** serviteur, valet (est. *sulane*)
suoda, part sg. **suoddõ** guerre (est. *sõda*)
suoda pǟl~suodal dans la guerre, en guerre
suoda iļļimi officier, commandant
suoda mīez guerrier

suoda-väg armée

suoļg broche (est. *sõlg*)

suolm, pl. **sūolmõd** nœud (est. *sõlm*)

suoŗm, pl. **sūormõd** doigt (est. *sõrm*)

sū, pl. -d, part. sg. **sūdõ**, part. pl. **sūḑi** bouche ; gueule ; entrée (est. fi. *suu*)

sūdõ andõ embrasser

sūiž, pl. **sudud**, part. sg. **sutta**, part. pl. **sudidi~sūiži~sužži** loup (est. S. *susi*)

sūo marécage (est. *soo*, fi. *suo*)

sūol sel (est. *sool*, fi. *suola*)

sūom finnois

Sūomõmō Finlande (forme ancienne **Piņ-mō**)

sūomli Finnois

sūormõks, pl. -**t** bague, anneau (est. *sõrmus*)

sūr, pl. -**d**, part. pl. **sūŗi** grand ; beaucoup (est. *suur*)

sūrši mõtsis jelabõd okšid dans de grandes forêts vivent les ours

sūr pǟgiņ énormément

sūr rek grande route, route nationale

sūr izand grand seigneur, aristocrate

sūrit grandeur, taille

sūrli arrogant, vaniteux

sūrslõ se vanter

sūr-veļki oncle

sūr-suššа tante

svēţõ bénir (lt. *svētīt*)

svilpõ siffler (lt. *svilpē*)

säuv argile (est. fi. *savi*)

sǟlga, part. illat. **sälgõ** dos (est. *selg*)

vieddõ õrõnd sälgõ s'habiller (= mettre les vêtments dans le dos)

sälganiz sur le dos

sǟrig triste (lt. *sērīgs*)

š

šeftõ, pr. **-ub** faire du commerce, s'occuper des affaires (lt. Dn. *šeptes*)
škeļm voyou, escroc (est. *kelm*, lt. *šķelmis*)
škērõd ciseaux (lt. *šķēres*)
špirkt alcool (lt. Dn. *špirkts*)

z

zaft jus (de fruit) (lt. Dn. *zapt*)
zārka, part. illat. sg. **zarkõ** cercueil (lt. *zārks*)
zēp, pl. **-õd** savon (est. *seep*)
zēviļ soufre (lt. *zēvele*)
zīḑ soie (lt. *zīds*)
zōl salle (lt. *zāle*)
zup, pl. **zupud** soupe (lt. Dn. *zup*)
zägar mauvais temps, orage (est. *sagar* nuage ; ondée)
zǟlõ regretter ; avoir pitié (lt. *žēlot*)

ž

žēlig miséricordieux (lt. *žēlīgs*)
žiḑ juif (lt. *žīds*)

t

tabak tabac (lt. *tabaks*)
tabar queue (cf. est. *saba*)
tabbõ, pr. **tabub** deviner (est. *tabama* attraper, saisir, toucher au but)
tabandõks énigme, devinette
tal, pl. **talud** paysan (est. *talu* ferme)

taļ, pl. **tõļõd** écurie (est. *tall*)

tal-rõuž paysannerie

talk, pl. **talkõd** grands travaux avec l'aide des voisins (est. *talgud*)

taļ̦-pivad Noël (= fêtes d'hiver)

taļšpivad kūzõz arbre de Noël

taparnika témoin (lt. *taprinieks*)

taplõ se battre (est. *taplema*)

tappõ, pr. **tapab** tuer, abattre (est. *tapma*)

tara, part. sg. **tarrõ** clôture ; jardin (est. *tara*)

kālma-tara cimetière

tariļ, pl. **-ḑ** assiette (lt. *talerķis*)

tas, pl. **tassud**, part. sg. **tassõ** tasse (lt. *tase*)

tē~tēi, part. **tēdõ~tējõ** thé

tīedõ tējõ umar-kūoŗišt, pārna-ēdrõmišt faire du thé avec des pelures de pommes, les fleurs du tilleul

tēḑ, pl. **tȁdõd**, part. pl. **tēḑi** étoile ; signe ; trace (est. *täht*)

tērõ utiliser, gaspiller (lt. *tērēt*)

tēriņ~tēriņtš entier, en bonne santé (v. **tiera**)

tērintš ! à votre santé !

tērīņtõ saluer (est. *tervitama*)

tõitõ, pr. **tȭitab** promettre (est. *tõotama*)

tõitõkstõ um pidamist il faut tenir sa promesse

tõlpa poteau ; colonne (est. *tulp*)

tõrg marché, foire (est. *turg*)

ma vol tõrgs j'étais au marché

tõurõz, pl. **tõurõd** cher (fi. *tiuris*, *tyyris*)

tõva profond ; authentique (fi. *syvä*)

tõuvõ mõlē loin dans les terres

tõvad mõmīed de vrais paysans

tõvvit profondeur

tidar fille (est. S. *tüdär*)

tieg, pl. **tiegud** visage, apparence (est. *tegu* acte, action, travail)

tämmõn um iza tieg il ressemble à son père

vālda tieggõks avec un visage blanc, pale

tiennõ, pr. **tienub** remercier (est. *tänama*)

tien iļ jõga īd jõvam remercie pour tout geste de bonté

pāgiņ tienandõkst merci beaucoup

tierōda acier (est. *teras* et *rōda* fer)

tierrõt~tierrit santé (est. *tervis*) (v. **tīera-pāva**)

tierrõt pālõ à votre santé (en levant le verre)

pāgiņ tierridi beaucoup de salutations

tieudõ, pr. **tīedab** savoir (est. *teadma*)

tiggõ, pr. **tigub** s'appuyer (est. *tugema*)

tigmõz, pl. **tigmõd** cerveau ; moelle (origine discutable)

tija vide (est. *tühi*)

tijali pauvre, déshérité

tika chèvre (moyen bas-allemand *tike*)

tikkõm qualité, vertu (lt. *tikums*)

tikkiž tout, en totalité

vanbist jõvam ei tikkiž tidarõn les biens des parents sont allés entièrement à la fille

tirk, pl. **tīrkid** turc (est. *türklane*)

Tirkmō um jedal al la Turquie est au Sud

tībõz, pl. **tībõd**, aile (est. *tiib*)

tīe travail (est. *töö*)

tīedõ tiedõ faire du travail, travailler

tīe-mīez travailleur ; levure

tīedõ, pr. **tīedab** savoir (est. *teadma*)

ku ma volks tieudõn, siz volks tūond si j'avais su, je (l')aurais apporté

tīet nouvelle, information ; **tīetõ andõ** informer

tīettõb connu, su

tīedõ, pr. **tīeb** faire (est. *tegema*)
um tīemõst il faut (le) faire
un tīedõd c'est fait
tīera, pl. **tīerrõd** entier ; en bonne santé (est. *terve*)
tīera-pǡva santé (aussi **tierrit**)
minnõn um jõva tīera-pǡva j'ai une bonne santé
tīes, part. sg. **tīessõ** tribunal (lt. *tiesa*)
tīessiņţõ porter plainte
tīkõ plaire (lt. *tīkāt*)
tīktõb sympathique
tīlka, part. **tilkõ** goutte (est. *tilk*)
tīr gouvernail (lt. *stūre*)
pīlõ tīr pǟl être à la barre
tir-maņ timonnier
tīššõm exprès, consciemment (lt. *tīšām*)
toļ douane (est. *toll*)
toļļõ maksõ payer des droits de douane
tol mīez douanier
toņt, pl. **toņtõd** fantôme ; mauvais esprit (est. *tont*)
toŗn tour (est. *torn*)
tul-toŗn phare
touvõ-īlma ciel, cosmos, monde, air (est. *taevas* ciel, *ilm* monde)
tōdõ, pr. **tōb** vouloir (est. *tahtma*)
tōla, part. **tallõ** hiver (est. *talv*)
tallõ um broutšõmõst rieggõks en hiver il faut se déplacer en traîneau
tōla-uņ hivernage
tōţţi papa, père, homme (est. *taat*)
tōut, pl. **toutõd** peuple, nation (lt. *tauta*)
tōvaz, pl. **touvõd** ciel ; tempête (est. *taevas*)
trīk-rōda fer à repasser (est. *triikraud*)
tsepiţ, pl. **-õd** rôti (lt. *cepetis*)
tsērõ se promener (lt. *cierēt*)

tsīenõ honorer (lt. *cienāt*)
tsīr-lind~tšīrlinki alouette (cf. lt. *cīrulis*)
tsukkõr sucre (lt. *cukurs*)
tšužiņţõ chuchoter (est. *sosistama*)
tuba, part. /illat. **tubbõ** chambre, maison (est. *tuba*)
  tuba-pēļi grenier (v. postp. **pāl**)
  tuban-jeddi vestibule (cf. fi. *eteinen*)
tuksnõz désert, espace vide (lt. *tuksnesis*)
tuļ, gén. sg. **tul**, iness. sg. **tuls**, part. sg. **tūlda** feu ; lumière (est. fi. *tuli*)
  tuļiz-ruja fièvre
  tuļ-kāi incendie
  tuļļi, pl. **-st**, part. sg. **tuļist**, part. pl. **tuļiži** brûlant
  tuluks briquet
tuļk, pl. **tūļkõd** interprète (est. *tõlk*)
tundõ, pr. **tundõb** sentir, remarquer ; reconnaître ; connaître (est. *tundma*)
  tuntõb ami, connaissance
  tuntõb riek un chemin connu
tuoistõz autrement (**tuoi** deuxième, autre)
tuoiž, gén. sg. **tuod**, part. **tuotta** vrai, vérité, sérieux (est. *tõsi*)
  tuožiņõst sérieusement
tutkam fin, bout, extremité (est. dial. *tutk*)
  lōja tagiz tutkamõz um saps dans le bout postérieur du bateau il y a le gouvernail
tūgõ fumer (est. *tuhkama* faire des cendres)
  õi tūgõb le poêle fume
  tūgõd cendres
  tūgõ-pāva mercredi des Cendres
tūima, part. **tuimõ** insensible, inerte, lent (est. *tuim*)
tūļ, gén. sg. **tūl**, part. **tūldõ** vent (est. *tuul*)
tūlda, pr. **tulab** venir, arriver (est. *tulema*)
tūldõ aérer (est. *tuulutama*)

tūodõ, pr. **tūob** apporter (est. *tooma*)
tūont mille (est. *tuhat*)
tūontnika quelqu'un qui possède des milliers
tägiz~tegiž~teiž etc. de nouveau (fi. *taas*)
täm, gén. sg. **tam**, pl. **tõmõd** chêne (est. *tamm*)
tämpõ aujourd'hui
tätõ noter, mettre par écrit (< **ted** signe)
täuž, pl. **tȁdõd** plein ; rempli (est. *täis*)
täudli parfait
piv täuz une poignée
täuttõ, pr. **tȁttab** remplir
äb täutõb insatiable
tȁdõl pānda remarquer, faire attention à (est. *tähele panema*)
pan tȁdēl mis ma kītõb écoute bien ce que je dis
tȁs-mūs~mūs-tȁs Notre Père

u

u~või particule interrogative
näb, u ta tūndab sīnda on verra, s'il te connaît
ud, pl. **udud** brouillard (est. *udu*)
sangdõ ud brouillard épais
uddi brumeux, nébuleux
uid~äbi honte (vepse *huiged*)
uidi honteux, scandaleux
ūigali timide
uigõ, pr. **ūigõb** avoir honte
uim raison (est. *oim*)
ukaz~ukkõr, pl. **ukkõd** fier (est. *uhke*)
ukkõ lȁdõ échouer, se perdre (est. *hukka minema*)
ukš, pl. **ukst**, gén. sg. **uks**, part. sg. **uksta** porte (est. *uks*)
tīe uks väldiņ ouvre la porte

ul, pl. **ūlõd** fou, insensé (est. *hull*)
ūlõks sõdõ~īedõ devenir fou, perdre la raison
ullõ, pr. **ulub** hurler (est. *huluma*)
umar, pl. **-d**, part. pl. **umari** pomme (cf. mordve *umar*)
umars-tara verger
umarstaras võibõd kazzõ mingist äb mingist pūd dans le verger il peut y avoir (= pousser) toutes sortes d'arbres
umblõ coudre (est. *õmblema*)
umblõ nõggõlõks voi mašinõks coudre à la main (= avec l'aiguille) ou à la machine
umblõtõks couture
ummi, pl. **-st** appartenant à soi-même (est. *oma*)
ummit quand même, au moins (est. *ometi*)
ummi kēļ sa propre langue
uņ, gén. sg. **un**, part. **ūnda** sommeil (est. fi. *uni*)
un nägu rêve
unssõ nǟdõ rêver, voir dans le sommeil
unnõ, pr. **unub** oublier (est. *unustama*)
untapaji meurtrier, assassin (cf. fi. dial. *unen tappaja* qui dort peu (= tue le sommeil) ; peut-être expression euphémique)
uomõg matin ; est (est. *hommik*)
ūomõgst ȫdõg sōņi du matin au soir
Ūomõg-mō Orient
upandõ se noyer (est. *uppuma*)
uppõr victime (lt. *upuris*)
uppõrtõ sacrifier
urgõ, pr. **ūrgõb** fuire ; éviter (origine discutable)
urgiji réfugié, fugitif
uriksõ grogner (est. *urisema*)
urktõ se cacher (< **urgõ**)
usk foi ; religion (est. *usk*) ; **uskõ** croire ; avoir confiance
uskõ Jumal pǟlõ croire en Dieu

lutar usk confession luthérienne

kato| usk, krīevõ usk confession catholique, confession russe (= orthodoxe)

täm pāl äb vôi uskõ on ne peut pas lui faire confiance

uz-kītõ se vanter (**kītõ** dire)

uz-reiz subitement, d'un seul coup (lt. *uzreiz*)

uzreiz min tu| ikš aža mīelõ tout à coup je me suis rappelé une chose

uz-võttõ accueillir (**võttõ** prendre)

ūiska~ūška serpent ; ver (est. S. *uisk*)

ūolõ, pr. **ūolub** couper, tailler, sculpter (est. *voolima* sculpter)

ūo|ikšõ prendre soin de (est. *hoolitsema*)

ta min jedst ūo|ikšõb il s'occupe de moi

ū

ūdõ, pr. **ūdub**, passé **ūž**, cuire, rôtir

leibõ ūdõ faire du pain

kala um ūn le poisson est rôti

ū|, gén. sg. **ūl**, pl. **ūld** lèvre (est. *huul*)

ūrma, part. **urma** courant, écoulement (est. *urm* sang, blessure saignante)

ūž, pl. **ūd**, part. pl. **ūži** nouveau, neuf (est. *uus*)

ūd pāl~ ūtstõ de nouveau

V

vada filet, seine, senne (fi. vepse **vada**, lt. *vads*)

ma läb vaddõl je vais à la pêche (avec le filet) (**um vadal, tulab vadald** je suis à la pêche, viens de la pêche)

vag, pl. **vagud** sillon (est. *vagu*)
vaga calme (est. *vaga*)
vaggiž pīlõ se tenir tranquille, se taire
vaggiž rõkandõ parler à voix basse
vainõ, pr. **vāinõb** puer (cf. fi. *vainota* renifler les traces)
vajag nécessaire (est. ? *vaja*, lt. *vajaga*)
valdīb administration (lt. *valdība*)
valdnika régent
valk~valkõm éclair (est. *välk*)
vallõ, pr. **valab** verser (est. *valama*)
vallõ, pr. **valub** faire mal (est. *valu*)
vaļmõz, pl. **vaļmõd** prêt, terminé (est. *valmis*)
Pētõr um vaļmiz nāista võttõ Pierre est prêt à prendre femme
vaļmi, gén. sg. **vaļmiz** mûr
vana, part. sg. **vannõ** vieux (est. *vana*)
vana-jema sage-femme (est. *vanaema* grand-mère)
vana-mīez vieillard ; diable
vanast~vanšti jadis
vana-tõţõ grand-père
vanbist les parents (est. *vanemad*)
vanema~vana-mäm grand mère
vannit âge
vaŋg, pl. **vāŋgõd** prison ; détention (est. *vang* prisonnier)
vaŋgli~vangnika prisonnier
vannõ, pr. **võnõb** jurer (est. *vanduma*)
vandõks juron ; malédiction
vaŋtlõ regarder (? fi. *vaania* guetter, cf. mordve *vanoms* voir)
vara, part. **varrõ** pouvoir ; provisions (est. *vara*, cf. vepse *varaita* craindre)
taga-vara provisions, réserves
varandõks trésor, richesse (est. *varandus*)

varaz~varali tôt, de bonne heure (est. *vara*)
varrõ varamõld plus tôt
ma nūzub varrõ je me lève tôt
vastõ contre ; en face ; approximativement (est. *vastu*)
vastali égal
vasti contraire
vastli désagréable, antipathique
vastuksnika adversaire
vaşk, gén. **vask**, part. **vaskõ** cuivre (est. *vask*)
vazar marteau (est. *vasar*)
vaziņţõ vagabonder, traîner, rôder (lt. *vazāties*)
vā~vāņ~vāņi~vaţţõ tiens, regarde ! (< **vaņţlõ**)
vāidõ échanger (est. *vahetama*)
vāijõ baisser, s'affaisser, s'enfoncer (est. *vajuma*)
vāiški veau (est. *vasikas*)
vāittõ persécuter (cf. fi. *vainota*)
vālda, part. sg. **valdõ** blanc (est. *valge*)
Vālda-mer mer Baltique (cf. fi. *valtameri* océan)
vālda, part. **valdõ** administration, pouvoir (est. *vald*)
pagast vālda administration de la commune
lõja um tūl vāldas le bateau est au pouvoir du vent
vāldiņ~vāldiž libre ; ouvert ; détaché (est. *valla*)
ukš um vāldiņ la porte est ouverte
vāldiz rišting un homme libre
vārbaz, pl. **varbõd** orteil (est. *varvas*)
veggi, pl. **-st**, part. sg. **vegist**, part. pl. **vegiži** fort, puissant (cf. est. *vägi* force)
veijõ, pr. **vejub** pêcher, prendre du poisson (fi. *väjyä* guetter, lt. *zvejot* pêcher),
veijõ võib mierssõ, jõris un jougis on peut pêcher dans la mer, dans les lacs et dans les rivières
veimi pêche
veimõ faner
veis, pl. **vēšid**, part. sg. **veissõ** couteau (est. S. *veits~väits*)

veitõ peu (est. *veidi*)

vel~ vēl encore (est. *veel*)

veļ pl. **veļļid**, part. sg. **veļļõ**, part. pl. **veļidi** frère (est. S. *veli*)

veļi-lapst cousins

veļki petit frère ; **veļki un suššа** petit frère et petite sœur

ver, gén. **vier**, part. **vīerda** sang (est. *veri*)

verri, pl. **-st**, part. sg. **verist**, part. pl. **veriži** saignant

verm, pl. **vērmõd** couleur (est. dial. *värm*)

vermtõ colorer, teindre

verštõ secouer (est. *väristama*)

veržõ trembler

vežgõr ouest (= du côté de l'eau)

tūļ pūgõb vežgõrost le vent souffle de l'ouest

vēiž, pl. **viedud**, gen. sg. **vied**, part. sg. **vietta** eau (est. *vesi*)

vēiž jūokšõb l'eau coule (= court)

vēiži, part. sg. **vēižist**, part. pl. **vežiži** humide, trempé

vieddõl liquide

vēļõ souhaiter, désirer ; permettre (lt. *vēlēt*)

ma vēļõb sinnõn vonnõ je te souhaite du bonheur, je te félicite

ma äb vēļ sinnõn smēkõ je ne te permets pas de fumer

vēļõ élire (lt. *vēlēt*)

vēna, pl. **-d**, part. sg. **veinõ** havre ; le fleuve Daugava (est. *Väina*)

vērg~vārgõz esclave (lt. *vērgs*)

vērtli, pl. **-st** digne, ayant une valeur (est. *väärt*)

võidõ~uidõ, pr. **võib** pouvoir (est. *võima*)

võib võlda cela peut être, c'est possibile

võimi pouvoir

võitlõ lutter, combattre (est. *võitlema*)
või, pl. **võlud** sorcier (est. *võlu* envoûtement)
võllõ, pr. **võlub** envoûter
võrgõ, pl. **-d**, part.sg. **võrta** filet (est. *võrk*)
võţim, pl. **võţmõd** clé (est. *võti*)
võttõ, pr. **võtab** prendre (est. *võtma*)
nāista võttõ se marier, prendre femme
algid võtagid vigaks ! excusez !
vȭidag, part. **vȭita** beurre (est. dial. *võid*)
vȭidags-lēba tartine
vȭlga, part. sg. **võlgõ** dette, dû (est. *võlg*)
vȭlgali~vȭlganika débiteur
vȭrbõz~vȭrõz étranger ; visiteur (est. *võõras*)
lȁdõ täm jūrõ vȭrbõks aller lui rendre visite
vȭrõstõz d'une façon étrange
jellõ vȭrõ-mõl vivre à l'étranger
vȭraz-jema belle-mêre
vieddõ, pr. **viedab** tirer ; conduire (est. *vedama*)
viga, pl. **-d**, part. sg. **viggõ** mal ; maladie ; dommage ; faute ; cause (est. *viga*)
mis um viga ? qu'est-ce qui ne va pas ?
äb uo viggõ ce n'est pas grave
ta võtab pa vigaks il prend cela mal
se um min viga c'est ma faute
kēras um pȁgiņ vigģi dans le texte il y a beaucoup de fautes
algid võtagid vigaks excusez !
réponse : **äb uo viggõ** de rien (=ce n'est pas grave)
vigali défectueux
vilkatõks loup-garou (lt. *vilkacis*)
villõ, pr. **vilub** s'habituer à (est. *viluma*)
ma um villõn strȭdõm je suis habitué à travailler
virgõ, pr. **vīrgõb** se réveiller (est. *virguma*)
viskõ, pr. **viskub** jeter (est. *viskama*)

vissõm~pavissam tout à fait (lt. *pavisam*)

viza, part. illat. **vizzõ** tenace (est. *visa*)

võtto vizzõ attraper, saisir

viza-kuoda prison

uks um vizas la porte est férmée

vīdõ, pr. **vīb**, passé **vīz** conduire, porter (est. *viima*)

vīerõ rouler (est. *veerema*)

vīertõ faire, rouler

vīla, part. **villõ** laine (est. *vill*)

vīļa, part, **viļļõ** céréales ; fruit ; avoir (est. *vili*)

tara vīļa légumes

vīm, part. **vīmõ** pluie (est. *vihm*)

vīmi pluvieux

vīn, part. **vīnõ** vin (lt. *vīns*)

vīri jaune (fi. *vihreä vert*)

muna-vīri jaune d'œuf

vīri-teb jaunisse

vīž manière, façon (lt. *vīze*)

sieda eņtšta vītõ de cette même façon

ūž vīž une nouvelle mélodie

vodagist petit déjeuner (< **vodlõ**)

sīedõ vodagiži manger le petit déjeuner

voddõrz, pl. **voddõrd**, part. pl. **voddiri** orge (est. *oder*)

vodlõ attendre (est. *ootama*)

voidõ, pr. **võidab** garder, prendre soin (est. *hoidma*)

voigõ, pr. **võigõb** nager (est. *ujuma*)

vol, part. sg. **voltõ**, élat. sg. **volsto** bière (est. *õlu*)

voļg, pl. **võlgõd** paille (est. *õlg*)

von, part. **vonnõ** bonheur ; chance (est. *õnn*)

vondi~vondzõ heureux ; chanceux

vondzist riekõ ! bonne route !

vorž, pl. **võrdõd** barre (est. *õrs*)

vostõ, pr. **vostab** acheter (est. *ostma*)

voza, part. **vozzõ** viande (est. S. *osa*, vote *õsa*)

voţšõ, pr. **voţšub** chercher (est. *otsima*)
võ~võ' cire (est. fi. *vaha*)
võ écume ; mousse (est. *vaht*)
võja , part. **vaijõ** peine, misère, tourment (est. *vaev*)
võjõ tourmenter ; persécuter
võlda être (voir I B 3)
võlikšõ gouverner, régner (est. *valitsema*)
võļikštõks gouvernement
väg, pl. **vägud** force, pouvoir (est. *vägi*)
suoda-väg armée
väga~väggõ très
vägtõ mettre de l'engrais (est. *väetama*)
vältõ pour rien, inutilement (lt. *velti*)
vändõ, pr. **vãndab** tresser, corder (est. *väänama* tordre)
vändi tordu, de travers
värt~vert valeur (est. *väärt*, lt. *vērts*)
äb uo värts cela ne vaut pas la peine
väzzõ, pr. **väzub** devenir fatigué (est. *väsima*)
vãrõd la grande porte (est. *värav*)

ä

äb-jõva mauvais, méchant ; diable (= non-bon)
äb jõva āina ivraie, mauvaise herbe
äb-knaš laid (= non-joli)
äb-muoistab incompréhensible
äda peur ; difficulté (est. *häda*)
volda ädas être en difficulté
ädagõ avoir peur ; s'effrayer
jara ädagõn effrayé, choqué
ädagtõ faire peur
äptõ aider (est. *aitama*)
äptõks aide
ärb, pl. **ãrbõd** cicatrice (est. *arm*)

ǟ

ǟmatõks fantôme effrayant (est. *ehmatus* frayeur)
ǟrga, pl. **-d**, part. sg. **ärgõ** taureau, bœuf (est. *härg*)
ǟrmatõks givre (est. *härmatis*)

ABRÉVIATIONS

adv.	adverbe
allem.	allemand
cf.	(<latin) *confer.* compare
comit.	comitatif
dat.	datif
dial.	dialectal
élat.	élatif
est. S.	estonien du Sud
est.	estonien
fi.	finnois
gén.	gén.
illat.	illatif
impér.	impératif
iness.	inessif
instr.	instructif
lt. Dn.	letton de Dundaga~Dondangen
lt.	letton
nom.	nominatif
part.	partitif
part.illat.	partitif/illatif
pl.	pluriel
postp.	postposition
pr.	présent
prép.	préposition
sg.	singulier
transl.	translatif
tr.c.	translatif/comitatif
v.	voir

BIBLIOGRAPHIE

L. KETTUNEN, *Livisches Wörterbuch mit grammatischer Einleitung* (Lexica Societatis Fenno-Ugricae V), Helsinki, 1938.

— *Untersuchung über die livische Sprache. I* , Phonetische Einführung, Sprachproben (Acta et Commentationes Universitatis Dorpatensis B, VIII, 3,) Tartu, 1925.

Eesti NSV Teaduste Akadeemia, Keele ja Kirjanduse Instituut, *Liivi vanasõnad*, I - II, Tallinn, 1981.

O. LOORITS, *Liivi rahva usund I*, (Acta et Commentationes Universitatis Dorpatensis B 1, XII), Tartu, 1926.

— *Volkslieder der Liven* (Õpetatud Eesti Seltsi Toimetused XXVIII), Tartu, 1936.

J. MÄGISTE, *Liiviläisiä tekstejä* (Suomalaisen Kirjallisuuden Seuran Toimituksia 276), Helsinki ; 1964.

Püwa Matteus Ewangelium lihbischki, Pehterburgs, 1880.

E.N. SETÄLÄ, *Näytteitä liivin kielestä* (Mémoires de la Société Finno-Ougrienne, 10 - 6), Helsinki, 1953.

S. SUHONEN, *Die jungen lettischen Lehnwörter im Livischen* (Mémoires de la Société Finno-Ougrienne, 154), Helsinki, 1973.

— *Liivin kielen näytteitä* (Castrenianumin toimitteita, 5), Helsinki, 1975.

E. TÕNISSON, *Die Gauja-Liven und ihre materielle Kultur*, Tallinn, 1974.

E. VÄÄRI, Livskij jazyk. *Jazyki narodov SSSR*, III, pp. 138 - 154, Moskva, 1966.

La plupart de ces ouvrages sont disponibles à la Bibliothèque Nordique - 6, rue Valette, 75005 Paris.

TABLE DES MATIÈRES

536260 - Juillet 2013
Achevé d'imprimer par

1livre.com
du rêve à la réalité !

Pim Allison

TRAC 9

Proceedings of the Ninth Annual

THEORETICAL ROMAN ARCHAEOLOGY CONFERENCE

which took place at
The University of Durham
April 1999

edited by

Garrick Fincham, Geoff Harrison, René Rodgers Holland
and Louise Revell

Oxbow Books 2000

Published by
Oxbow Books, Park End Place, Oxford OX1 1HN

ISBN 1 84217 007 4

This book is available direct from
Oxbow Books, Park End Place, Oxford OX1 1HN
(Phone: 01865–241249; Fax: 01865–794449)

and

The David Brown Book Company
PO Box 511, Oakville, CT 06779
(Phone 860–945–9329; Fax: 860–945–9468)

or from the Oxbow Books website

www.oxbowbooks.com

Printed in Great Britain by
The Short Run Press, Exeter

Contents

Acknowledgements

This volume presents 13 of the 25 papers presented at the ninth annual Theoretical Roman Archaeology Conference, at the University of Durham in April 1999. We would like to thank all those who contributed papers and posters, as well as those who attended. Thanks go to the organisers and discussants for the sessions: Phil Freeman, Andrew Gardner, Sîan Jones, Ray Laurence, Richard Reece, Julia Robinson and Jeremy Taylor. As ever, the smooth running was due to a large group of helpers, in particular Gesine Bruss, Florence Drew, Rebecca Gowland, Nic Holland, Ray Hunneyset, Ardle MacMahon, Melanie Nicholson, Christine Sheard, Kelly Spradley, Katherine Thomas, Shirley Waldock, Harvey Watt and Imogen Wellington. We would like to thank Simon James, Martin Millett, John Pearce and Jenny Price for their assistance and support throughout. Our thanks go also to the referees, to Sarah Poppy and Hugh Wilmott for help with the editing of the volume and to Yvonne Beadnell for the artwork on the front cover.

TRAC99 was generously sponsored by the Robert Kiln Charitable Trust, the Thriplow Charitable Trust and the Society for the Promotion of Roman Studies. We would also like to thank David Brown of Oxbow Books for his continued commitment to the publication of these proceedings.

Introduction

by The Editors

Like previous proceedings generated by TRAC the current volume contains an eclectic mix of papers that reflects the lively diversity of the conference itself. This poses a problem when attempting to introduce such a collection, in that there are few unifying themes or specific agendas around which to structure comment. This should not, however, be seen as a negative characteristic, rather a reflection of the different areas within which predominantly young scholars are operating with a theoretically informed approach. In an intellectual climate where were we moving away from the 'meta-narrative' of the Roman Empire as a homogenous hegemonic entity, we will surely also see a greater heterogeneity in ways of researching the past. The shear variability of past-lived experience demands a greater flexibility in our approach as archaeologists, and diversity is to be welcomed. This being the case, the purpose of this introduction is consider what insight the papers that follow offer on the many areas of current and developing research. It is also our intention to reflect upon the role of the conference as we move towards the tenth annual meeting. This is timely in the light of both the intention to hold a debate on the current state of theory in Roman archaeology at TRAC 2000, and a recent review of four TRAC volumes, the Second Conference, TRAC 94, 96, and 97 (Laurence 1999).

The review by Laurence is a good starting point, not simply to address published views on TRAC, but because it crystallises one strand of opinion about the conference. Some constructive criticisms are offered, principally the fact that a number of past papers have lacked significant theoretical content and that that many authors have failed to address theoretical developments in other areas of archaeology (Laurence 1999: 387). He points to the lack (in the four volumes that he reviewed) of attention paid to material culture, and offers Barrett (1997) as 'the nearest Roman archaeology has to a theoratised agenda'. These criticisms lead him, through specific comments on individual papers rather than a deconstruction of the conference as a whole, to conclude that 'we might question why theoretical Roman archaeology should have its own conference when archaeology as a discipline meets annually to discuss theory at TAG' (Laurence 1999: 390). However, this ignores the impact which TRAC has had on reshaping the agendas and discourse of Romanization and Roman imperialism; an impact highlighted during the Romano-British Research Agendas session at the Roman Archaeology Conference 1999. In this field, TRAC has had a profound influence on the study of Roman archaeology as a whole.

A second important point made by Laurence (ibid: 388-389) is the failure of TRAC to become seriously engaged with gender issues. In her introduction to the first TRAC volume, Eleanor Scott stated that one of her aims was to integrate other issues, particularly the study of women and gender (Scott 1993). These topics have remained largely ignored by the majority of TRAC delegates as they have by Roman archaeologists as a whole: instead they are left to the ancient historians and classicists. The challenge for TRAC lies in questioning our assumptions and increasing the theoretical scope of the discipline as a whole.

However, Laurence admits that some papers (more than he has space to mention) do make effective use of theory, and do engage with theory from other areas of archaeology (Laurence 1999: 389). Not all papers are 'successful' by Laurence's criteria. Yet over four volumes with a total of sixty-two papers, predominantly by post-graduates or the younger members of the profession, it would be unrealistic to expect all papers to be of equal calibre. This very fact exposes the fundamental nature of TRAC, and the reason why we should have no doubts about the future value of the conference. TRAC was set up as, and has remained, an egalitarian forum for the discussion of theoretical issues, and as such it provides an invaluable opportunity for all those within the discipline to discuss new ideas within a friendly, but respected arena. The mix of post-graduate students and established academics can provide an exciting and stimulating 'workshop' atmosphere, both in the conference hall and the coffee bar. The nature of theoretical debate is one of dialogue: new ideas and approaches need to be tested within such an atmosphere. Both the professional standing of some of the speakers and the consistently high attendance at the conference indicate how valuable such a forum is generally felt to be. Furthermore, the rapid publication of the proceedings allows debates to continue and ideas to be disseminated whilst they are still fresh.

TRAC's value as a first step into full academic life is also not to be underrated, giving the first time conference speaker the chance to voice thoughts in a friendly environment, and, in many cases, to publish a first paper. For those who take their involvement a step further, the experience of organising the conference or a session and editing the TRAC volume is invaluable training, and one of the principal motivations for establishing the conference in the first place. This is not to consign TRAC to the status of a 'post-graduate' conference, it is clearly more than that. It is accessible (something of value in itself) and offers a freedom that more a formalised forum would not.

Laurence also comments upon the lack of detail and depth in many of the papers, and the lack of thematic structure in TRAC proceedings, offering Laurence and Berry (1998, which was based upon *selected* TRAC papers) as an exception to this trend. The eclectic nature of TRAC has already been considered above, but it is worth noting that Laurence and Berry (1998) also suffered from the lack of a unifying thread, even though the papers it included were grouped around a central theme (see Fincham forthcoming). This is perhaps inevitable when dealing with conference contributions – and TRAC in particular. The strength of TRAC is its open nature, and enforced agendas and strict themes can only restrict debate in the long run.

The lack of detail in some contributions is unavoidable given the restricted format of the conference paper, and the small amount of time given to each speaker. This generates a necessarily abbreviated digest of an individual's research, and this also influences the final written form. But given the nature of the speakers, many of whom are engaged in doctoral research, it a surely obvious that these papers are not intended to be the finished product, but are interim reports of on-going work. If a skim through TRAC papers leaves the reader feeling that many are less substantial than might otherwise have been hoped, then it should be remembered that the ideas presented are still being formulated whilst also being advanced for discussion and criticism. They will not reach full fruition, nor have their full impact, until the projects of which they are part are complete. We should value a forum in which discussion and criticism can take place, and not suggest that it be wound up because some of the work on show does not reach the standard of those who are more advanced in their academic careers.

The inherent value of an event like TRAC aside, many of the papers in this current volume provide an important insight into the impact of developing issues within the study of the Roman Empire. Mattingly, in his introduction to *Dialogues in Roman Imperialism*, outlines a number of themes for future research directions in Roman archaeology (1997: 9 - 10). The exploration of identity and its articulation at different levels of society has evolved from the concept of discrepant perspective (Said 1993), and is particularly important. The poly-vocal nature the Roman Empire, and the different identities contained within it constitutes an immense variety, which is addressed at differing scales by several of the papers included here. Comparison between Revell's analysis of the creation of regional elite identity in Spain, Eckhart's regional lighting styles, and Fincham's diverse traditions of status display in the Fens illustrates the value of considering a multi-layered approach to levels of interaction within ancient society.

What is interesting is that in different ways each of these papers applies theory to the data, carrying the debate beyond the theoretical ghetto to a real application.

The consideration of regional Spanish elites and their methods of signifying Roman identity is an example of the construction of highly complex, multi-faceted identities, which were fluid and in continual negotiation, mediated through architectural forms. Ekhart's paper illustrates the use of 'Roman' material culture in a 'native' social context. It appears that objects were deployed according to local social conditions, to indicate degrees of status. Fincham addresses the difficulties of theorising survey data, but reaches a conclusion compatible with more detailed approaches, that there was significant cultural variability even at a comparatively local level in the Roman Empire. The application of theory in this way is an important indicator that theoretically informed approaches have the potential to influence differing aspects of archaeology.

Although it is an important thread running through many of the contributions in this volume, the issue of identity is not the only topic addressed here. Walsh's reassessment of the quality of evidence for on the maritime activity around Britain during the Roman period, and Mac Mahon's on the application of economic theory to Romano-British architecture illustrate the wide-ranging nature of TRAC. Another important traditional area of study is, of course, the Roman Army, and it is not neglected in this collection. Clarke explores the symbolic and ritual implications behind the deposition of artefacts and faunal remains at the Newstead military complex. He advocates the integration of these concepts with more traditional areas of exploration – for instance, the economic and technological – within our interpretation of society in the Roman period. This paper is complimented by that from Pegler, which builds upon previous studies emphasizing the practical and functional nature of cults and *collegia* within the Roman army. Pegler illustrates the advantages of exploring the social dimension of these institutions.

The chronological scope of the papers offered at TRAC underlines the theme of 'eclecticism' with several contributions focussing on late antiquity. Janes examines dramatic change in the built environment in northwest Europe at this time. Public, religious, and private buildings were lavishly constructed by church, state and landed elite in the fourth century AD, but by the seventh century such projects were largely restricted to the church. Ideas of cultural expectation, and the shifting techniques deployed in the negotiation of status, linked also to changing economic circumstance are used to help explain this phenomenon. Rushworth, looking at late North Africa, considers the collapse of Roman authority and how this led to the creation of successor states in the fifth and sixth centuries AD. These ideas are compared to the historically recorded, post-imperial collapse of the Chinese-Inner Asia frontier, and illustrate how the old Roman frontier zone became central to the new regional polities.

The two papers on faunal remains reflect the on-going development of critical approaches in material culture studies. Stallibrass, echoing the issues raised by papers on multi-layered identity, considers the animal bone from several Roman military sites in northern England. She concludes that people in such areas should be expected to have diverse origins, religious affiliations and ethnic identities. Complexity in the faunal evidence is thus the result of a wide variety of crosscutting and inter-related cultural and economic factors. Ciaraldi and Richardson focus on Pompeii, and examine the way in which the city exploited natural resources, and how the nature of 'rubbish' changed depending upon location within the urban centre. This allows consideration of how such resource exploitation was linked to the ritual lives of the inhabitants.

The final pair of papers presented here make use of Geographical Information Systems. GIS is a powerful tool, allowing the rapid processing of large amounts of spatial information (e.g. the location of sites), which may, at the same time, be linked to a relational database listing the attributes of those different locations. This makes the comparison of many different combinations of data possible, and pushes spatial analysis further than could be comfortably achieved using manual techniques. The role of such processing will almost certainly become more pronounced in archaeology in the future. It's utility and broad based applicability is illustrated both by Strutt in his analysis of the relationship between Portuguese Castro sites and Roman period settlement and by Tully's analysis of the settlement in the hinterland of Silchester. There are, however, concerns over GIS. It has been said that the very power of the tool can lead to a seductive reliance upon the framework that it enforces, and can encourage a structuralist, empirical, and environmentally determinist approach (Gillings 1998: 119-121). These difficulties do not render the tool useless, but do require that we actively consider the theoretical context within which this technique is deployed. It also reflects the growing debate over the connection (or lack of one) between archaeological theory and method. Given that the practice of archaeology is being questioned, it is important that this is done from the excavation itself to the publication of the final report.

This introduction ends as it began, with recognition that the variability of papers presented here renders it impossible to create a unified thematic framework for the volume. Such a structure would be artificial, given the different approaches and research interests of the contributors, and constraining, given that eclecticism is one of TRAC's chief strengths. Ultimately these papers should be read as what they are – a thought provoking snapshot of current research and an indication of how wider debates are impacting upon aspects of Roman archaeology.

Garrick Fincham
Geoff Harrison
Louise Revell
Rene Rodgers Holland

Bibliography

Barrett, J.C. 1997. Romanization: a critical comment. In D.J. Mattingly (ed.) *Dialogues in Roman Imperialism: Power, discourse, and discrepant experience in the Roman Empire.* Portsmouth, Rhode Island: Journal of Roman Archaeology Supplementary Series no. 23, pp 51-66.

Fincham, G.R. Forthcoming. *A review of 'Cultural Identity in the Roman Empire, Laurence and Berry (eds)'.* In the Journal of the Society of Antiquaries.

Gillings, M. 1998. *Embracing Uncertainty and Challenging Dualism in the GIS based study of a palaeo-flood plain.* In the European Journal of Archaeology volume 1, number 1.

Laurence, R. 1999. *Theoretical Roman Archaeology.* In Britannia XXX, pp 387-390.

Laurence, R, & Berry, J. 1998 (eds). *Cultural Identity in the Roman Empire.* London: Routledge.

Mattingly, D.J. 1997. Introduction: Dialogues of power and experience in the Roman Empire. In D.J. Mattingly (ed) *Dialogues in Roman Imperialism: Power, discourse, and discrepant experience in the Roman Empire.* Portsmouth, Rhode Island: Journal of Roman Archaeology Supplementary Series no. 23, pp 51-66.

Said, E. 1993. *Culture and Imperialism.* London: Vintage.

Scott, E. (ed) 1993. *Theoretical Roman Archaeology: First Conference Proceedings.* Avebury: Aldershot.

The creation of multiple identities in Roman Italica

by Louise Revell

The idea of social identity, its construction and display, has been an important development in archaeology in recent times. It arose as part of a movement away from the examination of long term processes as reified forces with an independent existence, towards the view that past societies are the product of the actions of the individuals and social groups inhabiting them. This has led to the problematization of identity and its construction. We can no longer see the self-definition of peoples as unproblematic descriptions such as woman, man, adult, child, elite, non-elite, each with an inherent meaning outside of its contextual restraints. Rather, identity is the product of interaction between the individual and the community, as created through repeated, significant practice. The concepts of agency and intentionality are central to this. Knowledgeable human actors use material culture as a means of negotiating their position within the hierarchical relationships of that society. The relationship between that past society and the archaeological artefact then becomes problematic: the artefact does not have any intrinsic meaning, but many meanings, which are created through social practice. To describe a certain area of a building as elite or masculine space, for example, is not necessarily inaccurate. Rather it misses a step in the intellectual process: that the space is a resource used by a member of the elite or by a man in a repetitive and appropriate way. Furthermore, the simple equation of artefact and identity sets up a direct one-to-one relationship and obscures the possibility of one artefact being used to express multiple facets of identity. Instead, the artefact is given a contextual meaning through use in the repetitive rituals of daily life, the same rituals used by the social actor to recreate their identity.

Central to this view of identity is the idea of personal performance, which originated in Erving Goffman's report *The Presentation of Self in Everyday Life* (Goffman 1956). In this, he explored the way an individual or a team present a self-conscious image of their own personna in the presence of other social groups. Goffman analysed the techniques used by the performance team in order to control any social situation: the information they present about themselves and the impression the audience holds of them. Settings and props are used to contribute to the display, and situations of co-presence are events which must be worked at by all the participants, with varying degrees of self-monitoring. The performance is regulated by a set of values held by that society: each person acts with the expectation that others will value and treat them in a way appropriate to that performance. These theories were initially developed and applied by those with direct access to the performance itself, where reproductive practice can be observed and recorded in its entirety at the moment of the performance. However, in archaeology, we are left with the differential preservation of the staging and the props in the material record, and it is very rare that we have access to the performance itself. Thus we are left to infer how individuals used material culture to create identity and what those identities might be from the incomplete record of the performance act.

Social identity is not something inherent to the individual, but rather must be created and reproduced through moments of co-presence using the artefacts which constitute our archaeological record. However, one of the main points I wish to explore in this paper is that identity is not a single element, but a matrix consisting of numerous elements, any of which might be dominant in differing social situations. Thus an individual not only has to create their ethnicity, but also their age, gender and status; any individual social identity represents the continual negotiation of these multiple elements. The concept of identity within Roman archaeology has been largely used to shed new light on the Romanization debate and the exploration of ethnicity has tended to dominate current literature (for example Jones 1997; Berry and Laurence 1998). Far less work has been carried out on issues such as status, gender or age. This is not to deny that the reaffirmation of ethnic identities is an on-going process. Although the society I am dealing with might be described as romanized, identity is not something which once acquired, no longer needs reaffirming. In the routines I shall explore, the social actors are continuously renewing their ethnic identities. However, in this paper I want to discuss how other elements of identity are differentiated and how power hierarchies are established through them.

The site that I propose to deal with is Italica in the Spanish province of Baetica. There was a Turdetanian settlement here prior to the Roman conquest, with evidence of activity from the fourth century onwards. The historical sources suggest that Scipio Africanus settled a contingent of Roman soldiers on the site in 205BC. However, due to its location under the modern village of Santiponce, the Republican and early imperial settlement are poorly understood, and very little can be said with any certainty about this period (Keay 1997 provides a critical survey of this evidence). In the early second century Hadrian granted his native town colonial status, with the new title of Colonia Aelia Augusta Italica, and a thirty-eight hectare extension was built incorporating temple, amphitheatre, baths and opulent domestic residences (Rodriguez Hidalgo and Keay 1995:404-13). At the same time, the theatre in the old town was refurbished and a large podium temple was constructed overlooking it. As a heuristic tool, I shall use an inscription found in the large monumental temple at the heart of the Nova Urbs. This dedication to Apollo was set up by Marcus Sentius Maurianus, one of the urban magistrates. I shall investigate how Maurianus might have used the architecture as a way of expressing certain things about himself and his own identity, and how that might have differed from the experience of other members of the community. In doing so, I make no claims to be accurately reconstructing his personal experiences; rather I am using the information he has given about himself as a way of exploring these issues.

First, I wish to deal with the inscription itself as an act of dedication. The inscription was found during excavations at the so-called Traianeum, the large monumental temple at the heart of the Nova Urbs, believed to be connected to the imperial cult (León 1988). It was found in the plaza, where there were also remains of four rows of statue bases, two to the north and south of the temple (*ibid.* 41-2). It seems a reasonable assumption that this inscription came from one of these bases, possibly as a dedication for a statue. The inscription itself reads:

APOLLINI AVG SACR

M SENTIVS M F SERG MAURIANUS

ITALIC AEDIL IIVIR AUGUR PERPETVVS

COLON AEL AVG ITAL EX ARG P C D

To Apollo Augustus, Marcus Sentius Maurianus, son of Marcus, of the voting tribe Sergia, and resident of Italica, aedile, duovir, augur perpetuus of Colonia Aelia Augusta Italica, set up this dedication from silver weighing 100 pounds

(*ibid.* 110)

Here Maurianus is using a very public and highly prestigious area to demonstrate his own status through the erection of the dedication. As was typical Roman practice, he also used the inscription as a means of publicly establishing his own authority through the reiteration of his official titles, of aedile, duovir and augur. As power was both acquired and manifested through the urban magistracies, Maurianus is demonstrating to the rest of the community his position within the local hierarchies. As these offices were restricted to men who had reached a certain age and possessed a degree of wealth, they also provided one means of differentiating certain groups within the society by criteria of gender, age and wealth. And in carrying out the daily routines associated with these positions, Maurianus also publicly reaffirms these separate elements of his own identity.

Secondly, I wish to look at the use of the buildings within Italica and how Maurianus might have experienced them. Roman architecture provided the setting for the face-to-face encounters which served to differentiate social groups. The criteria might be connected with the buildings themselves, such as access to privileged areas and different means of moving through the building, or to the different activities, clothing or gestures deemed appropriate for the ceremonies taking place within them. Within this, there is the recurrent theme of inequalities being expressed. As the various social groups were formed, some are privileged as of higher status and greater access to power than others. In the rest of this paper, I propose to examine two specific buildings from Italica and the rituals associated: the Traianeum and the amphitheatre.

The Traianeum is a fairly typical large Roman temple complex. It lies at the junction of the *cardo maximus* and the *decumanus*, and at the highest point of the city (León 1988). It consists of a monumental front facade, a rectangular courtyard surrounded by porticoes and a large podium temple at the centre with an altar in front. The large quantities of architectural marble found during the excavation point to an opulent, polychrome decoration. In terms of the ceremonies associated with the temple, there were two distinct roles for Maurianus: the first as augur, and the second as a magistrate during the sacrificial act. Urban priesthoods were one of the key methods of establishing high status within Roman society, and the ceremonies surrounding them manifested that status and power to other members of that society (Gordon 1990: 224-31). At Rome itself, the first step a young man might expect to take on the *cursus honorum* was to become an augur (Szemler 1986: 2328-30). As it was bound by qualifications of age and gender, it was a way of differentiating between men and women, and of marking the transition from child to adult. It was a responsible position, involving the public rites of taking the auspices at the *inauguratio* of any event, including the inauguration of persons, ceremonies and places (Linderski 1986: 2190-225). The augur wore a specific costume, the *toga praetexta*, with his head covered during the actual sacrifice, and he carried the *lituus*, the curved staff of the augur (*ibid.* f/n 411). Thus his distinctive clothing set him apart from others, acting as a visible testimony to his powerful position. This authority was reinforced by his access to specific knowledge: the augural laws and the books of pronouncements (*ibid.* 2241-56). These books traditionally included the inauguration rites, ceremonial procedure and the rules for taking the auspices from the birds and the sky. Whether they would have existed in the same form in Italica as in Rome is unclear, but the augur's responsibility for pronouncing on the validity and the meaning of signs from the gods and for officiating at ceremonies would have demonstrated his access to such knowledge in the presence of an audience without the same authority.

We also know that Maurianus served as both aedile and duovir. As such he had the authority to carry out sacrifices on behalf of the community, a privilege limited to those possessing *auctoritas* such as the *paterfamilias*, the magistrates and the priests (Hornblower and Spawforth 1996: 1345-6). The sacrifice as a ceremony became a way of establishing that authority and of denoting gender, as with a few exceptions women were banned from sacrificing (Schied 1992: 378-80, 406). The altar in the Traianeum lies at a focal point within the precinct, directly aligned with the front entrance and the temple itself (León 1988: 44). Its prominence supports the idea that sacrifice would have formed an important part of the ritual activity within the temple. By virtue of his authority as a magistrate, a man such as Maurianus would have carried out such ceremonies in the Traianeum itself. As presiding magistrate, his duties involved pouring wine over the victim's brow, sprinkling its back with salted flour and passing the sacrificial knife over its spine to symbolise the transfer of the offering from human to divine possession (Hornblower and Spawforth 1996: 1345). After the killing and the opening of the corpse, he then inspected the entrails to decide whether the victim was acceptable to the gods. Through his central role in the performance of these rites, Maurianus was both demonstrating and reaffirming his identity as a man, as an adult, and as a person of high status.

However, we should not merely make the equation of temple equals elite, adult, male, as the picture can be complicated in two ways. The first is the ritual of the sacrificial banquet. After the entrails were offered to the gods, the rest of the meat was prepared for human consumption. The procedures for this are poorly understood, but participation in the banquet could provide the means for differentiating between different social groups, such as members of a *collegium*, citizens and non-citizens, men and women (Hornblower and Spawforth 1996: 1345). Furthermore, the sacrificial beasts were provided by a donor who would use the occasion to mark their status in the community, possibly commemorating the event with an inscription. The epigraphic record indicates that in Spain, this was not confined to elite men, but was one way open to other groups such as women or freed slaves to express their own position within the community. The second aspect is indicated by the discovery of another inscription in the Traianeum, set up by Vibia Modesta (León 1988: 110-3). It celebrates her donation of a statue and a crown and has been dated to the late 3rd century AD. In the inscription, she describes herself as *bis flaminica*, that is flaminate priestess for the second time. Here we see one of the few ways a woman of status might acquire and demonstrate political authority. The priesthood was the only public office a woman might hold, but Delgado Delgado's work on the religious offices of Baetica indicates that here it was fully exploited by certain women as a way of establishing their own elite identity. The criteria for eligibility are unknown: at Rome the qualification for flaminica was being married to a flamen and the status of the woman was dependent upon that of her husband (Schied 1992: 384). However, it has been argued that the evidence for the imperial cult demonstrates that a woman could hold office in her own right (Mackie 1983: 63). Regardless of this debate, it is clear that the flaminate was usually held by women of high status. The duties of priestesses are also unclear given the Roman taboo concerning women butchering sacrificial meat. Nevertheless, we see here that some of the rituals associated with a temple - setting up inscriptions, acting with authority and acts of munificence towards the community - provided a means for an elite women to establish her status in a public setting which we might normally consider to be the preserve of the male.

A second building where we can clearly trace group interaction is the amphitheatre. Placed just outside the city walls, it exploited a natural valley, closing it to the east and west with monumental facades. These facades consisted of a series of rooms and galleries which in turn provided different access routes to the three tiers of seating (Corzo Sánchez 1994). The layout of the entrance and these galleries clearly differentiates the various groups of people using the building. Those who sat in the front rows had easier access via the two gates to the side of the main entrance, with the use of the major and minor side-rooms; the perimeter gallery accessing the first rows was wider, with proportionately more access stairways. Those sitting further up did not have the same access to these rooms, and they were largely segregated in the passageways and stairways. The service personnel and all those involved in the business of presenting the displays had a completely separate set of entrances and access passageways to the service areas. Those sitting in the two tribunals had exclusive use of the vestibules below, with vaulted niches provided presumably for depositing clothes. These rooms preserve clear traces of stuccoing and painting, and two staircases led from each to the tribunals, giving them an uncrowded passage to their seats. Rawson's work on the lex Julia theatralis demonstrates that the seating in theatres and amphitheatres was divided according to the strict divisions within Roman society (Rawson 1987). Thus women were segregated from men with their own section of the seating near the back. Similarly, the slaves were separated from the free, and boys from adult men. Further forward, the equestrian order had its own reserved area, traditionally 14 rows, and the most privileged sat in the front rows. In this way, the different social groups were publicly marked out by their seating and their means of access to those seats.

It is clear that as a man of high status within the community, as magistrate and as augur, Maurianus would have had a different experience of attending the games to other members of the population. As augur, one of his privileges was that of watching such spectacles from the prestigious seats, allowing him access to the entrance rooms and as well as giving him a seat in the fist tier, which he may have reserved by inscribing his name (for inscriptions reserving seats from the amphitheatre at Italica, see CIL II 5102-16). Furthermore, we also know that Maurianus served as duovir and aedile. The Lex Coloniae Genetivae stipulates that both magistracies were responsible for producing shows or dramatic spectacles, and that the aediles in particular should produce one day of gladiatorial combats or games in the circus (Crawford 1996: chapters LXX, LXXI). It is likely that the colonial charter for Italica would have included similar duties, and so in the course of his career Maurianus would have produced a set of games in the amphitheatre. During this event, his powerful position may have been marked by a central role in the *pompa*, the ceremonial procession proceeding such spectacles, accompanied by lictors and *fasces* as symbols of his office (Wiedemann 1992: 93-4. figure 14). He would have been able to use the elaborately decorated, private vestibule, and to watch from the comfort of the tribunal. In this way, a member of the elite such as Maurianus routinely reaffirmed his identity in the presence of the other members of the community.

One final area of the amphitheatre which appears to have been used by those of high status was one of the large side rooms adjoining the entrance. Here a number of votive stones have been found, the so-called *plantae pedum* (Canto 1984). These show one or two pairs of feet, with a dedication to Dea Caelestis and the name of the dedicator. The names show that most of the dedicators were persons of standing - free men with *tria nomina*, including a *sacerdos coloniae* and a possible *patronus*. Thus this area seems to have been used predominantly by those of rank, presumably incorporating some form of rituals that we can only guess at, although Canto has suggested that it might be connected with their duties as magistrates. As in the Traianeum, there is one inscription by a woman, demonstrating again that religious practices might provide a means for women to express elite identity.

In this paper I have demonstrated how the architectural layout of two buildings and the public ceremonies which took place in them provided a way for certain members of one community to routinely recreate their own social identities through routinized encounters of co-presence. Differential experiences of these encounters provided the means for distinguishing social groupings by age, status and gender. We should not treat these identities as static, but as continual negotiations. The material culture of our archaeological record provides the setting and the props for the encounters of group interaction. Integral to these identities are the ideas of hierarchy and unequal access to power. Within these groups some were considered ideologically superior to others: men superior to women, adults to children, and the rich to the poor. Furthermore, the activities which distinguished between these groups also symbolised and perpetuated these hierarchies. Whilst I have concentrated on how the more powerful identities were formed, it must be remembered that this involved the participation and the acquiescence of the rest of the community, who were similarly establishing their own position within that society. However, we should not look for strict dichotomies, as one element of any identity might contradict the norms expected from another, thus blurring the picture. It is the combination of these multiple elements which led to the discrepant experiences within any single society.

Department of Archaeology, University of Southampton

Acknowledgements

Much of the research for this paper was carried out at the Department of Prehistory, Complutense University, Madrid, under the Socrates programme; I would like to thank the staff there for their help and hospitality throughout my stay. I would also like to thank Pam Graves and Martin Millett for reading and commenting on earlier versions of this paper; any errors remain my own.

Bibliography

Berry, J. and Laurence, R. 1998. *Cultural identity in the Roman Empire*. London: Routledge.

Canto, A.M. 1984. 'Les plaques votives avec plantae pedum d'Italica: un essai d'interpretation', *Zeitshrift für Papyrologie und Epigraphik* 54. 183-194.

Corzo Sánchez, R. 1994. El anfiteatro de Itálica', *Bimilenario del anfiteatro romano de Mérida. El anfiteatro en la Hispania romana*. Badajoz: Junta de la Extremadura. 187-211.

Crawford, M.H. 1996. 'Lex Coloniae Genetivae', in Crawford, M.H. ed. *Roman Statutes*. Bulletin of the Institute of Classical Studies Supplement 64. 393-454.

Delgado Delgado, J.A. 1998. *Elites y organizacion de la religion en las provincias romanas de la Betica y las Mauretanias: sacerdotes y sacerdocios*. British Archaeology Reports International Series 724.

Goffman, E. 1956. *The presentation of the self in everyday life*. Edinburgh: University of Edinburgh.

Gordon, R. 1990. 'The veil of power: emperors, sacrificers and benefactors', in Beard, M.J. & North, J. eds. *Pagan priests. Religion and power in the ancient world*. London: Duckworth. 199-231.

Hornblower, S. & Spawforth, A. eds. 1996. *Oxford Classical Dictionary*. 3rd edition. Oxford: Oxford University Press.

Jones, S. 1997. *The archaeology of ethnicity: constructing identities in the past and present*. London: Routledge.

Keay, S.J. 1997. 'Early Roman Italica and the romanization of western Baetica', in Caballos, A. & Leon, P. eds. *Itálica MMCC. Actas de las jornadas del 2.200 aniversario de la fundación de Itálica*. Seville: Consejería de Cultura. 21-47.

León, P. 1988. *Traianeum de Itálica*. Seville: Monte de Piedad y Caja de Ahorros de Sevilla.

Linderski, J. 1986. 'The augural law', in Temporini, H. & Haase, W. eds. *Aufstieg und Niedergang der Romischen Welt II 16.3*. Berlin: de Gruyter. 2146-2312.

Mackie, N. 1983. *Local administration in Roman Spain. AD14-212*. British Archaeology Reports International Series 172.

Rawson, E. 1987. 'Discrimina ordinum: the lex Julia theatralis', *Papers of the British School at Rome* 55. 85-114.

Rodriguez Hidalgo, J.M.& Keay, S.J. 1995. 'Recent work at Italica', in Cunliffe, B. & Keay, S.J. eds. *Social complexity and the development of towns in Iberia from the Copper Age to the second century AD*. Proceedings of the British Academy 86. 395-420.

Schied, J. 1992. 'The religious roles of women', in Schmitt Pantel, P. ed. *A history of women in the west. I. From ancient goddess to Christian saints*. Cambridge, Massachusetts: Harvard University Press. 377-408.

Szember, G.J. 1986. 'Priesthoods and priestly careers in ancient Rome', in Temporini, H. & Haase, W. eds. *Aufstieg und Niedergang der Romischen Welt II 16.3*. Berlin: de Gruyter. 2314-2331.

Wiedemann, T. 1992. *Emperors and Gladiators*. London: Routledge.

Illuminating Roman Britain

by H. Eckardt

The question of how identities were constructed and negotiated in Roman Britain has been at the centre of archaeological debate for some time. Initially conceived almost exclusively in terms of a "Roman" and "Native" dichotomy, and more specifically in terms of Romanization, this discussion has centred on how we can identify and interpret the changes in material culture that undoubtedly occurred after the Roman conquest and increasingly on how we can address the ways in which modern perceptions influence our research (Hingley 1994; Millett 1990; Woolf 1998).

More recently, there has been a growing awareness that "identity" cannot be adequately understood as a simple Roman-native divide but encompasses a wide range of self-perceptions and allegiances. Different levels of identity (such as gender, status, regional and ethnic identity) can co-exist, overlap and are subject to change.

Of particular relevance is the concept that identity is constructed and negotiated through the daily and ritual use and experience of structures and objects (Bourdieu 1977). Material culture plays an active role in structuring individual and group identity and the choice and selection of particular objects can play an important part in the creation of social differentiation (Bourdieu 1984). Even in societies where production and consumption are almost wholly divorced, the very acts of selection and use can transfer an "object of price value and estrangement to being an artefact invested with particular inseparable emotions" (Miller 1987: 190).

Although the importance of material culture in the negotiation of identity has long been recognised on a theoretical level, the scale of analysis often does not allow for a detailed examination of objects with the result that the complex and often awkward evidence is forced into bland and generalized statements. I would suggest that such a very general theoretical approach underuses the potential of Romano-British material culture just as much as those - essentially antiquarian – find reports which simply list objects found on a given site.

Clearly, there is a need for more cognitive material culture studies [1] which move beyond mere identification to unravel an object's functional and symbolic connotations as well as the cultural context of its use.

The aim of this paper is to develop a methodology and present a case study of how material culture might be used to approach the subject of identity in a more fruitful way, using the specific example of Romano-British lighting equipment.

Why lighting equipment ?

The group of material culture chosen for this purpose is lighting equipment, that is lamps and candlesticks. Traditionally [2], lamps have been studied in terms of art-history, typology, chronology and economic history but I will argue that the use of lighting equipment represents a complex cultural practice with strong social and economic implications.

A certain level of technical expertise was needed to manage for example the wick which had to be trimmed to obtain maximum light and reduce smoke and waste. More importantly, the use of lighting equipment demands a continuous supply of fuel and regardless of whether the fuel was oil, tallow or wax, all artificial lighting therefore required the burning of what was essentially a food resource. The ability and choice to 'burn food' represents a significant level of status and wealth, especially when we consider that substantial numbers of lamps might be needed to light a building.

The economic implications of providing artificial light are well demonstrated by a reference in the *Liber Pontificalis* (Davis 1989: 17) describing endowments made by Constantine to the early Roman church. The list includes several estates, the substantial income from which was designated to providing lights for the Constantinian basilica. More recently, in the case of an 18th century lighthouse at Eddystone, Plymouth "it was a matter of complaint that the keepers, who had to find their own provisions, were at times reduced to eating the candles" (Robins 1939: 137).

The desire for artificial light is in itself culturally significant and might well relate to social activities such as dining, reading and writing for which the already available hearths, fireplaces and torches were apparently no longer deemed adequate.

Using lighting equipment thus represents a significant cultural and technological choice and as a host of recent studies (e.g. Lemonnier 1993) illustrates, such a selection of a particular technology is not necessarily determined by its effectiveness and usefulness but rather embedded in social relations of power and identity.

Methodology

Lighting equipment from the whole of the province has been collected in a systematic literature survey. Such a project is still possible in Roman Britain because of the relatively low numbers of lighting equipment found here. Circa 1500 published lamps and candlesticks have been recorded from this province so far; in contrast, the collection of the Landesmuseum Trier alone comprises more than 2700 ceramic lamps (Goethert 1997: 9). This relative scarcity of lamps in Roman Britain might in itself be of interest for our understanding of the province.

The decision to collect all forms and materials of lighting equipment – which are normally studied by separate specialists – but were clearly all used to fulfil the same general function - represents an important aspect of my collecting policy. It is thus possible to observe changes over time and to contrast the differential usage of the closed oil lamps with that of the open tallow lamps and with candlesticks. It also allows us to identify potential regional variation in the use of lighting equipment.

In order to understand how the use of lighting equipment in Romano-British society relates to identity a deliberately contextual approach has been chosen. As originally defined by Hodder (1987), 'contextual' is here understood to include the function and action of an object as well as the particular, historically embedded, content of meaning it had within the framework and structure of contemporary material culture.

For the purpose of this paper I would like to focus on the cultural context in which lighting equipment was used and how that might have changed with time and in different regions.

Predictably, there are a number of problems with such a contextual approach. These include the practical problems of changing site function and residuality and more importantly, the methodology and terminology with which Romano-British sites are traditionally approached. Much effort is still wasted attempting to fit the complex archaeological evidence into either modern classification such as 'Small Town' or into ancient status assessments such as 'municipium' or 'civitas capital'.

Instead I have chosen very broad categories to assess the archaeological contexts of lighting equipment from Roman Britain (see Fig. 2 below). Context categories were defined as 'Military Sites', 'Large Urban Centres' and 'Small Urban Centres' and 'Rural/Villa' sites. Clearly, these categories reveal only a very simplified picture of the cultural context of lamp usage in Roman

Britain and they will be further refined for more detailed analysis. In particular, London is so different from other large urban sites that it should really be in a category of its own and the 'Rural/Villa' category is heavily biased towards villa sites.

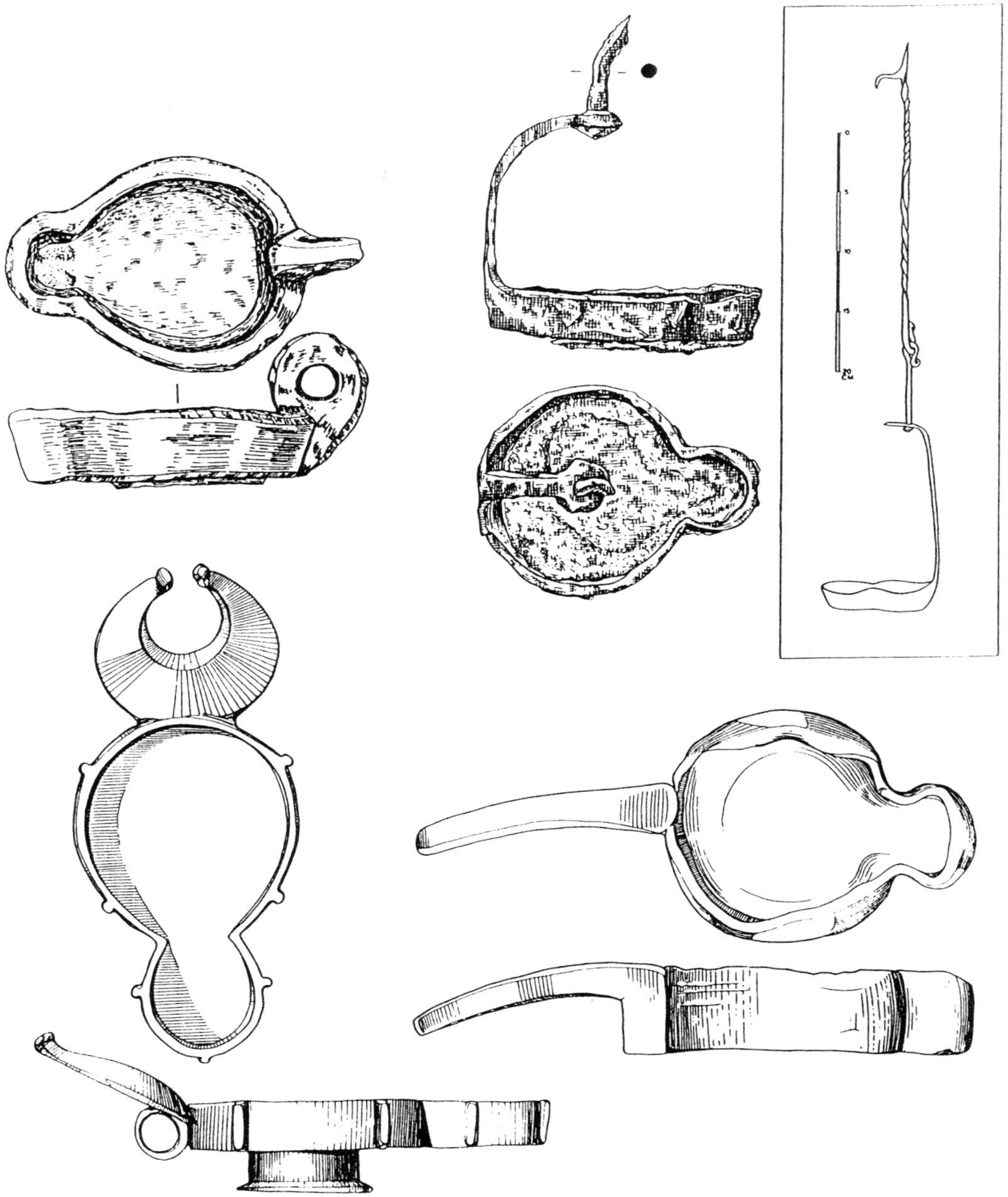

Figure 1 Characteristic forms of Ceramic, Iron, Copper-alloy and Lead Open Lamps (After Frere 1972: fig. 142.6; Bailey 1996: Q3754, Q3752, Q3762; Manning 1985:fig. 26).

A native kind of lamp?

For this paper, I have chosen to focus only on open lamps. Open lamps are usually of a figure-of-eight shape and can be made of ceramic, iron, lead and copper-alloy (Fig. 1). They are sometimes interpreted as lampholders or lampstands for oil lamps but from the burial evidence and burning marks in the circular wick-rest of ceramic examples it seems almost certain that they functioned as lamps in their own right.

Open lamps are thought to have burnt animal fat or tallow, although in the case of the Beddington lamp the use of olive oil has been suggested (Adkins & Adkins 1983).

The nature of the fuel and the lack of sophistication and decoration of the open lamps have meant that they have traditionally been interpreted as the lighting equipment of the poorer, rural, non-military and less romanized population. Loeschke (1919: 146) describes iron open lamps as "stable-lamps" emphasizing their functional role as opposed to the aesthetic and cultural appeal attributed to the ceramic and bronze oil lamps. Leiburdgut (1977: fig. 18) uses the proportion of oil versus tallow lamps as an indicator of Romanization (and of the presence of the military) on various sites in Roman Switzerland.

A study of the contexts of published open lamps from Roman Britain (Fig. 2a) indeed shows that open lamps were used in 'smaller' towns and the countryside. However, considering the traditional view of open lamps as indicators of a rural and 'less romanized' population, it is surprising how strongly open lamps are represented on military sites and the large urban centres.

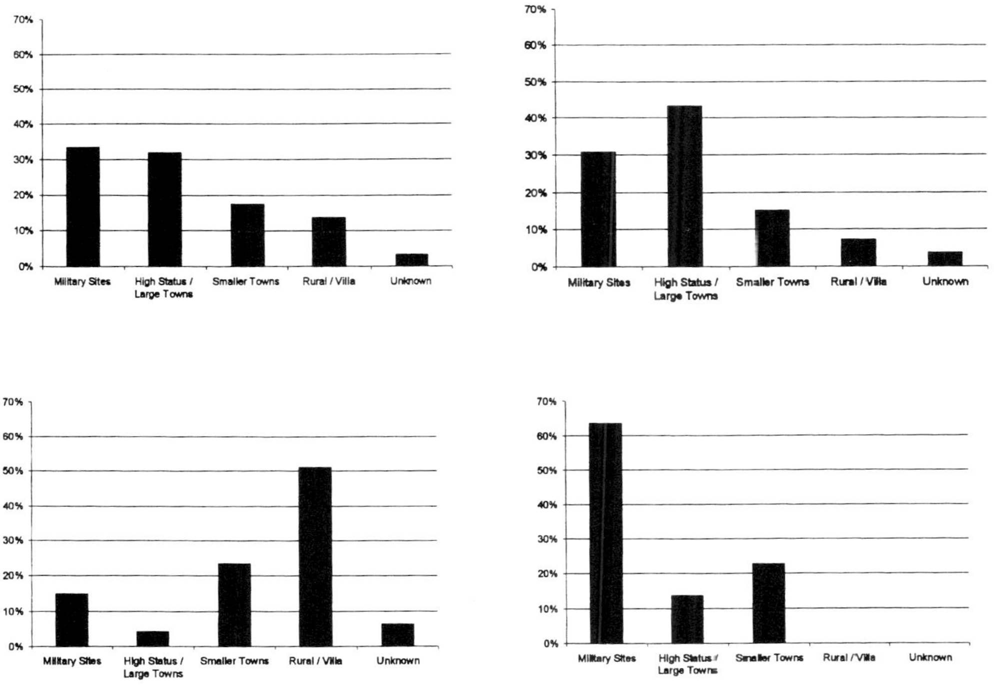

Figure 2 The contexts of Open Lamps in Britain: Figure 2a (Top left) The contexts of Open Lamps (regardless of material); Figure 2b (Top right) The contexts of Ceramic Open Lamps; Figure 2c (Bottom left) The contexts of Iron Open Lamps; Figure 2d (Bottom right) The contexts of Lead Open Lamps.

In order to reveal any further differentiation in the ways open lamps were used, the lamps were studied according to the material they are made of. Analysis by material will show that the overall context pattern for open lamps (Fig. 2a) in fact masks a complex and strongly differentiated usage of this type of lamp.

Circa three hundred open lamps have been recorded in a systematic literature survey; as expected, ceramic lamps are by far the most common but lead and iron open lamps also occur in significant numbers (Fig. 3). Copper-alloy (and stone) lamps are very rare.

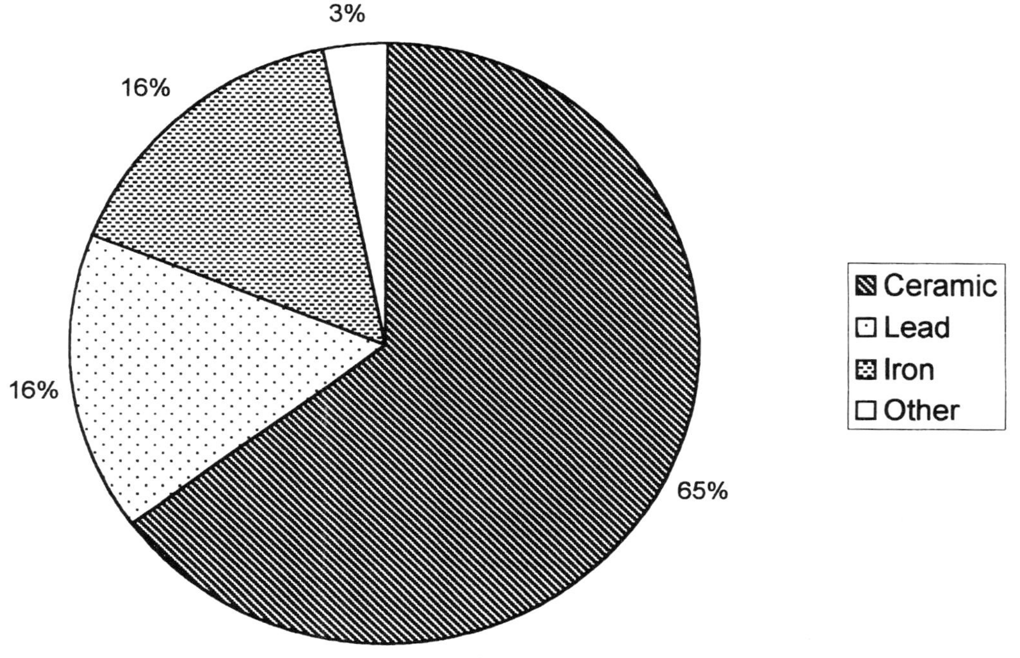

Figure 3 The materials of Open Lamps

Ceramic open lamps

The contexts of ceramic open lamps show a very strong military and urban bias; few ceramic open lamps appear to reach smaller towns and the countryside (Fig 2 b). This impression is confirmed when we examine only the most common type, those of a 'figure-of-eight' shape (Loeschke Type XI). Again the military and especially the urban bias is very marked, with more than half (54 %) of Loeschke XI lamps coming from London and the coloniae. In the countryside the few known examples all come from villa sites, and then usually from sites such as Ashtead, where there is also evidence for tile and pottery production. The distribution map (Fig. 4 a) illustrates the relatively widespread occurrence of ceramic open lamps across the south, and particularly the southeast, of the province.

Both the context graph and the distribution map to some extent mask the fact that the use of ceramic open lamps is very restricted. Even within the military and urban categories, very few sites – in particular London, Colchester, Verulamium and Usk – are dominant. This restricted distribution of ceramic open lamps could be due to chronological factors as the majority of ceramic open lamps might well be of a pre-Flavian date.

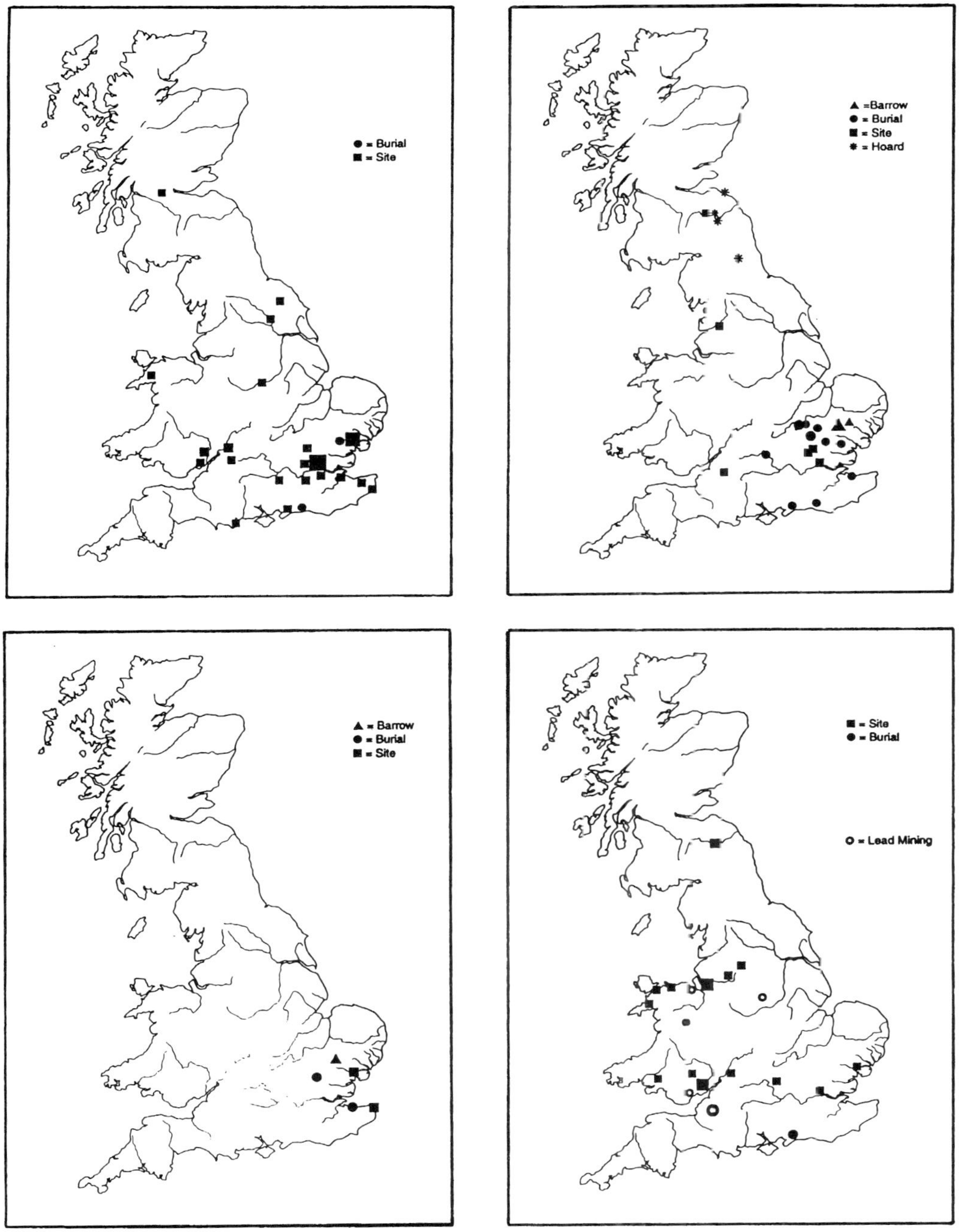

Figure 4 The distribution of Open Lamps in Britain: Figure 4a (top left) The distribution of Ceramic Open Lamps (Type Loeschke XI);Figure 4b (top right) The distribution of Iron Open Lamps (Hanging Lamps); Figure 4c (bottom left) The distribution of Copper-Alloy Open Lamps; Figure 4d (bottom right) The distribution of Lead Open Lamps (with horizontal handles)

In conclusion it could be argued that while ceramic open lamps might indicate a lesser degree of *Romanitas* on the continent, in Britain their use is restricted to a relatively small number of sites. These sites tend to be of a very urban character and are often, but not necessarily, military. Overall there is very little penetration into the countryside.

Iron open lamps

Compared to the ceramic examples, iron open lamps were clearly used by a different section of the Romano-British population. Military sites and towns are still strongly represented but a high proportion of iron open lamps comes from 'Small Towns' and especially 'Rural / Villa' sites (Fig. 2 c).

To avoid confusing the picture by comparing types of varying date, only the most common type of iron open lamp – the hanging lamp (Fig. 1 b) – was chosen for more detailed analysis. This type of lamp is attached to a rod that ends in a sharp point with an L-shaped hook set just below the top. It could be suspended by either hanging from a beam or ledge by the L-shaped hook or by piercing the pointed tip directly into a beam (Manning 1985: 99, fig. 26). These lamps could also be carried by holding the rod in a vertical position and if necessary they could stand on their flat base.

More detailed analysis of the contexts of these iron hanging lamps reveals an interesting pattern. The vast majority of examples come from burials, with a further five hanging lamps known from hoards; the type appears to be a rare settlement find (Fig. 5 a).

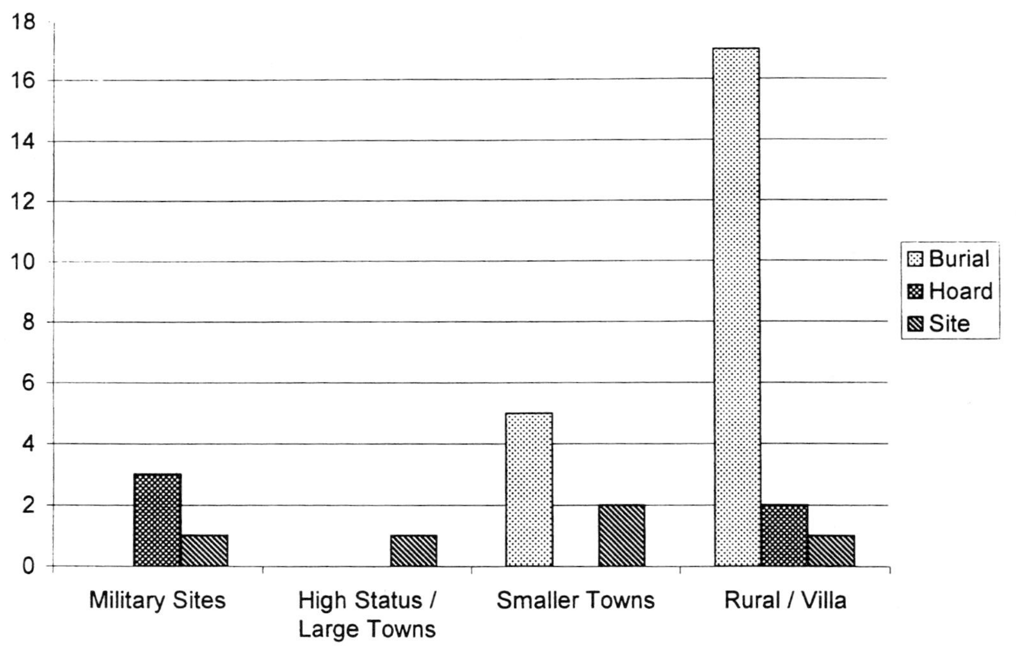

Figure 5a The detailed depositional contexts of Iron Open Lamps

This graph also illustrates that burials containing this type of lamp occur on particular sites, namely on 'Rural / Villa' sites and smaller towns. Mapping the spatial distribution of these burials with iron hanging lamps reveals a regional cluster in the south-east of England, with finds from Essex, Suffolk, Kent and Hertfordshire (Fig. 4 b).

The issue of source criticism is obvious. Iron lamps are large metal objects and as such will survive only under exceptional circumstances; effectively, we might be mapping the distribution of a particular burial custom rather than the extent of usage of these lamps. I would suggest however that the inclusion of iron open lamps in these burials is significant with regard to the perception and use of lamps by a particular section of the population. A more detailed study of these burials may thus prove worthwhile.

Burials with iron open lamps are set apart from other, poorer burials in the area by the choice of grave-goods and in some cases by the construction of barrows.

In Britain, Roman barrows are found mainly in the south-east but it is now clear that their distribution is not restricted to that area (Dunning & Jessup 1936; Jessup 1959; Foster 1986: 188-195). Roman barrows occur singly or in groups and are usually cone-shaped with a flat top; they appear to be located preferentially in the vicinity of villas and minor roads. Burial is usually by cremation. The glass or pottery vessel containing the cremated remains is placed with the often very rich grave goods in a wooden or brick burial chamber; stone chambers are relatively rare (Wigg 1993 a).

The majority of these barrows are dated to the period from the late 1st to the mid/late 2nd century; some 3rd century barrows are also known (Foster 1986: fig. 45; Jessup 1959: 2).

The similarities between the barrows of England and Belgic Gaul are well known and might well represent the far-reaching contacts existing between native elites before and after the conquest. A connection with Belgic Gaul is also evident in some of the gravegoods chosen for these Romano-British high-status burials; this is especially true for enamelled vessels, such as those from the Great Barrow at Bartlow Hills and from a rich burial at Elsenham, which are thought to have been produced in Belgic Gaul (Johns 1993).

It should be noted however that Dunning & Jessup's (1936: fig. 2) distribution map rather overstates this connection with Belgium and reflects the degree of research at that period rather than any real distribution. Barrows in fact also occur in the Middle-Rhine area and the Danube provinces (cf. Amand 1985; Wigg 1993 b).

There are essentially two schools of thought regarding the overall interpretation of these rich barrow burials. One interprets the barrows as a provincial transformation and interpretation of Roman mausolea and tumuli while the other views them as the continuation of pre-conquest customs, perhaps even within the framework of native 'resistance' (Wigg 1993 b: 15-17). Neither interpretation is completely convincing. The 'continuity' theory in particular struggles with the fact that the barrows occur in an area conventionally regarded as very romanized. Barrows are often associated with villas and their topographical location varies from that of prehistoric barrows (no false-cresting, for example [3]). Reference to 'ancestral' barrows might nevertheless be intended, as seems possible in Holborough where a Roman barrow is located on the hill beneath a Bronze Age barrow (Jessup 1954: 2). It should be noted however that the 'ancestral' barrow at Holborough is dated to the Bronze Age; barrows are not generally a feature of rich Iron Age burials (Foster 1986: 197).

The 'Roman influence' theory on the other hand fails to explain why there is such a substantial time lag between the supposed Augustan prototypes and their provincial copies, which are mainly of Hadrianic date.

Rather than forcing the evidence into either Roman or native categories, it might be more useful to see what the selection of gravegoods and construction of barrows in themselves appear to signify in the provincial context of the late first and second century AD.

The most obvious statement these barrows make is one of wealth and status; many clearly were very substantial structures. More specifically, many barrows appear to represent a *Domus aeterna*, or eternal house. Most have a brick or wooden chamber and at Rougham, Suffolk the spike of an iron lamp had actually been driven into the wall of the brick burial chamber just as it would have been in a house (Henslow 1874).

High status can also be expressed through folding chairs, which can be interpreted as symbols of office and were found in the Great Barrow at the Bartlow Hills and at Holborough (Jessup 1954: 22-33). Another important feature of these burials are strigils, objects associated with personal hygiene and the baths (cf. Hill 1997) and thus ultimately with the presentation and perception of the body (Shilling 1993).

Perhaps most importantly, there are objects associated with feasting and drinking. The choice of objects is culturally specific and appropriate to a Roman triclinium. Amphorae and cooking equipment (such as fire dogs and gridirons) are no longer common; there is however a recurring group of objects in some of the richest burials, that of jug and patera (cf. Nuber 1972). These vessels were used as a handwashing set before meals and sacrifices and their inclusion in burials as a set might well indicate a detailed knowledge of the cultural meaning these very Roman objects held.

Finally, let us turn to lighting equipment which is in fact present in many barrows; thus there is a lampstand in Welshpool (Boon 1961), a ceramic lamp in Riseholme (Thompson 1954) and a bronze lamp in Thornborough (Liversidge 1953/4). Lamps also occur in barrows in the Middle-Rhine area (Wigg 1993 b: 90).

Lamps in burials are often interpreted as evidence of ritual and artificial light indeed played an important part in Roman funerary rites (Menzel 1953; Nilsson 1950; Rushforth 1915). But one could also argue that that they were perceived as an important aspect of highly cultured domesticity and included in these rich burials as an expression of cultured living and dining within the ritual context of the eternal and symbolic banquet so well known from Roman funerary art.

It is also worth noting that while lamps are present in many burials, the custom of including iron open lamps appears to be more regionally and culturally specific. It is possible that the selection of iron relates to the symbolic meaning iron held for the Romano-British population in the area, both in terms of iron production and iron objects (Hingley 1997; more generally: Herbert 1993; Hosler 1994; Shennan 1995).

In summary, we can see that Roman material culture was used in very knowledgeable and subtle ways to express high status and a high degree of *Romanitas* by the provincial elite in southeast England. It is an interesting paradox that this elite investment into a truly Roman lifestyle is expressed by the deposition of feasting equipment in high-status burials, a custom which is very 'Un-Roman' and essentially a continuation of pre-conquest beliefs. It is clear that Roman material culture and complex forms of behaviour had been adopted but had also been transformed into local or regional customs according to the social needs of the people using these lamps.

Hoards are another important context in which iron hanging lamps have been found, with hanging lamps forming part of the Blackburn Mill, Eckford, Newstead and Corbridge hoards (Fig. 4b). These hoards contain a range of iron fittings, tools and weapons and belong to a group of large ironwork deposits known from the north of the province (Hunter 1997; Manning 1972; Piggott 1953). The Blackburn Mill and Eckford hoards were deposited in 'water contexts' and can almost certainly be accepted as votive (cf. Bradley 1998) while the Corbridge hoard is usually interpreted as the result of the concealment of 'fabrica' material which could not be moved during troop withdrawals (Allason-Jones & Bishop 1988: 109-110; cf. Pitts & St Joseph 1985: 289-299). The Newstead pits are more difficult to assess (Clarke 1997; Curle 1911; Hutcheson 1997; Manning 1972).

Regardless of whether their presence in hoards is explained in terms of votive offerings or concealment, we again observe a marked regional clustering and an at least potentially ritual context for the deposition of iron open lamps. But again we are also faced with the strong possibility that the inclusion of iron hanging lamps in these hoards and their absence on settlement sites could simply be explained with the recycling bias normally operating against large iron objects.

To establish whether the distribution and contexts of iron open lamps relate to regional, status related or ritual customs rather than just the survival of large metal objects in the archaeological record, let us lastly examine the distribution of other metal open lamps in more detail. If their distribution really is merely a reflection of survival we would expect to find copper-alloy and lead open lamps in similar contexts and areas as iron open lamps.

Copper-alloy and lead open lamps

Only five copper-alloy open lamps (Fig. 1 c) have been recorded from Roman Britain. Their use and spatial distribution appears to be very similar to that of iron open lamps, with all examples recorded coming from the south-east of the province; most were found in burials (Fig. 4 c). Lead open lamps on the other hand appear to have been used very differently. Again, only the most common type of lead open lamp – which is of a figure-of-eight shape with a horizontal handle (Fig. 1 d) – will be studied in detail to avoid chronological distortion.

The context graph (Fig. 2 d) shows a very marked military bias in the use of these lead lamps, with no example so far recorded from a 'Rural / Villa' site. The overall context pattern could hardly be more different from that of iron open lamps.

The distribution map (Fig. 4 d) also shows a very different regional distribution, with lamps of this type occurring mainly in Wales, which of course bears a direct relationship to the observed military bias in the use of this lamp type.

To some extent, the distribution pattern might relate to the exploitation of lead in this area (Fig. 4 d). Lead mining in the Mendips, South Wales, Flintshire, Derbyshire and Yorkshire began soon after the conquest of the province (Elkington 1976; Nash-Williams 1939; Webster 1952/3). Lead and, by implication, silver extraction were ultimately under imperial control and while mining rights could be granted to civilian lessees, some form of military control has often been suggested (Elkington 1976: 184-186; Webster 1952/3: 10-14). It is noticeable that Caerleon, Usk and Chester produced relatively high numbers of lead open lamps and in Usk a number of examples have been interpreted as unfinished wasters (Marvell 1996: 72). While this higher incidence might relate to the sites' status as legionary fortresses, it could also be linked to the lead mines located in the immediate vicinity of these sites.

While the military –even if not directly involved in extraction- clearly would have been an important consumer of this locally available lead, it would be simplistic to argue that the lamps' distribution pattern is purely a product of the availability of the raw material. Lead was widely used in all areas of the province, for example as a building material and for manufactured objects such as lead coffins (Taylor 1993: 209-212; Toller 1977). It is also interesting to note that lead candlesticks occur exclusively in the southeast of the province.

It might be more convincing to argue that lead lamps were objects made and used by, and therefore identified with, a particular group of society, namely the military. It is also noticeable that there is a marked difference in the detailed depositional contexts (Fig. 5 b) in which lead as opposed to iron open lamps are found. In contrast to iron open lamps, which commonly occur in burials and hoards, lead open lamps are only rarely deposited in such contexts. The vast majority are settlement finds and probably derive from occupation and rubbish deposits. As with iron open lamps this category however also comprises lamps for which no detailed contextual information is available.

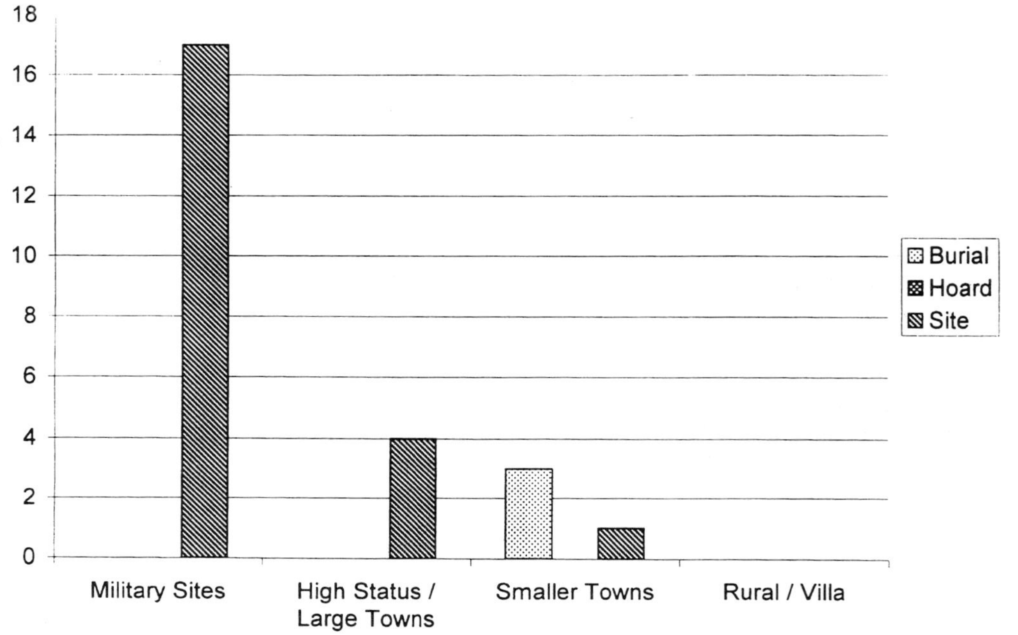

Figure 5b The detailed depositional contexts of Lead Open Lamps

Rubbish deposits are of course not always necessarily the result of mere discard; Hill (1995) has demonstrated for the Iron Age that much of the archaeological record is formed by structured depositions with a possible 'ritual' significance and the same may well be true for the Roman period. Nevertheless, it seems to me that there is a difference in the degree to which iron and lead open lamps were imbued with ritual significance. Thus, while iron open lamps are found in very overtly ritual contexts such as hoards and burials, this is clearly not the case for lead open lamps.

Conclusion

This paper has attempted to show that a cognitive and above all contextual approach to Roman material culture can add significantly to our understanding not only of a group of objects but also to our understanding of the ways in which these objects relate to Romano-British social identity.

We have observed how a lamp type traditionally interpreted simply as "native" can in fact reveal a whole range of different meanings. Lamp usage appears to have been governed by layers of meaning such as regional traditions, status (both in terms of wealth and *Romanitas*), military practice, urban and rural styles of living as well as 'ritual' and 'functional' connotations and these layers often overlap and certainly do not fit neatly into Roman-Native categories.

Identities were constructed and negotiated using Roman material culture which was employed according to locally and culturally specific social conventions. Using lamps (and indeed different types of lamps) was a complex social statement made by knowledgeable agents and it represents a cultural choice rather than being merely a reflection of the availability of these objects and their survival in the archaeological record.

In conclusion I would argue that we can only exploit the richness of the Roman material record and discover such multiple layers of identity by a contextual analysis of material culture which is both detailed and theoretically informed.

University of Reading

Endnotes

[1] These questions have begun to be addressed; see e.g. : Creighton 1990; Ferris 1995; Haselgrove 1987; 1997; Hawthorne 1997; 1998; Hill 1997; Hingley 1990; Jundi & Hill 1998; Meadows 1994; Willis 1997.

[2] But see Leibundgut (1977) who identified a strong military bias in lamp usage in Roman Switzerland.

[3] The relationship between Roman barrows and their surrounding landscape and settlement pattern is an area clearly in much need of more research. For example, Roman barrows sometimes do occur on ridges, as on Borough Hill (Brown 1977) where their location within an Iron Age hillfort might also be of significance (Williams 1997: 75-76).

Bibliography

Adkins, L. & Adkins, R.A. 1983. An unusual lamp from Beddington, *Britannia* 14: 274-278.

Allason-Jones, L. & Bishop, M.C. 1988. *Excavations at Roman Corbridge: the hoard*. London: Historic Buildings & Monuments Commission for England.

Amand, M. 1985. *De Gallo-Romeinse Tumuli*. Tongeren: Provincaal Gallo-Romeins Museum.

Bailey, D.M. 1996. A catalogue of the lamps in the British Museum. Vol. 4. Lamps of metal and stone, and lampstands. London: British Museum Publications.

Boon, G.C. 1961. Roman antiquities from Welshpool, *Antiquaries Journal* 41: 13-31.

Bourdieu, P. 1977. *Outline of a theory of practice*. Cambridge: Cambridge University Press.

Bourdieu, P. 1984. *Distinction: a social critique of the judgement of taste*. London: Routledge & P. Kegan.

Bradley, R. 1998. *The passage of arms*. (2nd ed.) Oxford: Oxbow Books.

Brown, A.E. 1977. The Roman barrow cemetery on Borough Hill, Daventry, *Northamptonshire Archaeology* 12: 185-190.

Clarke, S. 1997. Abandonment, rubbish disposal and 'special' deposits at Newstead, in K. Meadows, C. Lemke & J. Heron (eds.), *TRAC 96: Proceedings of the Sixth Annual Theoretical Roman Archaeology Conference*: 73-81. Oxford: Oxbow Books.

Creighton, J. 1990. The Humber frontier in the first century AD, in S. Ellis, D. Crowther (eds.), *Humber perspectives: a region through the Ages*: 182-198. Hull: Hull University Press.

Curle, J. 1911. *A Roman frontier post and its people*. Glasgow: James Maclehose & Sons.

Davis, R. 1989. *The book of pontiffs (Liber pontificalis)*. The ancient biographies of the first ninety Roman bishops to AD 715. Liverpool: Liverpool University Press.

Dunning, G.C. & Jessup, R.F. 1936. Roman barrows, *Antiquity* 10: 37-53.

Elkington, H.D.H. 1976. The Mendip lead industry, in K. Branigan & P.J. Fowler (eds.), *The Roman west country*: 183-197. Newton Abbot: David & Charles Publ. Ltd.

Ferris, I. 1995. Shoppers' paradise: consumers in Roman Britain, in P. Rush (ed.), *Theoretical Roman Archaeology: Second Conference Proceedings*: 132-140. Avebury: Aldershot.

Foster, J. 1986. The Lexden tumulus. A re-appraisal of an Iron Age burial from Colchester, Essex. Oxford: BAR.

Frere, S. 1972. Verulamium Exacations I . Oxford: Society of Antiquaries.

Goethert, K. 1997. Römische Lampen und Leuchter. Trier: Rheinisches Landesmuseum Trier.

Haselgrove, C.C. 1987. Iron Age coinage in south-eastern England: the archaeological context. Oxford: BAR.

Haselgrove, C. 1997. Iron Age brooch deposition and chronology, in A. Gwilt & C. Haselgrove (eds.), Reconstructing Iron Age societies. New approaches to the British Iron Age: 51-72. Oxford: Oxbow Books.

Hawthorne, J.W.J. 1997. Post-processual economics: the role of African Red Slip Ware vessel volume in Mediterranean demography, in K. Meadows, C. Lemke & J. Heron (eds.), TRAC 96, Proceedings of the Sixth Annual Theoretical Roman Archaeology Conference: 29-37. Oxford: Oxbow Books.

Hawthorne, J.W.J. 1998. Pottery and paradigms in the Early Western Empire, in C. Forcey, J. Hawthorne & R. Witcher (eds.), TRAC 97, Proceedings of the Seventh Annual Theoretical Roman Archaeology Conference: 160-172. Oxford: Oxbow Books.

Henslow, J.S. 1874. An account of the Roman antiquities found at Rougham, near Bury St. Edmunds, on the 15th of September 1845, Proceedings Suffolk Archaeological Institute 4: 262-270.

Herbert, E.W. 1993. Iron, gender and power: rituals of transformation in African societies. Bloomington: Indiana University Press.

Hill, J.D. 1995. Ritual and rubbish in the Iron Age of Wessex: a study in the formation of a specific archaeological record. Oxford: Tempus Reparatum.

Hill, J.D. 1997. 'The end of one kind of body and the beginning of another kind of body?' Toilet instruments and 'Romanisation' in southern England during the first century AD, in A. Gwilt & C. Haselgrove (eds.), Reconstructing Iron Age Societies: 96-107. Oxford: Oxbow Books.

Hingley, R. 1990. Iron Age 'currency bars': the archaeological and social context, *Archaeological Journal* 147: 91-117.

Hingley, R. 1994. Britannia, origin myths and the British empire, in S. Cottam, D. Dungworth, S. Scott & J. Taylor (eds.), *TRAC 94, Proceedings of the Fourth Annual Theoretical Roman Archaeology Conference*: 11-23. Oxford: Oxbow Books.

Hingley, R. 1997. Iron, ironworking and regeneration: a study of the symbolic meaning of metal-working in Iron Age Britain, in A. Gwilt & C. Haselgrove (eds.), *Reconstructing Iron Age societies. New approaches to the British Iron Age*: 9-18. Oxford: Oxbow Books.

Hodder, I. 1987. The contextual analysis of symbolic meanings, in I. Hodder (ed.), *The archaeology of contextual meanings*: 1-10. Cambridge: Cambridge University Press.

Hosler, D. 1994. *The sounds and colors of power: the sacred metallurgical technology of ancient West Mexico*. Cambridge, Mass.: MIT Press.

Hunter, F. 1997. Iron Age hoarding in Scotland and northern England, in A. Gwilt & C. Haselgrove (eds.), *Reconstructing Iron Age societies. New approaches to the British Iron Age*: 108-133. Oxford: Oxbow Books.

Hutcheson, A.R.J. 1997. Native or Roman? Ironwork hoards in Northern Britain, in K. Meadows, C. Lemke & J. Heron (eds.), *TRAC 96, Proceedings of the Sixth Annual Theoretical Roman Archaeology Conference*: 65-72. Oxford: Oxbow Books.

Jessup, R.F. 1954. Excavation of a Roman barrow at Holborough, Snodland, *Archaeologia Cantiana* 68: 1-61.

Jessup, R.F. 1959. Barrows and walled cemeteries in Roman Britain, *Journal of the British Archaeological Association* 22: 1-32.

Johns, C. 1993. An enamelled bronze 'pyxis' from a Roman grave at Elsenham, Essex, *Antiquaries Journal* 73: 161-165.

Jundi, S. & Hill, J.D. 1998. Brooches and identities in First Century AD Britain: more than meets the eye?, in C. Forcey, J. Hawthorne & R. Witcher (eds.), *TRAC 97, Proceedings of the Seventh Annual Theoretical Roman Archaeology Conference*: 125-137. Oxford: Oxbow Books.

Leibundgut, A. 1977. *Die römischen Lampen in der Schweiz*. Bern: Francke Verlag.

Lemonnier, P. 1993. *Technological choices: transformation in material cultures since the Neolithic*. London: Routledge.

Liversidge, J. 1953/4. The Thornborough barrow, *Records of Buckinghamshire* 16 29-32.

Loeschke, S. 1919. *Lampen aus Vindonissa*. Zürich: Beer & Cie.

Manning, W.H. 1972. Ironwork hoards in Iron Age and Roman Britain, *Britannia* 3: 224-250.

Manning, W.H. 1985. *Catalogue of the Romano-British iron tools, fittings and weapons in the British Museum*. London: British Museum Publications.

Marvell, A. G. 1996. Excavations at Usk 1986-1988. *Britannia XXVII*, 51-110.

Meadows, K. 1994. You are what you eat: diet, identity and Romanisation, in S. Cottam, D. Dungworth, S. Scott & J. Taylor (eds.), *TRAC 94, Proceedings of the Fourth Annual Theoretical Roman Archaeology Conference*: 133-140. Oxford: Oxbow Books.

Menzel, H. 1953. Lampen im römischen Totenkult, *Festschrift RGZM 1952* 131-138. Miller, D. 1987. *Material culture and mass consumption*. Oxford: Basil Blackwell Ltd.

Millett, M. 1990. *The Romanization of Britain*. Cambridge: Cambridge University Press.

Nash-Williams, V.E. 1939. A new Roman mining site at Lower Machen, Monmouthshire, *Archaeologia Cambrensis* 94: 108-110.

Nilsson, M.P. 1950. Lampen und Kerzen im Kult der Antike, *Opuscula Archaeologica* 6: 96-111.

Nuber, H.U. 1972. Kanne und Griffschale. Ihr Gebrauch im täglichen Leben und die Beigabe in Gräbern der römischen Kaiserzeit, *Bericht der Römisch-Germanischen Kommission* 53: 1-232.

Piggott, S. 1953. Three metal-work hoards of the Roman period from Southern Scotland, *Proceedings of the Society of Antiquaries of Scotland* 87: 1-50.

Pitts, L.F. & St Joseph, J.K. 1985. *Inchtuthil. The Roman legionary fortress excavations 1952-65*. London: The Society for the Promotion of Roman Studies.

Robins, F.W. 1939. *The story of the lamp*. London: Oxford University Press.

Rushforth, G.McN. 1915. Funeral lights in Roman sepulchral monuments, *Journal of Roman Studies* 5: 149-164.

Shennan, S. (ed) 1995. Symbolic aspects of early technologies, *World Archaeology* 27.

Shilling, C. 1993. *The body and social theory*. London: Sage.

Taylor, A. 1993. A Roman lead coffin with pipeclay figurines from Arrington Cambridgeshire, *Britannia XXIV*: 191-225.

Thompson, F.H. 1954. The excavation of a Roman barrow at Riseholme, near Lincoln, *Antiquaries Journal* 34: 28-37.

Toller, H. 1977. *Roman lead coffins and ossuaria in Britain. BAR 38*. Oxford: BAR.

Webster, G. 1952/3. The lead-mining industry in North Wales in Roman times, *Flintshire Historical Society* 13: 5-33.

Wigg, A. 1993 a. Zu römerzeitlichen Grabhügeln mit gemauerter Grabkammer in Großbritannien, *Germania* 71/2: 532-538.

Wigg, A. 1993 b. *Grabhügel des 2. und 3. Jahrhunderts n. Chr. an Mittelrhein, Mosel und Saar*. Trier: Rheinisches Landesmuseum Trier.

Williams, H. M. R. 1997. The ancient monument in Romano-British ritual practice, In C. Forcey, J. Hawthorne & R. Witcher (eds) *TRAC 97, Proceedings of the Seventh Annual Theoretical Roman Archaeology Conference*: 71-86. Oxford: Oxbow Books.

Willis, S. 1997. Samian: beyond dating, in K. Meadows, C. Lemke & J. Heron (eds.), *TRAC 96, Proceedings of the Sixth Annual Theoretical Roman Archaeology Conference*: 38-54. Oxford: Oxbow Books.

Woolf, G. 1998. *Becoming Roman*. Cambridge: Cambridge University Press.

In Search of a Different Roman Period: The Finds Assemblage at the Newstead Military Complex

by Simon Clarke

Introduction

The investigation of artefacts and animal remains from Roman period sites has consistently taken a rationalist view of the data. Researchers' primary concern has overwhelmingly been to identify technological and economic implications from patterning. For example, the original aims of the Newstead Research Project made no reference to the investigation of belief systems through the study of artefacts and ecofacts (Jones 1990: 105-6). Many continue to believe that only these lowest rungs on the "ladder of inference" are normally accessible (Hawkes 1954). The understanding of ideology and belief systems is usually regarded as too esoteric to attempt. Over the last decade however, a number of prehistorians have suggested that ritual was fundamental to everyday life in a way which is difficult for us to comprehend today. To separate it from questions of economy or social organisation would be to impose a modern mind set on the data. By examining the military complex at Newstead (see figure 1), this paper will show that a high proportion of Roman period site finds were not the result of casual discard or accidental loss, but were the product of deliberate choices in which symbolism and ritual were key considerations. This has implications for the way students of the Roman period should approach material culture and also what we mean by ritual activity.

The Newstead's Pits

The key instance at Newstead of symbolic or ritual behaviour having a significant impact on the make-up of an artefact assemblage derives from the fills of a series of deep pits and wells. The largest group, 107, were excavated between 1905 and 1911 by agricultural labourers under the direction of James Curle (Curle 1911: 104-139). The greatest concentration, 80 pits, were discovered in the South Annexe. Intensive trenching of this area by Curle suggests that virtually no pits have escaped detection, although he recovered little indication of associated buildings. The South Annexe can now be seen to have been a heavily built-up suburb, with an estimated one hundred timber strip-buildings (Jones *et al* 1989-93). The pits' contents included extraordinary quantities of animal bones, human remains, organic waste and manufactured goods. The latter were mostly in a fragmentary condition, but included a surprisingly large number, which had evidently entered the ground in a serviceable condition. Recent excavations also recovered evidence for six additional pits in the old railway cutting sides when the Melrose bypass was constructed (Clarke and Jones 1994).

In spite of Curle's major contribution to the understanding of fort and annexe layouts these complete and near complete objects may reasonably be regarded as his most enduring contribution to Roman archaeology. They illustrate almost every aspect of ceremonial, military, industrial and domestic life at a frontier base and have become the core of the National Museums of Scotland's Roman display collection. They were initially regarded as a more or less randomly selected sample of everyday life preserved as the result of an extraordinary event. Curle envisaged that the site had been hastily abandoned or overrun by a hostile force and thus valuable resources, and perhaps fallen comrades, were put beyond human reach to stop them falling into enemy hands (Curle 1911: 113-115). Others imagined a variant of this scenario in which victorious natives placed a proportion of their spoils down pits and wells in thanks to the gods who had given them victory. More recently, extensive excavation and geophysical survey in the fort and annexe interiors has consistently failed to find evidence for a site wide disaster, which could account for these deposits (Jones and Gillings 1987, Jones *et al* 1989-93). In fact the pits with significant artefact assemblages can be shown to have belonged to at least two phases (Clarke 1996: 78-9, figures 2 and 3), but probably far more. If deposition in pits was spread throughout the Roman occupation, a really exceptional pit deposit would have been created on average perhaps every five years. A more typical pit deposit must have happened virtually every year. An explanation for their contents must therefore be sought amongst relatively everyday social processes.

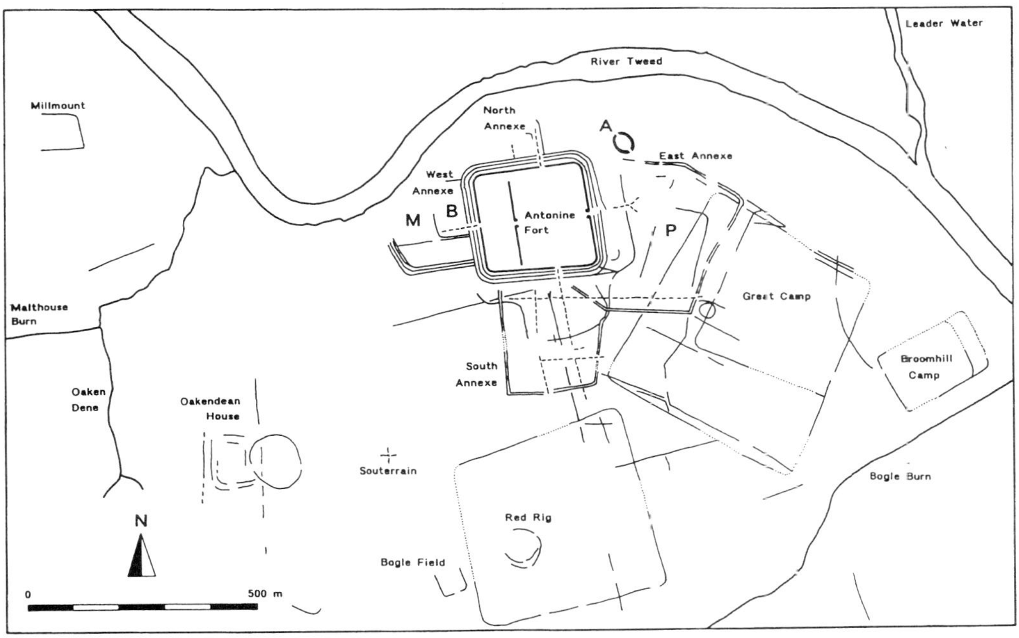

Figure 1 The Newstead Complex

Romanists and the Identification of Ritual

Initially, interpreters of the assemblage were reluctant to attribute "illogical / non-functional" ritual activity to a Roman population (c.f. Manning 1972). Until very recently relatively few have been prepared to accept that the deliberate deposition of economically valuable items, without hope of recovery, could have occurred regularly outside of a specifically religious context such as a temple. Those taking a contrary view such as Anne Ross (Ross 1968, Ross and Fencham 1976) have often been treated with scorn. Millett has suggested that the terms of English treasure-trove law (now repealed) have in the past conditioned archaeologists to reject the possibility that hoards of precious material were not intended for recovery (Millett 1995)[i]. Representatives of the British Museum have vigorously denied this intellectual dishonesty (Johns 1995), and there is no evidence that field archaeologists have avoided rocking the legal boat for the sake of their museum colleagues. The truth is probably more prosaic. On the whole Romanists admire Roman civilisation and identify with the Roman population (Hingley 1995) in a way that I don't think is true for students of other periods. Many Romanists are still loath to take the ritual option seriously. One senior professional archaeologist, a regular attender at TRAC, recently commented that there must be a better explanation than ritual for the Newstead pits. Several contributors to the Military Equipment in Context Conference in Leiden 1994 (published as Volume 5 of the Journal of Roman Military Equipment Studies, 1996) expressed interest in my Newstead observations. At the same time they firmly asserted that nothing like that was happening at their sites, even though the character and circumstances of the assemblages seemed very similar! There remains a widespread feeling that we already know all about the Romans - that they were just like us. There is an irrational belief that while prehistoric types might have stooped to that sort mumbo jumbo, the Romans had more sense. This common sense approach to archaeology, the belief that past human behaviour can be readily understood solely in terms of simple functional activities with which all human societies are familiar, has been fairly comprehensively rubbished amongst prehistorians (c.f. Rowlands 1986, Champion 1987). Of particular interest are Richard Bradley's (1990) "The Passage of Arms" and J.D. Hill's (1992) "Can We Recognise a Different European Past?" There is no valid reason why the interpretation of Roman period behaviour should proceed under different rules to that of Europe's prehistory. Newstead's population, both military and civilian, was ethnically Germanic and Celtic, only lightly Romanized. Hence the question implied in the title - can we identify a different Roman Period, one that is not simply a reflection of our own mind set, as Hill (1992 and 1995) has attempted to do for the Iron Age of Southern Britain?

Symbolic Potential

Certainly it is possible to draw strong parallels between the Newstead pits and prehistoric structured deposits. Some of the material seems to have been "ritually killed", for example a sword bent in two was recovered from pit 57 (Curle 1911: 129, plate 34). Many of the items have what we might call symbolic potential. In the ancient world even the humble shoe was often loaded down with divine symbols. Its inclusion in burial and ritual deposits implied sophisticated theological ideas about spiritual journeys (Van Driel-Murray 1999). Similarly complete vessels[ii] carry connotations of plenty. Wheels[iii] and rotary querns[iv] might represent the sun or the circle of life. Beehive querns like the one recovered from Pit 1 have a shape said to represent the glands of the penis (Cheetham pers. com.). Antlers[v] also carry associations with fertility and a plaque made of this material was carved with a phallic device[vi]. Helmets[vii], especially elaborate parade helmets with face masks, strongly recall the Celtic cult of the head. Furthermore a number of the pits contained human skulls or even complete skeletons[viii], which clearly cannot be thought of as simple rubbish, even if Isserlin (1997) is probably over stepping the mark in suggesting human sacrifice. The range of material in native ritual deposits in northern Britain was very similar. Tools, weapons, food (or food containers) and dining equipment were amongst the most common offerings. The majority of items had a practical everyday use rather than a specialist religious function (Hunter 1997). The archaeological contexts were also comparable in some ways. Newstead's pits, though anthropogenic rather than natural, were not unlike the watery contexts frequently chosen for prehistoric sacrifice. Almost all contained standing water (Curle 1911: 108) and some were quite obviously wells. However, most Romanists will require more than this sort of anecdotal evidence to be convinced of the ritual character of deposition.

The Identification of "Ritual" Deposits

Curle's excavations were not recorded in the kind of detail that we would require today. Nevertheless they were relatively complete for their time and on a scale which probably couldn't be attempted now. In two previous papers (Clarke and Jones 1996, Clarke 1997) this has allowed me to use simple statistics to investigate associations between different types of material and between the position of different classes of material within the shaft. From these it can be seen that deposition was strongly patterned, with the most obviously significant materials concentrated together and in the bottom quarter of the deepest pits. Statistical analysis suggested that at Newstead, the most significant artefacts types were specialist religious equipment, weapons and armour, tools, equestrian equipment, bronze and ceramic vessels and querns. Groups of material were generally more significant than single items and whole items more significant than incomplete fragments. The most significant skeletal remains were found to be human, dog, horse cattle and deer. Skulls of all species appear to have been more significant that other bones.

The ritual character of some large groups of animal bones and artefacts is virtually inescapable. Even Manning, who argued that the majority of pit finds were routine build-ups of rubbish (Manning 1972: 234-243), was forced to concede that Pits 1, 14, 16, 17, 22, 56 and 57 must have been created by extraordinary events, perhaps involving ritual (Manning 1972: 244). However there is no clear cut-off point between obviously ritual and obviously non-ritual deposits. Hill (1992) and Cunliffe (1992) discussing Danebury and other late Iron Age sites have interpreted this as evidence that all, or nearly all, pits originally contained offerings, only the most blatant of which have been detected by archaeologists. This may be explained by offerings having entirely perished. There may have been libations of milk or blood, objects of wood or leather or bolts of cloth. At Newstead only the lowest part of pits were waterlogged and in some cases the water table had been significantly altered by the creation of the railway cutting in the mid-nineteenth century. Perishable items could not therefore be considered in the statistical approach of my 1996 and 1997 papers, which assumed an equal chance of survival regardless of the depth of deposition. In addition, particularly in the case of Newstead, archaeological recording may simply have been too coarse for some of the more subtle patterns to be recognised. For example Curle has left only a crude break down of animal bones present. For each pit he usually named the species, but gave only the vaguest idea of quantity and except in the case of skulls did not go into details about which body parts were present (Curle 1911: 104-139). Age, sex, seasonality, and evidence for articulation of bones and their butchery, are now usually routinely recorded, but were barely touched upon by Curle's report. The specialist animal report at the end of Curle's book (Ewart 1911) entirely divorces the remains from their context.

"Non-Ritual" Deposits

In spite of the short-comings of much of the data from Newstead, by combining Curle's evidence with that from the more recent excavations it is possible to go further and suggest that the selection of material for deposition in pits has distorted the assemblage of other contexts. Comparison between pits' assemblages and finds from the occupation spreads, which built-up on the Roman period ground surface, reveals some startling differences. For example quern fragments, which were relatively common from pits and wells (Curle 1911 145, plate 17), were almost completely absent from occupation deposits[ix]. The Niedermendig lava stone, from which the majority were made, is extremely distinctive so that even small, abraded fragments should have been identifiable. In other words, this is a real pattern, not a question of survival and archaeological visibility. Similarly almost all of the iron objects recovered from surface build-ups were nails or nail fragments. Personal objects, weapons or tools, or even unidentifiable fragments which could have resulted from their disintegration, were extremely rare. The pattern in pits was almost the exact opposite, with nails almost entirely absent, while tools, weapons and personal objects were relatively common (Curle 1911: 104-139). In a sense both occupation spreads and pit fills are the result of ritual behaviour. In the case of pits it caused significant items to be concentrated at their bases. In the case of occupation spreads the effect was negative. Contexts were sanitised; symbolically charged items were deliberately sought out for removal and safe deposited elsewhere.

Attitudes to the Disposal of Rubbish

Even without this patterning of finds distribution across Newstead there would be strong grounds for suspecting that the disposal of "rubbish" was governed by highly ritualistic rules. Newstead's midden-like surface deposits, rich in fragments of pottery and small personal objects of glass and bronze, have almost invariably been regarded as accidental loss and deliberate discard. The throw-away nature of Roman society is one of the things we identify with most closely. But viewed against a hinterland of incredibly clean native sites in the Scottish Borders rubbish disposal can be seen to have been intimately bound up with culture specific ideas of clean and unclean (Clarke 1999). It is possible to argue that native society in Roman Iron Age southern Scotland was largely aceramic and carefully husbanded its metal resources. But where is the charcoal, the fuel ash slag, the organic residues and the bone fragments on sites like Whitrighill? The main house at this site had an internal diameter of 10m and 2m thick walls stone walls. The enclosure ditch is even more impressive about 270m in length, 6.5m across and 3m deep (Jones *et al* 1992). Clearly this was a society capable of mobilising considerable resources. The absence of the kind of debris present on Roman military and *vicus* sites can only be accounted for by a completely different depositional regime.

Ritual and the Archaeological Record

The implication that Hill and others have drawn from the identification of widespread ritual deposition is that ritual played a very important part in the survival of some of the largest artefact groups and of the best, most completely intact individual items (Hill 1992). This clearly has important implications for the way archaeologists interpret ancient material culture. The old adage that the spade does not lie, that archaeology provides a more honest view of society than a written text, because it represents random survivals, can be seen to be false. Even without the pernicious influence of middle aged, middle class, white, male archaeologists forcing their interpretation on the data set there is a need to deconstruct the meaning of archaeological remains, which is every bit as pressing as the need to contextualize literary texts to reveal biases and hidden agendas. The artefacts cannot be left to speak for themselves in a common sense manner because what we have been left with in the archaeological record is a view of ancient society through the distorting prism of that society's ritual behaviour. Sometimes this is fairly obvious. For example ritual activity will often preserve the ceremonial over the work-a-day, the highly decorated over the plain. Hence Newstead has produced only one example of an ordinary soldier's helmet, but three parade helmets (Curle 1911: 164-72, plates 26-30). Other biases we have perhaps overlooked. Is the preponderance of military and equestrian equipment, and metal and wood working tools really a reflection of the objects in everyday circulation? It is a vision of a man's world that has been easy for us to accept at a military base, but have we been deceived? Were items that might more readily be associated with women, such as jewellery[x] or the tools of textile production, rejected by a male dominated selection process?

Ritual as Part of a Non-Scientific World View

The recognition of the symbolic aspect to the disposal of material culture clearly has enormous implications for the interpretation of Roman period sites. This is by no means a phenomenon confined to Newstead[xi]. Comparable pit deposits have been recognised throughout Roman Britain on a variety of site types (c.f. Wait 1985). The problem with Hill's approach to structured deposition is that, aware that all human behaviour is intrinsically symbolic (according to conventional anthropological doctrine), he has stressed that the deposits that he has identified had more than merely symbolic significance - they represent "ritual" activity. What Hill seems to mean by this is that the primary objective of the behaviour was geared to the manipulation of the supernatural. But I would argue that what we would call the supernatural does not exist in the ancient world. Gods and spirits were *not* para-normal activity as far as Newstead's population was concerned. They were part of the natural world, invisible perhaps, but as real to them as weather fronts, economic cycles and magnetic fields are to us. In a modern context to identify a lightening conductor as evidence for a belief in a scientific worldview would be ludicrous. Only actresses in shampoo adverts talk about "the science bit" as if it were completely separate from everyday life. The identification of ritual in the ancient world is similarly absurd. The irony is that in rejecting modern common sense interpretations and seeking to identify virtually universal ritual activity in the archaeological record, Hill has himself imposed a scheme of classification largely founded on the modern mind set. When we talk about ritual what we usually mean is activities we cannot explain by references to "normal" social, economic and technological forces. "Probably ritual" still means we don't really understand what is going on! To return to Hawkes' "ladder of inference", Hill has not fully abandoned the idea that ritual is a separate rung. Perhaps we should think about a rope of inference, in which notions such as social organisation, technology and belief systems are woven together. Only the combined strength of all the strands can support the weight of our interpretations.

Conclusion

Perhaps for the benefit of some Romanists it is still necessary to labour the point that what we call ritual activity was widespread in the ancient world, invading areas of life which in our own experience appear wholly secular. Deposition on Iron Age and Roman period sites was controlled in large part by behaviour patterns that to our mind were illogical responses to superstition or religious belief. But it only really stands out as outlandishly ritualistic from the standpoint of the outsider. To members of that society it was perfectly rational behaviour, which supported a sense of social identity, was integrated with the economic system and meshed perfectly with technological understanding. We need to move beyond the mere identification of ritual. We should be able to take that as read. What is required is a completely new set of questions about Roman period society, into which consideration of the belief system is fully integrated.

Shetland College, University of the Highlands and Islands Project

Endnotes

i Until a few years ago English Treasure Trove applied only to objects with a significant gold or silver content which had been hidden with the intention of recovering them. This was originally a medieval law intended to prevent tax dodging.

ii A complete ceramic vessel was recovered from Curle Pit 76. Broken but complete or near complete examples are recorded from the 1994 stone lined well BYS3 and Curle Pits 9, 11, 12, 15, 28, 39, 42, 72, 75 and 76. Bronze vessels were recovered from one of the railway cutting pits in 1846 and Curle Pits 2, 10, 14, 26, 57, 58 and 99.

iii Complete wheels were recovered from Curle pits 23 and 70 with fragments of tires or hubs from many more.

iv Complete quern stone pairs, still with their iron spindles were recovered from Curle pits 10, 19, 22 and 61.

v Deer antlers were present in Curle pits 23, 27, 28, 66, 80, 88, 95, 97 and 98 and well BYS3 excavated in 1994.

vi Recovered from Pit 59 (Curle 1911: 314, plate 84).

vii Curle pits 22 and 57.

viii Skeletons were recovered from a pit discovered in the railway cutting in 1846, Curle Pits 1 and 18. Skulls or skull fragments were recovered from Curle Pits 1, 16, 23 and 57.

ix This statement is based on a detailed examination of all the finds from the recent excavations.

x Although an impressive collection of jewellery has been recovered from Newstead, those that can be attributed to specific contexts almost always come from occupation or midden deposits. Items of jewellery along with coins are almost completely absent from pits and wells at Newstead.

xi Contra Phil Freedman's comments as discussant for the military session at TRAC 99.

Bibliography

Bradley, R. 1990 *The Passage of Arms.* Cambridge, Cambridge University Press.

Champion, T.C. 1987 "The European Iron Age: Assessing the State of the Art", *Scottish Archaeological Review* 4: 98-107.

Clarke, S. 1995 "A Quantitative Analysis of Finds From the Roman Fort of Newstead: Some Preliminary Findings", in S Cottam, D. Dungworth, S. Scott and J. Taylor (eds.) *TRAC94: Proceedings of the Fourth Annual Theoretical Archaeology Conference, Durham 1994.* Oxford. Oxbow Books. pp 72-82.

Clarke, S. 1997 "Abandonment, Rubbish Disposal and Special Deposits at Newstead" in K. Meadows, C. Lemke and J. Heron (eds.) *TRAC96: Proceedings of the Fourth Annual Theoretical Archaeology Conference, Sheffield 1996.* Oxford. Oxbow Books. pp 73-81.

Clarke, S. 1999 "Contact, Architectural Symbolism and the Negotiation of Cultural Identity in the Military Zone", in P. Baker, C. Forcey, S Jundi and R. Witcher (eds.) *TRAC98: Proceedings of the Fourth Annual Theoretical Archaeology Conference, Leicester 1998.* Oxford. Oxbow Books. pp 36-45.

Clarke, S. and Jones, R.F.J. 1994 Melrose By-Pass Phase III: *Archaeological Report 3: Stage Two Excavation.* Preliminary Report Prepared for the Borders Regional Council. Bradford. Bradford University.

Clarke, S. and Jones, R.F.J. 1996 "The Newstead Pits", *Journal of Roman Military Equipment Studies* 5 (1994): 109-124.

Cunliffe, B. 1992 "Pit Preconceptions and Propitiation in the British Iron Age" *Oxford Journal of Archaeology* 11 (1): 69-83.

Curle, J. 1911. *A Roman Frontier Post and its People: The Fort at Newstead.* Glasgow. Glasgow University Press.

Ewart, J.C. 1911 "Animal Remains", in J. Curle 1911 *A Roman Frontier Post and its People: The Fort at Newstead.* Glasgow. Glasgow University Press. pp 362-377.

Hawkes, J. 1954 "Archaeological Theory and Method: Some Suggestions From the Old World", *American Anthropologist* 56: 155-68.

Hill, J.D. 1992 "Can we Recognise a Different European Past? A Contrastive Archaeology of the Later Prehistoric Settlement in Southern England", *Journal of European Archaeology* 1: 57-75.

Hill, J.D. 1995. *Ritual and Rubbish in the Iron Age of Wessex: A Study of the Formation of a Specific Archaeological Record*, B.A.R. Oxford. British Series 242, Tempus Reparatum.

Hingley, R. 1995. "Britannia, Origin Myths and the British Empire", in S Cottam, D. Dungworth, S. Scott and J. Taylor (eds.) *TRAC94: Proceedings of the Fourth Annual Theoretical Archaeology Conference, Durham 1994.* Oxbow Books Oxford. pp 11-23.

Hunter, F. 1997 "Iron Age Hoarding in Scotland and Northern England", in Gwilt, A. and Haselgrove, C. (eds.) *Reconstructing Iron Age Societies.* Oxford. Oxbow Books. pp 108-133.

Isserlin, R.M.J. "Thinking the Unthinkable: Human Sacrifice in Roman Britain", in S. Cottam, D. Dungworth, S. Scott and J. Taylor (eds.) *TRAC96: Proceedings of the Fourth Annual Theoretical Archaeology Conference, Sheffield 1996.* Oxford. Oxbow Books. pp 91-100.

Johns, C. 1995. "Romano-British Precious Metal Hoards: Some Comments on Martin Millett's Paper", in S. Cottam, D. Dungworth, S. Scott and J. Taylor (eds.) *TRAC94: Proceedings of the Fourth Annual Theoretical Archaeology Conference, Durham 1994.* Oxbow Books Oxford. pp 107-117.

Jones, R.F.J. 1990 "The Newstead Project: The Archaeological Search For Acculturation" *Scottish Archaeological Review* 7: 104-113

Jones, R.F.J. and Gillings, M. 1987 *Newstead Roman Fort: Field Research 1987, Preliminary Report.* Bradford. Bradford University.

Jones, R.F.J., Rush, P., Clarke, S. and Cheetham, P.N. *1989 The Newstead Research Project, 1989: Interim Report.* Bradford. Bradford University.

Jones, R.F.J., Cheetham, P.N., Dent, J. and Rush, P. 1990 *The Newstead Research Project, 1990: Interim Report.* Bradford. Bradford University.

Jones, R.F.J., Clark, K., Clarke, S, Dent, J and Cheetham, P.N. 1991 *The Newstead Research Project, 1991 Field Season: Preliminary Report.* Bradford. Bradford University.

Jones, R.F.J., Clarke, S., Cheetham, P.N., Clark, K. and Dent, J. 1992 *The Newstead Research Project, 1992 Field Season: Preliminary Report.* Bradford. Bradford University.

Jones, R.F.J., Clarke, S., Clark, K., Dent, J., Lucy, D. and Cheetham, P.N. 1993 *The Newstead Research Project, 1993 Field Season: Preliminary Report.* Bradford. Bradford University.

Manning, W. H. 1972. "Ironwork Hoards in Iron Age and Roman Britain", *Britannia*, 3: 224-250.

Millett, M. 1995. "Treasure: Interpreting Roman Hoards", in S Cottam, D. Dungworth, S. Scott and J. Taylor (eds.) *TRAC94: Proceedings of the Fourth Annual Theoretical Archaeology Conference, Durham 1994.* Oxford. Oxbow Books. pp 99-106.

Ross, A. 1968 "Shafts, Pit and Wells - Sanctuaries of the Belgic Britons?", in J. Coles and D. Simpson (eds.) *Studies in Ancient Europe.* Leicester. Leicester University. pp. 255-284.

Ross, A and Fencham, R. 1976 "Ritual Rubbish? The Newstead Pits", in J.V.S. Megaw (ed.) *To Illustrate the Monument,* London. Thames and Hudson, pp. 228-237.

Rowlands, M. 1986 "Modernist Fantasies in Prehistory", *MAN* 21: 745-6.

Van Driel-Murray, C. 1999 "And Did These Feet in Ancient Times ... Feet and Shoes as Material Projection of Self", in P. Baker, C. Forcey, S Jundi and R. Witcher (eds.) *TRAC98: Proceedings of the Fourth Annual Theoretical Archaeology Conference, Leicester 1998.* Oxford. Oxbow Books. pp 131-140.

Wait, G. 1985. *Ritual and Religion Iron Age Britain* B.A.R. British Series 149 Oxford.

Romanisation, Status and the Landscape: Extracting a Discrepant Perspective from Survey Data

by Garrick Fincham

Romanisation is a topic which is fraught with difficulty, and cannot be adequately explored in the short space of a single paper. In considering this issue, therefore, rather than attempting an exhaustive discussion of its development as a concept, I will simply note a few thoughts about the nature of Romanisation as a preface to our main discussion.

Firstly, many traditional concepts of Romanisation are one sided (Hingley 1996), and even at its most advanced (Millett 1990a & b), is acculturative. As a model it takes no account of native agency, turning them into passive bystanders to their own assimilation into a hegemonic vision of the Roman Empire (Webster 1996). We can begin to address this problem through the application of post-colonial theory, and particularly the concept of discrepant experience. This branch of theory has developed in the work of Edward Said (1994: 35-50), the idea that there is no normative basis for the way in which we experience our condition, and our perspective is dependant on where we are located within prevailing social discourses.

Mattingly (1997a: 11-15) points out the difficulties with attempting to apply this approach to the ancient world, principally the lack of written texts to inform us about the lives of the opponents of Rome, though he suggests that archaeology provides a text, albeit one which is difficult to read. Alcock (1997) and Mattingly (1997b) offer two case studies informed by this approach, considering provincial landscapes from the perspectives of those who inhabited and worked them, rather than those who ruled them. This produced two opposing pictures of respective landscapes of resistance and opportunity. Mattingly acknowledges the danger of a dualistic approach (1997b: 117), cautioning that by producing generalized interpretations in this way 'we may obscure the 'discrepant experiences' and changing perspectives of Roman imperialism that they encapsulate.' The challenge, then, is to evolve an interpretative framework for the data we possess for the lives of subjugated populations in the Empire which allows us to re-create their 'discrepant experience', and situate them in a discourse with Rome, but to do so in sufficient detail to acknowledge true social complexity in the past. This is not to say that Said's concept could or should be transferred wholesale to Roman Britain. Instead we must use the basic model of 'discrepant experience' to inform a discussion of the unique and historically situated circumstances of natives in Roman Britain, and use it to understand the native input into the ongoing 'colonial negotiation', rather than as a template to create a structuralist model for all imperial encounters. When attempted at the community level, as will be shown here, we begin constructing discourses which function on a scale relevant to the ancient world, and in which the 'symptoms' of what we have hitherto called Romanisation make a different kind of sense, particularly when dealing with manifestations of status by the native elite.

We must begin with an important qualification about acculturative Romanisation, which is that it is constructed as a homogenising process, or as Hingley (1996: 44) terms it an 'assumption of linear progress from simple to complex'. This is a model which we apply to all native communities in the Roman Empire, categorising them as 'more or less' romanised. But in doing so we have in fact reduced the native response to their conquest to little more than positioning them on a spectrum of Romanisation. This distorts our view of lived experience in the Roman Empire by relegating refusal to adopt, for example, high status Roman-style material culture, to the level of an economic failure on the part of the natives, something which they cannot help, but would overcome if only they could. A common suggestion, especially in the fens, is that the area was too poor to acquire the trappings of Romanisation (Hall & Coles 1990: 121). It is this that in part accounts for the lack of villa structures in the region, but this assumes a unified pattern of status display throughout the province, focusing upon architectural forms, and ignores possible non-architectural variants that may function at a local level. What discrepant perspective suggests to us is that although from a 'Roman' standpoint the fens may appear to lack signs of status display, it is possible that status was articulated in ways which, whilst fitting within the framework of the Roman province, non-the-less have left different kinds of archaeological evidence.

In modern Britain, even with good communications, and powerfully homogenising cultural influences like national television stations and chain stores, no one would claim that we have a homogenous society. In an ancient empire, with communications which were incomparably slower, and which comprised many different sub groups, all with their own pre-conquest identities, many local pre-conquest identities will have been preserved, each one acting as the basis for a different localised perspective. If different area's of the Empire, or even of a single province had different pre-conquest attitudes and traditions, the impact of Roman imperialism will have been nuanced and different in different places, mediated by the cultures over which the authorities were exercising control. Thus pre-conquest traditions are crucial to understanding the unique and discrepant experiences of empire, and key to locating the subordinate population in a discourse with their conquerors. By reaching such a position we give the subordinate population of the empire a place in history, but in so doing we must reject the vision of the Roman Empire as a hegemonic entity, and actively recognise the true variation of conditions in which conquered peoples found themselves.

Clearly the interaction between Roman and native is too complex to enable us to create a satisfactory general theory. Instead, we must approach the problem on a regional basis, asking what such contact meant on the ground, community by community, and being subtle enough to realise that each experience is different and unique. In a world where communication was much slower than it is today, the scale of experience, what native individuals with the power of agency would define as 'their world', will be that much smaller than it is today. In considering native experience, therefore, we must work at the scale of native lives. But if we are to develop such an approach we must begin by establishing a working hypothesis to identify 'communities'. Depending on the scale of our work, these communities may be of varying sizes - a region, a town and its hinterland, a village or farm, or perhaps a more broadly based ethnic group. The important factor is that that unit should have *historical* relevance, in some sense it should be a community of the past. My own work in Roman Fenland is regional in scale, the data principally provided by field survey, and it is in such a framework that I shall develop this approach.

The initial challenge is to identify 'sub regional' landscapes within which the lived experience of the empire might be detected through archaeology. It is argued above that an important factor in shaping Roman landscapes is pre-Roman activity, and so to begin any analysis of the post-conquest period, we must consider the Late Iron Age. This is not a new approach in itself, and many studies, begin with the Late Iron Age as a prelude to the Roman Conquest, (e.g. Dark 1997, Millett 1990b, Salway 1981). Taking Millett (1990b: 9-39) as an example, he uses the pre-Roman social structures of Britain to understand the pattern of the conquest, not the pattern of life after it. However, elements of Late Pre-Roman Iron Age society which survived the transition to Roman rule can provide us with a clue to where cultural groupings lay under that rule. A hint of such continuity can be found in the correlation between portable wealth and architectural elaboration (see Fig. 1).

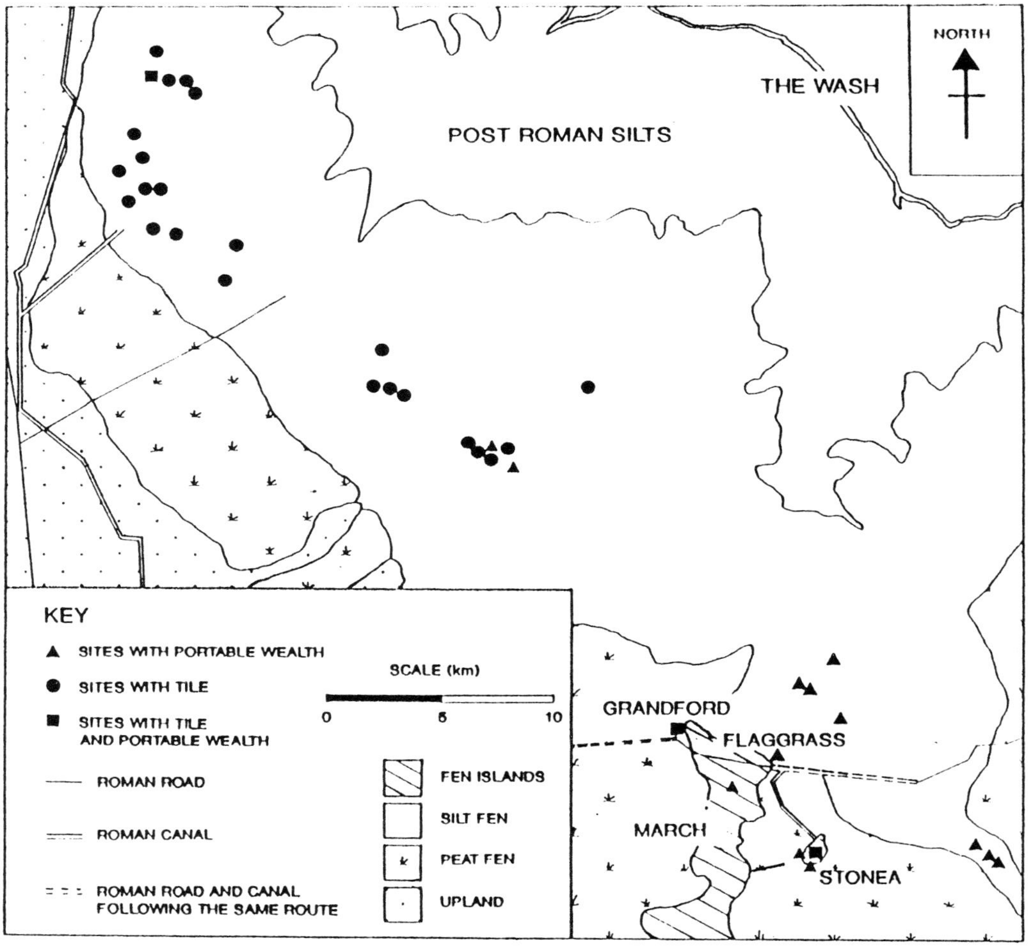

Figure 1 Distribution of portable wealth and Roman roof tile in the fens. Note the almost totally exclusive distribution patterns. Sites mentioned in text are labelled.

Indicating personal prestige is an important element in establishing identity, because the local display of status is a method of communication between native elites and subordinate native populations. The Roman Empire ruled through these elites, and in the Millett model they form a community of interest with Rome (Millett 1990a), the display of status is a language to communicate power. All sides must understand that language, if power is to be communicated effectively and social relations are to be reproduced. Thus, although in a post conquest culture we may expect to see some elements of *Romanitas* embedded in the display of status, we must also expect, if we are seeking a level of elite continuity, some element of continuity in status display, ensuring that it is intelligible to those of different perspectives and experiences. If we envisage a language of power between Roman, Native and Native Elite, that power display may be 'Romanised' but at some level it must be informed by the native tradition to make it intelligible to those it sought to control, and to legitimise their power in the eyes of the subordinate population by reference to the pre-conquest past.

Past interpretations of the Roman Fens have focused upon the idea that a landscape was created on a fresh slate, laid out unproblematically in the interests of the Empire. But this is no longer sustainable for the central fen area, where a late Iron Age nucleus of activity, centred on Stonea Camp, has become increasingly understood in recent years (Jackson and Potter 1997: 676-677, Hall and Coles 1994: 92-104). This being the case, we have to account for pre Roman social structures in any discussion, and to allow for the discrepant perspective of those who lived in a central fen context. Looking at the contrasting distribution of prestige objects and architectural elaboration, we see that portable wealth (defined broadly to include coinage, and bronze, pewter or precious metal artefacts) is concentrated in precisely the area that contains this Iron Age nucleus, but is found only rarely elsewhere in the fens. Conversely, architectural elaboration, which in the fens is usually on the basic level of putting a tiled roof on a building instead of a thatched one, is confined to the silt fens. The general architectural tradition of the region is of relatively insubstantial thatched structures, with clay sill walls, topped with wattle and daub, sometimes with a timber framework (Salway 1970: 7). The occurrence of roof tile on such sites therefore represents a considerable break from an otherwise ephemeral style of construction. It is true that the quantities are often very small, but in an area as devoid as the fens of substantial building material, we may expect thorough robbing of sites,

In the central fens we do find buildings with tiled roofs but these structures are often built of stone as well, and represent an extreme form of architectural elaboration not seen elsewhere in the fens. As a group, we might consider these sites as 'the official' landscape, as they are locations which for a variety of reasons appear to stand outside the native settlement pattern, but are deeply implicated with the official presence in the region. In this category we might consider sites such as Grandford, a roadside settlement well connected to the regional communications network, and Stonea Grange, a stone built tower with very definite extra regional architectural affinities (Jackson and Potter 1997: 679). Flaggrass, north east of March, may also be part of this 'official' landscape, identified as a possible 'emporium' site (Potter 1981: 118). Although not architecturally elaborate, it is large, and occupies a position at a canal and road junction which would link it firmly with the Roman infrastructure of the area. A possible criticism of this approach is that sites which do not fit easily into the 'native' central fen landscape are simply relegated to the construct of an 'official landscape', which becomes simply a collection of 'awkward' sites. However, the differences between these official sites and the rest of the settlement pattern are marked. Firstly, as a group, the sites of the official landscape are often of extremely high status in Fenland terms. We see no *spectrum* of status display, but rather a large number of sites with no architectural elaboration, and a handful of sites which are elaborated to a great degree. Stonea is a good example of this. At Grandford the settlement was based around a probable Neronian fort, and it is one of the only Fenland sites with a significant quantity of early coins, possibly linked to this military presence (Potter 1981: 126). Flaggrass, north east of March, may also be part of this 'semi' official landscape, as a possible 'emporium' site (Potter 1981: 118) lying at a nexus in the local communications network (see Fig. 1). Both Grandford and Stonea are demonstrably alien to sites which evolved from LPRIA occupation of the area. Thus we have three landscapes, one of basic architectural elaboration on the silt fens, a native one of 'portable wealth' in the central fens, and one of a high level of architectural elaboration, roads, and market places, superimposed on the pre-existing native presence by the Roman authorities.

Can we make any deductions about *interaction?* The official landscape was 'superimposed' upon the central fen 'native' landscape, the 'native core' clearly attracting substantial Roman activity in the period immediately after the conquest, with roads, canals, and a fort at Grandford. I have argued elsewhere (Fincham 1999: 46-51) that the famous tower at Stonea, a striking visual symbol in a flat landscape was a concrete symbol of Roman power and dominance, presiding over the pre-existing Iron Age nucleus. This presupposes some Late Iron Age social survival, something that I would suggest we see in the continued use of portable wealth to display social status, rather than the adoption of Roman symbols of power, based on a more architectural language. Thus in the central fens there is clear space for cultural 'negotiation' between conqueror and conquered.

The silt fens are an area outside the zone of the 'official' and native landscapes of the central fens, and there is less evidence here of Late Iron Age activity. What pre-Roman activity there was, located in the southern Lincolnshire fens, was based upon salt production (Hayes & Lane 1992), and was therefore probably seasonal (Bradley 1975). When this area expanded in the early second century, an element of the silt fen architecture involved the use of tiled roofs. Tile occurs on 24 sites across the silt fen area (see fig. 1), but these represent only a small proportion of the total sites in the area. When we examine the technicalities of constructing a timber framed building with a tiled roof, particularly when the prevailing roofing material is thatch, we quickly see that the decision about how to roof a building was not a casual choice, but was fundamental to the structure of building, and to the cost of construction. To construct a building which will support a thatched roof does not require straight timber - the framing of the structure can be irregular, and this may result in the irregularly spaced wall posts encountered when excavating 'low status structure' (Charles 1982). But to put a tiled roof on a building, not only requires access to tile, but to straighter, and thus more expensive timber. A change of roofing material from thatch to tile, results in an entirely different (and more expensive) structure which stands outside the mainstream architectural tradition of the silt fens. As is clear from fig. 1 there is almost no portable wealth in the silt fen area, and very few 'substantial' buildings in the traditional sense of a stone built structure. But this does not mean that the landscape was socially uniform, or that there was no attempt to display status. In the light of the unusual nature of the tiled roofed buildings of the silt fens, and the extra consumption of wealth required to construct them (as opposed to normal fen style buildings), I would suggest that status in the silt fens was expressed in architectural form. But these are not, 'Roman' buildings; they appear to be low status structures, wattle, or clay walled, adapted to take a tiled roof. But in a landscape of structures constructed from local materials, irregular timber frames and thatched roofs, the local perspective on a more regular structure with a tiled roof may have been that such a building represented architecture of considerable status.

Within the central fens, we can detect the survival of native identity, Roman measures to control that community, and see a social arena in which Roman forms were adopted, but where the native perspective informed behaviour - the display of status through portable wealth. In the silt fens, we see a low level of architectural adaptation, the visible outcome of a colonial negotiation, and the product of a different, and contrasting perspective on status display.

Although this is just a sketch to demonstrate possibilities, even within a limited set of survey data we can see the potential for the consideration of cultural interaction at a sub regional level using the concept of discrepant perspective. It is at this small scale that we can address questions which relate to the native way of life, and the Roman Empire as 'lived experience'.

School of Archaeological Studies, University of Leicester

Acknowledgements
My thanks go to Professor David Mattingly and Dr Jane Webster for comments on an earlier draft of this paper. Any remaining errors are, of course, my own.

Bibliography

Alcock, S.E. 1997. Greece: a landscape of resistance? In D.J. Mattingly (ed.) *Dialogues in Roman Imperialism: power, discourse and discrepant experience in the Roman Empire.* Journal of Roman Archaeology Supplementary Series, no. 23: Portsmouth, Rhode Island, pp. 103-116.

Bradley, R. 1975. Salt and settlement in the Hampshire Sussex borderland. In K.W. de Brisay & K.A. Evans (eds.) *Salt - the study of an ancient industry.* Colchester: Colchester Archaeology Group, pp. 20-25.

Charles, F.W.B. 1982. The construction of buildings with irregularly spaced posts. In P.J. Drury (ed) *Structural reconstruction: approaches to the interpretation of the excavated remains of buildings.* British Archaeological Reports, British Series 110: Oxford, pp. 101-112.

Dark, K. & Dark, P. 1997. *The Landscape of Roman Britain.* Stroud: Sutton Publishing Limited.

Fincham, G. R. 1999. Poverty or Power; the native response to Roman Rule in the Fenland. In P. Baker, C. Forcey, S. Jundi, R. Witcher (eds) *TRAC 98: Proceedings of the Eighth Annual Theoretical Roman Archaeology Conference, Leicester 1998.* Oxford: Oxbow, pp. 48-51.

Hall, D. & Coles, J. 1994. *Fenland Survey: an essay in landscape persistence.* London: English Heritage.

Hayes, P.P. & Lane, T.W. 1992. *The Fenland Project, 5: Lincolnshire Survey, the south-west fens.* East Anglian Archaeology 55: Sleaford.

Hingley, R. 1996. The 'legacy' of Rome: the rise, decline, and fall of the theory of Romanization. In J. Webster, & N. Cooper (eds.) *Roman Imperialism: post-colonial perspectives.* Leicester Archaeological Monograph 3, Leicester: pp. 35-48.

Jackson, R.P.J. & Potter, T.W. 1997. *Excavations at Stonea, Cambridgeshire 1980-85.* London: British Museum Press.

Mattingly, D.J. 1997a. Introduction: Dialogues of Power and Experience. In D.J. Mattingly (ed.) *Dialogues in Roman Imperialism: power, discourse and discrepant experience in the Roman Empire.* Journal of Roman Archaeology Supplementary Series, no. 23: Portsmouth, Rhode Island, pp. 7-26.

Mattingly, D.J. 1997b. Africa: a landscape of opportunity. In D.J. Mattingly (ed.) *Dialogues in Roman Imperialism: power, discourse and discrepant experience in the Roman Empire.* Journal of Roman Archaeology Supplementary Series, no. 23: Portsmouth, Rhode Island, pp. 117-142.

Millett, M. 1990a. Romanization: historical issues and archaeological interpretations. In T. Blagg & M. Millett (eds) *The Early Roman Empire in the West.* Oxford: Oxbow, pp. 35-41.

Millett, M. 1990b. *The Romanization of Britain: an essay in archaeological interpretation.* Cambridge: Cambridge University Press.

Said, E. 1993. *Culture and Imperialism.* London: Vintage.

Salway, P. 1970. The Roman Fenland. In C. W. Phillips (ed.) *The Fenland in Roman Times: Studies of a major area of peasant colonization with a Gazetteer covering all known sites and finds.* Royal Geographical Society Research Series No. 5, London: Royal Geographical Society.

Salway, P. 1981. *Roman Britain*. Oxford: Clarendon.

Webster, J. 1996. Roman Imperialism and the 'Post-Imperial Age'. In J. Webster & N. Cooper (eds.) *Roman Imperialism: Post-Colonial Perspectives*. Leicester Archaeology Monograph No. 3, Leicester: pp. 1-18.

Social Organisations within the Roman Army

by Andrew Pegler

Cults and *collegia* have been popular themes for academics over the last one hundred years. Waltzing's 'Etude Historique sur les Corporation Professionelles chez les Romains' (1895-1900) and Domaszewski's 'Die Religion des römischen Heeres' (1895) are notable examples from a range of exhaustively researched works examining either *collegia* or cults, civil and-or military. Only recently have the two topics been combined, a practice that enables similarities of purpose and content to be recognised. The most seminal of these has been Kloppenborg and Wilson's 'Voluntary Associations of the Graeco-Roman World' (1996), which grouped papers on associations and cults beneath their advocated umbrella term of 'voluntary associations'. This paper also intends to study both these subjects, but to focus on their military guise and an aspect of their character that justifies joining them both beneath a unifying title; for this I choose 'social organisations'. 'Association' is quite acceptable, though I choose 'organisation' to imply a greater sense of regimentation. Both are fairly interchangeable, as both are structures determined by an adherence to either an officially sanctioned charter or an unofficially enforced code of practice. These instruments give them features such as an internal hierarchy, initiation rites and an independent treasury which stand them apart from the wider environment that they exist within.

I use the word 'Social' to replace 'voluntary' as in the military context I hope to advocate that this term is as valid as 'voluntary' is for the civil. As Kloppenborg and Wilson themselves acknowledged (Wilson 1996:1), the use of the adjective 'voluntary' was not entirely accurate. Several religious cults and trade associations had compulsory, hereditary or obligatory membership. As these exceptions were in the minority, 'voluntary associations' remained a workable general term. For the military environment, however, the voluntary option is almost certainly absent in the case of the *collegia*. No direct evidence survives, but considering that these associations played an integral part in rank and military efficiency then it is most unlikely that they relied on voluntary membership. Thus for the purposes of accuracy, 'voluntary' must be dropped from the umbrella term. 'Social' instead stresses the aspect of their existence that this paper seeks to focus on and which can be seen as a base motive for their existence.

The extent to which social motives are the unifying agent of both cults and *collegia* is an important question as it is a facet of their character that has received little attention. This is partly because the social element was deliberately masked. Cults clearly had a religious intent, and *collegia* existed for a variety of official purposes - religion, economics, industry and politics usually being the most frequent reasons. However, what both cults and *collegia* have in common is that somewhere within their organisation and daily practice they contain features which are designed to promote the group to the exclusion of those outside. Exclusion is a means of enhancement when those included are allowed to partake in unique events that serve only to strengthen the social bonds within that group. Exclusive meeting places focus the group, exclusive initiation targets promote the sense of commitment to the group and exclusive positions of influence obtainable only within the group enhance the notions of loyalty. This social element, though rarely their public *raison de être*, provides the force that unifies the organisation into a coherent and self-perpetuating entity. The significance of this social aspect is the basis of discussion in this paper. To what extent did these institutions fulfil a social function within the Roman army?

The biggest problem is that military *collegia* are fairly enigmatic. Sources of information are both brief and scarce, consisting primarily of epigraphic material supported by only three literary references. The earliest dateable inscription comes from AD 159 (CIL X.3344), with the majority dating from the reign of Septimius Severus and the last to AD 229 (ILS 2353). Therefore the sources are restricted to a relatively short time period and have been found in only a relatively small number of sites. The greatest contribution made so far was in the 1890s during the excavation of the fortress of the Third Legion Augusta at Lambaesis, Algeria. Almost a dozen military *collegia* inscriptions were recovered, providing a range of details and information. Many were found *in situ* within their respective assembly room (the *schola*), thus identifying these features conclusively.

In contrast the civilian *collegia* are much better represented. They existed for longer, at least from the early first century BC, and in an infinitely wider range of locations and situations. This ubiquity is reflected in all the sources. Epigraphically they number in the hundreds rather than in the dozens, and archaeologically a far greater number and variety of *scholae* have been positively identified. This evidence amounts to complete constitutions containing detailed information on internal organisation, financial arrangements and member services. From this wealth of evidence it is much easier to interpret their social basis and to recognise their social elements. *Collegia* had quite a market in the civil sphere. Paul Petit observed that they attracted citizens who wished 'to escape from the isolation which the individual felt in a hierarchical world... and (from) a city life in which influence was a preserve of the great' (1976:100). In a *collegium* the individual could find a social circle, attain a position of dignity within its organisation and through the support of his new associates find assurance against an anonymous life and an anonymous death (Macmullen 1966:174).

Those *collegia* that existed to provide the services of burial clubs (*collegia tenuiorum*), for example, were a natural extension of the support ethic. They provided the member with the guarantee of a decent burial and the promise of mourners who may genuinely be mourning him. Despite being concerned with death, these organisations instead made life the focus of their existence as they not only provided funerals, but also gave their members regular meetings and feasts. A feast was one of the main attractions of the *collegia* and they held them at any opportunity. The constitution of the *Collegium* of Antinous and Diana at Lanuvium (CIL XIV.2112) from AD 136, for example, lists all their communal feasts and states that new members not only pay their entrance fee but that they give an amphora of good wine as well. Eating and drinking together is one of the most fundamental social binds; it is positive, assuring and the best opportunity to make social contact. Thus it was at these events that the member lost his anonymity and gained a place within a social circle. When he died he would be missed by people who had had the opportunity to know him.

That *collegia* were originally mostly concerned with social matters can be argued from their troublesome history (Macmullen 1966:175-178). Too much feasting coupled with an ambitious president and a treasury overflowing with subscription fees created a potentially explosive situation for the state. During the Republic the *collegia* were frequently used as political tools, a situation that provoked much legislation to control them (Ascon *Pis 4*; Cicero *Pro Sext 25*; Dio *38.13*; Suetonius *Caesar 42*). Under the Empire the suspicion remained and numerous steps to control the *collegia* and their membership are recorded (Suetonius *Augustus 32*; Dio *60.7*; *Digest 47.22.1-3*). Two notable examples are the dissolution of the *collegia* of Pompeii as punishment following the amphitheatre riot (Tacitus *Annals 14.17*) and Trajan's rejection of Pliny's request for an association of firemen (*collegium centonarium*) at Nicomedia (*Epp 10.33*). Both were measures to ensure public order, being based on both real and potential fears.

Civil *collegia* performed a social function in that they gave their members a social circle other than that which they could nominally obtain. This circle was strengthened by practices that had a positive effect in promoting a conscious unity within that group. The *collegium centonarium* at Aquincum entertained itself with a *hydraulis* organ (Nagy 1934), an instrument that had no practical role to play within their official duties. Its presence demonstrates that social activity was important, regardless of the professional façade. Such licence inspired Tertullian to remark that official veneers to *collegia* were simply excuses to disguise drunken behaviour (*Apol. 38.1*). As Ginsburg observed, 'an institution founded for one purpose, by reason of the leeway it offered in practice, was readily adapted to other purposes, often very remote from the original function' (1940:149). These were the attractions that raised *collegia* above any alternative, as they were legally constituted to provide them. Not just meetings, but feasts were important events within the group. Again, these feasts occur regardless of the official purpose of the *collegium*. Whether they are a burial, industrial or religious association, their practice includes events that have only a nominal impact on their funerary, industrial or religious concerns. This is the basis of the analogy. The military *collegia*, for which so much information is lacking, should theoretically also have this social side beneath their official exterior.

Considering the potentially dangerous nature of *collegia*, it is at first surprising that these threats to public order appear within the very instrument that was intended to control it – the army. It may at first appear a paradox, but their introduction into the military can be seen as a natural extension to the role that they served in the civil world. A lot of the motives that Petit saw as attracting members to civilian *collegia* can be argued as appropriate for the army. Soldiers would naturally wish to escape from the anonymity of their place within such a vast organisation, to try and gain a social identity. On joining the army, the new recruit was given a rank that gave him a professional and functional position within that organisation. For the common legionary the potential social circle was large – he had his *contubernium*, century, cohort, legion and provincial garrison within which he could move at any one time. He was of equal status to several thousand other individuals, with little to prevent him from making social contact with them.

There were others, however, for whom the sphere of social interaction was much more limited. The centurion, for example, was restricted by his high rank and status. Others such as the *tubicine* (trumpeter) had small circles of colleagues, while others such as the *speculator* were posted away from their legionary headquarters. It is for servicemen in these situations that the benefits of organised social contact could be most appreciated. At least twenty-three different ranks and trades are known to have belonged to *collegia* within the army, sixteen from the legions (*armatures, armorum custodes, beneficiarii, cornicines, cornicularii, discentes capsariorum, equites legionis, exacti, fabricienses, librarii, optiones, optiones valetudinarii, duplarii, pequarii, speculatores, signiferi, tesserarii, tubicines)* and seven from the *auxilia* (*armatures, centuriones, curatores, decuriones, duplicarii, imagniferi* and *vexilliferi*). All of the above held positions of either clerical or military responsibility and belonged to the status groups known as *immunes* and *principales*. A reference to a *scholae cohortibus primus* by Hyginus (20) appears to confirm that it was the soldiers of higher status and the non-commissioned officers who were permitted to form associations.

Why the military *collegia* were limited to this particular group can be best explained if we remember the civilian precedents that they followed. The dangers that they posed were far more acute in an associated body of men who were not only over-feasted, over-ambitious and over-flowing with subscription fees, but who were also armed and armoured. Therefore the existence of these organisations had to be even more tightly controlled than in the civilian environment. The relatively late introduction of *collegia* into the army may have been the direct result of such fears. Certainly the most significant bar to their introduction was the problem of how to deal with the common soldier. Their numbers were too large to risk letting them get together for no good reason. A law was therefore issued that prohibited them from forming or joining *collegia* (*Digest 47.22.1*). The baths and amphitheatres of the fortress and the charms of the *canabae* instead provided their social satisfaction, in what little free time they were permitted. However, there were legionaries who already existed in small groups with a legitimate reason to be together, performing specialist and administrative functions. Distinguished by a higher status that was the result of good service, good education or good background there was no reason why these men should not have an official social bonding agent.

This central focus was provided by the *collegia*. By guaranteeing the social circle it improved the morale of the individual, who was now no longer feeling anonymous within the system. By giving it official recognition the common tie between the members was given an added prestige. The social and spiritual advantages that a *collegium* offered its members would also appear attractive to those outside. These individuals would then be encouraged to gain entry, which would require them to seek promotion to those ranks or volunteer for those trades. The immediate benefits for that position would be a higher prestige value, certainty of recruitment and in increase in morale. These were effects that the emperor could feel justified any risks he was taking in allowing these organisations to exist. Allocating each collegium space within the fort provided further enhancement. These meeting rooms (*scholae*) provided the focal point of the group. At Lambaesis (Algeria) those of the Third Legion Augusta were situated within the premium location of the *principia* (Besnier 1899:225-258), and a similar arrangement seems to have existed in the auxiliary fort of Niederbieber. If such a situation was the norm (Fellman 1958) then it is a tangible enhancement to this prestige. This was a place for their exclusive use, a place where they were united and a place where their social behaviour could be made manifest. It was in these rooms that the feasts would be held, as well as dedications made to that most important of deities – the *genius*.

The *Genii* were patron spirits who 'held in their care every action and event, every person and every place'(Gilliam 1986:353). They also presided over communities and groups, which in the army translated to patronage of a wide range of divisions, ranks, building staff and task groups (ibid.: 355–361). As in the civil world, the military *collegia* also received a guardian *genius* at their conception. This spirit took on the role of both protector of the community and also the place where they congregated (ibid.: 359), the *scholae*. The depiction of the god as a youthful, well fed, muscular male with flowing locks (Alcock 1986:114) projects an image of health and vitality. This impression, coupled with the *cornucopia* he carries implies vividly an active interest in the health and welfare of the membership. He is also commonly depicted in the act of pouring a libation, suggesting again that his interests are as much on behalf of his devotees as they are in him. Dedications to the Genius of the *collegium* could therefore be construed as actions taken to enhance the unity and ties of those included within the association. It would also appear from the epigraphic evidence that under the emperors Septimius Severus and Severus Alexander, the religious nature of the *collegia* was formalised to encompass the worship of the imperial cult (Fishwick 1988), a more direct means of ensuring loyalty and promoting a new dynasty.

While *collegia* were treated with suspicion and fear by the state, cults escaped largely untroubled. They were religious, something which should, theoretically, bring out the best in people. They also had self-imposed limits created by their novel belief set and demanding initiation rites, something which kept the number of adherents relatively small. They were not suited to mass worship, by their secretive and insular behaviour. Therefore there was no prohibition on the common soldiers joining them. For both the legionaries and the auxiliaries, cults became the legal alternative to *collegia* and it was here that they gained the social organisation that only the lucky few could get elsewhere. In many ways, cults provided a far more intensive social experience. Initiation rites were a bond of commitment far stronger than the simple payment of a membership fee. In the Mithraic cult the rites involved symbolic and physical ordeals - suffering extremes of fear, cold, heat and hunger (Turcan 1996:235-239). At the Mithraeum at Carrawburgh an area within the shrine provided at various times the means to carry out such tests, including the facility to inter someone alive (Richmond and Gillam 1951:19, 21). The rituals contained a religious significance – they probably emulated the suffering of Mithras during his labours on primeval earth – but they had the added commitment value. Members were all united by a mutual demonstration of their interest in the group. Once initiated they were all members of a select and exclusive fraternity, both in spiritual and real terms.

They could also pursue a career path that was unique to their new association. Within the civil *collegia*, and most likely the military, members could aspire to a number of positions of authority; such as the president (*quinquenalis*), the treasurer (*quaestor*) or a master of the feast (*magister)* (Meiggs 1960:314–318). Within the cults members could travel on a career path that brought with it spiritual prestige as well as responsibility within the community. Mithraism, for example, had a ladder of seven grades, the *corax*, *nymphus*, *miles*, *leo persus*, *helidromus* and *pater* (Jerome *Ep* CVII. *ad Laetan;* Cumont 1956:152-154). Each progressive level had an attributed set of duties to perform and their own symbolic initiation rites (Cumont 1956:152-154). It is a lot easier to understand what these were as drawing analogies between civil and military versions of a cult is generally universally acceptable. The wealth of evidence on both sides shows that ritual practices and internal organisation were almost always the same.

Their contribution to social practice is that, like the *collegia*, several cults held feasts as an integral part of their doctrine. This is clearly evident in Mithraism where the defining archaeological feature of the cult building is the presence of benches down either side of the principal sacred area where the initiates could recline to dine (Turcan 1996:218). The ritual feast that was held in this shrine recreated that that was held between Mithras and Sol at the culmination of Mithras' triumph (ibid.). This holy event meant that the initiates had a ready-made excuse to hold feasts whenever they wanted (Turcan 1996:234). Within the noted constitution of the *collegium* of Antinous and Diana at Lanuvium, feasts were worked in under a religious guise as often as possible. These were, however, restricted by law to only one a month. In contrast the religious cults could make the sacred feast a part of their routine that is repeated as often as desired. These communal social events gain strength when, in several cases (for example in the worship of Mithras, Jupiter Dolichenis, the Syrian Baals and Magna Mater) the cult building was designed specifically to insulate the community from the outside world. This exclusion was greater than that the *scholae* could achieve, with the effect that the emphasis on social practice could become much more significant. The use of special effects such as atmospheric lights and incense makes the idea of feasting while reclined on couches as part of your religious duty an extremely attractive proposition. These traits served not only to please the initiated, but also made it a much more alluring prospect for the uninitiated. Cults after all lacked the greater certainty of recruitment that the military *collegia* held. They needed gimmicks and adverts that would keep attracting new members and keep the cell going.

Their lack of a guaranteed recruitment could become an advantage, for by lacking the exclusivity of the *collegia*, the pool of initiates in the army was unrestricted. The communities could therefore encompass a variety of military backgrounds. It is conceivable that a common soldier could belong to the same congregation as his military superior, and achieve a higher spiritual rank. Whether this actually worked in practice is difficult to recover from the evidence, as the epigraphic record is notoriously difficult to interpret. The statistical study made by Manfred Clauss demonstrated that the majority of initiates were from the lower ranks, mainly the *centurions*, *principales* and the common soldiers (*miles*) (Beck 1996:177-179). Officers dominate the evidence for certain cells (e.g. Carrawburgh), but with greater disposable incomes and a high value as a patron or guest of honour it is to be expected. The numerical superiority of the lower ranks, however, is of the greatest interest as it suggests that cults became an alternative for those who were excluded from the official military *collegia*. It was here that they could gain the intimate and viable experience that an exclusive social organisation could provide. This is not an absolute rule, however, as many servicemen who could join the official associations also joined cults. Perhaps this was because of religious motives, but it also may have been because the cults gave a better social experience.

It must be reiterated that both cults and *collegia* existed on an official level for a variety of suitable purposes. The contribution that they made to the spiritual welfare of the Roman empire and to the morale and discipline of the Roman army was recognised at the time of their existence. The means in which they functioned and performed their role has been the subject of much scholarly study since. While their practical and functional advantages have long been recognised, those aspects of both cults and *collegia* that suggest a social nature have received less attention. It has been the intention of this paper to stress the social dimension of these organisations, and the extent to which they were responsible for making these institutions viable and vibrant. It is my hypothesis that social factors were major influences, with *collegia* in particular gaining only a veneer of purpose to provide the satisfaction of respectability. It is a universal fact that people like to socialise and that through social contact a wide variety of improvements to the well being of the individual is made possible. It was through cults and *collegia* that the members of the army could realise these intentions on a superior level. *Collegia* were restricted to a select few, while cults were open to all in the army. They both served similar functions in that they provided the member or the initiate with an exclusive social union. These social bonds were further strengthened by a variety of unique features that served no other recognisable purpose other than enhancing the groups exclusivity and unity. Initi-ation demonstrated membership equality and commitment, communal feasting provided it with social interaction, an exclusive property reinforced its identity and a mutually encompassing deity bonded the group together. It is hoped that the social nature of these organisations will gain greater recognition and that the unique sense of involvement and inclusion they provided within the Roman army will be further explored.

Department of History, Birkbeck College
University of London

Bibliography

Alcock, J. 1986. The Concept of Genius in Roman Britain. In M. Henig and A. King (eds.) *Pagan Gods and Shrines of the Roman Empire;* pp113-133. Oxford: Alden Press.

Beck, R. 1996. The Mysteries of Mithras. In Kloppenborg and Wilson (eds.) *Voluntary Associations in the Graeco-Roman World.* London and New York: Routledge, pp.176-183.

Besnier, M. 1899. Les *scholae* des sous-officiers dans le camp romain de Lambèse. *M.E.F.R.* 19:199-258.

Cagnat, R. 1913. *L'Armée Romaine D'Afrique et L'Occupation Militaire de l'Afrique sous les Empereurs.* Paris: Imprimerie nationale.

Cumont, F. 1956. *The Mysteries of Mithra.* Translated second revised French edition. New York: Dover

Domaszewski, A. 1895. Die Religion des römischen Heeres. *Westdeutsche Zeitschrift für Geschichte und Kunste*, 14: 1-124.

Fellman, R 1958. Die Principia des Legionslagers Vindonissa und das Zentralgebäude der römischen Lager und Kastelle. Brugg: Vindonissa Museum.

Fishwick, D. 1988. Le Culte de la Domus Divina à Lambèse. In L'Armée et les Affaires Militaires. 4th colloque international sur l'histoire et l'archéologie de l'Afrique du Nord. Strasbourg: Comité des travaux historiques et scientifiques, pp.329-341.

Gilliam, J.F. 1986. The Cult of the Genii in the Roman Army and a New Military Deity. In M. Speidel (ed.) Roman Army Papers I. Amsterdam: J.C. Gieben, pp.353-368.

Ginsburg, M. 1940. Roman Military Clubs and their Social Functions. T.A.Ph.A, 71:149-156.

Kloppenborg and Wilson (eds.) 1996. *Voluntary Associations in the Graeco-Roman World.* London and New York: Routledge.

Le Bohec, Y. 1989A. *La Troisième Légion Auguste.* Paris: Editions du Centre national de la recherche scientifique.

Le Bohec, Y. 1989B: *L'Armmée Romaine sous le Haut-Empire.* Paris: Picard.

Macmullen, R. 1966. *Enemies of the Roman Order.* London: Routledge.

Meiggs, R. 1960. *Roman Ostia.* Oxford: Clarendon Press; pp. 311-336 & 354-377.

Nagy, L. 1933. *Az Acquincumi orgona.* Budapest: Aquincum museum.

Petit, P. 1976. *Pax Romana.* London: Batsford.

Richmond, I.A. and Gillam, J.P. 1951. The Temple of Mithras at Carrawburgh. *Archaeologica Aeliana* (4th series) XXXII; 176-219.

Turcan, R. 1996. *The Cults of the Roman Empire.* First English Translation. Oxford Blackwell.

Waltzing, J-P. 1895-1900. *Etude Historique sur les Corporations Professionnelles chez les Romains.* Volumes I – IV, Louvain: C. Peeters.

Wilson, S.G. 1996. Voluntary Associations: An Overview. In Kloppenborg and Wilson (eds:) *Voluntary Associations in the Graeco-Roman World.* London and new York: Routledge, pp.1-12.

Taberna Economics

by Ardle Mac Mahon

Introduction

This is speculative and tentative attempt to explore the topic of *taberna* economics in Roman Britain. It is not an endeavour to impose a modern abstract economic system upon antiquity, but to say that an economy did exist, that had rules and regularities of its own that gave it a measure of predictability. These may never be defined but in reality even today there is no universal law of economics. The aim of this paper is to develop a synthetic theory of *taberna* economics based on variations in shop architecture and the use of space. This is not a modern concept, as the magnitude of a dwelling for the Romans was a measure of the relative wealth and status of its occupants. In fact the spaciousness of the buildings of the prosperous attracted the tenacious condemnation of contemporary moralizers such as Cicero (*de Officiis* 1.139; *de Domo* 116), Sallust (*Catilina* 12.3), Seneca (*de Beneficiis* 7.10.5; *Morte Claudii* 114.9) and Seutonius (*Augustus* 72.1; *Caligula* 37.2). The size of an edifice was not an indirect expression of rank but an explicit statement of social status (Wallace-Hadrill 1994: 72). Using this as a matrix, anthropological models from a variety of sources have been used to build a possible hypothetical reconstruction of *taberna* sociology in Roman Britain.

From the very birth of towns in Roman Britain there was an evolution in building types and techniques. The connection between economic prosperity and building activity is a recurrent theme throughout human history, particularly when dwellings are commercial in nature (Delaine 1996: 165). On a very simplistic level, housing demand relates to need and the accommodation for which people are able and willing to pay. It takes no account of social desiderata, or of personal aspirations that cannot be fulfilled due to a lack of capital (Needleman 1965: 18; Roberts 1978: 146).

In reality there are a multitude of factors that can have an influence on the built environment. Houses have been seen as a reflection of the psychological, ecological and ideological processes of the builder and inhabitants or as a manifestation of socio-cultural relationships - symbolizing, mediating or showing social status and differentiation (Bourdieu 1973: 98-110; Rapoport 1977; 1982; Western 1979: 54-61; Toon 1979: 63-66; Lawrence 1982: 104-130; Rodman 1985: 56-72). Despite the absence of literary evidence, and the constraints of archaeology, the focus of any analysis on dwellings, especially *tabernae*, should attempt to emphasize the actual decisions that are made, the choices, negotiations, disagreements and compromises that are involved in the construction and the use of a building. The *taberna* is a part of the much wider social field and the adjudication to build and modify a shop is linked to many social and personal decisions, pragmatic or otherwise. In actuality, there are many forces acting on the built environment that do not actuate the structure itself. Individuals are influenced by their cultural knowledge and frequently act within ethnic obligations. However, there is always an interlocution between cultural rules and actual behaviour that allows both to develop and modify.

The time and effort that is spent constructing or modifying a shop or manufactory is labour that cannot be spent in other ways. The decision to allocate any effort on a building is a choice between consigning time to the edifice itself, instead of retailing, manufacturing or even relaxing. This is clearly the case in self-help housing where the initial building or subsequent structural modifications are carried out by the actual inhabitants themselves. Similarly, capital spent on building materials or goods traded for fixtures and fittings represent the same allotment decision, but also a choice against other items that could be obtained. Wilk has suggested that the time and effort that has been devoted to construction, the shaping and forming of materials used in the built environment, as well as later modifications to the edifice, represent decisions and choices that are conventionally considered to fall within the realm of consumption and the consumer environment (Wilk 1990: 35). If this is the case, the focus can then be on the actual builders and inhabitants themselves and the process by which they balance various social and economic options.

However, shops cannot be solely seen as a product of consumption It is apparent from the ancient sources that *tabernae* were a social phenomenon and changes to these buildings indicate possible changes in the manner by which people used their shop-dwellings and engaged in the business and lived together as a community (Faroghi 1987: 12). Thus, changes in architectural fashion may have been accompanied by changes in the social composition of the population of Roman Britain. If this is the case then the type of materials adopted, and the form of assembly of the early shops, reflect not only the social but also the economic standing of the individual within their immediate environment, and that of the wider province within the empire. Housing is, after all, socio-economic rather than a technical utility (Murison & Lea 1979: 145).

In attempting to explain *tabernae*-economics and the inter-relationships between different markets, it soon becomes clear that complicated theories are involved and that the information available is unlikely to be sufficient for these suppositions to be adequately tested. If this hypothesis is to work one very general assumption must be made and this is that all the dwellings studied provided equivalent accommodation for their occupants (Needleman 1965: 15 & 47). The results gained by this rather sweeping analyses are far from ideal but are certainly more representative of the social and economic activities of these settlements in Roman Britain than public architecture or any one single building.

The foundation of Roman Britain

The settlement and re-settlement of Britain after the invasion might have meant that towns were regarded as a source of new and 'easy money' by retailers and artisans. This would have attracted natives, such as those from the old Dobunnic *oppidum* at Bagendon (Faulkner 1998: 377), as well as people from other parts of the empire, especially entrepreneurs and those with little financial backing, hoping to succeed in the recently established towns. Modern settlement patterns in developed and developing countries, indicate that people generally move for economic reasons (Gilbert & Gugler 1982: 52). People frequently migrate to development and the movement of individuals from the countryside to towns is part of what urbanization is about (Holsenberg 1985: 89). It appears that young adults nearly always predominate when migration is the search for better economic opportunities. They are usually unmarried and have less at stake in their original habitat then their elders. They often lack control over resources, land in particular, and wield little influence in local affairs. For these very factors they enjoy an advantage in that they are not just physically strong but that they are more adaptable to the different demands of the new environment.

Migration for professional reasons is important. The more skilled and specialized workers may have come from far afield, whereas labourers and the unskilled tended to be more local.

People on the move bring wealth, culture and trade to the places they encounter and this was very important in the establishment of Roman Britain (Healey & Madani-Pour 1993: 90). Inter-urban migration from other Roman towns on the continent to Britain may have been underestimated and this stepwise migration probably affected 'middle-class' persons such as shopkeepers and merchants more than any other class as is evident from epigraphic evidence.

It is apparent from Tacitus that the aim of the provincial governor Agricola was to culturally Romanize the native aristocracy and this would in turn disseminate through the rest of the population (*Agricola* 21) (For reference to the debate on this passage from Tacitus see Blagg 1980: 27-42; Blagg, & King 1984; Grew & Hobley 1985: 35-36; Frere 1987; Millett 1990: 69). However, there must have been limitations to how far the aristocracy could have affected this change, as they are thought to have continued to live and invest in their country estates (Applebaum 1966: 99; Bowen & Fowler 1966: 53; Walthew 1975: 189-205; Hingley 1989: 21-2). The process of Romanization was probably made further amenable by providing the advantages of urbanization such as temples and piazzas, but more importantly road systems, *insulae* and services. *Tabernae* set up by continental entrepreneurs may have had a far greater impetus on this evolution than is appreciated.

Initial Development

Although there is little evidence for ownership or even how land was distributed in these new settlements, the first priority for any individual was to presumably obtain suitable land to build upon. Even if the land was initially allocated by some arbitrary lottery system, in subsequent periods, property could only be procured by capital. If the buyer is starting out in life a substantial part, if not all, of their resources for building would be depleted by land purchase (Anzorena 1993: 59).

The very first *tabernae* of Roman Britain were simply built, when compared to the more ostentatious civic structures, and were constructed of wattle-and-daub. The best known example of this is the earliest phase of the *tabernae* of *insula* xiv at Verulamium excavated by Frere (1972). Furthermore, the actual phasing of construction techniques of buildings in Roman London is better understood due the in-depth study of resent reports (Perring, Roskams & Allen 1991). During this time the progressive development of housing would have been most obvious. This is simply the construction of a housing unit by stages, assigning higher priority initially to securing tenure and services and a lower priority to walls and roofs (Ward 1982: 239). In other words, what were needed in Roman Britain were utilitarian buildings that were inexpensive and less permanent (Wacher 1966: 79). This is especially true of commercial buildings where any delay due to construction would have meant a loss of income and potential customers to competitors (Hodges 1972: 527; Perring, Roskams, & Allen 1991: 81).

Placing capital into any single property is a risky business especially when it is impossible to determine future incomes, or the development value of the site in the far or even immediate future (Guy 1994: 50). Serious private building by individuals is generally produced by societies where there is an atmosphere of stability or economic dynamics because any large scale investment requires confidence (Farmer 1993: 159). As a consequence there would have been little incentive, at least initially, in making any serious investment in building during such an unstable economic period even if resources were available (Perring, Roskams, & Allen 1991: 86).

Often the *taberna* that appeared to be the poorest materially are the best socially. The very initial buildings of Roman Britain may seem to be inferior to later structures but they were in fact supportive of their inhabitants. There may be virtually no housing expenses at all and a low income could be spent on the most important thing of all, food. Any balance could then be saved towards a future more permanent house. The householders and shopkeepers may be young and optimistic about their future prospects. Barring accidents and major depressions in the economy, both of which were quite possible, it is very likely that the occupants will improve their social and economic condition. Of all people in society, artisans were habitually exposed to the possibility and were more prone to physical deformity and disability from the effects of their craft. This is especially the case in such occupation as metalworking (Burford 1972: 72). The *taberna*-owners needed to save as much of their income as possible in order to take advantage of opportunities as they arose and eventually invest in a more substantial home. This would in turn provide a substantial degree of security against the risks of an accident, economic depression or political upheaval and ultimately security in their old age.

Therefore, the initial strategy was probably to minimise housing expenditure and the physical quality of the shelter was secondary. Almost any form of simple structure will suffice so long as the health of the individual or their family is not unduly threatened. Far from being oppressive these less substantial dwellings provided admirable support for their inhabitants. Thus, these structures act as a vehicle for the realization of their expectations (Turner 1976: 51-9, 79, 82).

Development

Even if cheap materials were used in construction to save money, the cost of maintenance probably turned out to be more expensive than the initial expenditure on construction, and these early shop-dwellings were demolished rather than maintained (Abiodun 1976: 346). There seems then to have been a progressive development in building techniques from post-built walls to timber-frame work filled with wattle-and-daub to mud brick (Perring, Roskams, & Allen 1991: 67-84). Reconstructions attest to the greater solidity, economy and insulation properties of this form of construction (Audouze & Büchsenschütz 1989: 45). In other cases, instead of wattle, mud-brick evolved as an infill for the timber-frames or for mass walling. Earth, as a building material is an extremely versatile fabric, the qualities of which were well known to the builders. The development in building techniques was accompanied by the construction of mosaics, tessellated pavements, heated rooms, bathhouses and the use of more elaborate painted wall-plaster. These are all indications of the adoption of Roman standards but more importantly emphasise the advancement of wealth and higher status (Hingley 1989: 31).

Basic needs are essential if any group of people are to survive but once these are met people begin to seek security, safety and stability (Juzak, Newmark & Sodden 1979: 102-3). The majority if not all, of the resources invested in a single *taberna* would be those possessed and controlled by the individual shop-owners themselves, and the economies of the *tabernae* would depend on the users' resourcefulness. The level of building will vary by time and place. It will be determined by prevailing income levels, the cost of building materials and their availability, and technical organization (Harris 1991: 4).

As the economy continued to develop, some of the increase in income would be spent on consumer goods but most of it will be invested in the *taberna* (Netting & Wilk 1984: 3; Wilk 1990: 37). There may be a crisis of allocation that can be resolved in many ways other than spending on houses but the investment of surplus cash into the *taberna* and fixtures is extremely pragmatic. It is a demonstration that income is not going to be wasted on superfluous items, but will be spent instead on permanent improvements that the whole household can use for many years to come and which will add materially to the family's assets. While many problems can be solved by investing in the shop or workshop, the building at the same time may have been the only secure place to invest capital.

The essential characteristic of any building is that it provides a service beyond the period in which the dwelling is built or purchased (Needleman 1965: 45). The householder's determination to invest their time, effort, skills and resources in their building and surroundings depends on the satisfaction they can expect and the usefulness of their housing (Turner 1976: 89). Thus it is not just current income which will be of concern, but the permanent income (Charles 1977: 19). As incomes rise, so too will demand for housing.

The importance of housing in the economy should not be measured solely in terms of economic resources devoted to accommodation. Housing was expensive and it would not be unusual to expect that housing would account for a high proportion of the total stock of a country's wealth (Charles 1977: 33; Ramirez, Fiori, Harms, & Mathéy 1992: 136). Changes in the rate of building can have a powerful effect on demands in the rest of the economy. A building programme that is overly ambitious can initiate an inflated rise in prices, and fluctuations in building can initiate, or reinforce, wider business cycles (Needleman 1965: 13).

Land and its provision, or lack of it, has historically been a factor in conflicts (Edwards 1979: 84). The existence of these narrow frontages in towns is conceivably one of the clearest indications of the great value placed on property size. Perhaps a situation existed in Roman Britain, as it did in the rest of the Empire, that the value and scarcity of town property would increase the closer to the town centre and markets. As a result the cost of building would have been dictated by location and competition with others. This would mean that shop frontages were small, as it was far less expensive to construct a shop in this way. The disadvantage of this would have been compensated by the similar lengths of all the other *taberna* frontages, at least initially.

The first reaction to higher land prices was presumably to make more intensive use of the existing *tabernae*. Sophisticated house plans do not appear in the early stages of the urban settlements (Walthew 1975: 192). The rectangular shape and greater life-span of the timber-frame made it easier to add rooms to the *taberna* ground-plan. An increase in the length of a *taberna* did not involve a corresponding increase in its breadth. Again the importance of space is apparent in the way in which shops were extended to the rear. The addition of appendages to the rear of premises was a common practice, and one that can be seen in many towns. In London during the Flavian period, increasing social ambition is well illustrated by the inclusion of reception quarters and mosaics where previously the strip-building seemed entirely functional in character (Perring 1987: 150). This custom can be observed most of the towns of Roman Britain such as Colchester, Verulamium, Silchester, Cirencester and Wroxeter (Wacher 1995: 112-377). Caerwent is perhaps the clearest example of this with extensions to the rear of premises. (Wacher 1995: 388-389) This pattern can be seen in many of the buildings lining the main east to west street such as House XVIIIn, XIXn, XXn (Ashby, Hudd, & King, 1910: pp. 7-20) XV, XVI, XVIII, XX (Ashby, Hudd, & King, 1911: 421-438). This emphasises, at the same time individuality, but also the growth of personal prosperity (Wilk 1984: 218, 238; 1990: 36-37).

There are several reasons for an increase in land values. The first of these is an increase in population that creates an extra need for land (MacLennan 1987: 29). The change in demographic factors could be associated with, and possibly triggered by, income movements and social change (Needleman 1965: 148). Another factor is location, as any retailer will naturally wish to be as close as possible to their market and customers.

From the very earliest periods, but certainly as the Roman settlement developed, it is clear that *tabernae* often varied greatly in size and equipment. This suggests that not all the small merchants were equally successful, nor all artisans equally in demand. Clearly this is an indication of a 'free-market economy' where some proprietors prospered more than others. It would appear that competition was fierce among them, or simply that the better craftsmen, or those that gave better value prevailed over those that were mediocre or extravagant (Deiss 1985: 117). The clearest indication of this is not only the extension of premises to the rear but also the procurement of neighbouring property.

This can be seen during the later buildings of Caerwent, Cirencester and Wroxeter (Ashby, Hudd & King 1910: 7-11, 17-20; 1911: 421-427; Wacher 1962: 11; 1995: 318-9 & 371; Holbrook 1998: 189-211). At Wroxeter, *insula* viii, site VI three *tabernae* were eventually amalgamated into a more substantial building. The method of incorporation was interesting. The original alley-ways between the shops were converted into corridors and rooms were inserted into the area where the lane met the front portico. The back rooms had *opus signinum* floors, a possible mosaic and at least one room was given a hypocaust. There was also a small bath suite and latrine that was flushed by water from an aqueduct inserted in the far south-west of the building (Bushe-Fox 1916: 4-20; Wacher 1995: 371; Walthew 1975: 191-2; Crickmore 1984: 66, 81). As a consequence of these purchases the shopkeeper was able to make a comfortable-sized home. The simplest explanation for these developments is that one owner was more prosperous than their neighbours, and had bought out the less successful establishments and extended their own property across the site. The motive behind such expansion in Roman Britain was to provide a more extensive, comfortable and luxurious dwelling for the owner. On account of this, it may be presumed that many town houses began their life as shops and workshops, some retaining their original connection with commercial premises even after their enlargement. Possible examples of this occurrence can be seen in Colchester Building 20, Lion Walk and Building 113, Culver Street, and in Building xxviii.1, at Verulamium. (Crummy 1984: 62; Wacher 1974: 282-3; 1989: 113; 1995: 125). This occurrence may also have interesting implications for the primary development of similar dwellings in other parts of the empire especially Pompeii and Herculaneum.

Stone

The continued improvement in economic conditions enables a betterment or amelioration in house types and *vice versa* (Anzorena 1993: 60). For the *taberna*-owners with larger or more reliable incomes the final major step was to hire masons and build masonry houses. The main reason for the use of stone in construction was its greater durability. Generally stone is expensive and this characteristic gave it attractions that blinded people to its disadvantages. Stone was not available everywhere. Time and experience were needed to raise stone into a wall and this required skilled craft work and fine adjustment during building not necessitated by timber (Hodges 1972: 524; Ling 1985: 17). In short, stone meant status (Quiney 1995: 36).

Premises were enlarged or improved, and wood was gradually replaced with masonry as capital accumulated in the hands of the successful. The shift to stone was not as dramatic as is often inferred. Timber was still widely used for private building and the use of stone may always have been restricted by expense (Crickmore 1984: 97). Excavations at Cirencester, *insula* V, emphasize the fact that this was not a universal picture as the row of shops opposite the market had been rebuilt at intervals (Wacher 1962: 11; 1995: 318-9 & 371; Holbrook 1998: 189-211). This situation meant that for some time the street was composed of an assortment of both stone and wooden buildings. The initial shops and houses built largely of stone must have been the prerogative of the successful, and it was not until the third century that all the buildings were constructed in stone.

This increasing preference for masonry construction should not be seen solely as an expression of wealth and a changing attitude to town life, but also a feeling of greater security and permanence on the part of the individual *taberna*-owners (Perring 1987: 168). Whenever humans have sought to secure its most important buildings it has consistently turned to stone. Capital had accumulated sufficiently for it to be invested into more durable edifices which expressed the confidence of the individual in their own ability, and that of their trade but also their faith in the future. There was a steady increase in the stock of stone shops and workshops and these buildings were repaired and remodelled on subsequent occasions. They were a cumulative investment, intended to provide security for the inhabitants and for their valuable goods and equipment. Although the *tabernae* failed to reach such a luxurious level as the fine palace at Fishbourne or that of the larger villas, a tremendous variation in standards is apparent that in a very general way, reflect the status and wealth of the individual owner.

Conclusion

The hypothesis of this paper has been that the economics of *tabernae* in Roman Britain can be examined by a study of the variations in shop architecture and plan. The foundation of the settlements of Roman Britain would have been a time of great instability, but it would equally have been a period of immense economic potential, especially for the enterprising entrepreneur. Upward mobility depends more on access to better income, security and education than it does on place of residence. Thus it is the economic and social development of the individuals that are reflected by these dwellings and not *vice versa*. These newly founded towns and buildings not only illustrated the new power structure, but also the voluntary acceptance of this model by the urban population as they exercised functions relevant to the inhabitants of the rest of the empire. The change from simple timber and clay buildings to dwellings of a more sophisticated design, and the eventual adoption of stone represents the continual and increasing investment in *tabernae* and towns. It further demonstrates a change in the character and attitude towards town life as it indicates a greater degree of confidence, permanence and stability that was not reflected in the earliest dwellings. The development of the *taberna* represents an emphasis on the individual entrepreneur and an increase in their own economic security and social stability. In conclusion, the *taberna* can be seen as a vehicle for the realization of the expectations of the retailers and artisans of Roman Britain. Despite this the vast majority of even the owners of *tabernae*, who were both skilled entrepreneurs and workers, did not rise to high society.

Department of Archaeology, University of Durham

Acknowledgements

I would like to thank my supervisors Professors Jennifer Price (University of Durham) and Martin Millett (University of Southampton) and my Masters supervisor Dr. Chris Walthew. I am extremely grateful to Lisa Hodgetts and Réne Holland who volunteered and went though the burden of reading and making suggestions on this work.

So dorn dona dhubhfuillibh. Glaine ár gcroi, neart ar ngeag agus beart de réir ár mbriathar.

Bibliography

Abiodun, J.O. 1976. Housing problems in Nigerian cities. *Town Planning Review*, 47:339-347.

Anzorena, J. 1993. Informal housing and the barefoot architect. In Farmer, B. & Louw, H., (eds.) pp.59-62.

Applebaum, S. 1966. Peasant economy and types of agriculture. In Thomas, C., (eds.) pp.99-107.

Ashby, T., Hudd, A.E. & King, F. 1910. Excavations at Caerwent, Monmouthshire, on the site of the Romano-British city of Venta Silurum, in the years 1908. *Archaeologia* 62(1):1-20.

Ashby, T., Hudd, A.E. & King, F. 1911. Excavations at Caerwent, Monmouthshire, on the site of the Romano-British city of Venta Silurum, in the years 1909 and 1910. *Archaeologia* 62(2):405-447.

Audouze, F. & Büchsenschütz, O. 1989. *Towns, villages and countryside of Celtic Europe.* B. T. Batsford: London.

Blagg, T.F.C. 1980. Roman civil and military architecture in the province of Britain: aspects of patronage, influence and craft organisation. *World Archaeology,* 12:27-42.

Blagg, T.F.C. and King, A.C., 1984. Military and civilian in Roman Britain: Cultural relationships in a frontier province. *British Archaeological Report* 136.

Bourdieu, P. 1973. The Berber House. In Douglas, M., (ed.) pp.98-110.

Bowen, H.C. & Fowler, P.J. 1966. Romano-British rural settlements in Dorset and Wiltshire. In Thomas, C., (eds.) pp.43-67.

Burford, A., 1972. *Craftsmen in Greek and Roman society.* Thames & Hudson: London.

Charles, S. 1977. *Housing economics.* MacMillan, London.

Crickmore, J. 1984. Romano-British urban settlements in the west midlands. *British Archaeological Report* 127.

Crummy, P. 1984. *Excavations at Lion Walk, Balkerne Lane, and Middleborough, Colchester, Essex* Colchester Archaeological Trust: Colchester.

Dakhil, F.H., Tewfik, M.F. & Ural, O. 1979. *Housing problems in developing countries.* Wiley, Chichester.

Deiss, J.J. 1985. *Herculaneum: Italy's buried treasure.* Thames and Hudson: London.

Delaine, J. 1996. The *insula* of the paintings. A model for the economics of construction in Hadrianic Ostia', in Zevi, A.G. & Claridge, A., (eds.) pp.165-184.

Douglas, M. 1973. *Rules and meanings.* Penguin: Middlesex.

Edwards, M. 1979. Factors influencing the physical act of building in the Third World. In Murison, H.S., & Lea, J.P., (eds.) pp.84-87.

Farmer, B. 1993. 'Commoditie'. In Farmer, B. & Louw, H., (eds.) pp.159-165.

Farmer, B. & Louw, H. 1993. *Companion to contemporary architectural thought.* Routledge: London.

Faroghi, S. 1987. *Men of modest substance.* Cambridge University Press.

Faulkner, N. 1998. Urban stratigraphy and urban history. In Holbrook, N., (eds.) pp.371-388.

Frere, S.S. 1972. *Verulamium Excavations.* Society of Antiquaries: London.

Frere, S.S. 1987. *Britannia.* Routledge: London.

Grew, F. & Hobley, B. 1985. *Roman urban topography in Britain and the western empire.* C.B.A.: London.

Gilbert, A. & Gugler, J. 1982. *Cities, poverty and development: urbanization in the Third World.* Oxford University Press.

Guy, C.M. 1994. *The retail development process.* Routledge: London.

Harris, R. 1991. Self-building in the urban housing market. *Economic Geography,* 67:1-20.

Healey, P. & Madani-Pour, A. 1993. Routes and settlement patterns. In Farmer, B. & Louw, H., (eds.) pp.90-94.

Hingley, R. 1989. *Rural settlement in Roman Britain.* Seaby: London.

Hodges, H.W.M. 1972. Domestic building materials and ancient settlements. In Ucko, P.J., Tringham, R. & Dimbleby, G.W., (eds.) pp.523-530.

Holbrook, N. 1998. *Cirencester: the Roman Town defences, public buildings and shops.* Cotswold Archaeological Trust.

Holsenberg, P.M. 1985. *The making of urban Europe 1000-1950.* Harvard University Press.

Juzak, T., Newmark, N. L. & Sodden, J. 1979. Housing - a variable in upward mobility. In Dakhil, F.H., Tewfik, M.F. & Ural, O., (eds.) pp.102-114.
Kent, S. 1990. *Domestic architecture and the use of space.* Cambridge University Press.
Lawrence, R.J. 1982. Domestic space and society. *Comparative Studies in Society and* History, 24:104-130.
Ling, R. 1985. The mechanics of the building trade. In Grew, F. & Hobley, B., (eds.) pp.14-27.
MacLennan, D. 1982. *Housing economics.* Longman: London.
Mann, J.C. and Penman, R.G., 1978. *Literary sources for Roman Britain.* London Association of Classical Teachers 11.
Millett, M.J. 1990. *The Romanization of Britain.* Cambridge University Press.
Mathéy, K. 1992. *Beyond self-help housing.* Mansell: London.
Murison, H.S., & Lea, J.P. 1979. *Housing in third world countries.* MacMillan: London.
Needleman, L. 1965. *The economics of housing.* Staples: London.
Netting, R.McC. & Wilk, R.R. 1984. Households: Changing forms and functions. in Netting, R.McC., Wilk, R.R., & Arnould, E.J., (eds.) pp.1-28.
Netting, R.McC., Wilk, R.R., & Arnould, E.J. 1984. *Households.* University of California Press.
Perring, D. 1987. Domestic buildings in Romano-British towns. In Schofield, J. & Leech, R., (eds.) pp.147-155.
Perring, D., Roskams, S. & Allen, P. 1991. *Early development of Roman London west of the Walbrook.* C.B.A.: London.
Quiney, A. 1995. *The traditional buildings of England.* Thames and Hudson: London.
Ramirez, R., Fiori, J., Harms, H. & Mathéy, K. 1992. The commodification of self-help housing and state intervention. In Mathéy, K., (eds.) pp.95-144.
Rapoport, A. 1977. *Human aspects of urban form.* Pergamon: Oxford.
Rapoport, A. 1982. *The meanings of the built environment.* Sage, Beverley Hills
Roberts, B. 1978. *Cities of peasants.* Edward Arnold: London.
Rodman, M.C. 1985. Moving houses: residential mobility and the mobility of residences in Longana, Vanuatu. *American Anthropologist,* 87:56-72.
Salway, P. 1981. *Roman Britain.* Oxford University Press.
Schofield, J. & Leech, R. 1987. *Urban archaeology in Britain.* C.B.A.: London.
Thomas, C. 1966. *Rural settlement in Roman Britain.* C.B.A.: London.
Todd, M. 1989. Research on Roman Britain: 1960-89. *Alan Sutton: Glouchester.*
Toon, J. 1979. The ecology of housing in south-east Asia. In Murison, H.S., & Lea, J.P., (eds.) pp.63-66
Turner, J.F.C. 1976. *Housing by people.* Marion Boyars: London.
Wacher, J.S. 1962. Cirencester, 1961: Second interim report. *Antiquity Journal,* 42:1-14.
Wacher, J.S. 1966. *The civitas capitals of Roman Britain.* Leicester University Press.
Wacher, J.S. 1974. Villae in urbibus? *Britannia,* 5:282-284.
Wacher. J.S. 1989. Cities from the second-fourth century cities. In Todd, M., (ed.) pp.91-114.
Wacher, J.S. 1995. *The towns of Roman Britain.* 2 edn. Batsford: London.
Wallace-Hadrill, A. 1994. *Houses and society in Pompeii and Herculaneum.* Princeton University Press.
Walthew, C.V. 1975. The town house and the villa house. *Britannia,* 6:189-205.
Ward, P.M. 1982. *Self-help housing: A critique.* Mansell: London.
Western, J. 1979. The cultural environmental dimensions to housing. In Murison, H.S., & Lea, J.P., (eds.) pp.54-61.
Wilk, R.R. 1984. Households in process. In Netting, R.McC., Wilk, R.R., & Arnould, E.J., (eds.) pp.217-244.
Wilk, R.R. 1990. The built environment and consumer decisions. In Kent, S., (ed.) pp.34-42.
Ucko, P.J., Tringham, R. and Dimbleby, G.W. 1972. *Man, settlement and urbanism.* Duckworth: London.
Zevi, A.G. and Claridge, A. 1996. *'Roman Ostia' revisited.* British Academy: London.

Roman Maritime Activities Around Britain : What is the evidence and how might it be enhanced?

by Michael Walsh

Introduction

The changing nature of cross-Channel contact and trade has played a key role in interpretations of late Iron Age and Romano-British economy and society, but the majority of evidence has come from terrestrial excavations with little or no consideration of material from maritime contexts. As we shall see, this is largely a result of the dispersed and haphazard nature of the maritime evidence which has led to the tacit assumption that very little of this material actually exists. Consequently little is known about the actual mechanics and mechanisms of that trade, the ships, their cargoes, operations and ancillary facilities. The failure to consider maritime evidence is a serious oversight as there are some aspects of trade for which only wreck sites can provide adequate data (Muckleroy 1978: 70), while hypotheses based on data from secondary (terrestrial) contexts are somewhat limited. For example, how do changing quantities and distributions of traded items which survive archaeologically, such as pottery upon which much of our current knowledge is based, actually relate to a real changing pattern and scale of trade? While pottery can be used to demonstrate the existence of trade links, the greater abundance of one type over another cannot necessarily be used as evidence of the relative importance of the source areas in the volume of real trade, which is largely concealed in the archaeological record (Fulford 1978: 65).

Fulford's (1978) comparison of the archaeological evidence from the late Roman period with that from the medieval period, for which there is documentary evidence of trade, revealed that archaeological investigation would normally only reveal conclusive evidence of a tiny proportion of that trade. For example, the late 15th century customs lists suggest that the entire trade between Bristol and Ireland would probably have left no trace in the archaeological record (Fulford 1978: 67). We therefore need to establish a stronger relationship between traded artefacts which survive in the archaeological record, such as pottery, and the trade of other goods, which may be achieved in one of two ways. The most favoured method to date has been to establish a regular and structured relationship, such as that between pottery and the grain supply for the army, the so-called 'piggy-back' trade (Fulford 1984: 137), a somewhat inferential methodology. A more definitive relationship could be established through the analysis of shipwrecks in order to collect tangible evidence of cargoes, as well as to ascertain a relationship between what has survived in the archaeological record with that which may have perished. Unfortunately, at present there is minimal evidence from northern Europe of shipwrecks and their cargoes, but the aim of this paper is to demonstrate that there is considerably more evidence from British waters than has previously been assumed. Until this material has been properly collated and analysed it is impossible to ascertain the extent of the maritime archaeological record or to assess the potential contribution this evidence might make to our understanding of cross-Channel trade.

In 1978, Keith Muckleroy wrote that increased cross-Channel contact in the Roman period had not been reflected in numerous wreck sites of this period. He continued:

> At present, the sole representative of this commerce is the site known since the 18th century as the Pudding Pan Rock, near Whitstable in Kent. And similarly, the continued exchanges of the medieval period have not been matched by the discovery of a single wreck site. This is presumably because such sites will mostly lie in the dangerous and unattractive waters of the Straits of Dover and the southern North Sea; it probably also reflects the tastes and interests of those currently active in British maritime archaeology.
>
> (Muckleroy 1978: 143)

It is a sad indictment of maritime archaeology in Britain that this situation persists over twenty years later. Maritime evidence such as shipwrecks are of paramount importance because they offer the chance to study the actual mechanics directly involved in trade, the ships, the harbours, quays and anchorages, the cargoes, the storage facilities, and the bulk containers, in their primary context rather than the remains which happen to survive in the terrestrial archaeological record. The mechanisms involved in the organisation of trade, such as routes, intentionality, and causality might then be inferred more confidently from this primary evidence rather than that from secondary contexts.

It might be a rather tired old cliché trotted out by maritime archaeologists, but past experience has proven the greater survivability of artefacts, particularly organic remains, on waterlogged or submerged sites. Given Fulford's (1978) conclusion that only a fraction of traded goods normally survive in the archaeological record even minimal evidence may have a major impact upon our understanding of trade (see Todd 1986: 262-4). For example, the volume of Roman trade in glass into Britain appears to have been very slight which may be very misleading as the survival of glass vessels on terrestrial sites is very much a matter of chance. Broken glass is very likely to have been melted down for re-use, in which case the trade in glass may have been much larger than surviving fragments suggest (Price 1978: 76-7). A consignment of glass on a wreck site has a much better chance of survival, particularly as a coherent lot, and might radically alter this impression. It has been suggested that a wreck containing glass may be located in the vicinity of Lulworth Cove, Dorset following the discovery of a number of glass vessels on the seabed in the area (J.D. Hill *pers. comm.*). In order to ascertain how best to utilize and to enhance the maritime archaeological record for the Roman period, and to assess the potential of this evidence it is first necessary to briefly establish the nature, range and quantity of the existing material.

Existing evidence from British waters : Ships

Currently there have been only five Roman vessels discovered in British waters, none of which originated in the Mediterranean. These are the Blackfriars I ship (Marsden 1994: 33-91), the New Guys House boat (Marsden 1994: 97-104), the County Hall ship (Marsden 1994:109-28), the St Peter Port ship (Rule and Monaghan 1993), and the Barlands Farm boat (Nayling *et al.* 1994). Only two of these vessels, the Blackfriars I and the St. Peter Port, could be described as genuine 'wrecks', providing any substantial evidence of cohesive cargo which in both cases was primarily fairly ordinary building material which contributes little to our understanding of cross-Channel trade. However, despite the fragmented nature of the latter wreck, and the fact that the main cargo was pitch, the excavators were able to tell a great deal about the vessel's sphere of operation and the nature of trade undertaken, concluding that it was a *caboteur* or coastal tramper (Rule and Monaghan 1993: 130). The other vessels are thought to have been abandoned thus having been stripped of useful evidence. Only the St. Peter Port vessel from Guernsey was found in a maritime context, although two of the other finds, the Blackfriars, and the County Hall, both from London, are believed to have been sea-going.

The earliest of these vessels from Roman Britain dates from the mid-second century AD so there is a lacuna of at least two centuries in which we know there were Roman maritime activities but for which we have no evidence of this kind. In fact the hiatus in our knowledge of ships and cargoes in Britain extends even further back, to the prehistoric logboats of the Humber estuary. The preponderance of local craft amongst vessels discovered from the late Roman period would suggest that the major ports of northern Europe were mainly filled with local ships and boats, with possibly the occasional visit of a Mediterranean ship (Marsden 1977: 282) for which we have no evidence. This would appear to support Hopkins (1980) suggestion that the recording of significantly smaller numbers of shipwrecks in the Mediterranean from after AD 200 was possible evidence that long distance trade may have declined after this date. It may also be significant that this is the date at which we see a rapid decline in the importation of samian ware. Fulford (1984: 137; Millett 1990: 62) suggests that this decline may represent the equalization of material culture throughout the empire so Britain was no longer dependent upon imports . This decline coincides with growing unrest in this part of the Empire which may have inhibited cross-Channel trade.

However, Todd (1986: 262) warns against facile deductions about fluctuations in commercial activity based upon external threats; we should look instead at the changes sweeping across the entire field of social relations. For example, he suggests that the causes of the decline of the port of London, around AD 260, lay in the rise of the villa estates rather than in the threat from piracy or economic turmoil. Furthermore, fewer discoveries in the Mediterranean after AD 200 may simply reflect a bias in recovery, as vessels in the early Roman period may have hugged the coastline and were therefore wrecked in shallow, easily accessible water, while later vessels may have crossed open, deeper water. This would appear to be borne out by the discovery, using new deep water technology, of the so-called 'Isis' wreck dating from the late fourth century, found off the coast of Sicily (see McCann & Freed 1994). Further discoveries in British waters may help to resolve this question, but at present it is far from certain that evidence from the Mediterranean can be applied in northern waters. Until we locate a wreck from the Mediterranean in northern waters we have no primary evidence of trade between the core of the Roman Empire and the periphery.

Ports, Harbours and Storage Facilities

Very little work has been undertaken on Romano-British ports and harbours, the notable exceptions being the port of London (and more recently Dover), which is due in part to our inability to identify these facilities. Milne (1990) suggests that the so-called 'Saxon-Shore' forts could be seen as principal fortified ports. The study of further harbour facilities could considerably enhance our understanding of the mechanics of Roman trade on the periphery of the empire. As Marsden (1990: 66) has stated, it is now possible to assess Roman boat finds from London in the wider context of later discoveries and improved archaeological examination such as dendro-chronology. For example, the discovery of contemporary waterfronts and trade goods in Roman London have made it possible to assess how the ships might have been used, thus providing a more rounded understanding of trading operations. The discovery of further harbour facilities should also lead to the discovery of associated storage facilities. A study of the provision of storage and handling facilities could provide some insight into the scale and scope of trade passing through it. For example, Milne (1985: 78) has been able to show that the storage facilities at London were not compatible with the notion of London as a major port.

Pottery, Coins and Anchors

There has been no comprehensive study of the small amount of other Roman material from coastal waters, such as amphorae and pottery sherds, coins, and anchors, little of which has been studied in any detail whatsoever. My preliminary research suggests that a study of this material will eventually lead to the discovery of more coherent wreck sites by pinpointing areas from which concentrations of material have been recovered. Once identified these areas can then be more closely investigated using a combination of controlled trawls, geophysical and diver surveys. It is only once this synthesis has been achieved that the true potential of this material can be realised; while the material remains in its present dispersed and haphazard state no such analysis can be undertaken.

Enhancements to the Maritime Record

Two brief surveys recently conducted by the writer help to illustrate how even minimal effort can have a major impact on the current recorded evidence from maritime contexts and highlight the tremendous potential of this resource which has until now been largely neglected. These surveys were meant neither to be comprehensive nor exhaustive but were an attempt to assess the potential of various methods through which to enhance the existing maritime archaeological record. Research in maritime archaeology has tended towards a reactive rather than pro-active approach, responding to chance finds rather than using existing evidence to direct future systematic research into the areas of greatest potential.

The first survey was a desk-based assessment, primarily based on the Maritime Inventory compiled by the maritime section of the National Monuments Record (NMR) but it also examined evidence from other written sources such as notes in international and county journals, selected somewhat randomly, which do not appear on the Maritime Inventory. The Maritime Inventory is rather top-heavy from the 18th century onwards when Lloyd's list began recording incidents at sea. Pre-1700 the record is extremely patchy, relying to a large extent on archaeological discoveries, so considerable effort is required to redress the balance. Furthermore, many of the records were compiled from evidence dating from early this century with little work being done since to bring this evidence up to date. My research suggests that much of the material upon which these records are based appears to have been mislaid, while inadequate recording of the artefacts at the time makes attempts to update the records both difficult and tentative. For example, sketches and photographs of amphorae in some county journals would appear to depict medieval amphorae which have been incorrectly ascribed to the Roman period. The publication of individual maritime finds is generally erratic and frequently erroneous. Many were discovered by the writer quite by chance while investigating other information which would suggest that a systematic search would produce a wealth of evidence.

As previously stated, current knowledge of trade is heavily biased towards pottery, especially amphorae which are highly visible in the archaeological record but which have very serious limitations; what can be safely deduced from such evidence as amphorae about overall trade patterns, changes and reasons for change? We have minimal evidence about the use of other containers such as barrels which rarely survive in 'normal' archaeological conditions. Having said that, amphorae are the most closely associated of all pottery types with actual trade so the recording of amphorae from maritime contexts is potentially a very fruitful avenue of research. Furthermore, amphorae are potentially good indicators of wreck sites as they are unlikely to be greatly affected by post-depositional formation processes and they are highly visible underwater. Unfortunately a search of the existing records is rather a fruitless exercise. A search of the NMR using the search term 'amphora' identifies one hundred and thirty one records of which only seventeen are recorded as recovered from secure maritime, estuarine or riverine contexts. Only four of the seventeen can be attributed to the Roman period, four are probably Roman, a further four are probably post-Roman, while there is no evidence to confirm the date of the remaining five (see Fig. 1).

Despite the paucity of data it has been possible to identify a number of associations of artefacts of similar age from similar locations which are interesting as possible indicators of sites, such as those from Selsey beach, West Sussex and from the Taw/Torridge estuary in North Devon. Furthermore, these artefacts were found early this century so it would be interesting to investigate the existence of more recent finds in these areas. A further five amphorae were discovered in random searches of County Sites and Monuments Records (SMRs) and in county journals. Unfortunately the NMR makes no distinction between different pottery types from different periods or from different contexts which makes research into maritime Roman finds very difficult. Very few references to anchors or coins from maritime contexts have been found in my random searches.

The second survey involved a field evaluation, examining a variety of material and information relating to maritime sites collected through contact with local groups. These sources included SMRs, museums, commercial units, local historical and archaeological societies, commercial fishermen, private collectors and diving clubs. The area chosen for this study was Whitstable and Herne Bay on the north Kent coast which, as mentioned previously, has a well known history of maritime finds from a suspected Roman wreck known as Pudding Pan (Fig. 2). This site is probably the best known and best signposted of all potential wreck sites from the Roman period in British waters although the exact location and source of the material remains unknown. The area was also about to be surveyed for the Royal Commission on the Historic Monuments of England (RCHME) by the Oceanography Centre at Southampton University using the latest geophysics equipment and techniques and was therefore an ideal location at which to test these theories.

My survey resulted in the discovery of over one hundred and thirty previously unrecorded samian vessels from the site which has now surrendered a total of over four hundred samian vessels. These vessels provide two distinct dates, from the mid to late 1st century AD, and from the mid to late 2nd century AD, which suggests that there are probably two discrete sources of this material in the vicinity. This might account for the confusion in the literature about the source of the material being both Pudding Pan and Pan Sand which are some distance apart. Twelve amphorae were also identified some of which were completely intact; four date from the 1st-2nd centuries and three date from the 2nd-3rd centuries thus reflecting the date range of the samian ware. The remaining six probably date from the medieval period. These new amphora finds have doubled the number from maritime contexts previously listed on the NMRs Maritime Inventory (see Fig. 3). My research in the area also brought to light an extensive range of other material from the Roman, medieval and later periods which would suggest that there are probably other wrecks in the vicinity. This material includes bottles, jugs, jars, and bowls in a variety of materials including stoneware, glassware, iron and ceramic, some of which are quite unusual. One of the most interesting discoveries was that of a one-hole stone anchor, one of only a handful found on the east coast of Britain. These artefacts came primarily from contact with local museums and fishermen; the latter proving particularly useful for providing locational information.

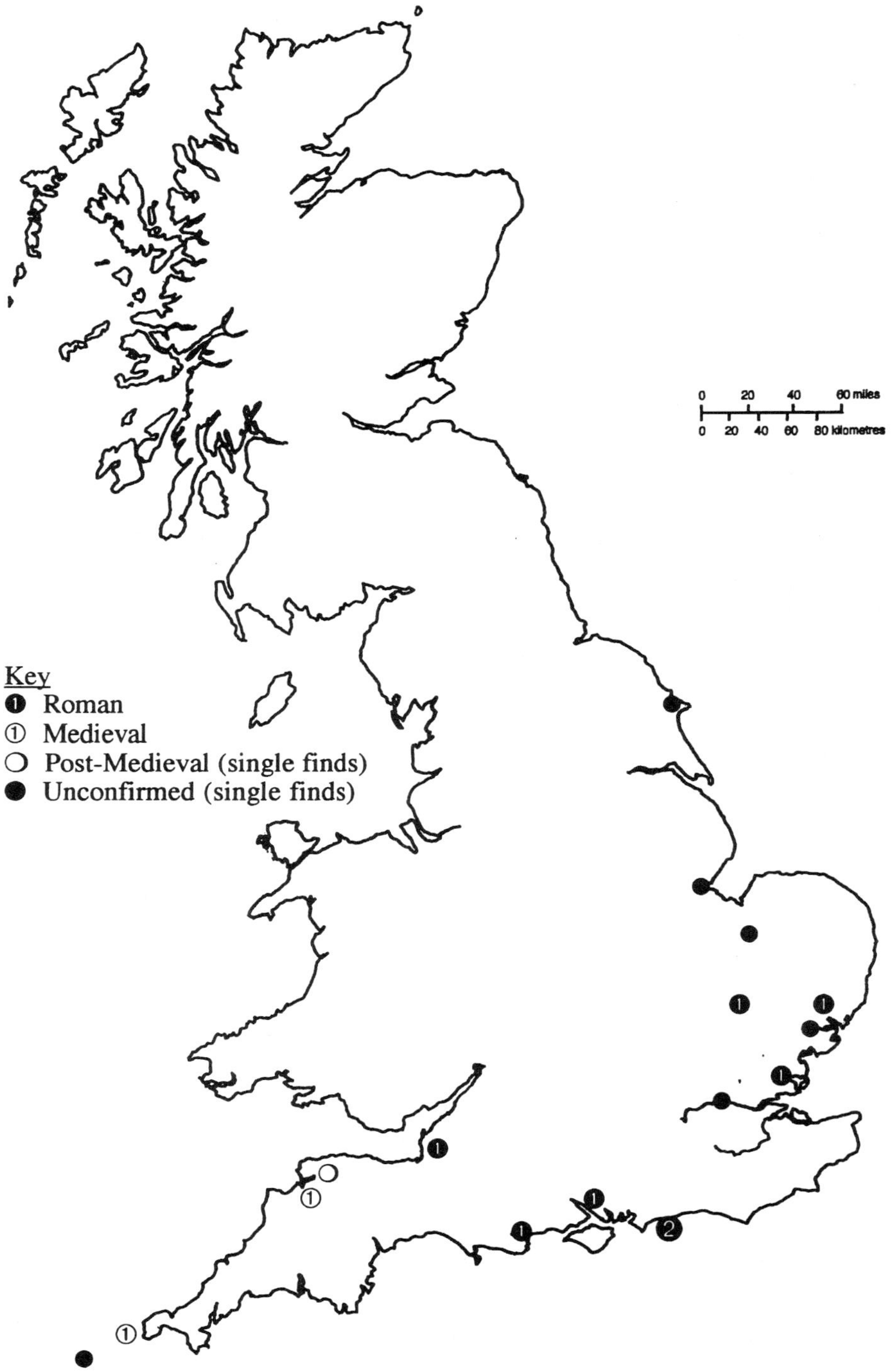

Figure 1 The approximate locations of the seventeen amphorae recorded on the NMR as having been recovered from maritime, estuarine or riverine contexts.

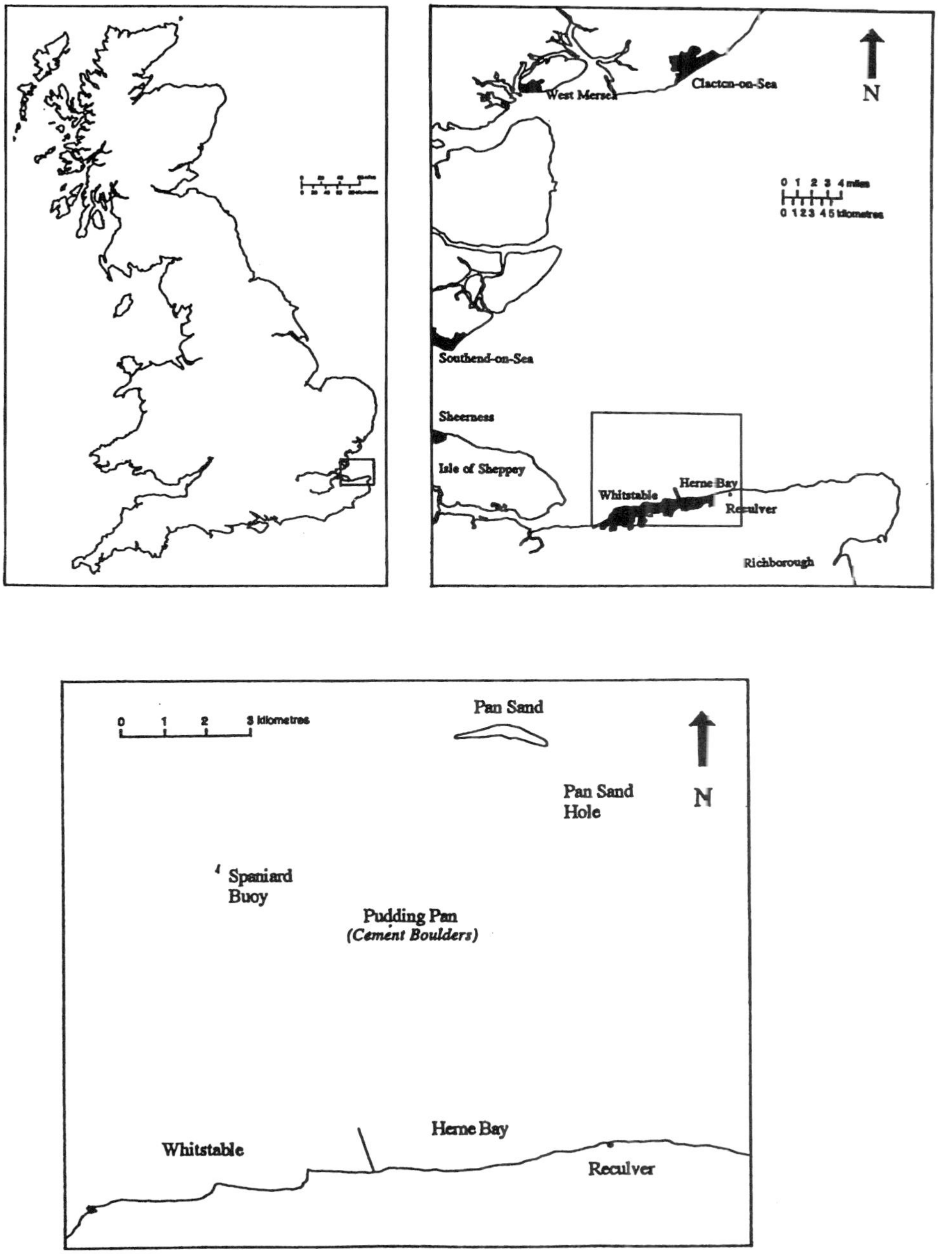

Figure 2 Location map of Whitstable, Herne Bay, Pudding Pan and Pan Sand.

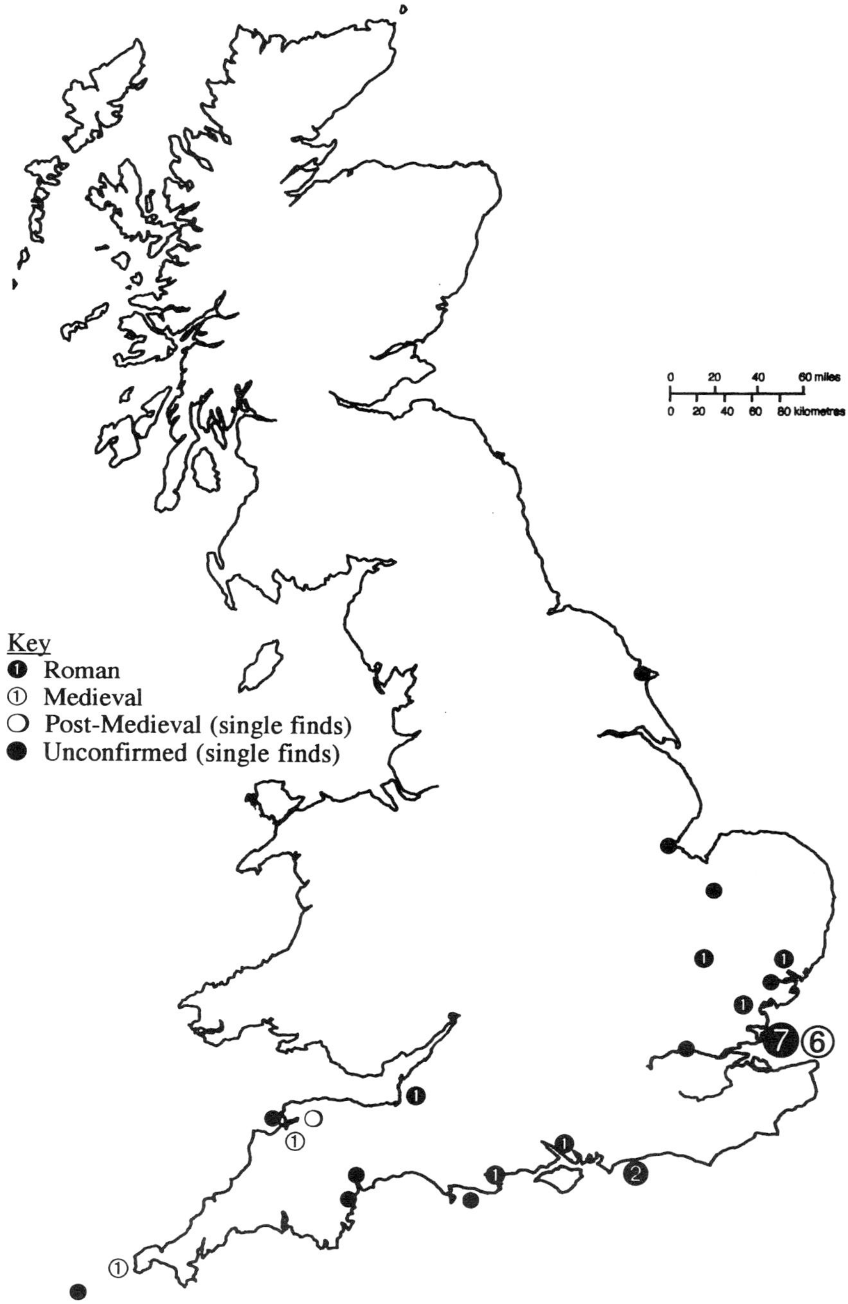

Figure 3 The approximate locations of the thirty-four amphorae (including sherds) identified in this brief survey as having been recovered from maritime, estuarine or riverine contexts.

The wear patterns, damage and marine growth on these artefacts can then be studied to establish the site formation processes which may have acted upon them in order to narrow the area in which to deploy geophysics. For example, the wear patterns on the Pudding Pan vessels indicate that they are lying upside down on the seabed and different forms show different degrees of tilt which may reflect separate packaging of different forms or may indicate different levels on the vessel reflecting the gradual exposure and denudation of the site. This may help to provide an indication of what we are looking for on the seabed. Oysters only grow in the area of Pudding Pan Rock so the presence or absence of oyster growth on the vessels can provide further clues as to its location. It is essential that we narrow down the area in which to search; the excavators of the 1st century AD Cala Culip IV wreck off the Spanish/French coast found that the bulk of the contents of 4,200 vessels covered an area of only c. 5 x 3m showing that little disturbance occurred during deposition or later (Millett 1993: 415). A geophysical survey of the area conducted last summer identified several potential sites which have yet to be further investigated. Given the high costs of this work and a potentially very small target it is imperative that exhaustive desk-based studies, field interviews and controlled trawls are conducted prior to the deployment of geophysical and diver survey. The failure to narrow the search area is most wasteful of the most expensive resource, the geophysical prospection, which is also most dependent upon factors beyond our control such as sea and weather conditions.

Conclusions

I have endeavoured to show that the disorderly condition of the maritime record is such that, in its present state, maritime archaeology has been unable to make any significant contribution to our understanding of cross-Channel trade in the Roman period owing to the paucity of evidence from maritime contexts. My preliminary research has proven that this is not because the evidence does not exist; on the contrary, minimal effort has revealed an abundance of material which has, to date, been largely ignored owing to the dispersed nature and unsatisfactory recording of this material. Once the existing material from maritime contexts has been properly recorded and analysed a secure basis will have been established from which to initiate a process of pro-active rather than reactive research in the maritime archaeological field which has for too long depended upon the chance finds of non-archaeologists to supply our raw data. Once compiled this corpus might then be used to direct future research into the most significant areas which show concentrations of closely dated material. Maritime archaeology might then be in a position to provide a considerable contribution to the field of Romano-British archaeology.

The discovery of new wreck sites would undoubtedly enhance our understanding in a whole variety of subject areas associated with trade and trading patterns ranging from the micro scale such as technological advances to macro issues examining models of trade, spheres of inter-action and influence, and societal formation. Research into new wreck sites would examine ship construction and provenance, cargo-capacity,-composition and-provenance, and on-board conditions. Ship construction and cargo composition can provide clues to the loading and unloading facilities required thus guiding further research into these ancillary facilities. A comparison between what has survived on a wreck site with that which has perished (but which may have left traces) derived from the capacity of the vessel, would establish a more concrete relationship between pottery and other more ephemeral traded commodities.

The position of the wreck may provide information about the ports of origin or the destination of the vessel, about routes and the nature of transportation (long distance voyaging versus trans-shipment). The laws of probability would suggest that the detection of increasing numbers of Roman wrecks would lead eventually to the discovery of one from the

Mediterranean if, as is believed, such ventures were undertaken. As yet we have no primary evidence of direct contact between the core of the Roman empire and the periphery. Shipwreck evidence is vital to our understanding of the magnitude of cross-Channel trade and to the impact these contacts with the Roman Empire had upon the peoples of this island in the late pre-Roman Iron Age. It is clear then that our understanding of cross-Channel trade in the Roman period could be greatly improved by an enhanced maritime archaeological record. The discovery of relatively large numbers of wrecks in British waters would be central not only to future interpretations of maritime trade provided from terrestrial contexts but also to the role trade and exchange played in the dynamics of societal formation.

Centre for Maritime Archaeology, University of Southampton

Acknowledgements
I would like to thank J.D. Hill, Jon Adams and Ray Laurence for their comments on earlier drafts of this paper, and Liz Walsh for her patience. Any errors remain the responsibility of the author.

Bibliography

Fulford, M. 1978. The interpretation of Britain's late Roman trade: the scope of medieval historical and archaeological analogy. In J. duPlat Taylor & H. Cleere (eds.) *Roman shipping and trade.* York: CBA Research Report 24, pp.59-69.

Fulford, M. 1984. Demonstrating Britannia's Economic Dependence in the First and Second Centuries. In T. Blagg & A. King (eds.) *Military and Civilian in Roman Britain.* Oxford: BAR British Series 136, pp.129-41.

Hopkins, K. 1980. Taxes and trade in the Roman empire 200 BC - AD 400. *Journal of Roman Studies*, 70:101-25.

Marsden, P. 1977. Celtic Ships of Europe. In S. McGrail (ed.) *Sources and Techniques in Boat Archaeology.* Oxford: BAR British Series 29, pp.281-8.

Marsden, P. 1994. *Ships of the Port of London : First to eleventh centuries AD.* English Heritage: Archaeological Report 3, London.

McCann, A.M. & Freed, J. 1994. *Deep Water Archaeology : A late-Roman ship from Carthage and an ancient trade route near Skerki Bank off northwest Sicily.* Portsmouth, Rhode Island: JRA Supplementary Series 13.

Millett, M. 1990. *The Romanization of Britain.* Cambridge: Cambridge University Press.

Millett, M. 1993. Samian from the sea : Cala Culip shipwreck IV. *Journal of Roman Archaeology*, 6:415-19.

Milne, G. 1985. *The Port of London.* London: Batsford.

Milne, G. 1990. Maritime traffic between the Rhine and Roman Britain: a preliminary note. In S. McGrail (ed.) *Maritime Celts, Frisians and Saxons.* York: CBA Research Report 71, pp.66-74.

Muckleroy, K. 1978. *Maritime Archaeology.* Cambridge: Cambridge University Press.

Nayling, N. Maynard, D. & McGrail S. 1994. Barlands Farm, Magor, Gwent: A Romano-Celtic Boat. *Antiquity*, 68: 596-603.

Peacock, D. 1984. Amphorae in Iron Age Britain : A Reassessment. In S. Macready & F.H. Thompson (eds.) *Cross Channel Trade Between Gaul and Britain in the Pre-Roman Iron Age.* London: Society of Antiquaries, pp.37-42.

Price, J. 1978. Trade in Glass. In J. duPlat Taylor & H. Cleere (eds.) *Roman shipping and trade.* York: CBA Research Report 24, pp.70-8.

Rule, M. & Monaghan, J. 1993. *A Gallo-Roman Trading Vessel from Guernsey.* Guernsey: Guernsey Museum Monologue No. 5.

Todd, M. 1986. The significance of the discoveries. In T. Dyson (ed.) *The Roman Quay at St. Magnus House, London : Excavations at New Fresh Wharf, Lower Thames Street, London 1974-78.* Special Paper No. 8 of the London and Middlesex Archaeological Society, pp.261-4.

Cattle, culture, status and soldiers in northern England

by Sue Stallibrass

Introduction

Roman Britain was not homogeneous. There are obvious differences between the south and the north. In the north, for instance, the distribution of known villas peters out beyond the River Tees, and the military presence was maintained throughout the late 1st to late 4th centuries. But the north, itself, was not homogeneous, and this paper seeks to investigate some of the more subtle differences that have been observed, and to consider some of the potential influencing factors. It concentrates on military and military-related sites, since these have been investigated more often than rural settlements, but the methods and the underpinning theory are applicable to all sites throughout and adjacent to the Roman Empire. Similarly, although this paper considers animal bones (particularly those of cattle, the commonest species in hand-recovered collections from Roman sites in northern England), the methods, theory and results can be interlinked with studies of other archaeological aspects such as ceramic and metal artefacts, botanical remains, house structures and settlement patterns. The area considered is Hadrian's Wall and its approach zone.

Basic premises

This work is based on two premises:

1. the north of England comprises a variety of topographical and environmental types, which provide various potentials and constraints for landuse and for communications with other regions.
2. the north of England, during the 'Roman period' (late 1st – late 4th Centuries AD) was inhabited/occupied/settled by people with varying ethnic/linguistic/cultural/ religious affiliations. Some of these people were indigenous, others came from near or far; some were permanent whilst others were transient; and some were civilian whilst others were military (or associated in some manner with military infrastructures).

The logical expectation, therefore, is that archaeological evidence should reflect a great degree of variability within the region.

Questions to ask

The challenge is to ascertain:

1. What variability is caused by vagaries of site formation and taphonomic processes and what is 'genuine' ie original archaeological variability?
2. Whether it is possible (and if so, how) to ascribe influences to observed archaeological variability.

Even if biases relating to the survival and recovery of evidence can be identified and removed from considerations, it seems simplistic to expect one single model to be able to predict or explain all of the potential archaeological variability. This is expected (on the basis of the premises listed above) to be complex and to have multiple, interacting, causal factors.

Some fundamental questions include:

1. Who lived here?
2. Were they soldiers or civilians (or is this dichotomy oversimplistic?)
3. What cultural or ethnic affiliation(s) did the people have?
4. How stereotyped was each group?

Data available

Observable variable	Suggested influences
Species identifications (relative frequencies of species)	Environmental constraints Cultural/ethnic choice Military requirements Market economy (eg urban supply) Demonstrations of status/wealth
Age distributions for each species	Environmental constraints Transport constraints (home produced or brought in/sent out) Military requirements Market economy (eg urban supply) Cultural/ethnic choice Demonstrations of status/wealth
Butchery patterns, including carcase completeness	Military requirements Market economy (eg urban supply) Cultural/ethnic choice Demonstrations of status/wealth
Discard patterns	Level of cultural and administrative organisation Density of occupation Cultural/ethnic choice
Conformation of livestock (ie the size and shape of the animals)	Indigenous *versus* introduced types Nutrition
Congenital traits (prevalences of)	Restricted/mixed gene pools

Table 1: Some observable variables and possible archaeological influences (please note: post-depositional taphonomic influences are not listed).

Post-excavation analysis of vertebrate remains is usually informed by some basic knowledge such as:

1. The geographical location of the site (although not, necessarily, of the geographical origins of its occupants)
2. The date of occupation (ranging through timespans of a few years to several decades or even a century or more).

In addition:

3. The nature of the site and the finds can SOMETIMES lead to the designation of a site as a military installation.
4. Epigraphic data can OCCASIONALLY indicate ethnic origins, particularly with regard to military personnel (either individuals or groups).

Table 1 lists several types of data that can be recorded for animal bones from archaeological sites, together with selections of agencies that might influence observable variability. Please note that the order of presentation does not imply any ranking, and that post-depositional taphonomic influences are not listed here.

The scope of this study

It is beyond the scope of this study to provide full considerations of site formation processes and taphonomic variables for each collection. However, like has been compared with like wherever possible: all of the collections considered here were hand-recovered during excavation, several of them by the same teams of excavators, and most of them have been recorded using a standardised system by one faunal specialist (the author). For the rest of this paper, observed differences are assumed to be archaeological in origin. Some of the taphonomic variables are relevant to considerations of cultural/ethnic/military affiliations and are used to inform interpretations.

The questions and variables identified in Table 1 should be applied to data from all Romano-British sites in the region, but the fact is that very few sites have been investigated in the north of England that are not related to military installations in one way or another. This study, therefore, is restricted to such sites by necessity not academic choice. Similarly, it would be logical to investigate pre-Roman Iron Age collections for patterns of variability before any interpretations are made of Romano-British characteristics. Sadly, there are almost no Iron Age faunal collections from most parts of northern England.

Hand-recovered collections of animal bones from Roman sites in Britain are almost always dominated by bones from the three major species of domestic mammal: cattle, sheep and pigs. In northern England, cattle bones typically comprise the clear majority of identified specimens in each collection (see below). This paper concentrates mainly on cattle bones, since these provide the most widespread, the most numerous, and the largest samples for analysis and comparison. It is not able to consider the exploitation of fish, birds and wild species of mammal due to a paucity of recovered material. These animals are highly relevant to discussions of culture and status and should be targeted for recovery from future excavations by the routine processing of large bulk sediment samples.

Appendix 1 lists the vertebrate collections utilised for this study. For ease of reading, where a site collection is mentioned in the text, the reference(s) can be obtained from Appendix 1.

Results

The results presented here are selective and illustrative rather than exhaustive.

Species:

The hand-recovered collections are all dominated by bones of cattle, although this dominance is less pronounced in the low-lying south-eastern part of the region (in the Vale of Mowbray: the northern extension of the Vale of York), where sheep bones form a more significant minority.

There is slight evidence for an increase through time in the relative frequencies of cattle bones (as observed for the whole of England by King 1981), but the ratios of cattle tend to be >70% of the total number of identified fragments of cattle + sheep/goat + pig bones even in the late 1st century AD.

Most of northern England is suited to cattle pasture. The military required large numbers of slaughtered cattle to supply meat and skins (for equipment made of leather). The general lack of contrast between military and non-military reliance on cattle is unsurprising given the environmental constraints and potentialities.

There is little variation in species diversity, apart from the geographical 'distinction' of the south-eastern part of the region, which could be due to several factors including topography and environment, cultural or ethnic affiliations, and economic/trade influences. This area has also been noted by Evans (forthcoming) as having a greater reliance on ceramic artefacts than the rest of northern England.

Ageing:

The age distributions of the dead animals represented in the collections vary more than the relative frequencies of species.

At Carlisle, the fort at Annetwell Street produced a mixture of remains from older cattle with a significant minority of bones from animals of prime beef-providing age. In contrast, the collection from the civilian settlement at Carlisle (The Lanes) comprised predominantly older animals. This implies that the military personnel had preferential access to meat from animals raised primarily to provide meat. The civilians obtained their meat from animals that would have been utilised primarily for a variety of other purposes (eg the provision of traction, breeding stock, dairy products etc). For these animals, meat would have been one of the final products and might have been of a tougher texture resulting from a life of hard work.

Not all military sites were so favoured. Carlisle is situated in a low-lying area close to the estuary of the River Eden, on major Roman routeways running north-south and east-west. It is surrounded by land that can provide good pasture as well as arable. In contrast, the fort at Birdoswald is located on a high river bluff in the central Pennines. Although it was on the east-west road linking the Hadrian's Wall frontier installations, it had poorer communications (both by land and sea) than Carlisle, and the surrounding uplands would have provided less lush pastures. Here, the cattle bones from the fort derive predominantly from mature animals.

This raises several questions. Is this a quirk due to the relatively small sample size of the collection from the fort at Birdoswald, or is it representative of the site compared to Carlisle? How would the material from the two vici at Birdoswald (not yet excavated for faunal remains) compare with that from their associated fort? Since the garrisons at the two forts were drawn from different parts of the Roman Empire, does the difference reflect cultural choice rather than economic/environmental necessity or constraints?

Any live population of domestic cattle would be expected to comprise: many females (cows) for breeding, possibly also for the provision of milk for dairy products for human consumption, possibly also for traction, plus a very few intact males (bulls) for breeding, plus some castrated males (castrates, sometimes referred to as 'oxen') for traction, plus many juveniles of both sexes for replacement stock. Since relatively few adult males are required, it is usually the adolescent males that can be culled to provide meat (at a prime beef age). If these were not going to the military at Birdoswald, where were they going?

At one of the few non-military sites considered here, the town at Catterick also produced a collection of cattle bones lacking in those from prime beef animals. In this instance, it is possible that either the cattle represented at the town were bought in from elsewhere, and the civilians tended to buy meat from old animals, or that the civilians raised their own cattle, but sold off their prime beef animals or had to pay them in taxes to the Roman authorities. At Catterick, there is some evidence, in the form of bones from extremely young calf bones, that the cattle may have been raised in the town itself, possibly even as 'house cows' to provide milk as well as other products.

In contrast, the age distribution of the sheep bones at Catterick town and all of the military sites considered here indicate that immature sheep were bought for meat. This suggests that environmental and economic constraints were sometimes more influential than military or ethnic status.

Butchery patterns:
Certain patterns of butchery appear to be related to, or restricted to, military sites. These include systematic treatment of cattle scapulae (shoulder blades): particularly the trimming around the glenoid cavity and the over-representation of scapulae compared to other skeletal elements. For instance, at the Annetwell Street fort in Carlisle, cattle scapulae were twice as abundant as the next most prolific bone (the mandible [lower jaw], which was, itself, considerably more frequent than many other bones).

Also common at many forts, although also noted at some urban sites such as Lincoln (Dobney et al 1995) are indications of meat processing associated with cattle scapulae. These include narrow rectangular holes through the blade (usually considered to have been made for the insertion of hooks to hang shoulders of meat for drying or smoking), and knife marks on the blade (indicative of filleting meat prior to cooking). Another trait thought to be closely associated with military establishments is the intensive butchery of cattle long bones, typically split longitudinally as well as transversely.

Other patterns may be cultural or ethnic in origin. This includes the charring and breakage midshaft of cattle metapodials (the long bones in the centre of the feet, immediately above the toes). This treatment of bones is occasionally seen on a variety of elements (quite often on mandibles) at several archaeological sites, but there is a notable concentration of cattle metapodials treated in this way at Romano-British sites in north-west England. These include both the fort and the civilian settlement at Carlisle, and the area adjacent to the fort at Ribchester. Interestingly, there are no examples at the ?military-related site at Walton-le-Dale, only 12 kilometres downstream from Ribchester.

Discard patterns:
These relate in part to butchery patterns, and there is much potential for spatial studies. At Carlisle, in the southern area of The Lanes, rubbish including pottery and animal bones appears to have been dumped 'over the fence' into an adjacent unoccupied plot. When a structure was built upon that plot, and the original became unoccupied, the pattern of discard was reversed. In contrast, in the northern area of The Lanes, a contemporary large structure and its surrounding land were kept remarkably free from debris, implying some sort of 'municipal', cultural or military control or influence over land use and deposition of materials.

In the southern area, sediments associated with a hedged boundary line produced faecal botanical and vertebrate remains and several coins of low denomination, suggesting informal practices of human defaecation, whilst the fort at Castleford contained a large latrine full of human and other waste materials, implying some form of organisation for the disposal of noxious waste.

It may be difficult to separate organisation of refuse disposal in a military context from that associated with urban contexts, since both have to cope with problems caused by relatively high densities of occupation. On the other hand, settlements associated with arable production might value organic refuse as fertiliser, and take steps to accumulate it for subsequent transfer to the fields, whilst purely consumer settlements (such as forts when occupied for short periods of time) might take steps to keep unsanitary waste out of habitations, but not be concerned with the subsequent relocation of such waste. Certainly, the waterlogged sediments associated with the 1st and 2nd century timber forts at Carlisle contained great quantities of organic waste within the military centre. In some cases, such as the fort at Castleford, large bone fragments were utilised as hardcore to infill potholes in the roads.

Conformation: the size and shape of animals:
Throughout Europe, prior to the establishment of the Roman Empire, the cattle were remarkably similar in their skeletal size and proportion. These 'Celtic shorthorns' persisted as the standard stock for several hundred years, both within and outside of the Empire. Within the Empire's territory, however, some larger cattle, some with a different horncore shape, were bred/imported/nourished (N.B. the origins of these larger cattle is controversial. The concept that cattle became larger because of better nutrition and husbandry implies that all Iron Age cattle throughout Europe were runts, which is a rather Roman-centric arrogant view, but it is still unclear whether the cattle were bred from local stock and/or imported).

Remains of larger cattle are present earliest and in greatest numbers in the centre of the Empire (ie around Rome), gradually spreading outwards to the provinces. Bones from a few of these animals are present at sites in southern England in the 1st/2nd centuries (Luff 1982) and reached York by the 2nd century, where they formed a significant minority of the recovered remains from Tanner Row (O'Connor 1988). They reached Chester-le-Street by the 3rd/4th century but are absent, or almost absent, from sites in north-west England, the other side of the Pennine chain. This may be partly due to a relative paucity of vertebrate collections from 3rd/4th century deposits in the north-west, but their absence from the Annetwell Street collections is notable (Stallibrass, unpublished data & 1998).

Evans (forthcoming) has observed a similar delay and low frequency in uptake of north-east types of pottery in the north-west. In both instances, the road and river communication networks were established from the early Roman period onwards, and the 'goods' (pottery and larger cattle) were available in the north-east up to two centuries before they were being received in the north-west. It would appear that there were some factors inhibiting their distribution westwards: perhaps a lack of desire for such items (inertia) or positive resistance against their acquisition. Whilst it is possible that the larger cattle were unsuited in some way to the wet upland areas of north-west England, this factor is unlikely to have affected the uptake of pottery manufactured in the north-east.

For cattle to have been one centimetre or so taller at their shoulders, with slightly different horncore shapes does not sound like a significant difference, but these are simply the subtle differences in skeletal morphology. Their actual appearance may have been substantially different. For instance, their coats may have been different colours, or may have been short and smooth rather than long and curly. To our modern eyes, a black and white Fresian stands out amongst a field of red Herefords. Similarly, the 'new' larger cattle may have looked or behaved radically differently to the indigenous 'Celtic shorthorns'.

The 'new' cattle may have had other novel traits, such as different temperaments, calving rates or milking qualities. Traditional conservative farmers might have regarded new types with suspicion, resentment or disdain, whilst more entrepreneurial farmers might have welcomed new developments, particularly if they carried the kudos of Roman fashion.

The interpretation of skeletal differences is fraught with complications (not least the possibility that larger bones simply indicate larger individuals, typically males, of indigenous stock), but there is increasing evidence for the presence of some new types of cattle in England, and this evidence is particularly sparse and late in north-west England.

Congenital traits:

Congenital traits are characteristics that are 'coded for' in the individual's genes at birth (as opposed to acquired characteristics such as those caused by trauma, illness etc). The genes can be inherited or random mutations. Inherited traits that are determined by recessive genes are only expressed if an individual inherits the relevant recessive gene from both parents. This is more likely to occur if there is a restricted gene pool (breeding population).

A study of various traits in cattle bones (Stallibrass in prep.) indicates that there is some evidence to suggest that the prevalences of these traits differed on either side of the Pennines (ie the north-east and the north-west were different) and that there were also differences through time. The data are still sparse, but may relate to the indications for animals of different conformation on either side of the Pennines.

At Walton-le-Dale a significant minority of the lower third molars (the 'wisdom teeth') of the cattle jaws shows an unusual congenital trait that is almost certainly inherited rather than caused by random mutations, nutrition etc. The third column (the hypoconulid) of these teeth is partially detached. This trait is very unusual, and the relative frequency at Walton-le-Dale suggests that the cattle came from a restricted breeding population, possibly a single herd.

Discussion

It is clear from Table 1 that most of the observable variables have multiple causes and that there can be no 'one to one' interpretations. Even forts, with their regular layouts and numbers of troops should be expected to show some variation due to the peoples' ethnic origins, their interactions with local populations, the constraints and potentials of transport and local production etc etc. Each case should be considered as a unique combination of observable traits for which some factors may have been more influential than others.

At Walton-le-Dale there are some variables that suggest a military presence (eg a small amount of heavily butchered cattle long bone debris) but this comprises a small minority of the overall collection. Similarly, there are occasional indications of high status (such as the presence of swan bones, although a bird could have been 'poached'). Most of the cattle were quite mature: there is no evidence for the preferential access to prime beef cattle. Overall, the animals' conformation suggests that only indigenous cattle were utilised and that these came from a restricted breeding population, presumably a local herd. However, there is no evidence for the charring and breaking midshaft of cattle metapodials that is seen at other sites in the region (see above). This might suggest that the human inhabitants were not so local. The site is enigmatic for various reasons: some artefacts and building structures suggest a military or high status presence, whilst the majority indicate occupation by relatively low status people. There is also much evidence for industrial activities at the site. Perhaps the site was an industrial centre under military control, using slaves or other low-status personnel for labour.

Although this paper has concentrated on animal bones, primarily those of domestic cattle, it is important to relate the data to other types of archaeological evidence.

This study has only scratched the surface. Further work could look at a transect of sites along Hadrian's Wall and its hinterland, comparing groups of sites such as those at Carlisle, Birdoswald, Housesteads, Vindolanda and South Shields where military forts are associated with vici or other ?civilian settlements. Are there notable differences between the forts themselves (possibly relating to their different locations, military installations and ethnic origins)? Or are the forts relatively uniform amongst themselves, with differences more marked between each fort and its associated civilian or quasi-military settlements?

Evans (forthcoming) has made the suggestion (based on his study of the pottery types) that the vici at Carlisle and Corbridge were military 'planted' settlements rather than civilian-led accumulations. This suggestion could be followed up by close examination of faunal remains. Already there are some indications of close links between the fort and the 'civilian' settlement in Carlisle: the cattle at the two sites appear to have been drawn from the same local gene pool (with the fort having preferential access to animals of prime beef-producing age), and the bones at both sites were sometimes treated in the same distinctive manner.

Similarly, a comparison could be made between two groups of sites in different topographical parts of the region, such as Carlisle and Catterick. Why is it that there appears to be a civilian town associated with the fort and vicus at Catterick, but not at Ribchester?

Old excavations at military and related sites in the Hadrian's Wall area and its approach roads tended to emphasise the military's reliance on cattle that could have been transported by road or sea from the south. The variability observed in studies of material excavated in the 1980s and 1990s suggests that this assumed a supply system that ignored the local indigenous populations of people and livestock. Whilst some attributes do appear to relate to military affiliation (eg preferential access to prime beef, the organised and large-scale preparation of preserved meat for storage and transport off the bone), much appears to have been influenced by local circumstances.

The big question is: Do these traits reflect pre-existing patterns from the Iron Age, or are they newly-developed and semi-autonomous for each site according to local constraints, possibilities and cultural choice? A transect along Hadrian's Wall would probably find that each military fort had a slightly different set of attributes. The lack of Iron Age material in this region hampers a study of whether or not there were pre-existing differences, but it should still be possible to consider factors relating to military history (eg where troops came from, how many troops were garrisoned at a fort and when, and for how long) as well as those relating to environmental constraints.

This type of study could be extended to other parts of the Roman Empire, and should certainly be extended to include non-military sites in northern England, if suitable collections can be recovered.

The premise underlying this study is that the northern part of Roman Britain contained a variety of people and landscapes and that we should move away from stereotyping sites. The faunal evidence supports this view and highlights the complexities and subtleties that can be observed. Northern England after the withdrawal of the Roman army was not a uniform landscape dotted with examples of 'type sites' but a diverse region with varied cultural and economic attributes. As yet, we can neither 'map' nor predict these variations with accuracy, but we can continue to investigate how cultural, military and status-related factors interacted with local environmental variability.

University of Liverpool
School of Archaeology, Classics and Oriental Studies

Appendix 1 The site collections utilised in this study
(N.B. where relevant, the references are to the archive reports that contain most data rather than to subsequent publication reports).

Site name	Nature of occupation	Total NISP*	Cattle frags.	Biobliographic reference
Birdoswald	Fort	1008	649	Izard 1993
Carlisle: Annetwell Street	Fort	8991	3636	Stallibrass 1991a & 1991b
Carlisle: The Lanes, southern half	Civilian	2823	1306	Stallibrass 1993
Carlisle: The Lanes, northern half	Civilian	1573	1042	Connell & Davis (forthcoming)
Castleford: Site 1	fort	3519	2191	Stallibrass 1985
Catterick: Thornbrough Farm	Fort & town	1752	799	Stallibrass 1997
Chester-le-Street	Fort	203	39	Stallibrass 1991c
Ribchester	?fort annexe	3340	1564	Stallibrass 1995 & forthcoming
Walton-le-Dale	?industrial site	4991	1851	Stallibrass in prep.

frags.: identified specimens

NISP* : Recording methods for Numbers of Identified Specimens (NISP) differed in these reports. For Annetwell Street Period 3, Castleford Site 1 and Walton le Dale, ALL identifiable fragments were recorded. For all other sites recorded by Stallibrass, only fragments retaining predesignated diagnostic zones were recorded (in order to reduce the likelihood that highly fragmented large bones, such as those of cattle, would be over-represented compared to those of smaller animals, such as sheep and young pigs). Stallibrass's recording system includes every element in the skeleton. Izard and Connell & Davis also used diagnostic zones (different sets) but both restricted the ranges of elements that they recorded. This means that the total numbers of fragments recorded are far smaller than the total numbers of fragments recovered.

Bibliography

Connell, Brian & Davis, Simon J.M. (forthcoming). *Animal bones from Roman Carlisle, Cumbria; the Lanes (2) excavations, 1978-1982.* London: English Heritage. Ancient Monuments Laboratory Report.

Evans, Jeremy (forthcoming). The end of Roman pottery in the north. In Tony Wilmott & Peter R. Wilson (eds.): *The late Roman transition in the North.* Oxford: British Archaeological Reports.

Izard, Karen 1993. *The animal bones from Birdoswald CAS site 420, Cumbria 1986-1990.* London: English Heritage. Ancient Monuments Laboratory Report 13/93.

King, Anthony 1981. Animal bones and the dietary identity of military and civilian groups in Roman Britain, Germany and Gaul. In Tom F.C. Blagg & A.C. King (eds.) *Military and civilian in Roman Britain.* Oxford: British Archaeological Reports, British Series 136: 187-218.

Luff, Rosemary M. 1982. *A zooarchaeological study of the Roman north-western provinces.* Oxford. British Archaeological Reports, International Series 137.

O'Connor, Terry P. 1988. *Bones from the General Accident Site, Tanner Row.* London: Council for British Archaeology and the York Archaeological Trust. The Archaeology of York. The Animal Bones. Fascicule 15/2.

Stallibrass, Sue 1985. Some effects of preservational biases on interpretations of animal bones. In Nick R.J. Fieller, Dave D. Gilbertson & Nick G. A. Ralph (eds.) *Palaeoenvironmental investigations: research design, methods and data analysis.* Oxford: British Archaeological Reports, International Series 258: 65-72.

Stallibrass, Sue 1991a. Animal bones from excavations at Annetwell Street, Carlisle, 1982-4. Period 3: the earlier timber fort. London: English Heritage. Ancient Monuments Laboratory Report 132/91.

Stallibrass, Sue 1991b. A comparison of measurements of Romano-British animal bones from Periods 3 and 5, recovered from excavations at Annetwell Street, Carlisle. London: English Heritage. Ancient Monuments Laboratory Report 133/91.

Stallibrass, Sue 1991c. The animal bones from Church Chare, Chester-le-Street , Co. Durham 1990-91. London: English Heritage. Ancient Monuments Laboratory Report 134/91.

Stallibrass, Sue 1993. Animal bones from excavations in the southern area of The Lanes, Carlisle, Cumbria, 1981-1982. London: English Heritage. Ancient Monuments Laboratory Report 96/93.

Stallibrass, Sue 1995. Ribchester graveyard excavations, 1989. The reports on the animal bones. Durham: University of Durham Department of Archaeology. Durham Environmental Archaeology Report 22/95.

Stallibrass, Sue 1997. Animal bones from CAS sites 452 and 482, Thornbrough Farm, Catterick, North Yorkshire. London: English Heritage. Ancient Monuments Laboratory Report 104/97.

Stallibrass, Sue 1998. On the outside looking in: a view of animal bones in Roman Britain from the North West Frontier. In Coralie M. Mills & Geraint Coles (eds.) Life on the edge. Human settlement and marginality. Symposia of the Association for Environmental Archaeology No. 13. Oxford: Oxbow Monograph 100: 53-59.

Stallibrass, Sue (forthcoming) The animal remains. In Kath M. Buxton & Christine L.E. Howard-Davis (eds.) The excavations at Ribchester Roman fort 1980 and 1989/91. Henry Ling. Lancaster Imprint Series.

Food, ritual and rubbish in the making of Pompeii

by Marina Ciaraldi and Jane Richardson

Introduction

Botanical and zoological data from two excavations within Pompeii, the House of the Wedding of Hercules (VII.9.47) and the House of the Vestals (VI.1.7), are used here to go beyond a city frozen by the eruption, to understand the dynamics of the vibrant pre-AD 79 community. The diachronic nature of the deposits are examined in order to study the exploitation of the natural resources as the city develops, while the analysis of two spatially disparate dwellings allows a house in the heart of the 'old city' to be compared to a house close to the city walls. The disposal of domestic waste is also studied and finally the use of food in the ritual lives of the inhabitants of these houses is analysed.

The House of the Vestals (VI.1.7) is situated close to the city walls, near to the Herculaneum gate (figure 1). The Anglo-American Project in Pompeii has been recording the standing remains and undertaking stratigraphic excavation here since 1995. Secondly, the House of the Wedding of Hercules (VII.9.47) is close to the central forum area and is being excavated by the University of Rome. Both of these houses had developed into large and elaborate properties by the time of the AD 79 eruption and both were clearly the homes of wealthy Pompeian families (e.g. D. Robinson forthcoming; Jones and Robinson 1998).

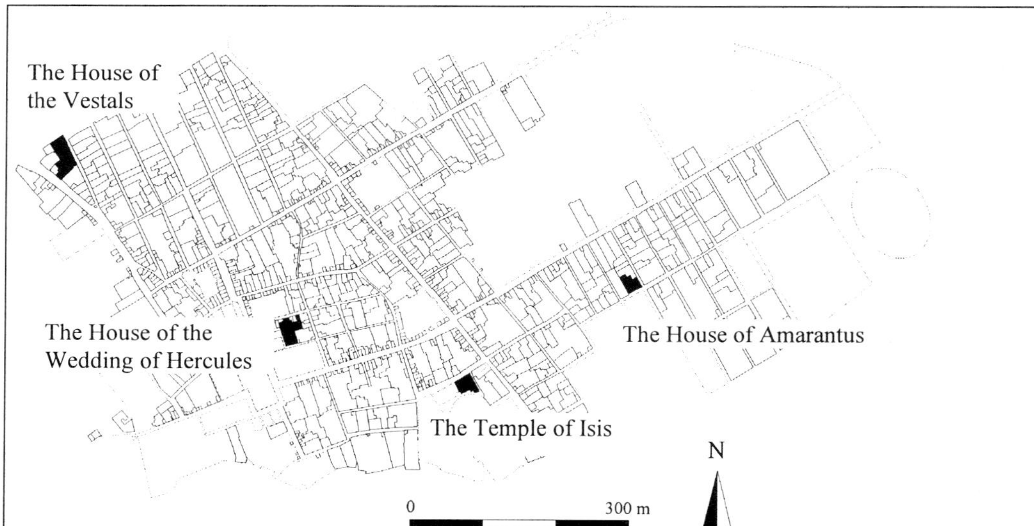

Figure 1 The location of properties mentioned in the text.

Environmental data from two distinct phases in the lives of the two properties were analysed (phases 2 and 3) (Carafa 1997). In the House of the Wedding of Hercules, phase 2 (from the 4th to the first half of the 2nd century BC) relates to the early Hellenistic house, while phase 3 (from the second half of the 2nd century BC) sees the development of the typical atrium house. The environmental data from the House of the Vestals mainly relate to this later phase, with the exception of an earlier (phase 2) ritual deposit.

The retrieval of environmental remains from the House of the Vestals has been 'near-total' with the screening of all stratified deposits through 5-mm sieves. From here the majority of the faunal remains was retrieved. In addition, a sample of every uncontaminated context was screened using a modified Ankara-style flotation tank. This systematic flotation process was responsible for the recovery of the majority of fish bones and the carbonised and mineralized plant remains. Conversely the strategy of retrieval at the House of the Wedding of Hercules was somewhat less intensive. No systematic on-site screening was undertaken, but large-scale flotation was possible. The difference in retrieval strategies has affected the faunal assemblages in particular and the implications of this are considered in the following interpretations.

Dietary data

Dietary evidence from the plant remains has been found in two kinds of deposits: cesspits/drains and rubbish pits. At the House of the Wedding of Hercules a cesspit dates to phase 2 and 3, while at the House of the Vestals several drains have been assigned to phase 3. The plant remains recovered from both types of context are preserved as mineralized remains and this suggests that varying states of preservation should not be a factor. In addition, as both types of deposit resulted from the same depositional processes (essentially cess), it is hoped that the plant assemblages from both households are a true reflection of the food consumed by the occupants. A direct comparison of the species present in phase 2 and 3 deposits from the House of the Wedding of Hercules, with those from phase 3 deposits from the House of the Vestals, should stress changes in the use of plants over time, as well as variations between the two households.

An attempt has been made to compare the edible plant species from the two sites by assigning the plant species to one of three broad categories: fruits, cereals and spices (figure 2). Quantitative data have not been considered as the relative importance of the various species between samples is strongly affected by preservation factors (Ciaraldi forthcoming; Green 1979). Instead the presence/absence of species allows an immediate comparison to be made. Clearly the assemblage from the House of the Vestals presents a greater range of spices and fruits than was recovered from the deposits at the House of the Wedding of Hercules. This indicates a wider availability of food resources at the House of the Vestals and may reflect the wealth of the occupants of this house (for archaeological evidence see Jones and Robinson 1998) or more generally an increase in the range of produce available in the city by phase 3.

A predominance of millet (*Panicum miliaceum*) in the cereals present in a phase 2 cesspit from the House of the Wedding of Hercules was particularly noteworthy. This is in contrast to the almost complete absence of millet from phase 3 deposits from the House of the Vestals. The dearth of millet from the House of the Vestals may indicate a significant difference between the two assemblages, especially as in later periods millet was considered to be a food of the poor (Pliny NH xviii.117). The change in the frequency of millet between the two phases and the two houses, however, can be interpreted in various ways. It could either represent a shift in the economic significance of this species (with a decline in the importance of this crop), or alternatively a difference in the wealth of the occupants of the two households at two different stages in their history.

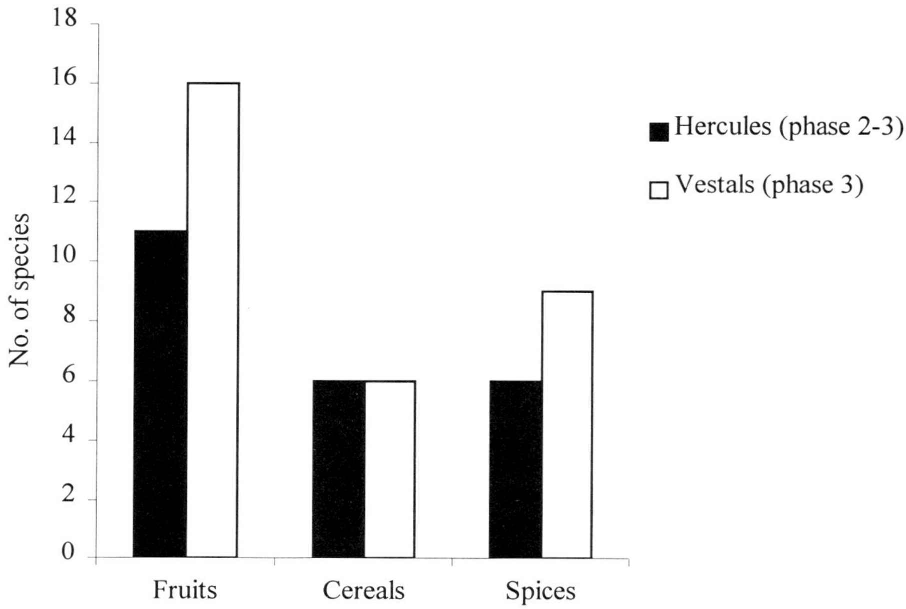

Figure 2 Comparison of the number of taxa in mineralized samples.

Rubbish deposits found at the House of the Wedding of Hercules (phase 2) also indicate the presence of millet. This millet is always associated with barley (*Hordeum vulgare*), wheat (both free-threshing (*Triticum* sp.) and emmer (*Triticum dicoccum*) and another species of millet, Italian millet (*Setaria italica*). The plant assemblage recovered from these rubbish pits also reveals a common association between cereal grains and chaff, in particular emmer glume bases. In contrast, chaff is absent from later contexts and this is true for both houses. The presence of chaff generally indicates that part of the crop processing of cereals was occurring close by. Its subsequent absence from later deposits in Pompeii represents a shift in the location of crop processing away from these houses, probably to the many *villae rusticae* where cereals were produced or to the numerous bakeries of Pompeii. A similar interpretation has also been made for the plant assemblages recovered from the excavations of I.9.11-12 (Robinson 1999).

In order to compare the faunal data from both houses, it was necessary to exclude the fish remains. As retrieval at the House of the Vestals was 'near-total', fish bones and scales dominated this assemblage and indicated that this marine resource was commonly consumed (Richardson 1995:27). Conversely the recovery of fish remains from the House of the Wedding of Hercules was so poor that direct comparisons were extremely difficult. Instead the faunal analysis concentrates on the consumption of the four main domesticates, cattle, sheep(/goat), pig and chicken. The few dog and horse bones that were retrieved probably represent the remains of working animals and certainly no butchery marks were seen. The wall paintings and mosaics of Pompeii suggest that dogs were kept for hunting and guarding, while horses (mules and donkeys) were used for riding and to pull carts and turn mills (Richardson et al. 1997:94-96).

Animal remains from the House of the Wedding of Hercules have been found in both phase 2 and 3 deposits. These indicate a change in diet over time with a relative increase in the percentage of pig and a decline in cattle and chicken (figure 3). Interestingly, the faunal data from phase 3 deposits from the House of the Vestals are very similar to phase 3 at the House of the Wedding of Hercules (cf. figure 3 and 4). The only difference is a higher proportion of chicken bones at the House of the Vestals and this probably reflects the more comprehensive retrieval strategy at this site. Perhaps by phase 3 there was no difference in ability of these two households to procure a wide range of plant and animal foodstuffs.

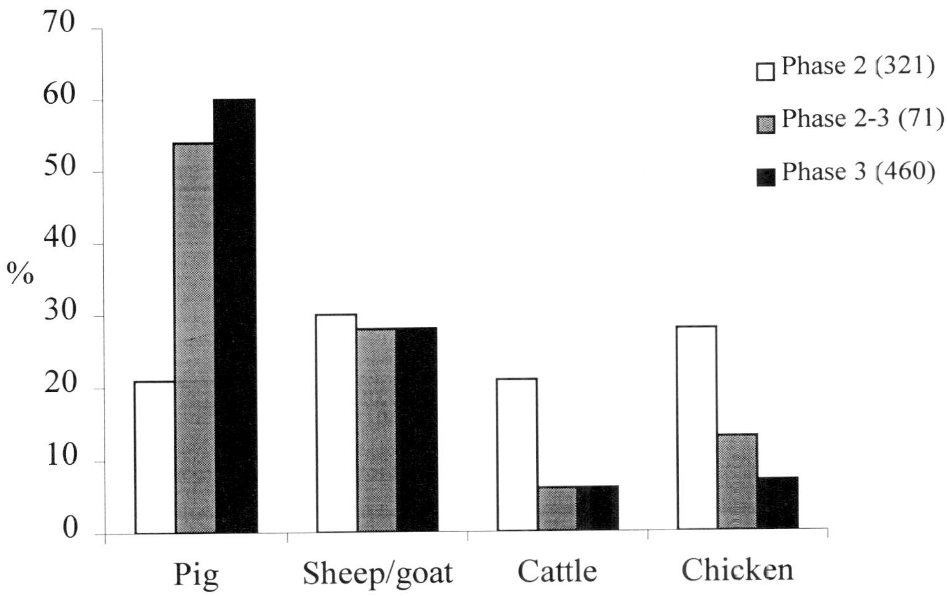

Figure 3 Species proportions from the House of the Wedding of Hercules (the numbers in brackets indicate the minimum number of anatomical units).

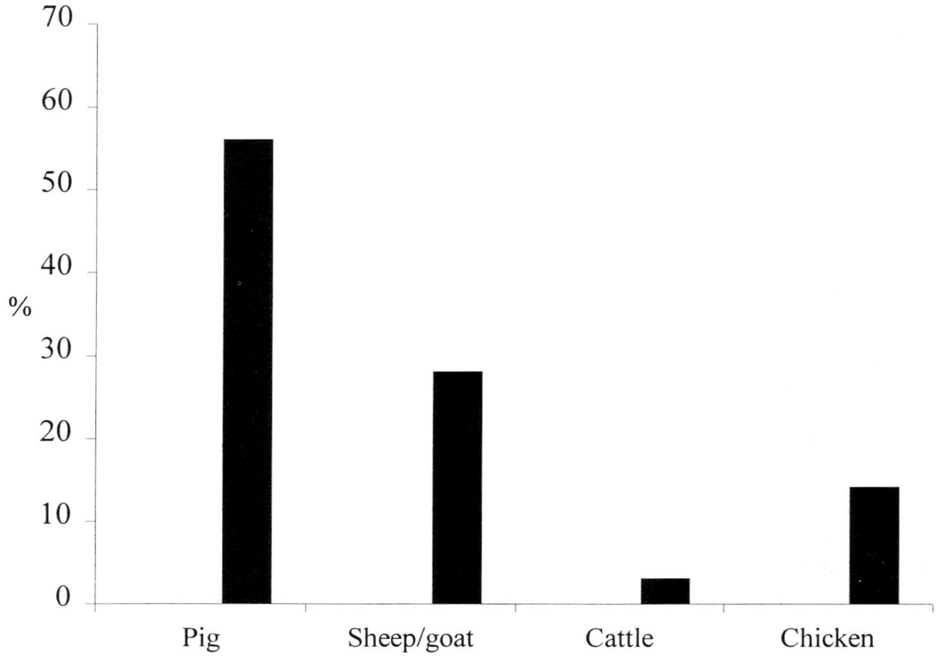

Figure 4 Species proportions from the House of the Vestals (a minimum number of 1455 anatomical units from phase 3).

Using the proportions of domestic animals to determine dietary status is extremely difficult, if not impossible. An indication of high status consumption, however, may be identified by the slaughter patterns calculated from epiphyseal fusion and dental eruption and wear data. The slaughter patterns identified for pigs and sheep are similar from both properties. Over 80% of the pigs from both households were slaughtered as juveniles or young adults. The age data for sheep also indicate a widespread slaughter of juveniles, with significant numbers killed in their first year and the majority of animals dead by the end of their second year. These juvenile pigs and sheep indicate that prime pork and lamb were the preferred meats and, in part, corroborate the literary references to suckling pig as a Roman delicacy (cf. Columella VII.9.4). They suggest that the inhabitants of both the House of the Vestals and the House of the Wedding of Hercules had no need to consume poor quality meat from old animals and instead enjoyed diets of some status.

From the House of the Wedding of Hercules where more cattle bones were retrieved, a different strategy of procurement seems to have occurred. Although fusion and dental data were limited, there was an apparent lack of juvenile and sub-adult cattle available for slaughter. It is likely that cattle were more valued for their milk or as traction animals to facilitate crop husbandry in the fertile Campanian plain. Perhaps the value of cattle, in terms of their secondary products, meant that young animals rarely made it onto the tables of Pompeii, even the tables of the elite.

Rubbish disposal

In general terms, the quantity of animal bones recovered from the House of the Vestals and the House of the Wedding of Hercules is very small. Even though thousands of fragments have been recorded, very few contexts have produced the intensity of domestic refuse normally associated with urban contexts. Certainly from the House of the Vestals, the quality of the retrieval procedures and the survival of fine fish, bird and rodent bones proves that material has not been lost through poor excavation or taphonomic decay.

Despite the assertion that retrieval has been 'near-total', however, a bias still exists in the faunal assemblages. Atypically this is not the small bones and small species usually lost to decay or missed during excavation. Instead the most cumbersome bones of the largest species, in this case cattle, are absent. Although the paucity of cattle bones may reflect food preferences, the systematic collection and removal of these large bones may also have occurred. The few cattle bones that have been retrieved tend to be the smaller bones from the lower legs and feet. This is not a product of the ease of identification, however, as very few 'cattle-sized' long bone fragments have been recorded. As this phenomenon cannot be explained by taphonomic bias, human activity is indicated. Although the possibility of leather-working cannot be discounted entirely (the lower leg bones may have entered the house attached to hides), an efficient means of rubbish disposal within the city would explain this retrieval pattern. Certainly any type of debris, including food waste, was rarely buried in the ground.

The position of the House of the Vestals on the city wall would have allowed this household to dispose of its waste over the wall. This clearly happened elsewhere as excavations by a Japanese team at the site of the supposed Capua gateway have revealed large deposits of animal bone (for excavation details see Etani et. al. 1995). These presumably represent the disposal of the city's waste. The faunal data, however, indicate that the inhabitants of the *centralised* house of the Wedding of Hercules also disposed of their domestic debris. Perhaps a more formalised system of rubbish removal was in operation, at least collecting waste from the elite houses of Pompeii. Literary references certainly indicate that a rubbish collection and street cleaning service was in operation in Rome, with carts being used to take away all kinds of refuse (Tacitus, *Annales* 11.32; Valerius Maximus 1.7).

Whether rubbish disposal in Pompeii was the responsibility of an individual household or provided as a community service, the implications for the faunal assemblages are significant. Together, the small quantity of domestic debris and the dearth of the larger bones of the larger species indicate that the faunal data from both excavations represent only a fraction (and a biased fraction) of the meat diet consumed by these households.

Ritual activity

Some animal and plant remains, however, were quite deliberately deposited within Pompeii, both in houses and temples. As early as 1899 Pompeian archaeology recognised that food was used in ritual activities. Ritual pits containing burnt figs, pine kernels and cones, nuts and dates (Mau 1982) were found during excavations of the Temple of Isis.

The excavations at the House of the Vestals have also provided insight into the use of food in rituals. Here foundation rituals associated with the initial laying out and building of the first part of the House of the Vestals have been identified. In the early house a pit lay entirely inside the boundary of the tablinum (Bon et. al. 1995:10; Jones and Robinson 1998). Although the pit was of substantial size, its fill contained no evidence of domestic debris. The only finds were a collection of small incense cups, neonatal pig bones and various plant and other food remains including figs, grapes, hazelnuts and bread. A ritual explanation is likely and Varro's *De Re Rustica* (II.4.16) does highlight the use of piglets for ritual sacrifice.

Similar ritual deposits have also been found from the House of the Wedding of Hercules, from phase 2, but also from the later phase 3 deposits. Here neonatal pig bones and the same type of incense cups have been found once again. Votive plant remains from phase 2 and 3 contexts from both houses are recorded in table 1 and it is interesting that the later ritual deposits contain a significant number of *new* plant species, including date, carob and pine cones. A phase 3 deposit from the House of the Wedding of Hercules also included mineralized poppy seed cake and a carbonised ring-shaped biscuit. A similar change in the plant composition of earlier and later ritual deposits has been recognised from the excavations of the House of Amarantus (I.9.11-12) (Robinson 1999).

It is interesting that the ritual deposits found at the House of the Vestals and in later contexts at the atrium house of the Wedding of Hercules are repeated in the ritual deposits of the Temple of Isis. Cults involving food offerings appear to be widespread in terms of context, both temple and domestic and widespread in terms of the date of deposition, at least from the fourth century to the second century BC. It is apparent that incense cups, neonatal pigs and plant-based food offerings were an enduring part of Pompeian ritual life.

Cereals	**Phase 2**	**Phase 3**
Bread/Durum wheat	X	X
Emmer		X
Barley		X
Italian millet	X	
Pulses		
Broad bean	X	X
Chickpea		X
Pea		X
Fruits		
Almond	X	
Rowan (*Sorbus aucuparia)*	X	
Pomegranate	X	
Fig	X	X
Grape	X	X
Hazelnut	X	X
Olive		X
Walnut		X
Pine cone		X
Date		X
Carob		X
Breads		
Bread	X	X
Poppy seed "cake"		X
Tarallino		X

Table 1 Presence/absence of plant foods from the ritual contexts from the House of the Vestals and the House of the Wedding of Hercules

Conclusion

The plant and animal assemblages excavated from the House of the Vestals and the House of the Wedding of Hercules have provided valuable insights into the diets, rubbish disposal practices and the ritual lives of these two households. The faunal and floral remains recovered from the two houses span at least a 300-year period of Pompeii's development. During this period the entire character of the urban area changed from a sparsely populated hill top enclosure to a thriving densely occupied city (e.g. Carafa 1997). The environmental remains offer the potential to investigate how the food supply to the city changed during this crucial period and opens up the possibility of interpreting the diachronic nature of food consumption.

The plant remains suggest that the range of foodstuffs was less extensive in the earlier phase of the city (phase 2). In addition, millet, a 'poverty' crop was utilised and chaff remains indicate that crop processing occurred within individual households. Lamb and chicken dominated the meat diet, although pork and beef were also available. In contrast, phase 3 deposits contained no chaff and this may indicate that by the second half of the second century BC either the bakeries of Pompeii had taken over the role of crop processing or that this activity took place outside the town. By this time the range of plant species had increased to include new species of fruits and spices (e.g. peppercorn, sesame and melon) and pork consumption had apparently increased at the expense of beef and chicken.

The two houses were also unusually clean and the dearth of environmental remains suggests a systematic policy of rubbish disposal. This may be a reflection of the wealth of the owners of the two properties. The scale and the grandiose nature of the domestic architecture suggests that the House of the Vestals and the House of the Wedding of Hercules would have needed a large household staff who may have been responsible for taking waste to the city dump. Alternatively there may have been a municipal collection policy as happened in Rome. This observation, however, has serious implications for accurate dietary reconstruction as the larger bones and the bones of the larger species were apparently discarded with more thoroughness than those of the smaller species.

Finally, the environmental remains recovered from the House of the Vestals and the House of the Wedding of Hercules have provided insights into the ritual practices of these households. The excavations beneath the tablinum of the House of the Vestals suggest that the foundation of a house was a highly sacred act wrapped up in ritual activities, accompanied by the sacrifice of piglets and the deposition of breads and fruits. Such a deposit was apparently an exceptional occurrence and this should be set alongside the everyday food rituals that gave a portion of every meal to the household *lares*. In Pompeii, food was an integral part of both everyday and exceptional ritual activity.

This paper represents a new scientific approach to Pompeian archaeology. The ongoing excavations in the House of the Vestals and the House of the Wedding of Hercules are revealing the stratigraphic record of the pre-AD 79 ground surfaces and the environmental remains, along with the artefact groups, are being rigorously collected. To date, however, it has only been possible to study two large and imposing properties. Consequently, the hypotheses of an increasingly varied diet and an efficient rubbish disposal system may be biased by the activities that occurred in the houses at the upper end of the property spectrum. It is hoped that as excavations extend to include a more representative sample of Pompeian houses, a city-wide analysis of diet, rubbish disposal and ritual practices will be possible.

B.U.F.A.U. - University of Birmingham &
West Yorkshire Archaeological Service, Wakefield

Acknowledgements

We would like to thank the directors of the Anglo-American Research Project at the House of the Vestals; Rick Jones, Jarrett Lobell and Damian Robinson, and those of the House of the Wedding of Hercules; Paolo Carafa, Andrea Carandini and Tessa D'Alessandro. Their help in providing us with the necessary excavation details was invaluable, as was their assistance in the field. We are also grateful to Damian Robinson for his suggestions on this paper and his production of Figure 1 and to our anonymous referee for his/her insightful comments. Finally, thanks must be given to the many students of both field schools for their enthusiastic help in running the flotation system.

Bibliography

Bon, S. E., Jones, R., Kurchin, B. and Robinson, D. 1995. *Anglo-American Research at Pompeii 1995. Preliminary Report.* Bradford: Bradford Archaeological Sciences Research 1.

Carafa, P. 1997. What was Pompeii before 200 BC? Excavations in the House of Joseph II, in the Triangular Forum and in the House of the Wedding of Hercules. In S. E. Bon and R. Jones (eds.) *Sequence and Space in Pompeii.* Oxbow: Oxford, pp 13-31.

Ciaraldi, M. forthcoming. New observations on the mineralisation process of plant remains: the evidence Pompeian cess pits and drains.

Etani, H., Sakai, S. and Kiriyama, H. 1995. Preliminary report. Archaeological investigation at Porta Capua, Pompeii. *Opuscula Pompeiana*, 5: 55-67.

Green, F. J. 1979. Phosphatic mineralization of seeds from archaeological sites. *Journal of Archaeological Science,* 6: 279-284.

Jones R. and Robinson D. 1998. *The House of the Vestals at Pompeii (VI,1,6-8). Preliminary Report 1995-7.* Bradford: Bradford Archaeological Sciences Research 3.

Mau, A. 1982. *Pompeii: its Life and Art.* New Rochelle NY: Caratzas Brothers.

Richardson, J. 1995. Faunal remains. In S. E Bon, R. Jones, B. Kurchin and D. Robinson (eds.) *Anglo-American Research at Pompeii 1995. Preliminary Report.* Bradford: Bradford Archaeological Sciences Research 1, pp 27-29.

Richardson, J., Thompson, G. and Genovese, A. 1997. New directions in economic and environmental research at Pompeii. In S. E. Bone and R. Jones (eds.) *Sequence and Space in Pompeii.* Oxford: Oxbow Books, pp 88-101.

Robinson, D. J. forthcoming. *The Shape of Space in Pompeii. The Social Production of a Roman Urban Landscape.* University of Bradford: PhD thesis.

Robinson, M. 1999. Macroscopic plant remains from the Pre-Roman Phases of Houses 11 and 12 of Regio I, Insula 9, Pompeii. In M. Fulford and A. Wallace-Hadrill (eds.) Towards a History of Pre-Roman Pompeii: excavations beneath the House of Amarantus (I.9.11-12), 1995-8. *Papers of the British School at Rome* LXVII (1999): 95-102.

Wood, Masonry and the Construction of Identity: Comparing Southern Britain and Gaul, 4th to 7th Centuries

by Dominic Janes

Introduction

This article inquires into the fate of late Roman art and architecture, not with the aim of lamenting their demise or to measure their standards against those of the succeeding early medieval culture, but simply to seek an explanation for a dramatic change in the nature of the built environment in north-western Europe. Late Roman art and architecture can and should be seen, not simply as subjects in isolation, but as a component of antique material culture in a general sense. A division, however, may be made between the art and culture of ordinary Romans and that of their elite. The landed elite, together with the State and the Church, were the predominant builders and patrons in late Antiquity. The aristocracy's distinctive material culture was eloquently expressed through their patronage of public and religious buildings, as well as in their mosaic- and marble-decorated villas and town houses. These reached a peak of magnificence in Britain and parts of Gaul in the fourth century (De La Bédoyère 1999: 111-37). By the seventh century, on the other hand, these traditions of building and decoration were virtually restricted to the Christian Church and, apparently, nobles lived in simpler wooden dwellings. An important element of this process was the collapse of most forms of public building other than churches at the end of Antiquity across much of western Europe, even in Italy (Ward-Perkins 1984). Secular society seems to have become less interested in these large-scale forms of architectural display, or at least came to see them as referring to the Church.

How did this come about? In order to answer this question it is necessary to distinguish two linked phenomena, the first being changing economic circumstances and the second being changing cultural expectations. The traditional explanation has been that the late Roman civilian aristocracy would have liked always to maintain classical lifestyles and, therefore, they were forced to drop these forms only under the pressures of adversity. On the other hand, it is interesting to think of Heather's explanation of the end of classical education for the secular elite in Gaul (Heather 1994). This came about when learning in the old style was no longer advantageous in public careers. We cannot assume that building grandiose villas and town houses were automatically desirable, but instead must assert that such constructions were desired in certain circumstances. If economic conditions made the building, decoration and maintenance of such dwellings more difficult then the elite may have found it expedient to compete with one another, or to display their status, in new ways. But even if society became more socially equal, with fewer people holding vast accumulations of wealth, nevertheless there remains a clearly observable aristocracy in our very late and post-Roman written sources (c.400-600), even if their material remains are strangely insubstantial. Moreover, the persistence of the old-style of art and architecture in many Gallic, Italian and Spanish churches indicates that the ancient masonry techniques were not impossible in the early Middle Ages. We must be dealing with cultural choices made in evolving economic circumstances.

Building Elite Identity, 4th Century

Elite culture was not simply an automatic aspect of the lives of aristocrats, but was carefully cultivated. The styles of aristocrats' houses were often eloquent of their ideals since style is a medium of communication which can be used to express identity (Wiessner 1990: 106). Style communicating status may have to do with labour, wealth or the display of connections (Wiessner 1990: 110). Meaning has to be sought in the study of conventions, in other words, what was expected in a particular society (Davis 1990: 25). In both ancient and medieval society the aristocracy monopolized much of the surplus production and used it both to live the good life and to show status. The aspect of the grand Roman houses that interests me is that of conspicuous expenditure, of architectural elaboration for the sake of decoration and ostentation. Large-scale villa building, for example, gave visible evidence of a claim to status by the builders within a social structure that valued such expressions, as was also the case in, for example, early modern and modern England (Girouard 1980: 3).

At this point I should make clear that this is to take a generalized view of late Roman buildings. Villas were but one part of estates, and many were far from ostentatious. Indeed the term 'villa' itself is rather unsatisfactory, since it is sometimes applied to the main dwelling on an estate, and at other times to the main building-complex including a range of agricultural structures. Moreover, it is important to note the trend over recent years to stress regional variation across the empire. A 'villa' was not the same everywhere since there were a great variety of house forms within even each small region (Percival 1976). In Britain the usage is applied to country houses with Romanizing features such as extensive use of masonry in plans based on right angles, presence of mosaic or painted plaster and of heating systems or baths (De La Bédoyère 1993: 55). Greg Woolf, in his recent study of the rise of Roman Gaul, has argued that we should think in terms of general cultural influences and fashions; that "the rebuilding of "native farms" as *villae* thus reflects a deep internalization of Roman tastes, rather than a desire to imitate Roman style *in toto*", in other words, not an explicit desire to assert Romanness by building identically to people in Italy, but rather to show status in a society heavily influenced by Roman standards (Woolf 1998: 157). For centuries such elite status was demonstrated in ways that had something of a common template, including such elements as mosaics, baths, tiled roofs and so forth. These traditions began and faltered at different dates in different regions, suggesting a variety of local experience which, nevertheless, moved in the same direction away from classical models all across Europe.

Romanness itself, of course, was never static. According to Woolf, becoming Roman was like joining a debate (Woolf 1998: 11). Romanness was, arguably, more about social status, and how to show that distinction, than about ethnicity (Woolf 1998: 240). Recent years have seen the rise in theoretical studies of the negotiating individual working out his or her options and acting not simply at the whim of circumstances and entrenched social structures. When there are new foci of power in society - post-Roman royalty, for example - local elites may have been expected partly to appeal to traditional standards of prestige, but also to adopt to new conditions. The question is what material forms are equated with success at a particular point.

The last great rise of Roman-style elite self-confidence under the empire in Britain was expressed in the early fourth-century architecture and art of great villas, such as complex decorative floor mosaics (De La Bédoyère 1999: 111-37). Art and architecture worked in tandem to express prestige within a society that valued romanitas (Scott 1991: 29-30). Two of the main flourishing workshops were Cirencester (examples at Chedworth, North Leigh and Newton St. Loe) and Dorchester (Frampton, Hinton St Mary, Mow Ham and Lufton). Another was in the north, centered perhaps on York (Winterton, Brantingham, Horkstow, Rudston) (Neal 1981: 19). Examples of this art include the vast (2,500 sq. ft.) floor at Woodchester, perhaps the largest of its kind north of the Alps. This was an Orpheus pavement showing the power of the gods over nature as an image of the power of the lord over his land (Clark 1982:plate xiv; De La Bédoyère 1991: 156). The high point of this art is between c.320 and c.350, with 50% of the examples coming from Gloucestershire, Somerset and Dorset (Smith 1969: 114). The last villa mosaics and the latest villas cluster near Bath, Gloucester and the Cotswolds, in what has been referred to as a 'sheltered' region (Branigan 1977: 104-5). An example is Hucclecote, where coins in mortar bedding give a date for a mosaic floor of 395 or perhaps even later (Smith 1969: 79). The end of this art is clearly associated with the end of the villas and should be seen in the light of dramatic change in the nature of British secular architecture from the end of the fourth century away from classical models.

The Role of Christianity, 5th to 6th Centuries

The varied fate of such buildings and their art across the empire can be easily seen from the fact that in Aquitaine there was widespread persistence of villas and mosaics into the fifth century (Randsborg 1991: 106; Percival 1992). Nevertheless, one of the most significant features of the post-Roman world in general was secular abandonment of the more ostentatious Roman building and decoration styles (Powlesland 1997: 102-4, for an overview of Roman to Saxon settlements). One of the keys to studying the transition from Roman to medieval settlements may lie in looking at Christian centers. An important element of the transition from Roman to medieval life on the Continent was that many villas may have become the bases for churches and monasteries in the late and post-Roman periods, with continuance of worship in their house chapels (Knight 1999: 126-7; Dumville 1993: 22; Duval 1993, argues this for south-west Gaul). Sulpicius Severus at Primuliacrum and Paulinus at Nola set up religious communities around themselves and their dwelling place at the turn of the fourth and fifth centuries (Percival 1997: 2; Knight 1999: 126). Sidonius Apollinaris (c.430-80) found a friend of his much changed, living frugally as a monk in his villa which was sparsely furnished with stools, hard couches and hangings of horse-hair (Sidonius Apollinaris, *Epistulae*, 4, 24). We should think perhaps of a continuum extending from the traditional Roman aristocratic pursuit of *otium*. Furthermore, archaeological excavation on the monastic sites of Ligugé near Poitiers, and at Marmoutier, has shown the reuse and redevelopment of Roman buildings, such that we should not assume that conversion to monastic use was simply a passive process in architectural terms (Percival 1997: 5-8).

Parallels to any of this in Britain are hard to spot since the material culture of the fifth-century Britons appears to have been so impoverished. A possible example has, however, been identified on the site of the late Roman cemetery next to Poundbury hillfort outside Dorchester (Sparey-Green 1996: 128-33, figs. 2 and 3). The late Roman sequence included a number of stone mausolea, which appear to have been integrated, perhaps as funerary chapels, into a post-Roman sequence of buildings using drystone and wood (Sparey-Green 1996: 127), to which it is interesting to compare the contemporary sequences at Wroxeter (Barker, White and Pretty 1997; White 1990). There is a lack of Anglo-Saxon features at Poundbury, such as the opposed doorways (seen at the nearby Alington Avenue site) which have been interpreted elsewhere as an intermediary phase representing occupation by a hybrid Germanic and Romano-British population (James, Marshall and Millett 1985). The crucial problem is a lack of datable artefacts. The buildings at Poundbury were attributed primarily through the relationship of sequences to the late Roman material (Sparey-Green 1996: 136). As has been commented "in the Dorset countryside there may be many Poundburys which... lie unrecognized" (Sparey-Green 1996: 151). However, even Poundbury failed to make the transition into the English medieval centuries. The overall picture of the end of late Roman rural occupation in Britain is not so much of construction or destruction as slow recession and decay, with so-called 'squatter' occupation as a last stage (De La Bédoyère 1993: 123; Dumville 1993:21; Higham 1992: 116). Most sites subsequently went completely out of use, with not even any Anglo-Saxon materials being found (Myres 1986: 210).

It is tempting to suggest that in post-Roman western Britain, as in Gaul, the saints became the patrons of the local communities. For example, there is the occasion in 585, described by Gregory of Tours, when the Frankish king Guntram sent an army against Gundovald whose troops were holed up in Comminges. The attackers came to the church of Vincent at Agen where the locals had barricaded themselves inside with their treasures. Their hope was that "the shrine of so great a martyr would not be violated by men calling themselves Christians" (Gregory of Tours, *Decem Libri Historiarum*, 7, 35). Their prayers were not answered that day. However, crucially, the saint avenged the desecration: "the hands of many [attackers] caught fire supernaturally... some were possessed by a devil and rushed about screaming the martyr's name. Others fought with each other and wounded themselves with their own javelins" (Gregory of Tours, *Decem Libri Historiarum*, 7, 35). Gregory saw some of them later at Tours and could testify that "they suffered to the end of their present lives from the torture of excruciating pains" (Gregory of Tours, *Gloria Martyrum*, 104). Gregory tells us elsewhere how, in Bordeaux, "because Severinus' holiness was recognized, the local inhabitants thereafter took him as their patron. They knew that whenever their city was either invaded by an illness or besieged by some enemy or disrupted by some vendetta, they would immediately be delivered from this threatening disaster as soon as the people gathered at the church of the saint, observed fasts, celebrated vigils and piously offered prayers" (Gregory of Tours, *Gloria Confessorum*, 44).

The presence of patrons and protectors, which was a key element in Roman society, would have played a crucial role in the defense of property by providing the threat of punishment for attacks and so reducing their incidence. The society of post-Roman Britain which resisted the pagan Anglo-Saxons became Christian but was very different from the society of Gaul, and particularly from the society of southern Gaul which appears to have remained far more similar to that of the late Roman period (Knight 1999: 49-50 and 95). The British Church grew up after the collapse of traditions of monumental building. In large parts of Gaul the saints may have helped to provide patronage and protection for grand edifices which were prime targets for looting. Lay aristocrats could raise retinues, but would have to pay heavily for the privilege, thus leaving far less available for villas and their decoration, which would not have enjoyed spiritual patronage. This helps to explain why there were mosaic-laden churches in Gallic regions with no such private dwellings, whilst there was no such architecture in fifth- and sixth-century Britain.

Prestige and power in post-Roman secular society were increasingly identified with adherence to the norms of the Germanic rulers who differed greatly in their appreciation of *Romanitas*. The Church achieved a compromise which legitimized private wealth in return for acts of charity (Janes 1998: 153-5). The building and decoration of churches replaced the endowment of temples, and these buildings became the premier repositories of the late Roman art and architectural tradition in large parts of the Continental early medieval west. The prestige of Roman elite art was now associated with the Church, a connection upheld with the failure of iconoclasm in western Europe. The persistence of Roman material culture in much of Gaul, above all in the south, was, therefore, strongly bound up with the circumstances in which Christianity established prominence. In Britain this occurred largely in a post-Roman environment and, therefore, the British Church did not bear the same architectural inheritance from the Roman world since this had already been lost in society at large. In southern and western Gaul the more Romanized Church acted as an institution affording the Gallic population prestige and protection, and so offering a powerful challenge to the cultural confidence of the Franks, Goths and Burgundians, which apparently was not presented so successfully to the fifth-century Anglo-Saxons in Britain.

Early Medieval Society, 7th Century

In relation to the early medieval re-establishment of Christianity in eastern Britain, we should ask why the main buildings of stone were churches with almost everything else in wood? The answer would appear to be that there was a preference for building in stone since that was what the Italian and Gallic missionaries expected for important churches. Wooden buildings for lords were clearly seen as quite sufficient. The descriptions of Beowulf, taken together with the halls excavated at sites such as Yeavering and Cheddar, are quite enough to show us that the prestige of the built environment was important in English lay society. But the Anglo-Saxons were not concerned to build their halls in the 'Roman' masonry style.

The prominence of stone and brick building in the imperial period would appear to have been associated with Roman cultural prestige. The degradation of that tradition might be seen in the light not so much of reduced but of more fluid circumstances. If property holding itself were much more unstable there was far less incentive to plunge money into large-scale building works. The grand silver tableware and jewellery of the late Antique elite may have made aristocrats' villas an obvious target for looting. We could understand that where there was sufficient stability, as in parts of south-west Gaul, these ancient villas might have been preserved as relic-protected monasteries.

Areas such as southern Britain which, unlike Aquitaine, did not enjoy an imperially negotiated Germanic settlement, appear to have been considerably more chaotic than those that did. In Britain the pattern of continuity from villa to monastic church was especially unlikely since, as Watts has spelt out as the main argument in her recent book on religion in later Roman Britain, Christianity seems to have 'failed' there in the period before the collapse of Roman material culture and only re-emerged subsequently (Watts 1998). Post-Roman Britons may have continued, at least for a while, to think of themselves as Romans, but their material culture, simply through its singular invisibility, was not classical.

Even in southern Gaul the glamour of classicism was rapidly to fade in the early Middle Ages as Rome's association with power withered, at least outside the Church with its emphasis on Latin learning. Some villas became monasteries or churches whilst the secular elite ceased to build in this manner. This meant that styles changed more easily amongst the laity, whilst the Continental Church continued to patronize many of the ancient material arts, such as stone building and carving, window-glass manufacture and mosaic; even though these art forms had largely fallen out of use amongst the secular aristocracy. The Church gained prestige from these forms of display and yet, unlike laymen, was helped to protect such investments by the retributive power of the saints, without having to transfer spending from building to military retinues.

The reintroduction of Roman-style churches from the Continent to Anglo-Saxon England through the seventh century did not lead to a spread of stone architecture into the world of the secular aristocracy (Dixon 1992; Gem 1992). When these forms were reintroduced to Britain the meaning of this material culture was now Christian and religiously inspired. Roman-derived architecture and decoration then pertained to the Church and, therefore, may even have seemed inappropriate in a private context. By the seventh century society in Britain and Gaul was characterized by a sharp division between secular and sacred building and decoration traditions which had not been present in the late Antique culture of the fourth century.

Department of History, King's College, London.

Bibliography

Barker, P., White, R. and Pretty, K. 1997. *The Baths Basilica, Wroxeter: Excavations 1966-90.* London: English Heritage Archaeological Report 8.
Branigan, K. 1977. *The Roman Villa in South-West England.* Bradford on Avon: Moonraker Press.
Clarke, G. N. 1982. The Roman villa at Woodchester, *Britannia* 13:197-228.
Conkey, M. and Hastorf, C. (eds.) 1990. *The Uses of Style in Archaeology.* Cambridge: Cambridge University Press.
Davis, W. 1990. Style and history in art history. In Conkey and Hastorf, pp.18-31.
De La Bédoyère, G. 1991. *The Buildings of Roman Britain.* London: Batsford.
De La Bédoyère, G. 1993. *English Heritage Book of Roman Villas and the Countryside.* London: Batsford.
De La Bédoyère, G. 1999. *The Golden Age of Roman Britain.* Stroud: Tempus.
Dixon, P. 1992. Secular architecture. In L. Webster & J. Backhouse (eds.) *The Making of England: Anglo-Saxon Art and Culture AD 600-900.* London: British Museum Press, pp.67-70.
Dumville, D. 1993. *St Patrick, A.D. 493-1993.* Woodbridge: Boydell, Studies in Celtic History 13.
Duval, N. 1993. Le contexte archéologique: les villas du Sud-Ouest, *Antiquité Tardive* 1:37-44.
Gem, R. 1992. Church architecture. In L. Webster & J. Backhouse (eds.) *The Making of England: Anglo-Saxon Art and Culture AD 600-900.* London: British Museum Press, pp. 185-188.
Girouard, M. 1980. *Life in the English Country House: A Social and Architectural History.* Harmondsworth: Penguin.
Gregory of Tours. *Gloria Martyrum,* B. Krusch, (ed.) Hanover: *Monumenta Germaniae Historica, Scriptores Rerum Merovingicarum* 1ii, 1969, pp.484-561.
Gregory of Tours. *Decem Libri Historiarum*, B. Krusch and W. Levison (eds.) Hanover: *Monumenta Germaniae Historica, Scriptores Rerum Merovingicarum* 1i, 1951.
Gregory of Tours. *Gloria Confessorum*, B. Krusch, (ed.) Hanover: *Monumenta Germaniae Historica, Scriptores Rerum Merovingicarum* 1ii, 1969, pp.294-370 .
Heather, P. 1994. Literacy and power in the Migration Period. In A. Bowman and G. Woolf (eds.) *Literacy and Power in the Ancient World.* Cambridge: Cambridge University Press, pp.177-97.
Higham. N. 1992. *Rome, Britain and the Anglo-Saxons.* London: Seaby.
James, S. T., Marshall, A. and Millett, M. 1984. An early medieval building tradition, *Archaeological Journal* 141:182-215.
Janes, D. 1998. *God and Gold in Late Antiquity.* Cambridge: Cambridge University Press.
Knight, J. 1999. *The End of Antiquity: Archaeology, Society and Religion AD 235-700.* Stroud: Tempus.
Myres, J. N. L. 1986. *The English Settlements.* Oxford: Oxford University Press, Oxford History of England 1b.
Neal, D. S. 1981. *Roman Mosaics in Britain: An Introduction to their Schemes and a Catalogue of Paintings.* London: Society for the Promotion of Roman Studies, Britannia Monograph Series 1.

Percival, J. 1976. *The Roman Villa: an Historical Introduction.* London: Batsford.
Percival, J. 1992. The fifth-century villa: new life or death postponed? In J. Drinkwater and H. Elton (eds.) *Fifth-Century Gaul: A Crisis of Identity.* Cambridge: Cambridge University Press, pp.156-64.
Percival, J. 1997. Villas and monasteries in late Roman Gaul, *Journal of Ecclesiastical History* 48:1-21.
Powlesland, D. 1997. Early Anglo-Saxon settlements, structures, form and layout. In J. Hines (ed.) *The Anglo-Saxons from the Migration Period to the Eighth Century: An Ethnographic Perspective.* Woodbridge: Boydell, Studies in Historical Archaeoethnology 2, pp.101-17.
Randsborg, K. 1991. *The First Millennium A.D. in Europe and the Mediterranean.* Cambridge: Cambridge University Press.
Scott, S. 1991. An outline of a new approach for the interpretation of Romano-British mosaics. *Journal of Theoretical Archaeology* 2, pp.29-35.
Sidonius Apollinaris. *Epistolae et Carmina,* W. B. Anderson (ed. and trans.) *Poems and Letters,* Loeb Classical Library, 2 vols., Cambridge, Mass.: Harvard University Press, 1936 and 1963.
Smith, D. J. 1969. The mosaic pavements. In A. L. Rivet (ed.) *The Roman Villa in Britain.* London: Routledge, pp.71-125.
Sparey-Green, C. J. 1996. Poundbury, Dorset: settlement and economy in late and post-Roman Dorchester. In K. Dark (ed.) *External Contacts and the Economy of Late Roman and Post-Roman Britain.* Woodbridge: Boydell, pp.121-152.
Ward-Perkins, B. 1984. *From Classical Antiquity to the Middle Ages: Urban Public Building in Northern and Central Italy, A.D. 300-850.* Oxford: Oxford University Press.
Watts, D. 1998. *Religion in Late Roman Britain: Forces of Change.* London: Routledge.
White, R. 1990. Excavations on the site of the baths basilica. In P. Barker (ed.) *From Roman Viroconium to Medieval Wroxeter: Recent Work on the Site of the Roman City of Wroxeter.* Worcester: West Mercian Archaeological Consultants, pp.3-7.
Wiessner, P. 1990. Is there a unity to style? In Conkey and Hastorf, pp.105-112.
Woolf, G. 1998. *Becoming Roman: The Origins of Provincial Civilisation in Gaul.* Cambridge: Cambridge University Press.

From Periphery to Core in Late Antique Mauretania

by Alan Rushworth

Introduction

It has long been recognised that the centuries following the Arab conquest in the 7th century AD witnessed a shift in the political centre of gravity in North Africa from the coastal regions to the inland plains and high steppe, a process signalled by the foundation of cities such as Sijilmassa, Tlemcen, Tihert, Achir, Qal'a of the Beni Hammad and most notably Kairouan (cf. Lawless 1972c: 131; 1973: 231). The importance and distinctiveness of this inland, pre-Saharan steppe and mountain zone, separate from the *Tell* - the mountainous, Mediterranean coastal region - on the one hand and the desert on the other, has been well-highlighted by Lawless (1972c; 1973), building on the work of Despois (1942; 1964) and De Planhol (1962; 1968).

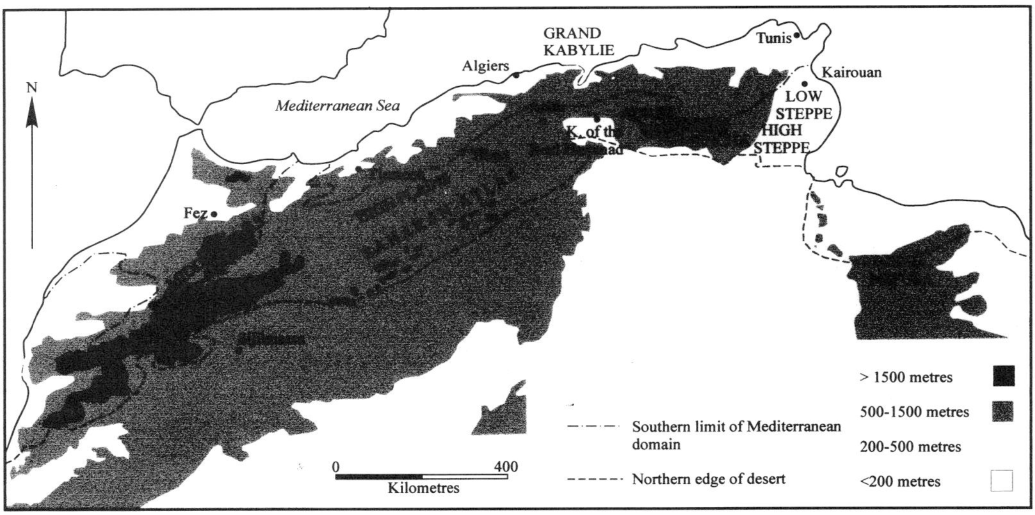

Figure 1 North Africa: Relief and major regional divisions (with the principal inland centres of the early Islamic era marked).

However, I will argue that the origins of that shift can be traced further back, into Late Antiquity, with the formation of sub-Roman successor states in the African provinces during the 5th and 6th centuries AD, particularly in the western province of Mauretania Caesariensis.

The dynamic processes unleashed in the former imperial frontier zone following the collapse of Roman authority resulted in a region which had been on the periphery of the

Mediterranean-centred empire becoming the core of new regional polities. The paper will also emphasise the value of comparative historical analysis in illuminating such processes.

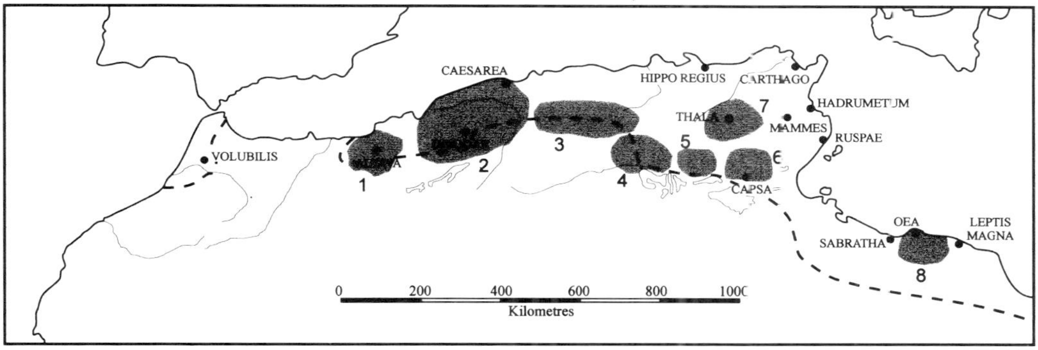

1. Kingdom of Altava
2. Kingdom of the Ouarsenis
3. Kingdom of the Hodna
4. Kingdom of the Aures
5. Kingdom of the Nemencha (?)
6. Kingdom of Capsus (?)
7. Kingdom of the Dorsale
8. Kingdom of Cabaon

Figure 2 Moorish successor states (after Courtois 1955).

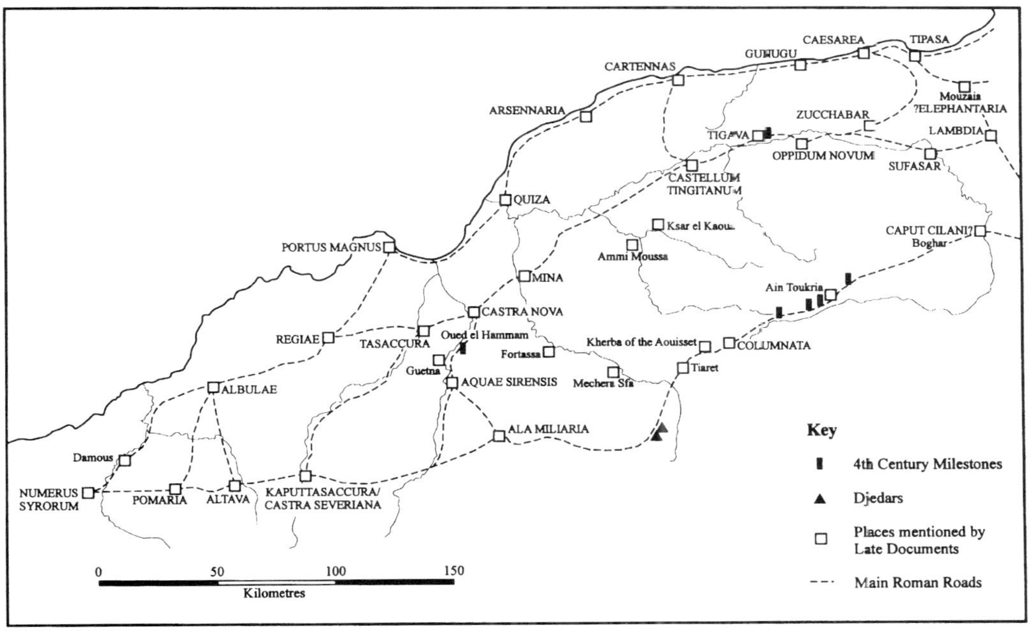

Figure 3 Western Mauretania Caesariensis in Late Antiquity.

In his monumental work *Les Vandales et l'Afrique*, Courtois outlined the evidence for a series of small Moorish states or chiefdoms, the majority of which were centred on the former imperial Roman frontier zone (*limes*) (1955: 333-9; cf. also Pringle 1981: 13-6). The evidence for the two kingdoms he identified in western Caesariensis (modern western Algeria), in particular, is worth examining. These were centred on or near Tiaret and Altava, both settlements on the frontier highway, the *nova praetentura*, which was established under Septimius Severus (Albertini 1928; Salama 1953 &1955a; 1977; Daniels 1987: 254).

Evidence of successor states 1: the Djedars

The evidence for the first of these statelets takes the form of a remarkable series of massive funerary monuments, known locally as the 'Djedars' or 'structures'. A total of 13 of these square mausolea, of fine ashlar construction surmounted by stepped pyramids, occur at two sites in this region (ten at Ternaten on the Djebel Araoui - *AAA* 33: 66 - and three at Djebel Lakdhar - *AAA* 33: 67) 20-26km south south west of Tiaret and 13-16km east of the modern town of Frenda. The monuments have provoked admiration ever since the expedition of the Fatimid caliph, al-Mansur, in the mid-10th century (recorded by the Arab chronicler, Ibn Rakik, in an excerpt preserved in the *Kitab al-Ibar* or 'Universal History' of Ibn Khaldun) and attracted the attention of numerous scholars of the French colonial era, most notably La Blanchere (1883: 77-99, 127-9) and Gsell (1901: 418-27) and later Camps (1961: 590-1). More recently they have been the subject of intensive study by Kadra (1974; 1979; 1983), including a programme of extensive excavation at Djedar A on the Djebel Lakhdar which has revealed an enclosure wall and an associated building on the east side, presumably designed for mortuary or other ceremonial practices such as incubation.

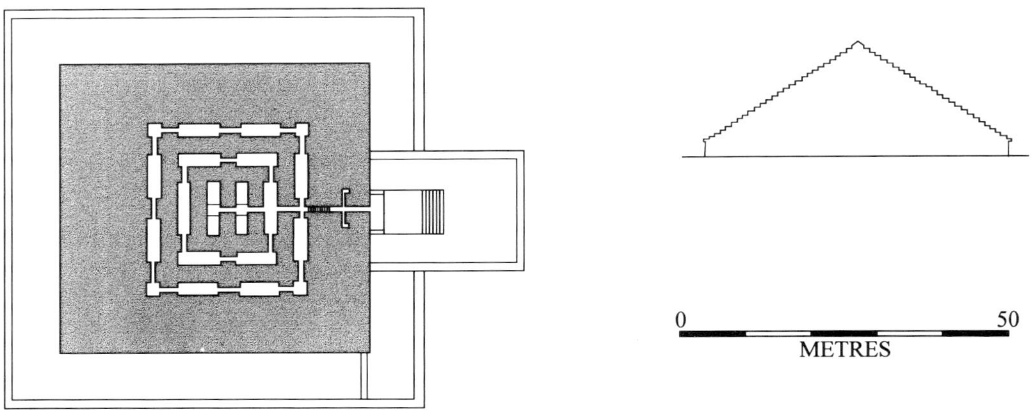

Figure 4 Plan and profile of one of the Djedars.

A C^{14} date of 410+/-50, calibrated to AD 490 +/- 50, was obtained by Kadra from Djedar B on the Djebel Lakhdar. This date would accord with that applied on stylistic criteria to the decorative carvings and Christian motifs on Djedars A and B, which suggests that the Lakhdar trio probably represent the earlier of the two groups of monuments. Unfortunately the dedicatory inscriptions *in situ* on Djedars A and B (the latter a bilingual Latin-Greek example), which would doubtless have supplied the names and careers of the individuals buried within, are virtually illegible. The largest of the Ternaten group, Djedar F (or 'the Great Djedar of Ternaten'), incorporates much reused stonework, including a Severan dedication of 202-203 marking the foundation of an *oppidum* (Salama 1955a: 329-42) and epitaphs dated to 433, 466, 480 and 490 (Kadra 1974: 260-81), all presumably derived from ruined or redundant structures in neighbouring settlements. A late 6th century date has been assigned to this structure, which must have placed great demands on the available supply of building stone, new or reused, on account of its massive size.

Whilst their architectural form echoes a long tradition of massive, North African royal mausolea, stretching back to Numidian and Mauretanian kingdoms of 3rd-1st centuries BC (cf. Rakob 1979: 132-45; Fentress 1979: 55-56), the closest parallels are with the tumuli or *bazinas*, with flanking 'chapels', which are distributed in an arc through the pre-Saharan zone and beyond from Negrine on the southern margins of the Nemenchas Mts in the east to the present-day Western Sahara and Mauritania in the south west (Camps 1984: 207-8, figure 9; 1985: 316-7). The Djedars could thus be considered the ultimate development of an indigenous, pre-Saharan funerary architectural tradition, adapted to fit a Christian, Romanised environment. They probably represent the tombs of a local dynasty perhaps beginning in the 5th century with the erection of the Djebel Lakhdar monuments and continuing up to the Arab conquest at the end of the 7th century.

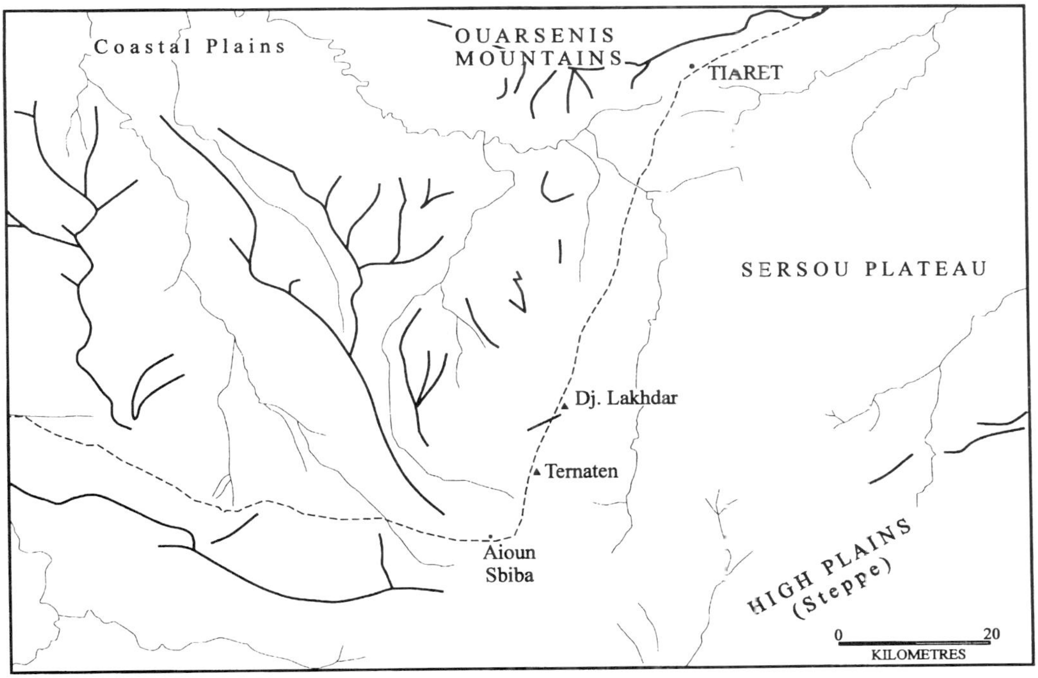

Figure 5 The location of the Djedars.

A most significant aspect is the location of these dynastic monuments. Both in political-strategic and broad geographical-topographical terms the mausolea occupied a liminal position on the divide between two worlds. Firstly, the Djedars probably actually overlooked the old frontier highway - the *praetentura* - linking the military bases and urban centres along southern limit of the province. Although no milestones have yet been found between Aioun Sbiba and Columnata, the most likely route would take the road right past the Djedars. The road probably continued on from Columnata, following its previous, west-south-westerly course, 20km to Tiaret, where the ruins of a sizeable, walled city with an inner citadel or reduced circuit and a rectangular fort were recorded by French military surveyors (cf. Azema de Montgravier 1843: 665-7, 675 & plan; Cagnat 1913: 660-1; Fabre 1900: plan; Lawless 1970 II: 143-7). Inscriptions, including one mentioning the dedication of a *pondarium* by an aedile (*AE* 1912: 156; cf. Cadenat 1988), suggest this was the site of a Romanised *municipium* from the early 3rd century AD. At Tiaret, the military highway must have changed course to reach the next known milestone (Salama 1955b), 45km to the south south west, near Aioun Sbiba. If it is assumed that the road followed the shortest practicable line projected between these two points, the highway will actually have passed right beneath the low bluffs of the Djebel Lakhdar and Djebel Araoui on which the Djedars were situated. A trackway marked on the early 20th century, French colonial 1:200,000 series map follows this very route.

Secondly, the monuments were situated on the boundary between the mountainous watered zone - the Tell - and the high steppes. Moreover this part of the steppe, known as the Sersou Plateau, is unusually well-watered, being traversed by several watercourses, notably the Oued Mina and the Nahr Ouassel, which flow off the southern slopes of the adjacent Tell ranges, the Frenda and Ouarsenis Mountains. The Sersou thus acts as a fertile antechamber to the vast semi-arid expanse of the High Plateaux stretching away to the south west, south and east to the distant Saharan Atlas range. The area has witnessed much agricultural development based on extensive cereal cultivation in the present century and during antiquity it is clear that the headwaters of the Mina and Nahr-Ouassel and the adjacent slopes of the Ouarsenis and Frenda mountains were densely settled (Fort 1908a; 1908b; Gsell *AAA* sheet 33; Joly 1909; 1910; Lawless 1970). If the royal cemeteries lay close to the political centre of the successor state, alongside its principal artery, so their liminal location must have important implications for the nature of that state.

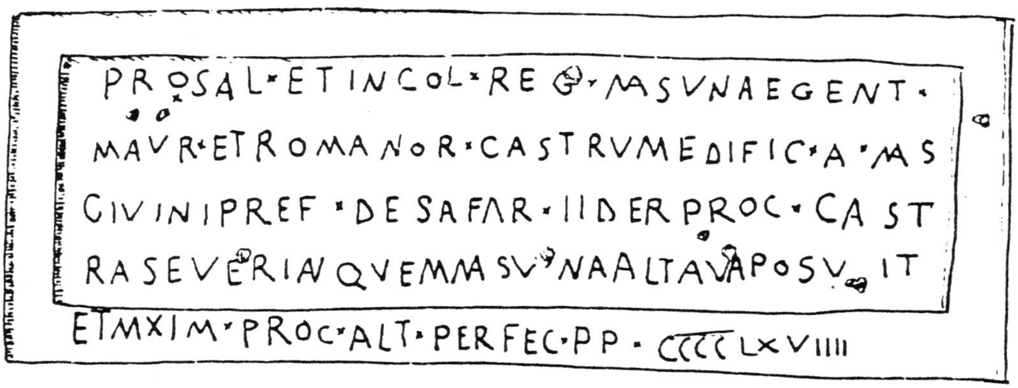

Figure 6 The dedication of king Masuna at Altava.

Pro sal(ute) et incol(umnitate) reg(is) Masunae gent(is) *or* gent(ium) /Maur(orum) et Romanor(um). Castrum (a)edific(atum) a Mas/givini, pr(a)ef(ecto) de Safar, lider, proc(uratore) Cast/ra Severian(a) quem Masuna Altava posuit / et Maxim(us) proc(urator) Alt(avae) perfec(it) (anno) pp(rovinciarum) cccclxviiii.

Evidence of successor states 2: the kingdom of Masuna at Altava

The second of the successor states identified by Courtois was centred further to the west. The principal evidence for its existence is represented by a dedicatory inscription (*CIL* VIII 9835; cf. Camps 1984: 192-7; 1985: 314; Fevrier 1988) recording the building of a fort (*castrum*) for Masuna, *rex gent(ium) Maur(orum) et Romanor(um)*, by local officials in AD 508. The location of the *castrum*, at Altava, is, again, right on the *praetentura*. As Lawless noted (1970, II: 60-1), the enclosure of c. 70m x 48m, visible on the aerial photograph of Altava (reproduced by Marcillet-Jaubert 1968: 9), in the south-west corner of the walled urban circuit, may represent the remains of Masuna's *castrum*.

The focus of Masuna's kingdom is less certain than that associated with the Djedar tombs. Of itself this inscription need not imply that Altava was the political centre. The officials listed in the inscription governed neighbouring settlements. Castra Severiana, which also figures in a late-5th century episcopal *notitia* (*Not. prov.* Maur. Caes. 73), must have originated as one of the bases on the Severan military highway and should probably be identified with the early-3rd century fort at Kaputtasaccura (Sidi Ali ben Youb), a name which occurs on 3rd-century milestones, but is not mentioned later (Camps 1984: 196; Rushworth 1996:313). Safar is unidentified as yet, but clearly also lay in the vicinity. There is no indication that the procurator of Altava, Maximus, had any higher status than Masgivinius the prefect at Safar or Iider the procurator of Castra Severiana. Indeed Camps suggests that Masuna may have been a member of the royal dynasty responsible for construction of the Djedars, ruling a kingdom embracing most of Mauretania Caesariensis (1984: 215-6; 1985: 321-2).

Yet two factors suggest that Masuna's kingdom was indeed centred in this sector of the former frontier zone. Firstly, the prominence of Tlemcen (formerly Roman Pomaria), only 25km to the west, as the principal inland city on the plains of the western Algerian Tell throughout the subsequent medieval era is noteworthy (Abun Nasr 1987: 43; Julien 1970: 162-3; Canal 1889; Dahmani 1985). Koceila, the leader of Berber resistance to the Arab conquest is even said to have originated from Tlemcen (cf. Camps 1984: 217-8; 1985: 322-4). Although this last may simply be a retrospective anachronism in the later medieval Arab sources, it is conceivable that Tlemcen was already an important regional centre in Late Antiquity.

Secondly, a clutch of late-6th-7th century inscriptions at Volubilis, far to the west in Mauretania Tingitana, seem to hint at a political takeover mounted from the region of Altava.
Volubilis was the major inland city in southern Tingitana during the Roman period. Settlement continued here after the official Roman withdrawal from the southern half of the province at the end of the 3rd century AD, as attested by a trickle of coins and pottery finds (Lenoir 1986: 240-1). Although small in number these finds are nonetheless significant given the precipitate decline in the quantities of such material reaching any part of southern Tingitana, except Sala (where a military garrison remained in place). The focus of the town seems to have shifted downhill to the banks of the Wadi Khroumane and a new fortification wall closing off this reduced area was built at some stage during this period (Akerrez 1985; Lenoir 1985). It was still an important centre at the end of the 8th century, figuring in the Arab sources as *Walila*, the focus of the Awreba tribe and initially of the Idrisid state.

Figure 7 The late defensive wall at Volubilis.

The four tombstones (*IAM* II: 506, 603, 608, 619) range in date from AD 599-655, far later than any others from the site. They employ formulae such as *domus aeternalis* and were dated using the Mauretanian era all of which were widely used in western Caesariensis, but otherwise unknown in Tingitana (Fevrier 1986: 768-9, 778; Marcillet-Jaubert 1968). One inscription commemorates Iulia Rogatiana from Altava (*IAM* II: 608). All four deceased may belong to the same lineage, bearing the *nomen* Iulius. Some also bear the titles *princeps* and *vice pr(a)epositus* (*IAM* II: 506, 603). Given the evident cultural and personal links with western Caesariensis, the epitaphs may signify the insertion of a governing cadre into Volubilis following a political takeover from the east by Masuna's successors at the very end of the 6th century or beginning of the 7th century.

Discussion

Why should the former frontier zone have become the centre of at least some North African polities in Late Antiquity? In seeking to understand this phenomenon a useful concept is that of the 'dual state', developed by Thomas Barfield (1989) in his detailed study of the dynamics of frontier interaction and post-imperial collapse in China and Inner Asia.

Barfield argues that the history of the Chinese-Inner Asian frontier zone tended to follow a cyclical pattern. The unification of China under a powerful, militaristic dynasty (the Han, the Ming, etc.) was usually followed fairly rapidly by the emergence of a corresponding imperial confederacy ruling over the tribes of the Mongolian steppe (the Hsiung-Nu, etc.). The relationship of the tribal confederacy to the Chinese state was not simply parasitic, though in large measure the steppe empire functioned to extort resources required by the nomadic tribes from settled, agrarian China (Barfield 1989: 32-84). There were also symbiotic elements in the relationship, particularly as the Chinese dynasty began to decline or became unstable. Faced with internal revolt and disintegration, the state's most reliable source of military assistance was often the nomad confederacies, for, in practice, the steppe empires' structural reliance upon the Chinese state was even greater, as they could not long function without the large subsidies which only a unified Chinese empire could provide.

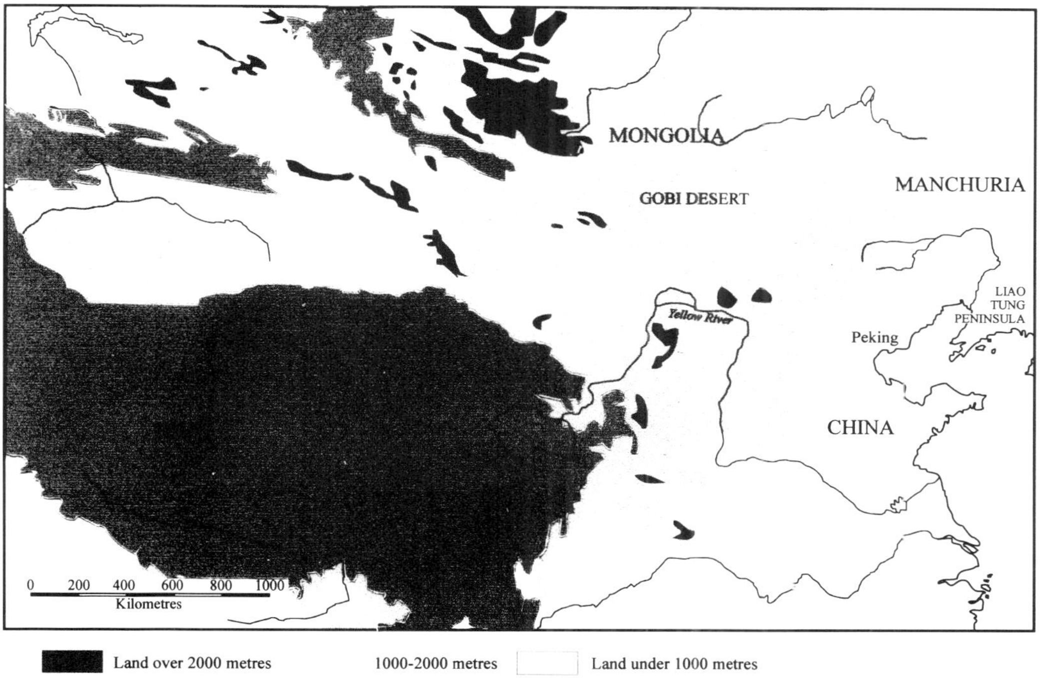

Figure 8 Inner Asia and northern China.

Thus when a Chinese imperial dynasty collapsed the beneficiaries were not the steppe empires, which on the contrary tended to collapse at the same time as the Chinese dynastic states. Instead it was tribes of Manchuria, to the north east, which were able to establish successor states in the frontier zone. In an often repeated pattern a series of such states, each more expansionary than its predecessor, culminated in a single dynastic empire controlling both northern China and the Mongolian steppe (Barfield 1989: 100-1).

The key factor in the success of the Manchurian tribes was the essential experience their chieftains already possessed of ruling two different communities - their own nomadic tribes and groups of Chinese agricultural settlers along the coast and in the Liao-Tung peninsula, between northern China proper and Korea. This enabled them to administer and tax Chinese districts they seized, rather than just raiding them, and eventually to establish parallel administrative hierarchies for the two populations - the tax-paying, agricultural Chinese and the northern tribes, which provided the military arm of the state. Moreover the Manchurian leadership was also conceptually equipped to take on the Inner Asian nomadic tribes and ultimately to dominate the Mongolian steppe in a way that the Chinese dynasties with their Confucian bureaucracies and rigid world view were not (Barfield 1989: 104-24).

Even after the new state had expanded to control northern China its capital remained in the former frontier zone where dynastic leadership could exercise effective control over both worlds. If the regime moved its capital southward and became more Sinicised, it lost touch with its tribal roots and generally collapsed very rapidly (cf. Barfield 1989: 124-7 discussing the sinification of the T'o-pa Wei state in the late 5th-early 6th century AD for example).

Something similar may be going on in the North African frontier zone during Late Antiquity. Moorish tribes and their chieftains had long been integrated into the processes of frontier control by the imperial authorities as allies, *foederati*, or military commanders (Rushworth 1992: 27-59, 197-229). A law of 409, preserved in the Theodosian Code, refers to the responsibilities of tribesmen (*gentiles*) in the defence and maintenance of the *limes* and *fossatum* (*CTh* VII xv 1; cf. Rushworth 1992: 27-40). Several chieftains buried in the Tripolitanian pre-desert cemetery of Bir ed-Dreder held the title of *tribunus* - either signifying tenure of a frontier command or simply an honorific title (Goodchild 1954; 1976: 59-71; cf. Buck *et al.* 1983). Moreover in 420/421 St Augustine refers to recently pacified tribes (*gentes pacatae*) now in the service of Rome (*Epistulae* 199; cf. Decret 1985).

The presence of a few Romanized communities amongst the Berber population of transhumant pastoralists-cum-terrace farmers in the high steppe and mountains to the south of the Mauretanian province will have provided the federate chieftains with some experience of maintaining authority over mixed populations (Lawless 1972a; 1972b; Rushworth 1992: 189-91). Examples of such possible Romanised settlements include the fortified site at Ferme Romanette, beside the Oued Ouerk (Benseddik 1980; Joly 1898) - a chieftain's residence or a military outpost protecting a remote settlement? - El Gahra, where the remains of a walled town with projecting towers were noted in the last century and pottery suggests occupation continued into the 5th century (AAA 47: 1; Daniels 1983: 12, 15-6; 1987; Lasalle 1889); and Djelfa, where the lettering of one Latin epitaph suggests Romanised settlement again persisted beyond the 3rd-century military outpost (*CIL* VIII 8804; AAA 46: 102; Rushworth 1992: 190; Salama 1977: 584-5).

With the collapse of central authority in the western Maghreb during the 5th century these local Berber chieftains established polities centred on the former *limes*. Their location on the territorial interface between two populations facilitated the control and exploitation of these twin human resources. The citizenry of the former Roman provinces provided the fiscal resources of the new state and were subject to some kind of formal administration, as indicated by the existence of named officials on the Altava and Volubilis inscriptions, whilst the tribes beyond the frontier provided the military manpower. Control over the latter was probably exercised through the manipulation of kinship networks and the distribution of lucrative offices, honours and titles to key individuals. To adopt the vivid analogy used by Gellner to describe the early-modern Moroccan state (1969: 3-4), the provincial *Romani* were the sheep to be shorn whilst the tribesmen were the sheepdogs who guarded the sheep and did the shearing.

The ethnic, functional duality of many of the late-antique successor states has often been stressed, most notably with regard to Theodoric's Gotho-Roman kingdom in Italy (cf. Moorhead 1992: 66-113, for example). Indeed it seems implicit in the titulature of such rulers (Fevrier 1988: 138). In most cases, however, the new ethnic, military arm of the state - the 'Goths', or 'Burgundians' for instance - settled within the former boundaries of the Roman Empire, whereas the tribal sheepdogs in the Mauro-Roman kingdoms of North Africa continued to occupy a territorial zone beyond the former imperial frontiers which remained, to some extent at least, distinct from that of the *Romani* (whatever we understand by terms such as 'Goth', 'Moor' or 'Roman').

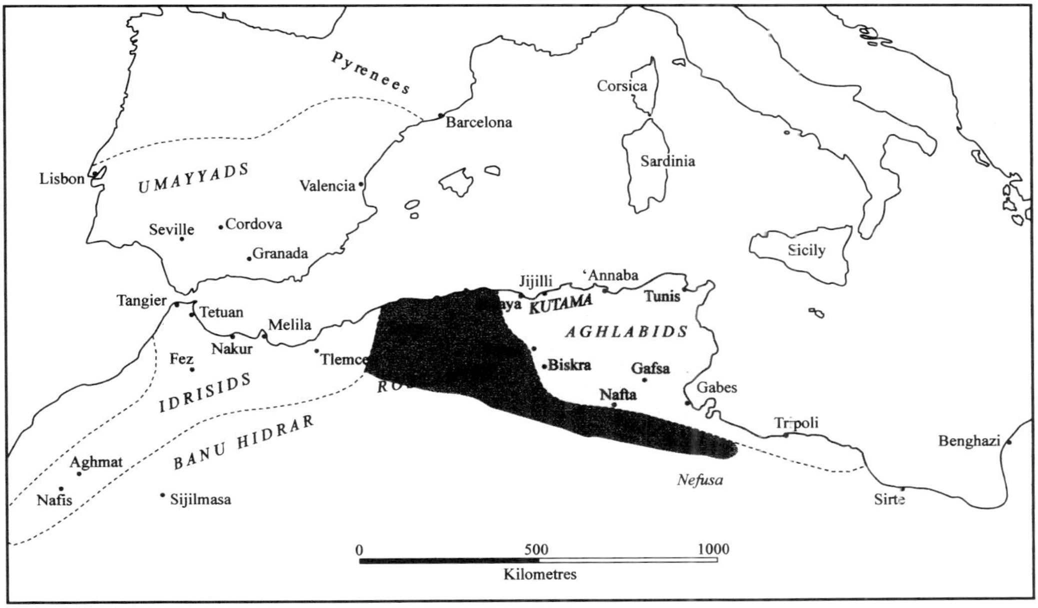

Figure 9 The Maghreb in the 8th-9th centuries AD.

Tribal states in the medieval Maghreb

Finally, some of the implications of the above for our understanding of the later history of state structures in the medieval Magheb can be explored. The areas discussed above as possibly forming the cores of sub-Roman successor states were each subsequently the focus of early-Islamic state-building activity during the 8th-9th centuries. Tahart, near Tiaret, was founded in the later 8th century as the capital of the Ibadite Rostemid state, its authority recognised throughout the pre-Saharan zone as far east as the Djebel Nefusa in Tripolitania (Abun-Nasr 1987: 42-9; Julien 1970: 26-33). The early-medieval prominence of Tlemcen has already been noted above. From 765-90 Tlemcen was the centre of a state established by the Beni Ifran under the leadership of their imam Abu Kurra. In 790 it fell under the authority of the Idrisid state, which was centred initially on Volubilis (*Walila*) and after 809 on Fez, which then replaced Volubilis as the principal political focus in the interior of Morocco. This continuity in the importance of certain sites or particular areas suggests that some of the basic arrangements underpinning the Moorish successor states remained in place during the 8th-9th centuries providing some form of infrastructure of governance, despite the lack of evidence for direct political and institutional continuity.

Secondly, numerous studies have focussed on the role of long-distance trade in the growth of urbanism in the pre-Saharan zone (e.g. Brett 1969; Lawless 1972c; 1973) - both north-south trans-Saharan exchange and east-west Maghreb-Mashriq commerce. Certainly its importance cannot be denied. But by shifting the political centre of gravity further southward, bringing it a little closer to the Saharan world and its Berber communities, the formation of dual states in the former frontier zone conceivably fostered the growth of trans-Saharan trade, which was certainly established by the 8th century (Lewicki 1962).

An even longer lasting theme in the historiography of the medieval Maghreb has been the role of tribes in state formation, the cyclical pattern - or 'circulation of elites' - first analysed by the great 14th-century historian and sociologist Ibn Khaldun, whereby particular tribal groups, the Kotama, Sanhaja, Zenata, etc., inspired and legitimised by a charismatic religious leader overthrew the old state order and established a new one (cf. Gellner 1981: 16-35; Lindholm 1996: 49-54). Although modern scholars would not now accept Khaldun's model without serious qualification, it would be absurd to deny the importance of the tribal society and the military power it contributed to medieval Maghrebi states. Khaldun indeed, particularly in his introductory *Muqaddimah*, emphasises the dual nature of North African states, analysing the tense and dynamic relationship between urban civilisation and the warlike tribes with their internal solidarity - *asabiyya* - both necessary for the continuance of the state yet inherently unstable in the longer term (cf. Gellner 1981: 27-9). This paper should show that these themes are worth exploring in the period prior to the Islamic conquest.

The Archaeological Practice, University of Newcastle upon Tyne

Acknowledgements
Many thanks to Geoff Harrison for organising the session and to the TRAC delegates, in particular Tim Potter and John Bintliff, for their comments. I would also like to thank Neil Christie for his comments on the initial draft and the editorial committee for their patient assistance.

Abbreviations

AAA Gsell, S. 1911. *Atlas Archéologique de l'Algérie*. References to sites entries in the Atlas are given in the traditional manner as *AAA* (sheet no.):(site no.).

AE L'Année épigraphique.

BCTH Bulletin Archéologique du Comité des Travaux Historiques et Scientifiques.

BSGAO Bulletin de la Société de Géographie et d'Archéologie d'Oran.

CIL Corpus Inscriptionum Latinarum.

MEFR Mélanges d'Archéologie et d'Histoire de l'École Française de Rome (until 1970)

MEFRA Mélanges d'Archéologie et d'Histoire de l'École Française de Rome, Antiquité (after 1970).

Bibliography

Abun-Nasr, J.M. 1987. *A History of the Maghrib in the Islamic Period.* Cambridge: Cambridge University Press.

Akerraz, A. 1985. Note sur l'enceinte tardive de Volubilis. *BCTH* ns 19b:429-438.

Albertini, E. 1928. La route-frontière de la Maurétanie Césarienne entre Boghar et Lalla Maghnia. *BSGAO* 48:33-48.

Augustine, *Epistulae*. Corpus Scriptorum Ecclesiasticorum Latinorum XXXIV, XLIV, LVII. Vienna.

Azema de Montgravier 1843. Observations sur les antiquités militaires de la province d'Oran et en particulier sur les ruines de Tiaret. *Le Spectateur militaire* 35:662-678 (with plans 1-2 at end of vol.).

Barfield, T.J. 1989. *The perilous frontier: Nomadic empires and China 221BC to 1757.* Oxford: Blackwell.

Benseddik, N. 1980. La Ferme Romanette, Ain Benia, Ain bent Soltaine: Fortins ou fermes fortifiées? In W.S. Hanson & L.J.F. Keppie (eds.) *Roman Frontier Studies 1979.* Oxford: BAR International Series 71, pp. 977-998.

Brett, M. 1969. Ifriqiya as a market for Saharan trade from the tenth to the twelfth century AD. *Journal of African History* 10:347-64.

Brett, M. 1999. *Ibn Khaldun and the Medieval Maghrib.* Aldershott: Ashgate Variorum.

Brett, M. & Fentress, E.W.B 1996. *The Berbers*. Oxford: Blackwell.

Buck, D.J., Burns, J.R. & Mattingly, D.J. 1983. Archaeological Sites of the Bir Scedua Basin: Settlements and Cemeteries. *Libyan Studies* 14:42-54.

Cadenat, P. 1953. Inscriptions latines de la région de Tiaret. *Libyca* 1:167-179.

Cadenat, P. 1957. Vestiges paléo-chrétien dans la région de Tiaret. *Libyca* 5:77-103.

Cadenat, P. 1979. Chapiteaux tardifs du limes de Maurétanie Césarienne dans la région de Tiaret. *Antiquités Africaines* 14:247-260.

Cadenat, P. 1988. Notes d'archéologie tiarétienne. *Antiquités Africaines* 24:43-66.

Cagnat, R.L.V. 1913. *L'armée romaine d'Afrique et l'occupation militaire de l'Afrique sous les empereurs*. Paris (repr. New York, 1975).

Camps, G. 1961. *Aux origines de la Berbérie: Monuments et rites funéraires protohistoriques*. Paris.

Camps, G. 1985. De Masuna à Koceila. Les destinées de la Maurétanie aux VIe et VIIe siècles. *BCTH* ns 19b:307-325.

Camps, G. 1984. *Rex gentium Maurorum et Romanorum*: Recherches sur le royaumes de Maurétanie des VIe et VIIe siècles. *Antiquités Africaines* 20:183-218.

Canal, J. 1889. Pomaria: Tlemcen sous la domination romaine. *BSGAO* 9:257-325.

Carcopino, J. 1940. La fin du Maroc romain. *MEFR* 57:349-448 = Carcopino 1943:231-304.

Carcopino, J. 1943. *Le Maroc antique*. Paris.

Courtois, C. 1955. *Les Vandals et l'Afrique*. Paris: Arts et Métiers Graphiques

CTh. Codex Theodosianus. Th. Mommsen, Berlin, 1905. Eng. trans. C. Pharr, *The Theodosian Code*. Princeton, 1952.

Dahmani, S. 1985. Note sur un exemple de permanence de l'habitat et de l'urbanisme de l'époque antique à l'époque musulmane: Agadir - Tlemcen. *BCTH* ns 19b:439-449.

Daniels, C.M.D 1983. Town Defences in Roman Africa: A tentative historical Survey. In J. Maloney & B. Hobley (eds.) *Roman Urban Defences in the West*. CBA Research Report 51. London: CBA, pp.4-19.

Daniels, C.M.D 1987. The Frontiers: Africa. In J.S. Wacher (ed.) *The Roman World*, I: London & New York: Routledge & Kegan Paul, pp.223-265.

Decret, F. 1985. Les *gentes barbarae* asservies par Rome dans l'Afrique du Ve siècle: Remarques d'Augustin d'Hippone sur un point d'histoire sociale et religieuse à la veille de l'invasion vandale. *BCTH* ns 19B:265-271.

Despois, J. 1942. La bordure saharienne de l'Algérie orientale. *Revue Africaine* 86:196-219.

De Planhol, X. 1962. Caractères généraux de la vie montagnarde dans le Proche-Orient et dans l'Afrique du Nord. *Annales Géographiques* 384:113-130.

De Planhol, X. 1968. *Les fondements géographiques de l'histoire de l'Islam*. Paris: Flammarion.

Despois, J. 1964. *L'Afrique du Nord*. Paris (1st edn. pub. 1949).

Fabre, S. 1900. Note sur la ville romaine de Tiaret. *BSGAO* 20:45-46 & plan.

Fabre, S. & Pachtere, F.G. de, 1912. Nouvelle inscription de Tiaret. *BSGAO* 32:547-548.

Fentress, E.W.B. 1979. *Numidia and the Roman Army: Social, Military and Economic Aspects of the Frontier Zone*. Oxford: BAR International Series 53.

Fevrier, P.A. 1986. Aux origines du christianisme en Maurétanie Césarienne. *MEFRA* 98.2:767-809.

Fevrier, P.A. 1988. Masuna et Masties. *Antiquités Africaines*, 24:133-147.

Fort, Lt.1908a. Les ruines romaines d'Ain Sbiba. *BSGAO* 28:21-36 & pls.I-VII.

Fort, Lt.1908b. Notes pour servir à la restitution de la frontière romaine au sud de la Maurétanie Césarienne. *BCTH* 1908, 261-284 & plate xix.

Gellner, E.A. 1969. *Saints of the Atlas*. London: Weidenfeld & Nicholson.

Gellner, E.A. 1981. *Muslim Society*. Cambridge: Cambridge University Press.

Goodchild, R.G. 1954. La necropoli Romano-Libica di Bir Ed-Dreder. *Quaderni di Archeologia della Libia*, 3:91-107 = (Eng trans.) Goodchild 1976:59-71.

Goodchild, R.G. 1976. *Libyan Studies: Select Papers of the late R.G. Goodchild*. (ed. J.M. Reynolds) London.

Gsell, S. 1901. *Les monuments antiques de l'Algérie*. Paris, 2 vols.

Gsell, S. *AAA. Atlas Archéologique de l'Algérie*. Paris & Algiers, 1911.
Gsell, S. 1928. La Christianisme en Oranie avant la conquête arabe. *BSGAO* 48:17-32.
IAM II Inscriptions Antiques du Maroc 2 - *Inscriptions Latines*. M. Euzennat, J. Marion, J. Gascou & Y. De Kisch (eds). Paris: CNRS: Études d'Antiquités Africaines 1982.
Ibn Khaldun, *Kitab al-'Ibar*. French trans. M de Slane *Histoire des Berbères* (sections dealing with North Africa only). Paris, 1852, rev. 1925.
Ibn Khaldun, *Muqaddimah*. Eng. trans. F. Rosenthal *The Muqaddimah: an introduction to history*. (3 vols) Princeton, 1967 (2nd edn.).
Joly, A. 1898. Ruines romaines de l'Oued-Ouerq, près de Chellala (Algérie). *BCTH* 1898, 188-191.
Joly, A. 1909. Répartition et charactère des vestiges anciens dans l'Atlas tellien (Ouest Oranais) et dans les steppes oranaises et algézaires. *Revue Africaine* 53:5-19.
Joly, A. 1910. Ruines et vestiges anciens dans les provinces d'Alger et d'Oran. *Revue Africaine* 54:393-404.
Julien, C.A. 1970. *History of North Africa: Tunisia - Algeria - Morocco. From the Arab Conquest to 1830*. (trans J. Petrie, ed. C.C. Stewart). London.
Kadra, F. 1974. *Les Djedars, monuments funéraires berbères de la region de Frenda (Wilaya de Tiaret, Algérie)*. Aix en Provence: These de troisieme cycle.
Kadra, F. 1979. Der Djedar A von Djebel Lakhdar, ein spates Berbermonument. In H. G. Horn & C.B. Ruger (eds.) *Die Numider: Reiter und Konige nordlich der Sahara*. Bonn/Koln: Rheinisches Landesmuseum Bonn.
Kadra, F. 1983. *Les Djedars, monuments funéraires berbères de la region de Frenda (Wilaya de Tiaret, Algérie)*. Algiers.
La Blanchere, M.R. de 1883. Voyage d'étude dans une partie de la Maurétanie Césarienne. *Archives des missions scientifiques et littéraires* 3rd series, 10:1-129.
Lassalle, E. 1889. Ruines de Kharbet-El-Gara (Algérie). *BCTH* 1889, 393-395.
Lawless, R.I. 1970. *Mauretania Caesariensis: An Archaeological and Geographical Survey*. University of Durham: unpublished. PhD thesis.
Lawless, R.I. 1972a. The Lost Berber Villages of Eastern Morocco and Western Algeria. *Man* 7:114-121.
Lawless, R.I. 1972b. L'évolution du peuplement, de l'habitat et des paysages agraires au Maghreb. *Annales de Géographie* 81:451-464.
Lawless, R.I. 1972c. The Concept of *Tell* and *Sahara* in the Maghreb: a Reappraisal. *Transactions of the Institute of British Geographers* 57:125-137.
Lawless, R.I. 1973. Population, Resource Appraisal and Environment in the Pre-Saharan Zone of the Maghreb. In *Maghreb et Sahara: Études géographiques offertes à Jean Despois*. Paris. pp. 229-237.
Lenoir, E. 1985. Volubilis du bas-empire a l'époque islamique. *BCTH* ns 19b:425-428 & 437-438.
Lenoir, E. 1986. Plaine et montagne en Tingitane méridionale: II. Les fossiles directeurs et l'histoire des sites. In *Histoire et archéologie de l'Afrique du Nord, IIIe Colloque International - Montpellier 1985*, Paris: CTHS, pp.239-245.
Lewicki, T. 1962. L'État nord-africain de Tahert et ses relations avec le Soudan occidental à la fin du VIIIe et au IXe siècle. *Cahiers d'Études Africaines* 8:513-535.
Lindholm, C. 1996. *The Islamic Middle East: an historical anthropology*. Oxford (UK) & Cambridge (USA): Blackwell.
Marcillet-Jaubert, J. 1968. *Les inscriptions d'Altava*. Aix en Provence: Annales de la Faculté des Lettres 65.
Matthews, J.F. 1976. Mauretania in Ammianus and the Notitia. In R. Goodburn, & P. Bartholomew, (eds.) *Aspects of the Notitia Dignitatum*. Oxford: BAR International Series 15: pp.157-186.
Mattingly, D.J. 1987. Libyans and the 'Limes': Culture and Society in Roman Tripolitania. *Antiquités Africaines*, 23:71-94.
Moorhead, J. 1992. *Theoderic in Italy*. Oxford: Clarendon Press.
Not. prov. Notitia Provinciarum et Civitatum Africae. Corpus Scriptorum Ecclesiasticorum Latinorum VII 118-134.

Pringle, D. 1981. *The Defence of Byzantine Africa from Justinian to the Arab Conquest*. Oxford: BAR International Series 99 (2 vols.).

Rakob, F. 1979. Numidische Königsarchitektur in Nordafrika. In H. G. Horn & C.B. Ruger (eds.) *Die Numider: Reiter und Konige nordlich der Sahara*. Bonn/Koln: Rheinisches Landesmuseum Bonn.

Rushworth, A. 1992. *Soldiers and Tribesmen: The Roman Army and Tribal Society in Late-Imperial Africa*. University of Newcastle upon Tyne: unpublished PhD thesis.

Rushworth, A. 1996. North African deserts and mountains: comparisons and insights. In D.L. Kennedy (ed.) *The Roman Army in the East*. Ann Arbor, Michigan: Journal of Roman Archaeology supplementary series 18. pp.297-316.

Salama, P. 1953 & 1955a. Nouveaux témoignages de l'oeuvre des Sévères dans la Maurétanie Césarienne. *Libyca*, 1:231-261 & 3:329-365.

Salama, P. 1955b. Aioun Sbiba: Identification de la ville romaine. *Libyca*, 3:173-177.

Salama, P. 1966. Occupation de la Maurétanie Césarienne occidentale sous le Bas-Empire romain. In R. Chevallier (ed.) *Mélanges d'archéologie et d'histoire offerts à Andre Piganiol* III, pp.1291-1311.

Salama, P. 1977. Les déplacements successifs du limes en Maurétanie Césarienne (Essai de synthèse). In J. Fitz (ed.) *Limes: Akten des XI Internationalen Limeskongresses*. Budapest. pp.577-595.

Warmington, B.H. 1954. *The North African Provinces from Diocletian to the Vandal Conquest*. Cambridge: Cambridge University Press.

The application of GIS to the study of settlement patterns: Silchester, a case study

by Devon Tully

Introduction

Over the last twenty years there has been a move away from site-centred archaeology to off-site archaeology and a wider regional approach, in order to understand the changing Late Iron Age and Roman landscape. Site-centred archaeology has been a rich source of information on the Late Iron Age and Roman period in southern Britain, but offers limited evidence for the elucidation of the social and economic structure. Off-site archaeology provides information on the local context and function of the site, and a regional approach can attempt to place all the components within their contemporary landscape. This allows for a greater understanding of the interrelationships of sites, as well as their socio-economic organization. All levels of the settlement pattern from the individual site to the local region and broader landscape should be considered.

Much research has, however, been hampered by a concentration on certain site-types, such as towns, villas and *oppida*, which have largely been viewed in isolation. All of these site-types are components of the settlement pattern of Iron Age and Roman Britain and cannot be fully understood on their own. A number of regional studies, also examine the Iron Age and Roman periods in isolation, with sometimes little regard to the chronological developments occurring within each broad time span. Other works involve a piecemeal examination of sites and general trends, rather than an assessment of the interrelationships of sites.

This paper will examine the settlement changes occurring in Britain from the Late Iron Age to the Middle Roman period, that is 100 BC to AD 200. In particular, it will look at the changing settlement pattern within a 30 km radius of Silchester and the relationships between Silchester and its hinterland. The approach taken will be to examine the settlement pattern in a very descriptive and subjective way, followed by a more objective approach using a Geographical Information System (GIS) as an analysis tool.

Methodology

In order to understand the changing settlement pattern and the relationship between so-called *foci* and other settlements, the study region was centred on a *civitas* capital. Silchester was chosen because of the extensive excavation of the site and as its hinterland offered a variety of environments. The area studied (2827.8 km^2) includes a large number of excavated sites, at least one small town and the regions examined in the surveys of the Middle Thames and Kennet (Gates 1975; Lobb & Rose 1996), but excludes further *civitas* capitals. The data for this study were derived from published excavation reports and surveys recording sites dating roughly to the Late Iron Age and Early to Mid-Roman period. Information was also obtained from Hampshire County Council and BABTIE.[1]

The data for the sites of the Late Iron Age and Roman period (e.g location, site-type, morphology, pottery types, coin evidence and so on) were then recorded in a relational database, so that it could be queried for patterns and be reproduced in tabulated form. The data were examined descriptively and subjectively before being incorporated into a GIS: "a computer-based information system that enables the capture, retrieval, analysis and presentation of geographically reference data" (Worboys 1995: 1), especially of settlements in their environmental context. GIS are being incorporated into research methodologies more and more each year, but have been criticised for environmental determinism, a functionalist approach, empiricism and reducing the real world to simplistic variables (Gillings 1997). Yet environmental factors are important, and analysis must be reduced to a limited number of variables in order to elucidate the factors affecting the settlement pattern. Social and cultural factors are also increasingly prevalent in GIS (Gillings 1997).

A GIS was set up using ARCVIEW and containing the following themes: geology, rivers, Late Iron Age sites, Roman Roads and Early to Mid-Roman sites. The attributes attached to the sites within the database were brought into the GIS and this system could be queried to search for patterns and models.

The potential of the database and the GIS itself are, however, limited by the nature of the available evidence. Significant limitations include the difficulty of not only obtaining dating evidence, but of identifying continuity, distinguishing between immediate pre and post conquest finds, and so on. The extent of excavation and the information provided in the archaeological reports also varies greatly. Furthermore, there is bias in the archaeological research of the region, with a concentration on the river gravels of the Thames and Kennet, and on the Hampshire chalk. A small proportion of these sites have been excavated and of those many were rescue excavations.

The Late Iron Age

The subjective analysis of this region begins with Silchester itself, which lies around 90 m above sea level, on the eastern end of a spur of plateau gravel (SU 640 623) (Boon 1974: 36; Fulford 1987: 271). The earliest structural remains from Silchester (round houses, a well and rubbish pits) date from the mid-first century BC. At this time Silchester is thought to have been densely occupied, extending over 32 ha. In the later first century BC, the settlement became more organized, as evidenced by rectangular building plots aligned along two roads, which intersect at right angles (Fulford 1987: 272-7). Finds associated with this Late Iron Age occupation included bronze and iron brooches, imported pottery, baked clay coin moulds and other evidence of metalworking (Fulford 1987: 275).

There is, therefore, no doubt that during the Late Iron Age from the mid-first century BC, Silchester was the site of a very large, expanding, organized, wealthy, and prosperous settlement. Numerous domestic residences must have existed here, as well as workshops. Silchester is traditionally interpreted as an *oppidum* of the Atrebates and may have begun as an élite residence, with other élite settlements located in the countryside. Then gradually, with the increasing importance of the tribe and consolidation under one ruler, Silchester may have taken on the role of tribal centre (Millett 1990: 20-21, 25-28).

Yet the soil in the immediate vicinity of Silchester is of poor quality for agriculture and is subject to seasonal flooding, owing to the underlying heavy clays. The land is more suited to pasture (Anon. 1983; Mackney et al 1983). This is supported by pollen analysis, which tells us that the landscape was very open and that there was much pasture around the amphitheatre in the Pre-Roman and Roman period (Scheepen 1989: 159). Certainly the region had been sparsely populated in the earlier Iron Age (Lambrick 1992: 80, 83), a situation which was perhaps owing to the poor quality of the land. This supports the suggestion that Silchester was the *oppidum* established by *Commius* and his followers when they fled to Britain around 50 BC (Cunliffe 1984: 36; Fulford 1987: 277).

Despite the shortcomings of Silchester's location, the occupants of Late Iron Age Silchester must have exploited the immediate landscape. On the above evidence and the limited amount of pottery found outside the Inner Earthwork (Corney 1984: 249-253), there is little indication of manuring and cultivation at this time. Thus, the main landuse was probably grazing. It is likely, however, that cultivation did take place on the well-drained gravel soils to the north and north-west, as well as on the fertile sloping soils south of Silchester (Boon 1974: 243). But it is not necessarily the case that all or even most of the inhabitants of Late Iron Age Silchester were engaged in farming practices. Industry may have been more important than previously acknowledged (Fulford 1982: 406-408).

Those excavated sites within 30 km of Silchester provide much information and have led to the recognition of certain trends in the region. At the beginning of the first century BC there were a number of changes occurring in the landscape. Not only were a number of previously abandoned sites reoccupied, but there was a move away from those sites occupied in the Middle Iron Age (Lambrick 1992: 83). It was at this time that, a number of hillforts were abandoned, and *oppida* began to appear in the landscape. An intensification of arable and pastoral regimes also occurred (Fulford 1992; Lambrick 1992), and there was a general move to valley-side sites. In fact, survey data suggest there was an increased use of the river gravels of the Middle Thames and Kennet, and of the floodplain of the Kennet Valley (Ford 1987: 78; Lambrick 1992: 86, 99; Lobb & Rose 1996: 84). This points to a very organized landscape and parallels the increasingly organized arrangement at Silchester. In contrast, the Hampshire and Berkshire chalk may have been more sparsely settled than the gravels, especially the Berkshire Downs (Richards 1978: 47).[2] This may be similar to the model propose by Hingley (1984, 1988) for the Upper Thames Valley, with dense largely unenclosed settlements in the Clay Vale and sparse predominantly enclosed settlements in the Cotswold uplands.

Most of the Late Iron Age excavated settlements within 30 km of Silchester (of which there are few), appear to have been farmsteads, with evidence of agriculture, animal husbandry and other domestic activities. Many of these settlements are situated around 100 m above sea level, lie within enclosures (30-50 m long) and are surrounded by field systems and droveways. Such settlements have been considered typical of Hampshire (Cunliffe 1984: 34). A preference has also been noted for the light soils and the south facing slopes of the chalk (Richards 1978: 38). Cattle and sheep appear to have been of the utmost importance and pollen analysis from many sites points to much open grassland (e.g. Oakbridge and Pingewood).

Other types of settlements, especially nucleated ones, are much harder to identify in this region, owing to the limited extent of many excavations, the piecemeal recognition of sites and the difficulty of recognizing unenclosed settlements. It is also difficult to suggest the proximity of enclosures making up a village or hamlet. The supposed complex at Blagdon Copse contains enclosures linked by trackways, yet the structures are located over 250 m apart (Corney 1989: 112-116). It is more likely to be a wealthy estate. Its high status is shown by the numerous coins and imports found associated with this complex. No Late Iron Age villages or hamlets have, thus far, been identified in this region, as is the case in the Upper Thames Valley (Miles 1989: 65), although the concentration of finds around Newbury and Reading may suggest some sort of nucleated settlement. Villages have been identified outside this region, however, and it has been suggested that they may be more prolific than they appear at present (Dark & Dark 1997: 54).

It should also be noted that although industrial activity was being undertaken within the region, only very small-scale industry, such as ironworking and domestic pottery kilns, can be identified. The site or vicinity in which Silchester ware (originating towards the end of the Late Iron Age) was made has not been identified. All that can be said is that it must have been manufactured near Silchester (Charles 1979; Fulford 1982: 411).

There is general agreement that during the Late Iron Age a prestige goods economy operated (Millett 1990: 38). In such an economy, wealth and status is assumed to be indicated by goods, such as imported pottery and wine *amphorae*. When one looks at the sites individually, it can be seen that not all sites located in close proximity to Silchester appear to have been wealthy or of high status. Sites such as Oakbridge, around 9 km from Silchester, revealed evidence of an expanding settlement, although not necessarily a wealthy one. At Blagdon Copse, around 29 km away, there was a large and prosperous estate, with many signs of wealth.[3] The lack of wealth close by may suggest that Silchester drained the resources of the nearby farmsteads (perhaps occupied by the dependants of the social élite at Silchester), and so prevented them from becoming very wealthy. Those sites located further from Silchester may have had a better chance of obtaining wealth and may have been settlements of the aristocracy. If the élites originally resident at Silchester controlled a large area close to the town, perhaps other élites could only control land further afield. It is also possible that the distribution of wealth was affected by sub-tribal divisions or the pull of other *foci* such as Winchester to the south-west and Dyke Hills, Dorchester-on-Thames, to the north.

Other than points such as these, little else can be said of the settlement pattern on a purely descriptive level, unless one starts quoting the number of sites which show continuous occupation from the Late Iron Age to the Roman period, the dates of occupation, the sizes of enclosures and the like. It would seem more profitable, therefore, to examine site location using a GIS.

Within the GIS, when the distribution of those sites exhibiting evidence of Late Iron Age occupation (thirty-seven) was considered, the sites initially appeared to concentrate along the river valleys (fig. 1), a pattern seemingly supported by earlier survey work (Ford 1987; Lobb & Rose 1996). Yet, when a query was run on the data, it was discovered that only thirteen sites lay within 500 m of a river, although twenty-five were situated within 1 km of a river. This distribution is accounted for by the fact that only the more extensive river gravels were occupied. It would certainly be a valuable exercise to examine the proximity of sites to rivers and their location in the valleys, using a Digital Elevation Model (DEM), which could examine the relation between elevation and settlements.

It is also revealed that, with regard to geology (Fig. 2), the Late Iron Age sites concentrated on the Upper Chalk, where fifteen of the sites were located, while nine others lay on London Clay and five on the Reading Beds. Few sites were located on any other geological type. Although the chalk is more extensive than other types of geology, survey work supports this as an accurate distribution (Lobb & Rose 1996: 18).

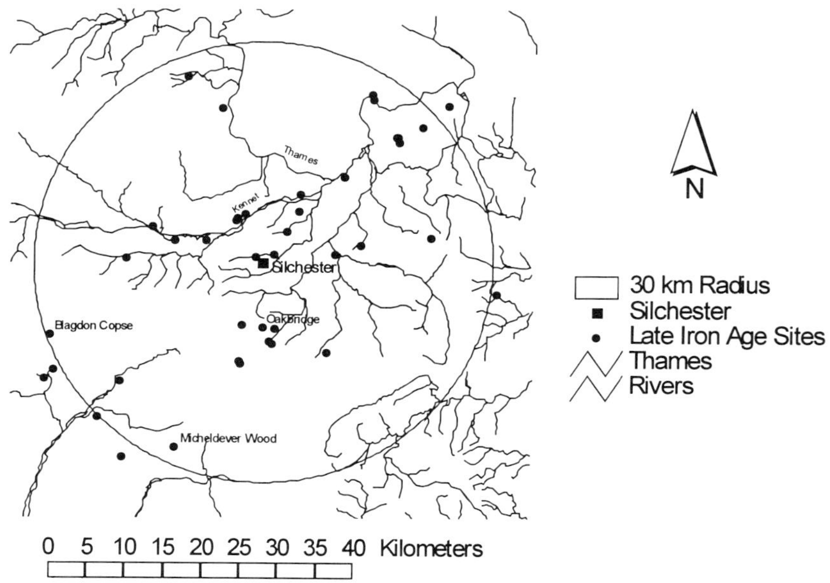

Figure 1 Late Iron Age sites and their relationships to rivers (Reproduced from Ordnance Survey maps with the permission of The Controller of Her Majesty's Stationary Office, ©Crown Copyright NC/99/205).

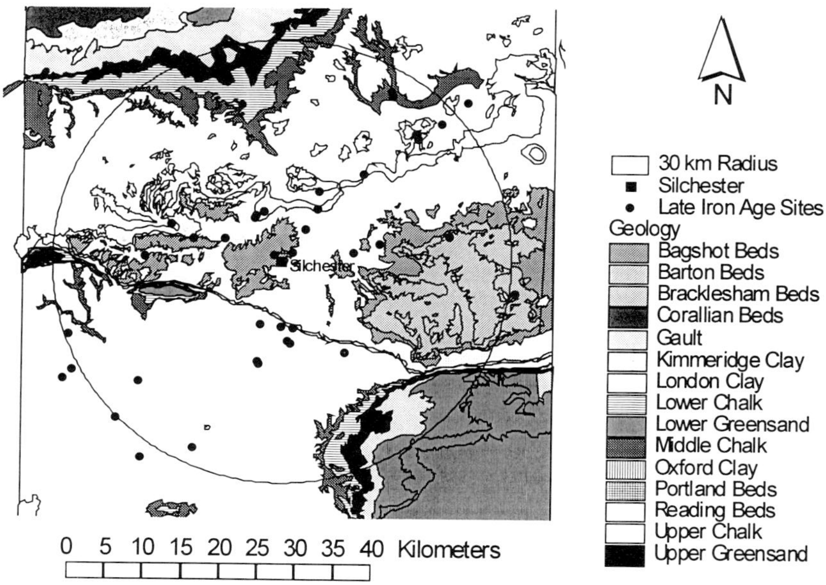

Figure 2 Late Iron Age sites and their relationships to geology (1:250,000 Solid Geology, Licence 2000/03, British Geological Survey. © NERC. All rights reserved).

The GIS was also queried on the proximity of Late Iron Age sites to Silchester and it revealed that there were two sites within 5 km, three within 6 km and fourteen within 10 km of Silchester. A field which calculated the distribution of each site from Silchester was then created (using the field calculator), revealing a mean distance of sites from Silchester of approximately 17 km. This supports the suggestion that the inhabitants of Silchester directly exploited a large area. Otherwise the mean distance of sites may have been smaller.

As mentioned above, the sites lying closest to Silchester exhibited little evidence of wealth, despite their proximity to a settlement which some may consider a market centre (Lobb and Rose 1996: 85). Some light is shed on Silchester's role when the distribution of the earliest Silchester ware and imported pottery from the Late Iron Age sites is examined. While Silchester ware (fig. 3) does appear to concentrate around Silchester, it is not found at all sites lying close to the town. Few of the thirty-seven sites actually yielded evidence of early Silchester ware. Those sites that produced imported pottery (Fig. 3), though, again, few in number (nine), tended to be located further afield. This is indicative of different methods of distribution, with Silchester ware perhaps being marketed from the settlement itself and the imported pottery being distributed along social lines. Furthermore, when the distribution of the Late Iron Age coinage of the region is examined, it appears that Silchester is not the only site exhibiting a concentration of coins (Fig. 4).[4] The larger concentrations represent hoards and are unlikely to indicate settlement sites. Yet even with these sites removed from the equation, the number of coins found at Silchester by no means greatly exceeds that at other sites. Coinage is, in fact, found dispersed throughout the whole region. It does not concentrate in and around Silchester. All of this argues against the idea of a market economy, with Silchester acting as a market centre. Rather, it supports Hodder's (1979) suggestion of an embedded economy.

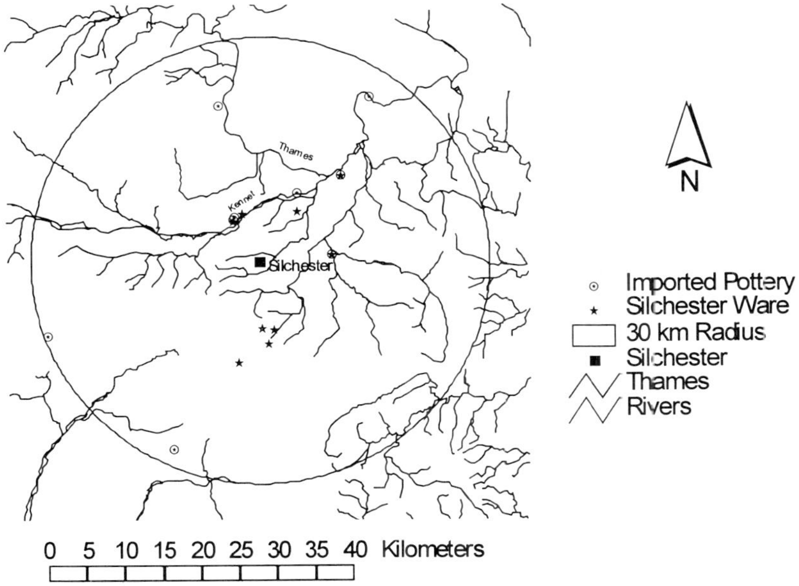

Figure 3 Late Iron Age sites at which Silchester ware and imported pottery were found (Reproduced from Ordnance Survey maps with the permission of The Controller of Her Majesty's Stationary Office, ©Crown Copyright NC/99/205).

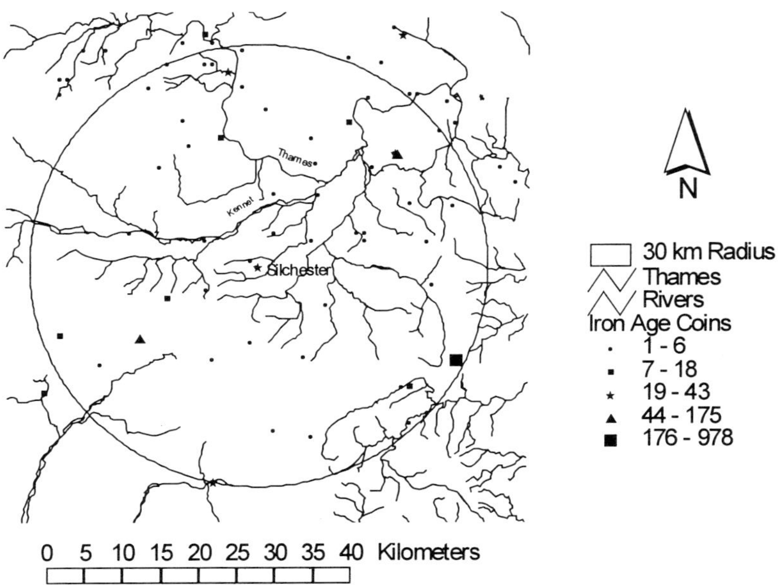

Figure 4 Distribution of Late Iron Age coinage (Reproduced from Ordnance Survey maps with the permission of The Controller of Her Majesty's Stationary Office, ©Crown Copyright NC/99/205).

The extent of analysis that could be undertaken here is limited by the themes within the GIS and the nature of the evidence. Nevertheless, the use of a GIS, placing the sites spatially within the landscape, can be seen to extend the assessment of such sites beyond the mere description of their attributes and a static distribution map.

The Early to Mid-Roman Period

The data for the Roman period were analysed in a similar way to those for the Late Iron Age, again beginning with a look at Silchester itself. The Late Iron Age occupation underneath the basilica continued into the pre-Flavian era, when two buildings or two wings of a courtyard house were constructed, possibly for administrative purposes (Fulford 1985: 56-57). A number of other structures were also dated to this early period, such as the bath house in *insula* XXXIII, the temples in *insula* XXX (possibly on sites sacred in the Late Iron Age) and XXXV, buildings in *insula* XXIII and IX, and the amphitheatre (Boon 1974: 46-47, 153,155).

During the Flavian period a new street grid was constructed and the timber forum-basilica was built. It was also from the Flavian period on that the settlement greatly expanded, as indicated by the occupation and finds outside the eastern gate of the later Roman wall, and by the excavations at Manor Farm (Corney 1984: 257, 288; Fulford 1984: 37-40).

The timber forum-basilica was then replaced in stone in the second century (Fulford 1985: 56-58). In fact, most of the excavated structures within the Roman town were masonry buildings and probably date no earlier than the second century AD (Bates 1983: 134). These buildings form a distinct pattern, with each square *insula* containing a couple of major structures and much open ground; this has been interpreted as evidence of the agricultural basis of the settlement (Boon 1974: 53). It was also during the second century that a number of mosaics, hypocausts and courtyard houses appeared, indicative of the greater investment of wealth in the town and of the prosperity of the inhabitants (Bates 1983). A number of shops have also been recognized and there is much evidence of industry, such as tanning and metalworking (Boon 1974: 53-54, 267-295). Silchester was, therefore, a large, expanding, increasingly organized and prosperous nucleated settlement, which was progressively invested with visible wealth in the Early to Mid-Roman period. These developments at Silchester can be accounted for by the new role of the settlement as an administrative centre, from which taxes were collected. The *civitas* capital was still administered by the native élite, who now displayed and maintained their status and power through the administrative system and access to Roman goods and styles (Millett 1990: 68).

Despite the changes occurring at Silchester, the hinterland of the Roman period was probably used in much the same way as it had been in the Late Iron Age. Such use was determined by soil types and geology. Yet, the expanding nature of the settlement probably indicates the exploitation of a hinterland larger than that of the earlier period. Farming pursuits may not have been the only focus of the occupants, however, since those Early to Mid-Roman sites located closest to Silchester appear to have been largely industrial sites, as suggested by kiln evidence (Corney 1984: 246, 283).

A range of site-types similar to that in the Late Iron Age existed during the Early to Mid-Roman period, and a few new site types appeared, such as villas and small towns. The same distribution of sites existed, although there was a greater number of them (forty-nine). There was certainly a fair degree of continuity from the Late Iron Age and into the Roman period, even if not all Roman sites revealed evidence of Late Iron Age occupation. The river gravels were still densely settled, although there was a move towards heavier soils and increasing use of the floodplain in the Kennet, perhaps owing to an increasing population (Lobb & Rose 1996: 86, 88; Fulford 1992). The distribution of Silchester ware and imports found at these sites, while found at a greater number of settlements, is similar to that of the preceding period, supporting the idea of the continuation of an embedded economy (Millett & Graham 1986: fig. 103).

Much of the continuity can be accounted for by the fact that many of the changes that began in the Late Iron Age continued into the Roman period. Furthermore, if the area around Silchester was within the region ruled by Cogidubnus in the post-conquest period and then administered through the native elite, there was little reason for disruption. It has also been argued that the taxes imposed (a form of which would have existed in the Late Iron Age) would not have been excessive (Millett 1990: 66-67, 73-74) and that the army would not have been a large burden on the native farmers, as they were not in southern Britain for long (Millett 1990: 59, 77-78).

Yet it does appear that those sites which were first occupied in the Early and Middle Iron Age were the ones that were abandoned during the first and second century AD, while those originating in the Late Iron Age/Conquest period display much more continuity of occupation (Fulford 1992: 27).[5] It is probable that many people were attracted to Silchester by trade, luxury items and opportunities offered there and this may account for some discontinuity, but it could merely be a reflection of the high mobility of settlements (Fulford 1992; Lambrick 1992).

It was, in fact, during the Early to Mid-Roman period that villas first appeared, their owners preferring the Upper Chalk and Reading Beds to the London Clay and River Valleys (Ford 1987: 93). Most of these only appeared in the landscape when masonry buildings began at Silchester, although some did develop earlier. The preference for villas on the chalk parallels the preference for villas in the Cotswold Uplands noted by Hingley (1984; 1988). It is perhaps suggestive of large élite estates on the chalk from an early date, with the smaller farmsteads perhaps indicative of estate workers or dependants. The later adoption of the Romano-British style of villa is merely part of the new means of displaying wealth and status. The lack of villas on the gravels may simply result from limited holdings from which to derive wealth or a lack of stone on the gravels (Fulford 1992: 37; Hingley 1988: 91; Miles 1989: 65).

Other sites also began at this time, for example small towns and industrial sites. It was in the first century AD that a number of small scale industrial sites appeared, largely lying close to Silchester, as well as in the Farnham district.[6] The Farnham potteries must have been situated to exploit the clay of the Lower Greensand and Gault in the south-east, as well as the Reading Beds (Lyne & Jefferies 1979: 11-12). The potteries are connected to the development of one centre: the small town at Neatham originated at this time, probably around AD 70, beginning as a small nucleated settlement, probably acting as a market for the nearby potteries (Millett & Graham 1986: 157). No other small towns have been positively identified in this region, although the Antonine Itinerary does mention a site called *Spinis*, possibly modern day Speen (Lobb & Rose 1996: 86-88). There may also be nucleated sites indicated by concentrations of finds, for example around Reading and Newbury, and it should be noted that the Roman small town at Dorchester-on-Thames lies just to the north of the region. Elsewhere in the study zone the impetus for the development of small towns (e.g. from industry) may have been lacking.

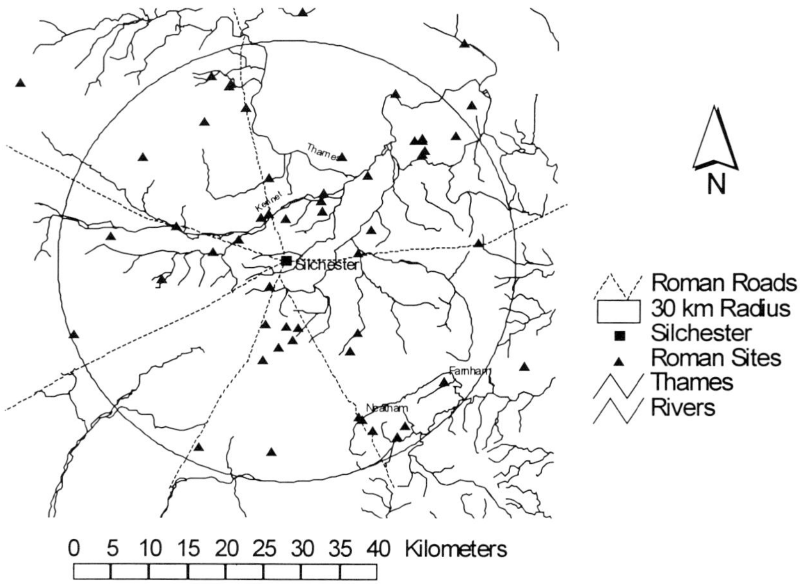

Figure 5 Early to Mid-Roman sites and their relationships to rivers and Roman roads (Reproduced from Ordnance Survey maps with the permission of The Controller of Her Majesty's Stationary Office, ©Crown Copyright NC/99/205).

Such is the general extent of information to be gained from the distribution of sites from a subjective type of analysis. Yet, as with the Late Iron Age data, this analysis can be extended using the GIS already described, placing the sites in their correct geographical context. Again there appears to have been a large area of hinterland exploited directly by the inhabitants of Silchester (Fig. 5). Only two settlements were located within 7 km of Silchester and twelve within 10 km. Furthermore, a field which was created to calculate the distance of each site from Silchester, indicated that the mean distance of sites was 24 km. This supports the suggestion that the people of Silchester exploited a larger hinterland than in the preceding period, possibly because of an increasing population. Other people living in the countryside may have moved to Silchester itself or to estates as workers.[7]

With regard to proximity to rivers (Fig. 5), there was a similar distribution to that of the Late Iron Age. Seventeen sites were located within 500 m and thirty-one within 1 km. There was also a similar distribution with regard to geology. As in the Late Iron Age there was a preference to locate the Early Roman sites on the Upper Chalk, London Clay and Reading Beds, but there was also an increased use of other classes of geology, such as the Lower Greensand. This is indicative of the expansion of settlements and the greater use of clays for industrial activity.

The relation between major Roman roads and settlements was also assessed, revealing that only seven sites were located within 500 m of a Roman road. This is to be expected, since the roads were constructed for military purposes and communication between towns, forts, *mansiones* etc. (Dark & Dark 1997: 49-50), rather than for farmsteads and villages.

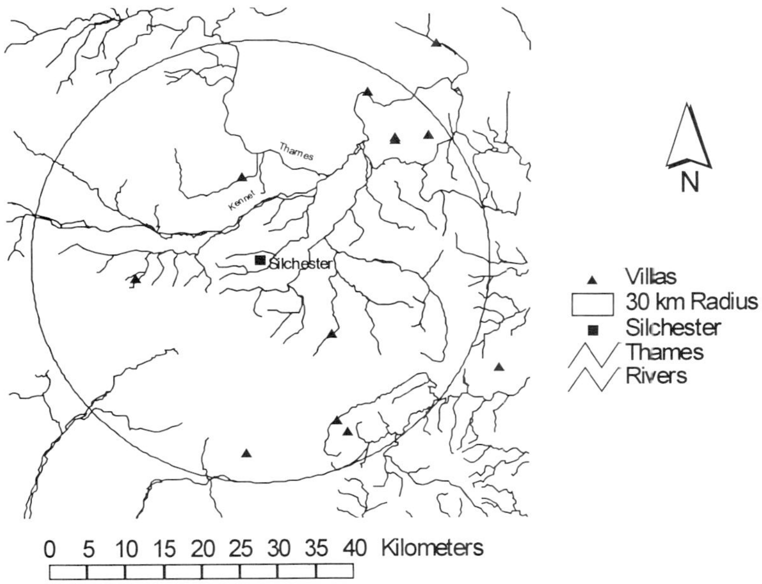

Figure 6 Early to Mid-Roman sites distinguished as villas (Reproduced from Ordnance Survey maps with the permission of The Controller of Her Majesty's Stationary Office, ©Crown Copyright NC/99/205).

By querying the attribute-data, the GIS was also able to reveal trends of site-types and changes over time. For example, the villas appear to have been located a fair distance from Silchester, predominantly on the Upper Chalk, out of range of Silchester's immediate hinterland (Fig. 6). There was perhaps better land and more of it further from Silchester or perhaps this was where the élite residences were located from the Late Iron Age on. With regard to chronology, when selecting those sites which do not appear to have been occupied until the second century AD (Fig. 7), it became apparent that they, too, were situated some distance from Silchester. This may have been a result of the towns expansion. Those sites, however, with occupation continuing into the fourth century AD were located closer to Silchester (Fig. 8).

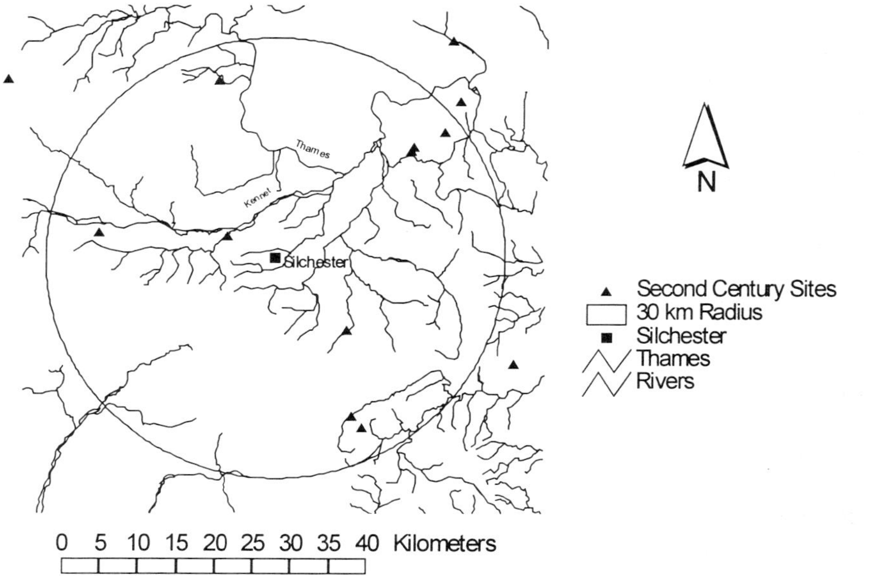

Figure 7 Early to Mid-Roman sites not occupied until the second century AD (Reproduced from Ordnance Survey maps with the permission of The Controller of Her Majesty's Stationary Office,©Crown Copyright NC/99/205).

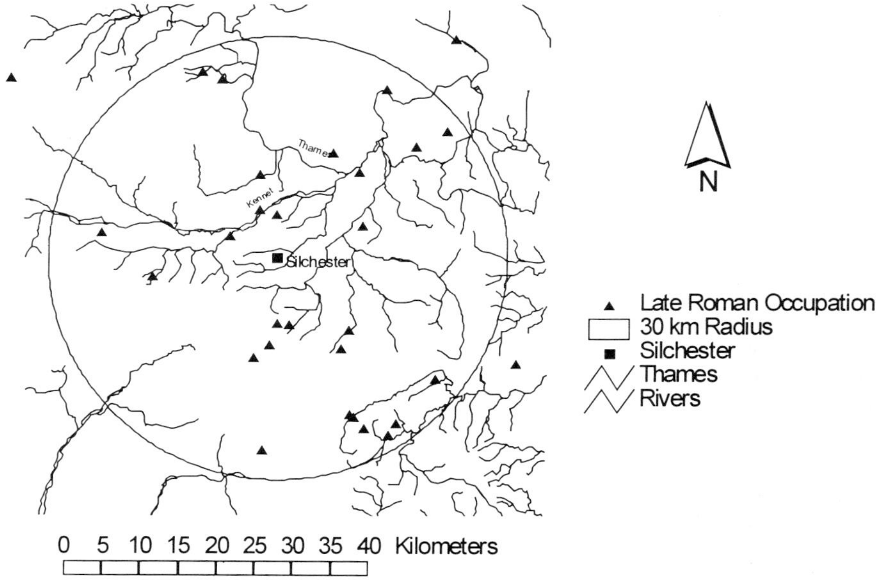

Figure 8 Early to Mid-Roman sites with occupation continuing into the Late Roman period (Reproduced from Ordnance Survey maps with the permission of The Controller of Her Majesty's Stationary Office, ©Crown Copyright NC/99/205).

Conclusion

There were many changes occurring from the Late Iron Age to the Roman period, involving a constant restructuring and increasing organization of the landscape. The major impact of the Roman conquest was perhaps the availability of a new means of displaying and maintaining power through the conspicuous consumption of Roman imports, the use of Roman architectural styles and involvement in Roman administration. This led to the creation of villas and the development of *Calleva*, which acted as an administrative centre. It seems that, as in the Upper Thames region, the river valleys with large gravel terraces supported a dense concentration of sites, although not necessarily exploiting resources in common (Hingley 1984; 1988; Lobb & Rose 1996: 89).[8]

The villas appear to concentrate in the region of the chalk, which was where most of the earlier hillforts lay; and this may indicate a move of the élite in the Late Iron Age from hillfort sites to valley-ward locations on the chalk, where they had large land holdings. There may even have been a continuing relationship between the villa estates, small farmsteads and valley-side sites from the Late Iron Age on.

Few nucleated settlements have been found and, although some may wait discovery, it is possible that they did not develop as the region lacked a market economy. Silchester itself, while an important centre and containing a reasonably large population, did not attract settlements to its hinterland, although it appears to have controlled a large area well into the second century.

Much can be learnt from an approach such as the one demonstrated above. In this case it has provided an insight into the settlement pattern within 30 km of Silchester. A descriptive look at the settlement data can provide much important information and is a good basis from which to begin analysis, allowing for a detailed examination of individual sites and their importance. Yet a descriptive approach on its own is limiting. With the aid of a GIS, the analysis can be taken further and the sites placed in their correct spatial context. A GIS, therefore, provides an objective look at the evidence and has the potential to allow for extensive analysis and modelling beyond the scope of this paper.

University of Queensland

[1] Sites of suspected Late Iron Age or Early Roman date, known solely from aerial photography, will be included in future analysis.
[2] Although there are concentrations of cropmarks in some regions, such as Micheldever, which may suggest dense settlement.
[3] This site is located closer to Winchester (around 24 km).
[4] The data for coinage are derived from Allen 1961; Haselgrove 1978; 1984; 1989.
[5] Fulford (1992: 27) suggests that few sites began their occupation in the Roman period in the Upper Thames Valley.
[6] The Alice Holt kilns lie outside this region.
[7] Fulford (1992: 32) argues for a decline in settlement on the gravels during the Roman period.
[8] Sites similar to Barton Court Farm and Claydon Pike on the gravels of the Upper Thames Valley, have not yet been excavated in the Middle Thames Valley.

Acknowledgements

I would like to thank my Supervisor Dr D. Watts for the assistance and support given to me to attend TRAC 99 and for reading a draft of this paper. Thanks also to my Associate Supervisor Dr D. Pullar for his help with the GIS and to all those who offered useful suggestions at the conference. Finally, I would like to thank the anonymous referee for very constructive comments on the original paper.

Bibliography

Allen, D.F. 1961. The origins of coinage in Britain: a reappraisal. In S.S. Frere (Ed.) *Problems of the Iron Age in Southern Britain*. London: Institute of Archaeology, University of London, pp.97-308.

Anon. 1983. *Soil Survey of England and Wales 1:250 000 Soil Map of South East England, Sheet 6*. Southampton: Ordnance Survey.

Bates, W. 1983. A Spacial Analysis of Roman Silchester. *Scottish Archaeological Review* 2: 134-43.

Boon, D. 1974. *Silchester: The Roman Town of Calleva*. London: David Charles.

Charles, D. 1979. *Aspects of the chronology and distribution or Silchester Ware Roman Pottery*. Unpublished Undergraduate Dissertation, University of Reading.

Corney, M. 1984. Part III A Field Survey of the Extra-Mural Region of Silchester. In M. Fulford *Silchester: Excavations on the defences 1974-80*. London: Society for the Promotion of Roman Studies, Britannia Monograph Series No. 5, pp.239-297.

Corney, M. 1989. Multiple Ditch systems and Late Iron Age Settlements in Central Wessex. In M. Bowden, D. Mackay and P. Topping (Eds.) *From Cornwall to Caithness*. Oxford: British Archaeological Reports British Series 209, pp.111-128.

Cunliffe, B. 1984. Iron Age Wessex: continuity and change. In B. Cunliffe and D. Miles (Eds.) *Aspects of the Iron Age in Central Southern Britain*. Oxford: Oxford University Committee for Archaeology, Institute of Archaeology, pp.12-45.

Dark, K. and Dark, P. 1997. *The Landscape of Roman Britain*. Stroud: Sutton Publishing.

Ford, S. 1987. *East Berkshire Archaeological Survey*. Berkshire: Berkshire County Council.

Fulford, M. 1982. Town and Country in Roman Britain - A parasitical relationship? In D. Miles (Ed.) *The Romano-British Countryside: Studies in Rural Settlement and Economy*. Oxford: British Archaeological Reports British Series 103(ii), pp.403-418.

Fulford, M. 1984. *Silchester: Excavations on the defences 1974-80*. London: Society for the Promotion of Roman Studies, Britannia Monograph Series 5.

Fulford, M. 1985a. Excavations on the site of the amphitheatre and forum-basilica at Silchester, Hampshire: An Interim Report. *Antiquaries Journal* 65: 39-81.

Fulford, M. 1987. Calleva Atrebatum: An Interim Report on the Excavations of the Oppidum, 1980-86. *Proceedings of the Prehistoric Society* 53: 271-278.

Fulford, M. 1992. Iron Age to Roman: A Period of Radical Change on the Gravels. In M. Fulford and E. Nichols (Eds.) *Developing Landscapes of Lowland Britain. The Archaeology of the British Gravels: A Review*. London: Society of Antiquaries Occasional Papers 4, pp.23-38.

Gates, T. 1975. *The Middle Thames Valley: An archaeological survey of the river gravels*. Reading: Berkshire Archaeological Committee Publication 1.

Gillings, M. 1997. Not Drowning but Waving? The Tisza Flood Plain Revisited. In I. Johnson and M. North (Eds.) *Applications of GIS: Proceedings of Colloquium II UISPP XIIIth Congress, Forli, Italy, September 1996*. Sydney: Sydney University Archaeological Methods Series 5.

Haselgrove, C. 1978. *Supplementary Gazetteer of Findspots of Celtic Coins in Britain, 1977*. London: Institue of Archaeology Occasional Paper 11a, University of London.

Haselgrove , C. 1984. Celtic Coins Found in Britain, 1977-82. *Bulletin of the Institute of Archaeology, University of London*, 20: 107-154.

Haselgrove, C. 1989. Celtic Coins Found in Britain, 1982-7. *Bulletin of the Institute of Archaeology, University of London*, 26: 1-75.

Hingley, R. 1984. Towards Social Analysis in Archaeology: Celtic Society in the Iron Age of the Upper Thames Valley (400 BC - 0 BC). In B. Cunliffe and D. Miles, (Eds.) *Aspects of the Iron Age in Central Southern Britain*. Oxford: Oxford University Committee for Archaeology, pp.72-88.

Hingley, R. 1988. The Influence of Rome on Indigenous Social Groups in the Upper Thames Valley. In R.F.J. Jones, Bloemers, S.L. Dyson and M. Biddle (Eds.), *First Millenium Papers: Western Europe in the First Millenium AD*. Oxford: British Archaeological Reports International Series 401, pp.73-98.

Hodder, I. 1979. Pre-Roman and Romano-British Tribal Economies. In B.C. Burnham and H.B. Johnson (Eds.) *Invasion and Response. The Case of Roman Britain*. Oxford: British Archaeological Report British Series 73, pp.189-196.

Lambrick, G. 1992. The Development of Late Prehistoric and Roman Farming on the Thames Gravels. In M. Fulford and E. Nichols (Eds.) *Developing Landscapes of Lowland Britain. The Archaeology of the British Gravels: A Review*. London: Society of Antiquaries Occasional Papers 4, pp.78-105.

Lobb, S.J. and Rose, P.G. 1996. *Archaeological Survey of the Lower Kennet Valley, Berkshire*. Salisbury: Wessex Archaeology Report No. 9

Lyne, M.A.B. and Jefferies, R.S.J. 1979. *The Alice Holt/Farnham Roman Pottery Industry*. London: Council for British Archaeology Research Report No. 30.

Mackney, D., Hodgson, J.M., Hollis J.M. and Staines, S.J. 1983. *Legend for the 1:250 000 Soil Map of England and Wales*. Harpenden: Lawes Agricultural Trust (Soil Survey of England and Wales).

Miles, D. 1989. Villas and Variety: Aspects of Economy and Society in the Upper Thames Landscape. In K. Branigan and D. Miles (Eds.) *Villa Economies*. Sheffield: Department of Archaeology and Prehistory, University of Sheffield, pp.60-72.

Millett, M. 1990. *The Romanization of Britain*. Cambridge: Cambridge University Press.

Millett, M. and Graham, D. 1986. *Excavations on the Romano-British Small Town at Neatham, Hampshire 1969-1979*. Hampshire Field Club and Archaeological Society Monograph No. 3.

Richards, J. C. 1978. *The Archaeology of the Berkshire Downs: an introductory survey*. Reading: Berkshire Archaeological Committee Publication 3.

Scheepen, A. van. 1989. The evidence of Pollen for the Environment of the Amphitheatre. In M. Fulford *The Silchester Amphitheatre: Excavations of 1979-85*. London: Society for the Promotion of Roman Studies, Britannia Monograph Series No. 10, pp.147-159.

Worboys, M.F. 1995. *GIS: A Computing Perspective*. London: Taylor and Francis.

Use of a GIS for Regional Archaeological Analysis: Application of Computer-based Techniques to Iron Age and Roman Settlement Distribution in North-West Portugal

by Kris Strutt

Introduction

Geographic Information Systems (GIS) in the context of regional spatial analysis have often been used within a research framework for studying the relationship between settlement and space, allowing visualisation of spatial data (Bernhardsen 1992; Kvamme 1997). However, strong methodological approaches to analysis have often been criticised for the weakness of theoretical premises underlying such research (Llobera 1996: 612). The existence of GIS as an accessible system comprising computer hardware and software applications must also be related to theoretical aims which underpin the role of GIS in spatial analysis (Gillings and Goodrick 1997). This paper aims to outline the use of such applications, as part of a survey project being undertaken by Professor Martin Millett of Southampton University, in the Ave valley region of north-west Portugal. The present study provides the opportunity to apply analysis within the framework of a long-term survey project, to analyse the distribution and location of Iron Age and Roman settlement using visual and quantitative analytical techniques, and relate the analysis to the social context of the region.

The representation of Iron Age and Roman settlement in the Ave valley region requires some definition. Material settlement remains are divided between fortified hilltop settlements of the 'Castros Culture', and less substantial material representing later unfortified settlements, located on valley sides and on the coastal plain. From the archaeological record, it would be easy to assume a simple division between 'Castros Culture' defensive settlement, and later non-defensive structures. A more complex relationship exists between these forms of settlement, however, suggesting continuity of habitation throughout the Iron Age and into the phases of Roman administration, and interaction between social groups (Queiroga 1992: 28).

Castro settlement is defined as "...a fortified village, located in a prominent geographical position, such as a hill spur, hillock or less frequently, a valley edge." (ibid. 1). This form of settlement, together with its association with Iron Age social groups led to the culture of the period being referred to as 'Castros Culture'. However, excavation at castros such as Penices and Citânia de Sanfins illustrate the continuation of castro occupation from the Iron Age into the Roman period (Queiroga 1992; Silva 1986: 39).

It is more difficult to define the nature of the non-castro settlement locations in the Ave valley region. The modern agrarian economy of the region means that much of the surviving archaeological record lies either under the plough or under urban development. Periodic deep-ploughing or hillside terracing redeposits material remains at surface level, some of which is classified as Roman ceramic material, pipes, altars, burials or small finds (Alarcão 1988). The lack of prominence of non-castro settlement in the archaeological record, together with the general location of material on valley sides suggests a non-defensive location of later settlement.

Aims and Objectives

The objective of study was to utilise GIS applications and quantitative processes to assess the spatial and locational patterns represented in the catalogued material remains for the Ave valley region. This will form the basis for analysis of the distribution of ceramics collected from fieldwalking as part of the Ave Valley Survey Project (Millett and Queiroga 1995; Millett et al. forthcoming).

A number of specific aims had to be addressed. Primarily, from map data and material gathered in the field, an unevenness of material distribution appeared to exist across the study area, conditioned by the location of different forms of drift geology. It was therefore important to scrutinise the distribution of known archaeological material in relation to what appeared to be a major factor influencing the pattern of settlement location. An assessment of the broad division of settlement type in the archaeological record was also necessary, to establish if and why different topographical locations were selected for settlements. It was also necessary to determine how different settlement locations related to one another, specifically the difference between castro and non-castro locations. An intuitive sense of the importance of castros to the position of later settlements was realised during fieldwork, particularly with the situation of settlements on river valley sides below castro locations. Analysis of these potential relationships was based on the visibility of castro sites from other defensive and non-defensive settlement positions, and the cost of movement from settlements to related sites.

Location and Background

The study area is centred on a 700 km² area between the Cavado and Ave Rivers, in north-west Portugal (Millett and Queiroga 1995), stretching from the coast some 20km inland. Both the Cavado and Ave Rivers flow down from the mountains along the Spanish-Portuguese border in a westerly direction into the Atlantic Ocean (Figure 1).

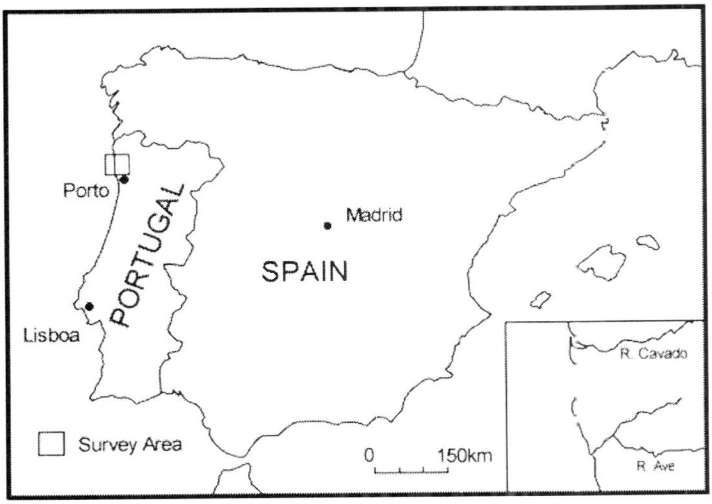

Figure 1 Location of the Ave valley region, north-west Portugal.

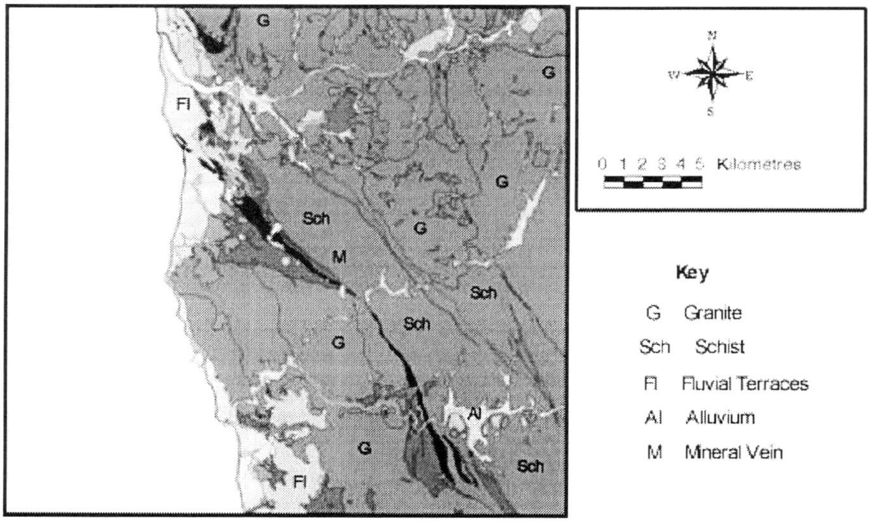

Figure 2 Map of the drift geology for the Ave valley region, north-west Portugal.

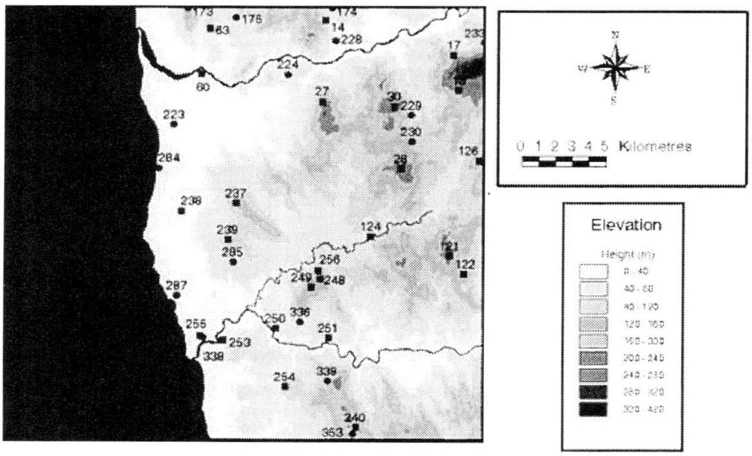

Figure 3 Distribution map of settlement location (sites numbered as in Table 8)

Topography of the area is orientated roughly north-east to south-west. However underlying geology runs in a north-west to south-east direction, comprising mainly micaceous granites, andallucian schist and metamorphic rocks (Figure 2). Climatic conditions in the area are predominantly influenced by the Atlantic zone. The area borders the Atlantic Ocean, and higher mountains to the east, particularly the Barroso-Alvão and Marão-Aboboreira massifs, regulate rainfall over the land to the west by obstructing passage of humid air (Queiroga 1992: 12). A complex hydrological network exists across the study area. Rivers form strong routes of communication. All watercourses, together with rainfall, contribute to the erosion of soils in the area, washing material downstream and depositing it along the river valleys (Shakesby et al. 1996). This affects the condition of past and modern agricultural land, archaeological features and the influence of post-depositional factors on archaeological material.

Evidence exists for human habitation in the study area from the Neolithic period onwards. Bronze Age material consists predominantly of bronze axe finds from unstratified surface deposits on castro locations (Martins 1990: 16). Evidence for settlement in the Iron Age is dominated by the 'Castros Culture', represented by massive hillfort settlements throughout the study area, established from the 8th century B.C. onwards. Roman campaigns in the Iberian peninsular in the third and second century B.C. led to the formation of administrative districts in the north west of the peninsular (Curchin 1991; Alarcão 1988). Bracaugusta was developed as an administrative centre for this district. Much of the settlement evidence for the Iron Age and Roman period comprises pottery, brick and tegulae finds discovered during archaeological excavation prior to urban development, or located during periodic deep cultivation activity.

In an effort to synthesise and study the distribution and quality of existing archaeological material within the study area, data were selected from several sources. Data on castro sites were taken from the unpublished thesis of Francisco Queiroga (Queiroga 1992), and two volumes assessing the 'Castros Culture' (Silva 1986; Martins 1990). Data on Roman material were taken from a published gazetteer of archaeological remains for Portugal (Alarcão 1988). These data formed the basis of the current analysis (Appendix 1). These sources represent recent cataloguing of archaeological material in the study area.

Analytical Parameters and Limitations

A more technical résumé of the methodology used to derive the digital dataset is given in appendix 2. All geographical data were digitised and stored as vector coverages. Sixty-one catalogued site entries were located in the study area, 40 of which were settlements. Twenty-four were castros, and sixteen Roman settlements. It is these 40 entries which form the basis of the current analysis. The digitised coverage of drift geology was used to analyse the distribution of archaeological material across the region. For the assessment of settlement location, raster grid coverages were generated, based on the digitised map data. A digital Elevation Model (DEM) was created from the contour lines of the area. From this model, a further two models were created in raster grid format, one of aspects or slope direction, and another of slope gradient.

For slope aspect, different aspects of slope were defined by points of the compass; north, south, east and so forth. Slope gradient was based on units of degrees of slope created in the model. These were divided into groups of four degrees to allow a relative comparison of slope gradient.

Viewshed coverages were generated, based on each settlement location in the study area, and derived from the DEM. Analysis was based on a viewshed of 6km radius. The decision to use this distance of visibility was in general an arbitrary one, although it was influenced by the direct climatic limitations on visibility experienced during fieldwork. Results of the viewshed analysis were generated as shapefiles in Arcview, indicating areas visible and not visible from settlement locations.

Cost distance grids were generated based upon the gradient of slope coverage for the area. Two raster coverages were produced, one generated from the coverage of castro locations, the other produced from Roman settlement locations. A grid cell size of 50m² was used, indicating the more imprecise nature of the cost distance grid. The cost units of the grid are perhaps most comparable with a value of time taken to move from a particular location. However, it is difficult to qualify the use of a specific value which relates to so many different complexities, for instance the difference in time required for a burdened or unburdened human to move from a particular point. Arbitrary units were used to provide a relative indication for cost of movement from each location.

A number of limitations were evident, for the original dataset and in terms of the analytical techniques used in the GIS. Data for the physical environment were digitised from current 1:25000 scale topographical maps, whilst data on drift geology were derived from 1:50000 scale geological maps. Such data gives a representation of the modern landscape in a static form. Regional and local topographical formations indicate a broken and complex landscape, which may not have altered significantly in the past two millennia. However, the data can give little or no indication of the effects of erosion and deposition, or changes in vegetation and climate, on the present pattern of distribution for Iron Age and Roman period settlement material. Soil loss from rainfall and flooding in northern Portugal, (Shakesby et al. 1996; Bathurst et al. 1996) and results of coring for soil deposits on valley floors in the study area indicate substantial alterations to surface deposits of soil over a relatively short time (Millett and Queiroga 1996, 57). This is why it is important to analyse the distribution of archaeological material across the categories of drift geology.

A note of caution must be made regarding the use of viewshed and cost distance data. Viewshed analysis and cost distance only account for simple variations in data derived from the topographic coverages. They fail to recognise limiting factors such as vegetation and climatic effects on visibility (Mitcham 1997: 37). Similarly the use of arbitrary cost distance units is apt for locating general trends in cost of movement from settlements, but it does not work on the basis of actual Iron Age and Roman landscape cognition. Much of this potential information cannot be expressed, or does not exist in the present archaeological record. The low resolution of site data also limited any understanding of defended and open sites temporally. Radiocarbon dates from sealed deposits were available for two of the castro sites (Queiroga 1992: 202ff), while relative dating of phases of settlement was virtually non-existent. The possibility of a broad Late Bronze Age date for initial settlement on castro sites is determined simply by the existence of bronze metallic surface finds from castros such as Monte da Saia. Although it was possible to derive a basic chronology of settlement in broad terms of period, the limitations of the poor chronological relationship between sites are evident.

Analysis and Results

The following analyses were all carried out to address the specific aims related above. They are divided into three categories: analysis of overall settlement distribution, assessment of contrasts and similarities in topographical location of settlements, and considering the relationship between settlements of different location and type.

Settlement Distribution

At an intuitive level, it was possible to recognise a lack of even distribution in the archaeological material across the survey area reflected in basic distribution maps of the data (Figure 4). A large proportion of the total number of settlement locations are situated on micaceous granite (79%), with fewer on the fluvial terraces (12%), schist (3%), alluvial deposits (3%) and mineral veins (3%). Each of the percentages for schist, alluvium and mineral veins account for one site for each category. In particular, the small amount of material on the schist was noticeable, as schist comprises a significant proportion of the drift geology (Table 1). A statistical elucidation of this trend seemed appropriate to evaluate quantitatively the existence or non-existence of an even distribution of archaeological material in relation to the drift geology of the area (Table 2).

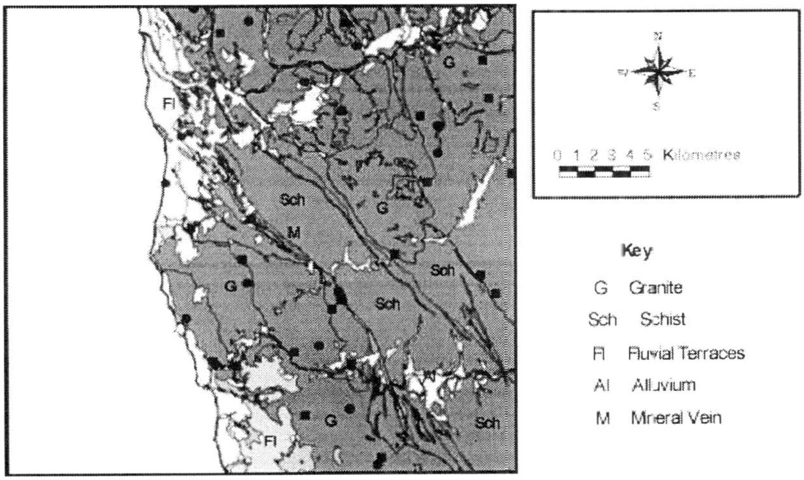

Figure 4 Distribution map of settlements over the drift geology, illustrating the lack of material on the band of schist running north-west to south-east across the region.

Geology	Area (Sq. km)	Geology (% by Area)
Alluvium	61299.86	9.63
Fluvial Terraces	60060.40	9.44
Schists	201532.43	31.68
Granite	312481.01	49.11
Mineral Veins	866.12	0.14
Total	**636239.85**	**100**

Table 1 Drift geology in square metres and percentage by area.

Drift Geology	Castros	Roman Settlement	Total
Granite and Mineral Veins	21	12	33
Schist	0	1	1
Alluvium	0	1	1
Fluvial Terraces	3	2	5
Total	24	16	40

Table 2 Settlement distribution over the four revised categories of drift geology.

This evaluation was undertaken using a chi-squared test (Shennan 1997: 106) for a single classification of data, for castro sites and Roman material. A null hypothesis was formulated:

H0 Settlements are equally distributed across the drift geology
H1 Settlements are not equally distributed across the drift geology

The test was carried out based on four of the five broad categories of drift geology: alluvium, fluvial terraces, schists and granite. Because the percentage area of the mineral veins was so small, its use in the test created a biased result, consequently it was excluded from the chi-squared test (Appendix 3). The level of significance used was one in twenty, or 0.05, a margin small enough detect any pattern based on the hypothesis, and minimise the possibility of any error (ibid. 108). Calculations indicated for both the whole dataset, castros and all settlements that sites were not evenly distributed across the drift geology (Appendix 3). However, the null hypothesis was upheld for Roman settlement. This is probably due to the location of one Roman settlement, and five sites of general Roman material being located on the schist, close to alluvium deposits.

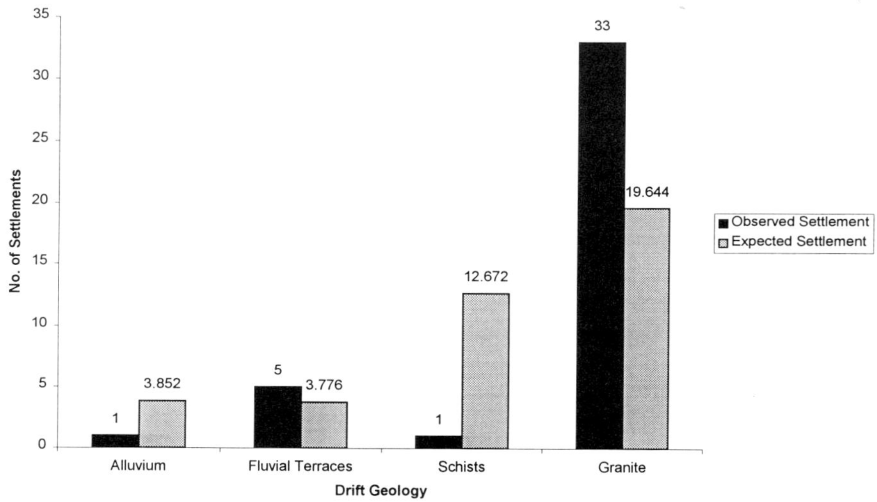

Figure 5 Observed and expected numbers of settlements on the four main categories of drift geology.

Settlement Location

Analysis of settlement location was carried out on the basis of several common parameters: the situation of each settlement, immediate gradient of slope for settlement location, surrounding gradient of slope, and the aspects of slope surrounding individual settlements.

The topographical location of catalogued settlement material was divided into four broad categories:

- Hilltop locations where aspects of downward slope surround the position.
- Spurs of land, where sites are situated on a projecting spur of a hillside, with steeply sloping gradients on one or more sides.
- River valley terraces, moderately sloping hillsides above major and minor watercourses.

- Coastal plain, the broad, flat or shallow sloping land along the western edge of the study area.

The number of settlements were recorded for each category, and graphical representations of the settlement locations were also produced, in the form of pie charts (Figure 6).

Evaluation of the immediate and surrounding gradients of slope for each settlement were calculated from the GIS using the slope gradient raster coverage. Gradients were divided into categories of four degrees range, starting with 0 to 4 degrees, where ground is of such a shallow gradient as to be essentially flat, to values of between 28 and 32 degrees. The category of immediate gradient specified the nature of the ground where the settlement was constructed, and the surrounding gradient alluded to the greatest gradient of slope surrounding each settlement location for a radius of 400 metres.

Values for the aspect of slope for the location of each settlement were also established in the GIS, based on the slope aspect raster coverage. The results of this analysis were complex, and required a more intuitive approach to explain the patterns inherent in the location of the settlements.

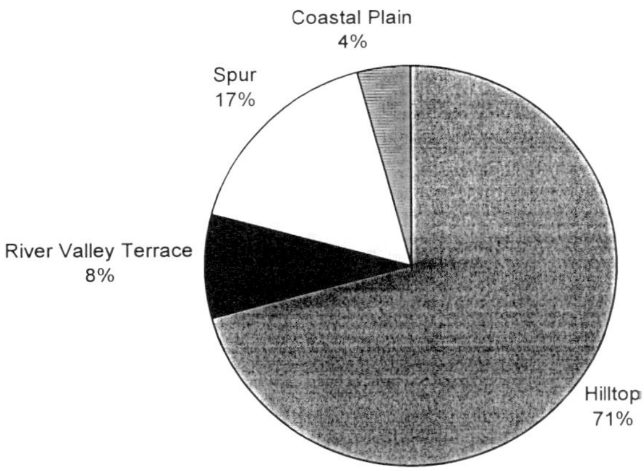

Figure 6 Pie chart showing the situation by percentage of castro locations

Results of the settlement location analyses showed a marked contrast between castro settlements and location of Roman settlement. A comparison of all locations indicated that the majority of settlements were positioned either on hilltop or river valley terraces (Table 3). These instances represent 74% of the total list of catalogued material. A contrast can also be noted between different settlement types. Of the 24 castro sites, 17 (71%) are situated in hilltop locations, with a further 4 (17%) positioned on spurs of land overlooking the main river courses of the Ave and Cavado. Outside of these defended settlements, no Roman settlement material is located in hilltop positions. 69% of such sites are situated on river valley terraces, with 25% located on the coastal plain of the region.

Situation	Castros	Roman Settlement	Total
Hilltop	17	0	17
River Valley Terrace	2	11	13
Spur	4	1	5
Coastal Plain	1	4	5
Total	**24**	**16**	**40**

Table 3 Topographical situation of settlements.

Comparison of the gradient of slope in the immediate and surrounding area of settlement locations indicated that all sites are situated on relatively low gradient slopes or flat ground (Table 4). 74% of settlements are located on ground with between 0 and 4 degrees of slope, with 18% located on ground with between 4 and 8 degrees of slope. The remaining 8% are all situated on ground with between 8 and 16 degrees of slope.

Immediate Gradient (degrees)	Castros	Roman Settlement	Total
0 to 4	19	11	30
4 to 8	4	3	7
8 to 12	0	2	2
12 to 16	1	0	1
16 to 20	0	0	0
20 to 24	0	0	0
24 to 28	0	0	0
28 to 32	0	0	0
Total	**24**	**16**	**40**

Table 4 Immediate gradients of slope for settlement locations.

A marked contrast in gradients surrounding different settlement locations was evident. For castro settlement locations, 80% have surrounding gradients of slope of between 16 and 32 degrees, for instance at Monte da Cividade (Figure 7), with the remaining 20% ranging between 0 and 16 degrees. However, Roman settlement location demonstrates a marked difference from castro settlements, with 49% of sites showing surrounding slope gradient of less than 8 degrees, and the entire dataset of Roman material located with surrounding gradient of slope of less than 20 degrees (Table 5).

This is not necessarily surprising. Castros do reflect many of the attributes associated with defended settlements, and their location on flat ground, surrounded by steep slopes would provide a more defensible position from attack. Such prominent locations also may suggest possible social and symbolic influences of the castro settlement sites. In contrast, location of Roman settlement material shows no evidence for massive defensive structures. A different set of priorities appears to govern the location of these sites. Their topographic location predominantly on river valley terraces suggests a position linked to localised resources such as water and agricultural land.

Surrounding Gradient (degrees)	Castros	Roman Settlement	Total
0 to 4	2	4	6
4 to 8	0	4	4
8 to 12	1	2	3
12 to 16	2	4	6
16 to 20	11	2	13
20 to 24	5	0	5
24 to 28	1	0	1
28 to 32	2	0	2
Total	**24**	**16**	**40**

Table 5 Surrounding gradients of slope for settlement locations.

Overall visualisation of the aspects of slope around settlements indicated a contrast between castro and non-castro sites. Whilst Roman settlement locations are situated on east, south-east and south facing slopes, 20 of the 24 castro settlements are situated with ground sloping in all directions away from them.

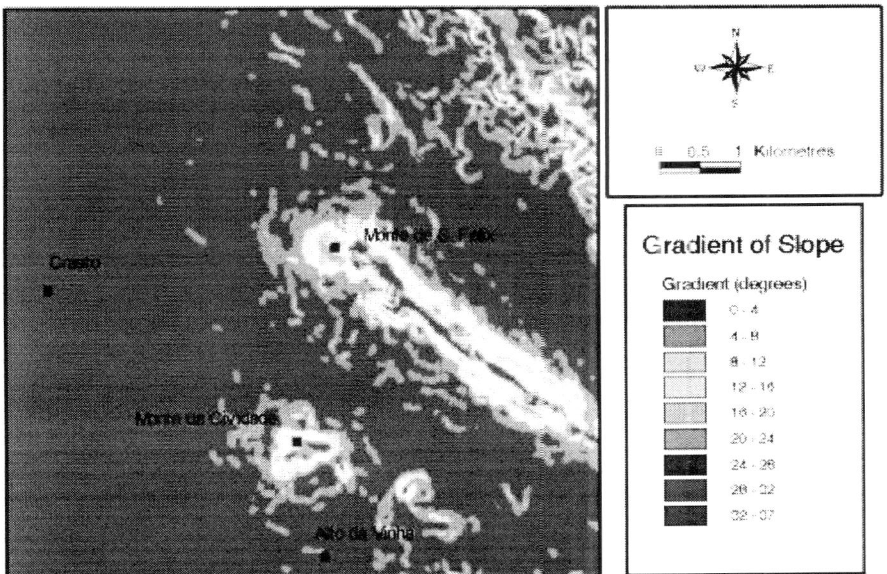

Figure 7 Plan of slope gradient, indicating the steep gradients encircling the location of Monteda Cividade and Monte de S. Felix castros.

Viewshed and Cost Analysis

Viewshed analysis was carried out on the basis of all settlement locations. Results of these tests were then tabulated to indicate general trends in settlement visibility. Cost grids were derived from the raster gradient of slope coverage, based on the location of castro settlements, and the Roman settlement positions, as two separate cost grids. Arbitrary bands of cost were used of

4000 units, to create a representation of relative cost of movement from settlements, and allow analysis of the proximity of surrounding settlements within each cost band. Numbers of castro and Roman settlements within 8000 cost units of particular settlements were then tabulated.

From the visualisation of these data, a number of factors associated with the pattern and distribution of settlement in two broad chronological divisions could be established. For both castros and locations of Roman settlement, at least one castro site is visible without exception (Figure 10). As part of a more intuitive approach, plots of the viewshed analyses were scrutinised in an attempt to qualify the strong trend in visibility of castro sites from all settlement locations. It was noted that for every castro site, its nearest neighbouring castro over a Euclidean distance is visible, regardless of geographical location (Figure 8). Exactly the same trend was noticed for Roman settlements. In some instances, the nearest neighbour was found well within the 6km radius of the viewshed, but on the periphery of the area visible from a specific site.

Similar results were obtained for Roman settlements (Figure 11). Although eight instances occurred where no settlement was visible, a strong indication that visibility of both castro and non-castro settlements was important was shown by the fact that castros were visible from 83% of sites, and other Roman settlements were visible from 75% of all sites.

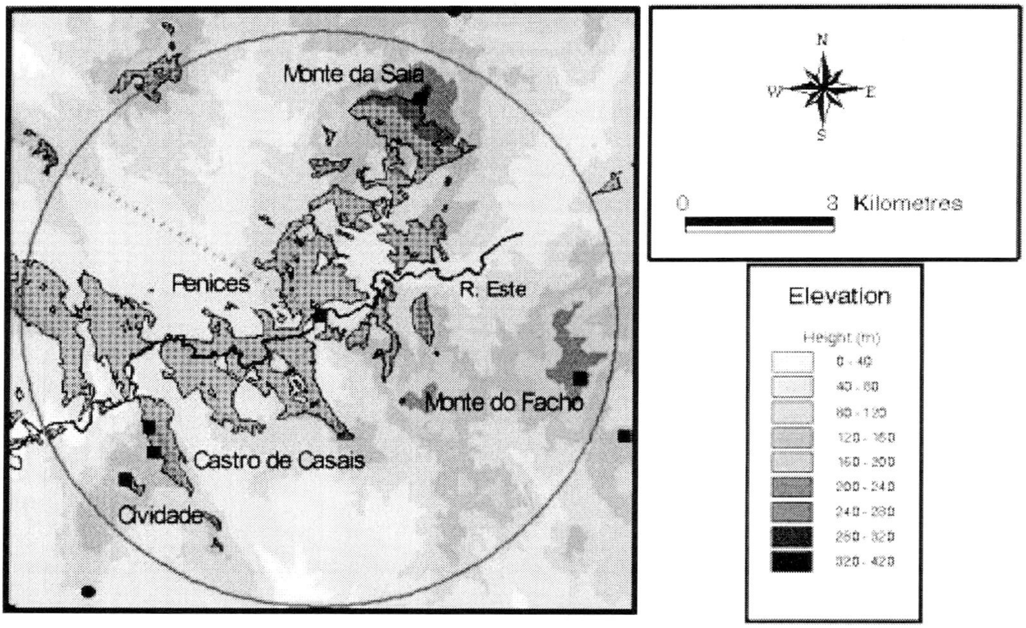

Figure 8 Viewshed produced for the Penices castro, with a 6km radius, showing the four castros visible from the Penices settlement.

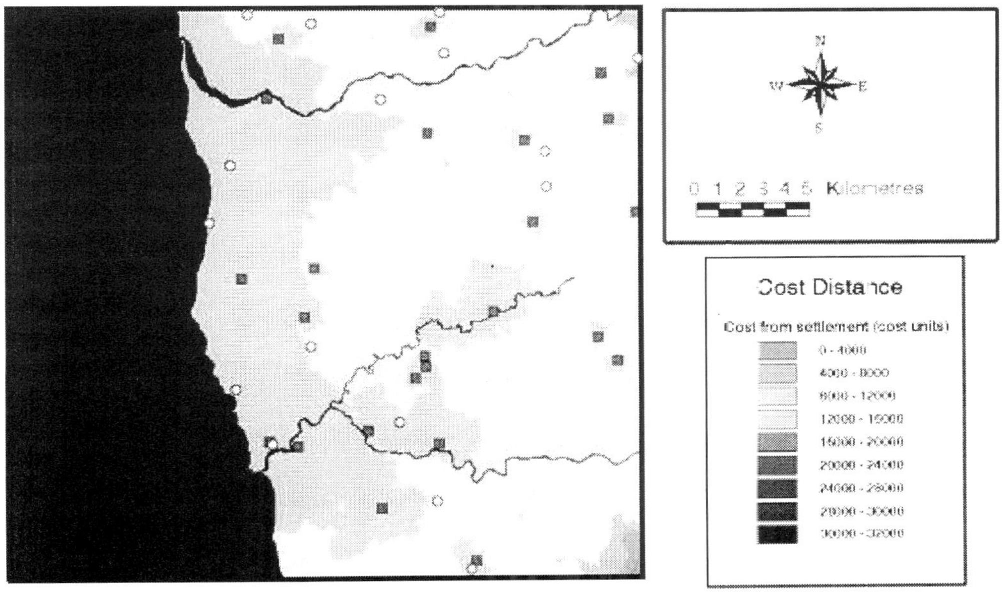

Figure 9 Cost grid of distance from castro settlements, with Roman settlement locations also displayed.

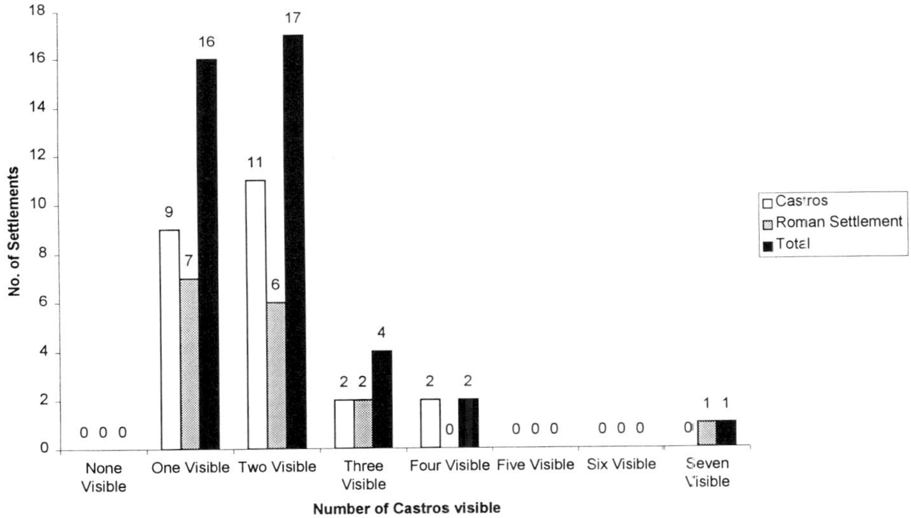

Figure 10 Bar chart showing the number of settlement locations from which castro sites are visible.

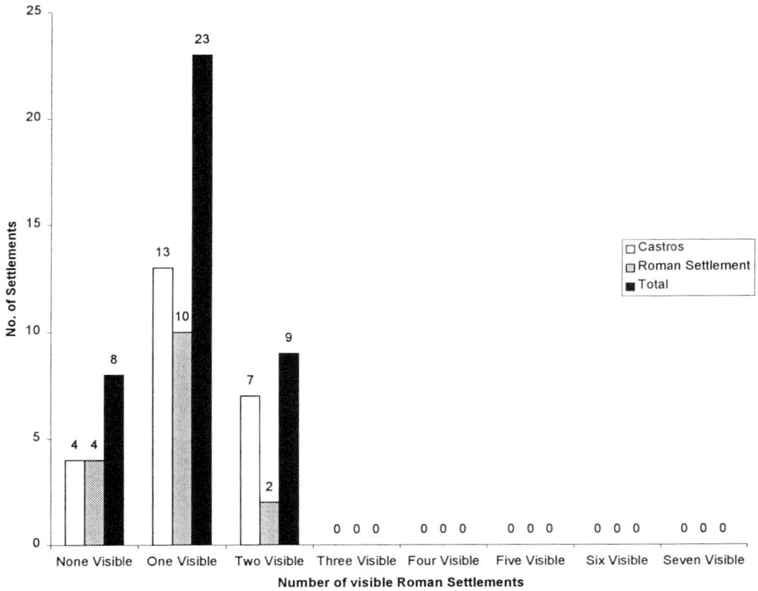

Figure 11 Bar chart showing the number of settlement locations from which Roman Settlements are visible

Results of the cost distance evaluation, whilst only producing a relative scale of cost access from settlements, did indicate a relatively low degree of accessibility from castro settlements both to other castros and Roman site locations (Table 6). Only 33% of castros and 12% of Roman settlements appear within 8000 cost units of another castro (Figure 9).

From Castros	**Castros**	**oman Settlement**	**Total**
Within 0-8000 cost units	8	2	10
Not within 0-8000 cost units	16	14	30
Total	**24**	**16**	**40**

Table 6 Number of castros and Roman settlements within 0-8000 cost units of castro locations.

This contrasts with the result produced for Roman settlements to both castros and other non-castro sites (Table 7). castros are within 8000 cost units of 83% of Roman settlements, with 62.5% of other Roman settlements within the same parameters.

From Roman Settlement	**Castros**	**Roman Settlement**	**Total**
Within 0-8000 cost units	20	10	30
Not within 0-8000 cost units	4	6	10
Total	**24**	**16**	**40**

Table 7 Number of castros and Roman settlements within 0-8000 cost units of Roman settlement locations.

Discussion

Results of the application of GIS techniques to settlement distribution and location in the Ave valley region demonstrate a bias in the distribution of material, and contrasting patterns in settlement location. It is important to relate the main deductions of the analysis to the current interpretation of settlement and social interaction for the Iron Age and Roman period in north-west Portugal. The relationship between computer-based application and archaeological theory is based on the premise that use of GIS has a theoretical agenda, that technique does not derive solely from pure technical application, devoid of inherent archaeological thought (Wheatley 1998: 2). Analysis of spatial relationships in distribution of settlement involves both archaeological and spatial theory. The research for this analysis was based on existing archaeological material within the study area, and current social theory based on evidence for the castros culture in north-west Iberia.

A number of factors have influenced the distribution of settlement material. An imbalance of distribution exists within the data primarily because of the priority given to site recording close to urban development, and the prominence of castro sites topographically (Silva 1986; Martins 1990). The number of sites located on different geological formations, by percentage, show that geology comprising schist have a lack of distribution of material across their area. This is due to rates of erosion and soil deposition on the valley slopes across hillsides derived from schist, covering or redepositing archaeological material. Factors of erosion may also have influenced the initial settlement pattern between the Cavado and Ave from which the evidence is derived, for instance the quality of soil for cultivation across the schist. Interpretation of material distribution is limited, both by the low quantity of site-related data, and in representation of settlement location. This serves to highlight the problem of dealing in a regional analysis where the record represents an active record of material location, effects of redeposition, concealing of material, and biases inherent in the data recording strategy.

The evident contrasts in settlement location represent a change in the social conditions defining where settlements should be situated. On the one hand, the castro settlements are sited on hilltop and spur locations, on flat or shallow sloping ground, surrounded by steep gradients and aspects of slope on all sides. These locations contrast with those of Roman settlement, most of which are sited on the coastal plain or on river valley terraces below hilltops. The immediate gradient around each settlement is minimal. Such trends of slope and aspect in the position of castro and Roman settlement could purely represent a product of the regional topography, based on the presumption that castro sites, as defended settlements, generally have a higher altitude than undefended Roman settlement. This would be a false assumption. Variables of slope and aspect are not always associated with levels of altitude or elevation (Kvamme 1992: 130). A comparison of the elevations of castro and Roman settlements shows no great discrepancy in the altitude of settlement sites between periods.

In the past, interpretation of castro settlement has emphasised their defensive nature. The critical factors in the physical location of castros are slope and aspect of their position, produced from a social and political need for a defensive situation, and the resources to allow the construction of the settlement (Hawkes 1984: 188). For location of a large defensive settlement, a broad, almost flat area surrounded on each side by steep gradients continuously appears in the pattern of physical data for the position of castro sites. However, interpretation of social importance of these settlements is not limited to their defensive capabilities. Their prominent locations may also serve symbolic and political purposes, defining the status of the settlement from the outside. Excavation at the Castro Terroso and other castro locations has indicated the vast quantity of huts and habitation units and the potential use of castro sites for storage of resources (Queiroga 1992).

The contrast between location of castro settlement and those represented by Roman material is noticeable. Roman settlements are situated on river valley terraces below castro locations. They are sited on flat or shallow sloping ground, with surrounding aspects of slope in predominantly east and south-east facing directions. At a simple level, this contrast could be interpreted as presenting a clear demarcation between defended castro settlements established in the Iron Age or earlier, and Roman settlement, native and Roman undefended sites located on hillslopes potentially closer to resources such as farmland. Military campaigns and the eventual subduing of local tribes are prominent in historical sources of the time (Curchin 1991; Alarcão 1988). However, such interpretation oversimplifies the social context of settlement location. Excavation of castro sites shows that, whilst Roman settlements are established on surrounding valley sides, native habitation of castros continues under Roman administration (Queiroga 1992). Evidence exists for a change in the internal structure of castro settlements, a form of proto-urbanisation, for instance at Citânia de Sanfins (Silva 1995: 279). The contrast in settlement location may allow a degree of interpretation of the function of such sites, but it does not provide evidence of a complete change in settlement location between the Iron Age and Roman period.

So far, all of these trends show a direct pattern based on social and cultural conditions, reflected in the physical situation of settlements for social requirements. The relevance of a social structure to the pattern of settlement takes on added significance when the trends in visibility are regarded. The strong visible presence of castros indicates the importance of these settlements both to other castro sites, and to settlements established in the Roman period. Why this should be the case is difficult to ascertain. However, evidence of settlement continuity does suggest that changes in the location of settlements did not seek to exclude castros from the social hierarchy. The inclusion of castro settlements within any changing settlement structure is also suggested by the cost of access to sites from all Roman settlement locations.

Conclusion

The settlement pattern for the Ave Valley region highlights the importance of a theoretical structure as the basis of visualisation and quantitative analysis. But use of GIS for analysis of archaeological material also presents a stimulant for engendering new or progressing current archaeological thought in terms of settlement location. Distribution of existing archaeological material from specific gazetteer sources indicates trends in the pattern of settlement, due to specific hypothetical social and cultural factors presented as contrasts in the pattern of data. Primarily, an unevenness of distribution is present in the archaeological record, which is governed predominantly by the geological form of the region. A number of interrelating factors may be the cause, from processes of erosion and redeposition of archaeological material across the schist of the area, to the inference that past cultural groups in the region deliberately avoided the eroded and broken areas of the schist.

An evaluation of settlement location indicates a broad contrast of settlement types. Castro settlements are located in naturally defensible situations. Material showing evidence of Roman settlement on the other hand is located on valley terraces below castros, This may once have arguably suggested a clear division between warlike Iron Age society and a more peaceful form of social order under Roman administration of north-west Iberia. This is not the case. Excavation at different castro sites has produced evidence of settlement continuity on the castros. Whilst no evidence exists for 'Castros Culture' settlement away from the castros sites, this is due to the limitations of the dataset, and does not prove that such settlement did not exist.

Finally, the viewshed and cost distance analysis suggest that the significance of the castro settlements was not lost with any movement of settlement locations onto the lower valley slopes. At the very least, castros remained a tangible reminder of the power of earlier social groups. It is most probable that such sites continued to provide a focal point for habitation and social activity.

Although trends in the pattern of settlement distribution exist in current catalogues of data, one purpose of the work has been to initiate a system for handling survey data on computer for analysing the location of concentrations of archaeological material. Analysis of ceramics collected from survey transects in the Ave valley region is ongoing, to provide the basis for a clearly sampled dataset, diagnostic of the different pottery fabrics represented in the region (Millett et al. forthcoming). Once ceramic densities from the fieldwalking are produced, new settlement locations will be analysed using the same techniques presented here.

In terms of the capabilities of GIS applications, these analyses only suggest a fraction of the potential for settlement analysis. There would be further scope to study settlement placement in the Ave valley region in relation to different criteria. Pottery data will improve the chronological dimension of the dataset for the area, which will potentially allow for a more detailed understanding of settlement continuity and change. In particular, further analysis of the dataset may address the limitations present in the current viewshed and elementary cost distance evaluations.

Acknowledgements
Many thanks to Professor Martin Millett and Dr. Jeremy Taylor for help with acquiring the main geographical maps and sources. Also thanks to Dr. David Wheatley for commenting on a draft of this paper, and Louise Revell for her comments and support.

Appendix 1 Tables of Catalogued Settlements and their Locations

No.	Site	District	X	Y	Type
13	Sequade	Barcelos	538526	4594930	Defended Settlement
14	Monte do Facho-Alto da Torre	Barcelos	529743	4599679	Defended Settlement
17	Outeiro do Castro	Barcelos	538186	4597289	Defended Settlement
27	Castelo de Faria	Barcelos	529559	4594178	Defended Settlement
28	Monte da Saia	Barcelos	534744	4589635	Defended Settlement
30	Santa Eulalia	Barcelos	534318	4593332	Defended Settlement
60	Outeiro dos Picotos	Esposende	521607	4596002	Defended Settlement
63	Castro do Senhor dos Desamparados	Esposende	522171	4599061	Defended Settlement
121	Monte do Facho	Vila Nova de Famalicao	538008	4583737	Defended Settlement
122	S. Miguel-O-Anjo	Vila Nova de Famalicao	538918	4582557	Defended Settlement
124	Penices	Vila Nova de Famalicao	532787	4585049	Defended Settlement
126	Ermidas	Vila Nova de Famalicao	539908	4590163	Defended Settlement
237	Monte de S. Felix	Povoa de Varzim	523923	4587297	Defended Settlement
238	Crasto	Povoa de Varzim	520328	4586757	Defended Settlement

239	Monte da Cividade	Povoa de Varzim	523422	4584801	Defended Settlement
240	Castro de S. Marçal	Santo Tirso	531865	4572269	Defended Settlement
248	Castro de Argifonso	Vila do Conde	529452	4582227	Defended Settlement
249	Cividade	Vila do Conde	528892	4581654	Defended Settlement
250	Santagões	Vila do Conde	526565	4578936	Defended Settlement
251	Ferreiro Castro	Vila do Conde	530086	4578281	Defended Settlement
253	Castro	Vila do Conde	523097	4578139	Defended Settlement
254	Castro do Boi	Vila do Conde	527211	4575006	Defended Settlement
255	Castro Vila do Conde	Vila do Conde	521623	4578405	Defended Settlement
256	Castro de Casais	Vila do Conde	529337	4582760	Defended Settlement
173	Quintela	Esposende	520609	4600665	Settlement
174	Queijeiros	Barcelos	530108	4600730	Settlement/Burial
175	Vila Cova	Barcelos	523887	4599819	Settlement
223	Ralha	Esposende	519832	4592617	Settlement
224	Agra Da Vila ou Boavista	Barcelos	527300	4595969	Settlement
228	Vila Frescainha	Barcelos	530463	4598256	Settlement
229	Aguas Santas	Barcelos	535437	4593247	Settlement
230	Senhora Do Livramento	Barcelos	535470	4591464	Settlement
233	Martim	Barcelos	540334	4598123	Settlement
284	Estela	Povoa de Varzim	518829	4589652	Settlement
285	Alto Da Vinha	Povoa de Varzim	523782	4583314	Settlement
287	Povoa De Varzim	Povoa de Varzim	520080	4581088	Settlement
336	Vilar	Vila do Conde	528181	4579348	Settlement
338	Vila Do Conde	Vila do Conde	521855	4578277	Settlement/Cemetery
339	Soutelo	Vila do Conde	530004	4575381	Settlement
353	Milreus	Vila do Conde	531704	4571796	Settlement

Table 8 Catalogued settlement locations within the study area.

Site	District	Geology	Altitude	Situation
Sequade	Barcelos	Granite	200	River Valley Terrace
Monte do Facho-Alto da Torre	Barcelos	Granite	170	Spur
Outeiro do Castro	Barcelos	Granite	222	Hilltop
Castelo de Faria	Barcelos	Granite	298	Hilltop
Monte da Saia	Barcelos	Granite	3	Hilltop
Santa Eulalia	Barcelos	Granite	60	Hilltop
Outeiro dos Picotos	Esposende	Fluvial Terrace	24	Hilltop
Castro do Senhor dos Desamparados	Esposende	Granite	126	Hilltop
Monte do Facho	Vila Nova de Famalicao	Granite	268	Hilltop
S. Miguel-O-Anjo	Vila Nova de Famalicao	Granite	194	Hilltop

Penices	Vila Nova de Famalicao	Granite	99	Spur
Ermidas	Vila Nova de Famalicao	Granite	209	Hilltop
Monte de S. Felix	Povoa de Varzim	Minerals	208	Hilltop
Crasto	Povoa de Varzim	Fluvial Terrace	84	Hilltop
Monte da Cividade	Povoa de Varzim	Granite	76	Hilltop
Castro de S. Marçal	Santo Tirso	Granite	222	Hilltop
Castro de Argifonso	Vila do Conde	Granite	157	Hilltop
Cividade	Vila do Conde	Granite	206	Hilltop
Santagões	Vila do Conde	Granite	54	Spur
Ferreiro Castro	Vila do Conde	Fluvial Terrace	60	Spur
Castro	Vila do Conde	Granite	40	River Valley Terrace
Castro do Boi	Vila do Conde	Granite	123	Hilltop
Castro Vila do Conde	Vila do Conde	Granite	19	Coastal Plain
Castro de Casais	Vila do Conde	Granite	75	Hilltop
Quintela	Esposende	Granite	160	Spur
Queijeiros	Barcelos	Granite	122	River Valley Terrace
Vila Cova	Barcelos	Granite	59	River Valley Terrace
Ralha	Esposende	Fluvial Terrace	10	Coastal Plain
Agra Da Vila ou Boavista	Barcelos	Fluvial Terrace	51	River Valley Terrace
Vila Frescainha	Barcelos	Granite	30	River Valley Terrace
Aguas Santas	Barcelos	Granite	80	River Valley Terrace
Senhora Do Livramento	Barcelos	Granite	111	River Valley Terrace
Martim	Barcelos	Schist	104	River Valley Terrace
Estela	Povoa de Varzim	Alluvium	2	Coastal Plain
Alto Da Vinha	Povoa de Varzim	Granite	61	River Valley Terrace
Povoa De Varzim	Povoa de Varzim	Granite	6	Coastal Plain
Vilar	Vila do Conde	Granite	68	River Valley Terrace
Vila Do Conde	Vila do Conde	Granite	10	Coastal Plain
Soutelo	Vila do Conde	Granite	130	River Valley Terrace
Milreus	Vila do Conde	Granite	193	River Valley Terrace

Table 9 List of catalogued site material, specifying underlying drift geology, altitude and situation of each location

Site	Aspects of Slope	Immediate Gradient (degrees)	Surrounding Gradient (degrees)
Sequade	1	12-16	16-20
Monte do Facho-Alto da Torre	4	4-8	20-24
Outeiro do Castro	6	0-4	24-28
Castelo de Faria	7	4-8	28-32
Monte da Saia	3	0-4	16-20

Santa Eulalia	4	0-4	12-16
Outeiro dos Picotos	4	0-4	8-12
Castro do Senhor dos Desamparados	8	0-4	16-20
Monte do Facho	8	0-4	28-32
S. Miguel-O-Anjo	4	4-8	20-24
Penices	5	4-8	16-20
Ermidas	3	0-4	16-20
Monte de S. Felix	8	0-4	20-24
Crasto	1	0-4	0-4
Monte da Cividade	8	0-4	16-20
Castro de S. Marçal	8	0-4	16-20
Castro de Argifonso	8	0-4	16-20
Cividade	6	0-4	20-24
Santagões	2	0-4	20-24
Ferreiro Castro	2	0-4	16-20
Castro	5	0-4	12-16
Castro do Boi	8	0-4	16-20
Castro Vila do Conde	1	0-4	0-4
Castro de Casais	7	0-4	16-20
Quintela	3	0-4	8-12
Queijeiros	2	4-8	16-20
Vila Cova	1	0-4	4-8
Ralha	1	0-4	0-4
Agra Da Vila ou Boavista	3	0-4	4-8
Vila Frescainha	3	0-4	4-8
Aguas Santas	2	8-12	12-16
Senhora Do Livramento	2	4-8	12-16
Martim	2	4-8	12-16
Estela	1	0-4	0-4
Alto Da Vinha	1	0-4	4-8
Povoa De Varzim	2	0-4	0-4
Vilar	1	0-4	8-12
Vila Do Conde	1	0-4	0-4
Soutelo	1	8-12	16-20
Milreus	2	0-4	12-16

Table 10 List of settlement locations detailing the number of aspects of slope, and the immediate and surrounding slope gradients for each location.

Site	Visible Castros (6km)	Visible Roman Settlements (6km)
Sequade	2	2
Monte do Facho-Alto da Torre	1	1
Outeiro do Castro	1	0
Castelo de Faria	1	2
Monte da Saia	2	1
Santa Eulalia	4	1
Outeiro dos Picotos	1	1
Castro do Senhor dos Desamparados	1	1
Monte do Facho	2	0
S. Miguel-O-Anjo	1	0
Penices	4	0
Ermidas	2	2
Monte de S. Felix	2	1
Crasto	2	2
Monte da Cividade	2	1
Castro de S. Marçal	1	1
Castro de Argifonso	2	1
Cividade	1	1
Santagões	2	2
Ferreiro Castro	3	1
Castro	1	2
Castro do Boi	2	1
Castro Vila do Conde	2	2
Castro de Casais	3	1
Quintela	1	1
Queijeiros	1	1
Vila Cova	1	1
Ralha	2	1
Agra Da Vila ou Boavista	1	[illegible]
Vila Frescainha	2	1
Aguas Santas	2	0
Senhora Do Livramento	3	1
Martim	1	0

Estela	2	1
Alto Da Vinha	7	2
Povoa De Varzim	1	1
Vilar	3	2
Vila Do Conde	2	1
Soutelo	2	0
Milreus	1	0

Table 11 Number of castros and Roman settlements visible over a 6km radius from each settlement location.

Appendix 2 Methodology

All geographical data were created in vector format. Topographical features were digitised into Arc/Info. Contour lines, drainage, the coastline and major urban areas were digitised from 1:25000 scale Portuguese *Carta Militar de Portugal* topographical maps. Contours were sampled at 10 metre intervals. Drift geology was digitised from 1:50000 scale *Carta Geológica de Portugal* geological maps, and was retained in vector format.

For the purposes of analysis in the GIS, vector data were used to produce a Digital Elevation Model (DEM). For the Ave valley analysis a raster DEM was created in Arc/Info based on the 10 metre contour coverage of the area. This efficiently produced a dataset to allow statistical analysis of settlement location, and to form the basis of other raster models. The aim was to produce a high resolution DEM whilst limiting the file size of the model to prevent any later problems associated with the creation of further raster models. A grid cell size of $20m^2$ was decided upon.

Raster coverages of slope aspect and slope gradient were generated in ArcView, based on the DEM, and with a grid cell size of $20m^2$. The production of such models was vital to the analysis, allowing the classification of settlement location, and forming the basis of both viewshed and cost analyses.

As described above, viewshed grids were generated from the DEM in ArcView. These were created from the location points of all forty settlements. Limitations on file space, and the need to keep the number of coverages down to a manageable size meant that viewshed grids were used to tabulate the number of settlements visible from each location, and were then deleted. Cost distance grids were created in ArcView, and were derived from the raster slope gradient grid. A grid cell size of $50m^2$ was used.

Two point coverages were created in Arc/Info from the catalogues of archaeological material. Attribute data for each site was attached as a table to each coverage. The locations of Roman settlements were then derived from the coverage of Roman archaeological material. Castro and settlement data were also converted into raster grids to form the basis of the cost analysis.

Appendix 3 Results of the Chi-squared and Test

The following tests were produced to assess whether archaeological material was distributed evenly across the study area. Classification of material by drift geology was decided upon because of the apparent nature of the distribution of archaeological material (see Analysis and Results). Tests were carried out on the observed and expected quantities of material given below (Tables 12-14). The tests were initially carried out for five categories of geology, including mineral veins as a separate category. However, the incredibly low percentage by area of that category produced biased test results, due to the location of one settlement. To remove this bias, the settlement on mineral veins was included in the number of cases on granite, and the category was relabelled.

Geology	Observed Settlement	Expected Settlement
Alluvium	1	3.852
Fluvial Terraces	5	3.776
Schists	1	12.672
Granite and Mineral Veins	33	19.7
Total	**40**	**40**

Table 12 Observed and expected values for settlement locations over the drift geology.

Geology	Observed castros	Expected castros
Alluvium	0	2.3
Fluvial Terraces	3	2.3
Schists	0	7.6
Granite and Mineral Veins	21	11.8
Total	**24**	**24**

Table 13 Observed and expected values for castro settlement locations over the drift geology.

Geology	Observed Roman Settlement	Expected Roman Settlement
Alluvium	1	1.541
Fluvial Terraces	2	1.51
Schists	1	5.069
Granite and Mineral Veins	12	7.858
Total	**16**	**16**

Table 14 Observed and expected values for castro and Roman settlement locations over the drift geology.

The resulting chi-squared values were compared with percentage point values for a significance level of 0.05. The number of degrees of freedom used were derived by the following formula:

$$v = (\text{number of columns} - 1)(\text{number of rows} - 1)$$
$$v = (4-1)(2-1)$$
$$v = 3$$

Comparison was made with the percentage value of 7.81473 (Shennan 1997, Table F). For all chi-squared values where $\chi^2 \geq 7.81473$, the null hypothesis was rejected. This was the case for all results with the exception of the distribution of Roman settlement. The test suggests an uneven distribution of archaeological material across the study area (Table 15), in relation to the drift geology.

Test	Castros	Roman	Roman Settlement	Settlement	Archaeological Material
Chi-Squared	17.28	7.96	5.79	22.24	23.117

Table 15 Results of tests carried out for different categories of material.

Bibliography

Alarcão, J. 1988. *Roman Portugal, vol. 1 & 2*. Warminster: Aris and Phillips.

Bathurst, J.C., Kilsby, C. and White, S. 1996. 'Modelling the impacts of climate and land-use change on basin hydrology and soil erosion'. In C.J. Brandt and J.B. Thornes, (eds.) *Mediterranean Desertification and Land Use*. London: John Wiley and Sons, pp.355-387.

Bernhardsen, T. 1992. *Geographic Information Systems*. Arendal: VIAK IT/Norwegian Mapping Authority.

Castleford, J. 1992. 'Archaeology, GIS and the time dimension: an overview'. In G. Lock and J. Moffett (eds.) *CAA91: Computer applications and quantitative methods in archaeology*. British Archaeological Reports International Series 577, pp.95-106.

Curchin, L.A. 1991. *Roman Spain: conquest and assimilation*. London: Routledge.

Gillings, M. 1998. 'Spatial organisation in the Tisza flood plain: dynamic landscapes and G.I.S'. In J. Chapman and P. Dolukhanov, (eds.), *Landscapes in flux: central and eastern Europe in antiquity*. Oxford: Oxbow, pp.163-180.

Gillings, M. and Goodrick, G.T. 1997. 'Sensuous and reflexive GIS: exploring visualisation and V.R.M.L.', *Internet Archaeology* 1.

Hawkes, C. 1984. 'The castro culture of the peninsular north-west: fact and inference'. In T.F.C. Blagg, R.F.J. Jones and S.J. Keay (eds) *Papers in Iberian archaeology*. British Archaeological Reports International Series 193. Volume 1, pp.187-203.

Kvamme, K 1992. 'Terrain Form Analysis of Archaeological Location Through Geographic Information Systems'. In G. Lock and J. Moffett (eds.) *CAA91: Computer applications and quantitative methods in archaeology*. British Archaeological Reports International Series 577, pp.127-136.

Kvamme, K. 1997. 'Ranter's corner; bringing the camps together: GIS and E.D', *Archaeological Computing Newsletter,* 47: 1-5.

Llobera, M. 1996. 'Exploring the topography of mind: GIS, social space and archaeology', *Antiquity,* 70: 612-622.

Loots, L. 1997. 'The use of projective and reflective viewsheds in the analysis of the hellenistic city defence system at Sagalassos, Turkey', *Archaeology Computing Newsletter*, 49.

Martins, M 1990. *O Povoamento Proto-histórico e a Romanização da Bacia do Curso Médio do Cávado.* Braga; Universidade do Minho.

Millett, M. and Queiroga, F. 1995. 'The Ave valley survey 1994', *Durham and Newcastle Archaeological Report:* 61-64.

Millett, M. and Queiroga, F. 1996. 'The Ave valley survey 1995', *Durham and Newcastle Archaeological Reports:* 55-57.

Millett, M., Queroga, F. Strutt, K. Taylor, J. and Willis, S. forthcoming. *The Ave Valley, northern Portugal: an archaeological survey of Iron Age and Roman settlement*

Mitcham, J.L. 1997, In Search of a Defensible Site: A GIS Exploration of Hillfort Placement. Unpublished MSc Dissertation. University of Southampton

Nackaerts, K. and Govers, G. 1997. 'A non-deterministic use of a D.E.M. in the calculation of viewsheds', *Archaeology Computing Newsletter*, 49.

Queiroga, F.M.V.R. 1992, *War and castros: new approaches to the northwestern Portuguese Iron Age.* Unpublished Phd Thesis, University of Oxford

Shakesby, R.A., Boakes, D.J., Coelho, C., Goncalves, A.J.B., and Walsh, R.F.D. 1996. 'Limiting the soil degradational impacts of wildfire in pine and eucalyptus forests in Portugal', *Applied Geography*, 16,4: 337-355.

Shennan, S 1997, *Quantifying Archaeology* (2nd edition). Edinburgh: Edinburgh University Press.

Silva, A.C.F. 1986. *A cultura castreja: no noroeste de Portugal*. Paços de Ferreira; Museu Arqueológico da Citânia de Sanfins.

Silva, A.C.F. 1995. *'Portuguese castros: the evolution of the habitat and the proto-urbanisation process'*, in B. Cunliffe and S.J. Keay (eds.) *Social complexity and the development of towns in Iberia*. Proceedings of the British Academy 86, pp.263-289.

Wheatley, D. 1998. 'Ranter's corner: keeping the campfires burning the case for pluralism', *Archaeological Computing Newsletter*, 50: 2-7.